I0641597

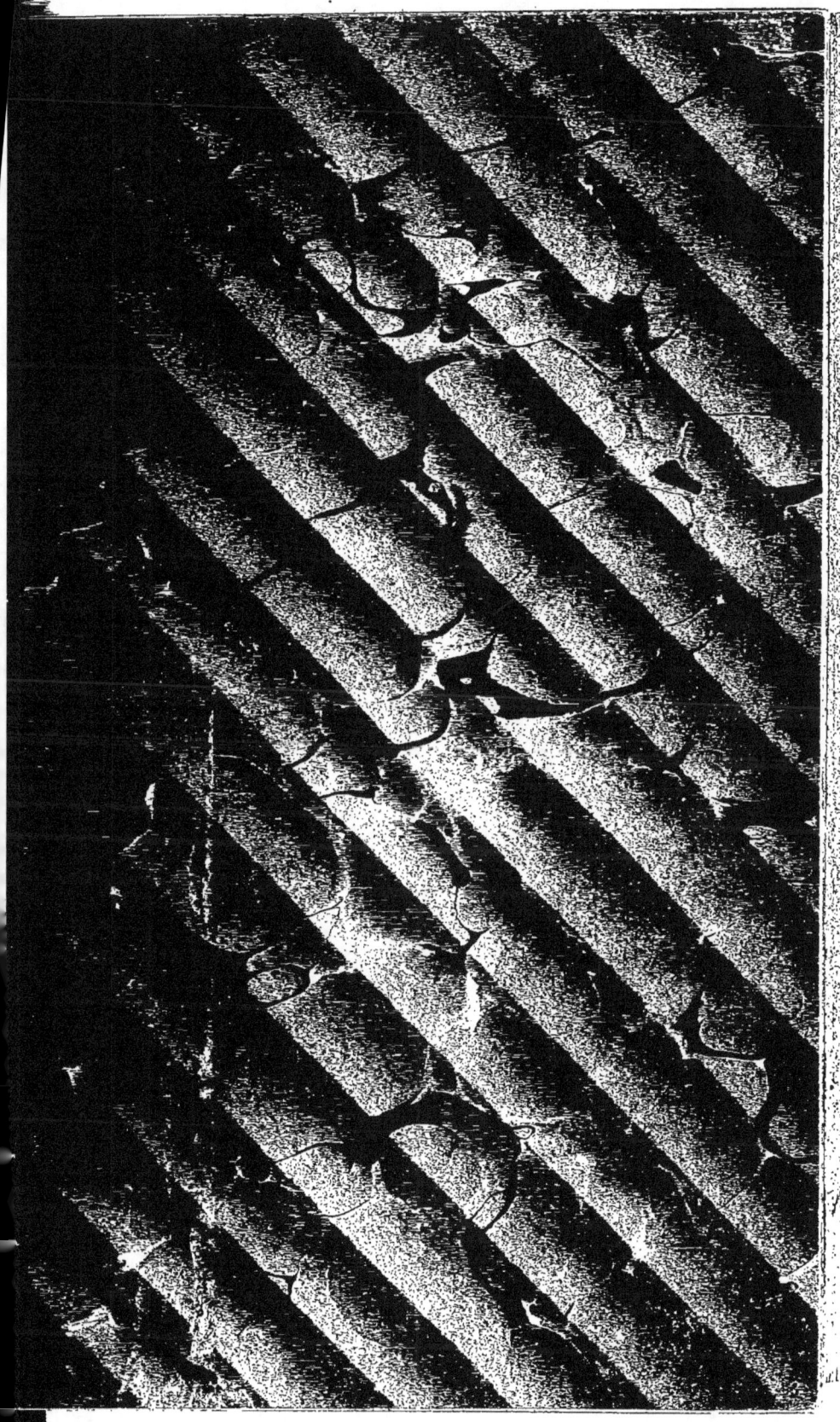

P-A. NATHIEU

# ŒUVRES COMPLÈTES

DE

# GÉRARD DE NERVAL

II

# VOYAGE EN ORIENT

I.

Imprimerie générale de Ch. Lahure, rue de Fleurus, 9, à Paris.

# VOYAGE
# EN ORIENT

PAR

## GÉRARD DE NERVAL

### I

LES FEMMES DU CAIRE — DRUSES ET MARONITES

SEULE ÉDITION COMPLÈTE

# PARIS

MICHEL LÉVY FRÈRES, LIBRAIRES ÉDITEURS
RUE VIVIENNE, 2 BIS, ET BOULEVARD DES ITALIENS, 15
A LA LIBRAIRIE NOUVELLE
—
1867

# VOYAGE EN ORIENT

## INTRODUCTION

### A UN AMI

#### I — L'ARCHIPEL

Nous avions quitté Malte depuis deux jours, et aucune terre nouvelle n'apparaissait à l'horizon. Des colombes — venues peut-être du mont Éryx — avaient pris passage avec nous pour Cythère ou pour Chypre, et reposaient, la nuit, sur les vergues et dans les hunes.

Le temps était beau, la mer calme, et l'on nous avait promis qu'au matin du troisième jour, nous pourrions apercevoir les côtes de Morée. Faut-il l'avouer? l'aspect de ces îles, réduites à leurs seuls rochers, dépouillées par des vents terribles du peu de terre sablonneuse qui leur restât depuis des siècles, ne répond guère à l'idée que j'en avais encore hier en m'éveillant. Pourtant, j'étais sur le pont dès cinq heures, cherchant la terre absente, épiant, à quelque bord de cette roue d'un bleu sombre que tracent les eaux sous la coupole azurée du ciel, attendant la vue du Taygète lointain comme l'apparition d'un dieu. L'horizon était obscur encore ; mais l'étoile du matin rayonnait d'un feu clair dont la mer était sillonnée. Les roues du navire chassaient l'écume éclatánte, qui laissait bien loin derrière nous sa longue traînée de phosphore. « Au delà de cette mer, disait Corinne en se tournant vers l'Adriatique, il y a la Grèce... Cette idée ne suffit-elle pas pour émouvoir? » Et moi, plus heureux qu'elle, plus heureux que Winckelmann, qui la rêva toute sa vie, et que le moderne Anacréon, qui voudrait y mourir, — j'allais la voir enfin, lumineuse, sortir des eaux avec le soleil !

Je l'ai vue ainsi, je l'ai vue : ma journée a commencé comme un chant d'Homère ! C'était vraiment l'Aurore aux doigts de rose qui m'ouvrait les portes de l'Orient ! Et ne parlons plus des aurores de nos pays, la déesse ne va pas si loin. Ce que nous autres barbares appelons l'aube ou le point du jour, n'est qu'un pâle reflet, terni par l'atmosphère impure de nos climats déshérités. Voyez déjà, de cette ligne ardente qui s'élargit sur le cercle des eaux, partir des rayons roses épanouis en gerbe, et ravivant l'azur de l'air qui plus haut reste sombre encore. Ne dirait-on pas que le front d'une déesse et ses bras étendus soulèvent peu à peu le voile des nuits étincelant d'étoiles? Elle vient, elle approche, elle glisse amoureusement sur les flots divins qui ont donné le jour à Cythérée... Mais que dis-je ! devant nous, là-bas, à l'horizon, cette côte vermeille, ces collines empourprées qui semblent des nuages, c'est l'île même de Vénus, c'est l'antique Cythère aux rochers de porphyre : Κυθήρη πορφυροῦσσα.... Aujourd'hui, cette île s'appelle Cérigo, et appartient aux Anglais.

Voilà mon rêve... et voici mon réveil! Le ciel et la mer sont toujours là; le ciel d'Orient, la mer d'Ionie se donnent chaque matin le saint baiser d'amour; mais la terre est morte, morte sous la main de l'homme, et les dieux se sont envolés !

« Je t'apprendrai la vérité sur les oracles de Delphes et de Claros, disait Apollon à son prêtre. Autrefois, il sortit du sein de la terre et des bois une infinité d'oracles et des exhalaisons qui inspiraient des fureurs divines. Mais la terre, par les changements continuels que le temps amène, a repris et fait rentrer en elle fontaines, exhalaisons et oracles. » Voilà ce qu'a rapporté Porphyre, selon Eusèbe.

Ainsi les dieux s'éteignent eux-mêmes ou quittent la terre, vers qui l'amour des hommes ne les appelle plus! Leurs bocages ont été coupés, leurs sources taries, leurs sanctuaires profanés; par où leur serait-il possible de se manifester encore? O Vénus Uranie! reine de cette île et de cette montagne, d'où tes traits menaçaient le monde; Vénus Armée! qui régnas depuis au Capitole, où j'ai salué (dans le musée) ta statue encore debout, pourquoi n'ai-je pas le courage de croire en toi et de t'invoquer, déesse! comme l'ont fait si longtemps nos pères, avec ferveur et simplicité? N'es-tu pas la source de tout amour et de toute noble ambition, la seconde des mères saintes qui trônent au centre du monde, gardant et protégeant les types éternels des femmes créées contre le double effort de la mort qui les change, ou du néant qui les attire?... Mais vous êtes là toutes encore, sur vos astres étincelants; l'homme est forcé de vous reconnaître au ciel, et la science de vous nommer. O vous, les trois grandes déesses, pardonnez-vous à la terre ingrate d'avoir oublié vos autels?

Pour rentrer dans la prose, il faut avouer que Cythère n'a conservé, de toutes ses beautés, que ses rocs de porphyre, aussi tristes à voir que de simples rochers de grès. Pas un arbre sur la côte que nous avons suivie, pas une rose, hélas! pas un coquillage le long de ce bord où les néréides avaient choisi la conque de Cypris. Je cherchais les bergers et les bergères de Watteau, leurs navires ornés de guirlandes abordant des rives fleuries; je rêvais ces folles bandes de pèlerins d'amour aux manteaux de satin changeant... Je n'ai aperçu qu'un gentleman qui tirait aux bécasses et aux pigeons, et des soldats écossais blonds et rêveurs, cherchant peut-être à l'horizon les brouillards de leur patrie.

Nous nous arrêtâmes bientôt au port San-Nicolo, à la pointe

orientale de l'île, vis-à-vis du cap Saint-Ange, qu'on apercevait à quatre lieues en mer. Le peu de durée de notre séjour
n'a permis à personne de visiter Capsali, la capitale de l'île;
mais on apercevait au midi le rocher qui domine la ville, et
d'où l'on peut découvrir toute la surface de Cérigo, ainsi
qu'une partie de la Morée, et les côtes mêmes de Candie quand
le temps est pur. C'est sur cette hauteur, couronnée aujour-
d'hui d'un château militaire, que s'élevait le temple de Vénus
Céleste. La déesse était vêtue en guerrière, armée d'un javelot,
et semblait dominer la mer et garder les destins de l'archipel
grec comme ces figures cabalistiques des contes arabes, qu'il
faut abattre pour détruire le charme attaché à leur présence.
Les Romains, issus de Vénus par leur aïeul Énée, purent seuls
enlever de ce rocher superbe sa statue de bois de myrte, dont
les contours puissants, drapés de voiles symboliques, rappelaient l'art primitif des Pélasges. C'était bien la grande déesse
génératrice, Aphrodite Mélænia ou la Noire, portant sur la tête
le *polos* hiératique, ayant les fers aux pieds, comme enchaînée
par force aux destins de la Grèce, qui avait vaincu sa chère
Troie... Les Romains la transportèrent au Capitole, et bientôt
la Grèce, étrange retour des destinées! appartint aux descendants régénérés des vaincus d'Ilion.

Qui cependant reconnaîtrait, dans la statue cosmogonique
que nous venons de décrire, la Vénus frivole des poëtes, la
mère des Amours, l'épouse légère du boiteux Vulcain?

On l'appelait la prévoyante, la victorieuse, la dominatrice
des mers, — Euplœa, Pontia; — Apostrophia, qui détourne
des passions criminelles; et encore, l'aînée des Parques, sombre idéalisation. Aux deux côtés de l'idole peinte et dorée, se
tenaient les deux amours Éros et Antéros, consacrant à leur
mère des pavots et des grenades. Le symbole qui la distinguait
des autres déesses était le croissant surmonté d'une étoile à
huit rayons; ce signe, brodé sur la pourpre, règne encore sur
l'Orient, mais c'est bien chez ceux qui l'arborent que Vénus a
toujours le voile sur la tête et les chaînes aux pieds.

Voilà quelle était l'austère déesse adorée à Sparte, à Co-
rinthe et dans une partie de Cythère aux âpres rochers; celle-
là était bien la fille des mères fécondées par le sang divin d'U-
ranus, et se dégageant froide encore des flancs engourdis de la
nature et du chaos.

L'autre Vénus — car beaucoup de poëtes et de philosophes,
particulièrement Platon, reconnaissaient deux Vénus différentes — était la fille de Jupiter et de Dionée; on l'appelait
Vénus Populaire, et elle avait, dans une autre partie de l'île de
Cythère, des autels et des sectateurs tout différents de ceux de
Vénus Uranie. Les poëtes ont pu s'occuper librement de celle-
là, qui n'était point, comme l'autre, protégée par les lois d'une
théogonie sévère, et ils lui prêtèrent toutes leurs fantaisies ga-
lantes, qui nous ont transmis une très-fausse image du culte
sérieux des païens. Que dirait-on dans l'avenir des mystères
du catholicisme, si l'on était réduit à les juger au travers des
interprétations ironiques de Voltaire ou de Parny? Lucien,
Ovide, Apulée, appartiennent à des époques non moins scepti-
ques, et ont seuls influé sur nos esprits superficiels, peu
curieux d'étudier les vieux poëmes cosmogoniques dérivés des
sources chaldéennes ou syriaques.

## II — LA MESSE DE VÉNUS

L'*Hypnérotomachie* nous donne quelques détails curieux sur le
culte de la Vénus Céleste dans l'île de Cythère, et, sans admettre
comme une autorité ce livre où l'imagination a coloré bien des
pages, on peut y rencontrer souvent le résultat d'études ou
d'impressions fidèles.

Deux amants, Polyphile et Polia, se préparent au pèlerinage
de Cythère.

Ils se rendent sur la rive de la mer, au temple somptueux
de Vénus Physisoé? Là, des prêtresses, dirigées par une
*prieuse* mitrée, adressent d'abord pour eux des oraisons aux
dieux Foricule, Limentin, et à la déesse Cardina. Les reli-

gieuses étaient vêtues d'écarlate, et portaient, en outre, des surplis de coton clair un peu plus courts; leurs cheveux pendaient sur leurs épaules. La première tenait le livre des cérémonies ; la seconde, une aumusse de fine soie; les autres, une châsse d'or, le *cécespite* ou couteau du sacrifice, et le préféricule, ou vase de libation; la septième portait une mitre d'or avec ses pendants; une plus petite tenait un cierge de cire vierge; toutes étaient couronnées de fleurs. L'aumusse que portait la prieuse s'attachait devant le front à un fermoir d'or incrusté d'une ananchite, pierre talismanique par laquelle on évoquait les figures des dieux.

La prieuse fit approcher les amants d'une citerne située au milieu du temple, et en ouvrit le couvercle avec une clef d'or; puis, en lisant dans le saint livre à la clarté du cierge, elle bénit l'huile sacrée, et la répandit dans la citerne; ensuite elle prit le cierge, et en fit tourner le flambeau près de l'ouverture, disant à Polia : « Ma fille, que demandez-vous? — Madame, dit-elle, je demande grâce pour celui qui est avec moi, et désire que nous puissions aller ensemble au royaume de la grande Mère divine pour boire en sa sainte fontaine. » Sur quoi, la prieuse, se tournant vers Polyphile, lui fit une demande pareille, et l'engagea à plonger tout à fait le flambeau dans la citerne. Ensuite elle attacha avec une cordelle le vase nommé *lépaste,* qu'elle fit descendre jusqu'à l'eau sainte, et en puisa pour la faire boire à Polia. Enfin, elle referma la citerne, et adjura la déesse d'être favorable aux deux amants.

Après ces cérémonies, les prêtresses se rendirent dans une sorte de sacristie ronde, où l'on apporta deux cygnes blancs et un vase plein d'eau marine, ensuite deux tourterelles attachées sur une corbeille garnie de coquilles et de roses, qu'on posa sur la table des sacrifices; les jeunes filles s'agenouillèrent autour de l'autel, et invoquèrent les très-saintes Grâces, Aglaïa, Thalia et Euphrosine, ministres de Cythérée, les priant de quitter la fontaine Acidale, qui est à Orchomène, en Béotie, et où elles font résidence, et, comme Grâces divines, de venir accepter la profession religieuse faite à leur maîtresse en leur nom. .

Après cette invocation, Polia s'approcha de l'autel couvert d'aromates et de parfums, y mit le feu elle-même, et alimenta la flamme de branches de myrte séché. Ensuite elle dut poser dessus les deux tourterelles, frappées du couteau cécespite, et plumées sur la table d'anclabre, le sang étant mis à part dans un vaisseau sacré. Alors commença le divin service, entonné par une *chantresse*, à laquelle les autres répondaient ; deux jeunes religieuses placées devant la prieuse accompagnaient l'office avec des flûtes lydiennes en ton lydien naturel.

Chacune des prêtresses portait un rameau de myrte, et, chantant d'accord avec les flûtes, elles dansaient autour de l'autel pendant que le sacrifice se consumait.

Je viens de résumer, à l'intention des artistes, les principaux détails de cette sorte de messe de Vénus.

Nous verrons quelles autres cérémonies se faisaient à Cythère même, dans ce royaume de la maîtresse du monde, — Κυποια Κυθηπειων και εανθου κοσμου, — aujourd'hui possédé par cette autre dominatrice charmante, la reine Victoria.

### III — LE SONGE DE POLYPHILE

Je suis loin de vouloir citer Polyphile comme une autorité scientifique ; Polyphile, c'est-à-dire Francesco Colonna, a beaucoup cédé sans doute aux idées et aux visions de son temps ; mais cela n'empêche pas qu'il n'ait puisé certaines parties de son livre aux bonnes sources grecques et latines, et je pouvais faire de même, mais j'ai mieux aimé le citer.

Que Polyphile et Polia, ces saints martyrs d'amour, me pardonnent de toucher à leur mémoire ! Le hasard — s'il est un hasard — a remis en mes mains leur histoire mystique, et j'ignorais à cette heure-là même qu'un savant plus poëte, un poëte plus savant que moi avait fait reluire sur ces pages le dernier éclat du génie que recélait son front penché. Il fut comme eux un des plus fidèles apôtres de l'amour pur... et, parmi nous, l'un des derniers.

Reçois aussi ce souvenir d'un de tes amis inconnus, bon Nodier, belle âme divine, qui les immortalisais en mourant[1]! Comme toi, je croyais en eux, et comme eux à l'amour céleste, dont Polia ranimait la flamme, et dont Polyphile reconstruisait en idée le palais splendide sur les rochers cythéréens. Vous savez aujourd'hui quels sont les vrais dieux, esprits doublement couronnés : païens par le génie, chrétiens par le cœur !

Et moi qui vais descendre dans cette île sacrée que Francesco a décrite sans l'avoir vue, ne suis-je pas toujours, hélas! le fils d'un siècle déshérité d'illusions, qui a besoin de toucher pour croire, et de rêver le passé... sur ses débris? Il ne m'a pas suffi de mettre au tombeau mes amours de chair et de cendre, pour bien m'assurer que c'est nous, vivants, qui marchons dans un monde de fantômes.

Polyphile, plus sage, a connu la vraie Cythère pour ne l'avoir point visitée, et le véritable amour pour en avoir repoussé l'image mortelle. C'est une histoire touchante qu'il faut lire dans ce dernier livre de Nodier, quand on n'a pas été à même de la deviner sous les poétiques allégories du *Songe de Polyphile*.

Francesco Colonna, l'auteur de cet ouvrage, était un pauvre peintre du xvᵉ siècle, qui s'éprit d'un fol amour pour la princesse Lucrétia Polia de Trévise. Orphelin recueilli par Giacopo Bellini, père du peintre plus illustre que nous connaissons, il n'osait lever les yeux sur l'héritière d'une des plus grandes maisons de l'Italie. Ce fut elle-même qui, profitant des libertés d'une nuit de carnaval, l'encouragea à tout lui dire et se montra touchée de sa peine. C'est une noble figure que Lucrétia Polia, sœur poétique de Juliette, de Léonore et de Bianca Capello. La distance des conditions rendait le mariage impossible; l'autel du Christ... du Dieu de l'égalité!... leur était interdit; ils

---

1. *Franciscus Columna*, dernière nouvelle de Charles Nodier.

rèvèrent celui de dieux plus indulgents, ils invoquèrent l'antique Éros et sa mère Aphrodite, et leurs hommages allèrent frapper des cieux lointains désaccoutumés de nos prières.

Dès lors, imitant les chastes amours des croyants de Vénus Uranie, ils se promirent de vivre séparés pendant la vie pour être unis après la mort, et, chose bizarre, ce fut sous les formes de la foi chrétienne qu'ils accomplirent ce vœu païen. Crurent-ils voir dans la Vierge et son fils l'antique symbole de la grande Mère divine et de l'enfant céleste qui embrasent les cœurs? Osèrent-ils pénétrer à travers les ténèbres mystiques jusqu'à la primitive Isis, au voile éternel, au masque changeant, tenant d'une main la croix ansée, et sur ses genoux l'enfant Horus sauveur du monde?...

Aussi bien ces assimilations étranges étaient alors de grande mode en Italie. L'école néoplatonicienne de Florence triomphait du vieil Aristote, et la théologie féodale s'ouvrait comme une noire écorce aux frais bourgeons de la renaissance philosophique qui florissait de toutes parts. Francesco devint un moine, Lucrèce une religieuse, et chacun garda en son cœur la belle et pure image de l'autre, passant les jours dans l'étude des philosophies et des religions antiques, et les nuits à rêver son bonheur futur et à le parer des détails splendides que lui révélaient les vieux écrivains de la Grèce. O double existence heureuse et bénie, si l'on en croit le livre de leurs amours! quelquefois les fêtes pompeuses du clergé italien les rapprochaient dans une même église, le long des rues, sur les places où se déroulaient des processions solennelles, et seuls, à l'insu de la foule, ils se saluaient d'un doux et mélancolique regard : « Frère, il faut mourir! — Sœur, il faut mourir! » c'est-à-dire nous n'avons plus que peu de temps à traîner notre chaîne... Ce sourire échangé ne disait que cela.

Cependant Polyphile écrivait et léguait à l'admiration des amants futurs la noble histoire de ces combats, de ces peines, de ces délices. Il peignait les nuits enchantées où, s'échappant de notre monde plein de la loi d'un Dieu sévère, il rejoignait

1.

en esprit la douce Polia aux saintes demeures de Cythérée. L'âme fidèle ne se faisait pas attendre, et tout l'empire mythologique s'ouvrait à eux de ce moment. Comme le héros d'un poëme plus moderne et non moins sublime [1], ils franchissaient dans leur double rêve l'immensité de l'espace et des temps; la mer Adriatique et la sombre Thessalie, où l'esprit du monde ancien s'éteignit aux champs de Pharsale! Les fontaines commençaient à sourdre dans leurs grottes, les rivières redevenaient fleuves, les sommets arides des monts se couronnaient de bois sacrés; le Pénée inondait de nouveau ses grèves altérées, et partout s'entendait le travail sourd des Cabires et des Dactyles reconstruisant pour eux le fantôme d'un univers. L'étoile de Vénus grandissait comme un soleil magique et versait des rayons dorés sur ces plages désertes, que leurs morts allaient repeupler; le faune s'éveillait dans son antre, la naïade dans sa fontaine, et des bocages reverdis s'échappaient les hamadryades. Ainsi la sainte aspiration de deux âmes pures rendait pour un instant au monde ses forces déchues et les esprits gardiens de son antique fécondité.

C'est alors qu'avait lieu et se continuait nuit par nuit ce pèlerinage, qui, à travers les plaines et les monts rajeunis de la Grèce, conduisait nos deux amants à tous les temples renommés de Vénus Céleste et les faisait arriver enfin au principal sanctuaire de la déesse, à l'île de Cythère, où s'accomplissait l'union spirituelle des deux religieux, Polyphile et Polia.

Le frère Francesco mourut le premier, ayant terminé son pèlerinage et son livre; il légua le manuscrit à Lucrèce, qui, grande dame et puissante comme elle était, ne craignit point de le faire imprimer par Alde Manuce, et le fit illustrer de dessins, fort beaux la plupart, représentant les principales scènes du songe, les cérémonies des sacrifices, les temples, figures et symboles de la grande Mère divine, déesse de Cythère. Ce livre d'amour platonique fut longtemps l'évangile des cœurs amou-

---

1. *Faust*, seconde partie.

reux dans ce beau pays d'Italie, qui ne rendit pas toujours à la Vénus Céleste des hommages si épurés.

Pouvais-je faire mieux que de relire, avant de toucher à Cythère, le livre étrange de Polyphile, qui, comme Nodier l'a fait remarquer, présente une singularité charmante ; l'auteur a signé son nom et son amour en employant en tête de chaque chapitre un certain nombre de lettres choisies pour former la légende suivante : *Poliam frater Franciscus Columna peramavit*[1]. Que sont les amours d'Abailard et d'Héloïse auprès de cela ?

## IV — SAN-NICOLO

En mettant le pied sur le sol de Cérigo, je n'ai pu songer sans peine que cette île, dans les premières années de notre siècle, avait appartenu à la France. Héritière des possessions de Venise, notre patrie s'est vue dépouillée à son tour par l'Angleterre, qui, là, comme à Malte, annonce en latin aux passants sur une tablette de marbre, que « l'accord de l'Europe et l'*amour* de ces îles lui en ont, depuis 1814, assuré la souveraineté. » — Amour ! dieu des Cythéréens, est-ce bien toi qui as ratifié cette prétention ?

Pendant que nous rasions la côte, avant de nous abriter à San-Nicolo, j'avais aperçu un petit monument, vaguement découpé sur l'azur du ciel, et qui, du haut d'un rocher, semblait la statue encore debout de quelque divinité protectrice... Mais, en approchant davantage, nous avons distingué clairement l'objet qui signalait cette côte à l'attention des voyageurs. C'était un gibet, un gibet à trois branches, dont une seule était garnie. Le premier gibet réel que j'aie vu encore, c'est sur le sol de Cythère, possession anglaise, qu'il m'a été donné de l'apercevoir !

Je n'irai pas à Capsali ; je sais qu'il n'existe plus rien du temple que Pâris fit élever à Vénus Dionée, lorsque le mauvais

1. « Le frère Francesco Colonna a aimé tendrement Polia. »

temps le força de séjourner seize jours à Cythère avec Hélène qu'il enlevait à son époux. On montre encore, il est vrai, la fontaine qui fournit de l'eau à l'équipage, le bassin où la plus belle des femmes lavait de ses mains ses robes et celles de son amant; mais une église a été construite sur les débris du temple, et se voit au milieu du port. Rien n'est resté non plus sur la montagne du temple de Vénus Uranie, qu'a remplacé le fort Vénitien, aujourd'hui gardé par une compagnie écossaise.

Ainsi la Vénus Céleste et la Vénus Populaire, révérées, l'une sur les hauteurs et l'autre dans les vallées, n'ont point laissé de traces dans la capitale de l'île, et l'on s'est occupé à peine de fouiller les ruines de l'ancienne ville de Scandie, près du port d'Avlémona, profondément cachées dans le sein de la terre; là, peut-être, on retrouverait quelques monuments de la troisième Vénus, l'aînée des Parques, l'antique reine du mystérieux Hadès.

Car, il faut bien le remarquer, — pour sortir du dédale où nous ont égarés les derniers poëtes latins et les mythologues modernes, — chacun des grands dieux avait trois corps et était adoré sous les trois formes : du ciel, de la terre et des enfers ; cette triplicité ne peut avoir, d'ailleurs, rien de bizarre au jugement des esprits chrétiens, qui admettent trois personnes en Dieu.

Le port de San-Nicolo n'offrait à nos yeux que quelques masures le long d'une baie sablonneuse où coulait un ruisseau et où l'on avait tiré à sec quelques barques de pêcheurs; d'autres épanouissaient à l'horizon leurs voiles latines sur la ligne sombre que traçait la mer au delà du cap Spati, dernière pointe de l'île, et du cap Malée, qu'on apercevait clairement du côté de la Grèce. Personne ne vint, au moment où nous débarquions, nous demander nos papiers ; les îles anglaises n'abusent pas des lois de police, et, si leur législation aboutit encore à un fouet par en bas, et par en haut à un gibet, les étrangers du moins n'ont rien à craindre de ces modes de répression.

J'étais avide de goûter les vins de la Grèce, au lieu de l'épais et sombre vin de Malte qu'on nous servait depuis deux jours à bord du bateau à vapeur. Je ne dédaignai donc pas d'entrer dans l'humble taverne qui, à d'autres heures, servait de rendez-vous commun aux garde-côtes anglais et aux mariniers grecs. La devanture peinte étalait, comme à Malte, des noms de bières et de liqueurs anglaises inscrits en or. Me voyant vêtu d'un makintosh acheté à Livourne, l'hôte se hâta de m'aller chercher un verre de wiskey ; je tâchai, quant à moi, de me souvenir du nom que les grecs donnaient au vin, et je le prononçai si bien, qu'on ne me comprit nullement. — A quoi donc me sert-il d'avoir été reçu bachelier par MM. Villemain, Cousin et Guizot réunis, et d'avoir dérobé à la France vingt minutes de leur existence pour faire constater tout mon savoir? Le collége a fait de moi un si grand helléniste, que me voilà dans un cabaret de Cérigo à demander du vin, et aussitôt, remportant le wiskey refusé, l'hôte vient servir un pot de porter. Alors, je parviens à réunir trois mots d'italien, et, comme personne ne m'a jamais appris cette langue, je réussis facilement à me faire apporter une bouteille empaillée du liquide cythéréen.

C'était un bon petit vin rouge, sentant un peu l'outre où il avait séjourné, et un peu le goudron, mais plein de chaleur et rappelant assez le goût du vin *asciuto* d'Italie ; — ô généreux sang de la grappe!... comme t'appelle George Sand, à peine es-tu en moi, que je ne suis plus le même ; n'es-tu pas vraiment le sang d'un dieu? et peut-être, comme le disait l'évêque de Cloyne, le sang des esprits rebelles qui luttèrent aux anciens temps sur la terre, et qui, vaincus, anéantis sous leur forme première, reviennent, dans le vin, nous agiter de leurs passions, de leurs colères et de leurs étranges ambitions!...

Mais non, celui qui sort des veines saintes de cette île, de la terre *porphyreuse* et longtemps bénie où régnait la Vénus Céleste, ne peut inspirer que de bonnes et douces pensées. Aussi n'ai-je plus songé dès lors qu'à rechercher pieusement les traces des temples ruinés de la déesse de Cythère ; j'ai gravi les rochers du cap Spati, où Achille en fit bâtir un, à son départ pour Troie ; j'ai cherché des yeux Cranaé, située de l'autre côté du golfe et qui fut le lieu de l'enlèvement d'Hélène ; mais l'île de Cranaé se confondait au loin avec les côtes de la Laconie, et le temple n'a pas laissé même une pierre sur les rocs, du haut desquels on ne découvre, en se tournant vers l'île, que des moulins à eau mis en jeu par une petite rivière qui se jette dans la baie de San-Nicolo.

En descendant, j'ai trouvé quelques-uns de nos voyageurs qui formaient le projet d'aller jusqu'à une petite ville située à deux lieues de là et plus considérable même que Capsali. Nous avons monté sur des mulets, et, sous la conduite d'un Italien qui connaissait le pays, nous avons cherché notre route entre les montagnes. On ne croirait jamais, à voir de la mer les abords hérissés des rocs de Cérigo, que l'intérieur contienne encore tant de plaines fertiles ; c'est, après tout, une terre qui a soixante-six milles de circuit et dont les portions cultivées sont couvertes de cotonniers, d'oliviers et de mûriers semés parmi les vignes. L'huile et la soie sont les principales productions qui fassent vivre les habitants, et les Cythéréennes — je n'aime pas à dire *Cérigotes* — trouvent, à préparer cette dernière, un travail assez doux pour leurs belles mains ; la culture du coton a été frappée, au contraire, par la possession anglaise...

Mais n'admirez-vous pas tout ce beau détail fait en style itinéraire ? C'est que la Cythère moderne, n'étant pas sur le passage habituel des voyageurs, n'a jamais été longuement décrite, et j'aurai du moins le mérite d'en avoir dit même plus que les touristes anglais.

Le but de la promenade de mes compagnons était Potamo, petite ville à l'aspect italien, mais pauvre et délabrée ; le mien était la colline d'Aplunori, située à peu de distance et où l'on m'avait dit que je pourrais rencontrer les restes d'un temple. Mécontent de ma course du cap Spati, j'espérais me dédommager dans celle-ci et pouvoir, comme le bon abbé Delille, remplir mes poches de débris mythologiques. O bonheur ! je rencontre, en approchant d'Aplunori, un petit bois de mûriers et d'oliviers où quelques pins plus rares étendaient çà et là leurs sombres parasols ; l'aloès et le cactus se hérissaient parmi les broussailles, et sur la gauche s'ouvrait de nouveau le grand œil bleu de la mer que nous avions quelque temps perdue de vue. Un mur de pierre semblait clore en partie le bois, et, sur un marbre, débris d'une ancienne arcade qui surmontait une porte carrée, je pus distinguer ces mots : ΚΑΡΔΙΩΝ ΘΕΡΑΠΙΑ (guérison des cœurs).

Cette légende m'a fait soupirer.

### V — APLUNORI

La colline d'Aplunori ne présente que peu de ruines, mais elle a gardé les restes plus rares de la végétation sacrée qui jadis parait le front des montagnes ; des cyprès toujours verts et quelques oliviers antiques dont le tronc crevassé est le refuge des abeilles, ont été conservés par une sorte de vénération traditionnelle qui s'attache à ces lieux célèbres. Les restes d'une enceinte de pierre protégent, seulement du côté de la mer, ce petit bois qui est l'héritage d'une famille ; la porte a été surmontée d'une pierre voûtée, provenant des ruines et dont j'ai signalé déjà l'inscription. Au delà de l'enceinte est une petite maison entourée d'oliviers, habitation de pauvres paysans grecs, qui ont vu se succéder depuis cinquante ans les drapeaux vénitiens, français et anglais sur les tours du fort qui protége San-Nicolo, et qu'on aperçoit à l'autre extrémité de la baie. Le souvenir de la république française et du général Bonaparte, qui les avait affranchis en les incorporant à la république des Sept-Iles, est encore présent à l'esprit des vieillards.

L'Angleterre a rompu ces frêles libertés depuis 1815, et les habitants de Cérigo ont assisté sans joie au triomphe de leurs frères de la Morée. L'Angleterre ne fait pas des Anglais des peuples qu'elle conquiert, je veux dire qu'elle acquiert : elle en fait des ilotes, quelquefois des domestiques ; tel est le sort des

Maltais, tel serait celui des Grecs de Cérigo, si l'aristocratie anglaise ne dédaignait comme séjour cette île poudreuse et stérile. Cependant il est une sorte de richesse dont nos voisins ont encore pu dépouiller l'antique Cythère : je veux parler de quelques bas-reliefs et statues qui indiquaient encore les lieux dignes de souvenir. Ils ont enlevé d'Aplunori une frise de marbre sur laquelle on pouvait lire, malgré quelques abréviations, ces mots, qui furent recueillis en 1798 par des commissaires de la république française : Ναὸς Ἀφροδίτης, θεᾶς κυρίας Κυθηρίων, καὶ παντὸς κόσμου (temple de Vénus, déesse maîtresse des Cythéréens et du monde entier).

Cette inscription ne peut laisser de doute sur le caractère des ruines ; mais, en outre, un bas-relief enlevé aussi par les Anglais avait servi longtemps de pierre à un tombeau dans le bois d'Aplunori. On y distinguait les images de deux amants venant offrir des colombes à la déesse, et s'avançant au delà de l'autel, près duquel était déposé le vase des libations. La jeune fille, vêtue d'une longue tunique, présentait les oiseaux sacrés, tandis que le jeune homme, appuyé d'une main sur son bouclier, semblait de l'autre aider sa compagne à déposer son présent aux pieds de la statue ; Vénus était vêtue à peu près comme la jeune fille, et ses cheveux, tressés sur les tempes, lui descendaient en boucles sur le cou.

Il est évident que le temple situé sur cette colline n'était pas consacré à Vénus Uranie, ou Céleste, adorée dans d'autres quartiers de l'île, mais à cette seconde Vénus, Populaire ou Terrestre, qui présidait aux mariages. La première, apportée par des habitants de la ville d'Ascalon en Syrie, divinité sévère, au symbole complexe, au sexe douteux, avait tous les caractères des images primitives surchargées d'attributs et d'hiéroglyphes, telles que la Diane d'Éphèse ou la Cybèle de Phrygie ; elle fut adoptée par les Spartiates, qui, les premiers, avaient colonisé l'île ; la seconde, plus riante, plus humaine, et dont le culte, introduit par les Athéniens vainqueurs, fut le sujet de guerres civiles entre les habitants, avait une statue re-

nommée dans toute la Grèce comme une merveille de l'art ;
elle était nue et tenait à sa main droite une coquille marine ;
ses fils Éros et Antéros l'accompagnaient, et devant elle était
un groupe de trois Grâces dont deux la regardaient, et dont la
troisième était tournée du côté opposé. Dans la partie orientale du temple, on remarquait la statue d'Hélène ; ce qui est
cause probablement que les habitants du pays donnent à ces
ruines le nom de palais d'Hélène.

Deux jeunes gens se sont offerts à me conduire aux ruines
de l'ancienne ville de Cythère, dont l'entassement poudreux
s'apercevait le long de la mer entre la colline d'Aplunori et le
port de San-Nicolo ; je les avais donc dépassées en me rendant
à Potamo par l'intérieur des terres ; mais la route n'était prati-
cable qu'à pied, et il fallut renvoyer le mulet au village. Je
quittai à regret ce peu d'ombrage plus riche en souvenirs que
les quelques débris de colonnes et de chapiteaux dédaignés par
les collectionneurs anglais. Hors de l'enceinte du bois, trois
colonnes tronquées subsistaient debout encore au milieu d'un
champ cultivé ; d'autres débris ont servi à la construction
d'une maisonnette à toit plat, située au point le plus escarpé
de la montagne, mais dont une antique chaussée de pierre garantit la solidité. Ce reste des fondations du temple sert de plus
à former une sorte de terrasse qui retient la terre végétale nécessaire aux cultures et si rare dans l'île depuis la destruction
des forêts sacrées.

On trouve encore sur ce point une excavation provenant de
fouilles ; une statue de marbre blanc drapée à l'antique, et
très-mutilée, en avait été retirée ; mais il a été impossible d'en
déterminer les caractères spéciaux. En descendant à travers
les rochers poudreux, variés parfois d'oliviers et de vignes,
nous avons traversé un ruisseau qui descend vers la mer en
formant des cascades, et qui coule parmi des lentisques, des
lauriers-roses et des myrtes. Une chapelle grecque s'est élevée
sur les bords de cette eau bienfaisante, et paraît avoir succédé
à un monument plus ancien.

### VI — PALÆOCASTRO

Nous suivons dès lors le bord de la mer en marchant sur les sables et en admirant de loin en loin des cavernes où les flots vont s'engouffrer dans les temps d'orage; les cailles de Cérigo, fort appréciées des chasseurs, sautelaient çà et là sur les rochers voisins, dans les touffes de sauge aux feuilles cendrées. Parvenus au fond de la baie, nous avons pu embrasser du regard toute la colline de Palæocastro couverte de débris, et que dominent encore les tours et les murs ruinés de l'antique ville de Cythère. L'enceinte en est marquée sur le penchant tourné vers la mer, et les restes des bâtiments sont cachés en partie sous le sable marin qu'amoncelle l'embouchure d'une petite rivière. Il semble que la plus grande partie de la ville ait disparu peu à peu sous l'effort de la mer croissante, à moins qu'un tremblement de terre, dont tous ces lieux portent les traces, n'ait changé l'assiette du terrain. Selon les habitants, lorsque les eaux sont très-claires, on distingue au fond de la mer les restes de constructions considérables.

En traversant la petite rivière, on arrive aux anciennes catacombes pratiquées dans un rocher qui domine les ruines de la ville et où l'on monte par un sentier taillé dans la pierre. La catastrophe qui apparaît dans certains détails de cette plage désolée a fendu dans toute sa hauteur cette roche funéraire et ouvert au grand jour les hypogées qu'elle renferme. On distingue par l'ouverture les côtés correspondants de chaque salle séparés comme par prodige; c'est après avoir gravi le rocher qu'on parvient à descendre dans ces catacombes qui paraissent avoir été habitées récemment par des pâtres; peut-être ont-elles servi de refuge pendant les guerres, ou à l'époque de la domination des Turcs.

Le sommet même du rocher est une plate-forme oblongue, bordée et jonchée de débris qui indiquent la ruine d'une construction beaucoup plus élevée; sans doute, c'était un temple dominant les sépulcres et sous l'abri duquel reposaient des cendres pieuses. Dans la première chambre que l'on rencontre ensuite, on remarque deux sarcophages taillés dans la pierre et couverts d'une arcade cintrée ; les dalles qui les fermaient et dont on ne voit plus que les débris étaient seules d'un autre morceau ; aux deux côtés, des niches ont été pratiquées dans le mur, soit pour placer des lampes ou des vases lacrymatoires, soit encore pour contenir des urnes funéraires Mais, s'il y avait ici des urnes, à quoi bon plus loin des cercueils ? Il est certain que l'usage des anciens n'a pas toujours été de brûler les corps, puisque, par exemple, l'un des Ajax fut enseveli dans la terre ; mais, si la coutume a pu varier selon les temps, comment l'un et l'autre mode aurait-il été indiqués dans le même monument ? Se pourrait-il encore que ce qui nous semble des tombeaux ne fût que des cuves d'eau lustrale multipliées pour le service des temples ? Le doute est ici permis. L'ornement de ces chambres paraît avoir été fort simple comme architecture ; aucune sculpture, aucune colonne n'en vient varier l'uniforme construction ; les murs sont taillés carrément, le plafond est plat ; seulement, l'on s'aperçoit que primitivement les parois ont été revêtues d'un mastic où apparaissent des traces d'anciennes peintures exécutées en rouge et en noir à la manière des Étrusques.

Des curieux ont déblayé l'entrée d'une salle plus considérable pratiquée dans le massif de la montagne ; elle est vaste, carrée et entourée de cabinets ou cellules, séparés par des pilastres et qui peuvent avoir été soit des tombeaux, soit des chapelles ; car, selon bien des gens, cette excavation immense serait la place d'un temple consacré aux divinités souterraines.


VII — LES TROIS VÉNUS


Il est difficile de dire si c'est sur ce rocher qu'était bâti le temple de Vénus Céleste, indiqué par Pausanias comme domi-

nant Cythère, ou si ce monument s'élevait sur la colline encore couverte des ruines de cette cité, que certains auteurs
appellent aussi la Ville de Ménélas. Toujours est-il que la disposition singulière de ce rocher m'a rappelé celle d'un autre
temple d'Uranie que l'auteur grec décrit ailleurs comme étant
placé sur une colline hors des murs de Sparte. Pausanias lui-
même, Grec de la décadence, païen d'une époque où l'on avait
perdu le sens des vieux symboles, s'étonne de la construction
toute primitive des deux temples superposés consacrés à la
déesse. Dans l'un, celui d'en bas, on la voit couverte d'armures,
*telle que Minerve* (ainsi que la peint une épigramme d'Ausone);
dans l'autre, elle est représentée couverte entièrement d'un
voile, avec des chaînes aux pieds. Cette dernière statue, taillée
en bois de cèdre, avait-été, dit-on, érigée par Tyndare et s'appelait *Morpho*, autre surnom de Vénus. Est-ce la Vénus souterraine, celle que les Latins appelaient *Libitina*, celle qu'on représentait aux enfers, unissant Pluton à la froide Perséphonè,
et qui, encore sous le surnom d'aînée des Parques, se confond
parfois avec la belle et pâle Némésis?

On a souri des préoccupations de ce poétique voyageur « qui
s'inquiétait tant de la blancheur des marbres; » peut-être s'é-
tonnera-t-on dans ce temps-ci de me voir dépenser tant de recherches à constater la triple personnalité de la déesse de
Cythère. Certes, il n'était pas difficile de trouver, dans ses trois
cents surnoms et attributs, la preuve qu'elle appartenait à la
classe de ces divinités *panthées*, qui présidaient à toutes les
forces de la nature dans les trois régions du ciel, de la terre et
des lieux souterrains. Mais j'ai voulu surtout montrer que le
culte des Grecs s'adressait principalement à la Vénus austère,
idéale et mystique, que les néoplatoniciens d'Alexandrie purent opposer, sans honte, à la Vierge des chrétiens. Cette dernière, plus humaine, plus facile à comprendre pour tous, a
vaincu désormais la philosophique Uranie. Aujourd'hui, la
*Panagia* grecque a succédé, sur ces mêmes rivages, aux honneurs de l'antique Aphrodite; l'église ou la chapelle se rebâtit des

ruines du temple et s'applique à en couvrir les fondements ; les mêmes superstitions s'attachent presque partout à des attributs tout semblables ; la Panagia, qui tient à la main un éperon de navire, a pris la place de Vénus Pontia ; une autre reçoit, comme la Vénus Calva, un tribut de chevelures que les jeunes filles suspendent aux murs de sa chapelle. Ailleurs s'élevait la Vénus des flammes, ou la Vénus des abîmes ; la Vénus Apostrophia, qui détournait des pensées impures, ou la Vénus Péristéria, qui avait la douceur et l'innocence des colombes : la Panagia suffit encore à réaliser tous ces emblèmes. Ne demandez pas d'autres croyances aux descendants des Achéens : le christianisme ne les a pas vaincus, ils l'ont plié à leurs idées ; le principe féminin, et, comme dit Gœthe, le *féminin céleste* régnera toujours sur ce rivage. La Diane sombre et cruelle du Bosphore, la Minerve prudente d'Athènes, la Vénus Armée de Sparte, telles étaient leurs plus sincères religions : la Grèce d'aujourd'hui remplace par une seule vierge tous ces types de vierges saintes, et compte pour bien peu de chose la trinité masculine et tous les saints de la légende, à l'exception de saint Georges, le jeune et brillant cavalier.

En quittant ce rocher bizarre, tout percé de salles funèbres, et dont la mer ronge assidûment la base, nous sommes arrivés à une grotte que les stalactites ont décorée de piliers et de franges merveilleuses ; des bergers y avaient abrité leurs chèvres contre les ardeurs du jour ; mais le soleil commença bientôt à décliner vers l'horizon en jetant sa pourpre au rocher lointain de Cérigotto, vieille retraite des pirates ; la grotte était sombre et mal éclairée à cette heure, et je ne fus pas tenté d'y pénétrer avec des flambeaux ; cependant tout y révèle encore l'antiquité de cette terre aimée des cieux. Des pétrifications, des fossiles, des amas même d'ossements antédiluviens ont été extraits de cette grotte, ainsi que de plusieurs autres points de l'île. Ainsi ce n'est pas sans raison que les Pélasges avaient placé là le berceau de la fille d'Uranus, de cette Vénus si différente de celle des peintres et des poëtes, qu'Orphée invoquait

en ces termes : « Vénérable déesse, qui aime les ténèbres...
visible et invisible... dont toutes choses émanent, car tu donnes
des lois au monde entier, et tu commandes même aux Parques,
souveraine de la nuit ! »

## VIII — LES CYCLADES

Cérigo et Cérigotto montraient encore à l'horizon leurs contours anguleux; bientôt nous tournâmes la pointe du cap
Malée, passant si près de la Morée, que nous distinguions tous
les détails du paysage. Une habitation singulière attira nos regards; cinq ou six arcades de pierre soutenaient le devant d'une
sorte de grotte précédée d'un petit jardin. Les matelots nous
dirent que c'était la demeure d'un ermite, qui depuis longtemps
vivait et priait sur ce promontoire isolé. C'est un lieu magnifique, en effet, pour rêver au bruit des flots comme un moine
romantique de Byron! Les vaisseaux qui passent envoient
quelquefois une barque porter des aumônes à ce solitaire, qui
probablement est en proie à la curiosité des Anglais. Il ne se
montra pas pour nous : peut-être est-il mort.

A deux heures du matin, le bruit de la chaîne laissant tomber
l'ancre nous éveillait tous, et nous annonçait entre deux rêves
que, ce jour-là même, nous foulerions le sol de la Grèce véritable et régénérée. La vaste rade de Syra nous entourait comme
un croissant.

Je vis depuis ce matin dans un ravissement complet. Je voudrais m'arrêter tout à fait chez ce bon peuple hellène, au milieu de ces îles aux noms sonores, et d'où s'exhale comme un
parfum du Jardin des Racines grecques. Ah! que je remercie à
présent mes bons professeurs, tant de fois maudits, de m'avoir
appris de quoi pouvoir déchiffrer, à Syra, l'enseigne d'un barbier, d'un cordonnier ou d'un tailleur. Eh quoi! voici bien les
mêmes lettres rondes et les mêmes majuscules... que je savais
si bien lire du moins, et que je me donne le plaisir d'épeler
tout haut dans la rue.

— Καλιμέρα (bonjour), me dit le marchand d'un air affable, en me faisant l'honneur de ne pas me croire Parisien.

— Πόσα (combien)? dis-je en choisissant quelque bagatelle.

— Δέκα δράγμαι (dix drachmes), me répond-il d'un ton classique.

Heureux homme pourtant, qui sait le grec de naissance, et ne se doute pas qu'il parle en ce moment comme un personnage de Lucien.

Cependant le batelier me poursuit encore sur le quai et me crie comme Caron à Ménippe :

— Ἀπόδος, ὦ κατάρατε, τὰ πορθμεῖα! (paye-moi, gredin, le prix du passage!)

Il n'est pas satisfait d'un demi-franc que je lui ai donné; il veut une drachme (quatre-vingt-dix centimes) : il n'aura pas même une obole. Je lui réponds vaillamment avec quelques phrases des *Dialogues des Morts.* Il se retire en grommelant des jurons d'Aristophane.

Il me semble que je marche au milieu d'une comédie. Le moyen de croire à ce peuple en veste brodée, en jupon plissé à gros tuyaux (fustanelle), coiffé de bonnets rouges, dont l'épais flocon de soie retombe sur l'épaule, avec des ceintures hérissées d'armes éclatantes, des jambières et des babouches! C'est encore le costume exact de *l'Ile des Pirates* ou du *Siége de Missolonghi.* Chacun passe pourtant sans se douter qu'il a l'air d'un comparse, et c'est mon hideux vêtement de Paris qui provoque seul, parfois, un juste accès d'hilarité.

Oui, mes amis! c'est moi qui suis un barbare, un grossier fils du Nord, et qui fais tache dans votre foule bigarrée. Comme le Scythe Anacharsis... Oh! pardon, je voudrais bien me tirer de ce parallèle ennuyeux.

Mais c'est bien le soleil d'Orient et non le pâle soleil du lustre qui éclaire cette jolie ville de Syra, dont le premier aspect produit l'effet d'une décoration impossible. Je marche en pleine couleur locale, unique spectateur d'une scène étrange, où le passé renaît sous l'enveloppe du présent.

Tenez, ce jeune homme aux cheveux bouclés, qui passe en portant sur l'épaule le corps difforme d'un chevreau noir... Dieux puissants! c'est une outre de vin, une outre homérique, ruisselante et velue. Le garçon sourit de mon étonnement, et m'offre gracieusement de délier l'une des pattes de sa bête, afin de remplir ma coupe d'un vin de Samos emmiellé.

— O jeune Grec! dans quoi me verseras-tu ce nectar? car je ne possède point de coupe, je te l'avouerai.

— Πίθι (bois)? me dit-il en tirant de sa ceinture une corne tronquée garnie de cuivre et faisant jaillir de la patte de l'outre un flot du liquide écumeux.

J'ai tout avalé sans grimace et sans rien rejeter, par respect pour le sol de l'antique Scyros que foulèrent les pieds d'Achille enfant!

Je puis dire aujourd'hui que cela sentait affreusement le cuir, la mélasse et la colophane; mais assurément c'est bien là le même vin qui se buvait aux noces de Pélée, et je bénis les dieux qui m'ont fait l'estomac d'un Lapithe sur les jambes d'un Centaure.

Ces dernières ne m'ont pas été inutiles non plus dans cette ville bizarre, bâtie en escalier, et divisée en deux cités, l'une bordant la mer (la neuve), et l'autre (la cité vieille) couronnant la pointe d'une montagne en pain de sucre, qu'il faut gravir aux deux tiers avant d'y arriver.

Me préservent les chastes Piérides de médire aujourd'hui des monts rocailleux de la Grèce! ce sont les os puissants de cette vieille mère (la nôtre à tous) que nous foulons d'un pied débile. Ce gazon rare où fleurit la triste anémone rencontre à peine assez de terre pour étendre sur elle un reste de manteau jauni. O Muses! ô Cybèle!... Quoi! pas même une broussaille, une touffe d'herbe plus haute indiquant la source voisine!... Hélas! j'oubliais que, dans la ville neuve où je viens de passer, l'eau pure se vend au verre, et que je n'ai rencontré qu'un porteur de vin.

Me voici donc enfin dans la campagne, entre les deux villes.

L'une, au bord de la mer, étalant son luxe de favorite des marchands et des matelots, son bazar à demi turc, ses chantiers de navires, ses magasins et ses fabriques neuves, sa grande rue bordée de merciers, de tailleurs et de libraires ; et, sur la gauche, tout un quartier de négociants, de banquiers et d'armateurs, dont les maisons, déjà splendides, gravissent et couvrent peu à peu le rocher, qui tourne à pic sur une mer bleue et profonde. L'autre, qui, vue du port, semblait former la pointe d'une construction pyramidale, se montre maintenant détachée de sa base apparente par un large pli de terrain, qu'il faut traverser avant d'atteindre la montagne, dont elle coiffe bizarrement le sommet.

Qui ne se souvient de la ville de *Laputa* du bon Swift, suspendue dans les airs par une force magique et venant de temps à autre se poser quelque part sur notre terre pour y faire provision de ce qui lui manque. Voilà exactement le portrait de Syra la vieille, moins la faculté de locomotion. C'est bien elle encore qui « d'étage en étage escalade la nue, » avec vingt rangées de petites maisons à toits plats, qui diminuent régulièrement jusqu'à l'église de Saint-Georges, dernière assise de cette pointe pyramidale. Deux autres montagnes plus hautes élèvent derrière celle-ci leur double piton, entre lequel se détache de loin cet angle de maisons blanchies à la chaux. Cela forme un coup d'œil tout particulier.

## IX — SAINT-GEORGES

On monte assez longtemps encore à travers les cultures ; de petits murs en pierres sèches indiquent la borne des champs ; puis la montée devient plus rapide et l'on marche sur le rocher nu ; enfin l'on touche aux premières maisons ; la rue étroite s'avance en spirale vers le sommet de la montagne ; des boutiques pauvres, des salles de rez-de-chaussée où les femmes causent ou filent, des bandes d'enfants à la voix rauque, aux traits charmants, courant çà et là ou jouant sur le seuil des masures, des jeunes filles se voilant à la hâte, tout effarées de voir dans la rue quelque chose d'aussi rare qu'un passant; des cochons de lait et des volailles troublés, dans la paisible possession de la voie publique, refluant vers les intérieurs; çà et là d'énormes matrones rappelant ou cachant leurs enfants pour les garder du mauvais œil : tel est le spectacle assez vulgaire qui frappe partout l'étranger.

Étranger! mais le suis-je donc tout à fait sur cette terre du passé? Oh! non, déjà quelques voix bienveillantes ont salué mon costume, dont tout à l'heure j'avais honte.

Καθολικός! Tel est le mot que des enfants répètent autour de moi.

Et l'on me guide à grands cris vers l'église de Saint-Georges, qui domine la ville et la montagne. Catholique! Vous êtes bien bons, mes amis; catholique, vraiment je l'avais oublié. Je tâchais de penser aux dieux immortels, qui ont inspiré tant de nobles génies, tant de hautes vertus! J'évoquais de la mer déserte et du sol aride les fantômes riants que rêvaient vos pères, et je m'étais dit, en voyant si triste et si nu tout cet archipel des Cyclades, ces côtes dépouillées, ces baies inhospitalières, que la malédiction de Neptune avait frappé la Grèce oublieuse... La verte naïade est morte épuisée dans sa grotte, les dieux des bocages ont disparu de cette terre sans ombre, et toutes ces divines animations de la matière se sont retirées peu à peu comme la vie d'un corps glacé. Oh! n'a-t-on pas compris ce dernier cri jeté par un monde mourant, quand de pâles navigateurs s'en vinrent raconter qu'en passant, la nuit, près des côtes de Thessalie, ils avaient entendu une grande voix qui criait : « Pan est mort! » Mort, eh quoi! lui, le compagnon des esprits simples et joyeux, le dieu qui bénissait l'hymen fécond de l'homme et de la terre! il est mort, lui par qui tout avait coutume de vivre! mort sans lutte au pied de l'Olympe profané, mort comme un dieu peut seulement mourir, faute d'encens et d'hommages, et frappé au cœur comme un père par l'ingratitude et l'oubli! Et maintenant... arrêtez-vous, enfants, que je contemple encore cette pierre ignorée qui rappelle son culte et qu'on a scellée par hasard dans le mur de la terrasse qui soutient votre église; laissez-moi toucher ces attributs sculptés représentant un cistre, des cimbales, et, au milieu, une coupe couronnée de lierre ; c'est le débris de son autel rustique, que vos aïeux ont entouré avec ferveur, en des temps où la nature souriait au travail, où Syra s'appelait Syros....

Ici, je ferme une période un peu longue pour ouvrir une parenthèse utile. J'ai confondu plus haut *Syros* avec *Scyros*. Faute d'un *c*, cette île aimable perdra beaucoup dans mon estime ; car c'est ailleurs décidément que le jeune Achille fut élevé parmi les filles de Lycomède, et, si j'en crois mon itinéraire, Syra ne peut se glorifier que d'avoir donné le jour à Phérécyde, le maître de Pythagore et l'inventeur de la boussole... Que les itinéraires sont savants !

On est allé chercher le bedeau pour ouvrir l'église; et je m'assieds, en attendant, sur le rebord de la terrasse, au milieu d'une troupe d'enfants bruns et blonds comme partout, mais beaux comme ceux des marbres antiques, avec des yeux que le marbre ne peut rendre et dont la peinture ne peut fixer l'éclat mobile. Les petites filles vêtues comme de petites sultanes, avec un turban de cheveux tressés, les garçons ajustés en filles, grâce à la jupe grecque plissée et à la longue chevelure tordue sur les épaules, voilà ce que Syra produit toujours à défaut de fleurs et d'arbustes; cette jeunesse sourit encore sur le sol dépouillé... N'ont-ils pas dans leur langue aussi quelque chanson naïve correspondant à cette ronde de nos jeunes filles, qui pleure les bois déserts et les lauriers coupés? Mais Syra répondrait que ses bois sillonnent les eaux et que ses lauriers se sont épuisés à couronner le front de ses marins!... N'as-tu pas été aussi le grand nid des pirates, ô vertueux rocher! deux fois catholique, latin sur la montagne et grec sur le rivage : et n'es-tu pas toujours celui des usuriers?

Mon itinéraire ajoute que la plupart des riches négociants
de la ville basse ont fait fortune pendant la guerre de l'indépendance par le commerce que voici : leurs vaisseaux, sous
pavillon turc, s'emparaient de ceux que l'Europe avait envoyés porter des secours d'argent et d'armes à la Grèce; puis,
sous pavillon grec, ils allaient revendre les armes et les provisions à leurs frères de Morée ou de Chio ; quant à l'argent,
ils ne le gardaient pas, mais le prêtaient aussi sous bonne garantie à la cause de l'indépendance, et conciliaient ainsi leurs
habitudes d'usuriers et de pirates avec leurs devoirs d'Hel-
lènes. Il faut dire aussi qu'en général la ville haute tenait pour
les Turcs par suite de son christianisme romain. Le général
Fabvier, passant à Syra, et se croyant au milieu des Grecs
orthodoxes, y faillit être assassiné... Peut-être eût-on voulu
pouvoir vendre aussi à la Grèce reconnaissante le corps illustre du guerrier.

Quoi ! vos pères auraient fait cela, beaux enfants aux cheveux d'or et d'ébène, qui me voyez avec admiration feuilleter
ce livre, plus ou moins véridique, en attendant le bedeau?
Non ! j'aime mieux en croire vos yeux si doux, ce qu'on reproche à votre race doit être attribué à ce ramas d'étrangers
sans nom, sans culte et sans patrie, qui grouillent encore sur
le port de Syra, ce carrefour de l'Archipel. Et, d'ailleurs, le
calme de vos rues désertes, cet ordre et cette pauvreté... Voici
le bedeau portant les clefs de l'église Saint-Georges. Entrons :
non... je vois ce que c'est.

Une colonnade modeste, un autel de paroisse campagnarde,
quelques vieux tableaux sans valeur, un saint Georges sur
fond d'or, terrassant celui qui se relève toujours... cela vaut-
il la chance d'un refroidissement sous ces voûtes humides,
entre ces murs massifs qui pèsent sur les ruines d'un temple
des dieux abolis? Non ! pour un jour que je passe en Grèce, je
ne veux pas braver la colère d'Apollon ! Je n'exposerai pas à
l'ombre mon corps tout échauffé des feux divins qui ont sur-
vécu à sa gloire. Arrière, souffle du tombeau !

D'autant plus qu'il y a dans ce livre que je tieñs un passage qui m'a fortement frappé : « Avant d'arriver à Delphes, on trouve, sur la route de Livadie, plusieurs tombeaux antiques. L'un d'eux, dont l'entrée a la forme d'une porte colossale, a été fendu par un tremblement de terre, et de la fente sort le tronc d'un laurier sauvage. Dodwel nous apprend qu'il règne dans le pays une tradition rapportant qu'à l'instant de la mort de Jésus-Christ, un prêtre d'Apollon offrait un sacrifice dans ce lieu même, quand, s'arrêtant tout à coup, il s'écria qu'un nouveau dieu venait de naître, dont la puissance égalerait celle d'Apollon, mais qui finirait pourtant par lui céder. A peine eut-il prononcé ce *blasphème*, que le rocher se fendit, et il tomba mort, frappé par une main invisible. »

Et moi, fils d'un siècle douteur, n'ai-je pas bien fait d'hésiter à franchir le seuil, et de m'arrêter plutôt encore sur la terrasse à contempler Tina prochaine, et Naxos, et Paros, et Mycone, éparses sur les eaux, et plus loin cette côte basse et déserte, visible encore au bord du ciel, qui fut Délos, l'île d'Apollon!...

## X — LES MOULINS DE SYRA

Je n'ai plus à parler beaucoup de la Grèce. Encore un seul mot. J'ai entraîné le lecteur avec moi sur le sommet de cette montagne en pain de sucre couronnée de maisons, que je comparais à la ville suspendue en l'air de Laputa; — il faut bien l'en faire redescendre; autrement, son esprit resterait perché pour toujours sur la terrasse de l'église du grand Saint-Georges, qui domine la vieille ville de Syra. Je ne connais rien de plus triste qu'un voyage inachevé. — J'ai souffert plus que personne de la mort du pauvre Jacquemont, qui m'a laissé un pied en l'air sur je ne sais quelle cime de l'Himalaya, et cela me contrarie fortement toutes les fois que je pense à l'Inde. Le bon Yorick lui-même n'a pas craint de nous condamner volontairement à l'éternelle et douloureuse curiosité de savoir ce qui s'est passé entre le révérend et la dame piémontaise dans cette fameuse chambre à deux lits que l'on sait. Cela est au nombre des petites misères si grosses de la vie humaine : — il semble que l'on ait affaire à ces enchanteurs malencontreux qui vous prennent dans une conjuration magique dont ils ne savent plus vous tirer et qui vous y laissent, transformés — en quoi? — en point d'interrogation.

Ce qui m'arrêtait, il faut bien le dire, c'était le désir de raconter — et la crainte de ne pouvoir énoncer convenablement une certaine aventure qui m'est arrivée en descendant la montagne — dans un de ces moulins à six ailes qui décorent si bizarrement les hauteurs de toutes les îles grecques.

Un moulin à vent à six ailes qui battent joyeusement l'air, comme les longues ailes membraneuses des cigales, cela gâte beaucoup moins la perspective que nos affreux moulins de Picardie; pourtant cela ne fait qu'une figure médiocre auprès des ruines solennelles de l'antiquité. N'est-il pas triste de songer que la côte de Délos en est couverte? Les moulins sont le seul ombrage de ces lieux stériles, autrefois couverts de bois sacrés. En descendant de Syra la vieille à Syra la nouvelle, bâtie au bord de la mer sur les ruines de l'antique Hermopolis, il a bien fallu me reposer à l'ombre de ces moulins, dont le rez-de-chaussée est généralement un cabaret. Il y a des tables devant la porte, et l'on vous sert, dans des bouteilles empaillées, un petit vin rougeâtre qui sent le goudron et le cuir. Une vieille femme s'approche de la table où j'étais assis et me dit :

— Κοκόνιτζα! καλὶ!...

On sait déjà que le grec moderne s'éloigne beaucoup moins qu'on ne le croit de l'ancien. Ceci est vrai à ce point que les journaux, la plupart écrits en grec ancien, sont cependant compris de tout le monde... Je ne me donne pas pour un helléniste de première force; mais je voyais bien, par le second mot, qu'il s'agissait de quelque chose de beau. Quant au substantif Κοκόνιτζα, j'en cherchais en vain la racine dans ma mémoire, meublée seulement des dizains classiques de Lancelot.

— Après tout, me dis-je, cette femme reconnaît en moi un étranger; elle veut peut-être me montrer quelque ruine, me faire voir quelque curiosité. Peut-être est-elle chargée d'un galant message, car nous sommes dans le Levant, pays d'aventures.

Comme elle me faisait signe de la suivre, je la suivis. Elle me conduisit plus loin à un autre moulin. Ce n'était plus un cabaret : une sorte de tribu farouche, de sept ou huit drôles mal vêtus, remplissait l'intérieur de la salle basse. Les uns dormaient, d'autres jouaient aux osselets. Ce tableau d'intérieur n'avait rien de gracieux. La vieille m'offrit d'entrer. Comprenant à peu près la destination de l'établissement, je fis mine de vouloir retourner à l'honnête taverne où la vieille m'avait rencontré. Elle me retint par la main en criant de nouveau :

— Κοκόνιτζα ! Κοκόνιτζα !

Et, sur ma répugnance à pénétrer dans la maison, elle me fit signe de rester seulement à l'endroit où j'étais.

Elle s'éloigna de quelques pas et se mit comme à l'affût derrière une haie de cactus qui bordait un sentier conduisant à la ville. Des filles de la campagne passaient de temps en temps, portant de grands vases de cuivre sur la hanche quand ils étaient vides, sur la tête quand il étaient pleins. Elles allaient à une fontaine située près de là, ou en revenaient. J'ai su depuis que c'était l'unique fontaine de l'île. Tout à coup la vieille se mit à siffler, l'une des paysannes s'arrêta et passa précipitamment par une des ouvertures de la haie. Je compris tout de suite la signification du mot Κοκόνιτζα ! Il s'agissait d'une sorte de chasse aux *jeunes filles*. La vieille sifflait... le même air sans doute que siffla le vieux serpent sous l'arbre du mal... et une pauvre paysanne venait de se faire prendre à l'appel.

Dans les îles grecques, toutes les femmes qui sortent sont voilées comme si l'on était en pays turc. J'avouerai que je

n'étais pas fâché, pour un jour que je passais en Grèce, de voir
au moins un visage de femme. Et pourtant, cette simple curiosité de voyageur n'était-elle pas déjà une sorte d'adhésion
au manége de l'affreuse vieille? La jeune femme paraissait
tremblante et incertaine; peut-être était-ce la première fois
qu'elle cédait à la tentation embusquée derrière cette haie fatale ! La vieille leva le pauvre voile bleu de la paysanne. Je vis
une figure pâle, régulière, avec des yeux assez sauvages;
deux grosses tresses de cheveux noirs entouraient la tête comme
un turban. Il n'y avait rien là du charme dangereux de l'antique *hétaïre;* de plus, la paysanne se tournait à chaque instant avec inquiétude du côté de la campagne en disant :

— Ὦ ἀνδρός μου ! ὦ ἀνδρός μου ! (Mon mari ! mon mari !)

La misère, plus que l'amour, apparaissait dans toute son
attitude. J'avoue que j'eus peu de mérite à résister à la séduction. Je lui pris la main, où je mis deux ou trois drachmes,
et je lui fis signe qu'elle pouvait redescendre dans le sentier.

Elle parut hésiter un instant ; puis, portant la main à ses
cheveux, elle tira d'entre les nattes tordues autour de sa tête,
une de ces amulettes que portent toutes les femmes des pays
orientaux, et me la donna en disant un mot que je ne pus
comprendre.

C'était un petit fragment de vase ou de lampe antique,
qu'elle avait sans doute ramassé dans les champs, entortillé
dans un morceau de papier rouge, et sur lequel j'ai cru distinguer une petite figure de génie monté sur un char ailé entre
deux serpents. Au reste, le relief est tellement fruste, qu'on
peut y voir tout ce que l'on veut... Espérons que cela me portera bonheur dans mon voyage.

Triste spectacle, en somme, que celui de cette corruption des
pays orientaux où un faux esprit de morale a supprimé la
courtisane joyeuse et insouciante des poëtes et des philosophes.
— Ici, c'est la passion de Corydon qui succède à celle d'Alci-
biade ; — là, c'est le sexe entier qu'on déprave pour éviter
un moindre mal peut-être ; la tache s'élargit sans s'effacer ; la

misère réalise un gain furtif qui la corrompt sans l'enrichir. Ce n'est plus même la pâle image de l'amour, ce n'en est que le spectre fatal et douloureux. — On va voir jusqu'où s'étend le préjugé social si maladroit et si impuissant à la fois. Les Grecs aiment le théâtre comme jadis ; on trouve des salles de spectacle dans les plus petites villes. Seulement, tous les rôles de femmes sont joués par des hommes.

En redescendant au port, j'ai vu des affiches qui portaient le titre d'une tragédie de *Marco Bodjari*, par Aleko Soudzo, suivie d'un ballet, le tout imprimé en italien pour la commodité des étrangers. Après avoir dîné à l'hôtel d'*Angleterre*, dans une grande salle ornée d'un papier peint à personnages, je me suis fait conduire au *Casino*, où avait lieu la représentation. On déposait, avant d'entrer, les longues chibouques de cerisier à une sorte de bureau *des pipes :* les gens du pays ne fument plus au théâtre pour ne pas incommoder les touristes anglais qui louent les plus belles loges. Il n'y avait guère que des hommes, sauf quelques femmes étrangères à la localité. J'attendais avec impatience le lever du rideau pour juger de la déclamation. La pièce a commencé par une scène d'exposition entre Bodjari et un Palikare, son confident. Leur débit emphatique et guttural m'eût dérobé le sens des vers, quand même j'aurais été assez savant pour les comprendre ; de plus, les Grecs prononcent l'èta comme un *i*, le thêta comme un *th* anglais, le bêta comme un *v*, l'upsilon comme un *y*, ainsi de suite. Il est probable que c'était là la prononciation antique, mais l'Université nous enseigne autrement.

Au second acte, je vis paraître Moustaï-Pacha, au milieu des femmes de son sérail, lesquelles n'étaient que des hommes vêtus en odalisques ; on sait qu'en Grèce, on ne permet pas aux femmes de paraître sur le théâtre. Quelle moralité ! Moustaï-Pacha était flanqué d'un confident comme le héros grec ; — il paraissait aussi Turc que le farouche Aconnat représenté par Son Altesse. En suivant la pièce, j'ai fini par comprendre peu à peu que Marco-Bodjari était un Léonidas moderne renouvelant,

avec trois cents Palikares, la résistance des trois cents Spartiates. On applaudissait vivement ce drame hellénique, qui,
après s'être développé selon les règles classiques, se terminait
par des coups de fusil.

En retournant au bateau à vapeur, j'ai joui du spectacle
unique de cette ville pyramidale éclairée jusqu'à ses plus hautes
maisons. C'était vraiment *babylonian*, comme dirait un Anglais.

J'ai quitté à Syra le paquebot autrichien pour m'embarquer
sur *le Léonidas*, vaisseau français qui part pour Alexandrie.
c'est une traversée de trois jours.

L'Égypte est un vaste tombeau; c'est l'impression qu'elle
m'a faite en abordant sur cette plage d'Alexandrie, qui, avec
ses ruines et ses monticules, offre aux yeux des tombeaux épars
sur une terre de cendres.

Des ombres drapées de linceuls bleuâtres circulent parmi
ces débris. Je suis allé voir la colonne de Pompée et les bains
de Cléopâtre. La promenade du *Mahmoudieh* et ses palmiers
toujours verts rappellent seuls la nature vivante...

Je ne parle pas d'une grande place tout européenne formée par les palais des consuls et par les maisons des banquiers,
ni des églises byzantines ruinées, ni des constructions modernes
du pacha d'Égypte, accompagnées de jardins qui semblent des
serres. J'aurais mieux aimé les souvenirs de l'antiquité grecque;
mais tout cela est détruit, rasé, méconnaissable.

Je m'embarque ce soir sur le canal d'Alexandrie à l'Atfé;
ensuite je prendrai une cange à voile pour remonter jusqu'au
Caire : c'est un voyage de cinquante lieues que l'on fait en
six jours.

# LES FEMMES DU CAIRE

## I

## LES MARIAGES COPHTES

### I — LE MASQUE ET LE VOILE

Le Caire est la ville du Levant où les femmes sont encore le plus hermétiquement voilées. A Constantinople, à Smyrne, une gaze blanche ou noire laisse quelquefois deviner les traits des belles musulmanes, et les édits les plus rigoureux parviennent rarement à leur faire épaissir ce frêle tissu. Ce sont des nonnes gracieuses et coquettes qui, se consacrant à un seul époux, ne sont pas fâchées toutefois de donner des regrets au monde. Mais l'Égypte, grave et pieuse, est toujours le pays des énigmes et des mystères ; la beauté s'y entoure, comme autrefois, de voiles et de bandelettes, et cette morne attitude décourage aisément l'Européen frivole. Il abandonne le Caire après huit jours, et se hâte d'aller vers les cataractes du Nil chercher d'autres déceptions que lui réserve la science, et dont il ne conviendra jamais.

La patience était la plus grande vertu des initiés antiques. Pourquoi passer si vite ? Arrêtons-nous, et cherchons à soulever un coin du voile austère de la déesse de Saïs. D'ailleurs, n'est-il pas encourageant de voir qu'en des pays où les femmes passent

pour être prisonnières, les bazars, les rues et les jardins nou
les présentent par milliers, marchant seules à l'aventure, o
deux ensemble, ou accompagnées d'un enfant? Réellement, le
Européennes n'ont pas autant de liberté : les femmes de distinction sortent, il est vrai, juchées sur des ânes et dans un
position inaccessible; mais, chez nous, les femmes du mêm
rang ne sortent guère qu'en voiture. Reste le voile... qui
peut-être, n'établit pas une barrière aussi farouche que l'or
croit.

Parmi les riches costumes arabes et turcs que la réforme
épargne, l'habit mystérieux des femmes donne à la foule qui
remplit les rues l'aspect joyeux d'un bal masqué; la teinte des
dominos varie seulement du bleu au noir. Les grandes dames
voilent leur taille sous le *habbarah* de taffetas léger, tandis que
les femmes du peuple se drapent gracieusement dans une simple
tunique bleue de laine ou de coton (*khamiss*), comme des statues antiques. L'imagination trouve son compte à cet incognito
des visages féminins, qui ne s'étend pas à tous leurs charmes.
De belles mains ornées de bagues talismaniques et de bracelets d'argent, quelquefois des bras de marbre pâle s'échappant
tout entiers de leurs larges manches relevées au-dessus de
l'épaule, des pieds nus chargés d'anneaux que la babouche
abandonne à chaque pas, et dont les chevilles résonnent d'un
bruit argentin, voilà ce qu'il est permis d'admirer, de deviner,
de surprendre, sans que la foule s'en inquiète ou que la femme
elle-même semble le remarquer. Parfois les plis flottants du
voile quadrillé de blanc et de bleu qui couvre la tête et les
épaules se dérangent un peu, et l'éclaircie qui se manifeste
entre ce vêtement et le masque allongé qu'on appelle *borghot*
laisse voir une tempe gracieuse où des cheveux bruns se tor-
tillent en boucles serrées, comme dans les bustes de Cléopa-
tre, une oreille petite et ferme secouant sur le col et la joue
des grappes de sequins d'or ou quelque plaque ouvragée de
turquoises et de filigrane d'argent. Alors, on sent le besoin
d'interroger les yeux de l'Égyptienne voilée, et c'est là le plus

dangereux. Le masque est composé d'une pièce de crin noir étroite et longue qui descend de la tête aux pieds, et qui est percée de deux trous comme la cagoule d'un pénitent; quelques annelets brillants sont enfilés dans l'intervalle qui joint le front à la barbe du masque, et c'est derrière ce rempart que des yeux ardents vous attendent, armés de toutes les séductions qu'ils peuvent emprunter à l'art. Le sourcil, l'orbite de l'œil, la paupière même, en dedans des cils, sont avivés par la teinture, et il est impossible de mieux faire valoir le peu de sa personne qu'une femme a le droit de faire voir ici.

Je n'avais pas compris tout d'abord ce qu'a d'attrayant ce mystère dont s'enveloppe la plus intéressante moitié du peuple d'Orient; mais quelques jours ont suffi pour m'apprendre qu'une femme qui se sent remarquée trouve généralement le moyen de se laisser voir, si elle est belle. Celles qui ne le sont pas savent mieux maintenir leurs voiles, et l'on ne peut leur en vouloir. C'est bien là le pays des rêves et des illusions! La laideur est cachée comme un crime, et l'on peut toujours entrevoir quelque chose de ce qui est forme, grâce, jeunesse et beauté.

La ville elle-même, comme ses habitantes, ne dévoile que peu à peu ses retraites les plus ombragées, ses intérieurs les plus charmants. Le soir de mon arrivée au Caire, j'étais mortellement triste et découragé. En quelques heures de promenade sur un âne et avec la compagnie d'un drogman, j'étais parvenu à me démontrer que j'allais passer là les six mois les plus ennuyeux de ma vie, et tout cependant était arrangé d'avance pour que je n'y pusse rester un jour de moins.

— Quoi! c'est là, me disais-je, la ville des *Mille et une Nuits*, la capitale des califes fatimites et des soudans?...

Et je me plongeais dans l'inextricable réseau des rues étroites et poudreuses, à travers la foule en haillons, l'encombrement des chiens, des chameaux et des ânes, aux approches du soir dont l'ombre descend vite, grâce à la poussière qui ternit le ciel et à la hauteur des maisons.

Qu'espérer de ce labyrinthe confus, grand peut-être comme Paris ou Rome, de ces palais et de ces mosquées que l'on compte par milliers? Tout cela a été splendide et merveilleux sans doute, mais trente générations y ont passé; partout la pierre croule, et le bois pourrit. Il semble que l'on voyage en rêve dans une cité du passé, habitée seulement par des fantômes, qui la peuplent sans l'animer. Chaque quartier, entouré de murs à créneaux, fermé de lourdes portes comme au moyen âge, conserve encore la physionomie qu'il avait sans doute à l'époque de Saladin; de longs passages voûtés conduisent çà et là d'une rue à l'autre; plus souvent on s'engage dans une voie sans issue, il faut revenir. Peu à peu tout se ferme; les cafés seuls sont éclairés encore, et les fumeurs assis sur des cages de palmier, aux vagues lueurs de veilleuses nageant dans l'huile, écoutent quelque longue histoire débitée d'un ton nasillard. Cependant les *moucharabys* s'éclairent : ce sont des grilles de bois, curieusement travaillées et découpées, qui s'avancent sur la rue et font office de fenêtres; la lumière qui les traverse ne suffit pas à guider la marche du passant; d'autant plus que bientôt arrive l'heure du couvre-feu; chacun se munit d'une lanterne, et l'on ne rencontre guère dehors que des Européens ou des soldats faisant la ronde.

Pour moi, je ne voyais plus trop ce que j'aurais fait dans les rues passé cette heure, c'est-à-dire dix heures du soir, et je m'étais couché fort tristement, me disant qu'il en serait sans doute ainsi tous les jours, et désespérant des plaisirs de cette capitale déchue... Mon premier sommeil se croisait d'une manière inexplicable avec les sons vagues d'une cornemuse et d'une viole enrouée, qui agaçaient sensiblement mes nerfs. Cette musique obstinée répétait toujours sur divers tons la même phrase mélodique, qui réveillait en moi l'idée d'un vieux noël bourguignon ou provençal. Cela appartenait-il au songe ou à la vie? Mon esprit hésita quelque temps avant de s'éveiller tout à fait. Il me semblait qu'on me portait en terre d'une manière à la fois grave et burlesque, avec des chantres de paroisse et des buveurs couronnés de pampre ; une sorte de gaieté patriarcale et de tristesse mythologique mélangeait ses impressions dans cet étrange concert, où de lamentables chants d'église formaient la base d'un air bouffon propre à marquer les pas d'une danse de corybantes. Le bruit se rapprochant et grandissant de plus en plus, je m'étais levé tout engourdi encore, et une grande lumière, pénétrant le treillage extérieur de ma fenêtre, m'apprit enfin qu'il s'agissait d'un spectacle tout matériel. Cependant ce que j'avais cru rêver se réalisait en partie : des hommes presque nus, couronnés comme des lutteurs antiques, combattaient au milieu de la foule avec des épées et des boucliers ; mais ils se bornaient à frapper le cuivre avec l'acier en suivant le rhythme de la musique, et, se remettant en route, recommençaient plus loin le même simulacre de lutte. De nombreuses torches et des pyramides de bougies portées par des enfants éclairaient brillamment la rue et guidaient un long cortége d'hommes et de femmes, dont je ne pus distinguer tous les détails. Quelque chose comme un fantôme rouge portant une couronne de pierreries avançait lentement entre deux matrones au maintien grave, et un groupe confus de femmes en vêtements bleus fermait la marche en poussant à chaque station un gloussement criard du plus singulier effet.

C'était un mariage, il n'y avait plus à s'y tromper. J'avais vu à Paris, dans les planches gravées du citoyen Cassas, un tableau complet de ces cérémonies ; mais ce que je venais d'apercevoir à travers les dentelures de la fenêtre ne suffisait pas à éteindre ma curiosité, et je voulus, quoi qu'il arrivât, poursuivre le cortége et l'observer plus à loisir. Mon drogman Abdallah, à qui je communiquai cette idée, fit semblant de frémir de ma hardiesse, se souciant peu de courir les rues au milieu de la nuit, et me parla du danger d'être assassiné ou battu. Heureusement, j'avais acheté un de ces manteaux de poil de chameau nommés *machlah* qui couvrent un homme des épaules aux pieds ; avec ma barbe déjà longue et un mouchoir tordu autour de la tête, le déguisement était complet.

## II — UNE NOCE AUX FLAMBEAUX

La difficulté fut de rattraper le cortége, qui s'était perdu dans le labyrinthe des rues et des impasses. Le drogman avait allumé une lanterne de papier, et nous courions au hasard, guidés ou trompés de temps en temps par quelques sons lointains de cornemuse ou par des éclats de lumière reflétés aux angles des carrefours. Enfin nous atteignons la porte d'un quartier différent du nôtre; les maisons s'éclairent, les chiens hurlent, et nous voilà dans une longue rue toute flamboyante et retentissante, garnie de monde jusque sur les maisons.

Le cortége avançait fort lentement, au son mélancolique d'instruments imitant le bruit obstiné d'une porte qui grince ou d'un chariot qui essaye des roues neuves. Les coupables de ce vacarme marchaient au nombre d'une vingtaine, entourés d'hommes qui portaient des lances à feu. Ensuite venaient des enfants chargés d'énormes candélabres dont les bougies jetaient partout une vive clarté. Les lutteurs continuaient à s'escrimer pendant les nombreuses haltes du cortége; quelques-uns, montés sur des échasses et coiffés de plumes, s'attaquaient avec de longs bâtons; plus loin, des jeunes gens portaient des drapeaux et des hampes surmontés d'emblèmes et d'attributs dorés, comme on en voit dans les triomphes romains; d'autres promenaient de petits arbres décorés de guirlandes et de couronnes, resplendissant en outre de bougies allumées et de lames de clinquant, comme des arbres de Noël. De larges plaques de cuivre doré, élevées sur des perches et couvertes d'ornements repoussés et d'inscriptions, reflétaient çà et là l'éclat des lumières. Ensuite marchaient les chanteuses (*oualems*) et les danseuses (*ghawasies*), vêtues de robes de soie rayées, avec leur tarbouch à calotte dorée et leurs longues tresses ruisselantes de sequins. Quelques-unes avaient le nez percé de longs anneaux, et montraient leur visage fardé de rouge et de bleu, tandis que d'autres, quoique chantant en dansant, restaient soigneusement voilées. Elles s'accompagnaient en général de cymbales, de castagnettes et de tambours de basque. Deux longues files d'esclaves venaient ensuite, portant des coffres et des corbeilles où brillaient les présents faits à la mariée par son époux et par sa famille; puis le cortége des invités, les femmes au milieu, soigneusement drapées de leurs longues mantilles noires et voilées de masques blancs, comme des personnes de qualité, les hommes richement vêtus; car, ce jour-là, me disait le drogman, les simples *fellahs* eux-mêmes savent se procurer des vêtements convenables. Enfin, au milieu d'une éblouissante clarté de torches, de candélabres et de pots à feu, s'avançait lentement le fantôme rouge que j'avais entrevu déjà, c'est-à-dire la nouvelle épouse (*el arouss*), entièrement voilée d'un long cachemire dont les palmes tombaient à ses pieds, et dont l'étoffe assez légère permettait sans doute qu'elle pût voir sans être vue. Rien n'est étrange comme cette longue figure qui s'avance sous son voile à plis droits, grandie encore par une sorte de diadème pyramidal éclatant de pierreries. Deux matrones vêtues de noir la soutiennent sous les coudes, de façon qu'elle a l'air de glisser lentement sur le sol; quatre esclaves tendent sur sa tête un dais de pourpre, et d'autres accompagnent sa marche avec le bruit des cymbales et des tympanons.

Cependant une halte nouvelle s'est faite au moment où j'admirais cet appareil, et des enfants ont distribué des siéges pour que l'épouse et ses parents puissent se reposer. Les *oualems*, revenant sur leurs pas, ont fait entendre des improvisations et des chœurs accompagnés de musique et de danses, et tous les assistants répétaient quelques passages de leurs chants. Quant à moi, qui dans ce moment-là me trouvais en vue, j'ouvrais la bouche comme les autres, imitant autant que possible les *eleyson* ou les *amen* qui servent de *répons* aux couplets les plus profanes; mais un danger plus grand menaçait mon incognito. Je n'avais pas fait attention que, depuis quelques moments, des esclaves parcouraient la foule en versant un liquide clair dans de petites tasses qu'ils distribuaient à mesure. Un grand Égyptien vêtu de rouge, et qui probablement faisait partie de la famille, présidait à la distribution et recevait les remercîments des buveurs. Il n'était plus qu'à deux pas de moi, et je n'avais nulle idée du salut qu'il fallait lui faire. Heureusement, j'eus le temps d'observer tous les mouvements de mes voisins, et, quand ce fut mon tour, je pris la tasse de la main gauche et m'inclinai en portant ma main droite sur le cœur, sur le front, et enfin sur la bouche. Ces mouvements sont faciles, et cependant il faut prendre garde d'en intervertir l'ordre ou de ne point les reproduire avec aisance. J'avais dès ce moment le droit d'avaler le contenu de la tasse; mais, là, ma surprise fut grande. C'était de l'eau-de-vie, ou plutôt une sorte d'anisette. Comment comprendre que des mahométans fassent distribuer de telles liqueurs à leurs noces? Je ne m'étais, dans le fait, attendu qu'à une limonade ou à un sorbet. Il était cependant facile de voir que les almées, les musiciens et baladins du cortége avaient plus d'une fois pris part à ces distributions.

Enfin la mariée se leva et reprit sa marche; les femmes fellahs, vêtues de bleu, se remirent en foule à sa suite avec leurs gloussements sauvages, et le cortége continua sa promenade nocturne jusqu'à la maison des nouveaux époux.

Satisfait d'avoir figuré comme un véritable habitant du Caire et de m'être assez bien comporté à cette cérémonie, je fis un signe pour appeler mon drogman, qui était allé un peu plus loin se remettre sur le passage des distributeurs d'eau-de-vie; mais il n'était pas pressé de rentrer et prenait goût à la fête.

— Suivons-les dans la maison, me dit-il tout bas.

— Mais que répondrai-je, si l'on me parle?

— Vous direz seulement : *Tayeb!* c'est une réponse à tout... Et, d'ailleurs, je suis là pour détourner la conversation.

Je savais déjà qu'en Égypte *tayeb* était le fond de la langue. C'est un mot qui, selon l'intonation qu'on y apporte, signifie toute sorte de choses; on ne peut toutefois le comparer au *goddam* des Anglais, à moins que ce ne soit pour marquer la différence qu'il y a entre un peuple certainement fort poli et une nation tout au plus policée. Le mot *tayeb* veut dire tour à tour : *Très-bien*, ou *voilà qui va bien*, ou *cela est parfait*, ou *à votre service*, le ton et surtout le geste y ajoutant des nuances infinies. Ce moyen me paraissait beaucoup plus sûr, au reste, que celui dont parle un voyageur célèbre, Belzoni, je crois. Il était entré dans une mosquée, déguisé admirablement et répétant tous les gestes qu'il voyait faire à ses voisins; mais, comme il ne pouvait répondre à une question qu'on lui adressait, son drogman dit aux curieux : « Il ne comprend pas : c'est un Turc anglais ! »

Nous étions entrés, par une porte ornée de fleurs et de feuillages, dans une fort belle cour tout illuminée de lanternes de couleur. Les moucharabys découpaient leur frêle menuiserie sur le fond orange des appartements éclairés et pleins de monde. Il fallut s'arrêter et prendre place sous les galeries intérieures. Les femmes seules montaient dans la maison, où elles quittaient leurs voiles, et l'on n'apercevait plus que la forme vague, les couleurs et le rayonnement de leurs costumes et de leurs bijoux, à travers les treillis de bois tourné.

Pendant que les dames se voyaient accueillies et fêtées à l'intérieur par la nouvelle épouse et par les femmes des deux familles, le mari était descendu de son âne; vêtu d'un habit rouge et or, il recevait les compliments des hommes et les invitait à prendre place aux tables basses dressées en grand nombre dans les salles du rez-de-chaussée et chargées de plats disposés en pyramides. Il suffisait de se croiser les jambes à terre, de tirer à soi une assiette ou une tasse et de manger proprement avec ses doigts. Chacun, du reste, était le bienvenu. Je n'osai me risquer à prendre part au festin, dans la crainte de manquer d'*usage*. D'ailleurs, la partie la plus brillante de la fête se passait dans la cour, où les danses se démenaient à grand bruit. Une troupe de danseurs nubiens exécutaient des pas étranges au centre d'un vaste cercle formé

par les assistants; ils allaient et venaient, guidés par une
femme voilée et vêtue d'un manteau à larges raies, qui, tenant
à la main un sabre recourbé, semblait tour à tour menacer les
danseurs et les fuir. Pendant ce temps, les *oualems* ou almées
accompagnaient la danse de leurs chants en frappant avec les
doigts sur des tambours de terre cuite (*tarabouki*) qu'un de
leurs bras tenait suspendus à la hauteur de l'oreille. L'orchestre, composé d'une foule d'instruments bizarres, ne manquait pas de faire sa partie dans cet ensemble, et les assistants s'y joignaient, en outre, en battant la mesure avec les
mains. Dans les intervalles des danses, on faisait circuler des
rafraîchissements, parmi lesquels il y en eut un que je n'avais
pas prévu. Des esclaves noires, tenant en main de petits flacons d'argent, les secouaient çà et là sur la foule. C'était de
l'eau parfumée, dont je ne reconnus la suave odeur de rose
qu'en sentant ruisseler sur mes joues et sur ma barbe les
gouttes lancées au hasard.

Cependant un des personnages les plus apparents de la noce
s'était avancé vers moi et me dit quelques mots d'un air fort
civil; je répondis par le victorieux *tayeb*, qui parut le satisfaire pleinement; il s'adressa à mes voisins, et je pus demander au drogman ce que cela voulait dire.

— Il vous invite, me dit ce dernier, à monter dans sa maison
pour voir l'épousée.

Sans nul doute, ma réponse avait été un assentiment; mais,
comme, après tout, il ne s'agissait que d'une promenade de
femmes hermétiquement voilées autour des salles remplies
d'invités, je ne jugeai pas à propos de pousser plus loin l'a-
venture. Il est vrai que la mariée et ses amies se montrent
alors avec les brillants costumes que dissimulait le voile noir
qu'elles ont porté dans les rues; mais je n'étais pas encore
assez sûr de la prononciation du mot *tayeb* pour me hasarder
dans le sein des familles. Nous parvînmes, le drogman et moi,
à regagner la porte extérieure, qui donnait sur la place de
l'Esbekieh.

— C'est dommage, me dit le drogman, vous auriez vu ensuite le spectacle.

— Comment ?

— Oui, la comédie.

Je pensai tout de suite à l'illustre *Caragueuz*, mais ce n'é-
tait pas cela. Caragueuz ne se produit que dans les fêtes religieuses ; c'est un mythe, c'est un symbole de la plus haute
gravité ; le spectacle en question devait se composer simplement de petites scènes comiques jouées par des hommes, et
que l'on peut comparer à nos proverbes de société. Ceci est
pour faire passer agréablement le reste de la nuit aux invités,
pendant que les époux se retirent avec leurs parents dans la
partie de la maison réservée aux femmes.

Il paraît que les fêtes de cette noce duraient déjà depuis
huit jours. Le drogman m'apprit qu'il y avait eu, le jour
du contrat, un sacrifice de moutons sur le seuil de la porte
avant le passage de l'épousée ; il parla aussi d'une autre
cérémonie dans laquelle on brise une boule de sucrerie où
sont enfermés deux pigeons ; on tire un augure du vol de ces
oiseaux. Tous ces usages se rattachent probablement aux traditions de l'antiquité.

Je suis rentré tout ému de cette scène nocturne. Voilà, ce
me semble, un peuple pour qui le mariage est une grande
chose, et, bien que les détails de celui-là indiquassent quelque
aisance chez les époux, il est certain que les pauvres gens
eux-mêmes se marient avec presque autant d'éclat et de bruit.
Ils n'ont pas à payer les musiciens, les bouffons et les danseurs, qui sont leurs amis, ou qui font des quêtes dans la
foule. Les costumes, on les leur prête ; chaque assistant tient
à la main sa bougie ou son flambeau, et le diadème de l'épouse
n'est pas moins chargé de diamants et de rubis que celui de
fille d'un pacha. Où chercher ailleurs une égalité plus réelle ? Cette jeune Égyptienne, qui n'est peut-être ni belle sous
son voile ni riche sous ses diamants, a son jour de gloire où
elle s'avance radieuse à travers la ville qui l'admire et lui fait

3.

cortége, étalant la pourpre et les joyaux d'une reine, mais inconnue à tous, et mystérieuse sous son voile comme l'antique déesse du Nil. Un seul homme aura le secret de cette beauté ou de cette grâce ignorée; un seul peut tout le jour poursuivre en paix son idéal et se croire le favori d'une sultane ou d'une fée; le désappointement même laisse à couvert son amour-propre; et, d'ailleurs, tout homme n'a-t-il pas le droit, dans cet heureux pays, de renouveler plus d'une fois cette journée de triomphe et d'illusion?

### III — LE DROGMAN ABDALLAH

Mon drogman est un homme précieux; mais j'ai peur qu'il ne soit un trop noble serviteur pour un aussi petit seigneur que moi. C'est à Alexandrie, sur le pont du bateau à vapeur *le Léonidas*, qu'il m'était apparu dans toute sa gloire. Il avait accosté le navire avec une barque à ses ordres, ayant un petit noir pour porter sa longue pipe et un drogman plus jeune pour faire cortége. Une longue tunique blanche couvrait ses habits et faisait ressortir le ton de sa figure, où le sang nubien colorait un masque emprunté aux têtes de sphinx de l'Égypte : c'était sans doute le produit de deux races mélangées; de larges anneaux d'or pesaient à ses oreilles, et sa marche indolente dans ses longs vêtements achevait d'en faire pour moi le portrait idéal d'un affranchi du Bas-Empire.

Il n'y avait pas d'Anglais parmi les passagers; notre homme, un peu contrarié, s'attache à moi faute de mieux. Nous débarquons; il loue quatre ânes pour lui, pour sa suite et pour moi, et me conduit tout droit à l'hôtel d'*Angleterre*, où l'on veut bien me recevoir moyennant soixante piastres par jour; quant à lui-même, il bornait ses prétentions à la moitié de cette somme, sur laquelle il se chargeait d'entretenir le second drogman et le petit noir.

Après avoir promené tout le jour cette escorte imposante, je m'avisai de l'inutilité du second drogman, et même du petit garçon. Abdallah (c'est ainsi que s'appelait le personnage) ne vit aucune difficulté à remercier son jeune collègue ; quant au petit noir, il le gardait à ses frais, en réduisant d'ailleurs le total de ses propres honoraires à vingt piastres par jour, environ cinq francs.

Arrivés au Caire, les ânes nous portaient tout droit à l'hôtel anglais de la place de l'Esbekieh ; j'arrête cette belle ardeur en apprenant que le séjour en était aux mêmes conditions qu'à celui d'Alexandrie.

— Vous préférez donc aller à l'hôtel *Waghorn*, dans le quartier franc ? me dit l'honnête Abdallah.

— Je préférerais un hôtel qui ne fût pas anglais.

— Eh bien, vous avez l'hôtel français de Domergue.

— Allons-y.

— Pardon, je veux bien vous y accompagner ; mais je n'y resterai pas.

— Pourquoi ?

— Parce que c'est un hôtel qui ne coûte par jour que quarante piastres ; je ne puis aller là.

— Mais j'irai très-bien, moi.

— Vous êtes inconnu ; moi, je suis de la ville ; je sers ordinairement MM. les Anglais ; j'ai mon rang à garder.

Je trouvais pourtant le prix de cet hôtel fort honnête encore dans un pays où tout est environ six fois moins cher qu'en France, et où la journée d'un homme se paye une piastre, ou cinq sous de notre monnaie.

— Il y a, reprit Abdallah, un moyen d'arranger les choses. Vous logerez deux ou trois jours à l'hôtel *Domergue*, où j'irai vous voir comme ami ; pendant ce temps-là, je vous louerai une maison dans la ville, et je pourrai ensuite y rester à votre service sans difficulté.

Il paraît qu'en effet beaucoup d'Européens louent des maisons au Caire, pour peu qu'ils y séjournent, et, informé de cette circonstance, je donnai tout pouvoir à Abdallah.

L'hôtel *Domergue* est situé au fond d'une impasse qui donne dans la principale rue du quartier franc ; c'est, après tout, un hôtel fort convenable et fort bien tenu. Les bâtiments entourent à l'intérieur une cour carrée peinte à la chaux, couverte d'un léger treillage où s'entrelace la vigne ; un peintre français, très-aimable, quoique un peu sourd, et plein de talent, quoique très-fort sur le daguerréotype, a fait son atelier d'une galerie supérieure. Il y amène de temps en temps des marchandes d'oranges et de cannes à sucre de la ville qui veulent bien lui servir de *modèles*. Elles se décident sans difficulté à laisser étudier les formes des principales races de l'Égypte ; mais la plupart tiennent à conserver leur figure voilée ; c'est là le dernier refuge de la pudeur orientale.

L'hôtel français possède, en outre, un jardin assez agréable ; sa table d'hôte lutte avec bonheur contre la difficulté de varier les mets européens dans une ville où manquent le bœuf et le veau. C'est cette circonstance qui explique surtout la cherté des hôtels anglais, dans lesquels la cuisine se fait avec des conserves de viandes et de légumes, comme sur les vaisseaux. L'Anglais, en quelque pays qu'il soit, ne change jamais son ordinaire de rosbif, de pommes de terre, et de porter ou d'ale.

Je rencontrai à la table d'hôte un colonel, un évêque *in partibus*, des peintres, une maîtresse de langues et deux Indiens de Bombay, dont l'un servait de gouverneur à l'autre. Il paraît que la cuisine toute méridionale de l'hôte leur semblait fade, car ils tirèrent de leur poche des flacons d'argent contenant un poivre et une moutarde à leur usage dont ils saupoudraient tous leurs mets. Ils m'en ont offert. La sensation qu'on doit éprouver à mâcher de la braise allumée donnerait une idée exacte du haut goût de ces condiments.

On peut compléter le tableau du séjour de l'hôtel français en se représentant un piano au premier étage et un billard au rez-de-chaussée, et se dire qu'autant vaudrait n'être point parti de Marseille. J'aime mieux, pour moi, essayer de la vie orientale tout à fait. On a une fort belle maison de plusieurs étages, avec cours et jardins, pour trois cents piastres (soixante-quinze francs environ) par année. Abdallah m'en a fait voir plusieurs dans le quartier cophte et dans le quartier grec. C'é-taient des salles magnifiquement décorées avec des pavés de marbre et des fontaines, des galeries et des escaliers comme dans les palais de Gênes ou de Venise, des cours entourées de colonnes et des jardins ombragés d'arbres précieux; il y avait de quoi mener l'existence d'un prince, sous la condition de peupler de valets et d'esclaves ces superbes intérieurs. Et dans tout cela, du reste, pas une chambre habitable, à moins de frais énormes, pas une vitre à ces fenêtres si curieusement dé-coupées, ouvertes au vent du soir et à l'humidité des nuits. Hommes et femmes vivent ainsi au Caire; mais l'ophthalmie les punit souvent de leur imprudence, qu'explique le besoin d'air et de fraîcheur. Après tout, j'étais peu sensible au plaisir de vivre campé, pour ainsi dire, dans un coin d'un palais im-mense; il faut dire encore que beaucoup de ces bâtiments, ancien séjour d'une aristocratie éteinte, remontent au règne des sultans mamelouks et menacent sérieusement ruine.

Abdallah finit par me trouver une maison beaucoup moins vaste, mais plus sûre et mieux fermée. Un Anglais, qui l'avait récemment habitée, y avait fait poser des fenêtres vitrées, et cela passait pour une curiosité. Il fallut aller chercher le cheik du quartier pour traiter avec une veuve cophte, qui était la propriétaire. Cette femme possédait plus de vingt maisons, mais par procuration et pour des étrangers, ces derniers ne pouvant être légalement propriétaires en Égypte. Au fond, la maison appartenait à un chancelier du consulat anglais.

On rédigea l'acte en arabe; il fallut le payer, faire des pré-sents au cheik, à l'homme de loi et au chef du corps de garde le plus voisin, puis donner des *batchis* (pourboires) aux scribes et aux serviteurs; après quoi, le cheik me remit la clef. Cet in-strument ne ressemble pas aux nôtres et se compose d'un simple morceau de bois pareil aux *tailles* des boulangers, au bout duquel cinq ou six clous sont plantés comme au hasard; mais il n'y a point de hasard : on introduit cette clef singulière dans une échancrure de la porte, et les clous se trouvent répondre à de petits trous intérieurs et invisibles au delà desquels on accroche un verrou de bois qui se déplace et livre passage.

Il ne suffit pas d'avoir la clef de bois de sa maison... qu'il serait impossible de mettre dans sa poche, mais que l'on peut se passer dans la ceinture : il faut encore un mobilier correspondant au luxe de l'intérieur ; mais ce détail est, pour toutes les maisons du Caire, de la plus grande simplicité. Abdallah m'a conduit à un bazar où nous avons fait peser quelques *ocques* de coton ; avec cela et de la toile de Perse, des cardeurs établis chez vous exécutent en quelques heures des coussins de divan, qui deviennent, la nuit, des matelas. Le corps du meuble se compose d'une cage longue qu'un vannier construit sous vos yeux avec des bâtons de palmier ; c'est léger, élastique et plus solide qu'on ne croirait. Une petite table ronde, quelques tasses, de longues pipes ou des narghilés, à moins que l'on ne veuille emprunter tout cela au café voisin, et l'on peut recevoir la meilleure société de la ville. Le pacha seul possède un mobilier complet, des lampes, des pendules ; mais cela ne lui sert en réalité qu'à se montrer ami du commerce et des progrès européens.

Il faut encore des nattes, des tapis, et même des rideaux pour qui veut afficher le luxe. J'ai rencontré dans les bazars un juif qui s'est entremis fort obligeamment entre Abdallah et les marchands pour me prouver que j'étais volé des deux parts. Le juif a profité de l'installation du mobilier pour s'établir en ami sur l'un des divans ; il a fallu lui donner une pipe et lui faire servir du café. Il s'appelle Yousef, et se livre à l'élève des vers à soie pendant trois mois de l'année. Le reste du temps, me dit-il, il n'a d'autre occupation que d'aller voir si les feuilles des mûriers poussent et si la récolte sera bonne. Il semble, du reste, parfaitement désintéressé, et ne recherche la compagnie des étrangers que pour se former le goût et se fortifier dans la langue française.

Ma maison est située dans une rue du quartier cophte qui

:onduit à la porte de la ville correspondant aux allées de
Ichoubrah. Il y a un café en face, un peu plus loin une station
l'âniers, qui louent leurs bêtes à raison d'une piastre l'heure;
ılus loin encore, une petite mosquée accompagnée d'un mi-
ıaret. Le premier soir que j'entendis la voix lente et sereine
lu muezzin, au coucher du soleil, je me sentis pris d'une indi-
:ible mélancolie.

— Qu'est-ce qu'il dit? demandai-je au drogman.

— *La Alla ila Allah!...* Il n'y a d'autre Dieu que Dieu !

— Je connais cette formule ; mais ensuite?

— « O vous qui allez dormir, recommandez vos âmes à Celui
ıui ne dort jamais! »

Il est certain que le sommeil est une autre vie dont il faut
enir compte. Depuis mon arrivée au Caire, toutes les histoires
les *Mille et une Nuits* me repassent par la tête, et je vois en
ève tous les dives et les géants déchaînés depuis Salomon. On
:it beaucoup en France des démons qu'enfante le sommeil, et
'on n'y reconnaît que le produit de l'imagination exaltée; mais
iela en existe-t-il moins relativement à nous, et n'éprouvons-
ıous pas dans cet état toutes les sensations de la vie réelle? Le
ıommeil est souvent lourd et pénible dans un air aussi chaud
ıue celui d'Égypte, et le pacha, dit-on, a toujours un serviteur
ıebout à son chevet pour l'éveiller chaque fois que ses mouve-
nents ou son visage trahissent un sommeil agité. Mais ne suffit-il
ıas de se recommander simplement, avec ferveur et con-
iance... à Celui qui ne dort jamais !

## IV — INCONVÉNIENTS DU CÉLIBAT

J'ai raconté plus haut l'histoire de ma première nuit, et l'on
ıomprend que j'aie ensuite dû me réveiller un peu plus tard.
Abdallah m'annonce la visite du cheik de mon quartier, lequel
itait venu déjà une fois dans la matinée. Ce bon vieillard à
ıarbe blanche attendait mon réveil au café d'en face avec son
ıecrétaire et le nègre portant sa pipe. Je ne m'étonnai pas de

sa patience; tout Européen qui n'est ni industriel ni marchand est un personnage en Égypte. Le cheik s'assit sur un des divans; on bourra sa pipe et on lui servit du café. Alors, il commença son discours, qu'Abdallah me traduisit à mesure :

— Il vient vous rapporter l'argent que vous avez donné pour louer la maison.

— Et pourquoi? Quelle raison donne-t-il?

— Il dit que l'on ne sait pas votre manière de vivre, qu'on ne connaît pas vos mœurs.

— A-t-il observé qu'elles fussent mauvaises?

— Ce n'est pas cela qu'il entend; il ne sait rien là-dessus.

— Mais, alors, il n'en a donc pas une bonne opinion?

— Il dit qu'il avait pensé que vous habiteriez la maison avec une femme.

— Mais je ne suis pas marié.

— Cela ne le regarde pas, que vous le soyez ou non; mais il dit que vos voisins ont des femmes, et qu'ils seront inquiets si vous n'en avez pas. D'ailleurs, c'est l'usage ici.

— Que veut-il donc que je fasse?

— Que vous quittiez la maison, ou que vous choisissiez une femme pour y demeurer avec vous.

— Dites-lui que, dans mon pays, il n'est pas convenable de vivre avec une femme sans être marié.

La réponse du vieillard à cette observation morale était accompagnée d'une expression toute paternelle que les paroles traduites ne peuvent rendre qu'imparfaitement.

— Il vous donne un conseil, me dit Abdallah : il dit qu'un monsieur (un *effendi*) comme vous ne doit pas vivre seul, et qu'il est toujours honorable de nourrir une femme et de lui faire quelque bien. Il est encore mieux, ajoute-t-il, d'en nourrir plusieurs, quand la religion que l'on suit le permet.

Le raisonnement de ce Turc me toucha; cependant ma conscience européenne luttait contre ce point de vue, dont je ne compris la justesse qu'en étudiant davantage la situation des femmes dans ce pays. Je fis répondre au cheik pour le prier d'attendre que je me fusse informé auprès de mes amis de ce qu'il conviendrait de faire.

J'avais loué la maison pour six mois, je l'avais meublée, je m'y trouvais fort bien, et je voulais seulement m'informer des moyens de résister aux prétentions du cheik à rompre notre traité et à me donner congé pour cause de célibat. Après bien des hésitations, je me décidai à prendre conseil du peintre de l'hôtel *Domergue*, qui avait bien voulu déjà m'introduire dans son atelier et m'initier aux merveilles de son daguerréotype. Ce peintre avait l'oreille dure à ce point qu'une conversation par interprète eût été amusante et facile au prix de la sienne.

Cependant je me rendais chez lui en traversant la place de l'Esbekieh, lorsqu'à l'angle d'une rue qui tourne vers le quartier franc, j'entends des exclamations de joie parties d'une vaste cour où l'on promenait dans ce moment-là de fort beaux chevaux. L'un des promeneurs de chevaux s'élance à mon cou et me serre dans ses bras; c'était un gros garçon vêtu d'une saye bleue, coiffé d'un turban de laine jaunâtre, et que je me souvins d'avoir remarqué sur le bateau à vapeur, à cause de sa figure, qui rappelait beaucoup les grosses têtes peintes qu'on voit sur les couvercles de momies.

— *Tayeb! tayeb!* (fort bien! fort bien!) dis-je à ce mortel expansif en me débarrassant de ses étreintes et en cherchant derrière moi mon drogman Abdallah.

Mais ce dernier s'était perdu dans la foule, ne se souciant pas sans doute d'être vu faisant cortége à l'ami d'un simple palefrenier. Ce musulman gâté par les touristes d'Angleterre ne se souvenait pas que Mahomet avait été conducteur de chameaux.

Cependant l'Égyptien me tirait par la manche et m'entraînait dans la cour, qui était celle des haras du pacha d'Égypte, et, là, au fond d'une galerie, à demi couché sur un divan de bois, je reconnais un autre de mes compagnons de voyage, un peu plus avouable dans la société, Soliman-Aga, dont j'ai parlé déjà, et que j'avais rencontré sur le bateau autrichien, le

*Francisco-Primo*. Soliman-Aga me reconnaît aussi, et, quoique plus sobre en démonstrations que son subordonné, il me fait asseoir près de lui, m'offre une pipe et demande du café... Ajoutons, comme trait de mœurs, que le simple palefrenier, se jugeant digne momentanément de notre compagnie, s'assit en croisant les jambes à terre et reçut comme moi une longue pipe et une de ces petites tasses pleines d'un moka brûlant que l'on tient dans une sorte de coquetier doré pour ne pas se brûler les doigts. Un cercle ne tarda pas à se former autour de nous.

Abdallah, voyant la reconnaissance prendre une tournure plus convenable, s'était montré enfin et daignait favoriser notre conversation. Je savais déjà Soliman-Aga un convive fort aimable, et, bien que nous n'eussions eu, pendant notre commune traversée, que des relations de pantomime, notre connaissance était assez avancée pour que je pusse, sans indiscrétion, l'entretenir de mes affaires et lui demander conseil.

— *Machallah !* s'écria-t-il tout d'abord, le cheik a bien raison ; un jeune homme de votre âge devrait s'être déjà marié plusieurs fois !

— Vous savez, observai-je timidement, que, dans ma religion, l'on ne peut épouser qu'une femme, et il faut ensuite la garder toujours, de sorte qu'ordinairement l'on prend le temps de réfléchir, on veut choisir le mieux possible.

— Ah ! je ne parle pas, dit-il en se frappant le front, de vos femmes *roumis* (européennes) ; elles sont à tout le monde et non à vous ; ces pauvres folles créatures montrent leur visage entièrement nu, non-seulement à qui veut le voir, mais à qui ne le voudrait pas... Imaginez-vous, ajouta-t-il en pouffant de rire et se tournant vers d'autres Turcs qui écoutaient, que toutes, dans les rues, me regardaient avec les yeux de la passion, et quelques-unes même poussaient l'impudeur jusqu'à vouloir m'embrasser.

Voyant les auditeurs scandalisés au dernier point, je crus devoir leur dire, pour l'honneur des Européennes, que Soli-

nan-Aga confondait sans doute l'empressement intéressé de
certaines femmes avec la curiosité honnête du plus grand
nombre.

— Encore, ajoutait Soliman-Aga, sans répondre à mon observation, qui parut seulement dictée par l'amour-propre national, si ces belles méritaient qu'un croyant leur permît de
baiser sa main ! mais ce sont des plantes d'hiver, sans couleur
et sans goût, des figures maladives que la famine tourmente,
car elles mangent à peine, et leur corps tiendrait entre mes
mains. Quant à les épouser, c'est autre chose ; elles ont été
élevées si mal, que ce seraient la guerre et le malheur dans la
maison. Chez nous, les femmes vivent ensemble et les hommes
ensemble, c'est le moyen d'avoir partout la tranquillité.

— Mais né vivez-vous pas, dis-je, au milieu de vos femmes
dans vos harems ?

— Dieu puissant ! s'écria-t-il, qui n'aurait la tête cassée de
leur babil ? Ne voyez-vous pas qu'ici les hommes qui n'ont rien
à faire passent leur temps à la promenade, au bain, au café, à
la mosquée, ou dans les audiences, ou dans les visites qu'on se
fait les uns aux autres? N'est-il pas plus agréable de causer avec
des amis, d'écouter des histoires et des poëmes, ou de fumer
en rêvant, que de parler à des femmes préoccupées d'intérêts
grossiers, de toilette ou de médisance ?

— Mais vous supportez cela nécessairement aux heures où
vous prenez vos repas avec elles.

— Nullement. Elles mangent ensemble ou séparément à leur
choix, et nous mangeons tout seuls, ou avec nos parents et nos
amis. Ce n'est pas qu'un petit nombre de fidèles n'agissent autrement, mais ils sont mal vus et mènent une vie lâche et inutile.
La compagnie des femmes rend l'homme avide, égoïste et cruel ;
elle détruit la fraternité, et la charité entre nous ; elle cause
les querelles, les injustices et la tyrannie. Que chacun vive avec
ses semblables ! c'est assez que le maître, à l'heure de la sieste,
ou quand il rentre le soir dans son logis, trouve pour le recevoir des visages souriants, d'aimables formes richement pa-

rées,... et, si des almées qu'on fait venir dansent et chanten
devant lui, alors il peut rêver le paradis d'avance et se croir
au troisième ciel, où sont les véritables beautés pures et san
tache, celles qui seront seules dignes d'être les épouses éter
nelles des vrais croyants.

Est-ce là l'opinion de tous les musulmans ou d'un certai
nombre d'entre eux? On doit y voir peut-être moins le mépri
de la femme qu'un certain reste du platonisme antique, qu
élève l'amour pur au-dessus des objets périssables. La femm
adorée n'est elle-même que le fantôme abstrait, que l'imag
incomplète d'une femme divine, fiancée au croyant de tout
éternité. Ce sont ces idées qui ont fait penser que les Orien
taux niaient l'âme des femmes; mais on sait aujourd'hui qu
les musulmanes vraiment pieuses ont l'espérance elles-mêmе
de voir leur idéal se réaliser dans le ciel. L'histoire religieus
des Arabes a ses saintes et ses prophétesses, et la fille de Ma
homet, l'illustre Fatime, est la reine de ce paradis féminin.

Seyd Aga avait fini par me conseiller d'embrasser le mahc
métisme; je le remerciai en souriant et lui promis d'y réflé
chir. Me voilà, cette fois, plus embarrassé que jamais. Il m
restait pourtant encore à aller consulter le peintre sourd d
l'hôtel *Domergue*, comme j'en avais eu primitivement l'idée

## V — LE MOUSKY

Lorsqu'on a tourné la rue en laissant à gauche le bâtimen
des haras, on commence à sentir l'animation de la grand
ville. La chaussée qui fait le tour de la place de l'Esbekieh n'
qu'une maigre allée d'arbres pour vous protéger du soleil
mais déjà de grandes et hautes maisons de pierre découpen
en zigzags les rayons poudreux qu'il projette sur un seul côt
de la rue. Le lieu est d'ordinaire très-frayé, très-bruyant
très-encombré de marchandes d'oranges, de bananes et de can
nes à sucre encore vertes, dont le peuple mâche avec délice
la pulpe sucrée. Il y a aussi des chanteurs, des lutteurs et de

ylles qui ont de gros serpents roulés autour du cou ; là enfin
produit un spectacle qui réalise certaines images des songes
rolatiques de Rabelais. Un vieillard jovial fait danser avec le
enou de petites figures dont le corps est traversé d'une ficelle
mme celles que montrent nos Savoyards, mais qui se livrent
des pantomimes beaucoup moins décentes. Ce n'est pourtant
as là l'illustre Caragueuz, qui ne se produit d'ordinaire que
us forme d'ombre chinoise. Un cercle émerveillé de femmes,
enfants et de militaires applaudit naïvement ces marionnettes
ontées. Ailleurs, c'est un montreur de singes qui a dressé un
orme cynocéphale à répondre avec un bâton aux attaques
es chiens errants de la ville, que les enfants excitent contre
ui. Plus loin, la voie se rétrécit et s'assombrit par l'élévation
es édifices. Voici à gauche le couvent des derviches tourneurs,
squels donnent publiquement une séance tous les mardis ;
uis une vaste porte cochère, au-dessus de laquelle on admire
n grand crocodile empaillé, signale la maison d'où partent les
oitures qui traversent le désert du Caire à Suez. Ce sont des
oitures très-légères, dont la forme rappelle celle du prosaï-
ue coucou ; les ouvertures, largement découpées, livrent tout
assage au vent et à la poussière, c'est une nécessité sans
oute ; les roues de fer présentent un double système de
ayons, partant de chaque extrémité du moyeu pour aller se
ejoindre sur le cercle étroit qui remplace les jantes. Ces roues
ingulières coupent le sol plutôt qu'elles ne s'y posent.

Mais passons. Voici à droite un cabaret chrétien, c'est-à-dire
m vaste cellier où l'on donne à boire sur des tonneaux. De-
ant la porte se tient habituellement un mortel à face enlu-
ninée et à longues moustaches, qui représente avec majesté
e *Franc* autochthone, la race, pour mieux dire, qui appar-
ient à l'Orient. Qui sait s'il est Maltais, Italien, Espagnol ou
Marseillais d'origine ? Ce qui est sûr, c'est que son dédain pour
es costumes du pays et la conscience qu'il a de la supériorité
les modes européennes l'ont induit en des raffinements qui
lonnent une certaine originalité à sa garde-robe délabrée. Sur

une redingote bleue dont les anglaises effrangées ont depui
longtemps fait divorce avec leurs boutons, il a eu l'idée d'atta
cher des torsades de ficelles qui se croisent comme des bran
debourgs. Son pantalon rouge s'emboîte dans un reste d
bottes fortes armées d'éperons. Un vaste col de chemise et u
chapeau blanc bossué à retroussis verts adoucissent ce que c
costume aurait de trop martial et lui restituent son caractèr
civil. Quant au nerf de bœuf qu'il tient à la main, c'e
encore un privilége des Francs et des Turcs, qui s'exerc
trop souvent aux dépens des épaules du pauvre et patier
fellah.

Presque en face du cabaret, la vue plonge dans une impass
étroite où rampe un mendiant aux pieds et aux mains coupés
ce pauvre diable implore la charité des Anglais, qui passent
chaque instant, car l'hôtel *Waghorn* est situé dans cette ruell
obscure qui, de plus, conduit au théâtre du Caire et au cabi
net de lecture de M. Bonhomme, annoncé par un vaste écri
teau peint en lettres françaises. Tous les plaisirs de la civilisa
tion se résument là, et ce n'est pas de quoi causer grand
envie aux Arabes. En poursuivant notre route, nous rencontron
à gauche une maison à face architecturale, sculptée et brodé
d'arabesques peintes, unique réconfort jusqu'ici de l'artiste e
du poëte. Ensuite la rue forme un coude, et il faut lutter pen
dant vingt pas contre un encombrement perpétuel d'ânes, d
chiens, de chameaux, de marchands de concombres, et d
femmes vendant du pain. Les ânes galopent, les chameaux mu
gissent, les chiens se maintiennent obstinément rangés en es
paliers le long des portes de trois bouchers. Ce petit coin n
manquerait pas de physionomie arabe, si l'on n'apercevai
en face de soi l'écriteau d'une *trattoria* remplie d'Italiens et d
Maltais.

C'est qu'en face de nous voici dans tout son luxe la grand
rue commerçante du quartier franc, vulgairement nommée l
*Mousky*. La première partie, à moitié couverte de toiles et d
planches, présente deux rangées de boutiques bien garnies, o

outes les nations européennes exposent leurs produits les plus
suels. L'Angleterre domine pour les étoffes et la vaisselle;
Allemagne, pour les draps; la France, pour les modes; Mar-
eille, pour les épiceries, les viandes fumées et les menus objets
'assortiment. Je ne cite point Marseille avec la France; car,
ans le Levant, on ne tarde pas à s'apercevoir que les Mar-
eillais forment une nation à part; ceci soit dit dans le sens le
lus favorable d'ailleurs.

Parmi les boutiques où l'industrie européenne attire de son
nieux les plus riches habitants du Caire, les Turcs ré-
ormistes, ainsi que les Cophtes et les Grecs, plus facilement
ccessibles à nos habitudes, il y a une brasserie anglaise où
on peut aller contrarier, à l'aide du madère, du porter ou de
ale, l'action parfois émolliente des eaux du Nil. Un autre
eu de refuge contre la vie orientale est la pharmacie Cas-
agnol, où très-souvent les *beys*, les *muchirs* et les *nazirs*
riginaires de Paris viennent s'entretenir avec les voyageurs
t retrouver un souvenir de la patrie. On n'est pas étonné de
oir les chaises de l'officine, et même les bancs extérieurs, se
arnir d'Orientaux douteux, à la poitrine chargée d'étoiles en
rillants, qui causent en français et lisent les journaux,
andis que des *saïs* tiennent tout prêts à leur disposition des
hevaux fringants, aux selles brodées d'or. Cette affluence
'explique aussi par le voisinage de la poste franque, située
lans l'impasse qui aboutit à l'hôtel *Domergue*. On vient at-
endre tous les jours la correspondance et les nouvelles, qui
rrivent de loin en loin, selon l'état des routes ou la diligence
les messagers. Le bateau à vapeur anglais ne remonte le Nil
[u'une fois par mois.

Je touche au bout de mon itinéraire, car je rencontre à la
harmacie Castagnol mon peintre de l'hôtel français, qui fait
réparer du chlorure d'or pour son daguerréotype. Il me
ropose de venir avec lui prendre un point de vue dans la
fille; je donne donc congé au drogman, qui se hâte d'aller
'installer dans la brasserie anglaise, ayant pris, je le crains

bien, du contact de ses précédents maîtres, un goût immodéré pour la bière forte et le wiskey.

En acceptant la promenade proposée, je complotais une idée plus belle encore : c'était de me faire conduire au point le plus embrouillé de la ville, d'abandonner le peintre à ses travaux, et puis d'errer à l'aventure, sans interprète et sans compagnon. Voilà ce que je n'avais pu obtenir jusque-là, le drogman se prétendant indispensable, et tous les Européens que j'avais rencontrés me proposant de me faire voir « les beautés de la ville. » Il faut avoir un peu parcouru le Midi pour connaître toute la portée de cette hypocrite proposition. Vous croyez que l'aimable résident se fait guide par bonté d'âme. Détrompez-vous ; il n'a rien à faire, il s'ennuie horriblement, il a besoin de vous pour l'amuser, pour le distraire, pour « lui faire la conversation ; » mais il ne vous montrera rien que vous n'eussiez trouvé du premier coup : même il ne connaît point la ville, il n'a pas d'idée de ce qui s'y passe ; il cherche un but de promenade et un moyen de vous ennuyer de ses remarques et de s'amuser des vôtres. D'ailleurs, qu'est-ce qu'une belle perspective, un monument, un détail curieux, sans le hasard, sans l'imprévu ?

Un préjugé des Européens du Caire, c'est de ne pouvoir faire dix pas sans monter sur un âne escorté d'un ânier. Les ânes sont fort beaux, j'en conviens, trottent et galopent à merveille ; l'ânier vous sert de *cavasse* et fait écarter la foule en criant : *Ha ! ha ! iniglac ! smalac !* ce qui veut dire : « A droite ! à gauche ! » Les femmes ayant l'oreille ou la tête plus dure que les autres passants, l'ânier crie à tout moment : *la bent !* (hé ! femme !) d'un ton impérieux qui fait bien sentir la supériorité du sexe masculin.

VI — UNE AVENTURE AU BESESTAIN

Nous chevauchions ainsi, le peintre et moi, suivis d'un âne qui portait le daguerréotype, machine compliquée et fragile qu'il s'agissait d'établir quelque part de manière à nous faire honneur. Après la rue que j'ai décrite, on rencontre un passage couvert en planches, où le commerce européen étale ses produits les plus brillants. C'est une sorte de bazar où se termine le quartier franc. Nous tournons à droite, puis à gauche, au milieu d'une foule toujours croissante; nous suivons une longue rue très-régulière, qui offre à la curiosité, de loin en loin, des mosquées, des fontaines, un couvent de derviches, et tout un bazar de quincaillerie et de porcelaine anglaise. Puis, après mille détours, la voie devient plus silencieuse, plus poudreuse, plus déserte; les mosquées tombent en ruine, les maisons s'écroulent çà et là, le bruit et le tumulte ne se reproduisent plus que sous la forme d'une bande de chiens criards, acharnés après nos ânes, et poursuivant surtout nos affreux vêtements noirs d'Europe. Heureusement, nous passons sous une porte, nous changeons de quartier, et ces animaux s'arrêtent en grognant aux limites extrêmes de leurs possessions. Toute la ville est partagée en cinquante-trois quartiers entourés de murailles, dont plusieurs appartiennent aux nations cophte, grecque, turque, juive et française. Les chiens eux-mêmes, qui pullulent en paix dans la ville sans appartenir à personne, reconnaissent ces divisions, et ne se hasarderaient pas au delà sans danger. Une nouvelle escorte canine remplace bientôt celle qui nous a quittés, et nous conduit jusqu'aux *casins* situés sur le bord d'un canal qui traverse le Caire, et qu'on appelle le *Calish*.

Nous voici dans une espèce de faubourg séparé par le canal des principaux quartiers de la ville; des cafés ou casinos nombreux bordent la rive intérieure, tandis que l'autre présente un assez large boulevard égayé de quelques palmiers poudreux. L'eau du canal est verte et quelque peu stagnante; mais une longue suite de berceaux et de treillages festonnés de vignes et de lianes, servant d'arrière-salle aux cafés, présente un coup d'œil des plus riants, tandis que l'eau plate qui les cerne reflète avec amour les costumes bigarrés des fumeurs. Les flacons d'huile des lustres s'allument aux seuls feux du jour, les narghilés de cristal jettent des éclairs, et la liqueur ambrée nage dans les tasses légères que des noirs distribuent avec leurs coquetiers de filigrane doré.

Après une courte station à l'un de ces cafés, nous nous transportons sur l'autre rive du Calish, et nous installons sur des piquets l'appareil où le dieu du jour s'exerce si agréablement au métier de paysagiste. Une mosquée en ruine au minaret curieusement sculpté, un palmier svelte s'élançant d'une touffe de lentisques, c'est, avec tout le reste, de quoi composer un tableau digne de Marilhat. Mon compagnon est dans le ravissement, et, pendant que le soleil travaille sur ses plaques fraîchement polies, je crois pouvoir entamer une conversation instructive en lui faisant au crayon des demandes auxquelles son infirmité ne l'empêche pas de répondre de vive voix.

— Ne vous mariez pas, s'écrie-t-il, et surtout ne prenez point le turban. Que vous demande-t-on? D'avoir une femme chez vous. La belle affaire! J'en fais venir tant que je veux. Ces marchandes d'oranges en tunique bleue, avec leurs bracelets et leurs colliers d'argent, sont fort belles. Elles ont exactement la forme des statues égyptiennes, la poitrine développée, les épaules et les bras superbes, la hanche peu saillante, la jambe fine et sèche. C'est de l'archéologie; il ne leur manque qu'une coiffure à tête d'épervier, des bandelettes autour du corps, et une croix ansée à la main, pour représenter Isis ou Athor.

— Mais vous oubliez, dis-je, que je ne suis point artiste et, d'ailleurs, ces femmes ont des maris ou des familles. Elles sont voilées : comment deviner si elles sont belles?... Je ne sais encore qu'un seul mot arabe. Comment les persuader?

— La galanterie est sévèrement défendue au Caire ; mais l'amour n'est interdit nulle part. Vous rencontrez une femme dont la démarche, dont la taille, dont la grâce à draper ses vêtements, dont quelque chose qui se dérange dans le voile ou dans la coiffure indique la jeunesse ou l'envie de paraître ai-

mable. Suivez-la seulement, et, si elle vous regarde en face au
moment où elle ne se croira pas remarquée de la foule, prenez
le chemin de votre maison ; elle vous suivra. En fait de femmes,
il ne faut se fier qu'à soi-même. Les drogmans vous adresse-
raient mal. Il faut payer de votre personne, c'est plus sûr.

— Mais, au fait, me disais-je en quittant le peintre et le
laissant à son œuvre, entouré d'une foule respectueuse qui le
croyait occupé d'opérations magiques, pourquoi donc aurais-je
renoncé à plaire ? Les femmes sont voilées ; mais je ne le suis
pas. Mon teint d'Européen peut avoir quelque charme dans le
pays. Je passerais en France pour un cavalier ordinaire ; mais
au Caire je deviens un aimable enfant du Nord. Ce costume
franc, qui ameute les chiens, me vaut du moins d'être remarqué;
c'est beaucoup.

En effet, j'étais rentré dans les rues populeuses, et je fendais
la foule étonnée de voir un Franc à pied et sans guide dans la
partie arabe de la ville. Je m'arrêtais aux portes des boutiques
et des ateliers, examinant tout d'un air de flânerie inoffensive
qui ne m'attirait que des sourires. On se disait : « Il a perdu
son drogman, il manque peut-être d'argent pour prendre un
âne…; » on plaignait l'étranger fourvoyé dans l'immense cohue
des bazars, dans le labyrinthe des rues. Moi, je m'étais arrêté
à regarder trois forgerons au travail qui semblaient des hommes
de cuivre. Ils chantaient une chanson arabe dont le rhythme les
guidait dans les coups successifs qu'ils donnaient à des pièces
de métal qu'un enfant apportait tour à tour sur l'enclume. Je
frémissais en songeant que, si l'un d'eux eût manqué la mesure
d'un demi-temps, l'enfant aurait eu la main broyée. Deux
femmes s'étaient arrêtées derrière moi et riaient de ma curiosité. Je me retourne, et je vois bien, à leur mantille de taffetas
noir, à leur pardessus de levantine verte, qu'elles n'appartenaient pas à la classe des marchandes d'oranges du Mousky. Je
m'élance au-devant d'elles, mais elles baissent leur voile et s'é-
chappent. Je les suis, et j'arrive bientôt dans une longue rue,
entrecoupée de riches bazars, qui traverse toute la ville. Nous

nous engageons sous une voûte à l'aspect grandiose, formée de charpentes sculptées d'un style antique, où le vernis et la dorure rehaussent mille détails d'arabesques splendides. C'est là peut-être le *besestain* des Circassiens où s'est passée l'histoire racontée par le marchand cophte au sultan de Kachgar. Me voilà en pleines *Mille et une Nuits*. Que ne suis-je un des jeunes marchands auxquels les deux dames font déployer leurs étoffes, ainsi que faisait la fille de l'émir devant la boutique de Bedreddin! Je leur dirais comme le jeune homme de Bagdad : « Laissez-moi voir votre visage pour prix de cette étoffe à fleurs d'or, et je me trouverai payé avec usure ! » Mais elles dédaignent les soieries de Beyrouth, les étoffes brochées de Damas, les *mandilles* de Brousse, que chaque vendeur étale à l'envi... Il n'y a point là de boutiques : ce sont de simples étalages dont les rayons s'élèvent jusqu'à la voûte, surmontés d'une enseigne couverte de lettres et d'attributs dorés. Le marchand, les jambes croisées, fume sa longue pipe ou son narghilé sur une estrade étroite, et les femmes vont ainsi de marchand en marchand, se contentant, après avoir tout fait déployer chez l'un, de passer à l'autre, en saluant d'un regard dédaigneux.

Mes belles rieuses veulent absolument des étoffes de Constantinople. Constantinople donne la mode au Caire. On leur fait voir d'affreuses mousselines imprimées, en criant : *Istamboldan* (c'est de Stamboul)! Elles poussent des cris d'admiration. Les femmes sont les mêmes partout.

Je m'approche d'un air de connaisseur ; je soulève le coin d'une étoffe jaune à ramages lie de vin, et je m'écrie : *Tayeb* (cela est beau) ! Mon observation paraît plaire ; c'est à ce choix qu'on s'arrête. Le marchand aune avec une sorte de demi-mètre qui s'appelle un *pic*, et l'on charge un petit garçon de porter l'étoffe roulée.

Pour le coup, il me semble bien que l'une des jeunes dames m'a regardé en face ; d'ailleurs, leur marche incertaine, les rires qu'elles étouffent en se retournant et me voyant les suivre, la mantille noire (*habbarah*) soulevée de temps en temps pour laisser voir un masque blanc, signe d'une classe supérieure, enfin toutes ces allures indécises que prend au bal de l'Opéra un domino qui veut vous séduire, semblent m'indiquer qu'on n'a pas envers moi des sentiments bien farouches. Le moment paraît donc venu de passer devant et de prendre le chemin de mon logis ; mais le moyen de le retrouver ? Au Caire, les rues n'ont pas d'écriteau, les maisons pas de numéro, et chaque quartier, ceint de murs, est en lui-même un labyrinthe des plus complets. Il y a dix impasses pour une rue qui aboutit. Dans le doute, je suivais toujours. Nous quittons les bazars pleins de tumulte et de lumière, où tout reluit et papillote, où le luxe des étalages fait contraste au grand caractère d'architecture et de splendeur des principales mosquées, peintes de bandes horizontales jaunes et rouges ; voici maintenant des passages voûtés, des ruelles étroites et sombres, où surplombent les cages de fenêtres en charpente, comme dans nos rues du moyen âge. La fraîcheur de ces voies presque souterraines est un refuge contre les ardeurs du soleil d'Égypte, et donne à la population beaucoup des avantages d'une latitude tempérée. Cela explique la blancheur mate qu'un grand nombre de femmes conservent sous leur voile, car beaucoup d'entre elles n'ont jamais quitté la ville que pour aller se réjouir sous les ombrages de Schoubrah.

Mais que penser de tant de tours et détours qu'on me fait faire ? Me fuit-on en réalité, ou se guide-t-on, tout en me précédant, sur ma marche aventureuse ? Nous entrons pourtant dans une rue que j'ai traversée la veille, et que je reconnais surtout à l'odeur charmante que répandent les fleurs jaunes d'un arbousier. Cet arbre aimé du soleil projette au-dessus du mur ses branches revêtues de houppes parfumées. Une fontaine basse forme encoignure, fondation pieuse destinée à désaltérer les animaux errants. Voici une maison de belle apparence, décorée d'ornements sculptés dans le plâtre ; l'une des dames introduit dans la porte une de ces clefs rustiques dont j'ai déjà l'expérience. Je m'élance à leur suite dans le couloir sombre, sans balancer, sans réfléchir, et me voilà dans une cour vaste et silencieuse, entourée de galeries, dominée par les mille dentelures des moucharabys.

## VII — UNE MAISON DANGEREUSE

Les dames ont disparu dans je ne sais quel escalier sombre de l'entrée; je me retourne avec l'intention sérieuse de regagner la porte; un esclave abyssinien, grand et robuste, est en train de la refermer. Je cherche un mot pour le convaincre que je me suis trompé de maison, que je croyais rentrer chez moi; mais le mot *tayeb,* si universel qu'il soit, ne me paraît pas suffisant à exprimer toutes ces choses. Pendant ce temps, un grand bruit se fait entendre dans le fond de la maison, des saïs étonnés sortent des écuries, des bonnets rouges se montrent aux terrasses du premier étage, et un Turc des plus majestueux s'avance du fond de la galerie principale.

Dans ces moments-là, le pis est de rester court. Je songe que beaucoup de musulmans entendent la langue franque, laquelle, au fond, n'est qu'un mélange de toute sorte de mots des patois méridionaux, qu'on emploie au hasard jusqu'à ce qu'on se soit fait comprendre; c'est la langue des Turcs de Molière. Je ramasse donc tout ce que je puis savoir d'italien, d'espagnol, de provençal et de grec, et je compose avec le tout un discours fort captieux.

— Au demeurant, me disais-je, mes intentions sont pures; l'une au moins des femmes peut bien être sa fille ou sa sœur. J'épouse, je prends le turban; aussi bien il y a des choses qu'on ne peut éviter. Je crois au destin.

D'ailleurs, ce Turc avait l'air d'un bon diable, et sa figure bien nourrie n'annonçait pas la cruauté. Il cligna de l'œil avec quelque malice en me voyant accumuler les substantifs les plus baroques qui eussent jamais retenti dans les échelles du Levant, et me dit, tendant vers moi une main potelée chargée de bagues :

— Mon cher monsieur, donnez-vous la peine d'entrer ici; nous causerons plus commodément.

O surprise! ce brave Turc était un Français comme moi!

Nous entrons dans une fort belle salle dont les fenêtres se découpaient sur des jardins; nous prenons place sur un riche divan. On apporte du café et des pipes. Nous causons. J'explique de mon mieux comment j'étais entré chez lui, croyant m'engager dans un des nombreux passages qui traversent au Caire les principaux massifs de maisons; mais je comprends à son sourire que mes belles inconnues avaient eu le temps de me trahir. Cela n'empêcha pas notre conversation de prendre en peu de temps un caractère d'intimité. En pays turc, la connaissance se fait vite entre compatriotes. Mon hôte voulut bien m'inviter à sa table, et, quand l'heure fut arrivée, je vis entrer deux fort belles personnes, dont l'une était sa femme, et l'autre la sœur de sa femme. C'étaient mes inconnues du bazar des Circassiens, et toutes deux Françaises... Voilà ce qu'il y avait de plus humiliant! On me fit la guerre sur ma prétention à parcourir la ville sans drogman et sans ânier; on s'égaya touchant ma poursuite assidue de deux dominos douteux, qui évidemment ne révélaient aucune forme, et pouvaient cacher des vieilles ou des négresses. Ces dames ne me savaient pas le moindre gré d'un choix aussi hasardeux, où aucun de leurs charmes n'était intéressé, car il faut avouer que le *habbarah* noir, moins attrayant que le voile des simples filles fellahs, fait de toute femme un paquet sans forme, et, quand le vent s'y engouffre, lui donne l'aspect d'un ballon à demi gonflé.

Après le dîner, servi entièrement à la française, on me fit entrer dans une salle beaucoup plus riche, aux murs revêtus de porcelaines peintes, aux corniches de cèdre sculptées. Une fontaine de marbre lançait dans le milieu ses minces filets d'eau; des tapis et des glaces de Venise complétaient l'idéal du luxe arabe; mais la surprise qui m'attendait là concentra bientôt toute mon attention. C'étaient huit jeunes filles placées autour d'une table ovale, et travaillant à divers ouvrages. Elles se le-

vèrent, me firent un salut, et les deux plus jeunes vinrent me
baiser la main, cérémonie à laquelle je savais qu'on ne pouvait
se refuser au Caire. Ce qui m'étonnait le plus dans cette apparition séduisante, c'est que le teint de ces jeunes personnes,
vêtues à l'orientale, variait du bistre à l'olivâtre, et arrivait,
chez la dernière, au chocolat le plus foncé. Il eût été inconvenant peut-être de citer devant la plus blanche le vers de
Gœthe :

Connais-tu la contrée où les citrons mûrissent...

Cependant elles pouvaient passer toutes pour des beautés
de race mixte. La maîtresse de la maison et sa sœur avaient
pris place sur le divan en riant aux éclats de mon admiration.
Les deux petites filles nous apportèrent des liqueurs et du
café.

Je savais un gré infini à mon hôte de m'avoir introduit dans
son harem ; mais je me disais en moi-même qu'un Français ne
ferait jamais un bon Turc, et que l'amour-propre de montrer
ses maîtresses ou ses épouses devait dominer toujours la
crainte de les exposer aux séductions. Je me trompais encore
sur ce point. Ces charmantes fleurs aux couleurs variées
étaient non pas les femmes, mais les filles de la maison. Mon
hôte appartenait à cette génération militaire qui voua son existence au service de Napoléon. Plutôt que de se reconnaître
sujets de la Restauration, beaucoup de ces braves allèrent offrir
leurs services aux souverains de l'Orient. L'Inde et l'Égypte
en accueillirent un grand nombre ; il y avait dans ces deux pays
de beaux souvenirs de la gloire française. Quelques-uns adop-
tèrent la religion et les mœurs des peuples qui leur donnaient
asile. Le moyen de les blâmer ? La plupart, nés pendant la
Révolution, n'avaient guère connu de culte que celui des théo-
philanthropes ou des loges maçonniques. Le mahométisme, vu
dans les pays où il règne, a des grandeurs qui frappent l'esprit le plus sceptique. Mon hôte s'était livré jeune encore à
ces séductions d'une patrie nouvelle. Il avait obtenu le grade

de bey par ses talents, par ses services; son sérail s'était recruté en partie des beautés du Sennaar, de l'Abyssinie, de l'Arabie même, car il avait concouru à délivrer des villes saintes du joug des sectaires musulmans. Plus tard, plus avancé en âge, les idées de l'Europe lui étaient revenues : il s'était marié à une aimable fille de consul, et, comme le grand Soliman épousant Roxelane, il avait congédié tout son sérail, mais les enfants lui étaient restés. C'étaient les filles que je voyais là; les garçons étudiaient dans les écoles militaires.

Au milieu de tant de filles à marier, je sentis que l'hospitalité qu'on me donnait dans cette maison présentait certaines chances dangereuses, et je n'osai trop exposer ma situation réelle avant de plus amples informations.

On me fit reconduire chez moi le soir, et j'ai emporté de toute cette aventure le plus gracieux souvenir... Mais, en vérité, ce ne serait pas la peine d'aller au Caire pour me marier dans une famille française.

Le lendemain, Abdallah vint me demander la permission d'accompagner des Anglais jusqu'à Suez. C'était l'affaire d'une semaine, et je ne voulus pas le priver de cette course lucrative. Je le soupçonnai de n'être pas très-satisfait de ma conduite de la veille. Un voyageur qui se passe de drogman toute une journée, qui rôde à pied dans les rues du Caire, et dîne ensuite on ne sait où, risque de passer pour un être bien fallacieux. Abdallah me présenta, du reste, pour tenir sa place, un *barbarin* de ses amis, nommé Ibrahim. Le barbarin (c'est ici le nom des domestiques ordinaires) ne sait qu'un peu de patois maltais.

### VIII — LE WÉKIL

Le juif Yousef, ma connaissance du bazar aux cotons, venait tous les jours s'asseoir sur mon divan et se perfectionner dans la conversation.

— J'ai appris, me dit-il, qu'il vous fallait une femme, et je vous ai trouvé un *wékil*.

— Un *wékil ?*

— Oui, cela veut dire envoyé, ambassadeur; mais, dans le cas présent, c'est un honnête homme chargé de s'entendre avec les parents des filles à marier. Il vous en amènera, ou vous conduira chez elles.

— Oh ! oh ! mais quelles sont donc ces filles-là ?

— Ce sont des personnes très-honnêtes, et il n'y en a que de celles-là au Caire, depuis que Son Altesse a relégué les autres à Esné, un peu au-dessous de la première cataracte.

— Je veux le croire. Eh bien, nous verrons ; amenez-moi ce wékil.

— Je l'ai amené ; il est en bas.

Le wékil était un aveugle, que son fils, homme grand et robuste, guidait de l'air le plus modeste. Nous montons à âne tous les quatre, et je riais beaucoup intérieurement en comparant l'aveugle à l'Amour, et son fils au dieu de l'hyménée. Le juif, insoucieux de ces emblèmes mythologiques, m'instruisait chemin faisant.

— Vous pouvez, me disait-il, vous marier ici de quatre manières. La première, c'est d'épouser une fille cophte devant le *Turc.*

— Qu'est-ce que le Turc ?

— C'est un brave santon à qui vous donnez quelque argent, qui dit une prière, vous assiste devant le cadi, et remplit les fonctions d'un prêtre : ces hommes-là sont saints dans le pays, et tout ce qu'ils font est bien fait. Ils ne s'inquiètent pas de votre religion, si vous ne songez pas à la leur; mais ce mariage-là n'est pas celui des filles très-honnêtes.

— Bon ! passons à un autre.

— Celui-là est un mariage sérieux. Vous êtes chrétien, et les Cophtes le sont aussi; il y a des prêtres cophtes qui vous marieront, quoique schismatique, sous la condition de consigner un douaire à la femme, pour le cas où vous divorceriez plus tard.

— C'est très-raisonnable; mais quel est le douaire ?...

— Oh ! cela dépend des conventions. Il faut toujours donner au moins deux cents piastres.

— Cinquante francs ! ma foi, je me marie, et ce n'est pas cher.

— Il y a encore une autre sorte de mariage pour les personnes très-scrupuleuses ; ce sont les bonnes familles. Vous êtes fiancé devant le prêtre cophte, il vous marie selon son rite, et ensuite vous ne pouvez plus divorcer.

— Oh ! mais cela est très-grave : un instant !

— Pardon ; il faut aussi, auparavant, constituer un douaire, pour le cas où vous quitteriez le pays.

— Alors, la femme devient donc libre ?

— Certainement, et vous aussi ; mais, tant que vous restez dans le pays, vous êtes lié.

— Au fond, c'est encore assez juste ; mais quelle est la quatrième sorte de mariage ?

— Celle-là, je ne vous conseille pas d'y penser. On vous marie deux fois : à l'église cophte et au couvent des Franciscains.

— C'est un mariage mixte ?

— Un mariage très-solide : si vous partez, il vous faut emmener la femme ; elle peut vous suivre partout et vous mettre les enfants sur les bras.

— Alors, c'est fini, on est marié sans rémission ?

— Il y a bien des moyens encore de glisser des nullités dans l'acte... Mais surtout gardez-vous d'une chose, c'est de vous laisser conduire devant le consul !

— Mais, cela, c'est le mariage européen.

— Tout à fait. Vous n'avez qu'une seule ressource alors ; si vous connaissez quelqu'un au consulat, c'est d'obtenir que les bans ne soient pas publiés dans votre pays.

Les connaissances de cet éleveur de vers à soie sur la question des mariages me confondaient ; mais il m'apprit qu'on l'avait souvent employé dans ces sortes d'affaires. Il servait de truchement au wékil, qui ne savait que l'arabe. Tous ces détails, du reste, m'intéressaient au dernier point.

Nous étions arrivés presque à l'extrémité de la ville, dans la partie du quartier cophte qui fait retour sur la place de l'Esbekieh du côté de Boulaq. Une maison d'assez pauvre apparence au bout d'une rue encombrée de marchands d'herbes et de fritures, voilà le lieu où la présentation devait se faire. On m'avertit que ce n'était point la maison des parents, mais un terrain neutre.

— Vous allez en voir deux, me dit le juif, et, si vous n'êtes pas content, on en fera venir d'autres.

— C'est parfait; mais, si elles restent voilées, je vous préviens que je n'épouse pas.

— Oh! soyez tranquille, ce n'est pas ici comme chez les Turcs.

— Les Turcs ont l'avantage de pouvoir se rattraper sur le nombre.

— C'est, en effet, tout différent.

La salle basse de la maison était occupée par trois ou quatre hommes en sarrau bleu, qui semblaient dormir; pourtant, grâce au voisinage de la porte de la ville et d'un corps de garde situé auprès, cela n'avait rien d'inquiétant. Nous montâmes par un escalier de pierre sur une terrasse intérieure. La chambre où l'on entrait ensuite donnait sur la rue, et la large fenêtre, avec tout son grillage de menuiserie, s'avançait, selon l'usage, d'un demi-mètre en dehors de la maison. Une fois assis dans cette espèce de garde-manger, le regard plonge sur les deux extrémités de la rue ; on voit les passants à travers les dentelures latérales. C'est d'ordinaire la place des femmes, d'où, comme sous le voile, elles observent tout sans être vues. On m'y fit asseoir, tandis que le wékil, son fils et le juif prenaient place sur les divans. Bientôt arriva une femme cophte voilée, qui, après avoir salué, releva son *borghot* noir au-dessus de sa tête, ce qui, avec le voile rejeté en arrière, composait une sorte de coiffure israélite. C'était la *khatbé*, ou *wékil*, des femmes. Elle me dit que les jeunes personnes achevaient de s'habiller. Pendant ce temps, on avait apporté des pipes et du café à tout le monde. Un homme à barbe blanche, en turban noir, avait aussi augmenté notre compagnie. C'était le prêtre cophte. Deux femmes voilées, les mères sans doute, restaient debout à la porte.

La chose prenait du sérieux, et mon attente était, je l'avoue, mêlée de quelque anxiété. Enfin, deux jeunes filles entrèrent, et successivement vinrent me baiser la main. Je les engageai par signes à prendre place près de moi.

— Laissez-les debout, me dit le juif, ce sont vos servantes.

Mais j'étais encore trop Français pour ne pas insister. Le juif parla et fit comprendre sans doute que c'était une coutume bizarre des Européens de faire asseoir les femmes devant eux. Elles prirent enfin place à mes côtés.

Elles étaient vêtues d'habits de taffetas à fleurs et de mousseline brodée. C'était fort printanier. La coiffure, composée du tarbouch rouge entortillé de gazillons, laissait échapper un fouillis de rubans et de tresses de soie; des grappes de petites pièces d'or et d'argent, probablement fausses, cachaient entièrement les cheveux. Pourtant il était aisé de reconnaître que l'une était brune et l'autre blonde; on avait prévu toute objection. La première « était svelte comme un palmier et avait l'œil noir d'une gazelle, » avec un teint légèrement bistré; l'autre, plus délicate, plus riche de contours, et d'une blancheur qui m'étonnait en raison de la latitude, avait la mine et le port d'une jeune reine éclose au pays du matin.

Cette dernière me séduisait particulièrement, et je lui faisais dire toute sorte de douceurs, sans cependant négliger entièrement sa compagne. Toutefois le temps se passait sans que j'abordasse la question principale; alors, la khathé les fit lever et leur découvrit les épaules, qu'elle frappa de la main pour en montrer la fermeté. Un instant, je craignis que l'exhibition n'allât trop loin, et j'étais moi-même un peu embarrassé devant ces pauvres filles, dont les mains recouvraient de gaze leurs charmes à demi trahis. Enfin le juif me dit :

— Quelle est votre pensée?

I                                          5

— Il y en a une qui me plaît beaucoup, mais je voudrais réfléchir : on ne s'enflamme pas tout d'un coup. Nous les reviendrons voir.

Les assistants auraient certainement voulu quelque réponse plus précise. La khatbé et le prêtre cophte me firent presser de prendre une décision. Je finis par me lever en promettant de revenir ; mais je sentais qu'on n'avait pas grande confiance.

Les deux jeunes filles étaient sorties pendant cette négociation. Quand je traversai la terrasse pour gagner l'escalier, celle que j'avais remarquée particulièrement semblait occupée à arranger des arbustes. Elle se releva en souriant, et, faisant tomber son tarbouch, elle secoua sur ses épaules de magnifiques tresses dorées, auxquelles le soleil donnait un vif reflet rougeâtre. Ce dernier effort d'une coquetterie, d'ailleurs bien légitime, triompha presque de ma prudence, et je fis dire à la famille que j'enverrais certainement des présents.

— Ma foi, dis-je en sortant au complaisant israélite, j'épouserais bien celle-là devant le Turc.

— La mère ne voudrait pas, elles tiennent au prêtre cophte. C'est une famille d'écrivains : le père est mort ; la jeune fille que vous avez préférée n'a encore été mariée qu'une fois, et pourtant elle a seize ans.

— Comment ! elle est veuve ?

— Non, divorcée.

— Oh ! mais cela change la question !

J'envoyai toujours une petite pièce d'étoffe comme présent.

L'aveugle et son fils se remirent en quête et me trouvèrent d'autres fiancées. C'étaient toujours à peu près les mêmes cérémonies, mais je prenais goût à cette revue du beau sexe cophte, et, moyennant quelques étoffes et menus bijoux, on ne se formalisait pas trop de mes incertitudes. Il y eut une mère qui amena sa fille dans mon logis : je crois bien que celle-là aurait volontiers célébré l'hymen devant le Turc ; mais, tout bien considéré, cette fille était d'âge à avoir été déjà épousée plus que de raison.

### IX — LE JARDIN DE ROSETTE

Le barbarin qu'Abdallah avait mis à sa place, un peu jaloux peut-être de l'assiduité du juif et de son wékil, m'amena un jeune homme fort bien vêtu, parlant italien et nommé Mahomet, qui avait à me proposer un mariage tout à fait relevé.

— Pour celui-là, me dit-il, c'est devant le consul. Ce sont des gens riches, et la fille n'a que douze ans.

— Elle est un peu jeune pour moi; mais il paraît qu'ici c'est le seul âge où l'on ne risque pas de les trouver veuves ou divorcées.

— *Signor, è vero!* ils sont très-impatients de vous voir, car vous occupez une maison où il y a eu des Anglais; on a donc une bonne opinion de votre rang. J'ai dit que vous étiez un général.

— Mais je ne suis pas général.

— Allons donc! vous n'êtes pas un ouvrier, ni un négociant. Vous ne faites rien?

— Pas grand'chose.

— Eh bien, cela représente ici au moins le grade d'un *myr-liva* (général).

Je savais déjà qu'en effet au Caire, comme en Russie, on classait toutes les positions d'après les grades militaires. Il est à Paris des écrivains pour qui c'eût été une mince distinction que d'être assimilés à un général égyptien; moi, je ne pouvais voir là qu'une amplification orientale. Nous montons sur des ânes et nous nous dirigeons vers le Mousky. Mahomet frappe à une maison d'assez bonne apparence. Une négresse ouvre la porte et pousse des cris de joie; une autre esclave noire se penche avec curiosité sur la balustrade de l'escalier, frappe des mains en riant très-haut, et j'entends retentir des conversations où je devinais seulement qu'il était question du *myrliva* annoncé.

Au premier étage, je trouve un personnage proprement vêtu, ayant un turban de cachemire, qui me fait asseoir et me pré-

sente un grand jeune homme comme son fils. C'était le père.
Dans le même instant entre une femme d'une trentaine d'années encore jolie ; on apporte du café et des pipes, et j'apprends
par l'interprète qu'ils étaient de la Haute Égypte, ce qui donnait au père le droit d'avoir un turban blanc. Un instant après,
la jeune fille arrive suivie des négresses qui se tiennent en dehors de la porte ; elle leur prend des mains un plateau, et nous
sert des confitures dans un pot de cristal où l'on puise avec des
cuillers de vermeil. Elle était si petite et si mignonne, que je
ne pouvais concevoir qu'on songeât à la marier. Ses traits
n'étaient pas encore bien formés ; mais elle ressemblait tellement
à sa mère, qu'on pouvait se rendre compte, d'après la figure
de cette dernière, du caractère futur de sa beauté. On l'envoyait aux écoles du quartier franc, et elle savait déjà quelques
mots d'italien. Toute cette famille me semblait si respectable,
que je regrettais de m'y être présenté sans intentions tout à fait
sérieuses. Ils me firent mille honnêtetés, et je les quittai en promettant une réponse prompte. Il y avait de quoi mûrement
réfléchir.

Le surlendemain était le jour de la Pâque juive, qui correspond à notre dimanche des Rameaux. Au lieu de buis, comme
en Europe, tous les chrétiens portaient le rameau biblique, et
les rues étaient pleines d'enfants qui se partageaient la dépouille
des palmiers. Je traversais, pour me rendre au quartier franc,
le jardin de Rosette, qui est la plus charmante promenade du
Caire. C'est une verte oasis au milieu des maisons poudreuses,
sur la limite du quartier cophte et du Mousky. Deux maisons
de consuls et celle du docteur Clot-Bey ceignent un côté de
cette retraite ; les maisons franques qui bordent l'impasse Waghorn s'étendent à l'autre extrémité ; l'intervalle est assez considérable pour présenter à l'œil un horizon touffu de dattiers,
d'orangers et de sycomores.

Il n'est pas facile de trouver le chemin de cet Éden mystérieux, qui n'a point de porte publique. On traverse la maison
du consul de Sardaigne en donnant à ses gens quelques paras,

et l'on se trouve au milieu de vergers et de parterres dépendant des maisons voisines. Un sentier qui les divise aboutit à une sorte de petite ferme entourée de grillages où se promènent plusieurs girafes que le docteur Clot-Bey fait élever par des Nubiens. Un bois d'orangers fort épais s'étend plus loin à gauche de la route; à droite sont plantés des mûriers entre lesquels on cultive du maïs. Ensuite le chemin tourne, et le vaste espace qu'on aperçoit de ce côté se termine par un rideau de palmiers entremêlés de bananiers, avec leurs longues feuilles d'un vert éclatant. Il y a là un pavillon soutenu par de hauts piliers, qui recouvre un bassin carré autour duquel des compagnies de femmes viennent souvent se reposer et chercher la fraîcheur. Le vendredi, ce sont des musulmanes, toujours voilées le plus possible; le samedi, des juives; le dimanche, des chrétiennes. Ces deux derniers jours, les voiles sont un peu moins discrets; beaucoup de femmes font étendre des tapis près du bassin par leurs esclaves, et se font servir des fruits et des pâtisseries. Le passant peut s'asseoir dans le pavillon même sans qu'une retraite farouche l'avertisse de son indiscrétion, ce qui arrive quelquefois le vendredi, jour des Turques.

Je passais près de là, lorsqu'un garçon de bonne mine vient à moi d'un air joyeux; je reconnais le frère de ma dernière prétendue. J'étais seul. Il me fait quelques signes que je ne comprends pas, et finit par m'engager, au moyen d'une pantomime plus claire, à l'attendre dans le pavillon. Dix minutes après, la porte de l'un des petits jardins bordant les maisons s'ouvre et donne passage à deux femmes que le jeune homme amène, et qui viennent prendre place près du bassin en levant leurs voiles. C'étaient sa mère et sa sœur. Leur maison donnait sur la promenade du côté opposé à celui où j'y étais entré l'avant-veille. Après les premiers saluts affectueux, nous voilà à nous regarder et à prononcer des mots au hasard en souriant de notre mutuelle ignorance. La petite fille ne disait rien, sans doute par réserve; mais, me souvenant qu'elle apprenait l'italien, j'essaye quelques mots de cette langue, auxquels elle répond avec l'accent guttural des Arabes, ce qui rend l'entretien fort peu clair.

Je tâchais d'exprimer ce qu'il y avait de singulier dans la ressemblance des deux femmes. L'une était la miniature de l'autre. Les traits vagues encore de l'enfant se dessinaient mieux chez la mère; on pouvait prévoir entre ces deux âges une saison charmante qu'il serait doux de voir fleurir. Il y avait près de nous un tronc de palmier renversé depuis peu de jours par le vent, et dont les rameaux trempaient dans l'extrémité du bassin. Je le montrai du doigt en disant :

— *Oggi è il giorno delle palme.*

Or, les fêtes cophtes, se réglant sur le calendrier primitif de l'Église, ne tombent pas en même temps que les nôtres. Toutefois la petite fille alla cueillir un rameau qu'elle garda à la main, et dit :

— *Io così sono Roumi.* (Moi, comme cela, je suis Romaine!)

Au point de vue des Égyptiens, tous les Francs sont des *Romains*. Je pouvais donc prendre cela pour un compliment et pour une allusion au futur mariage... O Hymen, Hyménée! je t'ai vu ce jour-là de bien près! Tu ne dois être sans doute, selon nos idées européennes, qu'un frère puîné de l'Amour. Pourtant ne serait-il pas charmant de voir grandir et se développer près de soi l'épouse que l'on s'est choisie, de remplacer quelque temps le père avant d'être l'amant!... Mais pour le mari quel danger!

En sortant du jardin, je sentais le besoin de consulter mes amis du Caire. J'allai voir Soliman-Aga.

— Mariez-vous donc de par Dieu! me dit-il, comme Pantagruel à Panurge.

J'allai de là chez le peintre de l'hôtel *Domergue*, qui me cria de toute sa voix de sourd :

— Si c'est devant le consul,... ne vous mariez pas!

Il y a, quoi qu'on fasse, un certain préjugé religieux qui domine l'Européen en Orient, du moins dans les circonstances graves. Faire un mariage *à la cophte*, comme on dit au Caire, ce

'est rien que de fort simple ; mais le faire avec une toute
eune enfant, qu'on vous livre pour ainsi dire, et qui contracte
n lien illusoire pour vous-même, c'est une grave responsabilité
norale assurément.

Comme je m'abandonnais à ces sentiments délicats, je vis
rriver Abdallah revenu de Suez ; j'exposai ma situation.

— Je m'étais bien douté, s'écria-t-il, qu'on profiterait de
non absence pour vous faire faire des sottises. Je connais la
amille. Vous êtes-vous inquiété de la dot ?

— Oh ! peu m'importe ; je sais qu'ici ce doit être peu de
hose.

— On parle de vingt mille piastres (cinq mille francs).

— Eh bien, c'est toujours cela.

— Comment donc ! mais c'est vous qui devez les payer.

— Ah ! c'est bien différent... Ainsi, il faut que j'apporte
ne dot, au lieu d'en recevoir une ?

— Naturellement. Ignorez-vous que c'est l'usage ici ?

— Comme on me parlait d'un mariage à l'européenne...

— Le mariage, oui ; mais la somme se paye toujours. C'est
un petit dédommagement pour la famille.

Je comprenais dès lors l'empressement des parents dans ce
pays à marier les petites filles. Rien n'est plus juste d'ailleurs,
à mon avis, que de reconnaître, en payant, la peine que de
braves gens se sont donnée de mettre au monde et d'élever
pour vous une jeune enfant gracieuse et bien faite. Il paraît
que la dot, ou pour mieux dire le douaire, dont j'ai indiqué
plus haut le minimum, croît en raison de la beauté de l'épouse
et de la position des parents. Ajoutez à cela les frais de la noce,
et vous verrez qu'un mariage à la cophte devient encore une
formalité assez coûteuse. J'ai regretté que le dernier qui m'était
proposé fût en ce moment-là au-dessus de mes moyens. Du
reste, l'opinion d'Abdallah était que, pour le même prix, on
pouvait acquérir tout un sérail au bazar des esclaves.

# II

## LES ESCLAVES

---

### I — UN LEVER DE SOLEIL

Que notre vie est quelque chose d'étrange! Chaque matin, dans ce demi-sommeil où la raison triomphe peu à peu des folles images du rêve, je sens qu'il est naturel, logique et conforme à mon origine parisienne de m'éveiller aux clartés d'un ciel gris, au bruit des roues broyant les pavés, dans quelque chambre d'un aspect triste, garnie de meubles anguleux, où l'imagination se heurte aux vitres comme un insecte emprisonné, et c'est avec un étonnement toujours vif que je me retrouve à mille lieues de ma patrie, et que j'ouvre mes sens peu à peu aux vagues impressions d'un monde qui est la parfaite antithèse du nôtre. La voix du Turc qui chante au minaret voisin, la clochette et le trot lourd du chameau qui passe, et quelquefois son hurlement bizarre, les bruissements et les sifflements indistincts qui font vivre l'air, le bois et la muraille, l'aube hâtive dessinant au plafond les mille découpures des fenêtres, une brise matinale chargée de senteurs pénétrantes, qui soulève le rideau de ma porte et me fait apercevoir au-dessus des murs de la cour les têtes flottantes des palmiers; tout cela me surprend, me ravit... ou m'attriste, selon les jours; car je ne veux pas dire qu'un éternel été fasse une vie toujours joyeuse. Le soleil noir de la mélancolie, qui verse des rayons obscurs sur le front de l'ange rêveur d'Albert Durer, se lève aussi parfois aux plaines lumineuses du Nil,

comme sur les bords du Rhin, dans un froid paysage d'Allemagne. J'avouerai même qu'à défaut de brouillard, la poussière est un triste voile aux clartés d'un jour d'Orient.

Je monte quelquefois sur la terrasse de la maison que j'habite
dans le quartier cophte, pour voir les premiers rayons qui embrasent au loin la plaine d'Héliopolis et les versants du Mokattam, où s'étend la Ville des Morts, entre le Caire et Matarée.
C'est d'ordinaire un beau spectacle, quand l'aube colore peu
à peu les coupoles et les arceaux grêles des tombeaux consacrés aux trois dynasties de califes, de soudans et de sultans qui,
depuis l'an 1000, ont gouverné l'Égypte. L'un des obélisques
de l'ancien temple du soleil est resté seul debout, dans cette
plaine, comme une sentinelle oubliée ; il se dresse au milieu
d'un bouquet touffu de palmiers et de sycomores, et reçoit toujours le premier regard du dieu que l'on adorait jadis à ses pieds.

L'aurore, en Égypte, n'a pas ces belles teintes vermeilles
qu'on admire dans les Cyclades ou sur les côtes de Candie ; le
soleil éclate tout à coup au bord du ciel, précédé seulement
d'une vague lueur blanche ; quelquefois il semble avoir peine
à soulever les longs plis d'un linceul grisâtre, et nous apparaît
pâle et privé de rayons, comme l'Osiris souterrain ; son empreinte décolorée attriste encore le ciel aride, qui ressemble
alors, à s'y méprendre, au ciel couvert de notre Europe, mais
qui, loin d'amener la pluie, absorbe toute humidité. Cette
poudre épaisse qui charge l'horizon ne se découpe jamais en
frais nuages comme nos brouillards : à peine le soleil, au plus
haut point de sa force, parvient-il à percer l'atmosphère cen-
dreuse sous la forme d'un disque rouge, qu'on croirait sorti des
forges libyques du dieu Phtha. On comprend alors cette mélancolie profonde de la vieille Égypte, cette préoccupation fréquente de la souffrance et des tombeaux que les monuments
nous transmettent. C'est Typhon qui triomphe pour un temps
des divinités bienfaisantes ; il irrite les yeux, dessèche les pou-
mons, et jette des nuées d'insectes sur les champs et sur les
vergers.

Je les ai vus passer comme des messagers de mort et de
famine, l'atmosphère en était chargée, et, regardant au-dessus
de ma tête, faute de point de comparaison, je les prenais
d'abord pour des nuées d'oiseaux. Abdallah, qui était monté
en même temps que moi sur la terrasse, fit un cercle dans l'air
avec le long tuyau de son chibouque, et il en tomba deux ou
trois sur le plancher. Il secoua la tête en regardant ces énormes
cigales vertes et roses, et me dit :

— Vous n'en avez jamais mangé?

Je ne pus m'empêcher de faire un geste d'éloignement pour
une telle nourriture, et cependant, si on leur ôte les ailes et
les pattes, elles doivent ressembler beaucoup aux crevettes de
l'Océan.

— C'est une grande ressource dans le désert, me dit Abdallah;
on les fume, on les sale, et elles ont, à peu de choses près, le
goût du hareng saur; avec de la pâte de dourah, cela forme un
mets excellent.

— Mais, à ce propos, dis-je, ne serait-il pas possible de me
faire ici un peu de cuisine égyptienne? Je trouve ennuyeux
d'aller deux fois par jour prendre mes repas à l'hôtel.

— Vous avez raison, dit Abdallah; il faudra prendre à votre
service un cuisinier.

— Eh bien, est-ce que le barbarin ne sait rien faire?

— Oh! rien. Il est ici pour ouvrir la porte et tenir la maison
propre, voilà tout.

— Et vous-même, ne seriez-vous pas capable de mettre
au feu un morceau de viande, de préparer quelque chose
enfin?

— C'est de moi que vous parlez? s'écria Abdallah d'un ton
profondément blessé Non, monsieur, je ne sais rien de semblable.

— C'est fâcheux, repris-je en ayant l'air de continuer une
plaisanterie; nous aurions pu, en outre, déjeuner avec des sauterelles ce matin; mais, sérieusement, je voudrais prendre mes
repas ici. Il y a des bouchers dans la ville, des marchands de

fruits et de poisson... Je ne vois pas que ma prétention soit si extraordinaire.

— Rien n'est plus simple, en effet : prenez un cuisinier. Seulement, un cuisinier européen vous coûtera un talari par jour. Encore les beys, les pachas et les hôteliers eux-mêmes ont-ils de la peine à s'en procurer.

— J'en veux un qui soit de ce pays-ci, et qui me prépare les mets que tout le monde mange.

— Fort bien, nous pourrons trouver cela chez M. Jean. C'est un de vos compatriotes qui tient un cabaret dans le quartier cophte, et chez lequel se réunissent les gens sans place.

## II — M. JEAN

M. Jean est un débris glorieux de notre armée d'Égypte. Il a été l'un des trente-trois Français qui prirent du service dans les mamelouks après la retraite de l'expédition. Pendant quelques années, il a eu comme les autres un palais, des femmes, des chevaux, des esclaves : à l'époque de la destruction de cette puissante milice, il fut épargné comme Français ; mais, rentré dans la vie civile, ses richesses se fondirent en peu de temps. Il imagina de vendre publiquement du vin, chose alors nouvelle en Égypte, où les chrétiens et les juifs ne s'enivraient que d'eau-de-vie, d'arack, et d'une certaine bière nommée *bouza*. Depuis lors, les vins de Malte, de Syrie et de l'Archipel firent concurrence aux spiritueux, et les musulmans du Caire ne parurent pas s'offenser de cette innovation.

M. Jean admira la résolution que j'avais prise d'échapper à la vie des hôtels.

— Mais, me dit-il, vous aurez de la peine à vous monter une maison. Il faut, au Caire, prendre autant de serviteurs qu'on a de besoins différents. Chacun d'eux met son amour-propre à ne faire qu'une seule chose ; et, d'ailleurs, ils sont si paresseux, qu'on peut douter que ce soit un calcul. Tout détail compliqué les fatigue ou leur échappe, et ils vous abandonnent même, pour la plupart, dès qu'ils ont gagné de quoi passer quelques jours sans rien faire.

— Mais comment font les gens du pays?

— Oh! ils les laissent s'en donner à leur aise, et prennent deux ou trois personnes pour chaque emploi. Dans tous les cas, un effendi a toujours avec lui son secrétaire (*khatibessir*), son trésorier (*khazindar*), son porte-pipe (*tchiboukji*), le *selikdar* pour porter ses armes, le *seradjbachi* pour tenir son cheval, le *kahwedji-bachi* pour faire son café partout où il s'arrête, sans compter les *yamaks* pour aider tout ce monde. A l'intérieur, il en faut bien d'autres; car le portier ne consentirait pas à prendre soin des appartements, ni le cuisinier à faire le café; il faut avoir jusqu'à un certain porteur d'eau à ses gages. Il est vrai qu'en leur distribuant une piastre ou une piastre et demie, c'est-à-dire de vingt-cinq à trente centimes par jour, on est regardé par chacun de ces fainéants comme un patron très-magnifique.

— Eh bien, dis-je, tout ceci est encore loin des soixante piastres qu'il faut payer journellement dans les hôtels.

— Mais c'est un tracas auquel nul Européen ne peut résister.

— J'essayerai, cela m'instruira.

— Ils vous feront une nourriture abominable.

— Je ferai connaissance avec les mets du pays.

— Il faudra tenir un livre de comptes et discuter les prix de tout.

— Cela m'apprendra la langue.

— Vous pouvez essayer, du reste; je vous enverrai les plus honnêtes, vous choisirez.

— Est-ce qu'ils sont très-voleurs?

— *Carotteurs* tout au plus, me dit le vieux soldat, par un ressouvenir du langage militaire. Voleurs! des Égyptiens?... Ils n'ont pas assez de courage.

Je trouve qu'en général ce pauvre peuple d'Égypte est trop méprisé par les Européens. Le Franc du Caire, qui partage aujourd'hui les priviléges de la race turque, en prend ainsi les préjugés. Ces gens sont pauvres, ignorants sans nul doute, et la longue habitude de l'esclavage les maintient dans une sorte d'abjection. Ils sont plus rêveurs qu'actifs, et plus intelligents qu'industrieux; mais je les crois bons et d'un caractère analogue à celui des Hindous, ce qui peut-être tient aussi à leur nourriture presque exclusivement végétale. Nous autres carnassiers, nous respectons fort le Tartare et le Bédouin, nos pareils, et nous sommes portés à abuser de notre énergie à l'égard des populations moutonnières.

Après avoir quitté M. Jean, je traversai la place de l'Esbekieh, pour me rendre à l'hôtel *Domergue.* C'est, comme on sait, un vaste champ situé entre l'enceinte de la ville et la première ligne des maisons du quartier cophte et du quartier franc. Il y a là beaucoup de palais et d'hôtels splendides. On distingue surtout la maison où fut assassiné Kléber, et celle où se tenaient les séances de l'Institut d'Égypte. Un petit bois de sycomores et de *figuiers de Pharaon* se rattache au souvenir de Bonaparte, qui les fit planter. A l'époque de l'inondation, toute cette place est couverte d'eau et sillonnée par des canges et des djermes peintes et dorées appartenant aux propriétaires des maisons voisines. Cette transformation annuelle d'une place publique en lac d'agrément n'empêche pas qu'on n'y trace des jardins et qu'on n'y creuse des canaux dans les temps ordinaires. Je vis là un grand nombre de fellahs qui travaillaient à une tranchée; les hommes piochaient la terre, et les femmes en emportaient de lourdes charges dans des couffes de paille de riz. Parmi ces dernières, il y avait plusieurs jeunes filles, les unes en chemise bleue, et celles de moins de huit ans entièrement nues, comme on les voit du reste dans les villages aux bords du Nil. Des inspecteurs armés de bâtons surveillaient le travail, et frappaient de temps en temps les moins actifs. Le tout était sous la direction d'une sorte de militaire coiffé d'un tarbouch rouge, chaussé de bottes fortes à éperons, traînant un sabre de cavalerie, et tenant à la main un fouet en peau d'hippopotame roulée. Cela s'adressait aux nobles épaules des inspecteurs, comme le bâton de ces derniers à l'omoplate des fellahs.

Le surveillant, me voyant arrêté à regarder les pauvres jeunes filles qui pliaient sous les sacs de terre, m'adressa la parole en français. C'était encore un compatriote. Je n'eus pas trop l'idée de m'attendrir sur les coups de bâton distribués aux hommes, assez mollement du reste ; l'Afrique a d'autres idées que nous sur ce point.

— Mais pourquoi, dis-je, faire travailler ces femmes et ces enfants ?

— Ils ne sont pas forcés à cela, me dit l'inspecteur français ; ce sont leurs pères ou leurs maris qui aiment mieux les faire travailler sous leurs yeux que de les laisser dans la ville. On les paye depuis vingt paras jusqu'à une piastre, selon leur force. Une piastre (vingt-cinq centimes) est généralement le prix de la journée d'un homme.

— Mais pourquoi y en a-t-il quelques-uns qui sont enchaînés ? Sont-ce des forçats ?

— Ce sont des fainéants ; ils aiment mieux passer leur temps à dormir ou à écouter des histoires dans les cafés que de se rendre utiles.

— Comment vivent-ils dans ce cas-là ?

— On vit de si peu de chose ici ! Au besoin, ne trouvent-ils pas toujours des fruits ou des légumes à voler dans les champs ? Le gouvernement a bien de la peine à faire exécuter les travaux les plus nécessaires ; mais, quand il le faut absolument, on fait cerner un quartier ou barrer une rue par des troupes, on arrête les gens qui passent, on les attache et on nous les amène ; voilà tout.

— Quoi ! tout le monde sans exception ?

— Oh ! tout le monde ; cependant, une fois arrêtés, chacun s'explique. Les Turcs et les Francs se font reconnaître. Parmi les autres, ceux qui ont de l'argent se rachètent de la corvée ; plusieurs se recommandent de leurs maîtres ou patrons Le

'este est embrigadé et travaille pendant quelques semaines ou
quelques mois, selon l'importance des choses à exécuter.

Que dire de tout cela? L'Égypte en est encore au moyen âge.
Ces corvées se faisaient jadis au profit des beys mamelouks.
Le pacha est aujourd'hui le seul suzerain ; la chute des mame-
ouks a supprimé le servage individuel, voilà tout.

### III — LES KHOWALS

Après avoir déjeuné à l'hôtel, je suis allé m'asseoir dans le
plus beau café du Mousky. J'y ai vu pour la première fois
danser des almées en public. Je voudrais bien mettre un peu
la chose en scène; mais véritablement la décoration ne com-
porte ni trèfles, ni colonnettes, ni lambris de porcelaine, ni
œufs d'autruche suspendus. Ce n'est qu'à Paris que l'on rencontre des cafés si orientaux. Il faut plutôt imaginer une
humble boutique carrée, blanchie à la chaux, où pour toute
arabesque se répète plusieurs fois l'image peinte d'une pendule
posée au milieu d'une prairie entre deux cyprès. Le reste
de l'ornementation se compose de miroirs également peints,
et qui sont censés se renvoyer l'éclat d'un bâton de palmier
chargé de flacons d'huile où nagent des veilleuses, ce qui est,
le soir, d'un assez bon effet.

Des divans d'un bois très-dur, qui règnent autour de la
pièce, sont bordés de cages en palmier, servant de tabourets
pour les pieds des fumeurs, auxquels on distribue de temps en
temps les élégantes petites tasses (fines-janes) dont j'ai déjà
parlé. C'est là que le fellah en blouse bleue, le Cophte au turban noir, ou le Bédouin au manteau rayé, prennent place le
long du mur, et voient sans surprise et sans ombrage le Franc
s'asseoir à leurs côtés. Pour ce dernier, le kahwedji sait bien
qu'il faut sucrer la tasse, et la compagnie sourit de cette
bizarre préparation. Le fourneau occupe un des coins de la
boutique et en est d'ordinaire l'ornement le plus précieux.
L'encoignure qui le surmonte, garnie de faïence peinte, se dé-

coupe en festons et en rocailles, et a quelque chose de l'aspect des poêles allemands. Le foyer est toujours garni d'une multitude de petites cafetières de cuivre rouge, car il faut faire bouillir une cafetière pour chacune de ces *fines-janes* grandes comme des coquetiers.

Et maintenant voici les almées qui nous apparaissent dans un nuage de poussière et de fumée de tabac. Elles me frappèrent au premier abord par l'éclat des calottes d'or qui surmontaient leur chevelure tressée. Leurs talons qui frappaient le sol, pendant que les bras levés en répétaient la rude secousse, faisaient résonner des clochettes et des anneaux; les hanches frémissaient d'un mouvement voluptueux; la taille apparaissait nue sous la mousseline dans l'intervalle de la veste et de la riche ceinture relâchée et tombant très-bas, comme le ceston de Vénus. A peine, au milieu du tournoiement rapide, pouvait-on distinguer les traits de ces séduisantes personnes, dont les doigts agitaient de petites cymbales, grandes comme des castagnettes, et qui se démenaient vaillamment aux sons primitifs de la flûte et du tambourin. Il y en avait deux fort belles, à la mine fière, aux yeux arabes avivés par le *cohel*, aux joues pleines et délicates légèrement fardées; mais la troisième, il faut bien le dire, trahissait un sexe moins tendre avec une barbe de huit jours : de sorte qu'à bien examiner les choses, et quand, la danse étant finie, il me fut possible de distinguer mieux les traits des deux autres, je ne tardai pas à me convaincre que nous n'avions affaire là qu'à des almées... mâles.

O vie orientale, voilà de tes surprises! et moi, j'allais m'enflammer imprudemment pour ces êtres douteux, je me disposais à leur coller sur le front quelques pièces d'or, selon les traditions les plus pures du Levant... On va me croire prodigue; je me hâte de faire remarquer qu'il y a des pièces d'or nommées *ghazis*, depuis cinquante centimes jusqu'à cinq francs. C'est naturellement avec les plus petites que l'on fait des masques d'or aux danseuses, quand après un pas gracieux elles viennent incliner leur front humide devant chacun des spectateurs ; mais, pour de simples danseurs vêtus en femmes, on peut bien se priver de cette cérémonie en leur jetant quelques paras.

Sérieusement, la morale égyptienne est quelque chose de bien particulier. Il y a peu d'années, les danseuses parcouraient librement la ville, animaient les fêtes publiques et faisaient les délices des casinos et des cafés. Aujourd'hui, elles ne peuvent plus se montrer que dans les maisons et aux fêtes particulières, et les gens scrupuleux trouvent beaucoup plus convenables ces danses d'hommes aux traits efféminés, aux longs cheveux, dont les bras, la taille et le col nu parodient si déplorablement les attraits demi-voilés des danseuses.

J'ai parlé de ces dernières sous le nom d'*almées* en cédant, pour être plus clair, au préjugé européen. Les danseuses s'appellent *ghawasies* ; les almées sont des chanteuses ; le pluriel de ce mot se prononce *oualems*. Quant aux danseurs autorisés par la morale musulmane, ils s'appellent *khowals*.

En sortant du café, je traversai de nouveau l'étroite rue qui conduit au bazar franc pour entrer dans l'impasse Waghorn et gagner le jardin de Rosette. Des marchands d'habits m'entourèrent, étalant sous mes yeux les plus riches costumes brodés, des ceintures de drap d'or, des armes incrustées d'argent, des tarbouchs garnis d'un flot soyeux à la mode de Constantinople, choses fort séduisantes qui excitent chez l'homme un sentiment de coquetterie tout féminin. Si j'avais pu me regarder dans les miroirs du café, qui n'existaient, hélas ! qu'en peinture, j'aurais pris plaisir à essayer quelques-uns de ces costumes ; mais assurément je ne veux pas tarder à prendre l'habit oriental. Avant tout, il faut songer encore à constituer mon intérieur.

### IV — LE KHANOUN

Je rentrai chez moi plein de ces réflexions, ayant depuis longtemps renvoyé le drogman pour qu'il m'y attendît, car je commence à ne plus me perdre dans les rues ; je trouvai la maison pleine de monde. Il y avait d'abord des cuisiniers en-

voyés par M. Jean, qui fumaient tranquillement sous le vestibule, où ils s'étaient fait servir du café; puis le juif Yousef,
au premier étage, se livrant aux délices du narghilé, et d'autres gens encore menant grand bruit sur la terrasse. Je réveillai
le drogman qui faisait son *kief* (sa sieste) dans la chambre du
fond. Il s'écria comme un homme au désespoir :

— Je vous l'avais bien dit, ce matin !

— Mais quoi ?

— Que vous aviez tort de rester sur votre terrasse.

— Vous m'avez dit qu'il était bon de n'y monter que la nuit,
pour ne pas inquiéter les voisins.

— Et vous y êtes resté jusqu'après le soleil levé.

— Eh bien ?

— Eh bien, il y a là-haut des ouvriers qui travaillent à vos
frais et que le cheik du quartier a envoyés depuis une heure.

Je trouvai, en effet, des treillageurs qui travaillaient à bou-
cher la vue de tout un côté de la terrasse.

— De ce côté, me dit Abdallah, est le jardin d'une *khanoun*
(dame principale d'une maison) qui s'est plainte de ce que
vous avez regardé chez elle.

— Mais je ne l'ai pas vue... malheureusement.

— Elle vous a vu, elle, cela suffit.

— Et quel âge a-t-elle, cette dame ?

— Oh ! c'est une veuve; elle a bien cinquante ans.

Cela me parut si ridicule, que j'enlevai et jetai au dehors
les claies dont on commerçait à entourer la terrasse; les ouvriers, surpris, se retirèrent sans rien dire, car personne au
Caire, à moins d'être de race turque, n'oserait résister à un
Franc. Le drogman et le juif secouèrent la tête sans trop se
prononcer. Je fis monter les cuisiniers, et je retins celui d'entre
eux qui me parut le plus intelligent. C'était un Arabe, à l'œil
noir, qui s'appelait Mustafa; il parut très-satisfait d'une piastre
et demie par journée que je lui fis promettre. Un des autres
s'offrit à l'aider pour une piastre seulement; je ne jugeai pas à
propos d'augmenter à ce point mon train de maison.

Je commençais à causer avec le juif, qui me développait ses idées sur la culture des mûriers et l'élève des vers à soie, lorsqu'on frappa à la porte. C'était le vieux cheik qui ramenait ses ouvriers. Il me fit dire que je le compromettais dans sa place, que je reconnaissais mal sa complaisance de m'avoir loué sa maison. Il ajouta que la khanoun était furieuse surtout de ce que j'avais jeté dans son jardin les claies posées sur ma terrasse, et qu'elle pourrait bien se plaindre au cadi.

J'entrevis une série de désagréments, et je tâchai de m'excuser sur mon ignorance des usages, l'assurant que je n'avais rien vu ni pu voir chez cette dame, ayant la vue très-basse...

— Vous comprenez, me dit-il encore, combien l'on craint ici qu'un œil indiscret ne pénètre dans l'intérieur des jardins et des cours, puisque l'on choisit toujours des vieillards aveugles pour annoncer la prière du haut des minarets.

— Je savais cela, lui dis-je.

— Il conviendrait, ajouta-t-il, que votre femme fît une visite à la khanoun, et lui portât quelque présent, un mouchoir, une bagatelle.

— Mais vous savez, repris-je embarrassé, que, jusqu'ici...

— *Machallah !* s'écria-t-il en se frappant la tête, je n'y songeais plus ! Ah ! quelle fatalité d'avoir des *frenguis* dans ce quartier ! Je vous avais donné huit jours pour suivre la loi. Fussiez-vous musulman, un homme qui n'a pas de femme ne peut habiter qu'à l'*okel* (khan ou caravansérail); vous ne pouvez rester ici.

Je le calmai de mon mieux; je lui représentai que j'avais encore deux jours sur ceux qu'il m'avait accordés ; au fond, je voulais gagner du temps et m'assurer s'il n'y avait pas dans tout cela quelque supercherie tendante à obtenir une somme en sus de mon loyer payé à l'avance. Aussi pris-je, après le départ du cheik, la résolution d'aller trouver le consul de France.

### V — VISITE AU CONSUL DE FRANCE

Je me prive, autant que je puis, en voyage, de lettres de recommandation. Du jour où l'on est connu dans une ville, il n'est plus possible de rien voir. Nos gens du monde, même en Orient, ne consentiraient pas à se montrer hors de certains endroits reconnus convenables, ni à causer publiquement avec des personnes d'une classe inférieure, ni à se promener en négligé à certaines heures du jour. Je plains beaucoup ces gentlemen toujours coiffés, bridés, gantés, qui n'osent se mêler au peuple pour voir un détail curieux, une danse, une cérémonie qui craindraient d'être vus dans un café, dans une taverne, de suivre une femme, de fraterniser même avec un Arabe expansif qui vous offre cordialement le bouquin de sa longue pipe ou vous fait servir du café sur sa porte, pour peu qu'il vous voie arrêté par la curiosité ou par la fatigue. Les Anglais surtout sont parfaits, et je n'en vois jamais passer sans m'amuser de tout mon cœur. Imaginez un monsieur monté sur un âne avec ses longues jambes qui traînent presque à terre. Son chapeau rond est garni d'un épais revêtement de coton blanc piqué. C'est une invention contre l'ardeur des rayons du soleil, qui s'absorbent, dit-on, dans cette coiffure moitié matelas moitié feutre. Le gentleman a sur les yeux deux espèces de coques de noix en treillis d'acier bleu, pour briser la réverbération lumineuse du sol et des murailles; il porte par-dessus tout cela un voile de femme vert contre la poussière. Son paletot de caoutchouc est recouvert encore d'un surtout de toile cirée pour le garantir de la peste et du contact fortuit des passants. Ses mains gantées tiennent un long bâton qui écarte de lui tout Arabe suspect, et généralement il ne sort que flanqué à droite et à gauche de son groom et de son drogman.

On est rarement exposé à faire connaissance avec de pareilles caricatures, l'Anglais ne parlant jamais à qui ne lui est pas présenté; mais nous avons bien des compatriotes qui vivent jusqu'à un certain point à la manière anglaise, et, du moment que l'on a rencontré un de ces aimables voyageurs, on est perdu, la société vous envahit.

Quoi qu'il en soit, j'ai fini par me décider à retrouver au fond de ma malle une lettre de recommandation pour notre consul général, qui habitait momentanément le Caire. Le soir même, je dînai chez lui sans accompagnement de gentlemen anglais ou autres. Il y avait là seulement le docteur Clot-Bey, dont la maison était voisine, et M. Lubbert, l'ancien directeur de l'Opéra, devenu *historiographe* du pacha d'Égypte.

Ces deux messieurs, ou, si vous voulez, ces deux effendis, c'est le titre de tout personnage distingué dans la science, dans les lettres ou dans les fonctions civiles, portaient avec aisance le costume oriental. La plaque étincelante du *nichan* décorait leur poitrine, et il eût été difficile de les distinguer des musulmans ordinaires. Les cheveux rasés, la barbe et ce hâle léger de la peau qu'on acquiert dans les pays chauds, transforment bien vite l'Européen en un Turc très-passable.

Je parcourus avec empressement les journaux français étalés sur le divan du consul. Faiblesse humaine! lire les journaux dans le pays du papyrus et des hiéroglyphes! ne pouvoir oublier, comme madame de Staël aux bords du Léman, le ruisseau de la rue du Bac!

L'Égypte ne possédait encore que deux journaux à elle, une sorte de *Moniteur* arabe, qui s'imprime à Boulaq, et le *Phare* d'Alexandrie. A l'époque de sa lutte contre la Porte, le pacha fit venir à grands frais un rédacteur français, qui lutta pendant quelques mois contre les journaux de Constantinople et de Smyrne. Le journal était une machine de guerre comme une autre; sur ce point-là aussi, l'Égypte a désarmé; ce qui ne l'empêche pas de recevoir encore souvent les bordées des feuilles publiques du Bosphore.

On s'entretint pendant le dîner d'une affaire qui était jugée très-grave et faisait grand bruit dans la société franque. Un pauvre diable de Français, un domestique, avait résolu de se

faire musulman, et ce qu'il y avait de plus singulier, c'est q
sa femme aussi voulait embrasser l'islamisme. On s'occup;
des moyens d'empêcher ce scandale : le clergé franc avait p
à cœur la chose, mais le clergé musulman mettait de l'amou
propre à triompher de son côté. Les uns offraient au cou;
infidèle de l'argent, une bonne place et différents avantage
les autres disaient au mari : « Tu auras beau faire, en resta
chrétien, tu seras toujours ce que tu es : ta vie est clouée l
on n'a jamais vu en Europe un domestique devenir seigneu
Chez nous, le dernier des valets, un esclave, un marmito
devient émir, pacha, ministre; il épouse la fille du sultar
l'âge n'y fait rien; l'espérance du premier rang ne nous qui
qu'à la mort. » Le pauvre diable, qui peut-être avait de l'ar
bition, se laissait aller à ces espérances. Pour sa femme aus
la perspective n'était pas moins brillante; elle devenait tc
de suite une cadine, l'égale des grandes dames, avec le dr
de mépriser toute femme chrétienne ou juive, de porter
habbarah noir et les babouches jaunes; elle pouvait divorce
chose peut-être plus séduisante encore, épouser un grand pe
sonnage, hériter, posséder la terre, ce qui est défendu ai
*yavours*, sans compter les chances de devenir favorite d'u
princesse ou d'une sultane mère gouvernant l'empire du fo
d'un sérail.

Voilà la double perspective qu'on ouvrait à de pauvres gei
et il faut avouer que cette possibilité des personnages de k
étage d'arriver, grâce au hasard ou à leur intelligence nai
relle, aux plus hautes positions, sans que leur passé, leur éd
cation ou leur condition première y puissent faire obstac
réalise assez bien ce principe d'égalité qui, chez nous, n'
écrit que dans les codes. En Orient, le criminel lui-même, {
a payé sa dette à la loi, ne trouve aucune carrière fermée :
préjugé moral disparaît devant lui.

— Eh bien, il faut le dire, malgré toutes ces séductions
la loi turque, les apostasies sont très-rares. L'importance qu'
attachait à l'affaire dont je parle en est une preuve. Le cons

vait l'idée de faire enlever l'homme et la femme pendant la nuit, et de les faire embarquer sur un vaisseau français; mais le moyen de les transporter du Caire à Alexandrie? Il faut cinq jours pour descendre le Nil. En les mettant dans une barque fermée, on risquait que leurs cris fussent entendus sur la route. En pays turc, le changement de religion est la seule circonstance où cesse le pouvoir des consuls sur les nationaux.

— Mais pour quoi faire enlever ces pauvres gens? dis-je au consul; en auriez-vous le droit au point de vue de la loi française?

— Parfaitement; dans un port de mer, je n'y verrais aucune difficulté.

— Mais si l'on suppose chez eux une conviction religieuse?

— Allons donc, est-ce qu'on se fait Turc?

— Vous avez quelques Européens qui ont pris le turban.

— Sans doute; de hauts employés du pacha, qui autrement n'auraient pas pu parvenir aux grades qu'on leur a conférés, ou qui n'auraient pu se faire obéir des musulmans.

— J'aime à croire que, chez la plupart, il y a un changement sincère; autrement, je ne verrais là que des motifs d'intérêt.

— Je pense comme vous; mais voici pourquoi, dans les cas ordinaires, nous nous opposons de tout notre pouvoir à ce qu'un sujet français quitte sa religion. Chez nous, la religion est isolée de la loi civile; chez les musulmans, ces deux principes sont confondus. Celui qui embrasse le mahométisme devient sujet turc en tout point, et perd sa nationalité. Nous ne pouvons plus agir sur lui en aucune manière; il appartient au bâton et au sabre; et, s'il retourne au christianisme, la loi turque le condamne à mort. En se faisant musulman, on ne perd pas seulement sa foi, on perd son nom, sa famille, sa patrie; on n'est plus le même homme, on est un Turc; c'est fort grave, comme vous voyez.

Cependant le consul nous faisait goûter un assez bel assortiment de vins de Grèce et de Chypre dont je n'appréciais que difficilement les diverses nuances, à cause d'une saveur pro-

noncée de goudron, qui, selon lui, en prouvait l'authenticit[é]
Il faut quelque temps pour se faire à ce raffinement hélléniqu[e]
nécessaire sans doute à la conservation du véritable malvoisi[e]
du vin de commanderie ou du vin de Ténédos.

Je trouvai dans le cours de l'entretien un moment po[ur]
exposer ma situation domestique; je racontai l'histoire de m[es]
mariages manqués, de mes aventures modestes.

— Je n'ai aucunement l'idée, ajoutai-je, de faire ici le s[é-]
ducteur. Je viens au Caire pour travailler, pour étudier la vill[e,]
pour en interroger les souvenirs, et voilà qu'il est impossibl[e]
d'y vivre à moins de soixante piastres par jour; ce qui, [je]
l'avoue, dérange mes prévisions.

— Vous comprenez, me dit le consul, que, dans une vil[le]
où les étrangers ne passent qu'à de certains mois de l'anné[e,]
sur la route des Indes, où se croisent les lords et les nabab[s,]
les trois ou quatre hôtels qui existent s'entendent facileme[nt]
pour élever les prix et éteindre toute concurrence.

— Sans doute; aussi ai-je loué une maison pour quelqu[es]
mois.

— C'est le plus sage.

— Eh bien, maintenant on veut me mettre dehors, sous pr[é-]
texte que je n'ai pas de femme.

— On en a le droit : M. Clot-Bey a enregistré ce détail da[ns]
son livre. M. William Lane, le consul anglais, raconte dans [le]
sien qu'il a été soumis lui-même à cette nécessité. Bien plu[s,]
lisez l'ouvrage de Maillet, le consul général de Louis XIV, vo[us]
verrez qu'il en était de même de son temps; il faut vous marie[r.]

— J'y ai renoncé. La dernière femme qu'on m'a propos[é]
m'a gâté les autres, et, malheureusement, je n'avais pas *ass[ez]
en mariage* pour elle.

— C'est différent.

— Mais les esclaves sont beaucoup moins coûteuses : mo[n]
drogman m'a conseillé d'en acheter une, et de l'établir dar[s]
mon domicile.

— C'est une bonne idée.

— Serai-je ainsi dans les termes de la loi?

— Parfaitement.

La conversation se prolongea sur ce sujet. Je m'étonnais un peu de cette facilité donnée aux chrétiens d'acquérir des esclaves en pays turc : on m'expliqua que cela ne concernait que les femmes plus ou moins colorées ; mais on peut avoir des Abyssiniennes presque blanches. La plupart des négociants établis au Caire en possèdent. M. Clot-Bey en élève plusieurs pour l'emploi de sages-femmes. Une preuve encore qu'on me donna que ce droit n'était pas contesté, c'est qu'une esclave noire, s'étant échappée récemment de la maison de M. Lubbert, lui avait été ramenée par la police.

J'étais encore tout rempli des préjugés de l'Europe, et je n'apprenais pas ces détails sans quelque surprise. Il faut vivre un peu en Orient pour s'apercevoir que l'esclavage n'est là en principe qu'une sorte d'adoption. La conclusion de l'esclave y est certainement meilleure que celle du fellah et du rayah libres. Je comprenais déjà en outre, d'après ce que j'avais appris sur les mariages, qu'il n'y avait pas grande différence entre l'Égyptienne vendue par ses parents et l'Abyssinienne exposée au bazar.

Les consuls du Levant diffèrent d'opinion touchant le droit des Européens sur les esclaves. Le code diplomatique ne contient rien de formel là-dessus. Notre consul m'affirma, du reste, qu'il tenait beaucoup à ce que la situation actuelle ne changeât pas à cet égard, et voici pourquoi. Les Européens ne peuvent pas être propriétaires fonciers en Égypte ; mais, à l'aide de fictions légales, ils exploitent cependant des propriétés, des fabriques ; outre la difficulté de faire travailler les gens du pays, qui, dès qu'ils ont gagné la moindre somme, s'en vont vivre au soleil jusqu'à ce qu'elle soit épuisée, ils ont souvent contre eux le mauvais vouloir des cheiks ou de personnages puissants, leurs rivaux en industrie, qui peuvent tout d'un coup leur enlever tous leurs travailleurs, sous prétexte d'utilité publique. Avec des esclaves, du moins, ils peuvent obtenir un

I                                                                    6

travail régulier et suivi, si toutefois ces derniers y consentent
car l'esclave mécontent d'un maître peut toujours le contraindr
à le faire revendre au bazar. Ce détail est un de ceux qui expli-
quent le mieux la douceur de l'esclavage en Orient.

## VI — LES DERVICHES

Quand je sortis de chez le consul, la nuit était déjà avancée
le barbarin m'attendait à la porte, envoyé par Abdallah, qu
avait jugé à propos de se coucher; il n'y avait rien à dire
quand on a beaucoup de valets, ils se partagent la besogne, c'es
naturel... Au reste, Abdallah ne se fût pas laissé ranger dan
cette dernière catégorie! Un drogman est à ses propres yeu
un homme instruit, un philologue, qui consent à mettre sa
science au service du voyageur; il veut bien encore remplir l
rôle de cicerone, il ne repousserait pas même au besoin les aima
bles attributions du seigneur Pandarus de Troie; mais là s'arrêt
sa spécialité; vous en avez pour vos vingt piastres par jour!

Au moins faudrait-il qu'il fût toujours là pour vous expliquer toute chose obscure. Ainsi j'aurais voulu savoir le moti
d'un certain mouvement dans les rues, qui m'étonnait à cett
heure de la nuit. Les cafés étaient ouverts et remplis d
monde; les mosquées, illuminées, retentissaient de chants so
lennels, et leurs minarets élancés portaient des bagues d
lumière; des tentes étaient dressées sur la place de l'Esbekieh
et l'on entendait partout les sons du tambour et de la flûte d
roseau. Après avoir quitté la place et nous être engagés dan
les rues, nous eûmes peine à fendre la foule qui se pressait l
long des boutiques, ouvertes comme en plein jour, éclairée
chacune par des centaines de bougies, et parées de feston
et de guirlandes en papier d'or et de couleur. Devant une
petite mosquée située au milieu de la rue, il y avait un
immense candélabre portant une multitude de petites lampes
de verre en pyramide, et, à l'entour, des grappes suspendues
de lanternes. Une trentaine de chanteurs, assis en ovale autour

du candélabre, semblaient former le chœur d'un chant dont quatre autres, debout au milieu d'eux, entonnaient successivement les strophes ; il y avait de la douceur et une sorte d'expression amoureuse dans cet hymne nocturne qui s'élevait au ciel avec ce sentiment de mélancolie consacré chez les Orientaux à la joie comme à la tristesse.

Je m'arrêtais à l'écouter, malgré les instances du barbarin, qui voulait m'entraîner hors de la foule, et, d'ailleurs, je remarquais que la majorité des auditeurs se composait de Cophtes, reconnaissables à leur turban noir ; il était donc clair que les Turcs admettaient volontiers la présence des chrétiens à cette solennité.

Je songeai fort heureusement que la boutique de M. Jean n'était pas loin de cette rue, et je parvins à faire comprendre au barbarin que je voulais y être conduit. Nous trouvâmes l'ancien mamelouk fort éveillé et dans le plein exercice de son commerce de liquides. Une tonnelle, au fond de l'arrière-cour, réunissait des Cophtes et des Grecs, qui venaient se rafraîchir et se reposer de temps en temps des émotions de la fête.

M. Jean m'apprit que je venais d'assister à une cérémonie de chant, ou *zikr*, en l'honneur d'un saint derviche enterré dans la mosquée voisine. Cette mosquée étant située dans le quartier cophte, c'étaient des personnes riches de cette religion qui faisaient chaque année les frais de la solennité ; ainsi s'expliquait le mélange des turbans noirs avec ceux des autres couleurs. D'ailleurs, le bas peuple chrétien fête volontiers certains *derviches*, ou *santons* religieux dont les pratiques bizarres n'appartiennent souvent à aucun culte déterminé, et remontent peut-être aux superstitions de l'antiquité.

En effet, lorsque je revins au lieu de la cérémonie, où M. Jean voulut bien m'accompagner, je trouvai que la scène avait pris un caractère plus extraordinaire encore. Les trente derviches se tenaient par la main avec une sorte de mouvement de tangage, tandis que les quatre coryphées ou *zikkers* entraient peu à peu dans une frénésie poétique moitié tendre, moitié sauvage ; leur chevelure aux longues boucles, conservée contre l'usage arabe, flottait au balancement de leur tête, coiffée non du tarbouch, mais d'un bonnet de forme antique, pareil au *pétase* romain ; leur psalmodie bourdonnante prenait par instants un accent dramatique ; les vers se répondaient évidemment, et la pantomime s'adressait avec tendresse et plainte à je ne sais quel objet d'amour inconnu. Peut-être était-ce ainsi que les anciens prêtres de l'Égypte célébraient les mystères d'Osiris retrouvé ou perdu ; telles sans doute étaient les plaintes des corybantes ou des cabires, et ce chœur étrange de derviches hurlant et frappant la terre en cadence obéissait peut-être encore à cette vieille tradition de ravissements et d'extases qui jadis résonnait sur tout ce rivage oriental, depuis les oasis d'Ammon jusqu'à la froide Samothrace. A les entendre seulement, je sentais mes yeux pleins de larmes, et l'enthousiasme gagnait peu à peu tous les assistants.

M. Jean, vieux sceptique de l'armée républicaine, ne partageait pas cette émotion ; il trouvait cela fort ridicule, et m'assura que les musulmans eux-mêmes prenaient ces derviches en pitié.

— C'est le bas peuple qui les encourage, me disait-il ; autrement, rien n'est moins conforme au mahométisme véritable, et même, dans toute supposition, ce qu'ils chantent n'a pas de sens.

Je le priai néanmoins de m'en donner l'explication.

— Ce n'est rien, me dit-il ; ce sont des chansons amoureuses qu'ils débitent on ne sait à quel propos ; j'en connais plusieurs en voici une qu'ils ont chantée :

« Mon cœur est troublé par l'amour ; — ma paupière ne se ferme plus ! — Mes yeux reverront-ils jamais le bien-aimé ?

» Dans l'épuisement des tristes nuits, l'absence fait mourir l'espoir ; — mes larmes roulent comme des perles, — et mon cœur est embrasé !

» O colombe, dis-moi — pourquoi tu te lamentes ainsi ; — l'absence te fait-elle aussi gémir — ou tes ailes manquent-elles d'espace ?

» Elle répond : Nos chagrins sont pareils ; — je suis consumée par l'amour ; — hélas ! c'est ce mal aussi, — l'absence de mon bien-aimé, qui me fait gémir. »

Et le refrain dont les trente derviches accompagnent ces couplets est toujours le même : « Il n'y a de Dieu que Dieu ! »

— Il me semble, dis-je, que cette chanson peut bien s'adresser en effet à la Divinité ; c'est de l'amour divin qu'il est question sans doute.

— Nullement ; on les entend, dans d'autres couplets, comparer leur bien-aimée à la gazelle de l'Yémen, lui dire qu'elle a la peau fraîche et qu'elle a passé à peine le temps de boire le lait... C'est, ajouta-t-il, ce que nous appellerions des chansons grivoises.

Je n'étais pas convaincu ; je trouvais bien plutôt aux autres vers qu'il me cita une certaine ressemblance avec le Cantique des cantiques.

— Du reste, ajouta M. Jean, vous les verrez encore faire bien d'autres folies après-demain, pendant la fête de Mahomet ; seulement, je vous conseille alors de prendre un costume arabe, car la fête coïncide cette année avec le retour des pèlerins de la Mecque, et, parmi ces derniers, il y a beaucoup de moghrabins (musulmans de l'Ouest) qui n'aiment pas les habits francs, surtout depuis la conquête d'Alger.

Je me promis de suivre ce conseil, et je repris en compagnie du barbarin le chemin de mon domicile. La fête devait encore se continuer toute la nuit.

## VII — CONTRARIÉTÉS DOMESTIQUES

Le lendemain au matin, j'appelai Abdallah pour commander mon déjeuner au cuisinier Mustafa. Ce dernier répondit qu'il fallait d'abord acquérir les ustensiles nécessaires. Rien n'était plus juste, et je dois dire encore que l'assortiment n'en fut pas compliqué. Quant aux provisions, les fem-

6.

mes fellahs stationnent partout dans les rues avec des cages pleines de poules, de pigeons et de canards ; on vend même au boisseau les poulets éclos dans les fours à œufs si célèbres du pays, des Bédouins apportent le matin des coqs de bruyère et des cailles, dont ils tiennent les pattes serrées entre leurs doigts, ce qui forme une couronne autour de la main. Tout cela, sans compter les poissons du Nil, les légumes et les fruits énormes de cette vieille terre d'Égypte, se vend à des prix fabuleusement modérés.

En comptant, par exemple, les poules à vingt centimes et les pigeons à moitié moins, je pouvais me flatter d'échapper longtemps au régime des hôtels ; malheureusement, il était impossible d'avoir des volailles grasses : c'étaient de petits squelettes emplumés. Les fellahs trouvent plus d'avantage à les vendre ainsi qu'à les nourrir longtemps de maïs. Abdallah me conseilla d'en acheter un certain nombre de cages, afin de pouvoir les engraisser. Cela fait, on mit en liberté les poules dans la cour et les pigeons dans une chambre, et Mustafa, ayant remarqué un petit coq moins osseux que les autres, se disposa, sur ma demande, à préparer un couscoussou.

Je n'oublierai jamais le spectacle qu'offrit cet Arabe farouche, tirant de sa ceinture son yatagan destiné au meurtre d'un malheureux coq. Le pauvre oiseau payait de bonne mine, et il y avait peu de chose sous son plumage, éclatant comme celui d'un faisan doré. En sentant le couteau, il poussa des cris enroués qui me fendirent l'âme. Mustafa lui coupa entièrement la tête, et le laissa ensuite se traîner encore en voletant sur la terrasse, jusqu'à ce qu'il s'arrêtât, roidît ses pattes, et tombât dans un coin. Ces détails sanglants suffirent pour m'ôter l'appétit. J'aime beaucoup la cuisine que je ne vois pas faire... et je me regardais comme infiniment plus coupable de la mort du petit coq que s'il avait péri dans les mains d'un hôtelier. Vous trouverez ce raisonnement lâche ; mais que voulez-vous ! je ne pouvais réussir à m'arracher aux souvenirs classiques de l'Égypte, et dans certains moments je me serais fait scrupule

de plonger moi-même le couteau dans le corps d'un légume,
de crainte d'offenser un ancien dieu.

Je ne voudrais pas plus abuser pourtant de la pitié qui peut
s'attacher au meurtre d'un coq maigre que de l'intérêt qu'inspire légitimement l'homme forcé de s'en nourrir : il y a beaucoup d'autres provisions dans la grande ville du Caire, et les
dattes fraîches, les bananes suffiraient toujours pour un déjeuner convenable; mais je n'ai pas été longtemps sans reconnaître la justesse des observations de M. Jean. Les bouchers de
la ville ne vendent que du mouton, et ceux des faubourgs y
ajoutent, comme variété, de la viande de chameau, dont les
immenses quartiers apparaissent suspendus au fond des boutiques. Pour le chameau, l'on ne doute jamais de son identité;
mais, quant au mouton, la plaisanterie la moins faible de mon
drogman était de prétendre que c'était très-souvent du chien.
Je déclare que je ne m'y serais pas laissé tromper. Seulement,
je n'ai jamais pu comprendre le système de pesage et de préparation qui faisait que chaque plat me revenait environ à dix
piastres; il faut y joindre, il est vrai, l'assaisonnement obligé
de *meloukia* ou de *bamie*, légumes savoureux dont l'un remplace à peu près l'épinard, et dont l'autre n'a point d'analogie
avec nos végétaux d'Europe.

Revenons à des idées générales. Il m'a semblé qu'en Orient
les hôteliers, les drogmans, les valets et les cuisiniers s'enten-
daient de tout point contre le voyageur. Je comprends déjà
qu'à moins de beaucoup de résolution et d'imagination même,
il faut une fortune énorme pour pouvoir y faire quelque séjour.
M. de Chateaubriand avoue qu'il s'y est ruiné; M. de Lamartine y a fait des dépenses folles; parmi les autres voyageurs, la
plupart n'ont pas quitté les ports de mer, ou n'ont fait que
traverser rapidement le pays. Moi, je veux tenter un projet
que je crois meilleur. J'achèterai une esclave, puisque aussi
bien il me faut une femme, et j'arriverai peu à peu à remplacer
par elle le drogman, le barbarin peut-être, et à faire mes
comptes clairement avec le cuisinier. En calculant les frais

d'un long séjour au Caire et de celui que je puis faire encore dans d'autres villes, il est clair que j'atteins un but d'économie. En me mariant, j'eusse fait le contraire. Décidé par ces réflexions, je dis à Abdallah de me conduire au bazar des esclaves.

### VIII — L'OKEL DES JELLAB

Nous traversâmes toute la ville jusqu'au quartier des grands bazars, et, là, après avoir suivi une rue obscure qui faisait angle avec la principale, nous fîmes notre entrée dans une cour irrégulière sans être obligés de descendre de nos ânes. Il y avait au milieu un puits ombragé d'un sycomore. A droite, le long du mur, une douzaine de noirs étaient rangés debout, ayant l'air plutôt inquiets que tristes, vêtus pour la plupart du sayon bleu des gens du peuple, et offrant toutes les nuances possibles de couleur et de forme. Nous nous tournâmes vers la gauche, où régnait une série de petites chambres dont le parquet s'avançait sur la cour comme une estrade, à environ deux pieds de terre. Plusieurs marchands basanés nous entouraient déjà en nous disant :

— *Essouad? Abesch?* (Des noirs ou des Abyssiniennes?)

Nous nous avançâmes vers la première chambre.

Là, cinq ou six négresses, assises en rond sur des nattes, fumaient pour la plupart, et nous accueillirent en riant aux éclats. Elles n'étaient guère vêtues que de haillons bleus, et l'on ne pouvait reprocher aux vendeurs de parer la marchandise. Leurs cheveux, partagés en des centaines de petites tresses serrées, étaient généralement maintenus par un ruban rouge qui les partageait en deux touffes volumineuses; la raie de chair était teinte de cinabre; elles portaient des anneaux d'étain aux bras et aux jambes, des colliers de verroterie, et, chez quelques-unes, des cercles de cuivre passés au nez ou aux oreilles complétaient une sorte d'ajustement barbare dont certains tatouages et coloriages de la peau rehaussaient encore le caractère. C'étaient des négresses du Sennaar, l'espèce la plus éloignée, certes, du type de la beauté convenue parmi nous. La proéminence de la mâchoire, le front déprimé, la lèvre épaisse, classent ces pauvres créatures dans une catégorie presque bestiale, et cependant, à part ce masque étrange dont la nature les a dotées, le corps est d'une perfection rare, des formes virginales et pures se dessinent sous leurs tuniques, et leur voix sort douce et vibrante d'une bouche éclatante de fraîcheur.

Eh bien, je ne m'enflammerai pas pour ces jolis monstres; mais sans doute les belles dames du Caire doivent aimer à s'entourer de chambrières pareilles. Il peut y avoir ainsi des oppositions charmantes de couleur et de forme; ces Nubiennes ne sont point laides dans le sens absolu du mot, mais forment un contraste parfait avec la beauté telle que nous la comprenons. Une femme blanche doit ressortir admirablement au milieu de ces filles de la nuit, que leurs formes élancées semblent destiner à tresser les cheveux, tendre les étoffes, porter les flacons et les vases, comme dans les fresques antiques.

Si j'étais en état de mener largement la vie orientale, je ne me priverais pas de ces pittoresques créatures; mais, ne voulant acquérir qu'une esclave, j'ai demandé à en voir d'autres chez lesquelles l'angle facial fût plus ouvert et la teinte noire moins prononcée.

— Cela dépend du prix que vous voulez mettre, me dit Abdallah; celles que vous voyez là ne coûtent guère que deux bourses (deux cent cinquante francs); on les garantit pour huit jours : vous pouvez les rendre au bout de ce temps, si elles ont quelque défaut ou quelque infirmité.

— Mais, observai-je, je mettrais volontiers quelque chose de plus; une femme un peu jolie ne coûte pas plus à nourrir qu'une autre.

Abdallah ne paraissait pas partager mon opinion.

Nous passâmes aux autres chambres; c'étaient encore des filles du Sennaar. Il y en avait de plus jeunes et de plus belles, mais le type facial dominait avec une singulière uniformité.

Les marchands offraient de les faire déshabiller, ils leur ouvraient les lèvres pour que l'on vit les dents, ils les faisaient marcher, et faisaient valoir surtout l'élasticité de leur poitrine. Ces pauvres filles se laissaient faire avec assez d'insouciance; la plupart éclataient de rire presque continuellement, ce qui rendait la scène moins pénible. On comprenait, d'ailleurs, que toute condition était pour elles préférable au séjour de l'*okel*, et peut-être même à leur existence précédente dans leur pays.

Ne trouvant là que des négresses pures, je demandai au drogman si l'on n'y voyait pas d'Abyssiniennes.

— Oh! me dit-il, on ne les fait pas voir publiquement; il faut monter dans la maison, et que le marchand soit bien convaincu que vous ne venez pas ici par curiosité, comme la plupart des voyageurs. Du reste, elles sont beaucoup plus chères, et vous pourriez peut-être trouver quelque femme qui vous conviendrait parmi les esclaves du Dongola. Il y a d'autres okels que nous pouvons voir encore. Outre celui des Jellab, où nous sommes, il y a encore l'okel Kouchouk et le khan Ghafar.

Un marchand s'approcha de nous et me fit dire qu'il venait d'arriver des Éthiopiennes qu'on avait installées hors de la ville, afin de ne pas payer les droits d'entrée. Elles étaient dans la campagne, au delà de la porte Bab-el-Madbah. Je voulus d'abord voir celles-là.

Nous nous engageâmes dans un quartier assez désert, et, après beaucoup de détours, nous nous trouvâmes dans la plaine, c'est-à-dire au milieu des tombeaux, car ils entourent tout ce côté de la ville. Les monuments des califes étaient restés à notre gauche; nous passions entre des collines poudreuses, couvertes de moulins et formées de débris d'anciens édifices. On arrêta les ânes à la porte d'une petite enceinte de murs, restes probablement d'une mosquée en ruine. Trois ou quatre Arabes, vêtus d'un costume étranger au Caire, nous firent entrer, et je me vis au milieu d'une sorte de tribu dont es tentes étaient dressées dans ce clos fermé de toutes parts. es éclats de rire d'un certain nombre de négresses m'accueil- rent comme à l'okel ; ces natures naïves manifestent claire- nent toutes leurs impressions, et je ne sais pourquoi l'habit uropéen leur paraît si ridicule. Toutes ces filles s'occupaient divers travaux de ménage, et il y en avait une très-grande t très-belle dans le milieu qui surveillait avec attention le con- enu d'un vaste chaudron placé sur le feu. Rien ne pouvant 'arracher à cette préoccupation, je me fis montrer les autres, ui se hâtaient de quitter leur besogne et détaillaient elles- nêmes leurs beautés. Ce n'était pas la moindre de leurs co- quetteries qu'une chevelure toute en nattes d'un volume extra- rdinaire, comme j'en ai vu déjà, mais entièrement imprégnée le beurre, ruisselant de là sur leurs épaules et leur poitrine. le pensai que c'était pour rendre moins vive l'action du soleil ur leur tête ; mais Abdallah m'assura que c'était une affaire de node, afin de rendre leurs cheveux lustrés et leur figure lui- ante.

— Seulement, me dit-il, une fois qu'on les a achetées, on se hâte de les envoyer au bain et de leur faire démêler cette che- velure en cordelettes, qui n'est de mise que du côté des mon- agnes de la Lune.

L'examen ne fut pas long ; ces pauvres créatures avaient des airs sauvages fort curieux sans doute, mais peu séduisants au point de vue de la cohabitation. La plupart étaient défigurées par une foule de tatouages, d'incisions grotesques, d'étoiles et de soleils bleus qui tranchaient sur le noir un peu grisâtre de leur épiderme. A voir ces formes malheureuses, qu'il faut bien s'avouer humaines, on se reproche philanthropiquement d'a- voir pu quelquefois manquer d'égards pour le singe, ce parent méconnu que notre orgueil de race s'obstine à repousser. Les gestes et les attitudes ajoutaient encore à ce rapprochement, et je remarquai même que leur pied, allongé et développé sans doute par l'habitude de monter aux arbres, se rattachait sensiblement à la famille des quadrumanes.

Elles me criaient de tous côtés : *Bakchis! bakchis!* et
tirais de ma poche quelques piastres avec hésitation, craign
que les maîtres n'en profitassent exclusivement ; mais ces d
niers, pour me rassurer, s'offrirent à leur distribuer des datt
des pastèques, du tabac, et même de l'eau-de-vie ; alors,
furent partout des transports de joie, et plusieurs se mirent
danser au son du tarabouk et de la zommarah, ce tambour
ce fifre mélancoliques des peuplades africaines.

La grande et belle fille chargée de la cuisine se détournai
peine, et remuait toujours dans la chaudière une épai
bouillie de dourah. Je m'approchai ; elle me regarda d'un
dédaigneux, et son attention ne fut attirée que par mes ga
noirs. Alors, elle croisa les bras et poussa des cris d'admii
tion. Comment pouvais-je avoir des mains noires et la fig
blanche ? voilà ce qui dépassait sa compréhension. J'augmen
cette surprise en ôtant un de mes gants, et, alors, elle se mi
crier :

— *Bismillah! enté effrit? enté Seythan?* (Dieu me présen
es-tu un esprit ? es-tu le diable ?)

Les autres ne témoignaient pas moins d'étonnement, et l'
ne peut imaginer combien tous les détails de ma toilette fra
paient ces âmes ingénues. Il est clair que, dans leur pays, j'a
rais pu gagner ma vie à me faire voir. Quant à la principale
ces beautés nubiennes, elle ne tarda pas à reprendre son occ
pation première avec cette inconstance des singes que to
distrait, mais dont rien ne fixe les idées plus d'un instant.

J'eus la fantaisie de demander ce qu'elle coûtait ; mais
drogman m'apprit que c'était justement la favorite du marcha
d'esclaves, et qu'il ne voulait pas la vendre, espérant qu'elle
rendrait père... ou bien qu'alors ce serait plus cher.

Je n'insistai point sur ce détail.

— Décidément, dis-je au drogman, je trouve toutes c
teintes trop foncées ; passons à d'autres nuances. L'Abys
nienne est donc bien rare sur le marché ?

— Elle manque un peu pour le moment, me dit Abdalla

mais voici la grande caravane de la Mecque qui arrive. Elle
s'est arrêtée à Birket-el-Hadji, pour faire son entrée demain
au point du jour, et nous aurons alors de quoi choisir ; car
beaucoup de pèlerins, manquant d'argent pour finir leur
voyage, se défont de quelqu'une de leurs femmes, et il y a
toujours aussi des marchands qui en ramènent de l'Hedjaz.

Nous sortîmes de cet okel sans qu'on s'étonnât le moins du
monde de ne m'avoir vu rien acheter. Un habitant du Caire
avait conclu cependant une affaire pendant ma visite et reprenait le chemin de Bab-el-Madbah avec deux jeunes négresses
fort bien découplées. Elles marchaient devant lui, rêvant l'inconnu, se demandant sans doute si elles allaient devenir favo-
rites ou servantes, et le beurre, plus que les larmes, ruisselait
sur leur sein découvert aux rayons d'un soleil ardent.

### IX — LE THÉATRE DU CAIRE

Nous rentrâmes en suivant la rue Hazanieh, qui nous conduisit à celle qui sépare le quartier franc du quartier juif, et
qui longe le Calish, traversé de loin en loin de ponts vénitiens
d'une seule arche. Il existe là un fort beau café dont l'arrière-salle donne sur le canal, et où l'on prend des sorbets et
des limonades. Ce ne sont pas, au reste, les rafraîchissements
qui manquent au Caire, où des boutiques coquettes étalent çà
et là des coupes de limonades et de boissons mélangées de fruits
sucrés aux prix les plus accessibles à tous. En détournant la
rue turque pour traverser le passage qui conduit au Mousky,
je vis sur le mur des affiches lithographiées qui annonçaient
un spectacle pour le soir même au théâtre du Caire. Je ne fus
pas fâché de retrouver ce souvenir de la civilisation : je con-
gédiai Abdallah et j'allai dîner chez Domergue, où l'on m'apprit que c'étaient des amateurs de la ville qui donnaient la représentation au profit des aveugles pauvres, fort nombreux au
Caire, malheureusement. Quant à la saison musicale italienne,

I.                                                    7

elle ne devait pas tarder à s'ouvrir; mais on n'allait assister
pour le moment qu'à une simple soirée de vaudeville.

Vers sept heures, la rue étroite dans laquelle s'ouvre l'impasse Waghorn était encombrée de monde, et les Arabes s'émerveillaient de voir entrer toute cette foule dans une seule
maison. C'était grande fête pour les mendiants et pour les
âniers, qui s'époumonnaient à crier *bakchis!* de tous côtés.
L'entrée, fort obscure, donne dans un passage couvert qui
s'ouvre au fond sur le jardin de Rosette, et l'intérieur rappelle
nos plus petites salles populaires. Le parterre était rempli
d'Italiens et de Grecs en tarbouch rouge qui faisaient grand
bruit; quelques officiers du pacha se montraient à l'orchestre,
et les loges étaient assez garnies de femmes, la plupart en
costume levantin.

On distinguait les Grecques au *tatikos* de drap rouge festonné d'or qu'elles portent incliné sur l'oreille ; les Arméniennes, aux châles et aux gazillons qu'elles entremêlent pour
se faire d'énormes coiffures. Les juives mariées, ne pouvant,
selon les prescriptions rabbiniques, laisser voir leur chevelure,
ont, à la place, des plumes de coq roulées qui garnissent les
tempes et figurent des touffes de cheveux. C'est la coiffure seule
qui distingue les races ; le costume est à peu près le même
pour toutes dans les autres parties. Elles ont la veste turque
échancrée sur la poitrine, la robe fendue et collant sur les
reins, la ceinture, le caleçon (*cheytian*), qui donne à toute
femme débarrassée du voile la démarche d'un jeune garçon ;
les bras sont toujours couverts, mais laissent pendre, à partir
du coude, les manches variées des gilets, dont les poëtes arabes
comparent les boutons serrés à des fleurs de camomille. Ajoutez
à cela des aigrettes, des fleurs et des papillons de diamants relevant le costume des plus riches, et vous comprendrez que
l'humble *teatro del Cairo* doit encore un certain éclat à ces toilettes levantines. Pour moi, j'étais ravi, après tant de figures
noires que j'avais vues dans la journée, de reposer mes yeux
sur des beautés simplement jaunâtres. Avec moins de bien-

veillance, j'eusse reproché à leurs paupières d'abuser des ressources de la teinture, à leurs joues d'en être encore au fard
et aux mouches du siècle passé, à leurs mains d'emprunter sans
trop d'avantage la teinte orange du henné; mais il fallait, dans
tous les cas, admirer les contrastes charmants de tant de beautés diverses, la variété des étoffes, l'éclat des diamants, dont
les femmes de ce pays sont si fières, qu'elles portent volontiers
sur elles la fortune de leurs maris; enfin je me refaisais un peu
dans cette soirée d'un long jeûne de frais visages qui commençait à me peser. Du reste, pas une femme n'était voilée; et pas
une femme réellement musulmane n'assistait, par conséquent, à
la représentation. On leva le rideau; je reconnus les premières
scènes de *la Mansarde des artistes*.

O gloire du vaudeville, où t'arrêteras-tu? Des jeunes gens
marseillais jouaient les principaux rôles, et la jeune première
était représentée par madame Bonhomme, la maîtresse du cabinet de lecture français. J'arrêtai mes regards avec surprise
et ravissement sur une tête parfaitement blanche et blonde; il y
avait deux jours que je rêvais les nuages de ma patrie et les
beautés pâles du Nord; je devais cette préoccupation au premier souffle du *khamsin* et à l'abus des visages de négresse,
lesquels décidément prêtent fort peu à l'idéal.

A la sortie du théâtre, toutes ces femmes si richement parées
avaient revêtu l'uniforme habbarah de taffetas noir, couvert
leurs traits du borghot blanc, et remontaient sur des ânes,
comme de bonnes musulmanes, aux lueurs des flambeaux tenus
par les saïs.

## X — LA BOUTIQUE DU BARBIER

Le lendemain, songeant aux fêtes qui se préparaient pour
l'arrivée des pèlerins, je me décidai, pour les voir à mon aise,
à prendre le costume du pays.

Je possédais déjà la pièce la plus importante du vêtement
arabe, le *machlah*, manteau patriarcal, qui peut indifférem-

ment se porter sur les épaules, ou se draper sur la tête, san
cesser d'envelopper tout le corps. Dans ce dernier cas seulement, on a les jambes découvertes, et l'on est coiffé comme un
sphinx, ce qui ne manque pas de caractère. Je me bornai pou
le moment à gagner le quartier franc, où je voulais opérer m
transformation complète, d'après les conseils du peintre de
l'hôtel *Domergue.*

L'impasse qui aboutit à l'hôtel se prolonge en croisant la ru
principale du quartier franc, et décrit plusieurs zigzags jusqu'à
ce qu'elle aille se perdre sous les voûtes de longs passage
qui correspondent au quartier juif. C'est dans cette rue capri-
cieuse, tantôt étroite et garnie de boutiques d'Arméniens et de
Grecs, tantôt plus large, bordée de longs murs et de haute
maisons, que réside l'aristocratie commerciale de la nation
franque ; là sont les banquiers, les courtiers, les entrepositaire
des produits de l'Égypte et des Indes. A gauche, dans la parti
la plus large, un vaste bâtiment, dont rien au dehors n'annonce
la destination, contient à la fois la principale église catholique
et le couvent des Dominicains. Le couvent se compose d'une
foule de petites cellules donnant dans une longue galerie
l'église est une vaste salle au premier étage, décorée de colonne
de marbre et d'un goût italien assez élégant. Les femmes sont à
part dans des tribunes grillées, et ne quittent pas leurs mantilles noires, taillées selon les modes turque ou maltaise. Ce n
fut pas à l'église que nous nous arrêtâmes, du reste, puisqu'il
s'agissait de perdre tout au moins l'apparence chrétienne, afin
de pouvoir assister à des fêtes mahométanes. Le peintre me
conduisit plus loin encore, à un point où la rue se resserre
et s'obscurcit, dans une boutique de barbier, qui est une merveille d'ornementation. On peut admirer en elle l'un des derniers monuments du style arabe ancien, qui cède partout la
place, en décoration comme en architecture, au goût turc de
Constantinople, triste et froid pastiche à demi tartare, à demi
européen.

C'est dans cette charmante boutique, dont les fenêtres, gracieusement découpées, donnent sur le Calish ou canal du Caire, que je perdis ma chevelure européenne. Le barbier y promena le rasoir avec beaucoup de dextérité, et, sur ma demande expresse, me laissa une seule mèche au sommet de la tête comme celle que portent les Chinois et les musulmans. On est partagé sur les motifs de cette coutume : les uns prétendent que c'est pour offrir de la prise aux mains de l'ange de la mort ; les autres y croient voir une cause matérielle. Le Turc prévoit toujours le cas où l'on pourrait lui trancher la tête, et, comme alors il est d'usage de la montrer au peuple, il ne veut pas qu'elle soit soulevée par le nez ou par la bouche, ce qui serait très-ignominieux. Les barbiers turcs font aux chrétiens la malice de tout raser ; quant à moi, je suis suffisamment sceptique pour ne repousser aucune superstition.

La chose faite, le barbier me fit tenir sous le menton une cuvette d'étain, et je sentis bientôt une colonne d'eau ruisseler sur mon cou et sur mes oreilles. Il était monté sur le banc près de moi, et vidait un grand coquemar d'eau froide dans une poche de cuir suspendue au-dessus de mon front. Quand la surprise fut passée, il fallut encore soutenir un lessivage à fond d'eau savonneuse ; après quoi, l'on me tailla la barbe selon la dernière mode de Stamboul.

Ensuite on s'occupa de me coiffer, ce qui n'était pas diffi·cile ; la rue était pleine de marchands de tarbouchs et de femmes fellahs dont l'industrie est de confectionner les petits bonnets blancs dits *takiès*, que l'on pose immédiatement sur la peau ; on en voit de très-délicatement piqués en fil ou en soie ; quelques-uns même sont bordés d'une dentelure faite pour dépasser le bord du bonnet rouge. Quant à ces derniers, ils sont généralement de fabrication française ; c'est, je crois, notre ville de Tours qui a le privilége de coiffer tout l'Orient.

Avec les deux bonnets superposés, le cou découvert et la barbe taillée, j'eus peine à me reconnaître dans l'élégant miroir incrusté d'écaille que me présentait le barbier. Je complétai la transformation en achetant aux revendeurs une vaste culotte de coton bleu et un gilet rouge garni d'une broderie d'argent assez propre : sur quoi, le peintre voulut bien me dire que je pouvais passer ainsi pour un montagnard syrien venu de Saïde ou de Taraboulous. Les assistants m'accordèrent le titre de *tchéléby*, qui est le nom des élégants dans le pays.

### XI — LA CARAVANE DE LA MECQUE

Je sortis enfin de chez le barbier, transfiguré, ravi, fier de ne plus souiller une ville pittoresque de l'aspect d'un paletot-sac et d'un chapeau rond. Ce dernier ajustement paraît si ridicule aux Orientaux, que, dans les écoles, on conserve toujours un chapeau de France pour en coiffer les enfants ignorants ou indociles : c'est le bonnet d'âne de l'écolier turc.

Il s'agissait pour le moment d'aller voir l'entrée des pèlerins, qui s'opérait depuis le commencement du jour, mais qui devait durer jusqu'au soir. Ce n'est pas peu de chose que trente mille personnes environ venant tout à coup enfler la population du Caire ; aussi les rues des quartiers musulmans étaient-elles encombrées. Nous parvînmes à gagner Bab-el-Fotouh, c'est-à-dire la porte de la Victoire. Toute la longue rue qui y mène était garnie de spectateurs que les troupes faisaient ranger. Le son des trompettes, des cymbales et des tambours réglait la marche du cortége, où les diverses nations et sectes se distinguaient par des trophées et des drapeaux. Pour moi, j'étais en proie à la préoccupation d'un vieil opéra bien célèbre au temps de l'Empire ; je fredonnais la *Marche des chameaux*, et je m'attendais toujours à voir paraître le brillant Saint-Phar. Les longues files de dromadaires attachés les unes derrière les autres, et montés par des Bédouins aux longs fusils, se suivaient cependant avec quelque monotonie, et ce ne fut que dans la campagne que nous pûmes saisir l'ensemble d'un spectacle unique au monde.

C'était comme une nation en marche qui venait se fondre dans un peuple immense, garnissant à droite les mamelons voisins du Mokatam, à gauche les milliers d'édifices ordinairement déserts de la Ville des Morts ; le faîte crénelé des murs et des tours de Saladin, rayés de bandes jaunes et rouges, fourmillait aussi de spectateurs ; il n'y avait plus là de quoi penser à l'Opéra ni à la fameuse caravane que Bonaparte vint recevoir et fêter à cette même porte de la Victoire. Il me semblait que les siècles remontaient encore en arrière, et que j'assistais à une scène du temps des croisades. Des escadrons de la garde du vice-roi espacés dans la foule, avec leurs cuirasses étincelantes et leurs casques chevaleresques, complétaient cette illusion. Plus loin encore, dans la plaine où serpente le Calish, on voyait des milliers de tentes bariolées, où les pèlerins s'arrêtaient pour se rafraîchir ; les danseurs et les chanteurs ne manquaient pas non plus à la fête, et tous les musiciens du Caire rivalisaient de bruit avec les sonneurs de trompe et les timbaliers du cortége, orchestre monstrueux juché sur des chameaux.

On ne pouvait rien voir de plus barbu, de plus hérissé et de plus farouche que l'immense cohue des Moghrabins, composée des gens de Tunis, de Tripoli, de Maroc et aussi de nos *compatriotes* d'Alger. L'entrée des Cosaques à Paris en 1814 n'en donnerait qu'une faible idée. C'était aussi parmi eux que se distinguaient les plus nombreuses confréries de santons et de derviches, qui hurlaient toujours avec enthousiasme leurs cantiques d'amour entremêlés du nom d'Allah. Les drapeaux de mille couleurs, les hampes chargées d'attributs et d'armures, et çà et là les émirs et les cheiks en habits somptueux, aux chevaux caparaçonnés, ruisselants d'or et de pierreries, ajoutaient à cette marche un peu désordonnée tout l'éclat que l'on peut imaginer. C'était aussi une chose fort pittoresque que les nombreux palanquins des femmes, appareils singuliers, figurant un lit surmonté d'une tente et posé en travers sur le dos d'un chameau. Des ménages entiers semblaient groupés à l'aise avec enfants et mobilier dans ces pavillons, garnis de tentures brillantes pour la plupart.

Vers les deux tiers de la journée, le bruit des canons de la

citadelle, les acclamations et les trompettes annoncèrent que le
*Mahmil*, espèce d'arche sainte qui renferme la robe de drap
d'or de Mahomet, était arrivé en vue de la ville. La plus belle
partie de la caravane, les cavaliers les plus magnifiques, les
santons les plus enthousiastes, l'aristocratie du turban, si-
gnalée par la couleur verte, entourait ce palladium de l'islam.
Sept ou huit dromadaires venaient à la file, ayant la tête si richement ornée et empanachée, couverts de harnais et de tapis
si éclatants, que, sous ces ajustements qui déguisaient leurs
formes, ils avaient l'air des salamandres ou des dragons qui
servent de monture aux fées. Les premiers portaient de jeunes
timbaliers aux bras nus, qui levaient et laissaient tomber leurs
baguettes d'or du milieu d'une gerbe de drapeaux flottant
disposés autour de la selle. Ensuite venait un vieillard symbolique à longue barbe blanche, couronné de feuillages, assis sur
une espèce de char doré, toujours à dos de chameau, puis le
Mahmil, se composant d'un riche pavillon en forme de tente
carrée, couvert d'inscriptions brodées, surmonté au sommet et
à ses quatre angles d'énormes boules d'argent.

De temps en temps, le Mahmil s'arrêtait, et toute la foule se
prosternait dans la poussière, en courbant le front sur le
mains. Une escorte de cavasses avait grand'peine à repousse
les nègres, qui, plus fanatiques que les autres musulmans
aspiraient à se faire écraser par les chameaux; de larges vo
lées de coups de bâton leur conféraient du moins une certain
portion de martyre. Quant aux santons, espèces de saints plu
enthousiastes encore que les derviches et d'une orthodoxi
moins reconnue, on en voyait plusieurs qui se perçaient le
joues avec de longues pointes et marchaient ainsi couverts d
sang; d'autres dévoraient des serpents vivants, et d'autres en
core se remplissaient la bouche de charbons allumés. Le
femmes ne prenaient que peu de part à ces pratiques, et l'o
distinguait seulement, dans la foule des pèlerins, des troupe
d'almées attachées à la caravane qui chantaient à l'unisson leur
longues complaintes gutturales, et ne craignaient pas de mon

trer sans voile leur visage tatoué de bleu et de rouge et leur nez percé de lourds anneaux.

Nous nous mêlâmes, le peintre et moi, à la foule variée qui suivait le Maḥmil, criant : « Allah ! » comme les autres aux diverses stations des chameaux sacrés, lesquels, balançant majestueusement leur tête parée, semblaient ainsi bénir la foule avec leur long col recourbé et leurs hennissements étranges. A l'entrée de la ville, les salves de canon recommencèrent, et l'on prit le chemin de la citadelle à travers les rues, pendant que la caravane continuait d'emplir le Caire de ses trente mille fidèles, qui avaient le droit désormais de prendre le titre d'*hadjis*.

On ne tarda pas à gagner les grands bazars et cette immense rue Salahieh, où les mosquées d'El-Hazar, d'El-Moyed et du Moristan étalent leurs merveilles d'architecture et lancent au ciel des gerbes de minarets entremêlés de coupoles. A mesure que l'on passait devant chaque mosquée, le cortége s'amoindrissait d'une partie des pèlerins, et des montagnes de babouches se formaient aux portes, chacun n'entrant que les pieds nus. Cependant le Mahmil ne s'arrêtait pas ; il s'engagea dans les rues étroites qui montent à la citadelle, et y entra par la porte du Nord, au milieu des troupes rassemblées et aux acclamations du peuple réuni sur la place de Roumelieh. Ne pouvant pénétrer dans l'enceinte du palais de Méhémet-Ali, palais neuf, bâti à la turque et d'un assez médiocre effet, je me rendis sur la terrasse, d'où l'on domine tout le Caire. On ne peut rendre que faiblement l'effet de cette perspective, l'une des plus belles du monde ; ce qui surtout saisit l'œil sur le premier plan, c'est l'immense développement de la mosquée du sultan Hassan, rayée et bariolée de rouge, et qui conserve encore les traces de la mitraille française depuis la fameuse révolte du Caire. La ville occupe devant vous tout l'horizon, qui se termine aux verts ombrages de Choubrah ; à droite, c'est toujours la longue cité des tombeaux musulmans, la campagne d'Héliopolis et la vaste plaine du désert arabique, interrompue par la chaîne du Mokatam ; à gauche, le cours du Nil aux

7.

eaux rougeâtres, avec sa maigre bordure de dattiers et de sycomores ; Boulaq au bord du fleuve, servant de port au Caire,
qui en est éloigné d'une demi-lieue ; l'île de Roddah, verte
et fleurie, cultivée en jardin anglais et terminée par le bâtiment du Nilomètre, en face des riantes maisons de campagne
de Gizèh ; au delà, enfin, les pyramides, posées sur les derniers versants de la chaîne libyque, et, vers le sud encore, à
Saccarah, d'autres pyramides entremêlées d'hypogées ; plus
loin, la forêt de palmiers qui couvre les ruines de Memphis, et,
sur la rive opposée du fleuve, en revenant vers la ville, le
vieux Caire, bâti par Amrou à la place de l'ancienne Babylone d'Égypte, à moitié caché par les arches d'un immense
aqueduc, au pied duquel s'ouvre le Calish, qui côtoie la plaine
des tombeaux de Karafeh.

Voilà l'immense panorama qu'animait l'aspect d'un peuple
en fête fourmillant sur les places et parmi les campagnes voisines. Mais déjà la nuit était proche, et le soleil avait plongé
son front dans les sables de ce long ravin du désert d'Ammon
que les Arabes appellent *mer sans eau ;* on ne distinguait plus
au loin que le cours du Nil, où des milliers de canges traçaient
des réseaux argentés comme aux fêtes des Ptolémées. Il faut
redescendre, il faut détourner ses regards de cette antiquité
muette dont un sphinx, à demi disparu dans les sables, garde
les secrets éternels ; voyons si les splendeurs et les croyances
de l'islam repeupleront suffisamment la double solitude du désert et des tombes, ou s'il faut pleurer encore sur un poétique
passé qui s'en va. Ce moyen âge arabe, en retard de trois
siècles, est-il prêt à crouler à son tour, comme a fait l'antiquité grecque, au pied insoucieux des monuments de Pharaon ?

Hélas ! en me retournant, j'apercevais au-dessus de ma tête
les dernières colonnes rouges du vieux palais de Saladin. Sur
les débris de cette architecture éblouissante de hardiesse et de
grâce, mais frêle et passagère, comme celle des génies, on a
bâti récemment une construction carrée, toute de marbre et
d'albâtre, du reste sans élégance et sans caractère, qui a l'air

d'un marché aux grains, et qu'on prétend devoir être une mosquée. Ce sera une mosquée en effet, comme la Madeleine est une église : les architectes modernes ont toujours la précaution de bâtir à Dieu des demeures qui puissent servir à autre chose quand on ne croira plus en lui.

Cependant le gouvernement paraissait avoir célébré l'arrivée du Mahmil à la satisfaction générale; le pacha et sa famille avaient reçu respectueusement la robe du prophète rapportée de la Mecque, l'eau sacrée du puits de Zemzem et autres ingrédients du pèlerinage; on avait montré la robe au peuple à la porte d'une petite mosquée située derrière le palais, et déjà l'illumination de la ville produisait un effet magnifique du haut de la plate-forme. Les grands édifices ravivaient au loin, par des illuminations, leurs lignes d'architecture perdues dans l'ombre; des chapelets de lumières ceignaient les dômes des mosquées, et les minarets revêtaient de nouveau ces colliers lumineux que j'avais remarqués déjà; des versets du Coran brillaient sur le front des édifices, tracés partout en verres de couleur. Je me hâtai, après avoir admiré ce spectacle, de gagner la place de l'Esbekieh, où se passait la plus belle partie de la fête.

Les quartiers voisins resplendissaient de l'éclat des boutiques; les pâtissiers, les frituriers et les marchands de fruits avaient envahi tous les rez-de-chaussée; les confiseurs étalaient des merveilles de sucrerie sous forme d'édifices, d'animaux et autres fantaisies. Les pyramides et les girandoles de lumières éclairaient tout comme en plein jour; de plus, on promenait sur des cordes tendues de distance en distance de petits vaisseaux illuminés, souvenir peut-être des fêtes Isiaques, conservé comme tant d'autres par le bon peuple égyptien. Les pèlerins, vêtus de blanc pour la plupart et plus hâlés que les gens du Caire, recevaient partout une hospitalité fraternelle. C'est au midi de la place, dans la partie qui touche au quartier franc, qu'avaient lieu les principales réjouissances; des tentes étaient élevées partout, non-seulement pour les cafés

mais aussi pour les *zikr* ou réunions de chanteurs dévots ; de
grands mâts pavoisés et supportant des lustres servaient aux
exercices des derviches tourneurs, qu'il ne faut pas confondre
avec les hurleurs, chacun ayant sa manière d'arriver à cet état
d'enthousiasme qui leur procure des visions et des extases : c'est
autour des mâts que les premiers tournaient sur eux-mêmes
en criant seulement d'un ton étouffé : *Allah zheyt!* c'est-à-dire :
« Dieu vivant! » Ces mâts, dressés au nombre de quatre sur la
même ligne, s'appellent *sârys*. Ailleurs, la foule se pressait
pour voir des jongleurs, des danseurs de corde, ou pour écouter
les rapsodes (*sehayërs*) qui récitent des portions du roman
d'*Abou-Zeyd*. Ces narrations se poursuivent chaque soir dans
les cafés de la ville, et sont toujours, comme nos feuilletons
de journaux, interrompues à l'endroit le plus saillant, afin de
ramener le lendemain au même café des habitués avides de péripéties nouvelles.

Les balançoires, les jeux d'adresse, les *caragheuz* les plus
variés sous forme de marionnettes ou d'ombres chinoises,
achevaient d'animer cette fête foraine, qui devait se renouveler
deux jours encore pour l'anniversaire de la naissance de Mahomet que l'on appelle *El-Mouled-en-Neby*.

Le lendemain, dès le point du jour, je partais avec Abdallah
pour le bazar d'esclaves situé dans le quartier Souk-el-Ezzi.
J'avais choisi un fort bel âne rayé comme un zèbre, et arrangé
mon nouveau costume avec quelque coquetterie. Parce qu'on
va acheter des femmes, ce n'est point une raison de leur faire
peur. Les rires dédaigneux des négresses m'avaient donné cette
leçon.

### XII — ABD-EL-KÉRIM

Nous arrivâmes à une maison fort belle, ancienne demeure
sans doute d'un *kachef* ou d'un bey mamelouk, et dont le vestibule se prolongeait en galerie avec colonnade sur un des
côtés de la cour. Il y avait au fond un divan de bois garni de
coussins, où siégeait un [musulman de bonne mine, vêtu avec

uelque recherche, qui égrenait nonchalamment son chapelet
e bois d'aloès. Un négrillon était en train de rallumer le char-
on du narghilé, et un écrivain cophte, assis à ses pieds, serait sans doute de secrétaire.

— Voici, me dit Abdallah, le seigneur Ab-el-Kérim, le plus
llustre des marchands d'esclaves : il peut vous procurer des
emmes fort belles, s'il le veut; mais il est riche et les garde
ouvent pour lui.

Ab-el-Kérim me fit un gracieux signe de tête en portant la
main sur sa poitrine, et me dit : *Saba-el-kher*. Je répondis à ce
alut par une formule arabe analogue, mais avec un accent
qui lui apprit mon origine. Il m'invita toutefois à prendre place
auprès de lui et fit apporter un narghilé et du café.

— Il vous voit avec moi, me dit Abdallah, et cela lui donne
bonne opinion de vous. Je vais lui dire que vous venez vous
ixer dans le pays, et que vous êtes disposé à monter richement
votre maison.

Les paroles d'Abdallah parurent faire une impression favo-
able sur Abd-el-Kérim, qui m'adressa quelques mots de po-
itesse en mauvais italien.

La figure fine et distinguée, l'œil pénétrant et les manières
gracieuses d'Ab-el-Kérim faisaient trouver naturel qu'il fît les
honneurs de son palais, où pourtant il se livrait à un si triste
commerce. Il y avait chez lui un singulier mélange de l'affabi-
ité d'un prince et de la résolution impitoyable d'un forban. Il
devait dompter les esclaves par l'expression fixe de son œil
mélancolique, et leur laisser, même les ayant fait souffrir, le
regret de ne plus l'avoir pour maître.

— Il est bien évident, me disais-je, que la femme qui me
sera vendue ici aura été éprise d'Abd-el-Kérim.

N'importe; il y avait une fascination telle dans son regard,
que je compris qu'il n'était guère possible de ne pas faire affaire
avec lui.

La cour carrée, où se promenait un grand nombre de Nubiens
et d'Abyssiniens, offrait partout des portiques et des galeries

supérieures d'une architecture élégante; de vastes mouchara
bys en menuiserie tournée surplombaient un vestibule d'esca
lier décoré d'arcades moresques, par lequel on montait à l'ap
partement des plus belles esclaves.

Beaucoup d'acheteurs étaient entrés déjà et examinaient le
noirs plus ou moins foncés réunis dans la cour; on les faisa
marcher, on leur frappait le dos et la poitrine, on leur fai
sait tirer la langue. Un seul de ces jeunes gens, vêtu d'un ma
chlah rayé de jaune et de bleu, avec les cheveux tressés e
tombant à plat comme une coiffure du moyen âge, portait a
bras une lourde chaîne qu'il faisait résonner en marchant d'u
pas fier; c'était un Abyssinien de la nation des Gallas, pri
sans doute à la guerre.

Il y avait autour de la cour plusieurs salles basses, habitée
par des négresses, comme j'en avais vu déjà, insoucieuses e
folles la plupart, riant à tout propos; une autre femme cepen
dant, drapée dans une couverture jaune, pleurait en cachar
son visage contre une colonne du vestibule. La morne sérénit
du ciel et les lumineuses broderies que traçaient les rayons d
soleil jetant de longs angles dans la cour protestaient en vai
contre cet éloquent désespoir; je m'en sentais le cœur navré

Je passai derrière le pilier, et, bien que sa figure fût cachée
je vis que cette femme était presque blanche; un petit enfan
se pressait contre elle, à demi enveloppé dans le manteau.

Quoi qu'on fasse pour accepter la vie orientale, on se ser
Français... et sensible dans de pareils moments. J'eus u
instant l'idée de la racheter si je pouvais, et de lui donner l
liberté.

— Ne faites pas attention à elle, me dit Abdallah; cett
femme est l'esclave favorite d'un effendi qui, pour la punir d'un
faute, l'envoie au marché, où l'on fait semblant de vouloir l
vendre avec son enfant. Quand elle aura passé quelques heure
son maître viendra la reprendre et lui pardonnera sans doute

Ainsi la seule esclave qui pleurait là pleurait à la pensée d
perdre son maître; les autres ne paraissaient s'inquiéter que d

crainte de rester trop longtemps sans en trouver. Voilà qui
rle, certes, en faveur du caractère des musulmans. Comparez
ela le sort des esclaves dans les pays américains! Il est vrai
'en Égypte, c'est le fellah seul qui travaille à la terre. On mé-
ge les forces de l'esclave, qui coûte cher, et on ne l'occupe
ère qu'à des services domestiques. Voilà l'immense diffé-
ice qui existe entre l'esclave des pays turcs et celui des pays
rétiens. Et, d'ailleurs, qui empêcherait les esclaves trop mal-
ités de fuir dans le désert et de gagner la Syrie? Au con-
ire, nos possessions à esclaves sont des îles ou des pays bien
rdés aux frontières. Quel droit avons-nous donc, au nom de
s idées religieuses ou philosophiques, de flétrir l'esclavage
ısulman !

### XIII — LA JAVANAISE

Ab-el-Kérim nous avait quittés un instant pour répondre aux
ıeteurs turcs ; il revint à moi, et me dit qu'on était en train
faire habiller les Abyssiniennes qu'il voulait montrer.
— Elles sont, dit-il, dans mon harem et traitées tout à fait
nme les personnes de ma famille ; mes femmes les font man-
r avec elles. En attendant, si vous voulez en voir de très-jeunes,
ıva en amener.
On ouvrit une porte, et une douzaine de petites filles cui-
ses se précipitèrent dans la cour comme des enfants en ré-
ation. On les laissa jouer sous la cage de l'escalier avec les
ıards et les pintades, qui se baignaient dans la vasque d'une
ıtaine sculptée, reste de la splendeur évanouie de l'okel.
Je contemplais ces jeunes filles aux yeux si grands et si noirs,
ues comme de petites sultanes, sans doute arrachées à leurs
ıres pour satisfaire la débauche des riches habitants de la
le. Abdallah me dit que plusieurs d'entre elles n'apparte-
ient pas au marchand, et étaient mises en vente pour le
ınpte de leurs parents, qui faisaient exprès le voyage du Caire,
croyaient préparer ainsi à leurs enfants la condition la plus
ureuse.

— Sachez, du reste, ajouta t-il, qu'elles sont plus chères q
les femmes nubiles.

— *Queste fanciulle sono cucite*[1]! dit Abd-el-Kérim dans s
italien corrompu.

— Oh! l'on peut être tranquille et acheter avec confianc
observa Abdallah d'un ton de connaisseur, les parents ont to
prévu.

— Eh bien, me disais-je en moi-même, je laisserai ces e
fants à d'autres; le musulman, qui vit selon sa loi, peut en tou
conscience répondre à Dieu du sort de ces pauvres petites âme
mais, moi, si j'achète une esclave, c'est avec la pensée qu'e
sera libre, même de me quitter.

Ad-el-Kérim vint me rejoindre, et me fit monter dans
maison. Abdallah resta discrètement au pied de l'escalier.

Dans une grande salle aux lambris sculptés qu'enrichissaie
encore des restes d'arabesques peintes et dorées, je vis rangé
contre le mur cinq femmes assez belles, dont le teint rappel
l'éclat du bronze de Florence; leur figure était régulièr
leur nez droit, leur bouche petite; l'ovale parfait de leur têt
l'emmanchement gracieux de leur col, la sérénité de leur ph
sionomie leur donnaient l'air de ces madones peintes d'Ital
dont la couleur a jauni par le temps. C'étaient des Abyssinienn
catholiques, des descendantes peut-être du prêtre Jean ou de
reine Candace.

Le choix était difficile; elles se ressemblaient toutes, comn
il arrive dans ces races primitives. Abd-el-Kérim, me voya
indécis et croyant qu'elles ne me plaisaient pas, en fit entr
une autre qui, d'un pas indolent, alla prendre place près c
mur.

Je poussai un cri d'enthousiasme; je venais de reconnaît
l'œil en amande, la paupière oblique des Javanaises, dont j'
vu des peintures en Hollande; comme carnation, cette femm
appartenait évidemment à la race jaune. Je ne sais quel go

1. Il est difficile de rendre ou de traduire le sens de cette observation.

e l'étrange et de l'imprévu, dont je ne pus me défendre, me
décida en sa faveur. Elle était fort belle, du reste, et d'une solidité de formes qu'on ne craignait pas de laisser admirer; l'é-
lat métallique de ses yeux, la blancheur de ses dents, la dis-
nction des mains et la longueur des cheveux d'un ton d'acajou
sombre, qu'on me fit voir en ôtant son tarbouch, ne laissaient
ien à objecter aux éloges qu'Abd-el-Kérim exprimait en s'é-
riant :

— *Bono! bono!*

Nous redescendîmes et nous causâmes, avec l'aide d'Abdallah.
Cette femme était arrivée la veille à la suite de la caravane, et
n'était chez Abd-el-Kérim que depuis ce temps. Elle avait été
prise toute jeune dans l'archipel indien par des corsaires de
l'iman de Mascate.

— Mais, dis-je à Abdallah, si Abd-el-Kérim l'a mise hier
avec ses femmes...

— Eh bien? répondit le drogman en ouvrant des yeux
étonnés.

Je vis que mon observation paraissait médiocre.

— Croyez-vous, dit Abdallah entrant enfin dans mon idée,
que ses femmes légitimes le laisseraient faire la cour à
d'autres?... Et puis un marchand, songez-y donc! Si cela se
savait, il perdrait toute sa clientèle.

C'était une bonne raison. Abdallah me jura de plus qu'Abd-
el-Kérim, comme bon musulman, avait dû passer la nuit en
prières à la mosquée, vu la solennité de la fête de Mahomet.

Il ne restait plus qu'à parler du prix. On demanda cinq
bourses (six cent vingt-cinq francs); j'eus l'idée d'offrir seulement quatre bourses; mais, en songeant que c'était marchan-
der une femme, ce sentiment me parut bas. De plus, Abdallah
me fit observer qu'un marchand turc n'avait jamais deux
prix.

Je demandai son nom... J'achetais le nom aussi, naturellement.

— *Z' n' b' !* dit Abd-el-Kérim.

— *Z' n' ḫ'*, répéta Abdallah avec un grand effort de con traction nasale.

Je ne pouvais pas comprendre que l'éternument de tro consonnes représentât un nom. Il me fallut quelque tem₁ pour deviner que cela pouvait se prononcer Zeynab.

Nous quittâmes Abd-el-Kérim, après avoir donné des arrhe₁ pour aller chercher la somme, qui reposait à mon compte ché un banquier du quartier franc.

En traversant la place de l'Esbekieh, nous assistâmes à u spectacle extraordinaire. Une grande foule était rassemblé pour voir la cérémonie de la *dohza*. Le cheik ou l'émir de l caravane devait passer à cheval sur le corps des derviches tou₁ neurs et hurleurs qui s'exerçaient depuis la veille autour de mâts et sous des tentes. Ces malheureux s'étaient étendus plat ventre sur le chemin de la maison du cheik El-Bekry chef de tous les derviches, située à l'extrémité sud de la placé et formaient une chaussée humaine d'une soixantaine de corp₁

Cette cérémonie est regardée comme un miracle destiné convaincre les infidèles ; aussi laisse-t-on volontiers les Fran₁ se mettre aux premières places. Un miracle public est deven une chose assez rare, depuis que l'homme s'est avisé, comm dit Henri Heine, de regarder dans les manches du bon Dieu. Mais celui-là, si c'en est un, est incontestable. J'ai vu de mé yeux le vieux cheik des derviches, couvert d'un benich blanc avec un turban jaune, passer à cheval sur les reins de soixant croyants pressés sans le moindre intervalle, ayant les bra croisés sous leur tête. Le cheval était ferré. Ils se relevèren tous sur une ligne en chantant Allah !

Les esprits forts du quartier franc prétendent que c'est u phénomène analogue à celui qui faisait jadis supporter au convulsionnaires des coups de chenet dans l'estomac. L'exa₁ tation où se mettent ces gens développe une puissance ner veuse qui supprime le sentiment et la douleur, et communiqu aux organes une force de résistance extraordinaire.

Les musulmans n'admettent pas cette explication, et disen

n'on a fait passer le cheval sur des verres et des bouteilles
ıns qu'il pût rien casser.

Voilà ce que j'aurais voulu voir.

Il n'avait pas fallu moins qu'un tel spectacle pour me faire
erdre de vue un instant mon acquisition. Le soir même, je
ımenais triomphalement l'esclave voilée à ma maison du
uartier cophte. Il était temps, car c'était le dernier jour du
élai que m'avait accordé le cheik du quartier. Un domestique
e l'okel la suivait avec un âne chargé d'une grande caisse
erte.

Abd-el-Kérim avait bien fait les choses. Il y avait dans le
offre deux costumes complets.

— C'est à elle, me fit-il dire ; cela lui vient d'un cheik de la
Iecque auquel elle a appartenu, et maintenant c'est à vous.

On ne peut pas voir certainement de procédé plus délicat.

# III

## LE HAREM

---

Je ne regrettais pas de m'être fixé pour quelque temps a
Caire et de m'être fait sous tous les rapports un citoyen d
cette ville, ce qui est le seul moyen sans nul doute de la com
prendre et de l'aimer; les voyageurs ne se donnent pas l
temps, d'ordinaire, d'en saisir la vie intime et d'en pénétre
les beautés pittoresques, les contrastes, les souvenirs. C'es
pourtant la seule ville orientale où l'on puisse retrouver le
couches bien distinctes de plusieurs âges historiques. Ni Bag
dad, ni Damas, ni Constantinople n'ont gardé de tels sujet
d'études et de réflexions. Dans les deux premières, l'étrange
ne rencontre que des constructions fragiles de briques et d
terre sèche; les intérieurs offrent seuls une décoration splen
dide, mais qui ne fut jamais établie dans des conditions d'a
sérieux et de durée; Constantinople, avec ses maisons de boi
peintes, se renouvelle tous les vingt ans et ne conserve que l
physionomie assez uniforme de ses dômes bleuâtres et de se
minarets blancs. Le Caire doit à ses inépuisables carrières d
Mokatam, ainsi qu'à la sérénité constante de son climat, l'exis
tence de monuments innombrables; l'époque des califes, cell
des soudans et celle des sultans mamelouks se rapportent na
turellement à des systèmes variés d'architecture dont l'Es
pagne et la Sicile ne possèdent qu'en partie les contre-épreuve
ou les modèles. Les merveilles moresques de Grenade et d

Jordoue se retracent à chaque pas au souvenir, dans les rues
du Caire, par une porte de mosquée, une fenêtre, un minaret,
une arabesque, dont la coupe ou le style précise la date éloignée. Les mosquées, à elles seules, raconteraient l'histoire entière de l'Égypte musulmane, car chaque prince en a fait bâtir
au moins une, voulant transmetre à jamais le souvenir de son
époque et de sa gloire; c'est Amrou, c'est Hakem, c'est Touloun, Saladin, Bibars ou Barkouk, dont les noms se conservent ainsi dans la mémoire de ce peuple ; cependant les plus
anciens de ces monuments n'offrent plus que des murs crou-
lants et des enceintes dévastées.

La mosquée d'Amrou, construite la première après la conquête de l'Égypte, occupe un emplacement aujourd'hui désert
entre la ville nouvelle et la ville vieille. Rien ne défend plus
contre la profanation ce lieu si révéré jadis. J'ai parcouru la
forêt de colonnes qui soutient encore la voûte antique; j'ai pu
monter dans la chaire sculptée de l'iman, élevée l'an 94 de
l'hégire, et dont on disait qu'il n'y en avait pas une plus belle
ni une plus noble après celle du prophète; j'ai parcouru les
galeries et reconnu, au centre de la cour, la place où se trouvait dressée la tente du lieutenant d'Omar, alors qu'il eut
l'idée de fonder le vieux Caire.

Une colombe avait fait son nid au-dessus du pavillon; Amrou, vainqueur de l'Égypte grecque, et qui venait de saccager
Alexandrie, ne voulut pas qu'on dérangeât le pauvre oiseau;
cette place lui parut consacrée par la volonté du ciel, et il fit
construire d'abord une mosquée autour de sa tente, puis autour de la mosquée une ville qui prit le nom de *Fostat*, c'est-à-
dire la *tente*. Aujourd'hui, cet emplacement n'est plus même
contenu dans la ville, et se trouve de nouveau, comme les chroniques le peignaient autrefois, au milieu des vignes, des jardi-
nages et des *palmeraies*.

J'ai retrouvé, non moins abandonnée, mais à une autre
extrémité du Caire et dans l'enceinte des murs, près de Bab-
el-Nasr, la mosquée du calife Hakem, fondée trois siècles plus

tard, mais qui se rattache au souvenir de l'un des héros
plus étranges du moyen âge musulman. Hakem, que nos vie
orientalistes appellent le *Chacamberille*, ne se contenta
d'être le troisième des califes africains, l'héritier par la co
quête des trésors d'Haroun-al-Raschid, le maître absolu
l'Egypte et de la Syrie, le vertige des grandeurs et des
chesses en fit une sorte de Néron ou plutôt d'Héliogaba
Comme le premier, il mit le feu à sa capitale dans un jour
caprice; comme le second, il se proclama dieu et traça
règles d'une religion qui fut adoptée par une partie de s
peuple, et qui est devenue celle des Druses. Hakem est le dern
révélateur, ou, si l'on veut, le dernier dieu qui se soit prod
au monde et qui conserve encore des fidèles plus ou moi
nombreux. Les chanteurs et les narrateurs des cafés du Ca
racontent sur lui mille aventures, et l'on m'a montré, sur u
des cimes du Mokatam, l'observatoire où il allait consulter
astres; car ceux qui ne croient pas à sa divinité le peignent
moins comme un puissant astronome.

Sa mosquée est plus ruinée encore que celle d'Amrou. L
murs extérieurs et deux des tours ou minarets situés aux a
gles offrent seuls des formes d'architecture qu'on peut reco
naître; c'est de l'époque qui correspond aux plus anciens m
numents d'Espagne. Aujourd'hui, l'enceinte de la mosqué
toute poudreuse et semée de débris, est occupée par des co
diers qui tordent leur chanvre dans ce vaste espace, et dont
rouet monotone a succédé au bourdonnement des prières. Ma
l'édifice du fidèle Amrou est-il moins abandonné que celui
Hakem l'hérétique, abhorré des vrais musulmans? La vieil
Égypte, oublieuse autant que crédule, a enseveli sous sa pou
sière bien d'autres prophètes et bien d'autres dieux!

Aussi l'étranger n'a-t-il à redouter dans ce pays ni le fana
tisme de religion, ni l'intolérance de race des autres parti
de l'Orient; la conquête arabe n'a jamais pu transformer à
point le caractère des habitants : n'est-ce pas toujours, d'ai
leurs, la terre antique et maternelle où notre Europe, à trave

monde grec et romain, sent remonter ses origines? Religion,
orale, industrie, tout partait de ce centre à la fois mysté-
eux et accessible, où les génies des premiers temps ont puisé
our nous la sagesse. Ils pénétraient avec terreur dans ces
nctuaires étranges où s'élaborait l'avenir des hommes, et
ssortaient plus tard, le front ceint de lueurs divines, pour
véler à leurs peuples des traditions antérieures au déluge et
montant aux premiers jours du monde. Ainsi Orphée, ainsi
oïse, ainsi ce législateur bien connu de nous, que les Indiens
ppellent Rama, emportaient un même fonds d'enseignement
de croyances, qui devait se modifier selon les lieux et les ra-
s, mais qui partout constituait des civilisations durables. Ce
i fait le caractère de l'antiquité égyptienne, c'est justement
tte pensée d'universalité et même de prosélytisme que Rome
a imitée depuis que dans l'intérêt de sa puissance et de sa
oire. Un peuple qui fondait des monuments indestructibles
our y graver tous les procédés de l'art et de l'industrie, et qui
arlait à la postérité dans une langue que la postérité commence
comprendre, mérite certainement la reconnaissance de tous
s hommes.

Quand cette grande Alexandrie fut tombée, et sous les Sar-
zins eux-mêmes, c'était encore l'Égypte principalement qui
nservait et perfectionnait les sciences où puisa le monde chré-
en; la domination des mamelouks a éteint ses dernières clartés,
il faut remarquer que cette sorte d'obscurantisme où l'Orient
t tombé depuis trois siècles, n'est pas le résultat du principe
ahométan, mais spécialement de l'influence turque. Le génie
rabe, qui avait couvert le monde de merveilles, a été étouffé
us ces dominateurs stupides; les anges de l'islam ont perdu
urs ailes, les génies des *Mille et une Nuits* ont vu briser leurs
lismans; une sorte de protestantisme aride et sombre s'est
endu sur tous les peuples du Levant. Le Coran est devenu,
ar l'interprétation turque, ce qu'était la Bible pour les pu-
tains d'Angleterre, un moyen de tout niveler. Les arts, les
ttres et les sciences ont disparu depuis ce temps; la poésie des

mœurs et des croyances primitives n'a laissé çà et là que de l
gères traces, et c'est l'Égypte encore qui a conservé les pl
profondes.

Aujourd'hui, ce peuple, opprimé si longtemps, ne vit que d
idées étrangères ; il a besoin qu'on lui reporte les lumièı
éparses dont il·fut longtemps le foyer ; mais avec quelle recc
naissance, avec quelle application studieuse il s'empreint dc
et se fortifie de tout ce qui vient d'Europe ? Les chefs-d'œuv
de nos sciences et de nos littératures sont traduits en arabe
multipliés aussitôt par l'impression ; des milliers de jeuг
gens, élevés pour la guerre, emploient à cette œuvre les lois
de la paix. Faut-il désespérer de cette race forte avec laque
Méhémet-Ali avait dans ces derniers temps renouvelé et reco
quis l'ancien empire des califes, et qui, sans l'intervention euı
péenne, aurait en quelques jours renversé le trône d'Othmaı
On peut prévoir déjà qu'à défaut de cette gloire militaire, c
n'a laissé à l'Égypte que l'épuisement d'un grand effort tral
la civilisation et l'industrie occuperont les forces et les intı
ligences, sollicitées à l'action dans un but différent. A Consta
tinople, les institutions récentes sont stériles ; au Caire, el
donneront de grands résultats lorsque plusieurs années
paix auront développé la prospérité naturelle.

## II — LA VIE INTIME A L'ÉPOQUE DU KHAMSIN

J'ai mis à profit, en étudiant et en lisant le plus possible,
longues journées d'inaction que m'imposait l'époque du khams
Depuis le matin, l'air était brûlant et chargé de poussièı
Pendant cinquante jours, chaque fois que le vent du midi souff
il est impossible de sortir avant trois heures du soir, momc
où se lève la brise qui vient de la mer.

On se tient dans les chambres intérieures, revêtues de faïen
ou de marbre et rafraichies par des jets d'eau ; on peut encc
passer sa journée dans les bains, au milieu de ce brouilla
tiède qui remplit de vastes enceintes dont la coupole perc

le trous ressemble à un ciel étoilé. Ces bains sont la plupart de
véritables monuments qui serviraient très-bien de mosquées ou
d'églises; l'architecture en est byzantine, et les bains grecs en
ont probablement fourni les premiers modèles; il y a entre les
colonnes sur lesquelles s'appuie la voûte circulaire de petits
cabinets de marbre, où des fontaines élégantes sont consacrées
aux ablutions froides. Vous pouvez tour à tour vous isoler ou
vous mêler à la foule, qui n'a rien de l'aspect maladif de nos
réunions de baigneurs, et se compose généralement d'hommes
sains et de belle race, drapés, à la manière antique, d'une
longue étoffe de lin. Les formes se dessinent vaguement à travers la brume laiteuse que traversent les blancs rayons de la
voûte, et l'on peut se croire dans un paradis peuplé d'ombres
heureuses. Seulement, le purgatoire vous attend dans les salles
voisines. Là sont les bassins d'eau bouillante où le baigneur
subit diverses sortes de cuisson; là se précipitent sur vous ces
terribles estafiers aux mains armées de gants de crin, qui détachent de votre peau de longs rouleaux moléculaires dont l'é-
paisseur vous effraye et vous fait craindre d'être usé graduel-
lement comme une vaisselle trop écurée. On peut, d'ailleurs, se
soustraire à ces cérémonies et se contenter du bien-être que
procure l'atmosphère humide de la grande salle du bain. Par
un effet singulier, cette chaleur artificielle délasse de l'autre;
le feu terrestre de Phtha combat les ardeurs trop vives du céleste Horus. Faut-il parler encore des délices du massage et du
repos charmant que l'on goûte sur ces lits disposés autour
d'une haute galerie à balustre qui domine la salle d'entrée des
bains? Le café, les sorbets, le narghilé, interrompent là ou
préparent ce léger sommeil de la méridienne si cher aux peuples du Levant.

Du reste, le vent du midi ne souffle pas continuellement
pendant l'époque du khamsin; il s'interrompt souvent des semaines entières, et vous laisse littéralement respirer. Alors, la
ville reprend son aspect animé, la foule se répand sur les places
et dans les jardins; l'allée de Choubrah se remplit de prome-

1.                                                          8

neurs; les musulmanes voilées vont s'asseoir dans les kiosqu(
au bord des fontaines et sur les tombes entremêlées d'ombrag(
où elles rêvent tout le jour entourées d'enfants joyeux, et
font même apporter leurs repas. Les femmes d'Orient ont de
grands moyens d'échapper à la solitude des harems : c'est
cimetière, où elles ont toujours quelque être chéri à pleurer,
le bain public, où la coutume oblige leurs maris de les laiss
aller une fois par semaine au moins.

Ce détail, que j'ignorais, a été pour moi la source de qu(
ques chagrins domestiques contre lesquels il faut bien que
prévienne l'Européen qui serait tenté de suivre mon exempl
Je n'eus pas plus tôt ramené du bazar l'esclave javanaise, q
je me vis assailli d'une foule de réflexions qui ne s'étaient p
encore présentées à mon esprit. La crainte de la laisser un jo
de plus parmi les femmes d'Abd-el-Kérim avait précipité r
résolution, et, le dirai-je? le premier regard jeté sur elle av;
été tout-puissant.

Il y a quelque chose de très-séduisant dans une femme d'i
pays lointain et singulier, qui parle une langue inconnue, do
le costume et les habitudes frappent déjà par l'étrangeté seul
et qui enfin n'a rien de ces vulgarités de détail que l'habitu
nous révèle chez les femmes de notre patrie. Je subis quelq
temps cette fascination de couleur locale, je l'écoutais babille
je la voyais étaler la bigarrure de ses vêtements : c'était comn
un oiseau splendide que je possédais en cage ; mais cette in
pression pouvait-elle toujours durer ?

On m'avait prévenu que, si le marchand m'avait trompé si
les mérites de l'esclave, s'il existait un vice rédhibitoire que
conque, j'avais huit jours pour résilier le marché. Je ne so
geais guère qu'il fût possible à un Européen d'avoir recours
cette indigne clause, eût-il même été trompé. Seulement, je v
avec peine que cette pauvre fille avait sous le bandeau rou;
qui ceignait son front une place brûlée grande comme un é(
de six livres à partir des premiers cheveux. On voyait sur ;
poitrine une autre brûlure de même forme, et, sur ces deu

rques, un tatouage qui représentait une sorte de soleil. Le
enton était aussi tatoué en fer de lance, et la narine gauche
rcée de manière à recevoir un anneau. Quant aux cheveux,
 étaient rongés par devant à partir des tempes et autour du
nt, et, sauf la partie brûlée, ils tombaient ainsi jusqu'aux
urcils, qu'une ligne noire prolongeait et réunissait selon la
utume. Quant aux bras et aux pieds teints de couleur
ange, je savais que c'était l'effet d'une préparation de
nné qui ne laissait aucune marque au bout de quelques
urs.

Que faire maintenant? Habiller une femme jaune à l'euro-
enne, c'eût été la chose la plus ridicule du monde. Je me
rnai à lui faire signe qu'il fallait laisser repousser les che-
ux coupés en rond sur le devant, ce qui parut l'étonner
aucoup; quant à la brûlure du front et à celle de la poi-
ne, qui résultait probablement d'un usage de son pays, car
 ne voit rien de pareil en Égypte, cela pouvait se cacher au
oyen d'un bijou ou d'un ornement quelconque; il n'y avait
nc pas trop de quoi se plaindre, tout examen fait.

### III — SOINS DU MÉNAGE

La pauvre enfant s'était endormie pendant que j'examinais
 chevelure avec cette sollicitude de propriétaire qui s'inquiète
 ce qu'on a fait de coupes dans le bien qu'il vient d'ac-
érir. J'entendis Ibrahim crier au dehors : *Ya, sidy !* (eh!
onsieur!) puis d'autres mots où je compris que quelqu'un
 e rendait visite. Je sortis de la chambre et je trouvai dans la
lerie le juif Yousef qui voulait me parler. Il s'aperçut que je
 e tenais pas à ce qu'il entrât dans la chambre, et nous nous
omenâmes en fumant.

— J'ai appris, me dit-il, qu'on vous avait fait acheter une
clave; j'en suis bien contrarié.

— Et pourquoi?

— Parce qu'on vous aura trompé ou volé de beaucoup :

les drogmans s'entendent toujours avec le marchand d'esclaves.

— Cela me paraît probable.

— Abdallah aura reçu au moins une bourse pour lui.

— Qu'y faire?

— Vous n'êtes pas au bout. Vous serez très-embarrassé de cette femme quand vous voudrez partir, et il vous offrira de vous la racheter pour peu de chose. Voilà ce qu'il est habitué à faire, et c'est pour cela qu'il vous a détourné de conclure un mariage à la cophte; ce qui était beaucoup plus simple et moins coûteux.

— Mais vous savez bien qu'après tout, j'avais quelque scrupule à faire un de ces mariages qui veulent toujours une sorte de consécration religieuse.

— Eh bien, que ne m'avez-vous dit cela? je vous aurais trouvé un domestique arabe qui se serait marié pour vous autant de fois que vous auriez voulu!

La singularité de cette proposition me fit partir d'un éclat de rire; mais, quand on est au Caire, on apprend vite à ne s'étonner de rien. Les détails que me donna Yousef m'apprirent qu'il se rencontrait des gens assez misérables pour faire ce marché. La facilité qu'ont les Orientaux de prendre femme et de divorcer à leur gré rend cet arrangement possible, et la plainte de la femme pourrait seule le révéler; mais, évidemment, ce n'est qu'un moyen d'éluder la sévérité du pacha à l'égard des mœurs publiques. Toute femme qui ne vit pas seule ou dans sa famille doit avoir un mari légalement reconnu, dût-elle divorcer au bout de huit jours, à moins que, comme esclave, elle n'ait un maître.

Je témoignai au juif Yousef combien une telle convention m'aurait révolté.

— Bon! me dit-il, qu'importe?... avec des Arabes!

— Vous pourriez dire aussi avec des chrétiens.

— C'est un usage, ajouta-t-il, qu'ont introduit les Anglais; ils ont tant d'argent!

— Alors, cela coûte cher?

— C'était cher autrefois; mais, maintenant, la concurrence s'y est mise, et c'est à la portée de tous.

Voilà pourtant où aboutissent les réformes morales tentées ici. On déprave toute une population pour éviter un mal certainement beaucoup moindre. Il y a dix ans, le Caire avait des bayadères publiques comme l'Inde, et des courtisanes comme l'antiquité. Les ulémas se plaignirent, et ce fut longtemps sans succès, parce que le gouvernement tirait un impôt assez considérable de ces femmes, organisées en corporation, et dont le plus grand nombre résidaient hors de la ville, à Matarée. Enfin les dévots du Caire offrirent de payer l'impôt en question; ce fut alors que l'on exila toutes ces femmes à Esné, dans la haute Égypte. Aujourd'hui, cette ville de l'ancienne Thébaïde est pour les étrangers qui remontent le Nil une sorte de Capoue. Il y a là des Laïs et des Aspasies qui mènent une grande existence, et qui se sont enrichies particulièrement aux dépens de l'Angleterre. Elles ont des palais, des esclaves, et pourraient se faire construire des pyramides comme la fameuse Rhodope, si c'était encore la mode aujourd'hui d'entasser des pierres sur son corps pour prouver sa gloire; elles aiment mieux les diamants.

Je comprenais bien que le juif Yousef ne cultivait pas ma connaissance sans quelque motif; l'incertitude que j'avais là-dessus m'avait empêché déjà de l'avertir de mes visites aux bazars d'esclaves. L'étranger se trouve toujours en Orient dans la position de l'amoureux naïf ou du fils de famille des comédies de Molière. Il faut louvoyer entre le Mascarille et le Sbrigani. Pour mettre fin à tout calcul possible, je me plaignis de ce que le prix de l'esclave avait presque épuisé ma bourse.

— Quel malheur! s'écria le juif; je voulais vous mettre de moitié dans une affaire magnifique qui, en quelques jours, vous aurait rendu dix fois votre argent. Nous sommes plusieurs amis qui achetons toute la récolte des feuilles de mûrier aux environs du Caire, et nous la revendrons en détail, le prix que nous voudrons, aux éleveurs de vers à soie; mais il faut un peu d'argent comptant; c'est ce qu'il y a de plus rare dans ce pays : le taux légal est de 24 pour 100. Pourtant, avec des spéculations raisonnables, l'argent se multiplie... Enfin n'en parlons plus. Je vous donnerai seulement un conseil : vous ne savez pas l'arabe; n'employez pas le drogman pour parler avec votre esclave; il lui communiquerait de mauvaises idées sans que vous vous en doutiez, et elle s'enfuirait quelque jour; cela s'est vu.

Ces paroles me donnèrent à réfléchir.

Si la garde d'une femme est difficile pour un mari, que ne sera-ce pas pour un maître ! C'est la position d'Arnolphe ou de Georges Dandin. Que faire? L'eunuque et la duègne n'ont rien de sûr pour un étranger; accorder tout de suite à une esclave l'indépendance des femmes françaises, ce serait absurde dans un pays où les femmes, comme on sait, n'ont aucun principe contre la plus vulgaire séduction. Comment sortir de chez moi seul? et comment sortir avec elle dans un pays où jamais femme ne s'est montrée au bras d'un homme? Comprend-on que je n'eusse pas prévu tout cela?

Je fis dire par le juif à Mustafa de me préparer à dîner; je ne pouvais pas évidemment mener l'esclave à la table de l'hôtel *Domergue*. Quant au drogman, il était allé attendre l'arrivée de la voiture de Suez; car je ne l'occupais pas assez pour qu'il ne cherchât point à promener de temps en temps quelque Anglais dans la ville. Je lui dis à son retour que je ne voulais plus l'employer que pour certains jours, que je ne garderais pas tout ce monde qui m'entourait, et qu'ayant une esclave, j'apprendrais très-vite à échanger quelques mots avec elle, ce qui me suffisait. Comme il s'était cru plus indispensable que jamais, cette déclaration l'étonna un peu. Cependant il finit par bien prendre la chose, et me dit que je le trouverais à l'hôtel *Waghorn* chaque fois que j'aurais besoin de lui.

Il s'attendait sans doute à me servir de truchement pour faire du moins connaissance avec l'esclave ; mais la jalousie est une chose si bien comprise en Orient, la réserve est si naturelle dans tout ce qui a rapport aux femmes, qu'il ne m'en parla même pas.

J'étais rentré dans la chambre où j'avais laissé l'esclave endormie. Elle était réveillée et assise sur l'appui de la fenêtre, regardant à droite et à gauche dans la rue, par les grilles latérales du moucharaby. Il y avait, deux maisons plus loin, des jeunes gens en costume turc de la réforme, officiers sans doute de quelque personnage, et qui fumaient nonchalamment devant la porte. Je compris qu'il existait un danger de ce côté. Je cherchais en vain dans ma tête un mot qui pût lui faire comprendre qu'il n'était pas bien de regarder les militaires dans la rue, mais je ne trouvais que cet universel *tayeb* (très-bien), interjection optimiste bien digne de caractériser l'esprit du peuple le plus doux de la terre, mais tout à fait insuffisante dans la situation.

O femmes! avec vous tout change. J'étais heureux, content de tout. Je disais *tayeb* à tout propos, et l'Égypte me souriait. Aujourd'hui, il me faut chercher des mots qui ne sont peut-être pas dans la langue de ces nations bienveillantes. Il est vrai que j'avais surpris chez quelques naturels un mot et un geste négatifs. Si une chose ne leur plaît pas, ce qui est rare, ils vous disent : *Lah!* en levant la main négligemment à la hauteur du front. Mais comment dire d'un ton rude, et toutefois avec un mouvement de main languissant : *Lah!* Ce fut cependant à quoi je m'arrêtai faute de mieux; après cela, je ramenai l'esclave vers le divan, et je fis un geste qui indiquait qu'il était plus convenable de se tenir là qu'à la fenêtre. Du reste, je lui fis comprendre que nous ne tarderions pas à dîner.

La question maintenant était de savoir si je la laisserais découvrir sa figure devant le cuisinier ; cela me parut contraire aux usages. Personne, jusque-là, n'avait cherché à la voir.

Le drogman lui-même n'était pas monté avec moi lorsque Abd-el-Kérim m'avait fait voir ses femmes ; il était donc clair que je me ferais mépriser en agissant autrement que les gens du pays.

Quand le dîner fut prêt, Mustapha cria du dehors :

— *Sidi!*

Je sortis de la chambre ; il me montra la casserole de terre contenant une poule découpée dans du riz.

— *Bono! bono!* lui dis-je.

Et je rentrai pour engager l'esclave à remettre son masque, ce qu'elle fit.

Mustapha plaça la table, posa dessus une nappe de drap vert ; puis, ayant arrangé sur un plat sa pyramide de pilau, il apporta encore plusieurs verdures sur de petites assiettes, et notamment des koulkas découpés dans du vinaigre, ainsi que des tranches de gros oignons nageant dans une sauce à la moutarde : cet ambigu n'avait pas mauvaise mine. Ensuite il se retira discrètement.

### IV — PREMIÈRES LEÇONS D'ARABE

Je fis signe à l'esclave de prendre une chaise (j'avais eu la faiblesse d'acheter des chaises) ; elle secoua la tête, et je compris que mon idée était ridicule à cause du peu de hauteur de la table. Je mis donc des coussins à terre, et je pris place en l'invitant à s'asseoir de l'autre côté ; mais rien ne put la décider. Elle détournait la tête et mettait la main sur sa bouche.

— Mon enfant, lui dis-je, est-ce que vous voulez vous laisser mourir de faim?

Je sentais qu'il valait mieux parler, même avec la certitude de ne pas être compris, que de se livrer à une pantomime ridicule. Elle répondit quelques mots qui signifiaient probablement qu'elle ne comprenait pas, et auxquels je répliquai : *Tayeb.* C'était toujours un commencement de dialogue.

Lord Byron disait par expérience que le meilleur moyen

d'apprendre une langue était de vivre seul pendant quelque
temps avec une femme; mais encore faudrait-il y joindre quelques livres élémentaires; autrement, on n'apprend que des
substantifs, le verbe manque; ensuite il est bien difficile de retenir des mots sans les écrire, et l'arabe ne s'écrit pas avec nos
lettres, ou du moins ces dernières ne donnent qu'une idée im-
parfaite de la prononciation. Quant à apprendre l'écriture
arabe, c'est une affaire si compliquée à cause des élisions, que
le savant Volney avait trouvé plus simple d'inventer un alphabet mixte, dont malheureusement les autres savants n'encou-
ragèrent pas l'emploi. La science aime les difficultés, et ne
tient jamais à vulgariser beaucoup l'étude : si l'on apprenait
par soi-même, que deviendraient les professeurs?

— Après tout, me dis-je, cette jeune fille, née à Java, suit
peut-être la religion hindoue; elle ne se nourrit sans doute
que de fruits et d'herbages.

Je fis un signe d'adoration, en prononçant d'un air interro-
gatif le nom de Brahma; elle ne parut pas comprendre. Dans
tous les cas, ma prononciation eût été mauvaise sans doute.
J'énumérai encore tout ce que je savais de noms se rattachant
à cette même cosmogonie; c'était comme si j'eusse parlé français. Je commençais à regretter d'avoir remercié le drogman;
j'en voulais surtout au marchand d'esclaves de m'avoir vendu
ce bel oiseau doré sans me dire ce qu'il fallait lui donner pour
nourriture.

Je lui présentai simplement du pain, et du meilleur qu'on
fît au quartier franc; elle dit d'un ton mélancolique : *Mafisch!*
mot inconnu dont l'expression m'attrista beaucoup. Je songeai alors à de pauvres bayadères amenées à Paris il y a quelques années, et qu'on m'avait fait voir dans une maison des
Champs-Élysées. Ces Indiennes ne prenaient que des aliments
qu'elles avaient préparés elles-mêmes dans des vases neufs. Ce
souvenir me rassura un peu, et je résolus de sortir, après mon
repas, avec l'esclave pour éclaircir ce point.

La défiance que m'avait inspirée le juif pour mon drogman

avait eu pour second effet de me mettre en garde contre lui-
même ; voilà ce qui m'avait conduit à cette position fâcheuse.
Il s'agissait donc de prendre pour interprète quelqu'un de sûr,
afin du moins de faire connaissance avec mon acquisition. Je
songeai un instant à M. Jean, le mamelouk, homme d'un âge
respectable ; mais le moyen de conduire cette femme dans un
cabaret ? D'un autre côté, je ne pouvais pas la faire rester dans
la maison avec le cuisinier et le barbarin pour aller chercher
M. Jean. Et, eussé-je envoyé dehors ces deux serviteurs hasardeux, était-il prudent de laisser une esclave seule dans un
logis fermé d'une serrure de bois ?

Un son de petites clochettes retentit dans la rue ; je vis à
travers le treillis un chevrier en sarrau bleu qui menait quelques chèvres du côté du quartier franc. Je le montrai à l'esclave, qui me dit en souriant : *Aioua !* ce que je traduisis par
*oui.*

J'appelai le chevrier, garçon de quinze ans, au teint hâlé,
aux yeux énormes, ayant, du reste, le gros nez et la lèvre
épaisse des têtes de sphinx, un type égyptien des plus purs. Il
entra dans la cour avec ses bêtes, et se mit à en traire une dans
un vase de faïence neuve que je fis voir à l'esclave avant qu'il
s'en servît. Celle-ci répéta *aioua*, et, du haut de la galerie, elle
regarda, bien que voilée, le manége du chevrier.

Tout cela était simple comme l'idylle, et je trouvai très-na-
turel qu'elle lui adressât ces deux mots : *Talé bouckra* ; je compris qu'elle l'engageait sans doute à revenir le lendemain.
Quand la tasse fut pleine, le chevrier me regarda d'un air sauvage en criant :

— *At foulouz !*

J'avais assez cultivé les âniers pour savoir que cela voulait
dire : « Donne de l'argent. » Quand je l'eus payé, il cria encore : *Bakchis !* autre expression favorite de l'Égyptien, qui réclame à tout propos le pourboire. Je lui répondis : *Talé bouckra !*
comme avait dit l'esclave. Il s'éloigna satisfait. Voilà comme
on apprend les langues peu à peu.

Elle se contenta de boire son lait sans y vouloir mettre de pain; toutefois, ce léger repas me rassura un peu; je craignais qu'elle ne fût de cette race javanaise qui se nourrit d'une sorte de terre grasse qu'on n'aurait peut-être pas pu se procurer au Caire. Ensuite j'envoyai chercher des ânes et je fis signe à l'esclave de prendre son vêtement de dessus (*milayeh*). Elle regarda avec un certain dédain ce tissu de coton quadrillé, qui est pourtant fort bien porté au Caire, et me dit :

— *An' aouss habbarah!*

Comme on s'instruit! Je compris qu'elle espérait porter de la soie au lieu de coton, le vêtement des grandes dames au lieu de celui des simples bourgeoises, et je lui dis : *Lah! lah!* en secouant la tête à la manière des Égyptiens.

### V — L'AIMABLE INTERPRÈTE

Je n'avais envie ni d'aller acheter un habbarah, ni de faire une simple promenade; il m'était venu à l'idée qu'en prenant un abonnement au cabinet de lecture français, la gracieuse madame Bonhomme voudrait bien me servir de truchement pour une première explication avec ma jeune captive. Je n'avais vu encore madame Bonhomme que dans la fameuse représentation d'amateurs qui avait inauguré la saison au *teatro del Cairo*; mais le vaudeville qu'elle avait joué lui prêtait à mes yeux les qualités d'une excellente et obligeante personne. Le théâtre a cela de particulier, qu'il vous donne l'illusion de connaître parfaitement une inconnue. De là les grandes passions qu'inspirent les actrices, tandis qu'on ne s'éprend guère, en général, des femmes qu'on n'a fait que voir de loin.

Si l'actrice a ce privilège d'exposer à tous un idéal que l'imagination de chacun interprète et réalise à son gré, pourquoi ne pas reconnaître chez une jolie et, si vous voulez même, une vertueuse marchande, cette fonction généralement bienveillante, et pour ainsi dire initiatrice, qui ouvre à l'étranger des relations utiles et charmantes?

On sait à quel point le bon Yorick, inconnu, inquiet, perdu dans le grand tumulte de la vie parisienne, fut ravi de trouver accueil chez une aimable et complaisante gantière; mais combien une telle rencontre n'est-elle pas plus utile encore dans une ville d'Orient!

Madame Bonhomme accepta avec toute la grâce et toute la patience possibles le rôle d'interprète entre l'esclave et moi. Il y avait du monde dans la salle de lecture, de sorte qu'elle nous fit entrer dans un magasin d'articles de toilette et d'assortiment, qui était joint à la librairie. Au quartier franc, tout commerçant vend de tout. Pendant que l'esclave, étonnée, examinait avec ravissement les merveilles du luxe européen, j'expliquais ma position à madame Bonhomme, qui, du reste, avait elle-même une esclave noire à laquelle, de temps en temps, je l'entendais donner des ordres en arabe.

Mon récit l'intéressa; je la priai de demander à l'esclave si elle était contente de m'appartenir.

— *Aïoua!* répondit celle-ci.

A cette réponse affirmative, elle ajouta qu'elle serait bien contente d'être vêtue comme une Européenne. Cette prétention fit sourire madame Bonhomme, qui alla chercher un bonnet de tulle à rubans et le lui ajusta sur la tête. Je dois avouer que cela ne lui allait pas très-bien; la blancheur du bonnet lui donnait l'air malade.

— Mon enfant, lui dit madame Bonhomme, il faut rester comme tu es; le tarbouch te sied beaucoup mieux.

Et, comme l'esclave renonçait au bonnet avec peine, elle lui alla chercher un tatikos de femme grecque festonné d'or, qui, cette fois, était du meilleur effet. Je vis bien qu'il y avait là une légère intention de pousser à la vente; mais le prix était modéré, malgré l'exquise délicatesse du travail.

Certain désormais d'une double bienveillance, je me fis raconter en détail les aventures de cette pauvre fille. Cela ressemblait à toutes les histoires d'esclaves possibles, à l'Andrienne de Térence, à mademoiselle Aïssé... Il est bien entendu que je ne me flattais pas d'obtenir la vérité complète. Issue de nobles parents, enlevée toute petite au bord de la mer, chose qui serait invraisemblable aujourd'hui dans la Méditerranée, mais qui reste probable au point de vue des mers du Sud. Et, d'ailleurs, d'où serait-elle venue? Il n'y avait pas à douter de son origine malaise. Les sujets de l'empire ottoman ne peuvent être vendus sous aucun prétexte. Tout ce qui n'est pas blanc ou noir, en fait d'esclaves, ne peut donc appartenir qu'à l'Abyssinie ou à l'archipel indien.

Elle avait été vendue à un cheik très-vieux du territoire de la Mecque. Ce cheik étant mort, des marchands de la caravane l'avaient emmenée et exposée en vente au Caire.

Tout cela était fort naturel, et je fus heureux de croire, en effet, qu'elle n'avait pas eu d'autre possesseur avant moi que ce vénérable cheik glacé par l'âge.

— Elle a bien dix-huit ans, me dit madame Bonhomme ; mais elle est très-forte, et vous l'auriez payée plus cher, si elle n'était pas d'une race qu'on voit rarement ici. Les Turcs sont gens d'habitude, il leur faut des Abyssiniennes ou des noires ; soyez sûr qu'on l'a promenée de ville en ville sans pouvoir s'en défaire.

— Eh bien, dis-je, c'est donc que le sort voulait que je passasse par là. Il m'était réservé d'influer sur sa bonne ou sa mauvaise fortune.

Cette manière de voir, en rapport avec la fatalité orientale, fut transmise à l'esclave, et me valut son assentiment.

Je lui fis demander pourquoi elle n'avait pas voulu manger le matin et si elle était de la religion hindoue.

— Non, elle est musulmane, me dit madame Bonhomme après lui avoir parlé ; elle n'a pas mangé aujourd'hui, parce que c'est jour de jeûne jusqu'au coucher du soleil.

Je regrettai qu'elle n'appartînt pas au culte brahmanique, pour lequel j'ai toujours eu un faible ; quant au langage, elle s'exprimait dans l'arabe le plus pur, et n'avait conservé de sa langue primitive que le souvenir de quelques chansons ou *pantouns*, que je me promis de lui faire répéter.

— Maintenant, me dit madame Bonhomme, comment ferez-vous pour vous entretenir avec elle?

— Madame, lui dis-je, je sais déjà un mot avec lequel on se montre content de tout; indiquez-m'en seulement un autre qui exprime le contraire. Mon intelligence suppléera au reste, en attendant que je m'instruise mieux.

— Est-ce que vous en êtes déjà au chapitre des refus? me dit-elle.

— J'ai de l'expérience, répondis-je, il faut tout prévoir.

— Hélas! me dit tout bas madame Bonhomme, ce terrible mot, le voilà : *Mafisch!* Cela comprend toutes les négations possibles.

Alors, je me souvins que l'esclave l'avait déjà prononcé avec moi.

## VI — L'ÎLE DE RODDAH

Le consul général m'avait invité à faire une excursion dans les environs du Caire. Ce n'était pas une offre à négliger, les consuls jouissant de priviléges et de facilités sans nombre pour tout visiter commodément. J'avais, en outre, l'avantage, dans cette promenade, de pouvoir disposer d'une voiture européenne, chose rare dans le Levant. Une voiture au Caire est un luxe d'autant plus beau, qu'il est impossible de s'en servir pour circuler dans la ville; les souverains et leurs représentants auraient seuls le droit d'écraser les hommes et les chiens dans les rues, si l'étroitesse et la forme tortueuse de ces dernières leur permettaient d'en profiter. Mais le pacha lui-même est obligé de tenir ses remises près des portes, et ne peut se faire voiturer qu'à ses diverses maisons de campagne; alors, rien n'est plus curieux que de voir un coupé ou une calèche du dernier goût de Paris ou de Londres portant sur le siége un cocher à turban, qui tient d'une main son fouet et de l'autre sa longue pipe de cerisier.

Je reçus donc un jour la visite d'un janissaire du consulat, qui frappa de grands coups à la porte avec sa grosse canne à pomme d'argent, pour me faire honneur dans le quartier. Il me dit que j'étais attendu au consulat pour l'excursion convenue. Nous devions partir le lendemain au point du jour ; mais le consul ne savait pas que, depuis sa première invitation, mon logis de garçon était devenu un ménage, et je me demandais ce que je ferais de mon aimable compagne pendant une absence d'un jour entier. La mener avec moi eût été indiscret ; la laisser seule avec le cuisinier et le portier était manquer à la prudence la plus vulgaire. Cela m'embarrassa beaucoup. Enfin je songeai qu'il fallait ou se résoudre à acheter des eunuques, ou se confier à quelqu'un. Je la fis monter sur un âne, et nous nous arrêtâmes bientôt devant la boutique de M. Jean. Je demandai à l'ancien mamelouk s'il ne connaissait pas quelque famille honnête à laquelle je pusse confier l'esclave pour un jour. M. Jean, homme de ressources, m'indiqua un vieux Cophte, nommé Mansour, qui, ayant servi plusieurs années dans l'armée française, était digne de confiance sous tous les rapports.

Mansour avait été mamelouk comme M. Jean, mais des mamelouks de l'armée française. Ces derniers, comme il me l'apprit, se composaient principalement de Cophtes qui, lors de la retraite de l'expédition d'Égypte, avaient suivi nos soldats. Le pauvre Mansour, avec plusieurs de ses camarades, fut jeté à l'eau à Marseille par la populace pour avoir soutenu le parti de l'empereur au retour des Bourbons ; mais, en véritable enfant du Nil, il parvint à se sauver à la nage et à gagner un autre point de la côte.

Nous nous rendîmes chez ce brave homme, qui vivait avec sa femme dans une vaste maison à moitié écroulée : les plafonds faisaient ventre et menaçaient la tête des habitants ; la menuiserie découpée des fenêtres s'ouvrait par places comme une guipure déchirée. Des restes de meubles et des haillons paraient seuls l'antique demeure, où la poussière et le soleil causaient une impression aussi morne que peuvent le faire la pluie et la boue pénétrant dans les plus pauvres réduits de nos villes. J'eus le cœur serré en songeant que la plus grande partie de la population du Caire habitait ainsi des maisons que les rats avaient abandonnées déjà, comme peu sûres. Je n'eus pas un instant l'idée d'y laisser l'esclave, mais je priai le vieux Cophte et sa femme de venir chez moi. Je leur promettais de les prendre à mon service, quitte à renvoyer l'un ou l'autre de mes serviteurs actuels. Du reste, à une piastre et demie, ou quarante centimes par tête et par jour, il n'y avait pas encore de prodigalité.

Ayant ainsi assuré la tranquillité de mon intérieur et opposé, comme les tyrans habiles, une nation fidèle à deux peuples douteux qui auraient pu s'entendre contre moi, je ne vis aucune difficulté à me rendre chez le consul. Sa voiture attendait à la porte, bourrée de comestibles, avec deux janissaires à cheval pour nous accompagner. Il y avait avec nous, outre le secrétaire de légation, un grave personnage en costume oriental, nommé le cheik Abou-Khaled, que le consul avait invité pour nous donner des explications; il parlait facilement l'italien, et passait pour un poëte des plus élégants et des plus instruits dans la littérature arabe.

— C'est tout à fait, me dit le consul, un homme du temps passé. La *réforme* lui est odieuse, et pourtant il est difficile de voir un esprit plus tolérant. Il appartient à cette génération d'Arabes philosophes, *voltairiens* même pour ainsi dire, toute particulière à l'Égypte, et qui ne fut pas hostile à la domination française.

Je demandai au cheik s'il y avait, outre lui, beaucoup de poëtes au Caire.

— Hélas! dit-il, nous ne vivons plus au temps où, pour une belle pièce de vers, le souverain ordonnait qu'on remplît de sequins la bouche du poëte, tant qu'elle en pouvait tenir. Aujourd'hui, nous sommes seulement des bouches inutiles. A quoi servirait la poésie, sinon pour amuser le bas peuple dans les carrefours?

— Et pourquoi, dis-je, le peuple ne serait-il pas lui-même un souverain généreux?

— Il est trop pauvre, répondit le cheik, et, d'ailleurs, son ignorance est devenue telle, qu'il n'apprécie plus que les romans délayés sans art et sans souci de la pureté du style. Il suffit d'amuser les habitués d'un café par des aventures sanglantes ou graveleuses. Puis, à l'endroit le plus intéressant, le narrateur s'arrête, et dit qu'il ne continuera pas l'histoire qu'on ne lui ait donné telle somme; mais il rejette toujours le dénoûment au lendemain, et cela dure des semaines entières.

— Eh! mais, lui dis-je, tout cela est comme chez nous!

— Quant aux illustres poëmes d'Antar ou d'Abou-Zeyd, continua le cheik, on ne veut plus les écouter que dans les fêtes religieuses et par habitude. Est-il même sûr que beaucoup en comprennent les beautés? Les gens de notre temps savent à peine lire. Qui croirait que les plus savants, entre ceux qui connaissent l'arabe littéraire, sont aujourd'hui deux Français?

— Il veut parler, me dit le consul, du docteur Perron et de M. Fresnel, consul de Djeddah. Vous avez pourtant, ajouta-t-il en se tournant vers le cheik, beaucoup de saints ulémas à barbe blanche qui passent tout leur temps dans les bibliothèques des mosquées?

— Est-ce apprendre, dit le cheik, que de rester toute sa vie, en fumant son narghilé, à relire un petit nombre des mêmes livres, sous prétexte que rien n'est plus beau et que la doctrine en est supérieure à toutes choses? Autant vaut renoncer à notre passé glorieux et ouvrir nos esprits à la science des Francs..., qui cependant ont tout appris de nous!

Nous avions quitté l'enceinte de la ville, laissé à droite Boulaq et les riantes villas qui l'entourent, et nous roulions dans une avenue large et ombragée, tracée au milieu des cultures, qui traverse un vaste terrain cultivé, appartenant à Ibrahim. C'est lui qui a fait planter de dattiers, de mûriers et de figuiers de pharaon toute cette plaine autrefois stérile, qui aujourd'hui semble un jardin. De grands bâtiments servant de fabriques occupent le centre de ces cultures à peu de distance du Nil. En les dépassant et tournant à droite, nous nous trouvâmes devant une arcade par où l'on descend au fleuve pour se rendre à l'île de Roddah.

Le bras du Nil semble en cet endroit une petite rivière qui coule parmi les kiosques et les jardins. Des roseaux touffus bordent la rive, et la tradition indique ce point comme étant celui où la fille du pharaon trouva le berceau de Moïse. En se tournant vers le sud, on aperçoit à droite le port du vieux Caire, à gauche les bâtiments du *Mekkias* ou *Nilomètre*, entremêlés de minarets et de coupoles, qui forment la pointe de l'île.

Cette dernière n'est pas seulement une délicieuse résidence princière, elle est devenue aussi, grâce aux soins d'Ibrahim, le Jardin des plantes du Caire. On peut penser que c'est justement l'inverse du nôtre; au lieu de concentrer la chaleur par des serres, il faudrait créer là des pluies, des froids et des brouillards artificiels pour conserver les plantes de notre Europe. Le fait est que, de tous nos arbres, on n'a pu élever encore qu'un pauvre petit chêne, qui ne donne pas même de glands. Ibrahim a été plus heureux dans la culture des plantes de l'Inde. C'est une tout autre végétation que celle de l'Égypte, et qui se montre frileuse déjà dans cette latitude. Nous nous promenâmes avec ravissement sous l'ombrage des tamarins et des baobabs; des cocotiers à la tige élancée secouaient çà et là leur feuillage découpé comme la fougère; mais, à travers mille végétations étranges, j'ai distingué, comme infiniment gracieuses, des allées de bambous formant rideau comme nos peupliers; une petite rivière serpentait parmi les gazons, où des paons et des flamants roses brillaient au milieu d'une foule d'oiseaux privés. De temps en temps, nous nous reposions à l'ombre d'une espèce de saule pleureur, dont le tronc élevé, droit comme un mât, répand autour de lui des nappes de feuillage fort épaisses; on croit être ainsi dans une tente de soie verte, inondée d'une douce lumière.

Nous nous arrachâmes avec peine à cet horizon magique, à cette fraîcheur, à ces senteurs pénétrantes d'une autre partie du monde, où il semblait que nous fussions transportés par miracle ; mais, en marchant au nord de l'île, nous ne tardâmes pas à rencontrer toute une nature différente, destinée sans doute à compléter la gamme des végétations tropicales. Au milieu d'un bois composé de ces arbres à fleurs qui semblent des bouquets gigantesques, par des chemins étroits, cachés sous des voûtes de lianes, on arrive à une sorte de labyrinthe qui gravit des rochers factices, surmontés d'un belvédère. Entre les pierres, au bord des sentiers, sur votre tête, à vos pieds, se tordent, s'enlacent, se hérissent et grimacent les plus étranges reptiles du monde végétal. On n'est pas sans inquiétude en mettant le pied dans ces repaires de serpents et d'hydres endormis, parmi ces végétations presque vivantes, dont quelques-uns parodient les membres humains et rappellent la monstrueuse conformation des dieux polypes de l'Inde.

Arrivé au sommet, je fus frappé d'admiration en apercevant dans tout leur développement, au-dessus de Gizèh, qui borde l'autre côté du fleuve, les trois pyramides nettement découpées dans l'azur du ciel. Je ne les avais jamais si bien vues, et la transparence de l'air permettait, quoiqu'à une distance de trois lieues, d'en distinguer tous les détails.

Je ne suis pas de l'avis de Voltaire, qui prétend que les pyramides de l'Égypte sont loin de valoir ses fours à poulets ; il ne m'était pas indifférent non plus d'être contemplé par quarante siècles ; mais c'est au point de vue des souvenirs du Caire et des idées arabes qu'un tel spectacle m'intéressait dans ce moment-là, et je me hâtai de demander au cheik, notre compagnon, ce qu'il pensait des quatre mille ans attribués à ces monuments par la science européenne.

Le vieillard prit place sur le divan de bois du kiosque, et nous dit :

— Quelques auteurs pensent que les pyramides ont été bâties par le roi *préadamite* Gian-ben-Gian ; mais, à en croire une tradition plus répandue chez nous, il existait, trois cents ans avant le déluge, un roi nommé Saurid, fils de Salahoc, qui

songea une nuit que tout se renversait sur la terre, les homme
tombant sur leur visage et les maisons sur les hommes ; le
astres s'entre-choquaient dans le ciel, et leurs débris cou
vraient le sol à une grande hauteur. Le roi s'éveilla tout épou
vanté, entra dans le temple du Soleil, et resta longtemps à bai
gner ses joues et à pleurer, ensuite il convoqua les prêtres e
les devins. Le prêtre Akliman, le plus savant d'entre eux, lu
déclara qu'il avait fait lui-même un rêve semblable. « J'é
songé, dit il, que j'étais avec vous sur une montagne, et qu
je voyais le ciel abaissé au point qu'il approchait du somme
de nos têtes, et que le peuple courait à vous en foule comme
son refuge ; qu'alors vous éleviez les mains au-dessus de vou
et tâchiez de repousser le ciel pour l'empêcher de s'abaisse
davantage, et que, moi, vous voyant agir, je faisais aussi d
même. En ce moment, une voix sortit du soleil qui nous dit
« Le ciel retournera en sa place ordinaire lorsque j'aurai fa
» trois cents tours. » Le prêtre ayant parlé ainsi, le roi Sauri
fit *prendre les hauteurs* des astres et rechercher quel accident il
promettaient. On calcula qu'il devait y avoir d'abord un délug
d'eau et plus tard un déluge de feu. Ce fut alors que le roi f
construire les pyramides dans cette forme angulaire propre
soutenir même le choc des astres, et poser ces pierres énorme:
reliées par des pivots de fer et taillées avec une précision tell
que ni le feu du ciel ni le déluge ne pouvaient certes les péné
trer. Là devaient se réfugier, au besoin, le roi et les grands d
royaume, avec les livres et images des sciences, les talismar
et tout ce qu'il importait de conserver pour l'avenir de la rac
humaine.

J'écoutais cette légende avec grande attention, et je dis a
consul qu'elle me semblait beaucoup plus satisfaisante que l
supposition acceptée en Europe, que ces monstrueuses cor
structions auraient été seulement des tombeaux.

— Mais, dis-je, comment les gens réfugiés dans les sall
des pyramides auraient-ils pu respirer ?

— On y voit encore, reprit le cheik, des puits et des ca

naux qui se perdent sous la terre. Certains d'entre eux communiquaient avec les eaux du Nil, d'autres correspondaient à de vastes grottes souterraines ; les eaux entraient par des conduits étroits, puis ressortaient plus loin, formant d'immenses cataractes, et remuant l'air continuellement avec un bruit effroyable.

Le consul, homme positif, n'accueillait ces traditions qu'avec un sourire ; il avait profité de notre halte dans le kiosque pour faire disposer sur une table les provisions apportées dans sa voiture, et les *bostangis* d'Ibrahim-Pacha venaient nous offrir, en outre, des fleurs et des fruits rares, propres à compléter nos sensations asiatiques.

En Afrique, on rêve l'Inde comme en Europe on rêve l'Afrique ; l'idéal rayonne toujours au delà de notre horizon actuel. Pour moi, je questionnais encore avec avidité notre bon cheik, et je lui faisais raconter tous les récits fabuleux de ses pères. Je croyais avec lui au roi Saurid plus fermement qu'au Chéops des Grecs, à leur Chéphren et à leur Mycérinus.

— Et qu'a-t-on trouvé, lui disais-je, dans les pyramides lorsqu'on les ouvrit la première fois sous les sultans arabes ?

— On trouva, dit-il, les statues et les talismans que le roi Saurid avait établis pour la garde de chacune. Le garde de la pyramide orientale était une idole d'écaille noire et blanche, assise sur un trône d'or, et tenant une lance qu'on ne pouvait regarder sans mourir. L'esprit attaché à cette idole était une femme belle et rieuse, qui apparaît encore de notre temps et fait perdre l'esprit à ceux qui la rencontrent. Le garde de la pyramide occidentale était une idole de pierre rouge, armée aussi d'une lance, ayant sur la tête un serpent entortillé ; l'esprit qui le servait avait la forme d'un vieillard nubien, portant un panier sur sa tête et dans ses mains un encensoir. Quant à la troisième pyramide, elle avait pour garde une petite idole de basalte, avec le socle de même, qui attirait à elle tous ceux qui la regardaient sans qu'ils pussent s'en détacher. L'esprit apparaît encore sous la forme d'un jeune homme sans barbe et

9.

nu. Quant aux autres pyramides de Saccarah, chacune aussi a
son spectre : l'un est un vieillard basané et noirâtre, avec la
barbe courte ; l'autre est une jeune femme noire, avec un enfant noir, qui, lorsqu'on la regarde, montre de longues dents
blanches et des yeux blancs ; un autre a la tête d'un lion avec
des cornes ; un autre a l'air d'un berger vêtu de noir, tenant un
bâton ; un autre enfin apparaît sous la forme d'un religieux
qui sort de la mer et qui se mire dans ses eaux. Il est dangereux de rencontrer ces fantômes à l'heure de midi.

— Ainsi, dis-je, l'Orient a les spectres du jour, comme nous
avons ceux de la nuit ?

— C'est qu'en effet, observa le consul, tout le monde doit
dormir à midi dans ces contrées, et ce bon cheik nous fait des
contes propres à appeler le sommeil.

— Mais, m'écriai-je, tout cela est-il plus extraordinaire que
tant de choses naturelles qu'il nous est impossible d'expliquer ?
Puisque nous croyons bien à la création, aux anges, au déluge,
et que nous ne pouvons douter de la marche des astres,
pourquoi n'admettrions-nous pas qu'à ces astres sont attachés des esprits, et que les premiers hommes ont pu se
mettre en rapport avec eux par le culte et par les monuments ?

— Tel était, en effet, le but de la magie primitive, dit le cheik ;
ces talismans et ces figures ne prenaient force que de leur consécration à chacune des planètes et des signes combinés avec
leur lever et leur déclin. Le prince des prêtres s'appelait *Kater*,
c'est-à-dire maître des influences. Au-dessous de lui, chaque
prêtre avait un astre à servir seul, comme *Pharouïs* (Saturne),
*Rhaouïs* (Jupiter) et les autres. Aussi, chaque matin, le Kater
disait-il à un prêtre : « Où est à présent l'astre que tu sers ? »
Celui-ci répondait : « Il est en tel signe, tel degré, telle minute ; »
et, d'après un calcul préparé, on écrivait ce qu'il était à propos
de faire ce jour-là. La première pyramide avait donc été réservée aux princes et à leur famille ; la seconde dut renfermer
les idoles des astres et les tabernacles des corps célestes, ainsi

que les livres d'astrologie, d'histoire et de science; là aussi, les prêtres devaient trouver refuge. Quant à la troisième, elle n'était destinée qu'à la conservation des cercueils de rois et de prêtres, et, comme elle se trouva bientôt insuffisante, on fit construire les pyramides de Saccarah et de Daschour. Le but de la solidité employée dans les constructions était d'empêcher la destruction des corps embaumés qui, selon les idées du temps, devaient renaître au bout d'une certaine révolution des astres dont on ne précise pas au juste l'époque.

— En admettant cette donnée, dit le consul, il y a des momies qui seront bien étonnées, un jour, de se réveiller sous un vitrage de musée ou dans le cabinet de curiosités d'un anglais.

— Au fond, observai-je, ce sont de vraies chrysalides humaines dont le papillon n'est pas encore sorti. Qui nous dit qu'il n'éclora pas quelque jour? J'ai toujours regardé comme impies la mise à nu et la dissection des momies de ces pauvres Égyptiens. Comment cette foi consolante et invincible de tant de générations accumulées n'a-t-elle pas désarmé la sotte curiosité européenne? Nous respectons les morts d'hier; mais les morts ont-ils un âge?

— C'étaient des infidèles, dit le cheik.

— Hélas! dis-je, à cette époque, ni Mahomet ni Jésus n'étaient nés.

Nous discutâmes quelque temps sur ce point, où je m'étonnais de voir un musulman imiter l'intolérance catholique. Pourquoi les enfants d'Ismaël maudiraient-ils l'antique Egypte, qui n'a réduit en esclavage que la race d'Isaac? A vrai dire, pourtant, les musulmans respectent en général les tombeaux et les monuments sacrés des divers peuples, et l'espoir seul de trouver d'immenses trésors engagea un calife à faire ouvrir les pyramides. Leurs chroniques rapportent qu'on trouva, dans la salle dite du Roi, une statue d'homme de pierre noire et une statue de femme de pierre blanche debout sur une table, l'un

tenant une lance et l'autre un arc. Au milieu de la table était
un vase hermétiquement fermé, qui, lorsqu'on l'ouvrit, se
trouva plein de sang encore frais. Il y avait aussi un coq d'or
rouge émaillé d'hyacinthes qui fit un cri et battit des ailes lorsqu'on entra. Tout cela rentre un peu dans *les Mille et une
Nuits;* mais qui empêche de croire que ces chambres aient contenu des talismans et des figures cabalistiques! Ce qui est certain, c'est que les modernes n'y ont pas trouvé d'autres ossements que ceux d'un bœuf. Le prétendu sarcophage de la
chambre du Roi était sans doute une cuve pour l'eau lustrale.
D'ailleurs, n'est-il pas plus absurde, comme l'a remarqué
Volney, de supposer qu'on ait entassé tant de pierres pour y
loger un cadavre de cinq pieds?

## VII — LE HAREM DU VICE-ROI

Nous reprîmes bientôt notre promenade, et nous allâmes
visiter un charmant palais orné de rocailles où les femmes du
vice-roi viennent habiter quelquefois l'été. Des parterres à la
turque, représentant les dessins d'un tapis, entourent cette résidence, où l'on nous laissa pénétrer sans difficulté. Les oiseaux manquaient à la cage, et il n'y avait de vivant dans les
salles que des pendules à musique, qui annonçaient chaque
quart d'heure par un petit air de serinette tiré des opéras
français. La distribution d'un harem est la même dans tous les
palais turcs, et j'en avais déjà vu plusieurs. Ce sont toujours de
petits cabinets entourant de grandes salles de réunion, avec des
divans partout, et, pour tous meubles, de petites tables incrustées d'écaille; des enfoncements découpés en ogives çà et là
dans la boiserie servent à serrer les narghilés, vases de fleurs
et tasses à café. Trois ou quatre chambres seulement, décorées
à l'européenne, contiennent quelques meubles de pacotille qui
feraient l'orgueil d'une loge de portier; mais ce sont des sacrifices au progrès, des caprices de favorite peut-être, et aucune
de ces choses n'est pour elles d'un usage sérieux.

Mais ce qui manque en général aux harems les plus princiers, ce sont des lits.

— Où couchent donc, disais-je au cheik, ces femmes et leurs esclaves?

— Sur les divans.

— Et n'ont-elles pas de couvertures?

— Elles dorment tout habillées. Cependant il y a des couvertures de laine ou de soie pour l'hiver.

— Je ne vois pas dans tout cela quelle est la place du mari?

— Eh bien, mais le mari couche dans sa chambre, les femmes dans les leurs, et les esclaves (*odaleuk*) sur les divans des grandes salles. Si les divans et les coussins ne semblent pas commodes pour dormir, on fait disposer des matelas dans le milieu de la chambre, et l'on dort ainsi.

— Tout habillé?

— Toujours, mais en ne conservant que les vêtements les plus simples, le pantalon, une veste, une robe. La loi défend aux hommes, ainsi qu'aux femmes, de se découvrir les uns devant les autres à partir de la gorge. Le privilége du mari est de voir librement la figure de ses épouses; si sa curiosité l'entraîne plus loin, ses yeux sont maudits : c'est un texte formel.

— Je comprends alors, dis-je, que le mari ne tienne pas absolument à passer la nuit dans une chambre remplie de femmes habillées, et qu'il aime autant dormir dans la sienne; mais, s'il emmène avec lui deux ou trois de ces dames...

— Deux ou trois! s'écria le cheik avec indignation; quels chiens croyez-vous que seraient ceux qui agiraient ainsi? Dieu vivant! est-il une seule femme, même infidèle, qui consentirait à partager avec une autre l'honneur de dormir près de son mari? Est-ce ainsi que l'on fait en Europe?

— En Europe? répondis-je. Non, certainement; mais les chrétiens n'ont qu'une femme, et ils supposent que les Turcs, en ayant plusieurs, vivent avec elles comme avec une seule.

— S'il y avait, me dit le cheik, des musulmans assez dépravés

pour agir comme le supposent les chrétiens, leurs épouses lé
gitimes demanderaient aussitôt le divorce, et les esclaves elles
mêmes auraient le droit de les quitter.

— Voyez, dis-je au consul quelle est encore l'erreur de l'Eu
rope touchant les coutumes de ces peuples. La vie des Tur
est pour nous l'idéal de la puissance et du plaisir, et je vo
qu'ils ne sont pas seulement maîtres chez eux.

— Presque tous, me répondit le consul, ne vivent, en réa
lité, qu'avec une seule femme. Les filles de bonne maison e
font presque toujours une condition de leur alliance. L'homm
assez riche pour nourrir et entretenir convenablement plusieu
femmes, c'est-à-dire donner à chacune un logement à part, un
servante et deux vêtements complets par année, ainsi que tou
les mois une somme fixée pour son entretien, peut, il est vra
prendre jusqu'à quatre épouses; mais la loi l'oblige à consa
crer à chacune un jour de la semaine, ce qui n'est pas toujou
fort agréable. Songez aussi que les intrigues de quatre femme
à peu près égales en droits, lui feraient l'existence la plus ma
heureuse, si ce n'était un homme très-riche et très-haut plac
Chez ces derniers, le nombre des femmes est un luxe comm
celui des chevaux; mais ils aiment mieux, en général, se born
à une épouse légitime et avoir de belles esclaves, avec lesquell
encore ils n'ont pas toujours les relations les plus faciles, su
tout si leurs femmes sont d'une grande famille.

— Pauvres Turcs! m'écriai-je, comme on les calomnie
Mais, s'il s'agit simplement d'avoir çà et là des maîtresse
tout homme riche en Europe a les mêmes facilités.

— Ils en ont de plus grandes, me dit le consul. En Europ
les institutions sont farouches sur ces points-là; mais les mœu
prennent bien leur revanche. Ici, la religion, qui règle tou
domine à la fois l'ordre social et l'ordre moral, et, comme ell
ne commande rien d'impossible, on se fait un point d'honneu
de l'observer. Ce n'est pas qu'il n'y ait des exceptions; cepen
dant elles sont rares, et n'ont guère pu se produire que depu
la réforme. Les dévots de Constantinople furent indignés contr

Mahmoud, parce qu'on apprit qu'il avait fait construire une salle de bain magnifique où il pouvait assister à la toilette de ses femmes ; mais la chose est très-peu probable, et ce n'est sans doute qu'une invention des Européens.

Nous parcourions, causant ainsi, les sentiers pavés de cailloux ovales formant des dessins blancs et noirs et ceints d'une haute bordure de buis taillé ; je voyais en idée les blanches cadines se disperser dans les allées, traîner leurs babouches sur le pavé de mosaïque, et s'assembler dans les cabinets de verdure où de grands ifs se découpaient en balustres et en arcades ; des colombes s'y posaient parfois comme les âmes plaintives de cette solitude, et je songeais qu'un Turc, au milieu de tout cela, ne pouvait poursuivre que le fantôme du plaisir. L'Orient n'a plus de grands amoureux ni de grands voluptueux même ; l'amour idéal de Medjnoun ou d'Antar est oublié des musulmans modernes, et l'inconstante ardeur de don Juan leur est inconnue. Ils ont de beaux palais sans aimer l'art ; de beaux jardins sans aimer la nature ; de belles femmes sans comprendre l'amour. Je ne dis pas cela pour Méhémet-Ali, Macédonien d'origine, et qui, en mainte occasion, a montré l'âme d'Alexandre ; mais je regrette que son fils et lui n'aient pu rétablir en Orient la prééminence de la race arabe, si intelligente, si chevaleresque autrefois. L'esprit turc les gagne d'un côté, l'esprit européen de l'autre ; c'est un médiocre résultat de tant d'efforts !

Nous retournâmes au Caire après avoir visité le bâtiment du Nilomètre, où un pilier gradué, anciennement consacré à Sérapis, plonge dans un bassin profond et sert à constater la hauteur des inondations de chaque année. Le consul voulut nous mener encore au cimetière de la famille du pacha. Voir le cimetière après le harem, c'était une triste comparaison à faire ; mais, en effet, la critique de la polygamie est là. Ce cimetière, consacré aux seuls enfants de cette famille, a l'air d'être celui d'une ville. Il y a là plus de soixante tombes, grandes et petites, neuves pour la plupart, et composées de cippes de marbre blanc. Chacun de ces cippes est surmonté soit d'un turban, soit

d'une coiffure de femme, ce qui donne à toutes les tombes turque
un caractère de réalité funèbre ; il semble que l'on marche à tra
vers une foule pétrifiée. Les plus importants de ces tombeau:
sont drapés de riches étoffes et portent des turbans de soie e
de cachemire : là, l'illusion est plus poignante encore.

Il est consolant de penser que, malgré toutes ces pertes, l
famille du pacha est encore assez nombreuse. Du reste, la mor
talité des enfants turcs en Égypte paraît un fait aussi ancie
qu'incontestable. Ces fameux mamelouks, qui dominèrent l
pays si-longtemps, et qui y faisaient venir les plus belles femme
du monde, n'ont pas laissé un seul rejeton.

## VIII — LES MYSTÈRES DU HAREM

Je méditais sur ce que j'avais entendu.

Voilà donc une illusion qu'il faut perdre encore : les délice
du harem, la toute-puissance du mari ou du maître, de
femmes charmantes s'unissant pour faire le bonheur d'un seul
la religion ou les coutumes tempèrent singulièrement cet idéal
qui a séduit tant d'Européens. Tous ceux qui, sur la foi de no
préjugés, avaient compris ainsi la vie orientale, se sont vu:
découragés en bien peu de temps. La plupart des Francs en
trés jadis au service du pacha, qui, par une raison d'intéré
ou de plaisir, ont embrassé l'islamisme, sont rentrés aujourd'hu
sinon dans le giron de l'Église, au moins dans les douceurs d
la monogamie chrétienne.

Pénétrons-nous bien de cette idée, que la femme mariée
dans tout l'empire turc, a les mêmes privilèges que chez nous
et qu'elle peut même empêcher son mari de prendre une seconde femme, en faisant de ce point une clause de son contra
de mariage. Et, si elle consent à habiter la même maison
qu'une autre femme, elle a le droit de vivre à part, et ne con-
court nullement, comme on le croit, à former des tableaux
gracieux avec les esclaves sous l'œil d'un maître et d'un époux.
Gardons-nous de penser que ces belles dames consentent même

à chanter ou à danser pour divertir leur seigneur. Ce sont des talents qui leur paraissent indignes d'une femme honnête; mais chacun a le droit de faire venir dans son harem des al- mées et des ghawasies, et d'en donner le divertissement à ses femmes. Il faut aussi que le maître d'un sérail se garde bien de se préoccuper des esclaves qu'il a données à ses épouses, car elles sont devenues leur propriété personnelle; et, s'il lui plaisait d'en acquérir pour son usage, il ferait sagement de les établir dans une autre maison, bien que rien ne l'empêche d'user de ce moyen d'augmenter sa postérité.

Maintenant, il faut qu'on sache aussi que, chaque maison étant divisée en deux parties tout à fait séparées, l'une con- sacrée aux hommes et l'autre aux femmes, il y a bien un maître d'un côté, mais de l'autre une maîtresse. Cette dernière est la mère ou la belle-mère, ou l'épouse la plus ancienne ou celle qui a donné le jour à l'aîné des enfants. La première femme s'appelle *la grande dame*, et la seconde *le perroquet* (*durrah*). Dans le cas où les femmes sont nombreuses, ce qui n'existe que pour les grands, le harem est une sorte de couvent où domine une règle austère. On s'y occupe principalement d'élever les enfants, de faire quelques broderies et de diriger les esclaves dans les travaux du ménage. La visite du mari se fait en cérémonie, ainsi que celle des proches parents, et, comme il ne mange pas avec ses femmes, tout ce qu'il peut faire pour passer le temps est de fumer gravement son nar- ghilé et de prendre du café ou des sorbets. Il est d'usage qu'il se fasse annoncer quelque temps à l'avance. De plus, s'il trouve des pantoufles à la porte du harem, il se garde bien d'entrer, car c'est signe que sa femme ou ses femmes reçoivent la visite de leurs amies, et leurs amies restent souvent un ou deux jours.

Pour ce qui est de la liberté de sortir et de faire des visites, on ne peut guère la contester à une femme de naissance libre. Le droit du mari se borne à la faire accompagner par des esclaves; mais cela est insignifiant comme précaution, à cause

de la facilité qu'elles auraient de les gagner ou de sortir sous
un déguisement, soit du bain, soit de la maison d'une de leurs
amies, tandis que les surveillants attendraient à la porte. Le
masque et l'uniformité des vêtements leur donneraient, en
réalité, plus de liberté qu'aux Européennes, si elles étaient
disposées aux intrigues. Les contes joyeux narrés le soir dans
les cafés roulent souvent sur des aventures d'amants qui se dé-
guisent en femmes pour pénétrer dans un harem. Rien n'est
plus aisé, en effet; seulement, il faut dire que ceci appartient
plus à l'imagination arabe qu'aux mœurs turques, qui dominent dans tout l'Orient depuis deux siècles. Ajoutons encore
que le musulman n'est point porté à l'adultère, et trouverait
révoltant de posséder une femme qui ne serait pas entièrement
à lui.

Quant aux bonnes fortunes des chrétiens, elles sont rares.
Autrefois, il y avait un double danger de mort; aujourd'hui, la
femme seule peut risquer sa vie, mais seulement au cas de fla-
grant délit dans la maison conjugale. Autrement, le cas d'adultère n'est qu'une cause de divorce et de punition quelconque.

La loi musulmane n'a donc rien qui réduise, comme on l'a
cru, les femmes à un état d'esclavage et d'abjection. Elles hé-
ritent, elles possèdent personnellement, comme partout, et en
dehors même de l'autorité du mari. Elles ont le droit de pro-
voquer le divorce pour des motifs réglés par la loi. Le privilége du mari est, sur ce point, de pouvoir divorcer sans
donner de raisons. Il lui suffit de dire à sa femme devant trois
témoins : « Tu es divorcée; » et elle ne peut dès lors réclamer
que le douaire stipulé dans son contrat de mariage. Tout le
monde sait que, s'il voulait la reprendre ensuite, il ne le pourrait que si elle s'était remariée dans l'intervalle et fût devenue
libre depuis. L'histoire du *hulta*, qu'on appelle en Égypte *mus-
thilla*, et qui joue le rôle d'épouseur intermédiaire, se renouvelle quelquefois pour les gens riches seulement. Les pauvres,
se mariant sans contrat écrit, se quittent et se reprennent sans
difficulté. Enfin, quoique ce soient surtout les grands person-

nages qui, par ostentation ou par goût, usent de la polygamie, il y a au Caire de pauvres diables qui épousent plusieurs femmes afin de vivre du produit de leur travail. Ils ont ainsi trois ou quatre ménages dans la ville, qui s'ignorent parfaitement l'un l'autre. La découverte de ces mystères amène ordinairement des disputes comiques et l'expulsion du paresseux fellah des divers foyers de ses épouses ; car, si la loi lui permet plusieurs femmes, elle lui impose, d'un autre côté, l'obligation de les nourrir.

## IX — LA LEÇON DE FRANÇAIS

J'ai retrouvé mon logis dans l'état où je l'avais laissé : le vieux Cophte et sa femme s'occupant à tout mettre en ordre, l'esclave dormant sur un divan, les coqs et les poules, dans la cour, becquetant du maïs, et le barbarin, qui fumait au café d'en face, m'attendant fort exactement. Par exemple, il fut impossible de retrouver le cuisinier ; l'arrivée du Cophte lui avait fait croire sans doute qu'il allait être remplacé, et il était parti tout à coup sans rien dire ; c'est un procédé très-fréquent des gens de service ou des ouvriers du Caire. Aussi ont-ils soin de se faire payer tous les soirs pour pouvoir agir à leur fantaisie.

Je ne vis pas d'inconvénient à remplacer Mustapha par Mansour ; et sa femme, qui venait l'aider dans la journée, me paraissait une excellente gardienne pour la moralité de mon intérieur. Seulement, ce couple respectable ignorait parfaitement les éléments de la cuisine, même égyptienne. Leur nourriture à eux se composait de maïs bouilli et de légumes découpés dans du vinaigre, et cela ne les avait conduits ni à l'art du saucier ni à celui du rôtisseur. Ce qu'ils essayèrent dans ce sens fit jeter les hauts cris à l'esclave, qui se mit à les accabler d'injures. Ce trait de caractère me déplut fort.

Je chargeai Mansour de lui dire que c'était maintenant à son our de faire la cuisine, et que, voulant l'emmener dans mes voyages, il était bon qu'elle s'y préparât. Je ne puis rendre toute l'expression d'orgueil blessé, ou plutôt de dignité offensée, dont elle nous foudroya tous.

— Dites au *sidi*, répondit-elle à Mansour, que je suis une *cadine* (dame) et non une *odaleuk* (servante), et que j'écrirai au pacha, s'il ne me donne pas la position qui convient.

— Au pacha? m'écriai-je. Mais que fera le pacha dans cette affaire? Je prends une esclave, moi, pour me faire servir, et, si je n'ai pas les moyens de payer des domestiques, ce qui peut très-bien m'arriver, je ne vois pas pourquoi elle ne ferait pas le ménage, comme font les femmes dans tous les pays.

— Elle répond, dit Mansour, qu'en s'adressant au pacha, toute esclave a le droit de se faire revendre et de changer ainsi de maître; qu'elle est de religion musulmane, et ne se résignera jamais à des fonctions viles.

J'estime la fierté dans les caractères, et, puisqu'elle avait ce droit, chose dont Mansour me confirma la vérité, je me bornai à dire que j'avais plaisanté; que, seulement, il fallait qu'elle s'excusât envers ce vieillard de l'emportement qu'elle avait montré; mais Mansour lui traduisit cela de telle manière, que l'excuse, je crois bien, vint de son côté.

Il était clair désormais que j'avais fait une folie en achetant cette femme. Si elle persistait dans son idée, ne pouvant m'être pour le reste de ma route qu'un sujet de dépense, au moins fallait-il qu'elle pût me servir d'interprète. Je lui déclarai que, puisqu'elle était une personne si distinguée, il était bon qu'elle apprît le français pendant que j'apprendrais l'arabe. Elle ne repoussa pas cette idée.

Je lui donnai donc une leçon de langage et d'écriture; je lui fis faire des bâtons sur le papier comme à un enfant, et je lui appris quelques mots. Cela l'amusait assez, et la prononciation du français lui faisait perdre l'intonation gutturale, si peu gracieuse dans la bouche des femmes arabes. Je m'amusais beaucoup à lui faire prononcer des phrases tout entières qu'elle ne comprenait pas, par exemple celle-ci : « Je suis une petite sau-

rage, » qu'elle prononçait : *Ze souis one bétit sovaze.* Me
voyant rire, elle crut que je lui faisais dire quelque chose
l'inconvenant, et appela Mansour pour lui traduire la phrase.
N'y trouvant pas grand mal, elle répéta avec beaucoup de grâce :

— *Ana* (moi), *bétit sovaze?*... *Mafisch* (pas du tout) !

Son sourire était charmant.

Ennuyée de tracer des bâtons, des pleins et des déliés, l'es-
lave me fit comprendre qu'elle voulait écrire (*k'tab*) selon son
idée. Je pensai qu'elle savait écrire en arabe et je lui donnai
une page blanche. Bientôt je vis naître sous ses doigts une
série bizarre d'hiéroglyphes, qui n'appartenaient évidemment
la calligraphie d'aucun peuple. Quand la page fut pleine, je
lui fis demander par Mansour ce qu'elle avait voulu faire.

— Je vous ai écrit; lisez ! dit-elle.

— Mais, ma chère enfant, cela ne représente rien. C'est
seulement ce que pourrait tracer la griffe d'un chat trempée
dans l'encre.

Cela l'étonna beaucoup. Elle avait cru que, toutes les fois
qu'on pensait à une chose en promenant au hasard la plume
sur le papier, l'idée devait ainsi se traduire clairement pour
l'œil du lecteur. Je la détrompai, et je lui fis dire d'énoncer ce
qu'elle avait voulu écrire, attendu qu'il fallait pour s'instruire
beaucoup plus de temps qu'elle ne supposait.

Sa supplique naïve se composait de plusieurs articles. Le
premier renouvelait la prétention déjà indiquée de porter un
abbarah de taffetas noir, comme les dames du Caire, afin de
n'être plus confondue avec les simples femmes fellahs ; le second indiquait le désir d'une robe (*yalek*) en soie verte, et le
troisième concluait à l'achat de bottines jaunes, qu'on ne pouvait, en qualité de musulmane, lui refuser le droit de porter.

Il faut dire ici que ces bottines sont affreuses et donnent aux
femmes un certain air de palmipèdes fort peu séduisant, et le
reste les fait ressembler à d'énormes ballots ; mais, dans les
bottines jaunes particulièrement, il y a une grave question de
prééminence sociale. Je promis de réfléchir sur tout cela.

## X — CHOUBRAH

Ma réponse lui paraissant favorable, l'esclave se leva en frappant les mains et répétant à plusieurs reprises :

— *El fil! el fil!*

— Qu'est-ce que cela? dis-je à Mansour.

— La *siti* (dame), me dit-il après l'avoir interrogée, voudrait aller voir un éléphant dont elle a entendu parler, et qui se trouve au palais de Méhémet-Ali, à Choubrah.

Il était juste de récompenser son application à l'étude, et je fis appeler les âniers. La porte de la ville, du côté de Choubrah, n'était qu'à cent pas de notre maison. C'est encore une porte armée de grosses tours qui datent du temps des croisades. On passe ensuite sur le pont d'un canal qui se répand à gauche, en formant un petit lac entouré d'une fraîche végétation. Des casins, cafés et jardins publics profitent de cette fraîcheur et de cette ombre. Le dimanche, on y rencontre beaucoup de Grecques, d'Arméniennes et de dames du quartier franc. Elles ne quittent leurs voiles qu'à l'intérieur des jardins, et là, encore, on peut étudier les races si curieusement contrastées du Levant. Plus loin, les cavalcades se perdent sous l'ombrage de l'allée de Choubrah, la plus belle qu'il y ait au monde assurément. Les sycomores et les ébéniers, qui l'ombragent sur une étendue d'une lieue, sont tous d'une grosseur énorme, et la voûte que forment leurs branches est tellement touffue, qu'il règne sur tout le chemin une sorte d'obscurité, relevée au loin par la lisière ardente du désert, qui brille à droite, au delà des terres cultivées. A gauche, c'est le Nil, qui côtoie de vastes jardins pendant une demi-lieue, jusqu'à ce qu'il vienne border l'allée elle-même et l'éclaircir du reflet pourpré de ses eaux. Il y a un café orné de fontaines et de treillages, situé à moitié chemin de Choubrah, et très-fréquenté des promeneurs. Des champs de maïs et de cannes à sucre, et çà et là quelques maisons de plaisance, continuent à droite, jusqu'à ce

u'on arrive à de grands bâtiments qui appartiennent au
acha.

C'était là qu'on faisait voir un éléphant blanc donné à Son
ltesse par le gouvernement anglais. Ma compagne, transportée
e joie, ne pouvait se lasser d'admirer cet animal, qui lui
appelait son pays, et qui, même en Égypte, est une curiosité.
es défenses étaient ornées d'anneaux d'argent, et le cornac lui
t faire plusieurs exercices devant nous. Il arriva même à lui
onner des attitudes qui me parurent d'une décence contes-
ble, et, comme je faisais signe à l'esclave, voilée, mais non
as aveugle, que nous en avions assez vu, un officier du pacha
e dit avec gravité :

— *Aspettate!... È per ricreare le donne.* (Attendez!... C'est
our divertir les femmes.)

Il y en avait là plusieurs qui n'étaient, en effet, nullement
andalisées, et qui riaient aux éclats.

C'est une délicieuse résidence que Choubrah. Le palais du
acha d'Égypte, assez simple et de construction ancienne,
onne sur le Nil, en face de la plaine d'Embabeh, si fameuse
ar la déroute des mamelouks. Du côté des jardins, on a
nstruit un kiosque dont les galeries, peintes et dorées, sont
e l'aspect le plus brillant. Là, véritablement, est le triomphe
u goût oriental.

On peut visiter l'intérieur, où se trouvent des volières d'oi-
aux rares, des salles de réception, des bains, des billards, et,
 pénétrant plus loin, dans le palais même, on retrouve ces
lles uniformes décorées à la turque, meublées à l'européenne,
i constituent partout le luxe des demeures princières. Des
ysages sans perspective peints à l'œuf, sur les panneaux et
-dessus des portes, tableaux orthodoxes, où ne paraît aucune
éature animée, donnent une médiocre idée de l'art égyptien.
utefois les artistes se permettent quelques animaux fabuleux,
mme dauphins, hippogriffes et sphinx. En fait de batailles,
 ne peuvent représenter que les siéges et combats maritimes;
s vaisseaux dont on ne voit pas les marins luttent contre des

forteresses où la garnison se défend sans se montrer ; les feux croisés et les bombes semblent partir d'eux-mêmes, le bois veut conquérir les pierres, l'homme est absent. C'est pourtant les eul moyen qu'on ait eu de représenter les principales scènes de la campagne de Grèce d'Ibrahim.

Au-dessus de la salle où le pacha rend la justice, on lit cette belle maxime : « Un quart d'heure de clémence vaut mieux que soixante et dix heures de prière. »

Nous sommes redescendus dans les jardins. Que de roses, grand Dieu ! Les roses de Choubrah, c'est tout dire en Égypte ; celles du Fayoum ne servent que pour l'huile et les confitures. Les bostangis venaient nous en offrir de tous côtés. Il y a encore un autre luxe chez le pacha : c'est qu'on ne cueille ni les citrons ni les oranges, pour que ces pommes d'or réjouissent le plus longtemps possible les yeux du promeneur. Chacun peut, du reste, les ramasser après leur chute. Mais je n'ai rien dit encore du jardin. On peut critiquer le goût des Orientaux dans les intérieurs, leurs jardins sont inattaquables. Partout des vergers, des berceaux et des cabinets d'ifs taillés qui rappellent le style de la renaissance ; c'est le paysage du Décaméron. Il est probable que les premiers modèles ont été créés par des jardiniers italiens. On n'y voit point de statues, mais les fontaines sont d'un goût ravissant.

Un pavillon vitré qui couronne une suite de terrasses étagées en pyramide, se découpe sur l'horizon avec un aspect tout féerique. Le calife Haroun n'en eut jamais sans doute de plus beau ; mais ce n'est rien encore. On redescend après avoir admiré le luxe de la salle intérieure et les draperies de soie qui voltigent en plein air parmi les guirlandes et les festons de verdure ; on suit de longues allées bordées de citronniers taillés en quenouille, on traverse des bois de bananiers dont la feuille transparente rayonne comme l'émeraude, et l'on arrive à l'autre bout du jardin à une salle de bains trop merveilleuse, et trop connue pour être ici longuement décrite. C'est un immense bassin de marbre blanc, entouré de galeries soutenues par des colonnes d'un goût byzantin, avec une haute fontaine dans le milieu, d'où l'eau s'échappe par des gueules de crocodile. Toute l'enceinte est éclairée au gaz, et, dans les nuits d'été, le pacha se fait promener sur le bassin dans une cange dorée dont les femmes de son harem agitent les rames. Ces belles dames s'y baignent aussi sous les yeux de leur maître, mais avec des peignoirs en crêpe de soie..., le Coran, comme nous savons, ne permettant pas les nudités.

### XI — LES AFRITES

Il ne m'a pas semblé indifférent d'étudier dans une seule femme d'Orient le caractère probable de beaucoup d'autres, mais je craindrais d'attacher trop d'importance à des minuties. Cependant qu'on imagine ma surprise, lorsqu'en entrant un matin dans la chambre de l'esclave, je trouvai une guirlande d'oignons suspendue en travers de la porte, et d'autres oignons disposés avec symétrie au-dessus de la place où elle dormait. Croyant que c'était un simple enfantillage, je détachai ces ornements peu propres à parer la chambre, et je les envoyai négligemment dans la cour; mais voilà l'esclave qui se lève furieuse et désolée, s'en va ramasser les oignons en pleurant et les remet à leur place avec de grands signes d'adoration. Il fallut, pour s'expliquer, attendre l'arrivée de Mansour. Provisoirement je recevais un déluge d'imprécations dont la plus claire était le mot *pharaôn!* je ne savais trop si je devais me fâcher ou la plaindre. Enfin Mansour arriva, et j'appris que j'avais renversé *un sort*, que j'étais cause des malheurs les plus terribles qui fondraient sur elle et sur moi.

— Après tout, dis-je à Mansour, nous sommes dans un pays où les oignons ont été des dieux; si je les ai offensés, je ne demande pas mieux que de le reconnaître. Il doit y avoir quelque moyen d'apaiser le ressentiment d'un oignon d'Égypte!

Mais l'esclave ne voulait rien entendre et répétait en se tournant vers moi : *Pharaôn!* Mansour m'apprit que cela voulait

dire « un être impie et tyrannique; » je fus affecté de ce reproche, mais bien aise d'apprendre que le nom des anciens rois
de ce pays était devenu une injure. Il n'y avait pas de quoi
s'en fâcher pourtant; on m'apprit que cette cérémonie des
oignons était générale dans les maisons du Caire à un certain
jour de l'année; cela sert à conjurer les maladies épidémiques.

Les craintes de la pauvre fille se vérifièrent, en raison probablement de son imagination frappée. Elle tomba malade
assez gravement, et, quoi que je pusse faire, elle ne voulut
suivre aucune prescription de médecin. Pendant mon absence,
elle avait appelé deux femmes de la maison voisine en leur
parlant d'une terrasse à l'autre, et je les trouvai installées près
d'elle, qui récitaient des prières, et faisaient, comme me l'apprit Mansour, des conjurations contre les *afrites* ou mauvais
esprits. Il paraît que la profanation des oignons avait révolté
ces derniers, et qu'il y en avait deux spécialement hostiles à
chacun de nous, dont l'un s'appelait le Vert, et l'autre le Doré.

Voyant que le mal était surtout dans l'imagination, je laissai
faire les deux femmes, qui en amenèrent enfin une autre très-
vieille. C'était une *santone* renommée. Elle apportait un ré-
chaud qu'elle posa au milieu de la chambre, et où elle fit
brûler une pierre qui me sembla être de l'alun. Cette cuisine
avait pour objet de contrarier beaucoup les afrites, que les
femmes voyaient clairement dans la fumée, et qui demandaient
grâce. Mais il fallait extirper tout à fait le mal; on fit lever
l'esclave, et elle se pencha sur la fumée, ce qui provoqua une
toux très-forte; pendant ce temps, la vieille lui frappait le
dos, et toutes chantaient d'une voix traînante des prières et des
imprécations arabes.

Mansour, en qualité de chrétien cophte, était choqué de
toutes ces pratiques; mais, si la maladie provenait d'une cause
morale, quel mal y avait-il à laisser agir un traitement analogue? Le fait est que, dès le lendemain, il y eut un mieux
évident, et la guérison s'ensuivit.

L'esclave ne voulut plus se séparer des deux voisines qu'elle avait appelées, et continuait à se faire servir par elles. L'une s'appelait Cartoum, et l'autre Zabetta. Je ne voyais pas la nécessité d'avoir tant de monde dans la maison, et je me gardais bien de leur offrir des gages; mais elle leur faisait des présents de ses propres effets; et, comme c'étaient ceux qu'Abd-el-Kérim lui avait laissés, il n'y avait rien à dire; toutefois, il fallut bien les remplacer par d'autres, et en venir à l'acquisition tant souhaitée du habbarah et du yalek.

La vie orientale nous joue de ces tours; tout semble d'abord simple, peu coûteux, facile. Bientôt cela se complique de nécessités, d'usages, de fantaisies, et l'on se voit entraîné à une existence *pachalesque*, qui, jointe au désordre et à l'infidélité des comptes, épuise les bourses les mieux garnies. J'avais voulu m'initier quelque temps à la vie intime de l'Égypte; mais peu à peu je voyais tarir les ressources futures de mon voyage.

— Ma pauvre enfant, dis-je à l'esclave en lui faisant expliquer la situation, si tu veux rester au Caire, tu es *libre*.

Je m'attendais à une explosion de reconnaissance.

— Libre! dit-elle; et que voulez-vous que je fasse? Libre! mais où irai-je? Revendez-moi plutôt à Abd-el-Kérim!

— Mais, ma chère, un Européen ne vend pas une femme; recevoir un tel argent, ce serait honteux.

— Eh bien, dit-elle en pleurant, est-ce que je puis gagner ma vie, moi? est-ce que je sais faire quelque chose?

— Ne peux-tu pas te mettre au service d'une dame de ta religion?

— Moi, servante? Jamais. Revendez-moi: je serai achetée par un *muslim*, par un cheik, par un pacha peut-être. Je puis devenir une grande dame! Vous voulez me quitter?... Menez-moi au bazar.

Voilà un singulier pays où les esclaves ne veulent pas de la liberté!

Je sentais bien, du reste, qu'elle avait raison, et j'en savais assez déjà sur le véritable état de la société musulmane, pour

ne pas douter que sa condition d'esclave ne fût très-supérieure
à celle des pauvres Égyptiennes employées aux travaux les
plus rudes, et malheureuses avec des maris misérables. Lui
donner la liberté, c'était la vouer à la condition la plus triste,
peut-être à l'opprobre, et je me reconnaissais moralement responsable de sa destinée.

— Puisque tu ne veux pas rester au Caire, lui dis-je enfin, il
faut me suivre dans d'autres pays.

— *Ana enté sava-sava* (moi et toi, nous irons ensemble) ! me
dit-elle.

Je fus heureux de cette résolution, et j'allai au port de Boulaq retenir une cange qui devait nous porter sur la branche
du Nil qui conduit du Caire à Damiette.

# IV

# LES PYRAMIDES

---

## I — L'ASCENSION

Avant de partir, j'avais résolu de visiter les pyramides, et j'allai revoir le consul général pour lui demander des avis sur cette excursion. Il voulut absolument faire encore cette promenade avec moi, et nous nous dirigeâmes vers le vieux Caire. Il me parut triste pendant le chemin, et toussait beaucoup d'une toux sèche, lorsque nous traversâmes la plaine de Karafeh.

Je le savais malade depuis longtemps, et il m'avait dit lui-même qu'il voulait du moins voir les pyramides avant de mourir. Je croyais qu'il s'exagérait sa position ; mais, lorsque nous fûmes arrivés au bord du Nil, il me dit :

— Je me sens déjà fatigué… ; je préfère rester ici. Prenez la cange que j'ai fait préparer ; je vous suivrai des yeux, et je croirai être avec vous. Je vous prie seulement de compter le nombre exact des marches de la grande pyramide, sur lequel les savants sont en désaccord, et, si vous allez jusqu'aux autres pyramides de Saccarah, je vous serai obligé de me rapporter une momie d'ibis… Je voudrais comparer l'ancien ibis égyptien avec cette race dégénérée des courlis que l'on rencontre encore sur les rives du Nil.

Je dus alors m'embarquer seul à la pointe de l'île de Roddah, pensant avec tristesse à cette confiance des malades qui peuvent rêver à des collections de momies, sur le bord de leur propre tombe.

10

La branche du Nil entre Roddah et Gizèh a une telle largeur, qu'il faut une demi-heure environ pour la passer.

Quand on a traversé Gizèh, sans trop s'occuper de son école
de cavalerie et de ses fours à poulets, sans analyser ses décombres, dont les gros murs sont construits par un art particulier avec des vases de terre superposés et pris dans la maçonnerie, bâtisse plus légère et plus aérée que solide, on a encore
devant soi deux lieues de plaines cultivées à parcourir avant
d'atteindre les plateaux stériles où sont posées les grandes
pyramides, sur la lisière du désert de Libye.

Plus on approche, plus ces colosses diminuent. C'est un effet
de perspective qui tient sans doute à ce que leur largeur égale
leur élévation. Pourtant, lorsqu'on arrive au pied, dans l'ombre
même de ces montagnes faites de main d'homme, on admire et
l'on s'épouvante. Ce qu'il faut gravir pour atteindre au faîte de
la première pyramide, c'est un escalier dont chaque marche a
environ un mètre de haut. En s'élevant, ces marches diminuent
un peu, — d'un tiers tout au plus pour les dernières.

Une tribu d'Arabes s'est chargée de protéger les voyageurs
et de les guider dans leur ascension sur la principale pyramide.
Dès que ces gens aperçoivent un curieux qui s'achemine vers
leur domaine, ils accourent à sa rencontre au grand galop de
leurs chevaux, faisant une fantasia toute pacifique et tirant en
l'air des coups de pistolet pour indiquer qu'ils sont à son service, tout prêts à le défendre contre les attaques de certains
Bédouins pillards qui pourraient par hasard se présenter.

Aujourd'hui, cette supposition fait sourire les voyageurs,
rassurés d'avance à cet égard ; mais, au siècle dernier, ils se
trouvaient réellement mis à contribution par une bande de faux
brigands, qui, après les avoir effrayés et dépouillés, rendaient
les armes à la tribu protectrice, laquelle touchait ensuite une
forte récompense pour les périls et les blessures d'un simulacre
de combat.

La police du roi d'Égypte a surveillé ces fourberies. Aujourd'hui, l'on peut se fier complétement aux Arabes gardiens.

de la seule merveille du monde que le temps nous ait conservée.

On m'a donné quatre hommes, pour me guider et me soutenir pendant mon ascension. Je ne comprenais pas trop d'a-
bord comment il était possible de gravir des marches dont la
première seule m'arrivait à la hauteur de la poitrine. Mais, en
un clin d'œil, deux des Arabes s'étaient élancés sur cette assise
gigantesque, et m'avaient saisi chacun un bras. Les deux autres
me poussaient sous les épaules, et tous les quatre, à chaque
mouvement de cette manœuvre chantaient, à l'unisson le verset
arabe terminé par ce refrain antique : *Eleyson !*

Je comptai ainsi deux cent sept marches, et il ne fallut guère
plus d'un quart d'heure pour atteindre la plate-forme. Si l'on
s'arrête un instant pour reprendre haleine, on voit venir devant
soi des petites filles, à peine couvertes d'une chemise de toile
bleue, qui, de la marche supérieure à celle que vous gravissez,
tendent, à la hauteur de votre bouche, des gargoulettes de terre
de Thèbes, dont l'eau glacée vous rafraîchit pour un instant.

Rien n'est plus fantasque que ces jeunes Bédouines grim-
pant comme des singes avec leurs petits pieds nus, qui connaissent toutes les anfractuosités des énormes pierres super-
posées. Arrivé à la plate-forme, on leur donne un bakchis, on
les embrasse, puis l'on se sent soulevé par les bras de quatre
Arabes qui vous portent en triomphe aux quatre points de l'horizon. La surface de cette pyramide est de cent mètres carrés
environ. Des blocs irréguliers indiquent qu'elle ne ne s'est formée que par la destruction d'une pointe, semblable sans doute
à celle de la seconde pyramide, qui s'est conservée intacte et que
l'on admire à peu de distance avec son revêtement de granit.
Les trois pyramides de Chéops, de Chéphren et de Mycérinus,
étaient également parées de cette enveloppe rougeâtre, qu'on
voyait encore au temps d'Hérodote. Elles ont été dégarnies peu
à peu, lorsqu'on a eu besoin au Caire de construire les palais
des califes et des soudans.

La vue est fort belle, comme on peut le penser, du haut

de cette plate-forme. Le Nil s'étend à l'orient depuis la pointe
du Delta jusqu'au delà de Saccarah, où l'on distingue onze
pyramides plus petites que celles de Gizèh. A l'occident, la
chaîne des montagnes libyques se développe en marquant les
ondulations d'un horizon poudreux. La forêt de palmiers qui
occupe la place de l'ancienne Memphis, s'étend du côté du midi
comme une ombre verdâtre. Le Caire, adossé à la chaîne aride
du Mokatam, élève ses dômes et ses minarets à l'entrée du désert
de Syrie. Tout cela est trop connu pour prêter longtemps à la
description. Mais, en faisant trêve à l'admiration et en parcou-
rant des yeux les pierres de la plate-forme, on y trouve de
quoi compenser les excès de l'enthousiasme. Tous les Anglais
qui ont risqué cette ascension ont naturellement inscrit leurs
noms sur les pierres. Des spéculateurs ont eu l'idée de donner
leur adresse au public, et un marchand de cirage de Piccadilly
a même fait graver avec soin sur un bloc entier les mérites de
sa découverte garantie par l'*improved patent* de London. Il est
inutile de dire qu'on rencontre là le *Crédeville voleur*, si passé
de mode aujourd'hui, la charge de Bouginier, et autres excen-
tricités transplantées par nos artistes voyageurs comme un
contraste à la monotonie des grands souvenirs.

### II — LA PLATE-FORME

Je demande pardon au lecteur de l'entretenir d'une chose
aussi connue que les pyramides. Du reste, le peu que je lui en
apprends a échappé à l'observation de la plupart des savants
illustres qui, depuis Maillet, consul de Louis XIV, ont gravi cette
échelle héroïque, dont le sommet m'a servi un instant de pié-
destal.

J'ai peur de devoir admettre que Napoléon lui-même n'a vu
les pyramides que de la plaine. Il n'aurait pas, certes, com-
promis sa dignité jusqu'à se laisser enlever dans les bras de
quatre Arabes, comme un simple ballot qui passe de mains en
mains, et il se sera borné à répondre d'en bas, par un salut, aux

*quarante siècles* qui, d'après son calcul, le contemplaient à la tête de notre glorieuse armée.

Après avoir parcouru des yeux tout le panorama environnant, et lu attentivement ces inscriptions modernes qui prépareront des tortures aux savants de l'avenir, je me préparais à redescendre, lorsqu'un *monsieur* blond, d'une belle taille, haut en couleur et parfaitement ganté, franchit, comme je l'avais fait peu de temps avant lui, la dernière marche du quadruple escalier, et m'adressa un salut fort compassé, que je méritais en qualité de premier occupant. Je le pris pour un gentleman anglais. Quant à lui, il me reconnut pour Français tout de suite.

Je me repentis aussitôt de l'avoir jugé légèrement. Un Anglais ne m'aurait pas salué, attendu qu'il ne se trouvait sur la plateforme de la pyramide de Chéops personne qui pût nous présenter l'un à l'autre.

— Monsieur, me dit l'inconnu avec un accent légèrement germanique, je suis heureux de trouver ici quelqu'un de civilisé. Je suis simplement un officier aux gardes de Sa Majesté le roi de Prusse. J'ai obtenu un congé pour aller rejoindre l'expédition de M. Lepsius, et, comme elle a passé ici depuis quelques semaines, je suis obligé de me mettre au courant... en visitant ce qu'elle a dû voir.

Ayant terminé ce discours, il me remit sa carte, en m'invitant à l'aller voir, si jamais je passais à Postdam.

— Mais, ajouta-t-il voyant que je me préparais à redescendre, vous savez que l'usage est de faire ici une collation. Ces braves gens qui nous entourent s'attendent à partager nos modestes provisions... et, si vous avez appétit, je vous offrirai votre part d'un pâté dont un de mes Arabes s'est chargé.

En voyage, on fait vite connaissance, et, en Égypte surtout, au sommet de la grande pyramide, tout Européen devient, pour un autre, un *Frank*, c'est-à-dire un compatriote ; la carte géographique de notre petite Europe perd, de si loin, ses nuances tranchées... Je fais toujours une exception pour les Anglais, qui séjournent dans une île à part.

La conversation du Prussien me plut beaucoup pendant le repas. Il avait sur lui des lettres donnant les nouvelles les plus fraîches de l'expédition de M. Lepsius, qui, dans ce moment-là, explorait les environs du lac Mœris et les cités souterraines de l'ancien labyrinthe. Les savants berlinois avaient découvert des villes entières cachées sous les sables et bâties de briques; des Pompéi et des Herculanum souterraines qui n'avaient jamais vu la lumière, et qui remontaient peut-être à l'époque des Troglodytes. Je ne pus m'empêcher de reconnaître que c'était pour les érudits prussiens une noble ambition que d'avoir voulu marcher sur les traces de notre Institut d'Égypte, dont ils ne pourront, du reste, que compléter les admirables travaux.

Le repas sur la pyramide de Chéops est, en effet, forcé pour les touristes, comme celui qui se fait d'ordinaire sur le chapiteau de la colonne de Pompée à Alexandrie. J'étais heureux de rencontrer un compagnon instruit et aimable qui me l'eût rappelé. Les petites Bédouines avaient conservé assez d'eau, dans leurs cruches de terre poreuse, pour nous permettre de nous rafraîchir, et ensuite de faire des grogs au moyen d'un flacon d'eau-de-vie qu'un des Arabes portait à la suite du Prussien.

Cependant, le soleil était devenu trop ardent pour que nous pussions rester longtemps sur la plate-forme. L'air pur et vivifiant que l'on respire à cette hauteur, nous avait permis quelque temps de ne point trop nous en apercevoir.

Il s'agissait de quitter la plate-forme et de pénétrer dans la pyramide, dont l'entrée se trouve à un tiers environ de sa hauteur. On nous fit descendre cent trente marches par un procédé inverse à celui qui nous les avait fait gravir. Deux des quatre Arabes nous suspendaient par les épaules du haut de chaque assise, et nous livraient aux bras étendus de leurs compagnons. Il y a quelque chose d'assez dangereux dans cette descente, et plus d'un voyageur s'y est rompu le crâne ou les membres. Cependant, nous arrivâmes sans accident à l'entrée de la pyramide.

C'est une sorte de grotte aux parois de marbre, à la voûte triangulaire, surmontée d'une large pierre qui constate, au moyen d'une inscription française, l'ancienne arrivée de nos soldats dans ce monument : c'est la carte de visite de l'armée d'Égypte, sculptée sur un bloc de marbre de seize pieds de largeur. Pendant que je lisais avec respect, l'officier prussien me fit observer une autre légende marquée plus bas en hiéroglyphes, et, chose étrange, tout fraîchement gravée.

— On a eu tort, lui dis-je de nettoyer et de rafraîchir cette inscription...

— Mais vous ne comprenez donc pas? répondit-il.

— J'ai fait vœu de ne pas comprendre les hiéroglyphes... j'en ai trop lu d'explications. J'ai commencé par Sanchoniathon; j'ai continué par l'*OEdipus Ægyptiacus* du père Kircher, et j'ai fini par la grammaire de Champollion, après avoir lu les observations de Warlurtau et du baron de Pauw. Ce qui m'a désenchanté de ces opinions, c'est une brochure de l'abbé Affre — lequel n'était pas encore archevêque de Paris, — et qui a prétendu, après avoir discuté le sens de l'inscription de Rosette, que les savants de l'Europe s'étaient entendus pour une explication fictive des hiéroglyphes, afin de pouvoir établir dans toute l'Europe des chaires de langue hiéroglyphique rétribuables d'ordinaire par un traitement de six mille francs.

— Ou de quinze cents thalers, ajouta judicieusement l'officier prussien...; c'est à peu près la somme correspondante chez nous. Mais ne plaisantons pas là-dessus : vous avez la grammaire; nous avons, nous, l'alphabet, et je vais vous lire cette inscription aussi facilement qu'un écolier lit le grec quand il en connaît les lettres, sauf à hésiter davantage devant le sens des mots.

L'officier savait vraiment le sens de ces hiéroglyphes modernes inscrits d'après le système de la grammaire de Champollion; il se mit à lire, en suivit à mesure les syllabes sur son carnet et me dit :

— Cela signifie que l'expédition scientifique envoyée par

le roi de Prusse et dirigée par Lepsius, a visité les pyramides de Gizèh, et espère résoudre avec le même bonheur les autres difficultés de sa mission.

Je me repentis aussitôt de mon scepticisme hiéroglyphique, en pensant aux fatigues et aux dangers que bravaient ces savants qui exploraient, à ce moment-là même, les ruines du Labyrinthe.

Nous avions franchi l'entrée de la grotte : une vingtaine d'Arabes barbus, aux ceintures hérissées de pistolets et de poignards, se dressèrent du sol où ils venaient de faire leur sieste. Un de nos conducteurs, qui semblait diriger les autres, nous dit :

— Voyez comme ils sont terribles!... Regardez leurs pistolets et leurs fusils!

— Est-ce qu'ils veulent nous voler?

— Au contraire! Ils sont ici pour vous défendre, dans le cas où vous seriez attaqués par les hordes du désert.

— On disait qu'il n'en existait plus depuis l'administration de Mohamed-Ali!

— Oh! il y a encore bien des méchantes gens, là-bas, derrière les montagnes... Cependant, au moyen d'une *colonnate*, vous obtiendrez des braves que vous voyez là d'être défendus contre toute attaque extérieure.

L'officier prussien fit l'inspection des armes, et ne parut pas édifié touchant leur puissance destructive. Il ne s'agissait au fond, pour moi, que de cinq francs cinquante centimes, ou d'un thaler et demi pour le Prussien. Nous acceptâmes le marché, en partageant les frais et en faisant observer que nous n'étions pas dupes de la supposition.

— Il arrive souvent, dit le guide, que des tribus ennemies font invasion sur ce point, surtout quand elles y soupçonnent la présence de riches étrangers.

— Allons, lui dis-je, ceci est proverbial et accepté de tous! Je me rappelai alors que Napoléon lui-même, visitant l'intérieur des pyramides, en compagnie de la femme d'un de ses colonels, s'était exposé au péril que supposait le guide. Les Bédouins, survenus à l'improviste, avaient, dit-on, dissipé son escorte et bouché avec de grosses pierres l'entrée de la pyramide, qui n'a guère qu'un mètre et demi en hauteur et en largeur. Un escadron de chasseurs survenu par hasard le tira du danger.

Il est certain que la chose n'est pas impossible et que ce serait une triste situation que de se voir pris et enfermé dans l'intérieur de la grande pyramide. La *colonnate* (piastre d'Espagne) donnée aux gardiens nous assurait du moins qu'en conscience ils ne pourraient nous faire cette trop facile plaisanterie.

Mais quelle apparence que ces braves gens y eussent songé même un instant? L'activité de leurs préparatifs, huit torches allumées en un clin d'œil, l'attention charmante de nous faire précéder de nouveau par les petites filles *hydrophores* dont j'ai parlé, tout cela, sans doute, était bien rassurant.

Il s'agissait de courber la tête et le dos, et de poser les pieds adroitement sur deux rainures de marbre qui règnent des deux côtés de cette descente. Entre les deux rainures, il y a une sorte d'abime aussi large que l'écartement des jambes, et où il s'agit de ne point se laisser tomber. On avance donc pas à pas, jetant les pieds de son mieux à droite et à gauche, soutenu un peu, il est vrai, par les mains des porteurs de torches, et l'on descend ainsi, toujours courbé en deux, pendant environ cent cinquante pas.

A partir de là, le danger de tomber dans l'énorme fissure qu'on se voyait entre les pieds cesse tout à coup et se trouve remplacé par l'inconvénient de passer à plat ventre sous une voûte obstruée en partie par les sables et les cendres. Les Arabes ne nettoient ce passage que moyennant une autre *colonnate*, accordée d'ordinaire par les gens riches et corpulents.

Quand on a rampé quelque temps sous cette voûte basse, en s'aidant des mains et des genoux, on se relève, à l'entrée d'une nouvelle galerie, qui n'est guère plus haute que la précédente.

I.                                                                              11

Au bout de deux cents pas que l'on fait encore en montant, on trouve une sorte de carrefour dont le centre est un vaste puits profond et sombre, autour duquel il faut tourner pour gagner l'escalier qui conduit à la chambre du Roi.

En arrivant là, les Arabes tirent des coups de pistolet et allument des feux de branchages pour effrayer, à ce qu'ils disent, les chauves-souris et les serpents. — Les serpents se garderaient bien d'habiter des demeures si reculées. Quant aux chauves-souris, elles existent, et se font reconnaître en poussant des cris et en voltigeant autour des feux. La salle où l'on est, voûtée en dos d'âne, a dix-sept pieds de longueur et seize de largeur. Il est difficile de comprendre que ce peu d'espace, destiné, soit à des tombeaux, soit à quelque chapelle ou temple, se trouve être la principale retraite ménagée dans l'immense ruine de pierre qui l'entoure.

Deux ou trois autres chambres pareilles ont été découvertes depuis. Leurs murs de granit sont noircis par la fumée des torches. On ne voit dans tout cela aucune trace de tombeaux, — sauf une cuve de porphyre de huit pieds de longueur qui pourrait bien avoir servi à enfermer les restes d'un pharaon. Cependant, la tradition des fouilles les plus anciennes ne signale, dans les pyramides, que la découverte des ossements d'un bœuf.

Ce qui étonne le voyageur, au milieu de ces demeures funèbres, c'est que l'on n'y respire qu'un air chaud et imprégné d'odeurs bitumineuses. Du reste, on ne voit rien que des galeries et des murs; — pas d'hiéroglyphes ni de sculptures; — des parois enfumées, des voûtes et des décombres.

Nous étions revenus à l'entrée, fort désenchantés de ce voyage pénible, et nous nous demandions ce que pouvait représenter cet immense bâtiment.

— Il est évident, me dit l'officier prussien, que ce ne sont point là des tombeaux. Où était la nécessité de bâtir d'aussi énormes constructions pour préserver peut-être un cercueil de roi. Il est évident qu'une telle masse de pierres, apportées de

la haute Égypte, n'a pu être réunie et mise en œuvre pendant
la vie d'un seul homme. Que signifierait, ensuite, pour un
souverain, ce désir d'être mis à part dans un tombeau de sept
cents pieds de hauteur, — quand nous voyons presque toutes
les dynasties des rois égyptiens classées modestement dans des
hypogées et dans des temples souterrains?

Il vaut mieux nous en rapporter à l'opinion des anciens
Grecs, qui, plus rapprochés que nous des prêtres et des institutions de l'Égypte, n'ont vu dans les pyramides que des monuments religieux consacrés aux initiations.

En revenant de notre exploration, assez peu satisfaisante,
nous dûmes nous reposer à l'entrée de la grotte de marbre ; —
et nous nous demandions ce que pouvait signifier cette galerie
bizarre que nous venions de remonter, avec ces deux rails de
marbre séparés par un abîme, aboutissant plus loin à un carrefour au milieu duquel se trouve le puits mystérieux, dont
nous n'avions pu voir le fond.

L'officier prussien, en consultant ses souvenirs, me soumit
une explication assez logique de la destination d'un tel monument. Nul n'est plus fort qu'un Allemand sur les mystères de
l'antiquité. Voici, selon sa version, à quoi servait la galerie
basse ornée de rails que nous avions descendue et remontée si
péniblement : on asseyait dans un chariot l'homme qui se présentait pour subir les épreuves de l'initiation ; le chariot descendait par la forte inclinaison du chemin. Arrivé au centre de
la pyramide, l'initié était reçu par des prêtres inférieurs qui
lui montraient le puits en l'engageant à s'y précipiter.

Le néophyte hésitait naturellement, ce qui était regardé
comme une marque de prudence. Alors, on lui apportait une
sorte de casque surmonté d'une lampe allumée; et, muni de
cet appareil, il devait descendre avec précaution dans le puits,
où il rencontrait çà et là des branches de fer sur lesquelles il
pouvait poser les pieds.

L'initié descendait longtemps, éclairé quelque peu par la
lampe qu'il portait sur la tête ; puis, à cent pieds environ de

profondeur, il rencontrait l'entrée d'une galerie fermée par une grille, qui s'ouvrait aussitôt devant lui. Trois hommes paraissaient aussitôt, portant des masques de bronze à l'imitation de la face d'Anubis, le dieu chien. Il fallait ne point s'effrayer de leurs menaces et marcher en avant en les jetant à terre. On faisait ensuite une lieue environ, et l'on arrivait dans un espace considérable qui produisait l'effet d'une forêt sombre et touffue.

Dès que l'on mettait le pied dans l'allée principale, tout s'illuminait à l'instant, et produisait l'effet d'un vaste incendie. Mais ce n'était rien que des pièces d'artifice et des substances bitumineuses entrelacées dans des rameaux de fer. Le néophyte devait traverser la forêt, au prix de quelques brûlures, et y parvenait généralement.

Au delà se trouvait une rivière qu'il fallait traverser à la nage. A peine en avait-il atteint le milieu, qu'une immense agitation des eaux, déterminée par le mouvement de deux roues gigantesques, l'arrêtait et le repoussait. Au moment où ses forces allaient s'épuiser, il voyait paraître devant lui une échelle de fer qui semblait devoir le tirer du danger de périr dans l'eau. Ceci était la troisième épreuve. A mesure que l'initié posait un pied sur chaque échelon, celui qu'il venait de quitter se détachait et tombait dans le fleuve. Cette situation pénible se compliquait d'un vent épouvantable qui faisait trembler l'échelle et le patient à la fois. Au moment où il allait perdre toutes ses forces, il devait avoir la présence d'esprit de saisir deux anneaux d'acier qui descendaient vers lui et auxquels il lui fallait rester suspendu par les bras jusqu'à ce qu'il vît s'ouvrir une porte, à laquelle il arrivait par un effort violent.

C'était la fin des quatre épreuves élémentaires. L'initié arrivait alors dans le temple, tournait autour de la statue d'Isis, et se voyait reçu et félicité par les prêtres.

### III — LES ÉPREUVES

Voilà avec quels souvenirs nous cherchions à repeupler cette solitude imposante. Entourés des Arabes qui s'étaient remis à dormir, en attendant, pour quitter la grotte de marbre, que la brise du soir eût rafraîchi l'air, nous ajoutions les hypothèses les plus diverses aux faits réellement constatés par la tradition antique. Ces bizarres cérémonies des initiations tant de fois décrites par les auteurs grecs, qui ont pu encore les voir s'accomplir, prenaient pour nous un grand intérêt, les récits se trouvant parfaitement en rapport avec la disposition des lieux.

— Qu'il serait beau, dis-je à l'Allemand, d'exécuter et de représenter ici *la Flûte enchantée*, de Mozart! Comment un homme riche n'a-t-il pas eu la fantaisie de se donner un tel spectacle? Avec fort peu d'argent, on arriverait à déblayer tous ces conduits, et il suffirait ensuite d'amener en costumes exacts toute la troupe italienne du théâtre du Caire. Imaginez-vous la voix tonnante de Zarastro résonnant du fond de la salle des pharaons, ou la *Reine de la nuit* apparaissant sur le seuil de la chambre dite de la Reine et lançant à la voûte sombre ses trilles éblouissants. Figurez-vous les sons de la flûte magique à travers ces longs corridors, et les grimaces et l'effroi de *Papayeno*, forcé, sur les pas de l'initié son maître, d'affronter le triple Anubis, puis la forêt incendiée, puis ce sombre canal agité par des roues de fer, puis encore cette échelle étrange dont chaque marche se détache à mesure qu'on monte et fait retentir l'eau d'un clapotement sinistre...

— Il serait difficile, dit l'officier, d'exécuter tout cela dans l'intérieur même des pyramides... Nous avons dit que l'initié suivait, à partir du puits, une galerie d'environ une lieue. Cette voie souterraine le conduisait jusqu'à un temple situé aux portes de Memphis, dont vous avez vu l'emplacement du haut de la plate-forme. Lorsque, ses épreuves terminées, il revoyait la lumière du jour, la statue d'Isis restait encore voilée pour

lui : c'est qu'il lui fallait subir une dernière épreuve toute morale, dont rien ne l'avertissait et dont le but lui restait caché.
Les prêtres l'avaient porté en triomphe, comme devenu l'un
d'entre eux ; les chœurs et les instruments avaient célébré sa
victoire. Il lui fallait encore se purifier par un jeûne de quarante et un jours, avant de pouvoir contempler la grande
déesse, veuve d'Osiris[1]. Ce jeûne cessait chaque jour au coucher du soleil, où on lui permettait de réparer ses forces avec
quelques onces de pain et une coupe d'eau du Nil. Pendant
cette longue pénitence, l'initié pouvait converser, à de certaines heures, avec les prêtres et les prêtresses, dont toute la
vie s'écoulait dans les cités souterraines. Il avait le droit de
questionner chacun et d'observer les mœurs de ce peuple
mystique qui avait renoncé au monde extérieur, et dont le
nombre immense épouvanta Sémiramis la Victorieuse, lorsqu'en faisant jeter les fondations de la Babylone d'Égypte (le
vieux Caire), elle vit s'effondrer les voûtes d'une de ces nécro-
poles habitées par des vivants.

— Et après les quarante et un jours, que devenait l'initié ?
— Il avait encore à subir dix-huit jours de retraite où il devait garder un silence complet. Il lui était permis seulement de
lire et d'écrire. Ensuite on lui faisait subir un examen où
toutes les actions de sa vie étaient analysées et critiquées.
Cela durait encore douze jours ; puis on le faisait coucher neuf
jours encore derrière la statue d'Isis, après avoir supplié la
déesse de lui apparaître dans ses songes et de lui inspirer la
sagesse. Enfin, au bout de trois mois environ, les épreuves
étaient terminées. L'aspiration du néophyte vers la Divinité,
aidée des lectures, des instructions et du jeûne, l'amenait à un
tel degré d'enthousiasme, qu'il était digne enfin de voir tomber
devant lui les voiles sacrés de la déesse. Là, son étonnement
était au comble en voyant s'animer cette froide statue dont les
traits avaient pris tout à coup la ressemblance de la femme

---

1. Lactance, Meursius, le père Laffitteau, l'abbé Terrasson, etc.

qu'il aimait le plus ou de l'idéal qu'il s'était formé de la beauté la plus parfaite.

» Au moment où il tendait les bras pour la saisir, elle s'évanouissait dans un nuage de parfums. Les prêtres entraient en grande pompe et l'initié était proclamé pareil aux dieux. Prenant place ensuite au banquet des Sages, il lui était permis de goûter aux mets les plus délicats et de s'enivrer de l'ambroisie terrestre, qui ne manquait pas à ces fêtes. Un seul regret lui était resté, c'était de n'avoir admiré qu'un instant la divine apparition qui avait daigné lui sourire... Ses rêves allaient la lui rendre. Un long sommeil, dû sans doute au suc du lotus exprimé dans sa coupe pendant le festin, permettait aux prêtres de le transporter à quelques lieues de Memphis, au bord du lac célèbre qui porte encore le nom de Karoun (Caron). Une cange le recevait, toujours endormi, et le transportait dans cette province du Fayoum, oasis délicieuse, qui, aujourd'hui encore, est le pays des roses. Il existait là une vallée profonde, entourée de montagnes en partie, en partie aussi séparée du reste du pays par des abîmes creusés de main d'homme, où les prêtres avaient su réunir les richesses dispersées de la nature entière. Les arbres de l'Inde et de l'Yémen y mariaient leurs feuillages touffus et leurs fleurs étranges aux plus riches végétations de la terre d'Égypte.

» Des animaux apprivoisés donnaient de la vie à cette merveilleuse décoration, et l'initié, déposé là tout endormi sur le gazon, se trouvait à son réveil dans un monde qui semblait la perfection même de la nature créée. Il se levait, respirant l'air pur du matin, renaissant aux feux du soleil qu'il n'avait pas vus depuis longtemps; il écoutait le chant cadencé des oiseaux, admirait les fleurs embaumées, la surface calme des eaux bordées de papyrus et constellées de lotus rouges, où le flamant rose et l'ibis traçaient leurs courbes gracieuses. Mais quelque chose manquait encore pour animer la solitude. Une femme, une vierge innocente, si jeune, qu'elle semblait elle-même sortir d'un rêve matinal et pur, si belle, qu'en la regardant de plus près on pouvait reconnaître en elle les traits admirables d'Isis entrevus à travers un nuage : telle était la créature divine qui devenait la compagne et la récompense de l'initié triomphant.

Ici, je crus devoir interrompre le récit imagé du savant Berlinois :

— Il me semble, lui dis-je, que vous me racontez là l'histoire d'Adam et d'Ève.

— A peu près, répondit-il.

En effet, la dernière épreuve, si charmante, mais si imprévue, de l'initiation égyptienne était la même que Moïse a racontée au chapitre de la Genèse. Dans ce jardin merveilleux existait un certain arbre dont les fruits étaient défendus au néophyte admis dans le paradis. Il est tellement certain que cette dernière victoire sur soi-même était la clause de l'initiation, qu'on a trouvé dans la haute Égypte des bas-reliefs de quatre mille ans, représentant un homme et une femme, sous un arbre[1], dont cette dernière offre le fruit à son compagnon de solitude. Autour de l'arbre est enlacé un serpent, représentation de Typhon, le dieu du mal. En effet, il arrivait généralement que l'initié qui avait vaincu tous les périls matériels se laissait prendre à cette séduction, dont le dénoûment était son exclusion du paradis terrestre. Sa punition devait être alors d'errer dans le monde, et de répandre chez les nations étrangères les instructions qu'il avait reçues des prêtres.

S'il résistait, au contraire, ce qui était bien rare, à la dernière tentation, il devenait l'égal d'un roi. On le promenait en triomphe dans les rues de Memphis, et sa personne était sacrée.

C'est pour avoir manqué cette épreuve que Moïse fut privé des honneurs qu'il attendait. Blessé de ce résultat, il se mit en guerre ouverte avec les prêtres égyptiens, lutta contre eux de science et de prodiges, et finit par délivrer son peuple au moyen d'un complot dont on sait le résultat.

1. Voir l'*Histoire des Religions* de l'abbé Bamer, et les *Dieux de Moïse* de M. Lacour.

Le Prussien qui me racontait tout cela était évidemment un fils de Voltaire... Cet homme en était encore au scepticisme religieux de Frédéric II. Je ne pus m'empêcher de lui en faire l'observation.

— Vous vous trompez, me dit-il : nous autres protestants, nous analysons tout; mais nous n'en sommes pas moins religieux. S'il paraît démontré que l'idée du paradis terrestre, de la pomme et du serpent, a été connue des anciens Égyptiens, cela ne prouve nullement que la tradition n'en soit pas divine. Je suis même disposé à croire que cette dernière épreuve des mystères n'était qu'une représentation mystique de la scène qui a dû se passer aux premiers jours du monde. Que Moïse ait appris cela des Égyptiens dépositaires de la sagesse primitive, ou qu'il se soit servi, en écrivant la *Genèse*, des impressions qu'il avait lui-même connues, cela n'infirme pas la vérité première. Triptolème, Orphée et Pythagore subirent aussi les mêmes épreuves. L'un a fondé les mystères d'Éleusis, l'autre ceux des Cabires de Samothrace, le troisième les associations mystiques du Liban.

» Orphée eut encore moins de succès que Moïse; il manqua la quatrième épreuve, dans laquelle il fallait avoir la présence d'esprit de saisir les anneaux suspendus au-dessus de soi, quand les échelons de fer commençaient à manquer sous les pieds... Il retomba dans le canal, d'où on le tira avec peine, et, au lieu de parvenir au temple, il lui fallut retourner en arrière et remonter jusqu'à la sortie des pyramides. Pendant l'épreuve, sa femme lui avait été enlevée par un de ces accidents naturels dont les prêtres créaient aisément l'apparence. Il obtint, grâce à son talent et à sa renommée, de recommencer les épreuves, et les manqua une seconde fois. C'est ainsi qu'Eurydice fut perdue à jamais pour lui, et qu'il se vit réduit à la pleurer dans l'exil.

— Avec ce système, dis-je, il est possible d'expliquer matériellement toutes les religions. Mais qu'y gagnerons-nous?

— Rien. Nous venons seulement de passer deux heures

11.

en causant d'origines et d'histoire. Maintenant, le soir vient; regagnons la plaine et allons visiter le sphinx de Gizèh.

Le sphinx a été trop souvent décrit pour que je parle ici d'autre chose que de l'admirable conservation de sa figure — haute de dix-huit pieds. Il est évident que ce rocher de granit fut sculpté dans une époque où l'art était très-avancé. Son nez brisé lui donne de loin un air d'Éthiopien; mais le reste du visage appartient à quelqu'une des races les plus belles de l'Asie. — Nous nous contentâmes d'admirer ensuite les deux autres pyramides, qui ont conservé une partie de leur revête-ment. La seconde a été ouverte; mais on y a trouvé seule-ment deux ou trois tables pareilles à celles que nous avions visitées dans la première; la troisième, la plus petite, que les Arabes appellent la pyramide *la Fille*, — en souvenir sans doute de la courtisane Rhodope, qu'on suppose l'avoir fait bâtir, — est vierge de toute exploration. Autour du plateau sablonneux des trois pyramides, sont des restes de temples et d'hypogées. Quelques sarcophages brisés gisent çà et là, ainsi qu'une multitude de figurines en pâte verte, parmi lesquelles on en rencontre rarement d'entières. Les Arabes voulaient nous en vendre quelques-unes; mais il nous parut probable qu'ils ne les avaient pas ramassées sur le lieu même. Il doit en exister des fabriques au Caire, comme pour les vases étrus-ques que l'on vend à Naples.

Nous passâmes la nuit dans une *locanda* italienne, située près de là, et, le lendemain, on nous conduisit sur l'emplace-ment de Memphis, situé à près de deux lieues vers le midi. Les ruines y sont méconnaissables; et, d'ailleurs, le tout est recouvert par une forêt de palmiers, au milieu de laquelle on rencontre l'immense statue de Sésostris, haute de soixante pieds, mais couchée à plat ventre dans le sable. Parlerai-je encore de Saccarah, où l'on arrive ensuite; de ses pyramides, plus petites que celles de Gizèh, parmi lesquelles on distingue la grande pyramide de briques construite par les Hébreux? Un spectacle plus curieux est l'intérieur des tombeaux d'animaux qui se rencontrent dans la plaine en grand nombre. Il y en a pour les chats, pour les crocodiles et pour les ibis. On y pénètre fort difficilement, en respirant la cendre et la poussière, ou se traînant parfois dans des conduits où l'on ne peut passer qu'à genoux. Puis on se trouve au milieu de vastes souterrains où sont entassés par millions et symétriquement rangés tous ces animaux que les bons Égyptiens se donnaient la peine d'embaumer et d'ensevelir ainsi que des hommes. Chaque momie de chat est entortillée de plusieurs aunes de bandelettes, sur lesquelles, d'un bout à l'autre, sont inscrites, en hiéroglyphes, probablement la vie et les vertus de l'animal[1]. Il en est de même des crocodiles... Quant aux ibis, leurs restes sont enfermés dans des vases en terre de Thèbes, rangés également sur une étendue incalculable, comme des pots de confitures dans une office de campagne.

Je pus remplir facilement la commission que m'avait donnée le consul; puis je me séparai de l'officier prussien, qui continuait sa route vers la haute Égypte, et je revins au Caire, en descendant le Nil dans une cange.

Je me hâtai d'aller porter au consulat l'ibis obtenu au prix de tant de fatigues; mais on m'apprit que, pendant les trois jours consacrés à mon exploration, notre pauvre consul avait senti s'aggraver son mal et s'était embarqué pour Alexandrie.

J'ai appris depuis qu'il était mort en Espagne.

---

1. Lorsque l'armée d'Égypte visita les sépulcres de Saccarah, elle s'étonna surtout de la quantité de chats que plusieurs d'entre eux contenaient. Quelques soldats eurent l'idée de mettre le feu dans un de ces souterrains pour en connaître la profondeur. Les momies des chats, imprégnées de bitume, brûlèrent pendant huit jours, puis le feu s'étouffa de lui-même. Lorsque l'on crut la fumée dissipée, on redescendit dans le souterrain. Au delà de l'espace immense que le feu avait découvert, au delà des matières charbonnées qu'il fallait extraire, on trouva encore de nouvelles rangées de chats, qui semblaient défier la destruction d'arriver au bout de son œuvre.

### IV — DÉPART

Je quitte avec regret cette vieille cité du Caire, où j'ai
retrouvé les dernières traces du génie arabe, et qui n'a pas
menti aux idées que je m'en étais formées d'après les récits et
les traditions de l'Orient. Je l'avais vue tant de fois dans les
rêves de la jeunesse, qu'il me semblait y avoir séjourné dans
je ne sais quel temps; je reconstruisais mon Caire d'autrefois
au milieu des quartiers déserts ou des mosquées croulantes!
Il me semblait que j'imprimais les pieds dans la trace de mes
pas anciens; j'allais, je me disais : « En détournant ce mur,
en passant cette porte, je verrai telle chose!... » et la chose
était là, ruinée mais réelle.

N'y pensons plus. Ce Caire-là gît sous la cendre et la poussière; l'esprit et les progrès modernes en ont triomphé comme
la mort. Encore quelques mois, et des rues européennes auront
coupé à angles droits la vieille ville poudreuse et muette qui
croule en paix sur les pauvres fellahs. Ce qui reluit, ce qui
brille, ce qui s'accroît, c'est le quartier des Francs, la ville
des Italiens, des Provençaux et des Maltais, l'entrepôt futur
de l'Inde anglaise. L'Orient d'autrefois achève d'user ses vieux
costumes, ses vieux palais, ses vieilles mœurs, mais il est dans
son dernier jour; il peut dire comme un de ses sultans : « Le
sort a décoché sa flèche : c'est fait de moi, je suis passé! »
Ce que le désert protége encore, en l'enfouissant peu à peu
dans ses sables, c'est, hors des murs du Caire, la ville des
tombeaux, la vallée des califes, qui semble, comme Herculanum, avoir abrité des générations disparues, et dont les palais, les arcades et les colonnes, les marbres précieux, les
intérieurs peints et dorés, les enceintes, les dômes et les minarets, multipliés avec folie, n'ont jamais servi qu'à recouvrir
des cercueils. Ce culte de la mort est un trait éternel du caractère de l'Égypte; il sert du moins à protéger et à transmettre
au monde l'éblouissante histoire de son passé.

# V

# LA CANGE

La cange qui m'emportait vers Damiette contenait tout
le ménage que j'avais amassé au Caire pendant huit mois de
séjour, savoir : l'esclave au teint doré vendue par Abd-el-
Kérim; le coffre vert qui renfermait les effets que ce dernier
lui avait laissés; un autre coffre garni de ceux que j'y avais
ajoutés moi-même; un autre encore contenant mes habits de
Franc, dernier *en cas* de mauvaise fortune, comme ce vêtement de pâtre qu'un empereur avait conservé pour se rappeler
sa condition première; puis tous les ustensiles et objets mobi-
liers dont il avait fallu garnir mon domicile du quartier
cophte, lesquels consistaient en gargoulettes et bardaques
propres à rafraîchir l'eau, pipes et narghilés, matelas de coton
et cages (*cafas*) en bâtons de palmier servant tour à tour de
divan, de lit et de table, et qui avaient de plus pour le voyage
l'avantage de pouvoir contenir les volatiles divers de la basse-
cour et du colombier.

Avant de partir, j'étais allé prendre congé de madame Bonhomme, cette blonde et charmante providence du voyageur.

— Hélas! disais-je, je ne verrai plus de longtemps que des
visages de couleur; je vais braver la peste qui règne dans le
delta d'Égypte, les orages du golfe de Syrie qu'il faudra traverser sur de frêles barques; sa vue sera pour moi le dernier
sourire de la patrie!

Madame Bonhomme appartient à ce type de beauté blonde du Midi que Gozzi célébrait dans les Vénitiennes, que Pétrarque a chanté à l'honneur des femmes de notre Provence. Il semble que ces gracieuses anomalies doivent au voisinage des pays alpins *l'or crespelé* de leurs cheveux, et que leur œil noir se soit embrasé seul aux ardeurs des grèves de la Méditerranée. La carnation, fine et claire comme le satin rosé des Flamandes, se colore, aux places que le soleil a touchées, d'une vague teinte ambrée qui fait penser aux treilles d'automne, où le raisin blanc se voile à demi sous les pampres vermeils. O figures aimées de Titien et de Giorgione, est-ce aux bords du Nil que vous deviez me laisser un regret et un souvenir? Cependant j'avais près de moi une autre femme aux cheveux noirs comme l'ébène, au masque ferme qui semblait taillé dans le marbre portor, beauté sévère et grave comme les idoles de l'antique Asie, et dont la grâce même, à la fois servile et sauvage, rappelait parfois, si l'on peut unir ces deux mots, la sérieuse gaieté de l'animal captif.

Madame Bonhomme m'avait conduit dans son magasin, encombré d'articles de voyage, et je l'écoutais, en l'admirant, détailler les mérites de tous ces charmants ustensiles qui, pour les Anglais, reproduisent au besoin, dans le désert, tout le confort de la vie fashionable. Elle m'expliquait avec son léger accent provençal comment on pouvait établir, au pied d'un palmier ou d'un obélisque, des appartements complets de maîtres et de domestiques, avec mobilier et cuisine, le tout transporté à dos de chameau ; donner des dîners européens où rien ne manque, ni les ragoûts, ni les primeurs, grâce aux boîtes de conserves qui, il faut l'avouer, sont souvent de grande ressource.

— Hélas ! lui dis-je, je suis devenu tout à fait un Bédaoui (Arabe nomade) ; je mange très-bien du dourah cuit sur une plaque de tôle, des dattes fricassées dans le beurre, de la pâte d'abricot, des sauterelles fumées...; et je sais un moyen d'obtenir une poule bouillie dans le désert, sans même se donner le soin de la plumer.

— J'ignorais ce raffinement, dit madame Bonhomme.

— Voici, répondis-je, la recette qui m'a été donnée par un renégat très-industrieux, lequel l'a vu pratiquer dans l'Hedjaz. On prend une poule...

— Il faut une poule? dit madame Bonhomme.

— Absolument comme un lièvre pour le civet.

— Et ensuite?

— Ensuite on allume du feu entre deux pierres; on se procure de l'eau...

— Voilà déjà bien des choses!

— La nature les fournit. On n'aurait même que de l'eau de mer, ce serait la même chose, et cela épargnerait le sel.

— Et dans quoi mettrez-vous la poule?

— Ah! voilà le plus ingénieux. Nous versons de l'eau dans le sable fin du désert..., autre ingrédient donné par la nature. Cela produit une argile fine et propre, extrêmement utile à la préparation.

— Vous mangeriez une poule bouillie dans du sable?

— Je réclame une dernière minute d'attention. Nous formons une boule épaisse de cette argile en ayant soin d'y insérer cette même volaille ou toute autre.

— Ceci devient intéressant.

— Nous mettons la boule de terre sur le feu, et nous la retournons de temps en temps. Quand la croûte s'est suffisamment durcie et a pris partout une bonne couleur, il faut la retirer du feu : la volaille est cuite.

— Et c'est tout?

— Pas encore : on casse la boule passée à l'état de terre cuite, et les plumes de l'oiseau, prises dans l'argile, se détachent à mesure qu'on le débarrasse des fragments de cette marmite improvisée.

— Mais c'est un régal de sauvage!

— Non, c'est de la poule à l'étuvée simplement.

Madame Bonhomme vit bien qu'il n'y avait rien à faire avec un voyageur si consommé ; elle remit en place toutes les cuisines de fer-blanc et les tentes, coussins ou lits de caoutchouc estampillés de l'*improved patent* anglaise.

— Cependant, lui dis-je, je voudrais bien trouver chez vous quelque chose qui me soit utile.

— Tenez, dit madame Bonhomme, je suis sûre que vous avez oublié d'acheter un drapeau. Il vous faut un drapeau.

— Mais je ne pars pas pour la guerre !

— Vous allez descendre le Nil... Vous avez besoin d'un pavillon tricolore à l'arrière de votre barque, pour vous faire respecter des fellahs.

Et elle me montrait, le long des murs du magasin, une série de pavillons de toutes les marines.

Je tirais déjà vers moi la hampe à pointe dorée d'où se déroulaient nos couleurs, lorsque madame Bonhomme m'arrêta le bras.

— Vous pouvez choisir ; on n'est pas obligé d'indiquer sa nation. Tous *ces messieurs* prennent ordinairement un pavillon anglais ; de cette manière, on a plus de sécurité.

— Oh ! madame, lui dis-je, je ne suis pas de ces messieurs-là.

— Je l'avais bien pensé, me dit-elle avec un sourire.

J'aime à croire que ce ne seraient pas des gens du monde de Paris qui promèneraient les couleurs anglaises sur ce vieux Nil, où s'est reflété le drapeau de la République. Les légitimistes en pèlerinage vers Jérusalem choisissent, il est vrai, le pavillon de Sardaigne. Cela, par exemple, n'a pas d'inconvénient.

## II — UNE FÊTE DE FAMILLE

Nous partons du port de Boulaq ; le palais d'un bey mamelouk, devenu aujourd'hui l'École polytechnique, la mosquée blanche qui l'avoisine, les étalages des potiers qui exposent sur la grève ces bardaques de terre poreuse fabriquées à Thèbes qu'apporte la navigation du haut Nil, les chantiers de construction qui bordent encore assez loin la rive droite du fleuve, tout cela disparaît en quelques minutes. Nous courons une bordée vers une île d'alluvion située entre Boulaq et Embabeh, dont la rive sablonneuse reçoit bientôt le choc de notre proue ; les deux voiles latines de la cange frissonnent sans prendre le vent.

— *Battal! Battal!* s'écrie le reïs.

C'est-à-dire : « Mauvais ! mauvais ! »

Il s'agissait probablement du vent. En effet, la vague rougeâtre, frisée par un souffle contraire, nous jetait au visage son écume, et le remous prenait des teintes ardoisées en peignant les reflets du ciel.

Les hommes descendent à terre pour dégager la cange et la retourner. Alors commence un de ces chants dont les matelots égyptiens accompagnent toutes leurs manœuvres et qui ont invariablement pour refrain *éleyson!* Pendant que cinq ou six gaillards, dépouillés en un instant de leur tunique bleue et qui semblent des statues de bronze florentin, s'évertuent à ce travail, les jambes plongées dans la vase, le reïs, assis comme un pacha sur l'avant, fume son narghilé d'un air indifférent. Un quart d'heure après, nous revenons vers Boulaq, à demi penchés sur la lame avec la pointe des vergues trempant dans l'eau.

Nous avions gagné à peine deux cents pas sur le cours du fleuve : il fallut retourner la barque, prise cette fois dans les roseaux, pour aller toucher de nouveau à l'île de sable.

— *Battal! Battal!* disait toujours le reïs de temps en temps.

Je reconnaissais à ma droite les jardins des villas riantes qui bordent l'allée de Choubrah ; les sycomores monstrueux qui la forment retentissaient de l'aigre caquetage des corneilles, qu'entrecoupaient parfois le cri sinistre des milans.

Du reste, aucun lotus, aucun ibis, pas un trait de la couleur locale d'autrefois ; seulement, çà et là, de grands buffles plongés dans l'eau et des coqs de pharaon, sorte de petits faisans aux plumes dorées, voltigeant au-dessus des bois d'orangers et de bananiers des jardins.

J'oubliais l'obélisque d'Héliopolis, qui marque de son doigt de pierre la limite voisine du désert de Syrie et que je regrettais de n'avoir encore vu que de loin. Ce monument ne devait

pas quitter notre horizon de la journée, car la navigation de la
cange continuait à s'opérer en zigzag.

Le soir était venu, le disque du soleil descendait derrière la
ligne peu mouvementée des montagnes libyques, et tout à coup
la nature passait de l'ombre violette du crépuscule à l'obscurité bleuâtre de la nuit. J'aperçus de loin les lumières d'un
café, nageant dans leurs flaques d'huile transparente ; l'accord
strident du *naz* et du *rebab* accompagnait cette mélodie égyptienne si connue : *Ya teyly !* (*O nuits !*)

D'autres voix formaient les *répons* du premier vers : « O
nuits de joie ! » On chantait le bonheur des amis qui se res-
semblent, l'amour et le désir, flammes divines, émanations
radieuses de la *clarté pure* qui n'est qu'au ciel ; on invoquait
*Ahmad*, l'élu, chef des apôtres, et des voix d'enfants repre-
naient en chœur l'antistrophe de cette délicieuse et sensuelle
effusion qui appelle la bénédiction du Seigneur sur les joies
nocturnes de la terre.

Je vis bien qu'il s'agissait d'une solennité de famille. L'é-
trange gloussement des femmes fellahs succédait au chœur des
enfants, et cela pouvait célébrer une mort aussi bien qu'un
mariage ; car, dans toutes les cérémonies des Égyptiens, on
reconnaît ce mélange d'une joie plaintive ou d'une plainte
entrecoupée de transports joyeux qui déjà, dans le monde ancien, présidaient à tous les actes de leur vie.

Le reïs avait fait amarrer notre barque à un pieu planté dans
le sable, et se préparait à descendre. Je lui demandai si nous
ne faisions que nous arrêter dans le village qui était devant
nous ; il répondit que nous devions y passer la nuit et y rester
même le lendemain jusqu'à trois heures, moment où se lève le
vent du sud-ouest (nous étions à l'époque des moussons).

— J'avais cru, lui dis-je, qu'on ferait marcher la barque
à la corde quand le vent ne serait pas bon.

— Ceci n'est pas, répondit-il, sur notre traité.

En effet, avant de partir, nous avions fait un écrit devant le
cadi ; mais ces gens y avaient mis évidemment tout ce qu'ils

vaient voulu. Du reste, je ne suis jamais pressé d'arriver, et
cette circonstance, qui aurait fait bondir d'indignation un
voyageur anglais, me fournissait seulement l'occasion de mieux
étudier l'antique branche, si peu frayée, par où le Nil descend
du Caire à Damiette.

Le reïs, qui s'attendait à des réclamations violentes, admira
ma sérénité. Le halage des barques est relativement assez coûteux; car, outre un nombre plus grand de matelots sur la
barque, il exige l'assistance de quelques hommes de relais
échelonnés de village en village.

Une cange contient deux chambres, élégamment peintes et
dorées à l'intérieur, avec des fenêtres grillées donnant sur le
fleuve, et encadrant agréablement le double paysage des rives ;
des corbeilles de fleurs, des arabesques compliquées décorent
les panneaux; deux coffres de bois bordent chaque chambre,
et permettent, le jour, de s'asseoir les jambes croisées, la nuit,
de s'étendre sur des nattes ou sur des coussins. Ordinairement,
la première chambre sert de divan, la seconde de harem. Le
tout se ferme et se cadenasse hermétiquement, sauf le privilége
des rats du Nil, dont il faut, quoi qu'on fasse, accepter la société. Les moustiques et autres insectes sont des compagnons
moins agréables encore ; mais on évite la nuit leurs baisers
perfides au moyen de vastes chemises dont on noue l'ouverture
après y être entré comme dans un sac, et qui entourent la tête
d'un double voile de gaze sous lequel on respire parfaitement.

Il semblait que nous dussions passer la nuit sur la barque, et
je m'y préparais déjà, lorsque le reïs, qui était descendu à
terre, vint me trouver avec cérémonie et m'invita à l'accompagner. J'avais quelque scrupule à laisser l'esclave dans la
cabine; mais il me dit lui-même qu'il valait mieux l'emmener
avec nous.

### III — LE MUTAHIR

En descendant sur la berge, je m'aperçus que nous venions
de débarquer simplement à Choubrah. Les jardins du pacha,

avec les berceaux de myrte qui en décorent l'entrée, étaient
devant nous; un amas de pauvres maisons bâties en briques
de terre crue s'étendait à notre gauche des deux côtés de
l'avenue; le café que j'avais remarqué bordait le fleuve, et la
maison voisine était celle du reïs, qui nous pria d'y entrer.

— C'était bien la peine, me disais-je, de passer toute la
journée sur le Nil; nous voilà seulement à une lieue du Caire!

J'avais envie de retourner passer la soirée et lire les journaux
chez madame Bonhomme; mais le reïs nous avait déjà conduits
devant sa maison, et il était clair qu'on y célébrait une fête où
il convenait d'assister.

En effet, les chants que nous avions entendus partaient de
là; une foule de gens basanés, mélangés de nègres purs, paraissaient se livrer à la joie. Le reïs, dont je n'entendais qu'imparfaitement le dialecte franc assaisonné d'arabe, finit par me
faire comprendre que c'était une fête de famille en l'honneur
de la circoncision de son fils. Je compris surtout alors pourquoi
nous avions fait si peu de chemin.

La cérémonie avait eu lieu la veille à la mosquée, et nous
étions seulement au second jour des réjouissances. Les fêtes de
famille des plus pauvres Égyptiens sont des fêtes publiques, et
l'avenue était pleine de monde: une trentaine d'enfants, camarades d'école du jeune circoncis (*mutahir*), remplissaient une
salle basse; les femmes, parentes ou amies de l'épouse du reïs,
faisaient cercle dans la pièce du fond, et nous nous arrêtâmes
près de cette porte. Le reïs indiqua de loin une place près de
sa femme à l'esclave qui me suivait, et celle-ci alla sans hésiter
s'asseoir sur le tapis de la *khanoun* (dame), après avoir fait
les salutations d'usage.

On se mit à distribuer du café et des pipes, et les Nubiennes
commencèrent à danser au son des *tarabouks* (tambours de
terre cuite), que plusieurs femmes soutenaient d'une main et
frappaient de l'autre. La famille du reïs était trop pauvre sans
doute pour avoir des almées blanches; mais les Nubiens dansent
pour leur plaisir. Le *loti* ou coryphée faisait les bouffonneries

abituelles en guidant les pas de quatre femmes qui se livraient
à cette saltarelle éperdue que j'ai déjà décrite, et qui ne varie
guère qu'en raison du plus ou moins de feu des exécutants.

Pendant un des intervalles de la musique et de la danse, le
reïs m'avait fait prendre place près d'un vieillard qu'il me dit
être son père. Ce bonhomme, en apprenant quel était mon
pays, m'accueillit avec un juron essentiellement français, que
la prononciation transformait d'une façon comique. C'était tout
ce qu'il avait retenu de la langue des vainqueurs de 98. Je lui
répondis en criant :

— Napoléon !

Il ne parut pas comprendre. Cela m'étonna ; mais je songeai
bientôt que ce nom datait seulement de l'Empire.

— Avez-vous connu Bonaparte ? lui dis-je en arabe.

Il pencha la tête en arrière avec une sorte de rêverie solennelle, et se mit à chanter à pleine gorge :

> *Ya salam, Bounabarteh !*
> (Salut à toi, ô Bonaparte !)

Je ne pus m'empêcher de fondre en larmes en écoutant ce
vieillard répéter le vieux chant des Égyptiens en l'honneur de
celui qu'ils appelaient le sultan Kébir. Je le pressai de le
chanter tout entier ; mais sa mémoire n'en avait retenu que peu
de vers.

« Tu nous as fait soupirer par ton absence, ô général qui prends le
café avec du sucre ! ô général charmant dont les joues sont si agréables, toi dont le glaive a frappé les Turcs ! salut à toi !

» O toi dont la chevelure est si belle ! depuis le jour où tu entras
au Caire, cette ville a brillé d'une lueur semblable à celle d'une lampe
de cristal ; salut à toi ! »

Cependant le reïs, indifférent à ces souvenirs, était allé du
côté des enfants, et l'on semblait préparer tout pour une cérémonie nouvelle.

En effet, les enfants ne tardèrent pas à se ranger sur
deux lignes, et les autres personnes réunies dans la maison se

levèrent; car il s'agissait de promener dans le village l'enfa
qui, la veille déjà, avait été promené au Caire. On amena u
cheval richement harnaché, et le petit bonhomme, qui pouva
avoir sept ans, couvert d'habits et d'ornements de femme
(le tout emprunté probablement), fut hissé sur la selle, où deu
de ses parents le maintenaient de chaque côté. Il était fie
comme un empereur, et tenait, selon l'usage, un mouchoir su
sa bouche. Je n'osais le regarder trop attentivement, sachan
que les Orientaux craignent en ce cas le *mauvais œil;* mais j
pris garde à tous les détails du cortége, que je n'avais jama
pu si bien distinguer au Caire, où ces processions des mutahii
diffèrent à peine de celles des mariages.

Il n'y avait pas à celle-là de bouffons nus, simulant des con
bats avec des lances et des boucliers; mais quelques Nubien:
montés sur des échasses, se poursuivaient avec de lon{
bâtons : ceci était pour attirer la foule; ensuite les musiciei
ouvraient la marche; puis les enfants, vêtus de leurs plus beau
costumes et guidés par cinq ou six faquirs ou santons, qi
chantaient des *moals* religieux; puis l'enfant à cheval, entoui
de ses parents, et enfin les femmes de la famille, au milieu de
quelles marchaient les danseuses non voilées, qui, à chaqi
halte, recommençaient leurs trépignements voluptueux. O
n'avait oublié ni les porteurs de cassolettes parfumées, ni le
enfants qui secouent les *kumkum*, flacons d'eau de rose dont o
asperge les spectateurs; mais le personnage le plus importai
du cortége était sans nul doute le barbier, tenant en mai
l'instrument mystérieux (dont le pauvre enfant devait plus tai
faire l'épreuve), tandis que son aide agitait au bout d'une lanc
une sorte d'enseigne chargée des attributs de son métiei
Devant le mutahir était un de ses camarades, portant, attaché
à son col, la *tablette à écrire,* décorée par le maître d'école d
chefs-d'œuvre calligraphiques. Derrière le cheval, une femm
jetait continuellement du sel pour conjurer les mauvais esprit;
La marche était fermée par les femmes gagées, qui serven
de pleureuses aux enterrements et qui accompagnent les céré

monies de mariage et de circoncision avec le même *oulouloulou !* dont la tradition se perd dans la plus haute antiquité.

Pendant que le cortége parcourait les rues peu nombreuses du petit village de Choubrah, j'étais resté avec le grand-père du mutahir, ayant eu toutes les peines du monde à empêcher l'esclave de suivre les autres femmes. Il avait fallu employer le *nafisch,* tout-puissant chez les Égyptiens, pour lui interdire ce qu'elle regardait comme un devoir de politesse et de religion. Les nègres préparaient des tables et décoraient la salle de feuillages. Pendant ce temps, je cherchais à tirer du vieillard quelques éclairs de souvenirs en faisant résonner à ses oreilles, avec le peu que je savais d'arabe, les noms glorieux de Kléber et de Menou. Il ne se souvenait que du colonel Barthélemy, ancien chef de la police du Caire, qui a laissé de grands souvenirs dans le peuple, à cause de sa grande taille et du magnifique costume qu'il portait. Barthélemy a inspiré des chants d'amour dont les femmes n'ont pas seules gardé la mémoire :

« Mon *bien-aimé* est coiffé d'un chapeau brodé; — des nœuds et des rosettes ornent sa ceinture.

» J'ai voulu l'embrasser, il m'a dit : *Aspetta* (attends) ! Oh ! qu'il est doux, son langage italien ! — Dieu garde celui dont les yeux sont les yeux de gazelle !

» Que tu es donc beau, Fart-el-Roumy (Barthélemy), quand tu proclames la paix publique avec un firman à la main ! »


IV — LE SIRAFEH


A l'entrée du mutahir, tous les enfants vinrent s'asseoir quatre par quatre autour des tables rondes où le maître d'école, le barbier et les santons occupèrent les places d'honneur. Les autres grandes personnes attendirent la fin du repas pour y prendre part à leur tour. Les Nubiens s'assirent devant la porte et reçurent le reste des plats, dont ils distribuèrent encore les derniers reliefs à de pauvres gens attirés par le bruit de la fête. Ce n'est qu'après avoir passé par deux ou trois série: d'invités inférieurs que les os parvenaient à un dernier cercle composé de chiens errants attirés par l'odeur des viandes. Rier ne se perd dans ces festins de patriarche, où, si pauvre que soit l'amphitryon, toute créature vivante peut réclamer sa par de fête. Il est vrai que les gens aisés ont l'usage de payer leu: écot par de petits présents, ce qui adoucit un peu la charge que s'imposent, dans ces occasions, les familles du peuple.

Cependant arrivait, pour le mutahir, l'instant douloureu: qui devait clore la fête. On fit lever de nouveau les enfants, e ils entrèrent seuls dans la salle où se tenaient les femmes. Or chantait : « O toi, sa tante paternelle! ô toi, sa tante mater nelle! viens préparer son *sirafeh!* » A partir de ce moment les détails m'ont été donnés par l'esclave présente à la céré monie du sirafeh.

Les femmes remirent aux enfants un châle dont quatr d'entre eux tinrent les coins. La tablette à écrire fut placée a: milieu, et le principal élève de l'école (*arif*) se mit à psalmo dier un chant dont chaque verset était ensuite répété en chœu par les enfants et par les femmes. On priait le Dieu qui sai tout, « qui connaît le pas de la fourmi noire et son trava: dans les ténèbres, » d'accorder sa bénédiction à cet enfant qui déjà savait lire et pouvait comprendre le Coran. On reme: ciait en son nom le père, qui avait payé les leçons du maître et la mère, qui, dès le berceau, lui avait enseigné la parole.

« Dieu m'accorde, disait l'enfant à sa mère, de te voir assise a paradis et saluée par Moryam (Marie), par Zeynab, fille d'Ali, et pa Fatime, fille du prophète! »

Le reste des versets était à la louange des faquirs et d maître d'école, comme ayant expliqué et fait apprendre à l'en fant les divers chapitres du Coran.

D'autres chants moins graves succédaient à ces litanies.

« O vous, jeunes filles qui nous entourez, disait l'arif, je vous re commande aux soins de Dieu lorsque vous peignez vos yeux et qu vous vous regardez au miroir!

» Et vous femmes mariées ici rassemblées, par la vertu du chapitre 37 : *la Fécondité,* soyez bénies ! — Mais, s'il est ici des femmes qui aient vieilli dans le célibat, qu'elles soient, à coups de savate, chassées dehors ! »

Pendant cette cérémonie, les garçons promenaient autour de la salle le sirafeh, et chaque femme déposait sur la tablette des cadeaux de petite monnaie ; après quoi, on versait les pièces dans un mouchoir dont les enfants devaient faire don aux faquirs.

En revenant dans la chambre des hommes, le mutahir fut placé sur un siége élevé. Le barbier et son aide se tinrent debout des deux côtés avec leurs instruments. On plaça devant l'enfant un bassin de cuivre où chacun dut venir déposer son offrande ; après quoi, il fut amené par le barbier dans une pièce séparée où l'opération s'accomplit sous les yeux de deux de ses parents, pendant que les cymbales résonnaient pour couvrir ses plaintes.

L'assemblée, sans se préoccuper davantage de cet incident, passa encore la plus grande partie de la nuit à boire des sorbets, du café et une sorte de bière épaisse (*bouza*), boisson enivrante, dont les noirs principalement faisaient usage, et qui est sans doute la même qu'Hérodote désigne sous le nom de vin d'orge.

## V — LA FORÊT DE PIERRE

Je ne savais trop que faire le lendemain matin pour attendre l'heure où le vent devait se lever. Le reïs et tout son monde se livraient au sommeil avec cette insouciance profonde du grand jour qu'ont peine à concevoir les gens du Nord. J'eus l'idée de laisser l'esclave pour toute la journée dans la cange, et d'aller me promener vers Héliopolis, éloigné d'à peine une lieue.

Tout à coup je me souvins d'une promesse que j'avais faite à un brave commissaire de marine qui m'avait prêté sa carabine pendant la traversée de Syra à Alexandrie.

— Je ne vous demande qu'une chose, m'avait-il dit, lors-

I                                                    12

qu'à l'arrivée je lui fis mes remercîments, c'est de ramasse[
pour moi quelques fragments de la forêt pétrifiée qui se trouv[
dans le désert, à peu de distance du Caire. Vous les remettrez
en passant à Smyrne, chez madame Carton, rue des Roses.

Ces sortes de commissions sont sacrées entre voyageurs; l[
honte d'avoir oublié celle-là me fit résoudre immédiatemen[
cette expédition facile. Du reste, je tenais aussi à voir cett[
forêt dont je ne m'expliquais pas la structure. Je réveillai l'esclave, qui était de très-mauvaise humeur, et qui demanda [
rester avec la femme du reïs. J'avais l'idée dès lors d'emmene[
le reïs; une simple réflexion et l'expérience acquise des mœur[
du pays me prouvèrent que, dans cette famille honorable, l'innocence de la pauvre Zeynab ne courait aucun danger.

Ayant pris les dispositions nécessaires et averti le reïs, qu[
me fit venir un ânier intelligent, je me dirigeai vers Héliopolis, laissant à gauche le canal d'Adrien, creusé jadis du Nil [
la mer Rouge, et dont le lit desséché devait plus tard trace[
notre route au milieu des dunes de sable.

Tous les environs de Choubrah sont admirablement cultivés[
Après un bois de sycomores qui s'étend autour des haras, o[
laisse à gauche une foule de jardins où l'oranger est cultiv[
dans l'intervalle des dattiers placés en quinconces; puis, e[
traversant une branche du Kalisch ou canal du Caire, on gagn[
en peu de temps la lisière du désert, qui commence sur la l[
mite des inondations du Nil. Là s'arrête le damier fertile de[
plaines, si soigneusement arrosées par les rigoles qui coule[
des *saquiès* ou puits à roue; là commence, avec l'impressio[
de la tristesse et de la mort qui ont vaincu la nature elle-mêm[
cet étrange faubourg de constructions sépulcrales qui ne s'ar[
rête qu'au Mokatam, et qu'on appelle de ce côté la *vallée de[
Califes*. C'est là que Touloun et Bibars, Saladin et Malek-Adel[
et mille autres héros de l'islam, reposent non dans de simpl[
tombes, mais dans de vastes palais brillants encore d'arabes[
ques et de dorures, entremêlés de vastes mosquées. Il sembl[
que les spectres, habitants de ces vastes demeures, aient voul[

encore des lieux de prière et d'assemblée, qui, si l'on en croit la tradition, se peuplent à certains jours d'une sorte de fantasmagorie historique.

En nous éloignant de cette triste cité dont l'aspect extérieur produit l'effet d'un brillant quartier du Caire, nous avions gagné la levée d'Héliopolis, construite jadis pour mettre cette ville à l'abri des plus hautes inondations. Toute la plaine qu'on aperçoit au delà est bosselée de petites collines formées d'amas de décombres. Ce sont principalement les ruines d'un village qui recouvrent là les restes perdus des constructions primitives. Rien n'est resté debout; pas une pierre antique ne s'élève au-dessus du sol, excepté l'obélisque, autour duquel on a planté un vaste jardin.

L'obélisque forme le centre de quatre allées d'ébéniers qui divisent l'enclos; des abeilles sauvages ont établi leurs alvéoles dans les anfractuosités de l'une des faces qui, comme on sait, est dégradée. Le jardinier, habitué aux visites des voyageurs, m'offrit des fleurs et des fruits. Je pus m'asseoir et songer un instant aux splendeurs décrites par Strabon, aux trois autres obélisques du temple du Soleil, dont deux sont à Rome et dont l'autre a été détruit; à ces avenues de sphinx en marbre jaune du nombre desquels un seul se voyait encore au siècle dernier; à cette ville enfin, berceau des sciences, où Hérodote et Platon vinrent se faire initier aux mystères. Héliopolis a d'autres souvenirs encore au point de vue biblique. Ce fut là que Joseph donna ce bel exemple de chasteté que notre époque n'apprécie plus qu'avec un sourire ironique. Aux yeux des Arabes, cette légende a un tout autre caractère : *Joseph* et *Zuleïka* sont les types consacrés de l'amour pur, des sens vaincus par le devoir, et triomphant d'une double tentation; car le maître de Joseph était un des eunuques du pharaon. Dans la légende originale souvent traitée par les poëtes de l'Orient, la tendre Zuleïka n'est point sacrifiée comme dans celle que nous connaissons. Mal jugée d'abord par les femmes de Memphis, elle fut de toutes parts excusée dès que Joseph, sorti de sa prison, eut fait admirer à la cour du pharaon tout le charme de sa beauté.

Le sentiment d'amour platonique dont les poëtes arabes supposent que Joseph fut animé pour Zuleïka, et qui rend certes son sacrifice d'autant plus beau, n'empêcha pas ce patriarche de s'unir plus tard à la fille d'un prêtre d'Héliopolis, nommée Azima. Ce fut un peu plus loin, vers le nord, qu'il établit sa famille à un endroit nommé Gessen, où l'on a cru de nos jours retrouver les restes d'un temple juif bâti par Onias.

Je n'ai pas eu le temps de visiter ce berceau de la postérité de Jacob; mais je ne laisserai pas échapper l'occasion de laver tout un peuple, dont nous avons accepté les traditions patriarcales, d'un acte peu loyal que les philosophes lui ont durement reproché. Je discutais, sur la fuite d'Égypte du peuple de Dieu, avec cet *humoriste* de Berlin qui faisait partie comme savant de l'expédition de M. Lepsius :

— Croyez-vous donc, me dit-il, que tant d'honnêtes Hébreux auraient eu l'indélicatesse d'*emprunter* ainsi la vaisselle de gens qui, quoique Égyptiens, avaient été évidemment leurs voisins ou leurs amis?

— Cependant, observai-je, il faut croire cela, ou nier l'Écriture.

— Il peut y avoir erreur dans la version ou interpolation dans le texte; mais faites attention à ce que je vais vous dire : les Hébreux ont eu, de tout temps, le génie de la banque et de l'escompte. Dans cette époque encore naïve, on ne devait guère prêter que sur gages... et persuadez-vous bien que telle était déjà leur industrie principale.

— Mais les historiens les peignent occupés à mouler des briques pour les pyramides (lesquelles, il est vrai, sont en pierre), et la rétribution de ces travaux se faisait en oignons et autres légumes.

— Eh bien, s'ils ont pu amasser quelques oignons, croyez fermement qu'ils ont su les faire valoir et que cela leur en a rapporté beaucoup d'autres.

— Que faudrait-il en conclure?

— Rien autre chose, sinon que l'argenterie qu'ils ont emportée formait probablement le gage exact des prêts qu'ils avaient pu faire dans Memphis. L'Égyptien est négligent; il avait sans doute laissé s'accumuler les intérêts et les frais, et la rente au taux légal...

— De sorte qu'il n'y avait pas même à réclamer un boni?

— J'en suis sûr. Les Hébreux n'ont emporté que ce qui leur était acquis selon toutes les lois de l'équité naturelle et commerciale. Par cet acte, assurément légitime, ils ont fondé dès lors les vrais principes du crédit. Du reste, le Talmud dit en termes précis : « Ils ont pris seulement ce qui était à eux. »

Je donne pour ce qu'il vaut ce paradoxe berlinois. Il me tarde de retrouver à quelques pas d'Héliopolis des souvenirs plus grands de l'histoire biblique. Le jardinier qui veille à la conservation du dernier monument de cette cité illustre, appelée primitivement *Ainschems* ou l'OEil-du-Soleil, m'a donné un de ses fellahs pour me conduire à Matarée. Après quelques minutes de marche dans la poussière, j'ai retrouvé une oasis nouvelle, c'est-à-dire un bois tout entier de sycomores et d'orangers; une source coule à l'entrée de l'enclos, et c'est, dit-on, la seule source d'eau douce que laisse filtrer le terrain nitreux de l'Égypte. Les habitants attribuent cette qualité à une bénédiction divine. Pendant le séjour que la sainte famille fit à Matarée, c'est là, dit-on, que la Vierge venait blanchir le linge de l'Enfant Dieu. On suppose, en outre, que cette eau guérit la lèpre. De pauvres femmes qui se tiennent près de la source vous en offrent une tasse moyennant un léger bakchis.

Il reste à voir encore, dans le bois, le sycomore touffu sous lequel se réfugia la sainte famille, poursuivie par la bande d'un brigand nommé Disma. Celui-ci qui, plus tard, devint le bon larron, finit par découvrir les fugitifs; mais tout à coup la foi toucha son cœur, au point qu'il offrit l'hospitalité à Joseph

12.

et à Marie, dans une de ses maisons située sur l'emplacement
du vieux Caire, qu'on appelait alors Babylone d'Égypte. Ce
Disma, dont les occupations paraissaient lucratives, avait des
propriétés partout. On m'avait fait voir déjà, au vieux Caire,
dans un couvent cophte, un vieux caveau, voûté en brique,
qui passe pour être un reste de l'hospitalière maison de Disma
et l'endroit même où couchait la sainte famille.

Ceci appartient à la tradition cophte; mais l'arbre merveilleux de Matarée reçoit les hommages de toutes les communions chrétiennes. Sans penser que ce sycomore remonte à la
haute antiquité qu'on suppose, on peut admettre qu'il est le
produit des rejetons de l'arbre ancien, et personne ne le visite
depuis des siècles sans emporter un fragment du bois ou de
l'écorce. Cependant il a toujours des dimensions énormes et
semble un baobab de l'Inde; l'immense développement de ses
branches et de ses surgeons disparaît sous les *ex-voto*, les
chapelets, les légendes, les images saintes, qu'on y vient sus-
pendre ou clouer de toutes parts.

En quittant Matarée, nous ne tardâmes pas à retrouver la
trace du canal d'Adrien, qui sert de chemin quelque temps,
et où les roues de fer des voitures de Suez laissent des ornières
profondes. Le désert est beaucoup moins aride que l'on ne
croit; des touffes de plantes balsamiques, des mousses, des
lichens et des cactus revêtent presque partout le sol, et de
grands rochers garnis de broussailles se dessinent à l'horizon.

La chaîne du Mokatam fuyait à droite vers le sud; le défilé,
en se resserrant, ne tarda pas à en masquer la vue, et mon
guide m'indiqua du doigt la composition singulière des roches
qui dominaient notre chemin : c'étaient des blocs d'huîtres et
de coquillages de toute sorte. La mer du déluge, ou peut-être
seulement la Méditerranée qui, selon les savants, couvrait
autrefois toute cette vallée du Nil, a laissé ces marques incon-
testables. Que faut-il supposer de plus étrange maintenant?
La vallée s'ouvre; un immense horizon s'étend à perte de

vue. Plus de traces, plus de chemins; le sol est rayé partout de longues colonnes rugueuses et grisâtres. O prodige! ceci est la forêt pétrifiée.

Quel est le souffle effrayant qui a couché à terre au même instant ces troncs de palmier gigantesques? Pourquoi tous du même côté, avec leurs branches et leurs racines, et pourquoi la végétation s'est-elle glacée et durcie en laissant distincts les fibres du bois et les conduits de la séve? Chaque vertèbre s'est brisée par une sorte de décollement; mais toutes sont restées bout à bout comme les anneaux d'un reptile. Rien n'est plus étonnant au monde. Ce n'est pas une pétrification produite par l'action chimique de la terre; tout est couché à fleur de sol. C'est ainsi que tomba la vengeance des dieux sur les compagnons de Phinée. Serait-ce un terrain quitté par la mer? Mais rien de pareil ne signale l'action ordinaire des eaux. Est-ce un cataclysme subit, un courant des eaux du déluge? Mais comment, dans ce cas, les arbres n'auraient-ils pas surnagé? L'esprit s'y perd; il vaut mieux n'y plus songer!

J'ai quitté enfin cette vallée étrange, et j'ai regagné rapidement Choubrah. Je remarquais à peine les creux de rocher qu'habitent les hyènes, et les ossements blanchis de dromadaires qu'a semés abondamment le passage des caravanes; j'emportais dans ma pensée une impression plus grande encore que celle dont on est frappé au premier aspect des pyramides : leurs quarante siècles sont bien petits devant les témoins irrécusables d'un monde primitif soudainement détruit!

## VI — UN DÉJEUNER EN QUARANTAINE

Nous voilà de nouveau sur le Nil. Jusqu'à Batn-el-Bakarah, le *ventre de la vache*, où commence l'angle inférieur du Delta, je ne faisais que retrouver des rives connues. Les pointes des trois pyramides, teintes de rose le matin et le soir, et que l'on admire si longtemps avant d'arriver au Caire, si longtemps encore après avoir quitté Boulaq, disparurent enfin tout à fait

de l'horizon. Nous voguions désormais sur la branche orientale du Nil, c'est-à-dire sur le véritable lit du fleuve ; car
la branche de Rosette, plus fréquentée des voyageurs d'Europe, n'est qu'une large saignée qui se perd à l'occident.

C'est de la branche de Damiette que partent les principaux
canaux deltaïques ; c'est elle aussi qui présente le paysage le
plus riche et le plus varié. Ce n'est plus cette rive monotone
des autres branches, bordée de quelques palmiers grêles, avec
des villages bâtis en briques crues, et, çà et là, des tombeaux
de santons égayés de minarets, des colombiers ornés de renflements bizarres, minces silhouettes panoramiques toujours découpées sur un horizon qui n'a pas de second plan ; la branche,
ou, si vous voulez, la *brame* de Damiette, baigne des villes
considérables, et traverse partout des campagnes fécondes ;
les palmiers sont plus beaux et plus touffus ; les figuiers, les
grenadiers et les tamarins présentent partout des nuances infinies de verdure. Les bords du fleuve, aux affluents des nombreux canaux d'irrigation, sont revêtus d'une végétation toute
primitive ; du sein des roseaux qui jadis fournissaient le papyrus et des nénufars variés, parmi lesquels peut-être on
retrouverait le lotus pourpré des anciens, on voit s'élancer
des milliers d'oiseaux et d'insectes. Tout papillote, étincelle
et bruit, sans tenir compte de l'homme, car il ne passe pas là
dix Européens par année ; ce qui veut dire que les coups de
fusil viennent rarement troubler ces solitudes populeuses. Le
cygne sauvage, le pélican, le flamant rose, le héron blanc et
la sarcelle se jouent autour des djermes et des canges ; mais
des vols de colombes, plus facilement effrayées, s'égrènent çà
et là en longs chapelets dans l'azur du ciel. .

Nous avions laissé à droite Charakhanieh, situé sur l'emplacement de l'antique *Cercasorum* ; Dagoueh, vieille retraite
des brigands du Nil qui suivaient, la nuit, les barques à la
nage en cachant leur tête dans la cavité d'une courge creusée ;
Atrib, qui couvre les ruines d'Atribis, et Methram, ville moderne fort peuplée, dont la mosquée, surmontée d'une tour

carrée, fut dit-on, une église chrétienne avant la conquête arabe.

Sur la rive gauche, on retrouve l'emplacement de Busiris sous le nom de Bouzir, mais aucune ruine ne sort de terre; de l'autre côté du fleuve, Semenhoud, autrefois Sebennitus, fait jaillir du sein de la verdure ses dômes et ses minarets. Les débris d'un temple immense, qui paraît être celui d'Isis, se rencontrent à deux lieues de là. Des têtes de femmes servaient de chapiteau à chaque colonne; la plupart de ces dernières ont servi aux Arabes à fabriquer des meules de moulin.

Nous passâmes la nuit devant Mansourah, et je ne pus visiter les fours à poulets célèbres de cette ville, ni la maison de Ben-Lockman, où vécut saint Louis prisonnier. Une mauvaise nouvelle m'attendait à mon réveil : le drapeau jaune de la peste était arboré sur Mansourah, et nous attendait encore à Damiette, de sorte qu'il était impossible de songer à faire des provisions autres que d'animaux vivants. C'était de quoi gâter assurément le plus beau paysage du monde; malheureusement aussi, les rives devenaient moins fertiles; l'aspect des rizières inondées, l'odeur malsaine des marécages, dominaient décidément, au delà de Pharescour, l'impression des dernières beautés de la nature égyptienne. Il fallut attendre jusqu'au soir pour rencontrer enfin le magique spectacle du Nil élargi comme un golfe, des bois de palmiers plus touffus que jamais, de Damiette, enfin, bordant les deux rives de ses maisons italiennes et de ses terrasses de verdure; spectacle qu'on ne peut comparer qu'à celui qu'offre l'entrée du grand canal de Venise, et où, de plus, les mille aiguilles des mosquées se découpaient dans la brume colorée du soir.

On amarra la cange au quai principal, devant un vaste bâtiment décoré du pavillon de France; mais il fallait attendre le lendemain pour nous faire reconnaître et obtenir le droit de pénétrer avec notre belle santé dans le sein d'une ville malade. Le drapeau jaune flottait sinistrement sur le bâtiment de la marine, et la consigne était toute dans notre intérêt. Cependant nos provisions étaient épuisées, et cela ne nous annonçait qu'un triste déjeuner pour le lendemain.

Au point du jour toutefois, notre pavillon avait été signalé, ce qui prouvait l'utilité du conseil de madame Bonhomme, et le janissaire du consulat français venait nous offrir ses services. J'avais une lettre pour le consul, et je demandai à le voir lui-même. Après être allé l'avertir, le janissaire vint me prendre et me dit de faire grande attention, afin de ne toucher personne et de ne point être touché pendant la route. Il marchait devant moi avec sa canne à pomme d'argent, et faisait écarter les curieux. Nous montons enfin dans un vaste bâtiment de pierre, fermé de portes énormes, et qui avait la physionomie d'un okel ou caravansérail. C'était pourtant la demeure du consul ou plutôt de l'agent consulaire de France, qui est en même temps l'un des plus riches négociants en riz de Damiette.

J'entre dans la chancellerie; le janissaire m'indique son maître, et j'allais bonnement lui remettre ma lettre dans la main.

— *Aspetta!* me dit-il d'un air moins gracieux que celui du colonel Barthélemy quand on voulait l'embrasser.

Et il m'écarte avec un bâton blanc qu'il tenait à la main. Je comprends l'intention, et je présente simplement la lettre. Le consul sort un instant sans rien dire, et revient tenant une paire de pincettes; il saisit ainsi la lettre, en met un coin sous son pied, déchire très-adroitement l'enveloppe avec le bout des pinces, et déploie ensuite la feuille, qu'il tient à distance devant ses yeux en s'aidant du même instrument.

Alors, sa physionomie se déride un peu, il appelle son chancelier, qui seul parle français, et me fait inviter à déjeuner, mais en me prévenant que ce sera *en quarantaine.* Je ne savais trop ce que pouvait valoir une telle invitation; mais je pensai d'abord à mes compagnons de la cange, et je demandai ce que la ville pouvait leur fournir.

Le consul donna des ordres au janissaire, et je pus obtenir pour eux du pain, du vin et des poules, seuls objets de consommation qui soient supposés ne pouvoir transmettre la peste. La pauvre esclave se désolait dans la cabine; je l'en fis sortir pour la présenter au consul.

En me voyant revenir avec elle, ce dernier fronça le sourcil.

— Est-ce que vous voulez emmener cette femme en France? me dit le chancelier.

— Peut-être, si elle y consent et si je le puis; en attendant, nous partons pour Beyrouth.

— Vous savez qu'une fois en France, elle est libre?

— Je la regarde comme libre dès à présent.

— Savez-vous aussi que, si elle s'ennuie en France, vous serez obligé de la faire revenir en Égypte à vos frais?

— Mais j'ignorais cela!

— Vous ferez bien d'y songer. Il vaudrait mieux la revendre ici.

— Dans une ville où est la peste? Ce serait peu généreux!

— Enfin, c'est votre affaire, dit le chancelier.

Il expliqua le tout au consul, qui finit par sourire et qui voulut présenter l'esclave à sa femme. En attendant, on nous fit passer dans la salle à manger, dont le centre était occupé par une grande table ronde. Ici commença une cérémonie nouvelle.

Le consul m'indiqua un bout de la table où je devais m'asseoir; il prit place à l'autre bout avec son chancelier et un petit garçon, son fils sans doute, qu'il alla chercher dans la chambre des femmes. Le janissaire se tenait debout à droite de la table pour bien marquer la séparation.

Je pensais qu'on inviterait aussi la pauvre Zeynab; mais elle s'était assise, les jambes croisées, sur une natte, avec la plus parfaite indifférence, comme si elle se trouvait encore au bazar. Elle croyait peut-être au fond que je l'avais amenée là pour la revendre.

Le chancelier prit la parole et me dit que notre consul était un négociant catholique natif de Syrie; et que l'usage n'étant pas, même chez les chrétiens, d'admettre les femmes à table, on allait faire paraître la khanoun seulement pour me faire honneur.

En effet, la porte s'ouvrit; une femme d'une trentaine d'années et d'un embonpoint marqué s'avança majestueusement dans la salle, et prit place en face du janissaire sur une chaise haute, avec escabeau adossé au mur. Elle portait sur la tête une immense coiffure conique, drapée d'un cachemire jaune avec des ornements d'or. Ses cheveux nattés et sa poitrine étincelaient de diamants. Elle avait l'air d'une madone, et son teint de lis pâle faisait ressortir l'éclat sombre de ses yeux, dont les paupières et les sourcils étaient peints selon la coutume.

Des domestiques, placés de chaque côté de la salle, nous servaient des mets pareils dans des plats différents, et l'on m'expliqua que ceux de mon côté n'étaient pas en quarantaine, et qu'il n'y avait rien à craindre, si par hasard ils touchaient mes vêtements. Je comprenais difficilement comment, dans une ville pestiférée, il y avait des gens tout à fait isolés de la contagion. J'étais cependant moi-même un exemple de cette singularité.

Le déjeuner fini, la khanoun, qui nous avait regardés silencieusement sans prendre place à notre table, avertie par son mari de la présence de l'esclave amenée par moi, lui adressa la parole, lui fit des questions et ordonna qu'on lui servît à manger. On apporta une petite table ronde pareille à celles du pays, et le service en quarantaine s'effectua pour elle comme pour moi.

Le chancelier voulut bien ensuite m'accompagner pour me faire voir la ville. La magnifique rangée des maisons qui bordent le Nil n'est pour ainsi dire qu'une décoration de théâtre; tout le reste est poudreux et triste; la fièvre et la peste semblent transpirer des murailles. Le janissaire marchait devant nous en faisant écarter une foule livide vêtue de haillons bleus. Je ne vis de remarquable que le tombeau d'un santon célèbre, honoré par les marins turcs, une vieille église bâtie par les croisés dans le style byzantin, et une colline aux portes de la ville entièrement formée, dit-on, des ossements de l'armée de saint Louis.

Je craignais d'être obligé de passer plusieurs jours dans cette ville désolée. Heureusement, le janissaire m'apprit le soir même que la bombarde *la Santa-Barbara* allait appareiller au point du jour pour les côtes de Syrie. Le consul voulut bien y retenir mon passage et celui de l'esclave ; le soir même, nous quittions Damiette pour aller rejoindre en mer ce bâtiment, commandé par un capitaine grec.

# VI

# LA SANTA-BARBARA

---

I — UN COMPAGNON

« Istamboldan ! ah ! yélir firman !
Yélir, yélir, Istamboldan ! »

C'était une voix grave et douce, une voix de jeune homme blond ou de jeune fille brune, d'un timbre frais et pénétrant, résonnant comme un chant de cigale altérée à travers la brume poudreuse d'une matinée d'Égypte. J'avais entr'ouvert, pour l'entendre mieux, une des fenêtres de la cange, dont le grillage doré se découpait, hélas ! sur une côte aride ; nous étions loin déjà des plaines cultivées et des riches palmeraies qui entourent Damiette. Partis de cette ville à l'entrée de la nuit, nous avions atteint en peu de temps le rivage d'Esbeh, qui est l'échelle maritime et l'emplacement primitif de la ville des croisades. Je m'éveillais à peine, étonné de ne plus être bercé par les vagues, et ce chant continuait à résonner par intervalles comme venant d'une personne assise sur la grève, mais cachée par l'élévation des berges. Et la voix reprenait encore avec une douceur mélancolique :

« Kaïkélir ! Istamboldan !...
Yélir, yélir, Istamboldan ! »

Je comprenais bien que ce chant célébrait Stamboul dans un langage nouveau pour moi, qui n'avait plus les rauques consonnances de l'arabe ou du grec, dont mon oreille était fatiguée. Cette voix, c'était l'annonce lointaine de nouvelles populations, de nouveaux rivages; j'entrevoyais déjà, comme en un mirage, la reine du Bosphore parmi ses eaux bleues et sa sombre verdure, et, l'avouerai-je? ce contraste avec la nature monotone et brûlée de l'Égypte m'attirait invinciblement. Quitte à pleurer les bords du Nil, plus tard, sous les verts cyprès de Péra, j'appelais, au secours de mes sens amollis par l'été, l'air vivifiant de l'Asie. Heureusement, la présence, sur le bateau, du janissaire que notre consul avait chargé de m'accompagner m'assurait d'un départ prochain.

On attendait l'heure favorable pour passer le *boghaz*, c'est-à-dire la barre formée par les eaux de la mer luttant contre le cours du fleuve, et une djerme chargée de riz, qui appartenait au consul, devait nous transporter à bord de *la Santa-Barbara*, arrêtée à une lieue en mer.

Cependant la voix reprenait :

« Ah! ah! ah! drommatina!
Drommatina dieljédélim!... »

— Qu'est-ce que cela peut signifier? me disais-je. Cela doit être du turc.

Et je demandai au janissaire s'il comprenait.

— C'est un dialecte des provinces, répondit-il; je ne comprends que le turc de Constantinople; quant à la personne qui chante, ce n'est pas grand'chose de bon : un pauvre diable sans asile, un *banian*!

J'ai toujours remarqué avec peine le mépris constant de l'homme qui remplit des fonctions serviles à l'égard du pauvre qui cherche fortune ou qui vit dans l'indépendance. Nous étions sortis du bateau, et, du haut de la levée, j'apercevais un jeune homme nonchalamment couché au milieu d'une touffe de roseaux secs. Tourné vers le soleil naissant qui perçait peu à peu la brume étendue sur les rizières, il continuait sa chanson, dont je recueillais aisément les paroles, ramenées par de nombreux refrains :

« Déyouldoumou ! bourouldoumou !
Ali-Osman yadjénamdah ! »

Il y a dans certaines langues méridionales un charme syllabique, une grâce d'intonation qui convient aux voix des femmes et des jeunes gens, et qu'on écouterait volontiers des heures entières sans comprendre. Et puis ce chant langoureux, ces modulations chevrotantes qui rappelaient nos vieilles chansons de campagne, tout cela me charmait avec la puissance du contraste et de l'inattendu ; quelque chose de pastoral et d'amoureusement rêveur jaillissait pour moi de ces mots riches en voyelles et cadencés comme des chants d'oiseau.

— C'est peut-être, me disais-je, quelque chant d'un pasteur de Trébizonde ou de la Marmarique. Il me semble entendre des colombes qui roucoulent sur la pointe des ifs ; cela doit se chanter dans des vallons bleuâtres où les eaux douces éclairent de reflets d'argent les sombres rameaux du mélèze, où les roses fleurissent sur de hautes charmilles, où les chèvres se suspendent aux rochers verdoyants comme dans une idylle de Théocrite.

Cependant je m'étais rapproché du jeune homme, qui m'aperçut enfin, et, se levant, me salua en disant :

— Bonjour, monsieur.

C'était un beau garçon aux traits circassiens, à l'œil noir, avec un teint blanc et des cheveux blonds coupés de près, mais non pas rasés selon l'usage des Arabes. Une longue robe de soie rayée, puis un pardessus de drap gris, composaient son ajustement, et un simple tarbouch de feutre rouge lui servait de coiffure ; seulement, la forme plus ample et la houppe mieux fournie de soie bleue que celle des bonnets égyptiens, indiquaient le sujet immédiat d'Abdul-Medjid. Sa ceinture, faite d'un aunage de cachemire à bas prix, portait, au lieu des collections de pistolets et de poignards dont tout homme libre ou tout serviteur gagé se hérisse en général la poitrine, une écritoire de

cuivre d'un demi-pied de longueur. Le manche de cet instrument oriental contient l'encre, et le fourreau contient les
roseaux qui servent de plumes (*calam*). De loin, cela peut
passer pour un poignard ; mais c'est l'insigne pacifique du
simple lettré.

Je me sentis tout d'un coup plein de bienveillance pour ce
confrère, et j'avais quelque honte de l'attirail guerrier qui, au
contraire, dissimulait ma profession.

— Est-ce que vous habitez dans ce pays? dis-je à l'inconnu.

— Non, monsieur ; je suis venu avec vous de Damiette.

— Comment, avec moi?

— Oui, les bateliers m'ont reçu dans la cange et m'ont
amené jusqu'ici. J'aurais voulu me présenter à vous ; mais vous
étiez couché.

— C'est très-bien, dis-je ; et où allez-vous comme cela?

— Je vais vous demander la permission de passer aussi
sur la djerme, pour gagner le vaisseau où vous allez vous
embarquer.

— Je n'y vois pas d'inconvénient, dis-je en me tournant du
côté du janissaire.

Mais ce dernier me prit à part.

— Je ne vous conseille pas, me dit-il, d'emmener ce garçon.
Vous serez obligé de payer son passage, car il n'a rien que son
écritoire ; c'est un de ces vagabonds qui écrivent des vers et
autres sottises. Il s'est présenté au consul, qui n'en a pas pu
tirer autre chose.

— Mon cher, dis-je à l'inconnu, je serais charmé de vous
rendre service, mais j'ai à peine ce qu'il me faut pour arriver à
Beyrouth et y attendre de l'argent.

— C'est bien, me dit-il, je puis vivre ici quelques jours chez
les fellahs. J'attendrai qu'il passe un Anglais.

Ce mot me laissa un remords. Je m'étais éloigné avec le
janissaire, qui me guidait à travers les terres inondées en me
faisant suivre un chemin tracé çà et là sur les dunes de sable

pour gagner les bords du lac Menzaleh. Le temps qu'il fallait pour charger la djerme des sacs de riz apportés par diverses barques nous laissait tout le loisir nécessaire pour cette expédition.

II — LE LAC MENZALEH

Nous avions dépassé à droite le village d'Esbeh, bâti en briques crues, et où l'on distingue les restes d'une antique mosquée et aussi quelques débris d'arches et de tours appartenant à l'ancienne Damiette, détruite par les Arabes à l'époque de saint Louis, comme trop exposée aux surprises. La mer baignait jadis les murs de cette ville, et en est maintenant éloignée d'une lieue. C'est à peu près l'espace que gagne la terre d'Égypte tous les six cents ans. Les caravanes qui traversent le désert pour passer en Syrie rencontrent sur divers points des lignes régulières où se voient, de distance en distance, des ruines antiques ensevelies dans le sable, mais dont le vent du désert se plaît quelquefois à faire revivre les contours. Ces spectres de villes dépouillées pour un temps de leur linceul poudreux effrayent l'imagination des Arabes, qui attribuent leur construction aux génies. Les savants de l'Europe retrouvent, en suivant ces traces, une série de cités bâties au bord de la mer sous telle ou telle dynastie de rois pasteurs ou de conquérants thébains. C'est par le calcul de cette retraite des eaux de la mer aussi bien que par celui des diverses couches du Nil empreintes dans le limon, et dont on peut compter les marques en formant des excavations, qu'on est parvenu à faire remonter à quarante mille ans l'antiquité du sol de l'Égypte. Ceci s'arrange mal peut-être avec la *Genèse;* cependant ces longs siècles consacrés à l'action mutuelle de la terre et des eaux ont pu constituer ce que le livre saint appelle « matière sans forme, » l'organisation des êtres étant le seul principe véritable de la création.

Nous avions atteint le bord oriental de la langue de terre où est bâtie Damiette; le sable où nous marchions luisait par places, et il me semblait voir des flaques d'eau congelées dont nos pieds écrasaient la surface vitreuse ; c'étaient des couches de sel marin. Un rideau de joncs élancés, de ceux peut-être qui fournissaient autrefois le papyrus, nous cachait encore les bords du lac; nous arrivâmes enfin à un port établi pour les barques des pêcheurs, et, de là, je crus voir la mer elle-même dans un jour de calme. Seulement, des îles lointaines, teintes de rose par le soleil levant, couronnées çà et là de dômes et de minarets, indiquaient un lieu plus paisible, et des barques à voiles latines circulaient par centaines sur la surface unie des eaux.

C'était le lac Menzaleh, l'ancien *Maréotis*, où Tanis ruinée occupe encore l'île principale, et dont Péluse bornait l'extrémité voisine de la Syrie, Péluse, l'ancienne porte de l'Égypte, où passèrent tour à tour Cambyse, Alexandre et Pompée, ce dernier, comme on sait, pour y trouver la mort.

Je regrettais de ne pouvoir parcourir le riant archipel semé dans les eaux du lac et assister à quelqu'une de ces pêches magnifiques qui fournissent des poissons à l'Égypte entière. Des oiseaux d'espèces variées planent sur cette mer intérieure, nagent près des bords ou se réfugient dans le feuillage des sycomores, des cassiers et des tamarins ; les ruisseaux et les canaux d'irrigation qui traversent [partout les rizières offrent des variétés de végétation marécageuse, où les roseaux, les joncs, le nénufar et sans doute aussi le lotus des anciens émaillent l'eau verdâtre et bruissent du vol d'une quantité d'insectes que poursuivent les oiseaux. Ainsi s'accomplit cet éternel mouvement de la nature primitive où luttent des esprits féconds et meurtriers.

Quand, après avoir traversé la plaine, nous remontâmes sur la jetée, j'entendis de nouveau la voix du jeune homme qui m'avait parlé; il continuait à répéter :

« Yélir, yélir, Istamboldan! »

Je craignais d'avoir eu tort de refuser sa demande, et je voulus rentrer en conversation avec lui en l'interrogeant sur le sens de ce qu'il chantait.

— C'est, me dit-il, une chanson qu'on a faite à l'époque du massacre des janissaires. J'ai été bercé avec cette chanson.

— Comment! disais-je en moi-même, ces douces paroles, cet air langoureux renferment des idées de mort et de carnage! Ceci nous éloigne un peu de l'églogue.

La chanson voulait dire, à peu près :

« Il vient de Stamboul, le firman (celui qui annonçait la destruction des janissaires)! — Un vaisseau l'apporte, — Ali-Osman l'attend; — un vaisseau arrive, — mais le firman ne vient pas; — tout le peuple est dans l'incertitude. — Un second vaisseau arrive; voilà enfin celui qu'attendait Ali-Osman. — Tous les musulmans revêtent leurs habits brodés — et s'en vont se divertir dans la campagne, — car il est certainement arrivé cette fois, le firman! »

A quoi bon vouloir tout approfondir? J'aurais mieux aimé ignorer désormais le sens de ces paroles. Au lieu d'un chant de pâtre, ou du rêve d'un voyageur qui pense à Stamboul, je n'avais plus dans la mémoire qu'une sotte chanson politique.

— Je ne demande pas mieux, dis-je tout bas au jeune homme, que de vous laisser entrer dans la djerme; mais votre chanson aura peut-être contrarié le janissaire, quoiqu'il ait eu l'air de ne pas la comprendre...

— Lui, un janissaire? me dit-il. Il n'y en a plus dans tout l'empire; les consuls donnent encore ce nom, par habitude, à leurs *cavas*; mais lui n'est qu'un Albanais, comme, moi, je suis un Arménien. Il m'en veut, parce que, étant à Damiette, je me suis offert à conduire des étrangers pour visiter la ville; à présent, je vais à Beyrouth.

Je fis comprendre au janissaire que son ressentiment devenait sans motif.

— Demandez-lui, me dit-il, s'il a de quoi payer son passage sur le vaisseau.

— Le capitaine Nicolas est mon ami, répondit l'Arménien.

Le janissaire secoua la tête, mais il ne fit plus aucune observation. Le jeune homme se leva lestement, ramassa un petit paquet qui paraissait à peine sous son bras et nous suivit. Tout

mon bagage avait été déjà transporté sur la djerme, lourde-
ment chargée. L'esclave javanaise, que le plaisir de changer de
lieu rendait indifférente au souvenir de l'Égypte, frappait ses
mains brunes avec joie en voyant que nous allions partir et
veillait à l'emménagement des cages de poules et de pigeons.
La crainte de manquer de nourriture agit fortement sur ces
âmes naïves. L'état sanitaire de Damiette ne nous avait pas
permis de réunir des provisions plus variées. Le riz ne manquant
pas, du reste, nous étions voués pour toute la traversée au
régime du pilau.

### III — LA BOMBARDE

Nous descendîmes le cours du Nil pendant une lieue encore ;
les rives plates et sablonneuses s'élargissaient à perte de vue,
et le boghaz qui empêche les vaisseaux d'arriver jusqu'à Damiette ne présentait plus à cette heure-là qu'une barre presque
insensible. Deux forts protégent cette entrée, souvent franchie
au moyen âge, mais presque toujours fatale aux vaisseaux.

Ces voyages sur mer sont aujourd'hui, grâce à la vapeur,
tellement dépourvus de danger, que ce n'est pas sans quelque
inquiétude qu'on se hasarde sur un bateau à voiles. Là renaît la
chance fatale qui donne aux poissons leur revanche de la vora-
cité humaine, ou tout au moins la perspective d'errer dix ans
sur des côtes inhospitalières, comme les héros de l'*Odyssée* et
de l'*Énéide*. Or, si jamais vaisseau primitif et suspect de ces
fantaisies sillonna les eaux bleues du golfe syrien, c'est la bombarde baptisée du nom de *Santa-Barbara* qui en réalise l'idéal
le plus pur. Du plus loin que j'aperçus cette sombre carcasse,
pareille à un bateau de charbon, élevant sur un mât unique la
longue vergue disposée pour une seule voile triangulaire, je
compris que j'étais mal tombé, et j'eus l'idée un instant de
refuser ce moyen de transport. Cependant comment faire? Retourner dans une ville en proie à la peste pour attendre le passage d'un brick européen (car les bateaux à vapeur ne desser-
vent pas cette ligne), ce n'était guère moins chanceux. Je

13.

regardai mes compagnons, qui n'avaient l'air ni mécontents ni surpris; le janissaire paraissait convaincu d'avoir arrangé les choses pour le mieux; nulle idée railleuse ne perçait sous le masque bronzé des rameurs de la djerme; il semblait donc que ce navire n'avait rien de ridicule et d'impossible dans les habitudes du pays. Toutefois, cet aspect de galéasse difforme, de sabot gigantesque enfoncé dans l'eau jusqu'au bord par le poids des sacs de riz, ne promettait pas une traversée rapide. Pour peu que les vents nous fussent contraires, nous risquions d'aller faire connaissance avec la patrie inhospitalière des Lestrigons ou les rochers *porphyreux* des antiques Phéaciens. O Ulysse! Télémaque! Énée! étais-je destiné à vérifier par moi-même votre itinéraire fallacieux?

Cependant la djerme accoste le navire, on nous jette une échelle de corde traversée de bâtons, et nous voilà hissés sur le bordage et initiés aux joies de l'intérieur.

— *Kalimèra* (bonjour), dit le capitaine, vêtu comme ses matelots, mais se faisant reconnaître par ce salut grec.

Et il se hâte de s'occuper de l'embarquement des marchandises, bien autrement important que le nôtre. Les sacs de riz formaient une montagne sur l'arrière, au delà de laquelle une petite portion de la dunette était réservée au timonier et au capitaine; il était donc impossible de se promener autrement que sur les sacs, le milieu du vaisseau étant occupé par la chaloupe et les deux côtés encombrés de cages de poules; un seul espace assez étroit existait devant la cuisine, confiée aux soins d'un jeune mousse fort éveillé.

Aussitôt que ce dernier vit l'esclave, il s'écria :

— *Kokona! kali! kali!* (Une femme! belle! belle!)

Ceci s'écartait de la réserve arabe, qui ne permet pas que l'on paraisse remarquer soit une femme, soit un enfant. Le janissaire était monté avec nous et surveillait le chargement des marchandises qui appartenaient au consul.

— Ah çà! lui dis-je, où va-t-on nous loger? Vous m'aviez dit qu'on nous donnerait la chambre du capitaine.

— Soyez tranquille, répondit-il, on rangera tous ces sacs, et ensuite vous serez très-bien.

Sur quoi, il nous fit ses adieux et descendit dans la djerme, qui ne tarda pas à s'éloigner.

Nous voilà donc, Dieu sait pour combien de temps, sur un de ces vaisseaux syriens que la moindre tempête brise à la côte comme des coques de noix. Il fallut attendre le vent d'ouest de trois heures pour mettre à la voile. Dans l'intervalle, on s'était occupé du déjeuner. Le capitaine Nicolas avait donné ses ordres, et son pilau cuisait sur l'unique fourneau de la cuisine ; notre tour ne devait arriver que plus tard.

Je cherchais cependant où pouvait être cette fameuse chambre du capitaine qui nous avait été promise, et je chargeai l'Arménien de s'en informer auprès de *son ami*, lequel ne paraissait nullement l'avoir reconnu jusque-là. Le capitaine se leva froidement et nous conduisit vers une espèce de soute située sous le tillac de l'avant, où l'on ne pouvait entrer que plié en deux, et dont les parois étaient littéralement couvertes de ces grillons rouges, longs comme le doigt, que l'on appelle *cancrelats*, et qu'avait attirés sans doute un chargement précédent de sucre ou de cassonade. Je reculai avec effroi et fis mine de me fâcher.

— C'est là ma chambre, me fit dire le capitaine ; je ne vous conseille pas de l'habiter, à moins qu'il ne vienne à pleuvoir ; mais je vais vous faire voir un endroit beaucoup plus frais et beaucoup plus convenable.

Alors, il me conduisit près de la grande chaloupe, maintenue par des cordes entre le mât et l'avant, et me fit regarder dans l'intérieur.

— Voilà, dit-il, où vous serez très-bien couché ; vous avez des matelas de coton que vous étendrez d'un bout à l'autre, et je vais faire disposer là-dessus des toiles qui formeront une tente ; maintenant, vous voilà logé commodément et grandement, n'est-ce pas ?

J'aurais eu mauvaise grâce à n'en pas convenir ; le bâtiment étant donné, c'était assurément le local le plus agréable, par une température d'Afrique, et le plus isolé qu'on y pût choisir.

### IV — ANDARE SUL MARE

Nous partons : nous voyons s'amincir, descendre et disparaître enfin sous le bleu niveau de la mer cette frange de sable qui encadre si tristement les splendeurs de la vieille Égypte ; le flamboiement poudreux du désert reste seul à l'horizon ; les oiseaux du Nil nous accompagnent quelque temps, puis nous quittent les uns après les autres, comme pour aller rejoindre le soleil qui descend vers Alexandrie. Cependant un astre éclatant gravit peu à peu l'arc du ciel et jette sur les eaux des reflets enflammés. C'est l'étoile du soir, c'est Astarté, l'antique déesse de Syrie ; elle brille d'un éclat incomparable sur ces mers sacrées qui la reconnaissent toujours.

Sois-nous propice, ô divinité ! qui n'as pas la teinte blafarde de la lune, mais qui scintilles dans ton éloignement et verses des rayons dorés sur le monde comme un soleil de la nuit !

Après tout, une fois la première impression surmontée, l'aspect intérieur de *la Santa-Barbara* ne manquait pas de pittoresque. Dès le lendemain, nous nous étions acclimatés parfaitement, et les heures coulaient pour nous comme pour l'équipage dans la plus parfaite indifférence de l'avenir. Je crois bien que le bâtiment marchait à la manière de ceux des anciens, toute la journée d'après le soleil, et la nuit d'après les étoiles. Le capitaine me fit voir une boussole, mais elle était toute détraquée. Ce brave homme avait une physionomie à la fois douce et résolue, empreinte, en outre, d'une naïveté singulière qui me donnait plus de confiance en lui-même qu'en son navire. Toutefois, il m'avoua qu'il avait été quelque peu forban, mais seulement à l'époque de l'indépendance hellénique ; c'était après m'avoir invité à prendre part à son dîner, qui se composait d'un pilau en pyramide où chacun plongeait à son tour une petite cuiller de bois. Ceci était déjà un progrès sur la façon de manger des Arabes, qui ne se servent que de leurs doigts.

Une bouteille de terre, remplie de vin de Chypre, de celui qu'on appelle vin de Commanderie, défraya notre après-dînée, et le capitaine, devenu plus expansif, voulut bien, toujours par l'intermédiaire du jeune Arménien, me mettre au courant de ses affaires. M'ayant demandé si je savais lire le latin, il tira d'un étui une grande pancarte de parchemin qui contenait les titres les plus évidents de la moralité de sa bombarde. Il voulait savoir en quels termes était conçu ce document.

Je me mis à lire, et j'appris que « les Pères secrétaires de la terre sainte appelaient la bénédiction de la Vierge et des saints sur le navire, et certifiaient que le capitaine *Alexis*, Grec catholique, natif de Taraboulous (Tripoli de Syrie), avait toujours rempli ses devoirs religieux. »

— On a mis Alexis, me fit observer le capitaine, mais c'est Nicolas qu'on aurait dû mettre; ils se sont trompés en écrivant.

Je donnai mon assentiment, songeant en moi-même que, s'il n'avait pas de patente plus officielle, il ferait bien d'éviter les parages européens. Les Turcs se contentent de peu : le cachet rouge et la croix de Jérusalem apposés à ce billet de confession devaient suffire, moyennant bakchis, à satisfaire aux besoins de la légalité musulmane.

Rien n'est plus gai qu'une après-dînée en mer par un beau temps : la brise est tiède, le soleil tourne autour de la voile dont l'ombre fugitive nous oblige à changer de place de temps en temps; cette ombre nous quitte enfin, et projette sur la mer sa fraîcheur inutile. Peut-être serait-il bon de tendre une simple toile pour protéger la dunette, mais personne n'y songe : le soleil dore nos fronts comme des fruits mûrs. C'est là que triomphait surtout la beauté de l'esclave javanaise. Je n'avais pas songé un instant à lui faire garder son voile, par ce sentiment tout naturel qu'un Franc possédant une femme n'avait pas droit de la cacher. L'Arménien s'était assis près d'elle sur les sacs de riz, pendant que je regardais le capitaine

jouer aux échecs avec le pilote, et il lui dit plusieurs fois av
un fausset enfantin :

— *Ked ya, siti !*

Ce qui, je pense, signifiait : « Eh bien donc, madame! »

Elle resta quelque temps sans répondre, avec cette fierté c
respirait dans son maintien habituel ; puis elle finit par
tourner vers le jeune homme, et la conversation s'engagea.

De ce moment, je compris combien j'avais perdu à ne p
prononcer couramment l'arabe. Son front s'éclaircit, ses lèvr
sourirent, et elle s'abandonna bientôt à ce caquetage ineffal
qui, dans tous les pays, est, à ce qu'il semble, un besoin po
la plus belle portion de l'humanité. J'étais heureux, du rest
de lui avoir procuré ce plaisir. L'Arménien paraissait trè
respectueux, et, se tournant de temps en temps vers moi, l
racontait sans doute comment je l'avais rencontré et accueill
Il ne faut pas appliquer nos idées à ce qui se passe en Orier
et croire qu'entre homme et femme une conversation devien
tout de suite... criminelle. Il y a dans les caractères beaucor
plus de simplicité que chez nous ; j'étais persuadé qu'il ne s'i
gissait là que d'un bavardage dénué de sens. L'expression d
physionomies et l'intelligence de quelques mots çà et là m'ind
quaient suffisamment l'innocence de ce dialogue ; aussi restai-
comme absorbé dans l'observation du jeu d'échecs (et que
échecs !) du capitaine et de son pilote. Je me comparais mer
talement à ces époux aimables qui, dans une soirée, s'asseyer
aux tables de jeu, laissant causer ou danser sans inquiétude l
femmes et les jeunes gens.

Et, d'ailleurs, qu'est-ce qu'un pauvre diable d'Arménien qu'c
a ramassé dans les roseaux aux bords du Nil, auprès d'un Frai
qui vient du Caire et qui y a mené l'existence d'un *mirliva* (gén
ral), d'après l'estime des drogmans et de tout un quartier ? S
pour une nonne, un jardinier est un homme, comme on disait e
France au siècle dernier, il ne faut pas croire que le premie
venu soit quelque chose pour une cadine musulmane. Il y
dans les femmes élevées naturellement, comme dans les oiseau

magnifiques, un certain orgueil qui les défend tout d'abord contre la séduction vulgaire. Il me semblait, du reste, qu'en l'abandonnant à sa propre dignité, je m'assurais la confiance et le dévouement de cette pauvre esclave, qu'au fond, ainsi que je l'ai déjà dit, je considérais comme libre du moment qu'elle avait quitté la terre d'Égypte et mis le pied sur un bâtiment chrétien.

Chrétien ! est-ce le terme juste ? *La Santa-Barbara* n'avait pour équipage que des matelots turcs ; le capitaine et son mousse représentaient l'Église romaine, l'Arménien une hérésie quelconque, et moi-même... Mais qui sait ce que peut représenter en Orient un Parisien nourri d'idées philosophiques, un fils de Voltaire, un impie, selon l'opinion de ces braves gens ? Chaque matin, au moment où le soleil sortait de la mer, chaque soir, à l'instant où son disque, envahi par la ligne sombre des eaux, s'éclipsait en une minute, laissant à l'horizon cette teinte rosée qui se fond délicieusement dans l'azur, les matelots se réunissaient sur un seul rang, tournés vers la Mecque lointaine, et l'un d'eux entonnait l'hymne de la prière, comme aurait pu faire le grave muezzin du haut des minarets. Je ne pouvais empêcher l'esclave de se joindre à cette religieuse effusion si touchante et si solennelle ; dès le premier jour, nous nous vîmes ainsi partagés en communions diverses. Le capitaine, de son côté, faisait des oraisons de temps en temps à une certaine image clouée au mât, qui pouvait bien être la patronne du navire, *santa Barbara* ; l'Arménien, en se levant, après s'être lavé la tête et les pieds avec son savon, mâchonnait des litanies à voix basse ; moi seul, incapable de feinte, je n'exécutais aucune génuflexion régulière, et j'avais pourtant quelque honte à paraître moins religieux que ces gens. Il y a chez les Orientaux une tolérance mutuelle pour les religions diverses, chacun se classant simplement à un degré supérieur dans la hiérarchie spirituelle, mais admettant que les autres peuvent bien, à la rigueur, être dignes de lui servir d'escabeau ; le simple philosophe dérange cette combinaison : où le placer ? Le Coran lui-même, qui

maudit les idolâtres et les adorateurs du feu et des étoiles, n'
pas prévu le scepticisme de notre temps.


V — IDYLLE


Vers le troisième jour de notre traversée, nous eussions d
apercevoir la côte de Syrie ; mais, pendant la matinée, nou
changions à peine de place, et le vent, qui se levait à troi
heures, enflait la voile par bouffées, puis la laissait peu aprè
retomber le long du mât. Cela paraissait inquiéter peu le capitaine, qui partageait ses loisirs entre son jeu d'échecs e
une sorte de guitare avec laquelle il accompagnait toujour
le même chant. En Orient, chacun a son air favori, et le repètt
sans se lasser du matin au soir, jusqu'à ce qu'il en sache u
autre plus nouveau. L'esclave aussi avait appris au Caire je n
sais quelle chanson de harem dont le refrain revenait toujour:
sur une mélopée traînante et soporifique. C'étaient, je m'er
souviens, les deux vers suivants :

« Ya kabibé ! sakel nò !...
Ya makmouby ! ya sidi ! »

J'en comprenais bien quelques mots, mais celui de *kabib*(
manquait à mon vocabulaire. J'en demandai le sens à l'Arménien, qui me répondit :
— Cela veut dire *un petit drôle.*
Je couchai ce substantif sur mes tablettes avec l'explication,
ainsi qu'il convient quand on veut s'instruire.
Le soir, l'Arménien me dit qu'il était fâcheux que le vent ne
fût pas meilleur, et que cela l'inquiétait un peu.
— Pourquoi ? lui dis-je. Nous risquons de rester ici deux
jours de plus, voilà tout, et décidement nous sommes très-bien
sur ce vaisseau.
— Ce n'est pas cela, me dit-il, mais c'est que nous pourrions
bien manquer d'eau.
— Manquer d'eau ?

— Sans doute ; vous n'avez pas d'idée de l'insouciance de ces gens-là. Pour avoir de l'eau, il aurait fallu envoyer une barque jusqu'à Damiette, car l'eau de l'embouchure du Nil est salée ; et, comme la ville était en quarantaine, ils ont craint les formalités !... du moins, c'est là ce qu'ils disent ; mais, au fond, ils n'y auront pas pensé.

— C'est étonnant, dis-je, le capitaine chante comme si notre situation était des plus simples.

Et j'allai avec l'Arménien l'interroger sur ce sujet.

Il se leva, et me fit voir sur le pont les tonnes à eau entièrement vides, sauf l'une d'elles qui pouvait encore contenir cinq ou six bouteilles d'eau ; puis il s'en alla se rasseoir sur la dunette, et, reprenant sa guitare, il recommença son éternelle chanson en berçant sa tête en arrière contre le bordage.

Le lendemain matin, je me réveillai de bonne heure, et je montai sur le gaillard d'avant avec la pensée qu'il était possible d'apercevoir les côtes de la Palestine ; mais j'eus beau nettoyer mon binocle, la ligne extrême de la mer était aussi nette que la lame courbe d'un damas. Il est même probable que nous n'avions guère changé de place depuis la veille. Je redescendis, et me dirigeai vers l'arrière. Tout le monde dormait avec sérénité ; le jeune mousse était seul debout et faisait sa toilette en se lavant abondamment le visage et les mains avec de l'eau qu'il puisait dans notre dernière tonne de liquide potable.

Je ne pus m'empêcher de manifester mon indignation. Je lui dis ou je crus lui faire comprendre que l'eau de la mer était assez bonne pour la toilette d'un *petit drôle* de son espèce, et, voulant formuler cette dernière expression, je me servis du terme de *ya kabibé*, que j'avais noté. Le petit garçon me regarda en souriant, et parut peu touché de la réprimande. Je crus avoir mal prononcé, et je n'y pensai plus.

Quelques heures après, dans ce moment de l'après-dînée où le capitaine Nicolas faisait d'ordinaire apporter par le mousse une énorme cruche de vin de Chypre, à laquelle seuls nous étions invités à prendre part, l'Arménien et moi, en qualité de

chrétiens, les matelots, par un respect mal compris pour la l[o]
de Mahomet, ne buvant que de l'eau-de-vie d'anis, le capitain[e]
dis-je, se mit à parler bas à l'oreille de l'Arménien.

— Il veut, me dit ce dernier, vous faire une proposition.

— Qu'il parle.

— Il dit que c'est délicat, et espère que vous ne lui en vou[l]
drez pas si cela vous déplaît.

— Pas du tout.

— Eh bien, il vous demande si vous voulez faire l'échang[e]
de votre esclave contre le *ya ouled* (le petit garçon) qui l[u]
appartient aussi.

Je fus au moment de partir d'un éclat de rire; mais le sérieu[x]
parfait des deux Levantins me déconcerta. Je crus voir là a[u]
fond une de ces mauvaises plaisanteries que les Orientaux n[e]
se permettent guère que dans les situations où un Franc pour[-]
rait difficilement les en faire repentir. Je le dis à l'Arménie[n]
qui me répondit avec étonnement :

— Mais non, c'est bien sérieusement qu'il parle ; le peti[t]
garçon est très-blanc et la femme basanée, et, ajouta-t-il ave[c]
un air d'appréciation consciencieuse, je vous conseille d'y ré[-]
fléchir, le petit garçon vaut bien la femme.

Je ne suis pas habitué à m'étonner facilement : du reste, c[e]
serait peine perdue dans de tels pays. Je me bornai à répondr[e]
que ce marché ne me convenait pas. Ensuite, comme je mon[-]
trais quelque humeur, le capitaine dit à l'Arménien qu'il étai[t]
fâché de son indiscrétion, mais qu'il avait cru me faire plaisir[.]
Je ne savais trop quelle était son idée, et je crus voir une sort[e]
d'ironie percer dans sa conversation; je le fis donc presser pa[r]
l'Arménien de s'expliquer nettement sur ce point.

— Eh bien, me dit ce dernier, il prétend que vous avez, c[e]
matin, fait des compliments au *ya ouled;* c'est, du moins, c[e]
que celui-ci a rapporté.

— Moi? m'écriai-je. Je l'ai appelé *petit drôle* parce qu'il s[e]
lavait les mains avec notre eau à boire; j'étais furieux contr[e]
lui, au contraire.

L'étonnement de l'Arménien me fit apercevoir qu'il y avait dans cette affaire un de ces absurdes quiproquos philologiques si communs entre les personnes qui savent médiocrement les langues. Le mot *kabibé*, si singulièrement traduit la veille par l'Arménien, avait, au contraire, la signification la plus charmante et la plus amoureuse du monde. Je ne sais pourquoi le mot de *petit drôle* lui avait paru rendre parfaitement cette idée en français.

Nous nous livrâmes à une traduction nouvelle et corrigée du refrain chanté par l'esclave, et qui, décidément, signifiait à peu près :

« O mon petit chéri, mon bien-aimé, mon frère, mon maître ! »

C'est ainsi que commencent presque toutes les chansons d'amour arabes, susceptibles des interprétations les plus diverses, et qui rappellent aux commençants l'équivoque classique de l'églogue de Corydon.

## VI — JOURNAL DE BORD

L'humble vérité n'a pas les ressources immenses des combinaisons dramatiques ou romanesques. Je recueille un à un des événements qui n'ont de mérite que par leur simplicité même, et je sais qu'il serait aisé pourtant, fût-ce dans la relation d'une traversée aussi vulgaire que celle du golfe de Syrie, de faire naître des péripéties vraiment dignes d'attention ; mais la réalité grimace à côté du mensonge, et il vaut mieux, ce me semble, dire naïvement, comme les anciens navigateurs : « Tel jour, nous n'avons rien vu en mer qu'un morceau de bois qui flottait à l'aventure ; tel autre, qu'un goëland aux ailes grises ;... » jusqu'au moment trop rare où l'action se réchauffe et se complique d'un canot de sauvages qui viennent apporter des ignames et des cochons de lait rôtis.

Cependant, à défaut de la tempête obligée, un calme plat tout à fait digne de l'océan Pacifique, et le manque d'eau douce sur

un navire composé comme l'était le nôtre, pouvaient amener
des scènes dignes d'une Odyssée moderne. Le destin m'a ôté
cette chance d'intérêt en envoyant, ce soir-là, un léger zéphyr
de l'ouest qui nous fit marcher assez vite.

J'étais, après tout, joyeux de cet incident, et je me faisais
répéter par le capitaine l'assurance que, le lendemain matin
nous pourrions apercevoir à l'horizon les cimes bleuâtres du
Carmel. Tout à coup des cris d'épouvante partent de la du
nette.

— *Farqha el bahr! farqha el bahr!*

— Qu'est-ce donc?

— Une poule à la mer !

La circonstance me paraissait peu grave ; cependant l'un des
matelots turcs auquel appartenait la poule se désolait de la
manière la plus touchante, et ses compagnons le plaignaient
très-sérieusement. On le retenait pour l'empêcher de se jeter à
l'eau, et la poule, déjà éloignée, faisait des signes de détresse
dont on suivait les phases avec émotion. Enfin, le capitaine
après un moment de doute, donna l'ordre qu'on arrêtât le
vaisseau.

Pour le coup, je trouvai un peu fort qu'après avoir perdu
deux jours, on s'arrêtât par un bon vent pour une poule noyée.
Je donnai deux piastres au matelot, pensant que c'était là tout
le joint de l'affaire, car un Arabe se ferait tuer pour beaucoup
moins. Sa figure s'adoucit, mais il calcula sans doute immédiatement qu'il aurait un double avantage à ravoir la poule, et
en un clin d'œil il se débarrassa de ses vêtements et se jeta à
la mer.

La distance jusqu'où il nagea était prodigieuse. Il fallut attendre une demi-heure avec l'inquiétude de sa situation et de
la nuit qui venait ; notre homme nous rejoignit enfin exténué,
et on dut le retirer de l'eau, car il n'avait plus la force de grimper le long du bordage.

Une fois en sûreté, cet homme s'occupait plus de sa poule
que de lui-même ; il la réchauffait, l'épongeait, et ne fut

ontent qu'en la voyant respirer à l'aise et sautiller sur le
)ont.

Le bâtiment s'était remis en route.

— Le diable soit de la poule! dis-je à l'Arménien; nous
ivons perdu une heure.

— Eh quoi! vouliez-vous donc qu'il la laissât se noyer?

— Mais j'en ai aussi, des poules, et je lui en aurais donné
)lusieurs pour celle-là!

— Ce n'est pas la même chose.

— Comment donc! mais je sacrifierais toutes les poules de
a terre pour qu'on ne perdît pas une heure de bon vent, dans
un bâtiment où nous risquons demain de mourir de soif.

— Voyez-vous, dit l'Arménien, la poule s'est envolée à sa
gauche, au moment où il s'apprêtait à lui couper le cou.

— J'admettrais volontiers, répondis-je, qu'il se fût dévoué
comme musulman pour sauver une créature vivante; mais je
sais que le respect des vrais croyants pour les animaux ne va
point jusque-là, puisqu'ils les tuent pour leur nourriture.

— Sans doute ils les tuent, mais avec des cérémonies, en
prononçant des prières, et encore ne peuvent-ils leur couper la
gorge qu'avec un couteau dont le manche soit percé de trois
clous et dont la lame soit sans brèche. Si tout à l'heure la poule
s'était noyée, le pauvre homme était certain de mourir d'ici à
trois jours.

— C'est bien différent, dis-je à l'Arménien.

Ainsi, pour les Orientaux, c'est toujours une chose grave
que de tuer un animal. Il n'est permis de le faire que pour sa
nourriture expressément, et dans des formes qui rappellent
l'antique institution des sacrifices. On sait qu'il y a quelque
chose de pareil chez les israélites : les bouchers sont obligés
d'employer des sacrificateurs (*schocket*) qui appartiennent à
l'ordre religieux, et ne tuent chaque bête qu'en employant des
formules consacrées. Ce préjugé se trouve avec des nuances
diverses dans la plupart des religions du Levant. La chasse
même n'est tolérée que contre les bêtes féroces et en punition

des dégâts causés par elles. La chasse au faucon était pourtant,
à l'époque des califes, le divertissement des grands, mais par
une sorte d'interprétation qui rejetait sur l'oiseau de proie la
responsabilité du sang versé. Au fond, sans adopter les idées
de l'Inde, on peut convenir qu'il y a quelque chose de grand
dans cette pensée de ne tuer aucun animal sans nécessité. Les
formules recommandées pour le cas où on leur ôte la vie, par
le besoin de s'en faire une nourriture, ont pour but sans doute
d'empêcher que la souffrance ne se prolonge plus d'un instant,
ce que les habitudes de la chasse rendent malheureusement impossible.

L'Arménien me raconta à ce sujet que, du temps de Mahmoud, Constantinople était tellement remplie de chiens, que
les voitures avaient peine à circuler dans les rues : ne pouvant
les détruire, ni comme animaux féroces, ni comme propres à la
nourriture, on imagina de les exposer dans des îlots déserts de
l'entrée du Bosphore. Il fallut les embarquer par milliers dans
des caïques; et, au moment où, ignorants de leur sort, ils prirent possession de leurs nouveaux domaines, un iman leur fit
un discours, exposant que l'on avait cédé à une nécessité abso-
lue, et que leurs âmes, à l'heure de la mort, ne devaient pas
en vouloir aux fidèles croyants; que, du reste, si la volonté du
ciel était qu'ils fussent sauvés, cela arriverait assurément. Il y
avait beaucoup de lapins dans ces îles, et les chiens ne récla-
mèrent pas tout d'abord contre ce raisonnement jésuitique;
mais, quelques jours plus tard, tourmentés par la faim, ils
poussèrent de tels gémissements, qu'on les entendait de Constantinople. Les dévots, émus de cette lamentable protestation,
adressèrent de graves remontrances au sultan, déjà trop suspect
de tendances européennes, de sorte qu'il fallut donner l'ordre
de faire revenir les chiens, qui furent, en triomphe, réintégrés
dans tous leurs droits civils.

## VII — LE MATELOT HADJI.

L'Arménien m'était de quelque ressource dans les ennuis
une telle traversée; mais je voyais avec plaisir aussi que sa
lieté, son intarissable bavardage, ses narrations, ses remar-
hes, donnaient à la pauvre Zeynab l'occasion, si chère aux
mmes de ces pays, d'exprimer ses idées avec cette volubilité
e consonnes nasales et gutturales où il m'était si difficile de
isir non pas seulement le sens, mais le son même des pa-
les.

Avec la magnanimité d'un Européen, je souffrais même sans
ifficulté que l'un ou l'autre des matelots qui pouvait se trouver
ssis près de nous, sur les sacs de riz, lui adressât quelques
ots de conversation. En Orient, les gens du peuple sont
énéralement familiers, d'abord parce que le sentiment de
égalité y est établi plus sincèrement que parmi nous, et puis
arce qu'une sorte de politesse innée existe dans toutes les
lasses. Quant à l'éducation, elle est partout la même, très-
ommaire, mais universelle. C'est ce qui fait que l'homme
'un humble état devient sans transition le favori d'un grand,
t monte aux premiers rangs sans y paraître jamais déplacé.

Il y avait parmi nos matelots un certain Turc d'Anatolie,
rès-basané, à la barbe grisonnante, et qui causait avec l'es-
lave plus souvent et plus longuement que les autres; je
'avais remarqué, et je demandai à l'Arménien ce qu'il pouvait
ire; il fit attention à quelques paroles, et me dit :

— Ils parlent ensemble de religion.

Cela me parut fort respectable, d'autant que c'était cet
homme qui faisait pour les autres, en qualité de *hadji* ou pèlerin revenu de la Mecque, la prière du matin et du soir. Je
'avais pas songé un instant à gêner dans ses pratiques habi-
uelles cette pauvre femme, dont une fantaisie, hélas! bien peu
coûteuse, avait mis le sort dans mes mains. Seulement, au
Caire, dans un moment où elle était un peu malade, j'avais

essayé de la faire renoncer à l'habitude de tremper dans l'ea
froide ses mains et ses pieds, tous les matins et tous les soirs
en faisant ses prières ; mais elle faisait peu de cas de me
préceptes d'hygiène, et n'avait consenti qu'à s'abstenir de l
teinture de henné, qui, ne durant que cinq ou six jours envi
ron, oblige les femmes d'Orient à renouveler souvent une pré
paration fort disgracieuse pour qui la voit de près. Je ne sui
pas ennemi de la teinture des sourcils et des paupières ; j'ac
mets encore le carmin appliqué aux joues et aux lèvres ; mai
à quoi bon colorer en jaune des mains déjà cuivrées, qui, dè
lors, passent au safran ? Je m'étais montré inflexible sur c
point.

Ses cheveux avaient repoussé sur le front ; ils allaient re
joindre des deux côtés les longues tresses mêlées de cordonne
de soie et frémissantes de sequins percés (de faux sequin
hélas !) qui flottent du col aux talons, selon la mode levantin
Le tatikos festonné d'or s'inclinait avec grâce sur son oreill
gauche, et ses bras portaient enfilés de lourds anneaux d
cuivre argenté, grossièrement émaillés de rouge et de bleu
parure tout égyptienne. D'autres encore résonnaient à se
chevilles, malgré la défense du Coran, qui ne veut pas qu'un
femme fasse retentir les bijoux qui ornent ses pieds.

Je l'admirais ainsi, gracieuse dans sa robe à rayures de soi
et drapée du *milayeh* bleu, avec ces airs de statue antique qu
les femmes d'Orient possèdent, sans le moins du monde s'e
douter. L'animation de son geste, une expression inaccou
tumée de ses traits, me frappaient par moments, sans m'in
spirer d'inquiétude ; le matelot qui causait avec elle aurait p
être son grand-père, et il ne semblait pas craindre que se
paroles fussent entendues.

— Savez-vous ce qu'il y a ? me dit l'Arménien, qui, un pe
plus tard, s'était approché des matelots causant entre eux
Ces gens-là disent que la femme qui est avec vous ne vou
appartient pas.

— Ils se trompent, lui dis-je ; vous pouvez leur apprendr

qu'elle m'a été vendue au Caire par Abd-el-Kérim, moyennant cinq bourses. J'ai le reçu dans mon portefeuille. Et, d'ailleurs, cela ne les regarde pas.

— Ils disent que le marchand n'avait pas le droit de vendre une femme musulmane à un chrétien.

— Leur opinion m'est indifférente, et, au Caire, on en sait plus qu'eux là-dessus. Tous les Francs y ont des esclaves, soit chrétiens, soit musulmans.

— Mais ce ne sont que des nègres ou des Abyssiniens; ils ne peuvent avoir d'esclaves de la race blanche.

— Trouvez-vous que cette femme soit blanche?

L'Arménien secoua la tête d'un air de doute.

— Écoutez, lui dis-je; quant à mon droit, je ne puis en douter, ayant pris d'avance les informations nécessaires. Dites maintenant au capitaine qu'il ne convient pas que ses matelots causent avec elle.

— Le capitaine, me dit-il après avoir parlé à ce dernier, répond que vous auriez pu le lui défendre à elle-même tout d'abord.

— Je ne voulais pas, répliquai-je, la priver du plaisir de parler sa langue, ni l'empêcher de se joindre aux prières; d'ailleurs, la conformation du bâtiment obligeant tout le monde d'être ensemble, il était difficile d'empêcher l'échange de quelques paroles.

Le capitaine Nicolas n'avait pas l'air très-bien disposé, ce que j'attribuais quelque peu au ressentiment d'avoir vu sa proposition d'échange repoussée. Cependant il fit venir le matelot hadji, que j'avais désigné surtout comme malveillant, et lui parla. Quant à moi, je ne voulais rien dire à l'esclave, pour ne pas me donner le rôle odieux d'un maître exigeant.

Le matelot parut répondre d'un air très-fier au capitaine, qui me fit dire par l'Arménien de ne plus me préoccuper de cela; que c'était un homme exalté, une espèce de saint que ses camarades respectaient à cause de sa piété; que ce qu'il disait n'avait nulle importance d'ailleurs.

1.                                        14

Cet homme, en effet, ne parla plus à l'esclave; mais il causait très-haut devant elle avec ses camarades, et je comprenais bien qu'il s'agissait de la *muslim* (musulmane) et du *Roum* (Romain). Il fallait en finir, et je ne voyais aucun moyen d'éviter ce système d'insinuation. Je me décidai à faire venir l'esclave près de nous, et, avec l'aide de l'Arménien, nous eûmes à peu près la conversation suivante :

— Qu'est-ce que t'ont dit ces hommes tout à l'heure?

— Que j'avais tort, étant *croyante*, de rester avec un infidèle.

— Mais ne savent-ils pas que je t'ai achetée?

— Ils disent qu'on n'avait pas le droit de me vendre à toi.

— Et penses-tu que cela soit vrai?

— Dieu le sait!

— Ces hommes se trompent, et tu ne dois plus leur parler

— Ce sera ainsi.

Je priai l'Arménien de la distraire un peu et de lui conter des histoires. Ce garçon m'était, après tout, devenu fort utile; il lui parlait toujours de ce ton flûté et gracieux qu'on emploie pour égayer les enfants, et recommençait invariablement par *Ked ya, siti?...*

— Eh bien, donc, madame!... qu'est-ce donc? nous ne rions pas? Voulez-vous savoir les aventures de la Tête cuite au four?

Il lui racontait alors une vieille légende de Constantinople, où un tailleur, croyant recevoir un habit de sultan à réparer, emporte chez lui la tête d'un aga qui lui a été remise par erreur, si bien que, ne sachant comment se débarrasser ensuite de ce triste dépôt, il l'envoie au four, dans un vase de terre, chez un pâtissier grec. Ce dernier en gratifie un barbier franc, en la substituant furtivement à sa tête à perruque; le Franc la coiffe; puis, s'apercevant de sa méprise, la porte ailleurs; enfin il en résulte une foule de méprises plus ou moins comiques. Ceci est de la bouffonnerie turque du plus haut goût.

La prière du soir ramenait les cérémonies habituelles. Pour

ne scandaliser personne, j'allai me promener sur le tillac de l'avant, épiant le lever des étoiles, et faisant aussi, moi, ma prière, qui est celle des rêveurs et des poëtes, c'est-à-dire l'admiration de la nature et l'enthousiasme des souvenirs. Oui, je les admirais dans cet air d'Orient si pur qu'il rapproche les cieux de l'homme, ces astres dieux, formes diverses et sacrées que la Divinité a rejetées tour à tour comme les masques de l'éternelle Isis... Uranie, Astarté, Saturne, Jupiter, vous me représentez encore les transformations des humbles croyances de nos aïeux. Ceux qui, par millions, ont sillonné ces mers, prenaient sans doute le rayonnement pour la flamme et le trône pour le dieu; mais qui n'adorerait dans les astres du ciel les preuves mêmes de l'éternelle puissance, et dans leur marche régulière l'action vigilante d'un esprit caché?

### VIII — LA MENACE

En retournant vers le capitaine, je vis, dans une encoignure au pied de la chaloupe, l'esclave et le vieux matelot hadji qui avaient repris leur entretien religieux malgré ma défense.

Pour cette fois, il n'y avait plus rien à ménager; je tirai violemment l'esclave par le bras, et elle alla tomber, fort mollement il est vrai, sur un sac de riz.

— *Giaour!* s'écria-t-elle.

J'entendis parfaitement le mot. Il n'y avait pas à faiblir.

— *Enté giaour!* répliquai-je sans trop savoir si ce dernier mot se disait ainsi au féminin. C'est toi qui es une infidèle; et lui, ajoutai-je en montrant le hadji, est un chien (*kelb*).

Je ne sais si la colère qui m'agitait était plutôt de me voir mépriser comme chrétien, ou de songer à l'ingratitude de cette femme, que j'avais toujours traitée comme une égale. Le hadji, s'entendant traiter de chien, avait fait un signe de menace, mais s'était retourné vers ses compagnons avec la lâcheté habituelle des Arabes de basse classe, qui, après tout, n'ose-

raient seuls attaquer un Franc. Deux ou trois d'entre eux
s'avancèrent en proférant des injures, et, machinalement,
j'avais saisi un des pistolets de ma ceinture sans songer que
ces armes à la crosse étincelante, achetées au Caire pour compléter mon costume, ne sont fatales d'ordinaire qu'à la main
qui veut s'en servir. J'avouerai, de plus, qu'elles n'étaient point
chargées.

— Y songez-vous? me dit l'Arménien en m'arrêtant le bras.
C'est un fou, et, pour ces gens-là, c'est un saint; laissez-les
crier, le capitaine va leur parler.

L'esclave faisait mine de pleurer, comme si je lui avais fait
beaucoup de mal, et ne voulait pas bouger de la place où elle
était. Le capitaine arriva, et dit avec son air indifférent :

— Que voulez-vous! ce sont des sauvages !

Et il leur adressa quelques paroles assez mollement.

— Ajoutez, dis-je à l'Arménien, qu'arrivé à terre, j'irai
trouver le pacha, et je leur ferai donner des coups de bâton.

Je crois bien que l'Arménien leur traduisit cela par quelque
compliment empreint de modération. Ils ne dirent plus rien,
mais je sentais bien que ce silence me laissait une position trop
douteuse. Je me souvins fort à propos d'une lettre de recommandation que j'avais dans mon portefeuille pour le pacha
d'Acre, et qui m'avait été donnée par mon ami Alphonse Royer,
qui a été quelque temps membre du divan à Constantinople. Je
tirai mon portefeuille de ma veste, ce qui excita une inquiétude
générale. Le pistolet n'aurait servi qu'à me faire assommer...
surtout étant de fabrique arabe ; mais les gens du peuple en
Orient croient toujours les Européens quelque peu magiciens
et capables de tirer de leur poche, à un moment donné, de
quoi détruire toute une armée. On se rassura en voyant que je
n'avais extrait du portefeuille qu'une lettre, du reste fort proprement écrite en arabe et adressée à Son Excellence Méhmed-
R***, pacha d'Acre, qui, précédemment, avait longtemps séjourné en France.

Ce qu'il y avait de plus heureux dans mon idée et dans ma

situation, c'est que nous nous trouvions justement à la hauteur de Saint-Jean-d'Acre, où il fallait relâcher pour prendre de l'eau. La ville n'était pas encore en vue, mais nous ne pouvions manquer, si le vent continuait, d'y arriver le lendemain. Quant à Méhmed-Pacha, par un autre hasard digne de s'appeler providence pour moi et fatalité pour mes adversaires, je l'avais rencontré à Paris dans plusieurs soirées. Il m'avait donné du tabac turc et fait beaucoup d'honnêtetés. La lettre dont je m'étais chargé lui rappelait ce souvenir, de peur que le temps et ses nouvelles grandeurs ne m'eussent effacé de sa mémoire; mais il devenait clair néanmoins, par la lettre, que j'étais un personnage très-puissamment recommandé.

La lecture de ce document produisit l'effet du *quos ego* de Neptune. L'Arménien, après avoir mis la lettre sur sa tête en signe de respect, avait ôté l'enveloppe, qui, comme il est d'usage pour les recommandations, n'était point fermée, et montrait le texte au capitaine à mesure qu'il le lisait. Dès lors les coups de bâton promis n'étaient plus une illusion pour le hadji et ses camarades. Ces garnements baissèrent la tête, et le capitaine m'expliqua sa propre conduite par la crainte de heurter leurs idées religieuses, n'étant lui-même qu'un pauvre sujet grec du sultan (*raya*), qui n'avait d'autorité qu'en raison du service.

— Quant à la femme, dit-il, si vous êtes l'ami de Méhmed-Pacha, elle est bien à vous : qui oserait lutter contre la faveur des grands?

L'esclave n'avait pas bougé; cependant elle avait fort bien entendu ce qui s'était dit. Elle ne pouvait avoir de doute sur sa position momentanée; car, en pays turc, une protection vaut mieux qu'un droit; pourtant, désormais je tenais à constater le mien aux yeux de tous.

— N'es-tu pas née, lui fis-je dire, dans un pays qui n'appartient pas au sultan des Turcs?

— Cela est vrai, répondit-elle; je suis *Hindi* (Indienne).

— Dès lors, tu peux être au service d'un Franc comme les

14.

Abyssiniennes (*Habesch*), qui sont, ainsi que toi, couleur de cuivre, et qui te valent bien.

— *Aioua* (oui)! dit-elle comme convaincue, *ana memlouk enté* (je suis ton esclave).

— Mais, ajoutai-je, te souviens-tu qu'avant de quitter le Caire, je t'ai offert d'y rester libre? Tu m'as dit que tu ne saurais où aller.

— C'est vrai, il valait mieux me revendre.

— Tu m'as donc suivi seulement pour changer de pays, et me quitter ensuite? Eh bien, puisque tu es si ingrate, tu demeureras esclave toujours, et tu ne seras pas une cadine, tu seras une servante. Dès à présent, tu garderas ton voile et tu resteras dans la chambre du capitaine... avec les grillons. Tu ne parleras plus à personne ici.

Elle prit son voile sans répondre, et s'en alla s'asseoir dans la petite chambre de l'avant.

J'avais peut-être un peu cédé au désir de faire de l'effet sur ces gens tour à tour insolents ou serviles, toujours à la merci d'impressions vives et passagères, et qu'il faut connaître pour comprendre à quel point le despotisme est le gouvernement normal de l'Orient. Le voyageur le plus modeste se voit amené très-vite, si une manière de vivre somptueuse ne lui concilie pas tout d'abord le respect, à poser théâtralement et à déployer, dans une foule de cas, des résolutions énergiques, qui, dès lors, se manifestent sans danger. L'Arabe, c'est le chien qui mord si l'on recule, et qui vient lécher la main levée sur lui. En recevant un coup de bâton, il ignore si, au fond, vous n'avez pas le droit de le lui donner. Votre position lui a paru tout d'abord médiocre; mais faites le fier, et vous devenez tout de suite un grand personnage qui affecte la simplicité. L'Orient ne doute jamais de rien; tout y est possible : le simple calender peut fort bien être un fils de roi, comme dans *les Mille et une Nuits*. D'ailleurs, n'y voit-on pas les princes d'Europe voyager en frac noir et en chapeau rond?

## IX — COTES DE PALESTINE

J'ai salué avec enivrement l'apparition tant souhaitée de la côte d'Asie. Il y avait si longtemps que je n'avais vu des montagnes ! La fraîcheur brumeuse du paysage, l'éclat si vif des maisons peintes et des kiosques turcs se mirant dans l'eau bleue, les zones diverses des plateaux qui s'étagent si hardiment entre la mer et le ciel, le pic écrasé du Carmel, l'enceinte carrée et la haute coupole de son couvent célèbre illuminées au loin de cette radieuse teinte cerise, qui rappelle toujours la fraîche Aurore des chants d'Homère ; au pied de ces monts, Kaïffa, déjà dépassée, faisant face à Saint-Jean-d'Acre, située à l'autre extrémité de la baie, et devant laquelle notre navire s'était arrêté : c'était un spectacle à la fois plein de grandeur et de grâce. La mer, à peine onduleuse, s'étalant comme l'huile vers la grève où moussait la mince frange de la vague, et luttant de teinte azurée avec l'éther qui vibrait déjà des feux du soleil encore invisible..., voilà ce que l'Égypte n'offre jamais avec ses côtes basses et ses horizons souillés de poussière. Le soleil parut enfin ; il découpa nettement devant nous la ville d'Acre s'avançant dans la mer sur son promontoire de sable, avec ses blanches coupoles, ses murs, ses maisons à terrasse, et la tour carrée aux créneaux festonnés, qui fut naguère la demeure du terrible Djezzar-Pacha, contre lequel lutta Napoléon.

Nous avions jeté l'ancre à peu de distance du rivage. Il fallait attendre la visite de la Santé avant que les barques pussent venir nous approvisionner d'eau fraîche et de fruits. Quant à débarquer, cela nous était interdit, à moins de vouloir nous arrêter dans la ville et y faire quarantaine.

Aussitôt que le bateau de la Santé fut venu constater que nous étions malades, comme arrivant de la côte d'Égypte, il fut permis aux barquettes du port de nous apporter les rafraîchissements attendus, et de recevoir notre argent avec les précautions usitées. Aussi, contre les tonnes d'eau, les melons, les pastèques et les grenades qu'on nous faisait passer, il fallait verser nos ghazis, nos piastres et nos paras dans des bassins d'eau vinaigrée qu'on plaçait à notre portée.

Ainsi ravitaillés, nous avions oublié nos querelles intérieures. Ne pouvant débarquer pour quelques heures, et renonçant à m'arrêter dans la ville, je ne jugeai pas à propos d'envoyer au pacha ma lettre, qui, du reste, pouvait encore m'être une recommandation sur tout autre point de l'antique côte de Phénicie soumise au pachalick d'Acre. Cette ville, que les anciens appelaient Ako, ou *l'étroite*, que les Arabes nomment Akka, s'est appelée Ptolémaïs jusqu'à l'époque des croisades.

Nous remettons à la voile, et désormais notre voyage est une fête ; nous rasons à un quart de lieue de distance les côtes de la Célé syrie, et la mer, toujours claire et bleue, réfléchit comme un lac. la gracieuse chaîne de montagnes qui va du Carmel au Liban. Six lieues plus haut que Saint-Jean-d'Acre apparaît Sour, autrefois Tyr, avec la jetée d'Alexandre, unissant à la rive l'îlot où fut bâtie la ville antique qu'il lui fallut assiéger si longtemps.

Six lieues plus loin, c'est Saïda, l'ancienne Sidon, qui presse comme un troupeau son amas de blanches maisons au pied des montagnes habitées par les Druses. Ces bords célèbres n'ont que peu de ruines à montrer comme souvenirs de la riche Phénicie ; mais que peuvent laisser des villes où a fleuri exclusivement le commerce ? Leur splendeur a passé comme l'ombre et comme la poussière, et la malédiction des livres bibliques s'est entièrement réalisée, comme tout ce que rêvent les poëtes, comme tout ce que nie la sagesse des nations !

Cependant, au moment d'atteindre le but, on se lasse de tout, même de ces beaux rivages et de ces flots azurés. Voici enfin le promontoire dit Raz-Beyrouth et ses roches grises, dominées au loin par la cime neigeuse du Sannin. La côte est aride ; les moindres détails des rochers tapissés de mousses rougeâtres apparaissent sous les rayons d'un soleil ardent. Nous rasons la côte, nous tournons vers le golfe ; aussitôt tout change.

Un paysage plein de fraîcheur, d'ombre et de silence, une vue des Alpes prise du sein d'un lac de Suisse, voilà Beyrouth par un temps calme. C'est l'Europe et l'Asie se fondant en molles caresses ; c'est, pour tout pèlerin un peu lassé du soleil et de la poussière, une oasis maritime où l'on retrouve avec transport, au front des montagnes, cette chose si triste au Nord, si gra cieuse et si désirée au Midi, des nuages !

O nuages bénis ! nuages de ma patrie ! j'avais oublié vos bienfaits ! Et le soleil d'Orient vous ajoute encore tant de charmes ! Le matin, vous vous colorez si doucement, à demi roses, à demi bleuâtres, comme des nuages mythologiques, du sein desquels on s'attend toujours à voir surgir de riantes di vinités ; le soir, ce sont des embrasements merveilleux, des voûtes pourprées qui s'écroulent et se dégradent bientôt en flocons violets, tandis que le ciel passe des teintes du saphir à celles de l'émeraude, phénomène si rare dans les pays du Nord.

A mesure que nous avancions, la verdure éclatait de plus de nuances, et la teinte foncée du sol et des constructions ajoutait encore à la fraîcheur du paysage. La ville, au fond du golfe, semblait noyée dans les feuillages, et, au lieu de cet amas fatigant de maisons peintes à la chaux qui constitue la plupart des cités arabes, je croyais voir une réunion de villas charmantes semées sur un espace de deux lieues. Les constructions s'aggloméraient, il est vrai, sur un point marqué d'où s'élançaient des tours rondes et carrées ; mais cela ne paraissait être qu'un quartier du centre signalé par de nombreux pavillons de toutes couleurs.

Toutefois, au lieu de nous rapprocher, comme je le pensais, de l'étroite rade encombrée de petits navires, nous coupâmes en biais le golfe et nous allâmes débarquer sur un îlot entouré de rochers, où quelques bâtisses légères et un drapeau jaune représentaient le séjour de la quarantaine, qui, pour le moment, nous était seul permis.

## X — LA QUARANTAINE

Le capitaine Nicolas et son équipage étaient devenus très
aimables et pleins de procédés à mon égard. Ils faisaient leur
quarantaine à bord; mais une barque, envoyée par la Santé
vint pour transporter les passagers dans l'îlot, qui, à le voir de
près, était plutôt une presqu'île. Une anse étroite parmi les
rochers, ombragée d'arbres séculaires, aboutissait à l'escalier
d'une sorte de cloître dont les voûtes en ogive reposaient sur
des piliers de pierre et supportaient un toit de cèdre comme
dans les couvents romains. La mer se brisait tout alentour sur
les grès tapissés de fucus, et il ne manquait là qu'un chœur de
moines et la tempête pour rappeler le premier acte du *Bertram*
de Maturin.

Il fallut attendre là quelque temps la visite du *nazir*, ou directeur turc, qui voulut bien nous admettre enfin aux jouis-
sances de son domaine. Des bâtiments de forme claustrale succédaient encore au premier, qui, seul ouvert de tous côtés
servait à l'assainissement des marchandises suspectes. Au bou
du promontoire, un pavillon isolé, dominant la mer, nous fu
indiqué pour demeure; c'était le local affecté d'ordinaire aux
Européens. Les galeries que nous avions laissées à notre droite
contenaient les familles arabes campées pour ainsi dire dans de
vastes salles qui servaient indifféremment d'étables et de loge-
ments. Là, frémissaient les chevaux captifs, les dromadaire
passant entre les barreaux leur cou tors et leur tête velue; plu
loin, des tribus, accroupies autour du feu de leur cuisine, se
retournaient d'un air farouche en nous voyant passer près des
portes. Du reste, nous avions le droit de nous promener sur environ deux arpents de terrain semé d'orge et planté de mûriers, et de nous baigner même dans la mer sous la surveillance d'un gardien.

Une fois familiarisé avec ce lieu sauvage et maritime, j'er
trouvai le séjour charmant. Il y avait là du repos, de l'ombre

et une variété d'aspects à défrayer la plus sublime rêverie. D'un côté, les montagnes sombres du Liban, avec leurs croupes de teintes diverses, émaillées çà et là de blanc par les nombreux villages maronites et druses et les couvents étagés sur un horizon de huit lieues; de l'autre, en retour de cette chaîne au front neigeux qui se termine au cap Boutroun, tout l'amphithéâtre de Beyrouth, couronné d'un bois de sapins planté par l'émir Fakardin pour arrêter l'invasion des sables du désert. Des tours crénelées, des châteaux, des manoirs percés d'ogives, construits en pierre rougeâtre, donnent à ce pays un aspect féodal et en même temps européen qui rappelle les miniatures des manuscrits chevaleresques du moyen âge. Les vaisseaux francs à l'ancre dans la rade, et que ne peut contenir le port étroit de Beyrouth, animent encore le tableau.

Cette quarantaine de Beyrouth était donc fort supportable, et nos jours se passaient soit à rêver sous les épais ombrages des sycomores et des figuiers, soit à grimper sur un rocher fort pittoresque qui entourait un bassin naturel où la mer venait briser ses flots adoucis. Ce lieu me faisait penser aux grottes rocailleuses des filles de Nérée. Nous y restions tout le milieu du jour, isolés des autres habitants de la quarantaine, couchés sur les algues vertes ou luttant mollement contre la vague écumeuse. La nuit, on nous enfermait dans le pavillon, où les moustiques et autres insectes nous faisaient des loisirs moins doux. Les tuniques fermées à masque de gaz dont j'ai déjà parlé étaient alors d'un grand secours. Quant à la cuisine, elle consistait simplement en pain et fromage salé, fournis par la cantine; il faut y ajouter des œufs et des poules apportés par les paysans de la montagne; en outre, tous les matins, on venait tuer devant la porte des moutons dont la viande nous était vendue à une piastre (25 centimes) la livre. De plus, le vin de Chypre, à une demi-piastre environ la bouteille, nous faisait un régal digne des grandes tables européennes; j'avouerai pourtant qu'on se lasse de ce vin liquoreux à le boire comme ordinaire, et je préférais le *vin d'or* du Liban, qui a quelque rapport avec le madère par son goût sec et par sa force.

Un jour, le capitaine Nicolas vint nous rendre visite avec deux de ses matelots et son mousse. Nous étions redevenus très-bons amis, et il avait amené le hadji, qui me serra la main avec une grande effusion, craignant peut-être que je ne me plaignisse de lui une fois libre et rendu à Beyrouth. Je fus, de mon côté, plein de cordialité. Nous dînâmes ensemble, et le capitaine m'invita à venir demeurer chez lui, si j'allais à Taraboulous. Après le dîner, nous nous promenâmes sur le rivage; il me prit à part, et me fit tourner les yeux vers l'esclave et l'Arménien, qui causaient ensemble, assis plus bas que nous au bord de la mer. Quelques mots mêlés de franc et de grec me firent comprendre son idée, et je la repoussai avec une incrédulité marquée. Il secoua la tête, et, peu de temps après, remonta dans sa chaloupe, prenant affectueusement congé de moi.

— Le capitaine Nicolas, me disais-je, a toujours sur le cœur mon refus d'échanger l'esclave contre son mousse.

Cependant le soupçon me resta dans l'esprit, attaquant tout au moins ma vanité.

On comprend bien qu'il était résulté de la scène violente qui s'était passée sur le bâtiment une sorte de froideur entre l'esclave et moi. Il s'était dit entre nous un de ces mots *irréparables* dont a parlé l'auteur d'*Adolphe;* l'épithète de *giaour* m'avait blessé profondément.

— Ainsi, me disais-je, on n'a pas eu de peine à lui persuader que je n'avais pas de droit sur elle; de plus, soit conseil, soit réflexion, elle se sent humiliée d'appartenir à un homme d'une race inférieure selon les idées des musulmans.

La situation dégradée des populations chrétiennes en Orient rejaillit au fond sur l'Européen lui-même; on le redoute sur les côtes à cause de cet appareil de puissance que constate le passage des vaisseaux; mais, dans les pays du centre où cette femme a vécu toujours, le préjugé vit tout entier.

Pourtant j'avais peine à admettre la dissimulation dans cette âme naïve ; le sentiment religieux si prononcé en elle la devait même défendre de cette bassesse. Je ne pouvais, d'un autre côté, me dissimuler les avantages de l'Arménien. Tout jeune encore, et beau de cette beauté asiatique, aux traits fermes et purs, des races nées au berceau du monde, il donnait l'idée d'une fille charmante qui aurait eu la fantaisie d'un déguisement d'homme ; son costume même, à l'exception de la coiffure, n'ôtait qu'à demi cette illusion.

Me voilà comme Arnolphe, épiant de vaines apparences avec la conscience d'être doublement ridicule ; car je suis, de plus, *un maître*. J'ai la chance d'être à la fois trompé et volé, et je me répète, comme un jaloux de comédie :

— Que la garde d'une femme est un pesant fardeau !...— Du reste, me disais-je presque aussitôt, cela n'a rien d'étonnant ; il la distrait et l'amuse par ses contes, il lui dit mille gentillesses, tandis que, moi, lorsque j'essaye de parler dans sa langue, je dois produire un effet risible, comme un Anglais, un homme du Nord, froid et lourd, relativement à une femme de mon pays. Il y a chez les Levantins une expansion chaleureuse qui doit être séduisante en effet !

De ce moment, l'avouerai-je ? il me sembla remarquer des serrements de mains, des paroles tendres, que ne gênait même pas ma présence. J'y réfléchis quelque temps ; puis je crus devoir prendre une forte résolution.

— Mon cher, dis-je à l'Arménien, qu'est-ce que vous faisiez en Égypte ?

— J'étais secrétaire de Toussoun-Bey ; je traduisais pour lui des journaux et des livres français ; j'écrivais ses lettres aux fonctionnaires turcs. Il est mort tout d'un coup, et l'on m'a congédié, voilà ma position.

— Et maintenant, que comptez-vous faire ?

— J'espère entrer au service du pacha de Beyrouth. Je connais son trésorier, qui est de ma nation.

— Et ne songez-vous pas à vous marier ?

I. 15

— Je n'ai pas d'argent à donner en douaire, et aucune fa
mille ne m'accordera de femme autrement.

— Allons, dis-je en moi-même après un silence, montron
nous magnanime, faisons deux heureux.

Je me sentais grandi par cette pensée. Ainsi, j'aurais déliv
une esclave et créé un mariage honnête. J'étais donc à la fo
bienfaiteur et père !

Je pris les mains de l'Arménien, et je lui dis :

— Elle vous plaît : épousez-la, elle est à vous !

J'aurais voulu avoir le monde entier pour témoin de cett
scène émouvante, de ce tableau patriarcal : l'Arménien étonn
confus de cette magnanimité ; l'esclave assise près de nous, en
core ignorante du sujet de notre entretien, mais, à ce qu'
me semblait, déjà inquiète et rêveuse...

L'Arménien leva les bras au ciel, comme étourdi de ma pro
position.

— Comment ! lui dis-je, malheureux, tu hésites !... Tu s
duis une femme qui est à un autre, tu la détournes de se
devoirs, et ensuite tu ne veux pas t'en charger quand on t
la donne ?

Mais l'Arménien ne comprenait rien à ces reproches. So
étonnement s'exprima par une série de protestations énergi
ques. Jamais il n'avait eu la moindre idée des choses que j
pensais. Il était si malheureux même d'une telle supposition
qu'il se hâta d'en instruire l'esclave et de lui faire donner té
moignage de sa sincérité. Apprenant en même temps ce qu
j'avais dit, elle en parut blessée, et surtout de la supposition
qu'elle eût pu faire attention à un simple *raya*, serviteur tant
des Turcs, tantôt des Francs, une sorte de *yaoudi*.

Ainsi le capitaine Nicolas m'avait induit en toute sorte d
suppositions ridicules... On reconnaît bien là l'esprit astucieu
des Grecs !

# VI

# LA MONTAGNE

I — LE PÈRE PLANCHET

Quand nous sortîmes de la quarantaine, je louai pour un mois un logement dans une maison de chrétiens maronites, à une demi-lieue de la ville. La plupart de ces demeures, situées au milieu des jardins, étagées sur toute la côte le long des terrasses plantées de mûriers, ont l'air de petits manoirs féodaux bâtis solidement en pierre brune, avec des ogives et des arceaux. Des escaliers extérieurs conduisent aux différents étages dont chacun a sa terrasse jusqu'à celle qui domine tout l'édifice, et où les familles se réunissent le soir pour jouir de la vue du golfe. Nos yeux rencontraient partout une verdure épaisse et lustrée, où les haies régulières des nopals marquent seules les divisions. Je m'abandonnai, les premiers jours, aux délices de cette fraîcheur et de cette ombre. Partout la vie et l'aisance autour de nous ; les femmes bien vêtues, belles et sans voiles, allant et venant, presque toujours avec de lourdes cruches qu'elles vont remplir aux citernes et portent gracieusement sur l'épaule. Notre hôtesse, coiffée d'une sorte de cône drapé en cachemire, qui, avec les tresses garnies de sequins de ses longs cheveux, lui donnait l'air d'une reine d'Assyrie, était tout simplement la femme d'un tailleur qui avait sa boutique au bazar de Beyrouth. Ses deux filles et les petits enfants se tenaient au premier étage ; nous occupions le second.

L'esclave s'était vite familiarisée avec cette famille, et, non-

chalamment assise sur les nattes, elle se regardait comme en
tourée d'inférieurs et se faisait servir, quoi que je pusse fair
pour en empêcher ces pauvres gens. Toutefois, je trouvais com
mode de pouvoir la laisser en sûreté dans cette maison lorsqu
j'allais à la ville. J'attendais des lettres qui n'arrivaient pas, l
service de la poste française se faisant si mal dans ces parages
que les journaux et les paquets sont toujours en arrière d
deux mois. Ces circonstances m'attristaient beaucoup et m
faisaient faire des rêves sombres. Un matin, je m'éveillai asse
tard, encore à moitié plongé dans les illusions du songe. Je vi
à mon chevet un prêtre assis, qui me regardait avec une sort
de compassion.

— Comment vous sentez-vous, monsieur? me dit-il d'un to
mélancolique.

— Mais assez bien... Pardon, je m'éveille, et...

— Ne bougez pas! soyez calme. Recueillez-vous; songez qu
le moment est proche.

— Quel moment?

— Cette heure suprême, si terrible pour qui n'est pas e
paix avec Dieu!

— Oh! oh! qu'est-ce qu'il y a donc?

— Vous me voyez prêt à recueillir vos volontés dernières.

— Ah! pour le coup, m'écriai-je, cela est trop fort! Et qui
êtes-vous?

— Je m'appelle le père Planchet.

— Le père Planchet?

— De la Compagnie de Jésus.

— Je ne connais pas ces gens-là!

— On est venu me dire au couvent qu'un jeune Américain
en péril de mort m'attendait pour faire quelques legs à la communauté.

— Mais je ne suis pas Américain! il y a erreur! Et, de plus,
je ne suis pas au lit de mort; vous le voyez bien!

Et je me levai brusquement... un peu avec le besoin de me
convaincre moi-même de ma parfaite santé. Le père Planchet

comprit enfin qu'on l'avait mal renseigné. Il s'informa dans la maison, et apprit que l'Américain demeurait un peu plus loin. Il me salua en riant de sa méprise, et me promit de venir me voir en repassant, enchanté qu'il était d'avoir fait ma connaissance, grâce à ce hasard singulier.

Quand il revint, l'esclave était dans la chambre, et je lui appris son histoire.

— Comment, me dit-il, vous êtes-vous mis ce poids sur la conscience!... Vous avez dérangé la vie de cette femme, et désormais vous êtes responsable de tout ce qui peut lui arriver. Puisque vous ne pouvez l'emmener en France et que vous ne voulez pas sans doute l'épouser, que deviendra-t-elle?

— Je lui donnerai la liberté; c'est le bien le plus grand que puisse réclamer une créature raisonnable.

— Il valait mieux la laisser où elle était; elle aurait peut-être trouvé un bon maître, un mari... Maintenant, savez-vous dans quel abîme d'inconduite elle peut tomber, une fois laissée à elle-même? Elle ne sait rien faire, elle ne veut pas servir... Pensez donc à tout cela.

Je n'y avais jamais, en effet, songé sérieusement. Je demandai conseil au père Planchet, qui me dit :

— Il n'est pas impossible que je lui trouve une condition et un avenir. Il y a, ajouta-t-il, des dames très-pieuses dans la ville qui se chargeraient de son sort.

Je le prévins de l'extrême dévotion qu'elle avait pour la foi musulmane. Il secoua la tête et se mit à lui parler très-longtemps.

Au fond, cette femme avait le sentiment religieux développé plutôt par nature et d'une manière générale que dans le sens d'une croyance spéciale. De plus, l'aspect des populations maronites parmi lesquelles nous vivions, et des couvents dont on entendait sonner les cloches dans la montagne, le passage fréquent des émirs chrétiens et druses, qui venaient à Beyrouth, magnifiquement montés et pourvus d'armes brillantes, avec des suites nombreuses de cavaliers et des noirs portant derrière eux leurs étendards roulés autour des lances : tout cet appareil féodal, qui m'étonnait moi-même comme un tableau des croisades, apprenait à la pauvre esclave qu'il y avait, même en pays turc, de la pompe et de la puissance en dehors du principe musulman.

L'effet extérieur séduit partout les femmes, surtout les femmes ignorantes et simples, et devient souvent la principale raison de leurs sympathies ou de leurs convictions. Lorsque nous nous rendions à Beyrouth, et qu'elle traversait la foule composée de femmes sans voiles, qui portaient sur la tête le *tantour*, corne d'argent ciselée et dorée qui balance un voile de gaze derrière leur tête, autre mode conservée du moyen âge, d'hommes fiers et richement armés, dont pourtant le turban rouge ou bariolé indiquait des croyances en dehors de l'islamisme, elle s'écriait :

— Que de *giaours!...*

Et cela adoucissait un peu mon ressentiment d'avoir été injurié avec ce mot.

Il s'agissait pourtant de prendre un parti. Les Maronites, nos hôtes, qui aimaient peu ses manières, et qui la jugeaient, du reste, au point de vue de l'intolérance catholique, me disaient :

— Vendez-la.

Ils me proposaient même d'amener un Turc qui ferait l'affaire. On comprend quel cas je faisais de ce conseil peu évangélique.

J'allai voir le père Planchet à son couvent, situé presque aux portes de Beyrouth. Il y avait là des classes d'enfants chrétiens dont il dirigeait l'éducation. Nous causâmes longtemps de M. de Lamartine, qu'il avait connu et dont il admirait beaucoup les poésies. Il se plaignit de la peine qu'il avait à obtenir du gouvernement turc l'autorisation d'agrandir le couvent. Cependant les constructions interrompues révélaient un plan grandiose, et un escalier magnifique en marbre de Chypre conduisait à des étages encore inachevés. Les couvents catho-

liques sont très-libres dans la montagne ; mais, aux portes de
Beyrouth, on ne leur permet pas des constructions trop importantes, et il était même défendu aux jésuites d'avoir une
cloche. Ils y avaient suppléé par un énorme grelot, qui, mo-
difié de temps en temps, prenait des airs de cloche peu à peu.
Les bâtiments aussi s'agrandissaient presque insensiblement
sous l'œil peu vigilant des Turcs.

— Il faut un peu louvoyer, me disait le père Planchet ; avec
de la patience, nous arriverons.

Il me reparla de l'esclave avec une sincère bienveillance.
Pourtant je luttais avec mes propres incertitudes. Les lettres
que j'attendais pouvaient arriver d'un jour à l'autre et changer mes résolutions. Je craignais que le père Planchet, se faisant illusion par pitié, n'eût en vue principalement l'honneur
pour son couvent d'une conversion musulmane, et qu'après
tout le sort de la pauvre fille ne devînt fort triste plus tard.

Un matin, elle entra dans ma chambre en frappant des mains,
et s'écriant tout effrayée :

— *Durzi ! Durzi ! bandouguillah !* (Les Druses ! les Druses !
des coups de fusil !)

En effet, la fusillade retentissait au loin ; mais c'était seulement une *fantasia* d'Albanais qui allaient partir pour la montagne. Je m'informai, et j'appris que les Druses avaient brûlé
un village appelé Bethmérie, situé à quatre lieues environ. On
envoyait des troupes turques, non pas contre eux, mais pour
surveiller les mouvements des deux partis luttant encore sur
ce point.

J'étais allé à Beyrouth, où j'avais appris ces nouvelles. Je
revins très-tard, et l'on me dit qu'un émir ou prince chrétien
d'un district du Liban était venu loger dans la maison. Apprenant qu'il s'y trouvait aussi un Franc d'Europe, il avait désiré
me voir et m'avait attendu longtemps dans ma chambre, où il
avait laissé ses armes comme signe de confiance et de fraternité. Le lendemain, le bruit que faisait sa suite m'éveilla de
bonne heure ; il y avait avec lui six hommes bien armés et de

magnifiques chevaux. Nous ne tardâmes pas à faire connaissance, et le prince me proposa d'aller habiter quelques jours chez lui dans la montagne. J'acceptai bien vite une occasion si belle d'étudier les scènes qui s'y passaient et les mœurs de ces populations singulières.

Il fallait, pendant ce temps, placer convenablement l'esclave, que je ne pouvais songer à emmener. On m'indiqua dans Beyrouth une école de jeunes filles dirigée par une dame de Marseille, nommée madame Carlès. C'était la seule où l'on enseignât le français. Madame Carlès était une très-bonne femme, qui ne me demanda que trois piastres turques par jour pour l'entretien, la nourriture et l'instruction de l'esclave. Je devais partir pour la montagne trois jours après l'avoir placée dans cette maison ; déjà elle s'y était fort bien habituée et était charmée de causer avec les petites filles, que ses idées et ses récits amusaient beaucoup.

Madame Carlès me prit à part et me dit qu'elle ne désespérait pas d'amener sa conversoin.

— Tenez, ajoutait-elle avec son accent provençal, voilà, moi, comment je m'y prends. Je lui dis : « Vois-tu, ma fille, tous les bons dieux de chaque pays, c'est toujours le bon Dieu. Mahomet est un homme qui avait bien du mérite... mais Jésus-Christ est bien bon aussi ! »

Cette façon tolérante et douce d'opérer une conversion me parut fort acceptable.

— Il ne faut la forcer en rien, lui dis-je.

— Soyez tranquille, reprit madame Carlès ; elle m'a déjà promis d'elle-même de venir à la messe avec moi dimanche prochain.

On comprend que je ne pouvais la laisser en de meilleures mains pour apprendre les principes de la religion chrétienne et le français... de Marseille.

## II — LE KIEF

Beyrouth, à ne considérer que l'espace compris dans ses remparts et sa population intérieure, répondrait mal à l'idée que s'en fait l'Europe, qui reconnaît en elle la capitale du Liban. Il faut tenir compte aussi des quelques centaines de maisons entourées de jardins qui occupent le vaste amphithéâtre dont ce port est le centre, troupeau dispersé que surveille une haute construction carrée, garnie de sentinelles turques, et qu'on appelle la tour de Fakardin. Je demeurais dans une de ces maisons, éparses sur la côte comme les bastides qui entourent Marseille, et, prêt à partir pour visiter la montagne, je n'avais que le temps de me rendre à Beyrouth pour trouver un cheval, un mulet, ou même un chameau. J'aurais encore accepté un de ces beaux ânes à la haute encolure, au pelage zébré, qu'on préfère aux chevaux en Égypte, et qui galopent dans la poussière avec une ardeur infatigable; mais, en Syrie, cet animal n'est pas assez robuste pour gravir les chemins pierreux du Liban, et pourtant sa race ne devrait-elle pas être bénie entre toutes pour avoir servi de monture au prophète Balaam et au Messie?

Je réfléchissais là-dessus en me rendant pédestrement à Beyrouth vers ce moment de la journée où, selon l'expression des Italiens, on ne voit guère vaguer en plein soleil que *gli cani e gli Francesi*. Or, ce dicton m'a toujours paru faux à l'égard des chiens, qui, aux heures de la sieste, savent très-bien s'étendre lâchement à l'ombre et ne sont guère pressés de gagner des coups de soleil. Quant au Français, tâchez donc de le retenir sur un divan ou sur une natte, pour peu surtout qu'il ait en tête une affaire, un désir, ou même une simple curiosité ! Le démon de midi lui pèse rarement sur la poitrine, et ce n'est pas pour lui que l'informe Smarra roule ses prunelles jaunâtres dans sa grosse tête de nain.

Je traversais donc la plaine à cette heure du jour que les

15.

Méridionaux consacrent à la sieste, et les Turcs au *kief*. Un homme qui erre ainsi, quand tout le monde dort, court grand risque, en Orient, d'exciter les soupçons qu'on aurait chez nous d'un vagabond nocturne ; pourtant les sentinelles de la tour de Fakardin n'eurent pour moi que cette attention compatissante que le soldat qui veille accorde au passant attardé. A partir de cette tour, une plaine assez vaste permet d'embrasser d'un coup d'œil tout le profil oriental de la ville, dont l'enceinte et les tours crénélées se développent jusqu'à la mer. C'est encore la physionomie d'une ville arabe de l'époque des croisades ; seulement, l'influence européenne se trahit par les mâts nombreux des maisons consulaires, qui, le dimanche et les jours de fête, se pavoisent de drapeaux.

Quant à la domination turque, elle a, comme partout, appliqué là son cachet personnel et bizarre. Le pacha a eu l'idée de faire démolir une portion des murs de la ville où s'adosse le palais de Fakardin, pour y construire un de ces kiosques en bois peint à la mode de Constantinople, que les Turcs préfèrent aux plus somptueux palais de pierre ou de marbre. Veut-on savoir, d'ailleurs, pourquoi les Turcs n'habitent que des maisons de bois ? pourquoi les palais mêmes du sultan, bien qu'ornés de colonnes de marbre, n'ont que des murailles de sapin? C'est que, d'après un préjugé particulier à la race d'Othman, la maison qu'un Turc se fait bâtir ne doit pas durer plus que lui-même ; c'est une tente dressée sur un lieu de passage, un abri momentané, où l'homme ne doit pas tenter de lutter contre le destin en éternisant sa race, en essayant ce difficile hymen de la terre et de la famille où tendent les peuples chrétiens.

Le palais forme un angle en retour duquel s'ouvre la porte de la ville, avec son passage obscur et frais où l'on se refait un peu de l'ardeur du soleil réverbéré par le sable de la plaine qu'on vient de traverser. Une belle fontaine de pierre ombragée par un sycomore magnifique, les dômes gris d'une mosquée et ses minarets gracieux, une maison de bains toute neuve et de construction moresque, voilà ce qui s'offre aux regards

en entrant dans Beyrouth, comme la promesse d'un séjour
paisible et riant. Plus loin, cependant, les murailles s'élèvent
et prennent une physionomie sombre et claustrale.

Mais pourquoi ne pas entrer au bain pendant ces heures de
chaleur intense et morne que je passerais tristement à parcourir les rues désertes? J'y pensais, quand l'aspect d'un rideau
bleu tendu devant la porte m'apprit que c'était l'heure où l'on
ne recevait dans le bain que des femmes. Les hommes n'ont
pour eux que le matin et le soir... et malheur sans doute à qui
*s'oublierait* sous une estrade ou sous un matelas à l'heure où
un sexe succède à l'autre ! Franchement un Européen seul
serait capable d'une telle idée, qui confondrait l'esprit d'un
musulman.

Je n'étais jamais entré dans Beyrouth à cette heure indue,
et je m'y trouvais comme cet homme des *Mille et une Nuits*
pénétrant dans une ville des mages dont le peuple est changé
en pierre. Tout dormait encore profondément ; les sentinelles
sous la porte, sur la place les âniers qui attendaient les dames,
endormies aussi probablement dans les hautes galeries du bain ;
les marchands de dattes et de pastèques établis près de la fontaine, le *kafedji* dans sa boutique avec tous ses consommateurs,
le *hamal* ou portefaix la tête appuyée sur son fardeau, le chamelier près de sa bête accroupie, et de grands diables d'Albanais formant corps de garde devant le sérail du pacha : tout
cela dormait du sommeil de l'innocence, laissant la ville à l'a-
bandon.

C'est à une heure pareille et pendant un sommeil semblable
que trois cents Druses s'emparèrent un jour de Damas. Il leur
avait suffi d'entrer séparément, de se mêler à la foule des cam-
pagnards qui, le matin, remplit les bazars et les places ; puis ils
avaient feint de s'endormir comme les autres ; mais leurs
groupes, habilement distribués, s'emparèrent dans le même
instant des principaux postes, pendant que la troupe principale
pillait les riches bazars et y mettait le feu. Les habitants, ré-
veillés en sursaut, croyaient avoir affaire à une armée et se

barricadaient dans leurs maisons ; les soldats en faisaient autant dans leurs casernes, si bien qu'au bout d'une heure, les trois cents cavaliers regagnaient, chargés de butin, leurs retraites inattaquables du Liban.

Voilà ce qu'une ville risque à dormir en plein jour. Cependant, à Beyrouth, la colonie européenne ne se livre pas tout entière aux douceurs de la sieste. En marchant vers la droite, je distinguai bientôt un certain mouvement dans une rue ouverte sur la place ; une odeur pénétrante de friture révélait le voisinage d'une *trattoria*, et l'enseigne du célèbre Battista ne tarda pas à attirer mes yeux. Je connaissais trop les hôtels destinés, en Orient, aux voyageurs d'Europe pour avoir songé un instant à profiter de l'hospitalité du seigneur Battista, l'unique aubergiste franc de Beyrouth. Les Anglais ont gâté partout ces établissements, plus modestes d'ordinaire dans leur tenue que dans leurs prix. Je pensai dans ce moment-là qu'il n'y aurait pas d'inconvénient à profiter de la table d'hôte, si l'on m'y voulait bien admettre. A tout hasard, je montai.

### III — LA TABLE D'HOTE

Au premier étage, je me vis sur une terrasse encaissée dans des bâtiments et dominée par les fenêtres intérieures. Un vaste *tendido* blanc et rouge protégeait une longue table servie à l'européenne, et dont presque toutes les chaises étaient renversées, pour marquer des places encore inoccupées. Sur la porte d'un cabinet situé au fond et de plain-pied avec la terrasse, je lus ces mots : *Qui si paga sessenta piastre per giorno.* (Ici l'on paye soixante piastres par jour.)

Quelques Anglais fumaient des cigares dans cette salle en attendant le coup de cloche. Bientôt deux femmes descendirent, et l'on se mit à table. Auprès de moi se trouvait un Anglais d'apparence grave, qui se faisait servir par un jeune homme à figure cuivrée portant un costume de basin blanc et des boucles d'oreilles d'argent. Je pensai que c'était quelque nabab qui avait à son service un Indien. Ce personnage ne tarda pas à m'adresser la parole, ce qui me surprit un peu, les Anglais ne parlant jamais qu'aux gens qui leur ont été présentés; mais celui-ci était dans une position particulière : c'était un missionnaire de la Société évangélique de Londres, chargé de faire en tout pays des conversions anglaises, et forcé de dépouiller le *cant* en mainte occasion pour attirer les âmes dans ses filets. Il arrivait justement de la montagne, et je fus charmé de pouvoir tirer de lui quelques renseignements avant d'y pénétrer moi-même. Je lui demandai des nouvelles de l'alerte qui venait d'émouvoir les environs de Beyrouth.

— Ce n'est rien, me dit-il, l'affaire est manquée.

— Quelle affaire?

— Cette lutte des Maronites et des Druses dans les villages mixtes.

— Vous venez donc, lui dis-je, du pays où l'on se battait ces jours-ci?

— Oh! oui. Je suis allé pacifier... pacifier tout dans le canton de Bekfaya, parce que l'Angleterre a beaucoup d'amis dans la montagne.

— Ce sont les Druses qui sont les amis de l'Angleterre?

— Oh! oui. Ces pauvres gens sont bien malheureux; on les tue, on les brûle, on éventre leurs femmes, on détruit leurs arbres, leurs moissons.

— Pardon; mais nous nous figurons, en France, que ce sont eux, au contraire, qui oppriment les chrétiens!

— Oh! Dieu! non, les pauvres gens! Ce sont de malheureux cultivateurs qui ne pensent à rien de mal; mais vous avez vos capucins, vos jésuites, vos lazaristes qui allument la guerre, qui excitent contre eux les Maronites, beaucoup plus nombreux; les Druses se défendent comme ils peuvent, et, sans l'Angleterre, ils seraient déjà écrasés. L'Angleterre est toujours pour le plus faible, pour celui qui souffre...

— Oui, dis-je, c'est une grande nation... Ainsi, vous êtes parvenu à *pacifier* les troubles qui ont eu lieu ces jours-ci?

— Oh! certainement. Nous étions là plusieurs Anglais; nous avons dit aux Druses que l'Angleterre ne les abandonnerait pas, qu'on leur ferait rendre justice. Ils ont mis le feu au village, et puis ils sont revenus chez eux tranquillement. Ils ont accepté plus de trois cents Bibles, et nous avons converti beaucoup de ces braves gens!

— Je ne comprends pas, fis-je observer au révérend, comment on peut se convertir à la foi anglicane; car enfin, pour cela, il faudrait devenir Anglais.

— Oh! non... Vous appartenez à la Société évangélique, vous êtes protégé par l'Angleterre; quant à devenir Anglais, vous ne pouvez pas.

— Et quel est le chef de la religion?

— Oh! c'est Sa gracieuse Majesté, c'est notre reine d'Angleterre.

— Mais c'est une charmante papesse, et je vous jure qu'il y aurait de quoi me décider moi-même.

— Oh! vous autres Français, vous plaisantez toujours... Vous n'êtes pas de bons amis de l'Angleterre.

— Cependant, dis-je en me rappelant tout à coup un épisode de ma première jeunesse, il y a eu un de vos missionnaires qui, à Paris, avait entrepris de me convertir; ... j'ai conservé même la Bible qu'il m'a donnée; mais j'en suis encore à comprendre comment on peut faire d'un Français un anglican.

— Pourtant il y en a beaucoup parmi vous... et, si vous avez reçu, étant enfant, la parole de vérité, alors elle pourra bien mûrir en vous plus tard.

Je n'essayai pas de détromper le révérend, car on devient fort tolérant en voyage, surtout lorsqu'on n'est guidé que par la curiosité et le désir d'observer les mœurs; mais je compris que la circonstance d'avoir connu autrefois un missionnaire anglais me donnait quelque titre à la confiance de mon voisin de table.

Les deux dames anglaises que j'avais remarquées se trouvaient placées à gauche de mon révérend, et j'appris bientôt que l'une était sa femme, et l'autre sa belle-sœur. Un missionnaire anglais ne voyage jamais sans sa famille. Celui-ci paraissait mener grand train et occupait l'appartement principal de l'hôtel. Quand nous nous fûmes levés de table, il entra chez lui un instant, et revint bientôt, tenant une sorte d'album qu'il me fit voir avec triomphe.

— Tenez, me dit-il, voici le détail des abjurations que j'ai obtenues dans ma dernière tournée en faveur de notre sainte religion.

Une foule de déclarations, de signatures et de cachets arabes couvraient, en effet, les pages du livre. Je remarquai que ce registre était tenu en partie double; chaque verso donnait la liste des présents et sommes reçus par les néophytes anglicans. Quelques-uns n'avaient reçu qu'un fusil, un cachemire, ou des parures pour leurs femmes. Je demandai au révérend si la Société évangélique lui donnait une prime par chaque conversion. Il ne fit aucune difficulté de me l'avouer; il lui semblait naturel, ainsi qu'à moi du reste, que des voyages coûteux et pleins de dangers fussent largement rétribués. Je compris encore, dans les détails qu'il ajouta, quelle supériorité la richesse des agents anglais leur donne en Orient sur ceux des autres nations.

Nous avions pris place sur un divan dans le cabinet de conversation, et le domestique bronzé du révérend s'était agenouillé devant lui pour allumer son narghilé. Je demandai si ce jeune homme n'était pas un Indien; mais c'était un parsis des environs de Bagdad, une des plus éclatantes conversions du révérend, qu'il ramenait en Angleterre comme échantillon de ses travaux.

En attendant, le parsis lui servait de domestique autant que de disciple; il brossait sans doute ses habits avec ferveur et vernissait ses bottes avec componction. Je le plaignais un peu en moi-même d'avoir abandonné le culte d'Oromaze pour le modeste emploi de jockey évangélique.

J'espérais être présenté aux dames, qui s'étaient retirées dans l'appartement; mais le révérend garda sur ce point seul toute la réserve anglaise. Pendant que nous causions encore, un bruit de musique militaire retentit fortement à nos oreilles.

— Il y a, me dit l'Anglais, une réception chez le pacha. C'est une députation des cheiks maronites qui viennent lui faire leurs doléances. Ce sont des gens qui se plaignent toujours; mais le pacha a l'oreille dure.

— On peut bien reconnaître cela à sa musique, dis-je; je n'ai jamais entendu un pareil vacarme.

— C'est pourtant votre chant national qu'on exécute; c'est *la Marseillaise.*

— Je ne m'en serais guère douté.

— Je le sais, moi, parce que j'entends cela tous les matins et tous les soirs, et que l'on m'a appris qu'ils croyaient exécuter cet air.

Avec plus d'attention, je parvins, en effet, à distinguer quelques notes perdues dans une foule d'agréments particuliers à la musique turque.

La ville paraissait décidément s'être réveillée, la brise maritime de trois heures agitait doucement les toiles tendues sur la terrasse de l'hôtel. Je saluai le révérend en le remerciant des façons polies qu'il avait montrées à mon égard, et qui ne sont rares chez les Anglais qu'à cause du préjugé social qui les met en garde contre tout inconnu. Il me semble qu'il y a là sinon une preuve d'égoïsme, au moins un manque de générosité.

Je fus étonné de n'avoir à payer en sortant de l'hôtel que dix piastres (deux francs cinquante centimes) pour la table d'hôte. Le signor Battista me prit à part et me fit un reproche amical de n'être pas venu demeurer dans son hôtel. Je lui montrai la pancarte annonçant qu'on n'y était admis que moyennant soixante piastres par jour, ce qui portait la dépense à dix-huit cents piastres par mois.

— *Ah! corpo di me!* s'écria-t-il. *Questo è per gli Inglesi, che hanno molto moneta, e che sono tutti eretici!... ma, per gli Francesi, e altri Romani, è soltanto cinque franchi!* (Ceci est pour les Anglais, qui ont beaucoup d'argent et qui sont tous hérétiques; mais, pour les Français et les autres Romains, c'est seulement cinq francs.)

— C'est bien différent! pensai-je.

Et je m'applaudis d'autant plus de ne pas appartenir à la religion anglicane, puisqu'on rencontrait chez les hôteliers de Syrie des sentiments si catholiques et si romains.

## IV — LE PALAIS DU PACHA

Le seigneur Battista mit le comble à ses bons procédés en me promettant de me trouver un cheval pour le lendemain matin. Tranquillisé de ce côté, je n'avais plus qu'à me promener dans la ville, et je commençai par traverser la place pour aller voir ce qui se passait au château du pacha. Il y avait là une grande foule au milieu de laquelle les cheiks maronites s'avançaient deux par deux comme un cortége suppliant, dont la tête avait pénétré déjà dans la cour du palais. Leurs amples turbans rouges ou bigarrés, leurs machlahs et leurs cafetans tramés d'or ou d'argent, leurs armes brillantes, tout ce luxe d'extérieur qui, dans les autres pays d'Orient, est le partage de la seule race turque, donnait à cette procession un aspect fort imposant du reste. Je parvins à m'introduire à leur suite dans le palais, où la musique continuait à transfigurer *la Marseillaise* à grand renfort de fifres, de triangles et de cymbales.

La cour est formée par l'enceinte même du vieux palais de Fakardin. On y distingue encore les traces du style de la renaissance, que ce prince druse affectionnait depuis son voyage en Europe. Il ne faut pas s'étonner d'entendre citer partout dans ce pays le nom de Fakardin, qui se prononce en arabe Fakr-el-Din : c'est le héros du Liban; c'est aussi le premier souverain d'Asie qui ait daigné visiter nos climats du Nord. Il

fut accueilli à la cour des Médicis comme la révélation d'une
chose inouïe alors, c'est-à-dire qu'il existât au pays des Sar-
rasins un peuple dévoué à l'Europe, soit par religion, soit par
sympathie.

Fakardin passa à Florence pour un philosophe, héritier
des sciences grecques du Bas-Empire, conservées à travers les
traductions arabes, qui ont sauvé tant de livres précieux et
nous ont transmis leurs bienfaits; en France, on voulut voir
en lui un descendant de quelques vieux croisés réfugiés dans
le Liban à l'époque de saint Louis; on chercha dans le nom
même du peuple druse un rapport d'allitération qui conduisît
à le faire descendre d'un certain comte de Dreux. Fakardin
accepta toutes ces suppositions avec le laisser aller prudent et
rusé des Levantins; il avait besoin de l'Europe pour lutter
contre le sultan.

Il passa à Florence pour chrétien; il le devint peut-être
comme nous avons vu faire de notre temps à l'émir Béchir
dont la famille a succédé à celle de Fakardin dans la souveraineté du Liban; mais c'était un Druse toujours, c'est-à-dire
le représentant d'une religion singulière, qui, formée de
débris de toutes les croyances antérieures, permet à ses fidèles
d'accepter momentanément toutes les formes possibles de
culte, comme faisaient jadis les initiés égyptiens. Au fond, la
religion druse n'est qu'une sorte de franc-maçonnerie, pour
parler selon les idées modernes.

Fakardin représenta quelque temps l'idéal que nous nous
formons d'Hiram, l'antique roi du Liban, l'ami de Salomon,
le héros des associations mystiques. Maître de toutes les côtes
de l'ancienne Phénicie et de la Palestine, il tenta de constituer
la Syrie entière en un royaume indépendant; l'appui qu'il
attendait des rois de l'Europe lui manqua pour réaliser ce
dessein. Maintenant, son souvenir est resté pour le Liban un
idéal de gloire et de puissance; les débris de ses constructions
ruinées par la guerre plus que par le temps, rivalisent avec
les antiques travaux des Romains. L'art italien, qu'il avait

appelé à la décoration de ses palais et de ses villes, a semé çà
et là des ornements, des statues et des colonnades, que les
musulmans, rentrés en vainqueurs, se sont hâtés de détruire,
étonnés d'avoir vu renaître tout à coup ces arts païens dont
leurs conquêtes avaient fait litière depuis longtemps.

C'est donc à la place même où ces frêles merveilles ont
existé trop peu d'années, où le souffle de la renaissance avait
de loin ressemé quelques germes de l'antiquité grecque et
romaine, que s'élève le kiosque de charpente qu'a fait construire le pacha. Le cortége des Maronites s'était rangé sous
les fenêtres en attendant le bon plaisir de ce gouverneur. Du
reste, on ne tarda pas à les introduire.

Lorsqu'on ouvrit le vestibule, j'aperçus, parmi les secrétaires et officiers qui stationnaient dans la salle, l'Arménien
qui avait été mon compagnon de traversée sur *la Santa-Barbara*. Il était vêtu de neuf, portait à sa ceinture une écritoire
d'argent, et tenait à la main des parchemins et des brochures.
Il ne faut pas s'étonner, dans le pays des contes arabes, de retrouver un pauvre diable, qu'on avait perdu de vue, en bonne
position à la cour. Mon Arménien me reconnut tout d'abord,
et parut charmé de me voir. Il portait le costume de la réforme
en qualité d'employé turc, et s'exprimait déjà avec une certaine dignité.

— Je suis heureux, lui dis-je, de vous voir dans une situation convenable; vous me faites l'effet d'un homme en place,
et je regrette de n'avoir rien à solliciter.

— Mon Dieu, me dit-il, je n'ai pas encore beaucoup de
crédit, mais je suis entièrement à votre service.

Nous causions ainsi derrière une colonne du vestibule pendant que le cortége des cheiks se rendait à la salle d'audience
du pacha.

— Et que faites-vous là? dis-je à l'Arménien.

— On m'emploie comme traducteur. Le pacha m'a demandé
hier une version turque de la brochure que voici.

Je jetai un coup d'œil sur cette brochure, imprimée à Paris;

c'était un rapport de M. Crémieux touchant l'affaire des juifs de Damas. L'Europe a oublié ce triste épisode, qui a rapport au meurtre du père Thomas, dont on avait accusé les juifs. Le pacha sentait le besoin de s'éclairer sur cette affaire, terminée depuis cinq ans. C'est là de la conscience, assurément.

L'Arménien était chargé, en outre, de traduire l'*Esprit des Lois* de Montesquieu et un Manuel de la garde nationale parisienne. Il trouvait ce dernier ouvrage très-difficile, et me pria de l'aider pour certaines expressions qu'il n'entendait pas. L'idée du pacha était de créer une garde nationale à Beyrouth, comme, du reste, il en existe une maintenant au Caire et dans bien d'autres villes de l'Orient. Quant à l'*Esprit des Lois*, je pense qu'on avait choisi cet ouvrage sur le titre, pensant peut-être qu'il contenait des règlements de police applicables à tous les pays. L'Arménien en avait déjà traduit une partie, et trouvait l'ouvrage agréable et d'un style aisé, qui ne perdait que bien peu sans doute à la traduction.

Je lui demandai s'il pouvait me faire voir la réception, chez le pacha, des cheiks maronites; mais personne n'y était admis sans montrer un sauf-conduit qui avait été donné à chacun d'eux, seulement à l'effet de se présenter au pacha, car on sait que les cheiks maronites ou druses n'ont pas le droit de pénétrer dans Beyrouth. Leurs vassaux y entrent sans difficultés; mais il y a pour eux-mêmes des peines sévères, si, par hasard, on les rencontre dans l'intérieur de la ville. Les Turcs craignent leur influence sur la population ou les rixes que pourrait amener dans les rues la rencontre de ces chefs toujours armés, accompagnés d'une suite nombreuse et prêts à lutter sans cesse pour des questions de préséance. Il faut dire aussi que cette loi n'est observée rigoureusement que dans les moments de troubles.

Du reste, l'Arménien m'apprit que l'audience du pacha se bornait à recevoir les cheiks, qu'il invitait à s'asseoir sur des divans autour de la salle; que, là, des esclaves leur apportaient à chacun un chibouck et leur servaient ensuite du café; après

quoi, le pacha écoutait leurs doléances, et leur répondait invariablement que leurs adversaires étaient venus déjà lui faire
des plaintes identiques ; qu'il réfléchirait mûrement pour voir
de quel côté était la justice, et qu'on pouvait tout espérer du
gouvernement paternel de Sa Hautesse, devant qui toutes les
religions et toutes les races de l'empire auront toujours des
droits égaux. En fait de procédés diplomatiques, les Turcs sont
au niveau de l'Europe pour le moins.

Il faut reconnaître, d'ailleurs, que le rôle des pachas n'est pas
facile dans ce pays. On sait quelle est la diversité des races qui
habitent la longue chaîne du Liban et du Carmel, et qui dominent de là comme d'un fort tout le reste de la Syrie. Les Maronites reconnaissent l'autorité spirituelle du pape, ce qui les
met sous la protection de la France et de l'Autriche ; les Grecs
unis, plus nombreux, mais moins influents, parce qu'ils se
trouvent en général répandus dans le plat pays, sont soutenus
par la Russie ; les Druses, les Ansariés et les Métualis, qui
appartiennent à des croyances ou à des sectes que repousse
l'orthodoxie musulmane, offrent à l'Angleterre un moyen d'action que les autres puissances lui abandonnent trop généreu-
sement.

Ce sont les Anglais qui, en 1840, parvinrent à enlever au
gouvernement égyptien l'appui de ces populations énergiques.
Depuis, leur système a toujours tendu à diviser les races qu'un
sentiment général de nationalité pouvait, comme autrefois,
réunir sous les mêmes chefs. C'est dans cette pensée qu'ils ont
livré à la Turquie l'émir Bechir, le dernier des princes du
Liban, l'héritier de cette puissance multiple et mystérieuse dans
sa source, qui, depuis trois siècles, réunissait toutes les sympathies, toutes les religions dans un même faisceau.

## V — LES BAZARS — LE PORT

Je sortis de la cour du palais, traversant une foule compacte,
qui toutefois ne semblait attirée que par la curiosité. En péné-

trant dans les rues sombres que forment les hautes maisons de
Beyrouth, bâties toutes comme des forteresses, et que relient
çà et là des passages voûtés, je retrouvai le mouvement, suspendu pendant les heures de la sieste ; les montagnards en-
combraient l'immense bazar qui occupe les quartiers du
centre, et qui se divise par ordre de denrées et de marchandises. La présence des femmes dans quelques boutiques est une
particularité remarquable pour l'Orient, et qu'explique la rareté, dans cette population, de la race musulmane.

Rien n'est plus amusant à parcourir que ces longues allées
d'étalages protégées par des tentures de diverses couleurs, qui
n'empêchent pas quelques rayons de soleil de se jouer sur les
fruits et sur la verdure aux teintes éclatantes, ou d'aller plus
loin faire scintiller les broderies des riches vêtements suspendus
aux portes des fripiers. J'avais grande envie d'ajouter à mon
costume un détail de parure spécialement syrienne, et qui consiste à se draper le front et les tempes d'un mouchoir de soie
rayé d'or, qu'on appelle *caffiéh*, et qu'on fait tenir sur la tête
en l'entourant d'une corde de crin tordu ; l'utilité de cet ajustement est de préserver les oreilles et le col des courants
d'air, si dangereux dans un pays de montagnes. On m'en
vendit un fort brillant pour quarante piastres, et, l'ayant
essayé chez un barbier, je me trouvai la mine d'un roi
d'Orient.

Ces mouchoirs se font à Damas ; quelques-uns viennent de
Brousse, quelques-uns aussi de Lyon. De longs cordons de soie
avec des nœuds et des houppes se répandent avec grâce sur le
dos et sur les épaules, et satisfont cette coquetterie de
l'homme, si naturelle dans les pays où l'on peut encore revêtir
de beaux costumes. Ceci peut sembler puéril ; pourtant il me
semble que la dignité de l'extérieur rejaillit sur les pensées et
sur les actes de la vie ; il s'y joint encore, en Orient, une certaine assurance mâle, qui tient à l'usage de porter des armes à
la ceinture : on sent qu'on doit être en toute occasion respectable et respecté ; aussi la brusquerie et les querelles sont-elles

rares, parce que chacun sait bien qu'à la moindre insulte il
peut y avoir du sang de versé.

Jamais je n'ai vu d'aussi beaux enfants que ceux qui couraient et jouaient dans la plus belle allée du bazar. Des jeunes
filles sveltes et rieuses se pressaient autour des élégantes fontaines de marbre ornées à la moresque, et s'en éloignaient
tour à tour en portant sur leur tête de grands vases de forme
antique. On distingue dans ce pays beaucoup de chevelures
rousses, dont la teinte, plus foncée que chez nous, a quelque
chose de la pourpre ou du cramoisi. Cette couleur est tellement une beauté en Syrie, que beaucoup de femmes teignent
leurs cheveux blonds ou noirs avec le henné, qui, partout ailleurs, ne sert qu'à rougir la plante des pieds, les ongles et la
paume des mains.

Il y avait encore, aux diverses places où se croisent les allées,
des vendeurs de glaces et de sorbets, composant à mesure ces
breuvages avec la neige recueillie au sommet du Sannin. Un
brillant café, fréquenté principalement par les militaires,
fournit aussi, au point central du bazar, des boissons glacées et
parfumées. Je m'y arrêtai quelque temps, ne pouvant me lasser
du mouvement de cette foule active, qui réunissait sur un seul
point tous les costumes si variés de la montagne Il y a, du
reste, quelque chose de comique à voir s'agiter dans les discussions d'achat et de vente les cornes d'orfévrerie (*tantour*),
hautes de plus d'un pied, que les femmes druses et maronites
portent sur la tête et qui balancent sur leur figure un long
voile qu'elles y ramènent à volonté. La position de cet ornement leur donne l'air de ces fabuleuses licornes qui servent de
support à l'écusson d'Angleterre. Leur costume extérieur est
uniformément blanc ou noir.

La principale mosquée de la ville, qui donne sur l'une des
rues du bazar, est une ancienne église des croisades où l'on
voit encore le tombeau d'un chevalier breton. En sortant de ce
quartier pour se rendre vers le port, on descend une large rue,
consacrée au commerce franc. Là, Marseille lutte assez heu-

reusement avec le commerce de Londres. A droite est le quartier des Grecs, rempli de cafés et de cabarets, où le goût de
cette nation pour les arts se manifeste par une multitude de
gravures en bois coloriées, qui égayent les murs avec les principales scènes de la vie de Napoléon et de la révolution de 1830.
Pour contempler à loisir ce musée, je demandai une bouteille
de vin de Chypre, qu'on m'apporta bientôt à l'endroit où
j'étais assis, en me recommandant de la tenir cachée à l'ombre
de la table. Il ne faut pas donner aux musulmans qui passent
le scandale de voir que l'on boit du vin. Toutefois, l'*aqua vitæ*,
qui est de l'anisette, se consomme ostensiblement.

Le quartier grec communique avec le port par une rue
qu'habitent les banquiers et les changeurs. De hautes murailles
de pierre, à peine percées de quelques fenêtres ou baies grillées, entourent et cachent des cours et des intérieurs construits
dans le style vénitien; c'est un reste de la splendeur que Beyrouth a due pendant longtemps au gouvernement des émirs
druses et à ses relations de commerce avec l'Europe. Les con-
sulats sont pour la plupart établis dans ce quartier, que je traversai rapidement. J'avais hâte d'arriver au port et de m'abandonner entièrement à l'impression du splendide spectacle qui
m'y attendait.

O nature! beauté, grâce ineffable des cités d'Orient bâties
aux bords des mers, tableaux chatoyants de la vie, spectacle
des plus belles races humaines, des costumes, des barques, des
vaisseaux se croisant sur des flots d'azur, comment peindre
l'impression que vous causez à tout rêveur, et qui n'est pourtant que la réalité d'un sentiment prévu? On a déjà lu cela
dans les livres, on l'a admiré dans les tableaux, surtout dans
ces vieilles peintures italiennes qui se rapportent à l'époque de
la puissance maritime des Vénitiens et des Génois; mais ce qui
surprend aujourd'hui, c'est de le trouver encore si pareil à
l'idée qu'on s'en était formée. On coudoie avec surprise cette
foule bigarrée, qui semble dater de deux siècles, comme si
l'esprit remontait les âges, comme si le passé splendide des

temps écoulés s'était reformé pour un instant. Suis-je bien le fils d'un pays grave, d'un siècle en habit noir et qui semble porter le deuil de ceux qui l'ont précédé ? Me voilà transformé moi-même, observant et posant à la fois, figure découpée d'une marine de Joseph Vernet.

J'ai pris place dans un café établi sur une estrade que soutiennent comme des pilotis des tronçons de colonnes enfoncées dans la grève. A travers les fentes des planches, on voit le flot verdâtre qui bat la rive sous nos pieds. Des matelots de tous pays, des montagnards, des Bédouins au vêtement blanc, des Maltais et quelques Grecs à mine de forban fument et causent autour de moi ; deux ou trois jeunes cafédjis servent et renouvellent çà et là les finejanes pleines d'un moka écumant, dans leurs enveloppes de filigrane doré ; le soleil, qui descend vers les monts de Chypre, à peine cachés par la ligne extrême des flots, allume çà et là ces pittoresques broderies qui brillent encore sur les pauvres haillons ; il découpe, à droite du quai, l'ombre immense du château maritime qui protège le port, amas de tours groupées sur des rocs, dont le bombardement anglais de 1840 a troué et déchiqueté les murailles. Ce n'est plus qu'un débris qui se soutient par sa masse et qui atteste l'iniquité d'un ravage inutile. A gauche, une jetée s'avance dans la mer, soutenant les bâtiments blancs de la douane ; comme le quai même, elle est formée presque entièrement des débris de colonnes de l'ancienne Béryte ou de la cité romaine de Julia Félix.

Beyrouth retrouvera-t-elle les splendeurs qui trois fois l'ont faite reine du Liban ? Aujourd'hui, c'est sa situation au pied de monts verdoyants, au milieu de jardins et de plaines fertiles, au fond d'un golfe gracieux que l'Europe emplit continuellement de ses vaisseaux, c'est le commerce de Damas et le rendez-vous central des populations industrieuses de la montagne, qui font encore la puissance et l'avenir de Beyrouth. Je ne connais rien de plus animé, de plus vivant que ce port, ni qui réalise mieux l'ancienne idée que se fait l'Europe de ces *échelles du Levant,* où se passaient des romans ou des comé-

dies. Ne rêve-t-on pas des aventures et des mystères à la vue
de ces hautes maisons, de ces fenêtres grillées où l'on voit s'allumer souvent l'œil curieux des jeunes filles. Qui oserait pénétrer dans ces forteresses du pouvoir marital et paternel, ou
plutôt qui n'aurait la tentation de l'oser? Mais, hélas! les aventures, ici, sont plus rares qu'au Caire; la population est sérieuse
autant qu'affairée; la tenue des femmes annonce le travail et
l'aisance. Quelque chose de biblique et d'austère résulte de
l'impression générale du tableau : cette mer encaissée dans les
hauts promontoires, ces grandes lignes de paysage qui se développent sur les divers plans des montagnes, ces tours à créneaux, ces constructions-ogivales, portent l'esprit à la méditation, à la rêverie.

Pour voir s'agrandir encore ce beau spectacle, j'avais quitté
le café et je me dirigeais vers la promenade du Raz-Beyrouth,
située à gauche de la ville. Les feux rougeâtres du couchant
teignaient de reflets charmants la chaîne de montagnes qui descend vers Sidon; tout le bord de la mer forme à droite des découpures de rochers, et çà et là des bassins naturels qu'a remplis le flot dans les jours d'orage; des femmes et des jeunes
filles y plongeaient leurs pieds en faisant baigner de petits
enfants. Il y a beaucoup de ces bassins qui semblent des restes
de bains antiques dont le fond est pavé de marbre. A gauche,
près d'une petite mosquée qui domine un cimetière turc,
on voit quelques énormes colonnes de granit rouge cou-
chées à terre; est-ce là, comme on le dit, que fut le cirque
d'Hérode Agrippa?

## VI — LE TOMBEAU DU SANTON

Je cherchais en moi-même à résoudre cette question, quand
j'entendis des chants et des bruits d'instruments dans un ravin
qui borde les murailles de la ville. Il me sembla que c'était
peut-être un mariage, car le caractère des chants était joyeux;
mais je vis bientôt paraître un groupe de musulmans agitant

des drapeaux, puis d'autres qui portaient sur leurs épaules un corps couché sur une sorte de litière; quelques femmes suivaient en poussant des cris, puis une foule d'hommes encore avec des drapeaux et des branches d'arbre.

Ils s'arrêtèrent tous dans le cimetière et déposèrent à terre le corps entièrement couvert de fleurs; le voisinage de la mer donnait de la grandeur à cette scène et même à l'impression des chants bizarres qu'ils entonnaient d'une voix traînante. La foule des promeneurs s'était réunie sur ce point et contemplait avec respect cette cérémonie. Un négociant italien près duquel je me trouvais me dit que ce n'était pas là un enterrement ordinaire, et que le défunt était un santon qui vivait depuis longtemps à Beyrouth, où les Francs le regardaient comme un fou, et les musulmans comme un saint. Sa résidence avait été, dans les derniers temps, une grotte située sous une terrasse dans un des jardins de la ville; c'était là qu'il vivait tout nu, avec des airs de bête fauve, et qu'on venait le consulter de toutes parts.

De temps en temps, il faisait une tournée dans la ville et prenait tout ce qui était à sa convenance dans les boutiques des marchands arabes. Dans ce cas, ces derniers sont pleins de reconnaissance, et pensent que cela leur portera bonheur; mais, les Européens n'étant pas de cet avis, après quelques visites de cette pratique singulière, ils s'étaient plaints au pacha et avaient obtenu qu'on ne laissât plus sortir le santon de son jardin. Les Turcs, peu nombreux à Beyrouth, ne s'étaient pas opposés à cette mesure et se bornaient à entretenir le santon de provisions et de présents. Maintenant, le personnage étant mort, le peuple se livrait à la joie, attendu qu'on ne pleure pas un saint turc comme les mortels ordinaires. La certitude qu'après bien des macérations, il a enfin conquis la béatitude éternelle, fait qu'on regarde cet événement comme heureux, et qu'on le célèbre au bruit des instruments; autrefois, il y avait même, en pareil cas, des danses, des chants d'almées et des banquets publics.

Cependant l'on avait ouvert la porte d'une petite construction carrée avec dôme destinée à être le tombeau du santon, et les derviches, placés au milieu de la foule, avaient repris le corps sur leurs épaules. Au moment d'entrer, ils semblèrent repoussés par une force inconnue, et tombèrent presque à la renverse. Il y eut un cri de stupéfaction dans l'assemblée. Ils se retournèrent vers la foule avec colère et prétendirent que les *pleureuses* qui suivaient le corps et les chanteurs d'hymnes avaient interrompu un instant leurs chants et leurs cris. On recommença avec plus d'ensemble ; mais, au moment de franchir la porte, le même obstacle se renouvela. Des vieillards élevèrent alors la voix.

— C'est, dirent-ils, un caprice du vénérable santon, il ne veut pas entrer les pieds en avant dans le tombeau.

On retourna le corps, les chants reprirent de nouveau ; autre caprice, autre chute des derviches qui portaient le cercueil.

On se consulta.

— C'est peut-être, dirent quelques croyants, que le saint ne trouve pas cette tombe digne de lui ; il faudra lui en construire une plus belle.

— Non, non, dirent quelques Turcs, il ne faut pas non plus obéir à toutes ses idées ; le saint homme a toujours été d'une humeur inégale. Tâchons de le faire entrer ; une fois qu'il sera dedans, peut-être s'y plaira-t-il ; autrement, il sera toujours temps de le mettre ailleurs.

— Comment faire ? dirent les derviches.

— Eh bien, il faut tourner rapidement pour l'étourdir un peu, et puis, sans lui donner le temps de se reconnaître, vous le pousserez dans l'ouverture.

Ce conseil réunit tous les suffrages ; les chants retentirent avec une nouvelle ardeur, et les derviches, prenant le cercueil par les deux bouts, le firent tourner pendant quelques minutes ; puis, par un mouvement subit, ils se précipitèrent vers la porte, et cette fois avec un plein succès. Le peuple attendait avec anxiété le résultat de cette manœuvre hardie ; on craignit

un instant que les derviches ne fussent victimes de leur audace
et que les murs ne s'écroulassent sur eux; mais ils ne tardèrent pas à sortir en triomphe, annonçant qu'après quelques
difficultés, le saint s'était tenu tranquille : sur quoi, la foule
poussa des cris de joie et se dispersa, soit dans la campagne, soit dans les deux cafés qui dominent la côte du Raz-
Beyrouth.

C'était le second miracle turc que j'eusse été admis à voir
(on se souvient de celui de la Dhossa, où le chérif de la Mecque
passe à cheval sur un chemin pavé par les corps des croyants);
mais ici le spectacle de ce mort capricieux, qui s'agitait dans
les bras des porteurs et refusait d'entrer dans son tombeau,
me remit en mémoire un passage de Lucien, qui attribue les
mêmes fantaisies à une statue de bronze de l'Apollon Syrien.
C'était dans un temple situé à l'est du Liban, et dont les prêtres,
une fois par année, allaient, selon l'usage, laver leurs idoles
dans un lac sacré. Apollon se refusait toujours longtemps à
cette cérémonie... Il n'aimait pas l'eau, sans doute en qualité
de prince des feux célestes, et s'agitait visiblement sur les
épaules des porteurs, qu'il renversait à plusieurs reprises.

Selon Lucien, cette manœuvre tenait à une certaine habileté
gymnastique des prêtres; mais faut-il avoir pleine confiance en
cette assertion du Voltaire de l'antiquité? Pour moi, j'ai toujours été plus disposé à tout croire qu'à tout nier, et, la Bible
admettant les prodiges attribués à l'Apollon Syrien, lequel n'est
autre que Baal, je ne vois pas pourquoi cette puissance accordée aux génies rebelles et aux esprits de Python n'aurait pas
produit de tels effets; je ne vois pas non plus pourquoi l'âme
immortelle d'un pauvre santon n'exercerait pas une action ma-
gnétique sur les croyants convaincus de sa sainteté.

Et, d'ailleurs, qui oserait faire du scepticisme au pied du Liban? Ce rivage n'est-il pas le berceau même de toutes les
croyances du monde? Interrogez le premier montagnard qui
passe : il vous dira que c'est sur ce point de la terre qu'eurent
lieu les scènes primitives de la Bible; il vous conduira à l'en-

16.

droit où fumèrent les premiers sacrifices; il vous montrera le rocher taché du sang d'Abel ; plus loin existait la ville d'Énochia, bâtie par les géants, et dont on distingue encore les traces ; ailleurs, c'est le tombeau de Chanaan, fils de Cham. Placez-vous au point de vue de l'antiquité grecque, et vous verrez aussi descendre de ces monts tout le riant cortége des divinités dont la Grèce accepta et transforma le culte, propagé par les émigrations phéniciennes. Ces bois et ces montagnes ont retenti des cris de Vénus pleurant Adonis, et c'était dans ces grottes mystérieuses, où quelques sectes idolâtres célèbrent encore des orgies nocturnes, qu'on allait prier et pleurer sur l'image de la victime, pâle idole de marbre ou d'ivoire aux blessures saignantes, autour de laquelle les femmes éplorées imitaient les cris plaintifs de la déesse. Les chrétiens de Syrie ont des solennités pareilles dans la nuit du vendredi saint : une mère en pleurs tient la place de l'amante, mais l'imitation plastique n'est pas moins saisissante; on a conservé les formes de la fête décrite si poétiquement dans l'idylle de Théocrite.

Croyez aussi que bien des traditions primitives n'ont fait que se transformer ou se renouveler dans les cultes nouveaux. Je ne sais trop si notre Église tient beaucoup à la légende de Siméon Stylite, et je pense bien que l'on peut, sans irrévérence, trouver exagéré le système de mortification de ce saint; mais Lucien nous apprend encore que certains dévots de l'antiquité se tenaient debout plusieurs jours sur de hautes colonnes de pierre que Bacchus avait élevées, à peu de distance de Beyrouth, en l'honneur de Priape et de Junon.

Mais débarrassons-nous de ce bagage de souvenirs antiques et de rêveries religieuses où conduisent si invinciblement l'aspect des lieux et le mélange de ces populations, qui résument peut-être en elles toutes les croyances et toutes les superstitions de la terre. Moïse, Orphée, Zoroastre, Jésus, Mahomet, et jusqu'au Bouddha indien, ont ici des disciples plus ou moins nombreux... Ne croirait-on pas que tout cela doit animer la ville, l'emplir de cérémonies et de fêtes, et en faire une sorte d'Alexandrie de l'époque romaine? Mais non, tout est calme et morne aujourd'hui sous l'influence des idées modernes. C'est dans la montagne, où leur pouvoir se fait moins sentir, que nous retrouverons sans doute ces mœurs pittoresques, ces étranges contrastes que tant d'auteurs ont indiqués, et que si peu ont été à même d'observer.

# DRUSES ET MARONITES

## I

## UN PRINCE DU LIBAN

### I — LA MONTAGNE

J'avais accepté avec empressement l'invitation, faite par le prince ou émir du Liban qui m'était venu visiter, d'aller passer quelques jours dans sa demeure, située à peu de distance d'Antoura, dans le Kesrouan. Comme on devait partir le lendemain matin, je n'avais plus que le temps de retourner à l'hôtel de Battista, où il s'agissait de s'entendre sur le prix de la location du cheval qu'on m'avait promis.

On me conduisit dans l'écurie, où il n'y avait que de grands chevaux osseux, aux jambes fortes, à l'échine aiguë comme celle des poissons...; ceux-là n'appartenaient pas assurément à la race des chevaux *nedjis*, mais on me dit que c'étaient les meilleurs et les plus sûrs pour grimper les âpres côtes des montagnes. Les élégants coursiers arabes ne brillent guère que sur le *turf* sablonneux du désert. J'en indiquai un au hasard, et l'on me promit qu'il serait à ma porte le lendemain, au point du jour. On me proposa pour m'accompagner un jeune garçon nommé Moussa (Moïse), qui parlait fort bien l'italien. Je remerciai de tout mon cœur le signor Battista, qui s'était chargé de cette négociation, et chez lequel je promis de venir demeurer à mon retour.

La nuit était tombée, mais les nuits de Syrie ne sont qu'un jour bleuâtre; tout le monde prenait le frais sur les terrasses, et cette ville, à mesure que je la regardais en remontant les collines extérieures, affectait des airs babyloniens. La lune découpait de blanches silhouettes sur les escaliers que forment de loin ces maisons qu'on a vues dans le jour si hautes et si sombres, et dont les têtes des cyprès et des palmiers rompent çà et là l'uniformité.

Au sortir de la ville, ce ne sont d'abord que végétaux difformes, aloès, cactus et raquettes, étalant, comme les dieux de l'Inde, des milliers de têtes couronnées de fleurs rouges, et dressant sur vos pas des épées et des dards assez redoutables; mais, en dehors de ces clôtures, on retrouve l'ombrage éclairci des mûriers blancs, des lauriers et des limoniers aux feuilles luisantes et métalliques. Des mouches lumineuses volent çà et là, égayant l'obscurité des massifs. Les hautes demeures éclairées dessinent au loin leurs ogives et leurs arceaux, et, du fond de ces manoirs d'un aspect sévère, on entend parfois le son des guitares accompagnant des voix mélodieuses.

Au coin du sentier qui tourne en remontant à la maison que j'habite, il y a un cabaret établi dans le creux d'un arbre énorme. Là se réunissent les jeunes gens des environs, qui restent à boire et à chanter d'ordinaire jusqu'à deux heures du matin. L'accent guttural de leurs voix, la mélopée traînante d'un récitatif nasillard, se succèdent chaque nuit, au mépris des oreilles européennes qui peuvent s'ouvrir aux environs; j'avouerai pourtant que cette musique primitive et biblique ne manque pas de charme quelquefois pour qui sait se mettre au-dessus des préjugés du solfége.

En rentrant, je trouvai mon hôte maronite et toute sa famille qui m'attendaient sur la terrasse attenante à mon logement. Ces braves gens croient vous faire honneur en amenant tous leurs parents et leurs amis chez vous. Il fallut leur faire servir du

café et distribuer des pipes, ce dont, au reste, se chargeaient
la maîtresse et les filles de la maison, aux frais naturellement
du locataire. Quelques phrases mélangées d'italien, de grec et
d'arabe, défrayaient assez péniblement la conversation. Je
n'osais pas dire que, n'ayant point dormi dans la journée et
devant partir à l'aube du jour suivant, j'aurais aimé à regagner
mon lit; mais, après tout, la douceur de la nuit, le ciel étoilé,
la mer étalant à nos pieds ses nuances de bleu nocturne blanchies çà et là par le reflet des astres, me faisaient supporter
assez bien l'ennui de cette réception. Ces bonnes gens me
firent enfin leurs adieux, car je devais partir avant leur réveil,
et, en effet, j'eus à peine le temps de dormir trois heures d'un
sommeil interrompu par le chant des coqs.

En m'éveillant, je trouvai le jeune Moussa assis devant ma
porte, sur le rebord de la terrasse. Le cheval qu'il avait amené
stationnait au bas du perron, ayant un pied replié sous le
ventre au moyen d'une corde, ce qui est la manière arabe de
faire tenir en place les chevaux. Il ne me restait plus qu'à m'em-
boiter dans une de ces selles hautes à la mode turque, qui
vous pressent comme un étau et rendent la chute presque impossible. De larges étriers de cuivre, en forme de pelle à feu,
sont attachés si haut, qu'on a les jambes pliées en deux; les
coins tranchants servent à piquer le cheval. Le prince sourit
un peu de mon embarras à prendre les allures d'un cavalier
arabe, et me donna quelques conseils. C'était un jeune homme
d'une physionomie franche et ouverte, dont l'accueil m'avait
séduit tout d'abord; il s'appelait Abou-Miran, et appartenait à
une branche de la famille des Hobeïsch, la plus illustre du
Kesrouan. Sans être des plus riches, il avait autorité sur une
dizaine de villages composant un district, et en rendait les re-
devances au pacha de Tripoli.

Tout le monde étant prêt, nous descendîmes jusqu'à la route
qui côtoie le rivage, et qui, ailleurs qu'en Orient, passerait
pour un simple ravin. Au bout d'une lieue environ, on me
montra la grotte d'où sortit le fameux dragon qui était prêt à

dévorer la fille du roi de Beyrouth, lorsque saint Georges
perça de sa lance. Ce lieu est très-révéré par les Grecs et pa
les Turcs eux-mêmes, qui ont construit une petite mosquée
l'endroit même où eut lieu le combat.

Tous les chevaux syriens sont dressés à marcher à l'amble
ce qui rend leur trot fort doux. J'admirais la sûreté de leu
pas à travers les pierres roulantes, les granits tranchants et le
roches polies que l'on rencontre à tous moments... Il fait déj
grand jour, nous avons dépassé le promontoire fertile d
Beyrouth, qui s'avance dans la mer d'environ deux lieues, ave
ses hauteurs couronnées de pins parasols et son escalier de te
rasses cultivées en jardins ; l'immense vallée qui sépare deu
chaînes de montagnes étend à perte de vue son double amphi
théâtre, dont la teinte violette et constellée çà et là de poin
crayeux, qui signalent un grand nombre de villages, de cou
vents et de châteaux. C'est un des plus vastes panoramas d
monde, un de ces lieux où l'âme s'élargit, comme pour attein
dre aux proportions d'un tel spectacle. Au fond de la vallé
coule le Nahr-Beyrouth, rivière l'été, torrent l'hiver, qui va s
jeter dans le golfe, et que nous traversâmes à l'ombre de
arches d'un pont romain.

Les chevaux avaient de l'eau seulement jusqu'à mi-jambe
des tertres couverts d'épais buissons de lauriers-roses divisen
le courant et couvrent de leur ombre le lit ordinaire de l
rivière ; deux zones de sable, indiquant la ligne extrême de
inondations, détachent et font ressortir sur tout le fond de l
vallée ce long ruban de fleurs et de verdure. Au delà commencent les premières pentes de la montagne ; des grès verdi
par les lichens et les mousses, des caroubiers tortus, des chêne
rabougris à la feuille teintée d'un vert sombre, des aloès et de
nopals, embusqués dans les pierres, comme des nains armé
menaçant l'homme à son passage, mais offrant un refuge à d'é
normes lézards verts qui fuient par centaines sous les pied
des chevaux : voilà ce qu'on rencontre en gravissant les premières hauteurs. Cependant de longues places de sable arid

déchirent çà et là ce manteau de végétation sauvage. Un peu plus loin, ces landes jaunâtres se prêtent à la culture et présentent des lignes régulières d'oliviers.

Nous eûmes atteint bientôt le sommet de la première zone des hauteurs, qui, d'en bas, semble se confondre avec le massif du Sannin. Au delà s'ouvre une vallée qui forme un pli parallèle à celle du Nahr-Beyrouth, et qu'il faut traverser pour atteindre la seconde crête, d'où l'on en découvre une autre encore. On s'aperçoit déjà que ces villages nombreux, qui de loin semblaient s'abriter dans les flancs noirs d'une même montagne, dominent au contraire et couronnent des chaînes de hauteurs que séparent des vallées et des abîmes; on comprend aussi que ces lignes, garnies de châteaux et de tours, présenteraient à toute armée une série de remparts inaccessibles, si les habitants voulaient, comme autrefois, combattre réunis pour les mêmes principes d'indépendance. Malheureusement, trop de peuples ont intérêt à profiter de leurs divisions.

Nous nous arrêtâmes sur le second plateau, où s'élève une église maronite, bâtie dans le style byzantin. On disait la messe, et nous mîmes pied à terre devant la porte, afin d'en entendre quelque chose. L'église était pleine de monde, car c'était un dimanche, et nous ne pûmes trouver place qu'aux derniers rangs.

Le clergé me sembla vêtu à peu près comme celui des Grecs; les costumes sont assez beaux, et la langue employée est l'ancien syriaque, que les prêtres déclamaient ou chantaient d'un ton nasillard qui leur est particulier. Les femmes étaient toutes dans une tribune élevée et protégées par un grillage. En examinant les ornements de l'église, simples, mais fraîchement réparés, je vis avec peine que l'aigle noire à double tête de l'Autriche décorait chaque pilier, comme symbole d'une protection qui jadis appartenait à la France seule. C'est depuis notre dernière révolution seulement que l'Autriche et la Sardaigne luttent avec nous d'influence dans l'esprit et dans les affaires des catholiques syriens.

I.                                                    17

Une messe, le matin, ne peut point faire de mal, à moins que l'on n'entre en sueur dans l'église et que l'on ne s'expose à l'ombre humide qui descend des voûtes et des piliers; mais cette maison de Dieu était si propre et si riante, les cloches nous avaient appelés d'un si joli son de leur timbre argentin, et puis nous nous étions tenus si près de l'entrée, que nous sortîmes de là gaiement, bien disposés pour le reste du voyage. Nos cavaliers repartirent au galop en s'interpellant avec des cris joyeux; faisant mine de se poursuivre, ils jetaient devant eux, comme des javelots, leurs lances ornées de cordons et de houppes de soie, et les retiraient ensuite, sans s'arrêter, de la terre ou des troncs d'arbre où elles étaient allées se piquer au loin.

Ce jeu d'adresse dura peu, car la descente devenait difficile, et le pied des chevaux se posait plus timidement sur les grès polis ou brisés en éclats tranchants. Jusque-là, le jeune Moussa m'avait suivi à pied, selon l'usage des *moukres*, bien que je lui eusse offert de le prendre en croupe; mais je commençais à envier son sort. Saisissant ma pensée, il m'offrit de guider le cheval, et je pus traverser le fond de la vallée en coupant au court dans les taillis et dans les pierres. J'eus le temps de me reposer sur l'autre versant et d'admirer l'adresse de nos compagnons à chevaucher dans des ravins qu'on jugerait impraticables en Europe.

Cependant nous montions à l'ombre d'une forêt de pins, et le prince mit pied à terre comme moi. Un quart d'heure après, nous nous trouvâmes au bord d'une vallée moins profonde que l'autre, et formant comme un amphithéâtre de verdure. Des troupeaux paissaient l'herbe autour d'un petit lac, et je remarquai là quelques-uns de ces moutons syriens dont la queue, alourdie par la graisse, pèse jusqu'à vingt livres. Nous descendîmes, pour faire rafraîchir les chevaux, jusqu'à une fontaine couverte d'un vaste arceau de pierre et de construction antique, à ce qu'il me sembla. Plusieurs femmes, gracieusement drapées, venaient remplir de grands vases, qu'elles posaient ensuite sur leur tête; celles-là naturellement ne portaient pas la haute coiffure des femmes mariées; c'étaient des jeunes filles ou des servantes.

## II — UN VILLAGE MIXTE

En avançant de quelques pas encore au delà de la fontaine, et toujours sous l'ombrage des pins, nous nous trouvâmes à l'entrée du village de Bethmérie, situé sur un plateau, d'où la vue s'étend, d'un côté, vers le golfe, et, de l'autre, sur une vallée profonde, au delà de laquelle de nouvelles crêtes de monts s'estompent dans un brouillard bleuâtre. Le contraste de cette fraîcheur et de cette ombre silencieuse avec l'ardeur des plaines et des grèves qu'on a quittées il y a peu d'heures, est une sensation qu'on n'apprécie bien que sous de tels climats. Une vingtaine de maisons étaient répandues sous les arbres et présentaient à peu près le tableau d'un de nos villages du Midi. Nous nous rendîmes à la demeure du cheik, qui était absent, mais dont la femme nous fit servir du lait caillé et des fruits.

Nous avions laissé sur notre gauche une grande maison, dont le toit écroulé et les solives charbonnées indiquaient un incendie récent. Le prince m'apprit que c'étaient les Druses qui avaient mis le feu à ce bâtiment, pendant que plusieurs familles maronites s'y trouvaient rassemblées pour une noce. Heureusement, les conviés avaient pu fuir à temps; mais le plus singulier, c'est que les coupables étaient des habitants de la même localité. Bethmérie, comme village mixte, contient environ cent cinquante chrétiens et une soixantaine de Druses. Les maisons de ces derniers sont séparées des autres par deux cents pas à peine. Par suite de cette hostilité, une lutte sanglante avait eu lieu, et le pacha s'était hâté d'intervenir en établissant entre les deux parties du village un petit camp d'Albanais, qui vivait aux dépens des populations rivales.

Nous venions de finir notre repas, lorsque le cheik rentra dans sa maison. Après les premières civilités, il entama une

longue conversation avec le prince, et se plaignit vivement de
la présence des Albanais et du désarmement général qui avait
eu lieu dans son district. Il lui semblait que cette mesure n'aurait dû s'exercer qu'à l'égard des Druses, seuls coupables d'attaque nocturne et d'incendie. De temps en temps, les deux chefs
baissaient la voix, et, bien que je ne pusse saisir complétement
le sens de leur discussion, je pensai qu'il était convenable de
m'éloigner un peu sous prétexte de promenade.

Mon guide m'apprit en marchant que les chrétiens maronites
de la province d'El Garb, où nous étions, avaient tenté précédemment d'expulser les Druses disséminés dans plusieurs
villages, et que ces derniers avaient appelé à leur secours
leurs coreligionnaires de l'Antiliban. De là une de ces luttes
qui se renouvellent si souvent. La grande force des Maronites
est dans la province du Kesrouan, située derrière Djebaïl et
Tripoli, comme aussi la plus forte population des Druses habite
les provinces situées de Beyrouth jusqu'à Saint-Jean-d'Acre.
Le cheik de Bethmérie se plaignait sans doute au prince de ce
que, dans la circonstance récente dont j'ai parlé, les gens du
Kesrouan n'avaient pas bougé; mais ils n'en avaient pas eu le
temps, les Turcs ayant mis le holà avec un empressement peu
ordinaire de leur part. C'est que la querelle était survenue au
moment de payer le *miri*. « Payez d'abord, disaient les Turcs,
ensuite vous vous battrez tant qu'il vous plaira. » Le moyen, en
effet, de toucher des impôts chez des gens qui se ruinent et
s'égorgent au moment même de la récolte?

Au bout de la ligne des maisons chrétiennes, je m'arrêtai
sous un bouquet d'arbres, d'où l'on voyait la mer, qui brisait
au loin ses flots argentés sur le sable. L'œil domine de là les
croupes étagées des monts que nous avions franchis, le cours
des petites rivières qui sillonnent les vallées, et le ruban jaunâtre que trace le long de la mer cette belle route d'Antonin,
où l'on voit sur les rochers des inscriptions romaines et des
bas-reliefs persans. Je m'étais assis à l'ombre, lorsqu'on vint
m'inviter à prendre du café chez un *moudhir* ou commandant

turc, qui, je suppose, exerçait une autorité momentanée par
suite de l'occupation du village par les Albanais.

Je fus conduit dans une maison nouvellement décorée, en
l'honneur sans doute de ce fonctionnaire, avec une belle natte
des Indes couvrant le sol, un divan de tapisserie et des rideaux
de soie. J'eus l'irrévérence d'entrer sans ôter ma chaussure,
malgré les observations des valets turcs, que je ne comprenais
pas. Le moudhir leur fit signe de se taire, et m'indiqua une
place sur le divan sans se lever lui-même. Il fit apporter du
café et des pipes, et m'adressa quelques mots de politesse en
s'interrompant de temps en temps pour appliquer son cachet
sur des carrés de papier que lui passait son secrétaire, assis,
près de lui, sur un tabouret.

Ce moudhir était jeune et d'une mine assez fière. Il commença par me questionner, en mauvais italien, avec toutes les
banalités d'usage, sur la vapeur, sur Napoléon et sur la découverte prochaine d'un moyen pour traverser les airs. Après
l'avoir satisfait là-dessus, je crus pouvoir lui demander quelques détails sur les populations qui nous entouraient. Il paraissait très-réservé à cet égard ; toutefois, il m'apprit que la querelle était venue, là comme sur plusieurs autres points, de ce
que les Druses ne voulaient pas verser le tribut dans les
mains des cheiks maronites, responsables envers le pacha. La
même position existe d'une manière inverse dans les villages
mixtes du pays des Druses. Je demandai au moudhir s'il y
avait quelque difficulté à visiter l'autre partie du village.

— Allez où vous voudrez, dit-il ; tous ces gens-là sont fort
paisibles depuis que nous sommes chez eux. Autrement, il aurait fallu vous battre pour les uns ou pour les autres, pour
la croix blanche ou pour la main blanche.

Ce sont les signes qui distinguent les drapeaux des Maronites
et ceux des Druses, dont le fond est également rouge d'ailleurs.

Je pris congé de ce Turc, et, comme je savais que mes
compagnons resteraient encore à Bethmérie pendant la plus
grande chaleur du jour, je me dirigeai vers le quartier des

Druses, accompagné du seul Moussa. Le soleil était dans toute
sa force, et, après avoir marché dix minutes, nous rencontrâmes les deux premières maisons. Il y avait devant celle de
droite un jardin en terrasse où jouaient quelques enfants. Ils
accoururent pour nous voir passer et poussèrent de grands
cris qui firent sortir deux femmes de la maison. L'une d'elles
portait le tantour, ce qui indiquait sa condition d'épouse ou
de veuve; l'autre paraissait plus jeune, et avait la tête couverte d'un simple voile, qu'elle ramenait sur une partie de son
visage. Toutefois, on pouvait distinguer leur physionomie, qui
dans leurs mouvements apparaissait et se couvrait tour à tour
comme la lune dans les nuages.

L'examen rapide que je pouvais en faire se complétait par
les figures des enfants, toutes découvertes, et dont les traits
parfaitement formés, se rapprochaient de ceux des deux
femmes. La plus jeune, me voyant arrêté, rentra dans la maison et revint avec une gargoulette de terre poreuse dont elle
fit pencher le bec de mon côté à travers les grosses feuilles de
cactier qui bordaient la terrasse. Je m'approchai pour boire
bien que je n'eusse pas soif, puisque je venais de prendre des
rafraîchissements chez le moudhir. L'autre femme, voyant que
je n'avais bu qu'une gorgée, me dit :

— *Tourid leben?* (Est-ce du lait que tu veux?)

Je faisais un signe de refus, mais elle était déjà rentrée
En entendant ce mot *leben*, je me rappelai qu'il veut dire en
allemand *la vie*. Le Liban tire aussi son nom de ce mot *leben*
et le doit à la blancheur des neiges qui couvrent ses montagnes, et que les Arabes, au travers des sables enflammés du
désert, rêvent de loin comme le lait, — comme la vie! La
bonne femme était accourue de nouveau avec une tasse de
lait écumant. Je ne pus refuser d'en boire, et j'allais tirer
quelques pièces de ma ceinture, lorsque, sur le mouvement
seul de ma main, ces deux personnes firent des signes de
refus très-énergiques. Je savais déjà que l'hospitalité a dans le
Liban des habitudes plus qu'écossaises : je n'insistai pas.

Autant que j'en ai pu juger par l'aspect comparé de ces femmes et de ces enfants, les traits de la population druse ont quelque rapport avec ceux de la race persane. Ce hâle, qui répandait sa teinte ambrée sur les visages des petites filles, n'altérait pas la blancheur mate des deux femmes à demi voilées, de telle sorte qu'on pourrait croire que l'habitude de se couvrir le visage est, avant tout, chez les Levantines, une question de coquetterie. L'air vivifiant de la montagne et l'habitude du travail colorent fortement les lèvres et les joues. Le fard des Turques leur est donc inutile; cependant, comme chez ces dernières, la teinture ombre leurs paupières et prolonge l'arc de leurs sourcils.

J'allai plus loin : c'étaient toujours des maisons d'un étage au plus bâties en pisé, les plus grandes en pierre rougeâtre, avec des toits plats soutenus par des arceaux intérieurs, des escaliers en dehors montant jusqu'au toit, et dont tout le mobilier, comme on pouvait le voir par les fenêtres grillées ou les portes entr'ouvertes, consistait en lambris de cèdre sculptés, en nattes et en divans, les enfants et les femmes animant tout cela sans trop s'étonner du passage d'un étranger, ou m'adressant avec bienveillance le *sal-kher* (bonjour) accoutumé.

Arrivé au bout du village où finit le plateau de Bethmérie, j'aperçus de l'autre côté de la vallée un couvent où Moussa voulait me conduire; mais la fatigue commençait à me gagner et le soleil était devenu insupportable : je m'assis à l'ombre d'un mur auquel je m'appuyai avec une sorte de somnolence due au peu de tranquillité de ma nuit. Un vieillard sortit de la maison, et m'engagea à venir me reposer chez lui. Je le remerciai, craignant qu'il ne fût déjà tard et que mes compagnons ne s'inquiétassent de mon absence. Voyant aussi que je refusais tout rafraîchissement, il me dit que je ne devais pas le quitter sans accepter quelque chose. Alors, il alla chercher de petits abricots (*mech-mech*), et me les donna; puis il voulut encore m'accompagner jusqu'au bout de la rue. Il parut contrarié en apprenant par Moussa que j'avais déjeuné chez le cheik chrétien.

— C'est moi qui suis le cheik véritable, dit-il, et *j'ai le droit* de donner l'hospitalité aux étrangers.

Moussa me dit alors que ce vieillard avait été, en effet, le cheik ou seigneur du village du temps de l'émir Béchir; mais, comme il avait pris parti pour les Égyptiens, l'autorité turque ne voulait plus le reconnaître, et l'élection s'était portée sur un Maronite.

### III — LE MANOIR

Nous remontâmes à cheval vers trois heures, et nous redescendîmes dans la vallée au fond de laquelle coule une petite rivière. En suivant son cours, qui se dirige vers la mer, et remontant ensuite au milieu des rochers et des pins, traversant çà et là des vallées fertiles plantées toujours de mûriers, d'oliviers et de cotonniers, entre lesquels on a semé le blé et l'orge, nous nous trouvâmes enfin sur le bord du Nahr-el-Kelb, c'est-à-dire le fleuve du Chien, l'ancien Lycus, qui répand une eau rare entre les rochers rougeâtres et les buissons de lauriers. Ce fleuve, qui, dans l'été, est à peine une rivière, prend sa source aux cimes neigeuses du haut Liban, ainsi que tous les autres cours d'eau qui sillonnent parallèlement cette côte jusqu'à Antakich, et qui vont se jeter dans la mer de Syrie. Les hautes terrasses du couvent d'Antoura s'élevaient à notre gauche, et les bâtiments semblaient tout près, quoique nous en fussions séparés par de profondes vallées. D'autres couvents grecs, maronites, ou appartenant aux lazaristes européens, apparaissaient, dominant de nombreux villages, et tout cela, qui, comme description, peut se rapporter simplement à la physionomie des Apennins ou des basses Alpes, est d'un effet de contraste prodigieux, quand on songe qu'on est en pays musulman, à quelques lieues du désert de Damas et des ruines poudreuses de Balbek. Ce qui fait aussi du Liban une petite Europe industrieuse, libre, intelligente surtout, c'est que là

cesse l'impression de ces grandes chaleurs qui énervent les
populations de l'Asie. Les cheiks et les habitants aisés ont,
suivant les saisons, des résidences qui, plus haut ou plus bas
dans des vallées étagées entre les monts, leur permettent de
vivre au milieu d'un éternel printemps.

La zone où nous entrâmes au coucher du soleil, déjà très-
élevée, mais protégée par deux chaînes de sommets boisés, me
parut d'une température délicieuse. Là commençaient les propriétés du prince, ainsi que Moussa me l'apprit. Nous touchions
donc au but de notre course ; cependant ce ne fut qu'à la nuit
fermée et après avoir traversé un bois de sycomores, où il
était très-difficile de guider les chevaux, que nous aperçûmes
un groupe de bâtiments dominant un mamelon autour duquel
tournait un chemin escarpé. C'était entièrement l'apparence
d'un château gothique ; quelques fenêtres éclairées découpaient
leurs ogives étroites, qui formaient, du reste, l'unique décoration
extérieure d'une cour carrée et d'une enceinte de grands murs.
Toutefois, après qu'on nous eut ouvert une porte basse à cintre
surbaissé, nous nous trouvâmes dans une vaste cour entourée
de galeries soutenues par des colonnes. Des valets nombreux et
des nègres s'empressaient autour des chevaux, et je fus introduit dans la salle basse ou *serdar*, vaste et décorée de divans,
où nous prîmes place en attendant le souper. Le prince, après
avoir fait servir des rafraîchissements pour ses compagnons et
pour moi, s'excusa sur l'heure avancée qui ne permettait pas
de me présenter à sa famille, et entra dans cette partie de la
maison qui, chez les chrétiens comme chez les Turcs, est spécialement consacrée aux femmes ; il avait bu seulement avec
nous un verre de *vin d'or* au moment où l'on apportait le
souper.

Le lendemain, je m'éveillai au bruit que faisaient dans la
cour les saïs et les esclaves noirs occupés du soin des chevaux.
Il y avait aussi beaucoup de montagnards qui apportaient des
provisions, et quelques moines maronites en capuchon noir et
en robe bleue, regardant tout avec un sourire bienveillant. Le

17.

prince descendit bientôt et me conduisit à un jardin en terrasse
abrité de deux côtés par les murailles du château, mais ayant
vue au dehors sur la vallée où le Nahr-el-Kelb coule profondément encaissé. On cultivait dans ce petit espace des bananiers, des palmiers nains, des limoniers et autres arbres de la
plaine, qui, sur ce plateau élevé, devenaient une rareté et une
recherche de luxe. Je songeais un peu aux châtelaines dont les
fenêtres grillées donnaient probablement sur ce petit Éden;
mais il n'en fut pas question. Le prince me parla longtemps de
sa famille, des voyages que son grand-père avait faits en Europe et des honneurs qu'il y avait obtenus. Il s'exprimait fort
bien en italien, comme la plupart des émirs et des cheiks du
Liban, et paraissait disposé à faire quelque jour un voyage en
France.

A l'heure du dîner, c'est-à-dire vers midi, on me fit monter
à une galerie haute, ouverte sur la cour, et dont le fond formait une sorte d'alcôve garnie de divans avec un plancher en
estrade; deux femmes très-parées étaient assises sur le divan,
les jambes croisées à la manière turque, et une petite fille qui
était près d'elles vint dès l'entrée me baiser la main, selon la
coutume. J'aurais volontiers rendu à mon tour cet hommage
aux deux dames, si je n'avais pensé que cela était contraire
aux usages. Je saluai seulement, et je pris place avec le prince
à une table de marqueterie qui supportait un large plateau
chargé de mets. Au moment où j'allais m'asseoir, la petite fille
m'apporta une serviette de soie longue et tramée d'argent à
ses deux bouts. Les dames continuèrent, pendant le repas, à
poser sur l'estrade comme des idoles. Seulement, quand la
table fut ôtée, nous allâmes nous asseoir en face d'elles, et ce
fut sur l'ordre de la plus âgée qu'on apporta des narghilés.

Ces personnes étaient vêtues, par-dessus les gilets qui pressent la poitrine et le *cheytian* (pantalon) à longs plis, de longues robes de soie rayée; une lourde ceinture d'orfévrerie,
des parures de diamants et de rubis témoignaient d'un luxe
très-général d'ailleurs en Syrie, même chez les femmes d'un

moindre rang; quant à la corne que la maîtresse de la maison
balançait sur son front et qui lui faisait faire les mouvements
d'un cygne, elle était de vermeil ciselé avec des incrustations
de turquoises; les tresses de cheveux, entremêlés de grappes de
sequins, ruisselaient sur les épaules, selon la mode générale du
Levant. Les pieds de ces dames, repliés sur le divan, igno-
raient l'usage du bas; ce qui, dans ces pays, est général, et
ajoute à la beauté un moyen de séduction bien éloigné de nos
idées. Des femmes qui marchent à peine, qui se livrent plusieurs fois le jour à des ablutions parfumées, dont les chaussures ne compriment point les doigts, arrivent, on le conçoit
bien, à rendre leurs pieds aussi charmants que leurs mains; la
teinture de henné, qui en rougit les ongles, et les anneaux des
chevilles, riches comme des bracelets, complètent la grâce et
le charme de cette portion de la femme, un peu trop sacrifiée
chez nous à la gloire des cordonniers.

Les princesses me firent beaucoup de questions sur l'Europe et me parlèrent de plusieurs voyageurs qu'elles avaient
vus déjà. C'étaient en général des légitimistes en pèlerinage
vers Jérusalem, et l'on conçoit combien d'idées contradictoires
se trouvent ainsi répandues, sur l'état de la France, parmi les
chrétiens du Liban. On peut dire seulement que nos dissenti-
ments politiques n'ont que peu d'influence sur des peuples dont
la constitution sociale diffère beaucoup de la nôtre. Des catholiques obligés de reconnaître comme suzerain l'empereur des
Turcs n'ont pas d'opinion bien nette touchant notre état politique. Cependant ils ne se considèrent à l'égard du sultan que
comme tributaires. Le véritable souverain est encore pour eux
l'émir Béchir, livré au sultan par les Anglais après l'expédition
de 1840.

En très-peu de temps, je me trouvai fort à mon aise dans
cette famille, et je vis avec plaisir disparaître la cérémonie et
l'étiquette du premier jour. Les princesses, vêtues simplement
et comme les femmes ordinaires du pays, se mêlaient aux travaux de leurs gens, et la plus jeune descendait aux fontaines

avec les filles du village, ainsi que la Rébecca de la Bible et la
Nausicaa d'Homère. On s'occupait beaucoup dans ce moment-là de la récolte de la soie, et l'on me fit voir les *cabanes*,
bâtiments d'une construction légère qui servent de magna-
nerie. Dans certaines salles, on nourrissait encore les vers sur
des cadres superposés ; dans d'autres, le sol était jonché
d'épinés coupées sur lesquelles les larves des vers avaient opéré
leur transformation. Les cocons étoilaient comme des olives
d'or les rameaux entassés et figurant d'épais buissons ; il fallait
ensuite les détacher et les exposer à des vapeurs soufrées pour
détruire la chrysalide, puis dévider ces fils presque impercep-
tibles. Des centaines de femmes et d'enfants étaient employées à ce travail, dont les princesses avaient aussi la surveillance.

### IV — UNE CHASSE

Le lendemain de mon arrivée, qui était un jour de fête, on
vint me réveiller dès le point du jour pour une chasse qui devait se faire avec éclat. J'allais m'excuser sur mon peu d'habileté dans cet exercice, craignant de compromettre, vis-à-vis
de ces montagnards, la dignité européenne ; mais il s'agissait
simplement d'une chasse au faucon. Le préjugé qui ne permet
aux Orientaux que la chasse des animaux nuisibles les a conduits, depuis des siècles, à se servir d'oiseaux de proie sur
lesquels retombe la faute du sang répandu. La nature a toute
la responsabilité de l'acte cruel commis par l'oiseau de proie.
C'est ce qui explique comment cette sorte de chasse a toujours
été particulière à l'Orient. A la suite des croisades, la mode
s'en répandit chez nous.

Je pensais que les princesses daigneraient nous accompagner,
ce qui aurait donné à ce divertissement un caractère tout chevaleresque ; mais on ne les vit point paraître. Des valets, chargés du soin des oiseaux, allèrent chercher les faucons dans des
logettes situées à l'intérieur de la cour, et les remirent au
prince et à deux de ses cousins, qui étaient les personnages les

plus apparents de la troupe. Je préparais mon poing pour en recevoir un, lorsqu'on m'apprit que les faucons ne pouvaient être tenus que par des personnes connues d'eux. Il y en avait trois tout blancs, chaperonnés fort élégamment, et, comme on me l'expliqua, de cette race particulière à la Syrie, dont les yeux ont l'éclat de l'or.

Nous descendîmes dans la vallée, en suivant le cours du Nahr-el-Kelb, jusqu'à un point où l'horizon s'élargissait, et où de vastes prairies s'étendaient à l'ombre des noyers et des peupliers. La rivière, en faisant un coude, laissait échapper dans la plaine de vastes flaques d'eau à demi cachées par les joncs et les roseaux. On s'arrêta, et l'on attendit que les oiseaux, effrayés d'abord par le bruit des pas de chevaux, eussent repris leurs habitudes de mouvement ou de repos. Quand tout fut rendu au silence, on distingua, parmi les oiseaux qui poursuivaient les insectes du marécage, deux hérons occupés probablement de pêche, et dont le vol traçait de temps en temps des cercles au-dessus des herbes. Le moment était venu : on tira quelques coups de fusil pour faire *monter* les hérons, puis on décoiffa les faucons, et chacun des cavaliers qui les tenaient les lança en les encourageant par des cris.

Ces oiseaux commencent par voler au hasard, cherchant une proie quelconque; ils eurent bientôt aperçu les hérons, qui, attaqués isolément, se défendirent à coups de bec. Un instant, on craignit que l'un des faucons ne fût percé par le bec de celui qu'il attaquait seul ; mais, averti probablement du danger de la lutte, il alla se réunir à ses deux compagnons de perchoir. L'un des hérons, débarrassé de son ennemi, disparut dans l'épaisseur des arbres, tandis que l'autre s'élevait en droite ligne vers le ciel. Alors commença l'intérêt réel de la chasse. En vain le héron poursuivi s'était-il perdu dans l'espace, où nos yeux ne pouvaient plus le voir, les faucons le voyaient pour nous, et, ne pouvant le suivre si haut, attendaient qu'il redescendît. C'était un spectacle plein d'émotions que de voir planer ces trois combattants à peine visibles

eux-mêmes, et dont la blancheur se fondait dans l'azur d
ciel.

Au bout de dix minutes, le héron, fatigué ou peut-être r
pouvant plus respirer l'air trop raréfié de la zone qu'il parco
rait, reparut à peu de distance des faucons, qui fondirent si
lui. Ce fut une lutte d'un instant, qui, se rapprochant de
terre, nous permit d'entendre les cris et de voir un mélan
furieux d'ailes, de cols et de pattes enlacés. Tout à coup l
quatre oiseaux tombèrent comme une masse dans l'herbe,
les piqueurs furent obligés de les chercher quelques moment
Enfin ils ramassèrent le héron, qui vivait encore, et dont i
coupèrent la gorge, afin qu'il ne souffrît pas plus longtemp
Ils jetèrent alors aux faucons un morceau de chair coupé da
l'estomac de la proie, et rapportèrent en triomphe les d
pouilles sanglantes du vaincu. Le prince me parla de chass
qu'il faisait quelquefois dans la vallée de Becquâ, où l'on en
ployait le faucon pour prendre des gazelles. Malheureusemen
il y a quelque chose de plus cruel dans cette chasse que l'en
ploi même des armes; car les faucons sont dressés à s'all
poser sur la tête des pauvres gazelles, dont ils crèvent l
yeux. Je n'étais nullement curieux d'assister à d'aussi trist
amusements.

Il y eut ce soir-là un banquet splendide auquel beaucoup d
voisins avaient été conviés. On avait placé dans la cour beau
coup de petites tables à la turque, multipliées et disposé
d'après le rang des invités. Le héron, victime triomphale d
l'expédition, décorait avec son col dressé au moyen de fils d
fer et ses ailes en éventail le point central de la table princièr
placée sur une estrade, et où je fus invité à m'asseoir aupr
d'un des pères lazaristes du couvent d'Antoura, qui se trou
vait là à l'occasion de la fète. Des chanteurs et des musicier
étaient placés sur le perron de la cour, et la galerie inférieu
était pleine de gens assis à d'autres petites tables de cinq à si
personnes. Les plats, à peine entamés, passaient des première
tables aux autres, et finissaient par circuler dans la cour, o

les montagnards, assis à terre, les recevaient à leur tour. On nous avait donné de vieux verres de Bohême; mais la plupart des convives buvaient dans des tasses qui faisaient la ronde. De longs cierges de cire éclairaient les tables principales. Le fond de la cuisine se composait de mouton grillé, de pilau en pyramide, jauni de poudre de cannelle et de safran, puis de fricassées, de poissons bouillis, de légumes farcis de viandes hachées, de melon d'eau, de bananes et autres fruits du pays. A la fin du repas, on porta des santés au bruit des instruments et aux cris joyeux de l'assemblée; la moitié des gens assis à table se levait et buvait à l'autre. Cela dura longtemps ainsi. Il va sans dire que les dames, après avoir assisté au commencement du repas, mais sans y prendre part, se retirèrent dans l'intérieur de la maison.

La fête se prolongea fort avant dans la nuit. En général, on ne peut rien distinguer dans la vie des émirs et cheiks maronites, qui diffère beaucoup de celle des autres Orientaux, si ce n'est ce mélange des coutumes arabes et de certains usages de nos époques féodales. C'est la transition de la vie de tribu, comme on la voit établie encore au pied de ces montagnes, à cette ère de civilisation moderne qui gagne et transforme déjà les cités industrieuses de la côte. Il semble que l'on vive au milieu du xiiie siècle français; mais, en même temps, on ne peut s'empêcher de penser à Saladin et à son frère Malek-Adel, que les Maronites se vantent d'avoir vaincu entre Beyrouth et Saïda. Le lazariste auprès duquel j'étais placé pendant le repas (il se nommait le père Adam) me donna beaucoup de détails sur le clergé maronite. J'avais cru jusque-là que ce n'étaient que des catholiques médiocres, attendu la faculté qu'ils avaient de se marier. Ce n'est là toutefois qu'une tolérance accordée spécialement à l'Église syrienne. Les femmes des curés sont appelées prêtresses par honneur, mais n'exercent aucune fonction sacerdotale. Le pape admet aussi l'existence d'un patriarche maronite, nommé par un conclave, et qui, au point de vue canonique, porte le titre d'évêque d'Antioche; mais ni le pa-

triarche ni ses douze évêques suffragants ne peuvent êt
mariés.

## V — LE KESROUAN

Nous allâmes le lendemain reconduire le père Adam à A
toura. C'est un édifice assez vaste au-dessus d'une terrasse q
domine tout le pays, et au bas de laquelle est un vaste jard
planté d'orangers énormes. L'enclos est traversé d'un ruisse
qui sort des montagnes et que reçoit un grand bassin. L'égli
est bâtie hors du couvent, qui se compose à l'intérieur d'
édifice assez vaste divisé en un double rang de cellules ;
pères s'occupent, comme les autres moines de la montagne,
la culture de l'olivier et des vignes. Ils ont des classes pour
enfants du pays ; leur bibliothèque contient beaucoup de livr
imprimés dans la montagne, car il y a aussi là des moir
imprimeurs, et j'y ai trouvé même la collection d'un journa
revue intitulé *l'Ermite de la Montagne*, dont la publication
cessé depuis quelques années. Le père Adam m'apprit que
première imprimerie avait été établie, il y a cent ar
à Mar-Hama, par un religieux d'Alep, nommé Abdall
Zeker, qui grava lui-même et fondit les caractères. Beaucor
de livres de religion, d'histoire et même des recueils de con
sont sortis de ces presses bénies. Il est assez curieux de v
en passant au bas des murs d'un couvent des feuilles imprimé
qui sèchent au soleil. Du reste, les moines du Liban exerce
toute sorte d'états, et ce n'est pas à eux qu'on reprochera
paresse.

Outre les couvents assez nombreux des lazaristes et d
jésuites européens, qui aujourd'hui luttent d'influence et r
sont pas toujours amis, il y a dans le Kesrouan envir
deux cents couvents de moines réguliers, sans compter v
grand nombre d'ermitages dans le pays de Mar-Élicha. C
rencontre aussi de nombreux couvents de femmes consacrés
plupart à l'éducation. Tout cela ne forme-t-il pas un personn
religieux bien considérable pour un pays de cent dix lieu

carrées, qui ne compte pas deux cent mille habitants? Il est vrai que cette portion de l'ancienne Phénicie a toujours été célèbre par l'ardeur de ses croyances. A quelques lieues du point où nous étions coule le Nahr-Ibrahim, l'ancien Adonis, qui se teint de rouge encore au printemps à l'époque où l'on pleurait jadis la mort du symbolique favori de Vénus. C'est près de l'endroit où cette rivière se jette dans la mer qu'est située Djébaïl, l'ancienne Byblos, où naquit Adonis, fils, comme on sait, de Cynire — et de Myrrha, la propre fille de ce roi phénicien. Ces souvenirs de la Fable, ces adorations, ces honneurs divins rendus jadis à l'inceste et à l'adultère indignent encore les bons religieux lazaristes. Quant aux moines maronites, ils ont le bonheur de les ignorer profondément.

Le prince voulut bien m'accompagner et me guider dans plusieurs excursions à travers cette province du Kesrouan, que je n'aurais crue ni si vaste ni si peuplée. Gazir, la ville principale, qui a cinq églises et une population de six mille âmes, est la résidence de la famille Hobeïsch, l'une des trois plus nobles de la nation maronite; les deux autres sont les Avaki et les Khazen. Les descendants de ces trois maisons se comptent par centaines, et la coutume du Liban, qui veut le partage égal des biens entre les frères, a réduit beaucoup nécessairement l'apanage de chacun. Cela explique la plaisanterie locale qui appelle certains de ces émirs *princes d'olive et de fromage*, en faisant allusion à leurs maigres moyens d'existence.

Les plus vastes propriétés appartiennent à la famille Khazen, qui réside à Zouk-Mikel, ville plus peuplée encore que Gazir. Louis XIV contribua beaucoup à l'éclat de cette famille, en confiant à plusieurs de ses membres des fonctions consulaires. Il y a en tout cinq districts dans la partie de la province dite le Kesrouan Gazir, et trois dans le Kesrouan Bekfaya, situé du côté de Balbek et de Damas. Chacun de ces districts comprend un chef-lieu gouverné d'ordinaire par un émir, et une douzaine de villages ou paroisses placés sous l'autorité des cheiks. L'édifice féodal ainsi constitué aboutit à l'émir de la province, qui, lui-même, tient ses pouvoirs du grand émir résidant ¡ Deïr-Khamar. Ce dernier étant aujourd'hui captif des Turcs son autorité a été déléguée à deux kaïmakams ou gouverneurs l'un Maronite, l'autre Druse, forcés de soumettre aux pacha toutes les questions d'ordre politique.

Cette disposition a l'inconvénient d'entretenir entre le deux peuples un antagonisme d'intérêts et d'influences qu n'existait pas lorsqu'ils vivaient réunis sous un même prince La grande pensée de l'émir Fakardin, qui avait été de mélange les populations et d'effacer les préjugés de race et de religion se trouve prise à contre-pied, et l'on tend à former deux nation ennemies là où il n'en existait qu'une seule, unie par des lien de solidarité et de tolérance mutuelle.

On se demande quelquefois comment les souverains du Liban parvenaient à s'assurer la sympathie et la fidélité de tant de peuples de religions diverses. A ce propos, le père Adam me disait que l'émir Béchir était chrétien par soi baptême, Turc par sa vie et Druse par sa mort, ce dernier peuple ayant le droit immémorial d'ensevelir les souverains de la montagne. Il me racontait encore une anecdote locale analogue. Un Druse et un Maronite qui faisaient route ensemble s'étaient demandé :

— Mais quelle est donc la religion de notre souverain?

— Il est Druse, disait l'un.

— Il est chrétien, disait l'autre.

Un métuali (sectaire musulman) qui passait est choisi pour arbitre, et n'hésite pas à répondre :

— Il est Turc.

Ces braves gens, plus irrésolus que jamais, conviennent d'aller chez l'émir lui demander de les mettre d'accord. L'émir Béchir les reçut fort bien, et, une fois au courant de leur querelle, dit en se tournant vers son vizir :

— Voilà des gens bien curieux ! Qu'on leur tranche la tête à tous les trois!

Sans ajouter une croyance exagérée à la sanglante affabu-

lation de cette histoire, on peut y reconnaître la politique
éternelle des grands émirs du Liban. Il est très-vrai que leur
palais contient une église, une mosquée et un *khaloué* (temple
druse). Ce fut longtemps le triomphe de leur politique, et c'en
est peut-être devenu l'écueil.

### VI — UN COMBAT

J'acceptais avec bonheur cette vie des montagnes, dans une
atmosphère tempérée, au milieu de mœurs à peine différentes
de celles que nous voyons dans nos provinces du Midi. C'était
un repos pour les longs mois passés sous les ardeurs du soleil
d'Égypte; et, quant aux personnes, c'était, ce dont l'âme a
besoin, cette sympathie qui n'est jamais entière de la part des
musulmans, ou qui, chez la plupart, est contrariée par les préjugés de race. Je retrouvais dans la lecture, dans la conversation, dans les idées, ces choses de l'Europe que nous fuyons
par ennui, par fatigue, mais que nous rêvons de nouveau
après un certain temps, comme nous avions rêvé l'inattendu,
l'étrange, pour ne pas dire l'inconnu. Ce n'est pas avouer que
notre monde vaille mieux que celui-là, c'est seulement
retomber insensiblement dans les impressions d'enfance, c'est
accepter le joug commun. On lit dans une pièce de vers de
Henri Heine l'apologue d'un sapin du Nord couvert de neige,
qui demande le sable aride et le ciel de feu du désert, tandis
qu'à la même heure un palmier brûlé par l'atmosphère aride
des plaines d'Égypte demande à respirer dans les brumes du
Nord, à se baigner dans la neige fondue, à plonger ses racines
dans le sol glacé.

Par un tel esprit de contraste et d'inquiétude, je songeais
déjà à retourner dans la plaine, me disant, après tout, que je
n'étais pas venu en Orient pour passer mon temps dans un
paysage des Alpes; mais, un soir, j'entends tout le monde
causer avec inquiétude; des moines descendent des couvents
voisins, tout effarés; on parle des Druses qui sont venus en

nombre de leurs provinces et qui se sont jetés sur les cantons
mixtes, désarmés par ordre du pacha de Beyrouth. Le Kesrouan, qui fait partie du pachalik de Tripoli, a conservé ses
armes; il faut donc aller soutenir des frères sans défense, il
faut passer le Nahr-el-Kelb, qui est la limite des deux pays,
véritable Rubicon, qui n'est franchi que dans des circonstances
graves. Les montagnards armés se pressaient impatiemment
autour du village et dans les prairies. Des cavaliers parcouraient les localités voisines en jetant le vieux cri de guerre :
« Zèle de Dieu! zèle des combats! »

Le prince me prit à part et me dit :

— Je ne sais ce que c'est; les rapports qu'on nous fait sont
exagérés peut-être, mais nous allons toujours nous tenir prêts
à secourir nos voisins. Le secours des pachas arrive toujours
quand le mal est fait... Vous feriez bien, quant à vous, de vous
rendre au couvent d'Antoura, ou de regagner Beyrouth par
la mer.

— Non, lui dis-je; laissez-moi vous accompagner. Ayant eu
le malheur de naître dans une époque peu guerrière, je n'ai
encore vu de combats que dans l'intérieur de nos villes d'Europe, et de tristes combats, je vous jure! Nos montagnes, à
nous, étaient des groupes de maisons, et nos vallées des places
et des rues! Que je puisse assister, dans ma vie, à une lutte un
peu grandiose, à une guerre religieuse. Il serait si beau de
mourir pour la cause que vous défendez!

Je disais, je pensais ces choses; l'enthousiasme environnant
m'avait gagné; je passai la nuit suivante à rêver des exploits
qui nécessairement m'ouvraient les plus hautes destinées.

Au point du jour, quand le prince monta à cheval, dans la
cour, avec ses hommes, je me disposais à en faire autant; mais
le jeune Moussa s'opposa résolûment à ce que je me servisse du
cheval qui m'avait été loué à Beyrouth : il était chargé de le
ramener vivant, et craignait avec raison les chances d'une
expédition guerrière.

Je compris la justesse de sa réclamation, et j'acceptai un

des chevaux du prince. Nous passâmes enfin la rivière, étant tout au plus une douzaine de cavaliers sur peut-être trois cents hommes.

Après quatre heures de marche, on s'arrêta près du couvent de Mar-Hama, où beaucoup de montagnards vinrent encore nous rejoindre. Les moines basiliens nous donnèrent à déjeuner; mais, selon eux, il fallait attendre : rien n'annonçait que les Druses eussent envahi le district. Cependant les nouveaux arrivés exprimaient un avis contraire, et l'on résolut d'avancer encore. Nous avions laissé les chevaux pour couper au court à travers les bois, et, vers le soir, après quelques alertes, nous entendîmes des coups de fusil répercutés par les rochers.

Je m'étais séparé du prince en gravissant une côte pour arriver à un village qu'on apercevait au-dessus des arbres, et je me trouvai avec quelques hommes au bas d'un escalier de terrasses cultivées; plusieurs d'entre eux semblèrent se concerter, puis ils se mirent à attaquer la haie de cactus qui formait clôture, et, pensant qu'il s'agissait de pénétrer jusqu'à des ennemis cachés, j'en fis autant avec mon yatagan; les spatules épineuses roulaient à terre comme des têtes coupées, et la brèche ne tarda pas à nous donner passage. Là, mes compagnons se répandirent dans l'enclos, et, ne trouvant personne, se mirent à hacher les pieds de mûriers et d'oliviers avec une rage extraordinaire. L'un d'eux, voyant que je ne faisais rien, voulut me donner une cognée, je le repoussai; ce spectacle de destruction me révoltait. Je venais de reconnaître que le lieu où nous nous trouvions n'était autre que la partie druse du village de Bethmérie où j'avais été si bien accueilli quelques jours auparavant.

Heureusement, je vis de loin le gros de nos gens qui arrivait sur le plateau, et je rejoignis le prince, qui paraissait dans une grande irritation. Je m'approchai de lui pour lui demander si nous n'avions d'ennemis à combattre que des cactus et des mûriers; mais il déplorait déjà tout ce qui venait d'arriver, et s'occupait à empêcher que l'on ne mît le feu aux maisons. Voyant

quelques Maronites qui s'en approchaient avec des branches de
sapin allumées, il leur ordonna de revenir. Les Maronites
l'entourèrent en criant :

— Les Druses ont fait cela chez les chrétiens ; aujourd'hui,
nous sommes forts, il faut leur rendre la pareille !

Le prince hésitait à ces mots, parce que la loi du talion est
sacrée parmi les montagnards. Pour un meurtre, il en faut un
autre, et de même pour les dégâts et les incendies. Je tentai de
lui faire remarquer qu'on avait déjà coupé beaucoup d'arbres,
et que cela pouvait passer pour une compensation. Il trouva
une raison plus concluante à donner.

— Ne voyez-vous pas, leur dit-il, que l'incendie serait
aperçu de Beyrouth? Les Albanais seraient envoyés de nouveau ici !

Cette considération finit par calmer les esprits. Cependant
on n'avait trouvé dans les maisons qu'un vieillard coiffé d'un
turban blanc, qu'on amena, et dans lequel je reconnus aussitôt
le bonhomme qui, lors de mon passage à Bethmérie, m'avait
offert de me reposer chez lui. On le conduisit chez le cheik
chrétien, qui paraissait un peu embarrassé de tout ce tumulte,
et qui cherchait, ainsi que le prince, à réprimer l'agitation. Le
vieillard druse gardait un maintien fort tranquille, et dit en
regardant le prince :

— La paix soit avec toi, Miran; que viens-tu faire dans
notre pays?

— Où sont tes frères? dit le prince. Ils ont fui sans doute en
nous apercevant de loin.

— Tu sais que ce n'est pas leur habitude, dit le vieillard ;
mais ils se trouvaient quelques-uns seulement contre tout ton
peuple; ils ont emmené loin d'ici les femmes et les enfants.
Moi, j'ai voulu rester.

— On nous a dit pourtant que vous aviez appelé les Druses
de l'autre montagne et qu'ils étaient en grand nombre.

— On vous a trompés. Vous avez écouté de mauvaises gens,
des étrangers qui eussent été contents de nous faire égor-

er, afin qu'ensuite nos frères vinssent ici nous venger sur
ous !

Le vieillard était resté debout pendant cette explication. Le
heik, chez lequel nous étions, parut frappé de ses paroles, et
hi dit :

— Te crois-tu prisonnier ici? Nous fûmes amis autrefois;
pourquoi ne t'assieds-tu pas avec nous?

— Parce que tu es dans ma maison, dit le vieillard.

— Allons, dit le cheik chrétien, oublions tout cela. Prends
place sur ce divan; on va t'apporter du café et une pipe.

— Ne sais-tu pas, dit le vieillard, qu'un Druse n'accepte
jamais rien chez les Turcs ni chez leurs amis, de peur que ce
ne soit le produit des exactions et des impôts injustes?

— Un ami des Turcs? Je ne le suis pas!

— N'ont-ils pas fait de toi un cheik, tandis que c'est moi qui
l'étais dans le village du temps d'Ibrahim, et alors ta race et la
mienne vivaient en paix? N'est-ce pas toi aussi qui es allé te
plaindre au pacha pour une affaire de tapageurs, une maison
brûlée, une querelle de bons voisins, que nous aurions vidée
facilement entre nous?

Le cheik secoua la tête sans répondre; mais le prince coupa
court à l'explication, et sortit de la maison en tenant le Druse
par la main.

— Tu prendras bien le café avec moi, qui n'ai rien accepté
des Turcs? lui dit-il.

Et il ordonna à son cafedji de lui en servir sous les arbres.

— J'étais un ami de ton père, dit le vieillard, et, dans ce
temps-là, Druses et Maronites vivaient en paix.

Et ils se mirent à causer longtemps de l'époque où les
deux peuples étaient réunis sous le gouvernement de la
famille Schehab, et n'étaient pas abandonnés à l'arbitraire des
vainqueurs.

Il fut convenu que le prince remmènerait tout son monde,
que les Druses reviendraient dans le village sans appeler des
secours éloignés, et que l'on considérerait le dégât qui venait

d'être fait chez eux comme une compensation de l'incendie précédent d'une maison chrétienne.

Ainsi se termina cette terrible expédition, où je m'étais promis de recueillir tant de gloire; mais toutes les querelles des villages mixtes ne trouvent pas des arbitres aussi conciliants que l'avait été le prince Abou-Miran. Cependant il faut dire que, si l'on peut citer des assassinats isolés, les querelles générales sont rarement sanglantes. C'est un peu alors comme les combats des Espagnols, où l'on se poursuit dans les monts sans se rencontrer, parce que l'un des partis se cache toujours quand l'autre est en force. On crie beaucoup, on brûle des maisons, on coupe des arbres, et les bulletins, rédigés par des intéressés, donnent seuls le compte des morts.

Au fond, ces peuples s'estiment entre eux plus qu'on ne croit, et ne peuvent oublier les liens qui les unissaient jadis. Tourmentés et excités soit par les missionnaires, soit par les moines, dans l'intérêt des influences européennes, ils se ménagent à la manière des condottieri d'autrefois, qui livraient de grands combats sans effusion de sang. Les moines prêchent, il faut bien courir aux armes; les missionnaires anglais déclament et payent, il faut bien se montrer vaillants; mais il y a au fond de tout cela doute et découragement. Chacun comprend déjà ce que veulent quelques puissances de l'Europe, divisées de but et d'intérêt et secondées par l'imprévoyance des Turcs. En suscitant des querelles dans les villages mixtes, on croit avoir prouvé la nécessité d'une entière séparation entre les deux races autrefois unies et solidaires. Le travail qui se fait en ce moment dans le Liban sous couleur de pacification consiste à opérer l'échange des propriétés qu'ont les Druses dans les cantons chrétiens contre celles qu'ont les chrétiens dans les cantons druses. Alors, plus de ces luttes intestines tant de fois exagérées; seulement, on aura deux peuples bien distincts, dont l'un sera placé peut-être sous la protection de l'Autriche, et l'autre sous celle de l'Angleterre. Il serait alors difficile que la France recouvrât l'influence qui, du temps de

Louis XIV, s'étendait également sur la race druse et la race maronite.

Il ne m'appartient pas de me prononcer sur d'aussi graves intérêts. Je regretterai seulement de n'avoir point pris part dans le Liban à des luttes plus homériques.

Je dus bientôt quitter le prince pour me rendre sur un autre point de la montagne. Cependant la renommée de l'affaire de Bethmérie grandissait sur mon passage; grâce à l'imagination bouillante des moines italiens, ce combat contre des mûriers avait pris peu à peu les proportions d'une croisade.

# II

# LE PRISONNIER

---

## I — LE MATIN ET LE SOIR

Que dirons-nous de la jeunesse, ô mon ami ! Nous en avons passé les plus vives ardeurs, il ne nous convient plus d'en parler qu'avec modestie, et cependant à peine l'avons-nous connue ! à peine avons-nous compris qu'il fallait en arriver bientôt à chanter pour nous-mêmes l'ode d'Horace : *Eheu ! fugaces, Posthume...* si peu de temps après l'avoir expliquée... Ah ! l'étude nous a pris nos plus beaux instants ! Le grand résultat de tant d'efforts perdus, que de pouvoir, par exemple, comme je l'ai fait ce matin, comprendre le sens d'un chant grec qui résonnait à mes oreilles sortant de la bouche avinée d'un matelot levantin :

*Nè kalimèra ! nè orà kali !*

Tel était le refrain que cet homme jetait avec insouciance au vent des mers, aux flots retentissants qui battaient la grève : « Ce n'est pas bonjour, ce n'est pas bonsoir ! » Voilà le sens que je trouvais à ces paroles, et, dans ce que je pus saisir des autres vers de ce chant populaire, il y avait, je crois, cette pensée :

Le matin n'est plus, le soir pas encore !
Pourtant de nos yeux l'éclair a pâli ;

et le refrain revenait toujours :

*Nè kalimèra ! nè orà kali !*

mais, ajoutait la chanson,

> Mais le soir vermeil ressemble à l'aurore!
> Et la nuit, plus tard, amène l'oubli!

Triste consolation, que de songer à ces soirs vermeils de la vie et à la nuit qui les suivra! Nous arrivons bientôt à cette heure solennelle qui n'est plus le matin, qui n'est pas le soir, et rien au monde ne peut faire qu'il en soit autrement. Quel remède y trouverais-tu?

J'en vois un pour moi : c'est de continuer à vivre sur ce rivage d'Asie où le sort m'a jeté; il me semble, depuis peu de mois, que j'ai remonté le cercle de mes jours; je me sens plus jeune, en effet je le suis, je n'ai que vingt ans!

J'ignore pourquoi en Europe on vieillit si vite; nos plus belles années se passent au collége, loin des femmes, et à peine avons-nous eu le temps d'endosser la robe virile, que déjà nous ne sommes plus des jeunes gens. La vierge des premières amours nous accueille d'un ris moqueur, les belles dames plus usagées rêvent auprès de nous peut-être les vagues soupirs de Chérubin!

C'est un préjugé, n'en doutons pas, et surtout en Europe, où les Chérubins sont si rares. Je ne connais rien de plus gauche, de plus mal fait, de moins gracieux, en un mot, qu'un Européen de seize ans. Nous reprochons aux très-jeunes filles leurs mains rouges, leurs épaules maigres, leurs gestes anguleux, leur voix criarde; mais que dira-t-on de l'éphèbe aux contours chétifs qui fait chez nous le désespoir des conseils de révision? Plus tard seulement, les membres se modèlent, le galbe se prononce, les muscles et les chairs se jouent avec puissance sur l'appareil osseux de la jeunesse; l'homme est formé.

En Orient, les enfants sont moins jolis peut-être que chez nous; ceux des riches sont bouffis, ceux des pauvres sont maigres avec un ventre énorme, en Égypte surtout; mais généralement le second âge est beau dans les deux sexes. Les

jeunes hommes ont l'air de femmes, et ceux qu'on voit vêtus
de longs habits se distinguent à peine de leurs mères et de
leurs sœurs; mais, par cela même, l'homme n'est séduisant en
réalité que quand les années lui ont donné une apparence plus
mâle, un caractère de physionomie plus marqué. Un amoureux
imberbe n'est point le fait des belles dames de l'Orient, de
sorte qu'il y a une foule de chances, pour celui à qui les ans
font une barbe majestueuse et bien fournie, d'être le point de
mire de tous les yeux ardents qui luisent à travers les trous du
*yamack*, ou dont le voile de gaze blanche estompe à peine la
noirceur.

Et, songes-y bien, après cette époque où les joues se
revêtent d'une épaisse toison, il en arrive une autre où l'embonpoint, faisant le corps plus beau sans doute, le rend sou-
verainement inélégant sous les vêtements étriqués de l'Europe
avec lesquels l'Antinoüs lui-même aurait l'air d'un épais cam-
pagnard. C'est le moment où les robes flottantes, les vestes
brodées, les caleçons à vastes plis et les larges ceintures
hérissées d'armes des Levantins leur donnent justement l'aspect
le plus majestueux. Avançons d'un lustre encore : voici des
fils d'argent qui se mêlent à la barbe et qui envahissent la
chevelure; cette dernière même s'éclaircit, et dès lors l'homme
le plus actif, le plus fort, le plus capable encore d'émotions et
de tendresse, doit renoncer, chez nous à tout espoir de devenir
jamais un héros de roman. En Orient, c'est le bel instant de la
vie; sous le tarbouch ou le turban, peu importe que la chevelure
devienne rare ou grisonnante, le jeune homme lui-même n'a
jamais pu prendre avantage de cette parure naturelle ; elle est
rasée; il ignore dès le berceau si la nature lui a fait les cheveux
plats ou bouclés. Avec la barbe teinte au moyen d'une mixture
persane, l'œil animé d'une légère teinte de bitume, un homme
est, jusqu'à soixante ans, sûr de plaire, pour peu qu'il se sente
capable d'aimer.

Oui, soyons jeunes en Europe tant que nous le pouvons,
mais allons vieillir en Orient, le pays des hommes dignes de ce

nom, la terre des patriarches! En Europe, où les institutions ont supprimé la force matérielle, la femme est devenue trop forte. Avec toute la puissance de séduction, de ruse, de persévérance et de persuasion que le ciel lui a départie, la femme de nos pays est socialement l'égale de l'homme, c'est plus qu'il n'en faut pour que ce dernier soit toujours à coup sûr vaincu. J'espère que tu ne m'opposeras pas le tableau du bonheur des ménages parisiens pour me détourner d'un dessein où je fonde mon avenir; j'ai eu trop de regret déjà d'avoir laissé échapper une occasion pareille au Caire. Il faut que je m'unisse à quelque fille ingénue de ce sol sacré qui est notre première patrie à tous, que je me retrempe à ces sources vivifiantes de l'humanité, d'où ont découlé la poésie et les croyances de nos pères!

Tu ris de cet enthousiasme, qui, je l'avoue, depuis le commencement de mon voyage, a déjà eu plusieurs objets; mais songe bien aussi qu'il s'agit d'une résolution grave et que jamais hésitation ne fut plus naturelle. Tu le sais, et c'est ce qui a peut-être donné quelque intérêt jusqu'ici à mes confidences, j'aime à conduire ma vie comme un roman, et je me place volontiers dans la situation d'un de ces héros actifs et résolus qui veulent à tout prix créer autour d'eux le drame, le nœud, l'intérêt, l'action en un mot. Le hasard, si puissant qu'il soit, n'a jamais réuni les éléments d'un sujet passable, et tout au plus en a-t-il disposé la mise en scène; aussi, laissons-le faire, et tout avorte malgré les plus belles dispositions. Puisqu'il est convenu qu'il n'y a que deux sortes de dénoûments, le mariage ou la mort, visons du moins à l'un des deux... car, jusqu'ici, mes aventures se sont presque toujours arrêtées à l'exposition : à peine ai-je pu accomplir une pauvre péripétie, en accolant à ma fortune l'aimable esclave que m'a vendue Abd-el-Kerim. Cela n'était pas bien malaisé sans doute, mais encore fallait-il en avoir l'idée et surtout en avoir l'argent. J'y ai sacrifié tout l'espoir d'une tournée dans la Palestine qui était marquée sur mon itinéraire, et à laquelle il faut renoncer.

18.

Pour les cinq bourses que m'a coûtées cette fille dorée de la
Malaisie, j'aurais pu visiter Jérusalem, Bethléem, Nazareth, et
la mer Morte et le Jourdain! Comme le prophète puni de
Dieu, je m'arrête aux confins de la terre promise, et à peine
puis-je, du haut de la montagne, y jeter un regard désolé. Les
gens graves diraient ici qu'on a toujours tort d'agir autrement
que tout le monde, et de vouloir faire le Turc quand on n'est
qu'un simple Nazaréen d'Europe. Auraient-ils raison ? qui le sait ?

Sans doute je suis imprudent, sans doute je me suis attaché
une grosse pierre au cou, sans doute encore j'ai encouru une
grave responsabilité morale ; mais ne faut-il pas aussi croire à
la fatalité qui règle tout dans cette partie du monde ? C'est elle
qui a voulu que l'étoile de la pauvre Zeynab se rencontrât avec
la mienne, que je changeasse, peut-être favorablement, les conditions de sa destinée ! Une imprudence ! vous voilà bien avec
vos préjugés d'Europe ! et qui sait si, prenant la route du
désert, seul et plus riche de cinq bourses, je n'aurais pas été
attaqué, pillé, massacré par une horde de Bédouins flairant de
loin ma richesse ! Va, toute chose est bien qui pourrait être
pire, ainsi que l'a reconnu depuis longtemps la sagesse des
nations.

Peut-être penses-tu, d'après ces préparations, que j'ai pris
la résolution d'épouser l'esclave indienne et de me débarrasser,
par un moyen si vulgaire, de mes scrupules de conscience. Tu
me sais assez délicat pour ne pas avoir songé un seul instant à
la revendre ; je lui ai offert la liberté, elle n'en a pas voulu,
et cela, par une raison assez simple, c'est qu'elle ne saurait
qu'en faire ; de plus, je n'y joignais pas l'assaisonnement obligé
d'un si beau sacrifice, à savoir une dotation propre à placer
pour toujours la personne affranchie au-dessus du besoin, car
on m'a expliqué que c'était l'usage en pareil cas. Pour te mettre
au courant des autres difficultés de ma position, il faut que je
te dise ce qui m'est arrivé depuis mon retour de l'expédition
dans la montagne dont je t'ai envoyé le récit.

Je suis revenu pour quelques jours m'établir à l'hôtel de

Baptiste en attendant une occasion pour passer par mer à
Saïda, l'ancienne Sidon. Le temps était devenu si mauvais,
qu'aucune barque n'osait sortir. Pourtant à terre le soleil brille,
l'azur implacable du ciel n'est pas terni d'un seul nuage : on
ne se plaint guère que du vent qui soulève çà et là des colonnes
de poussière ; mais, sur la mer, tout remue et se balance, les
navires ivres entre-croisent leurs mâts et leurs cheminées. Rien
n'est plus étonnant à voir que ce désordre au milieu du calme,
— cette tempête à sec, cette mer perfide qui ouvre ses noirs
abîmes sous de gais rayons de soleil. Il doit être doublement
triste de se voir noyé par un si beau temps.

J'ai retrouvé à la table d'hôte le missionnaire anglais dont
j'avais fait la connaissance quelque temps auparavant ; la tempête ne le contrariait pas moins que moi et l'arrêtait dans le
projet du même voyage. La prévision d'être bientôt compagnons
de route vint donner à nos relations quelque chose de plus
intime, et nous sortîmes ensemble après le déjeuner pour aller
voir le beau spectacle de la mer agitée.

En descendant au port, nous rencontrâmes le père Planchet,
qui s'arrêta et voulut bien causer quelque temps avec nous.
Ce n'est pas un des moindres sujets d'étonnement dans ce pays
de contrastes que de voir un jésuite et un missionnaire évangélique s'entretenir avec affabilité. En effet, quelles que soient
leurs luttes intimes et détournées, ces pieux adversaires se
rencontrent continuellement à la table des consuls et se font
bon visage à défaut de mieux. Du reste, à part l'influence occulte
qu'ils peuvent conquérir dans les luttes des montagnards, ils
ne risquent plus guère, en fait de conversion, de se rencontrer
sur le même terrain. Les agents catholiques ont renoncé depuis
longtemps à convertir les Druses, et ne s'attaquent guère
qu'aux Grecs schismatiques, dont les idées ont plus de rapport
avec les leurs. Les missionnaires anglais ont, au contraire, à
leur service toutes les nuances variées des diverses sectes protestantes, et finissent par trouver des points de rapport extraordinaires entre leur foi et celle des Druses. La question enfin

de compte étant d'inscrire le plus de noms possible au livre qui contient l'état de leurs travaux, ils parviennent à prouver aux néophytes qu'au fond les Anglais sont un peu Druses. Cela explique le proverbe de ces derniers : *Ingliz, Dursi, sava-sava* (les Anglais, les Druses, c'est la même chose). Et peut-être, de cette façon, sont-ce les missionnaires eux-mêmes qui ont l'air de se convertir ?

## II — UNE VISITE A L'ÉCOLE FRANÇAISE

Je m'étais empressé, au retour de mon excursion dans la montagne, d'aller à la pension de madame Carlès, où j'avais placé la pauvre Zeynab, ne voulant pas l'emmener dans des courses si dangereuses.

C'était dans une de ces hautes maisons d'architecture italienne, dont les bâtiments à galerie intérieure encadrent un vaste espace, moitié terrasse, moitié cour, sur lequel flotte l'ombre d'un *tendido* rayé. L'édifice avait servi autrefois de consulat français, et l'on voyait encore, sur les frontons, des écussons à fleurs de lis, anciennement dorés. Des orangers et des grenadiers, plantés dans des trous ronds pratiqués entre les dalles de la cour, égayaient un peu ce lieu fermé de toutes parts à la nature extérieure. Un pan de ciel bleu dentelé par les frises, que traversaient de temps à autre les colombes de la mosquée voisine, tel était le seul horizon des pauvres écolières. J'entendis dès l'entrée le bourdonnement des leçons récitées, et, montant l'escalier du premier étage, je me trouvai dans l'une des galeries qui précédaient les appartements. Là, sur une natte des Indes, les petites filles formaient cercle, accroupies à la manière turque autour d'un divan où siégeait madame Carlès. Les deux plus grandes étaient auprès d'elle, et dans l'une des deux je reconnus l'esclave, qui vint à moi avec de grands éclats de joie.

Madame Carlès se hâta de nous faire passer dans sa chambre, laissant sa place à l'autre *grande*, qui, par un premier mouvement naturel aux femmes du pays, s'était hâtée, à ma vue, de cacher sa figure avec son livre.

— Ce n'est donc pas, me disais-je, une chrétienne, car ces dernières se laissent voir sans difficulté dans l'intérieur des maisons.

De longues tresses de cheveux blonds entremêlées de cordonnets de soie, des mains blanches aux doigts effilés, avec ces ongles longs qui indiquent la race, étaient tout ce que je pouvais saisir de cette gracieuse apparition. J'y pris à peine garde, au reste; il me tardait d'apprendre comment l'esclave s'était trouvée dans sa position nouvelle. Pauvre fille ! elle pleurait à chaudes larmes en me serrant la main contre son front. J'étais très-ému, sans savoir encore si elle avait quelque plainte à me faire, ou si ma longue absence était cause de cette effusion.

Je lui demandai si elle se trouvait bien dans cette maison. Elle se jeta au cou de sa maîtresse en disant que c'était sa mère.

— Elle est bien bonne, me dit madame Carlès avec son accent provençal, mais elle ne veut rien faire ; elle apprend bien quelques mots avec les petites, c'est tout. Si l'on veut la faire écrire ou lui apprendre à coudre, elle ne veut pas. Moi, je lui ai dit : « Je ne peux pas te punir ; quand ton maître reviendra, il verra ce qu'il voudra faire. »

Ce que m'apprenait là madame Carlès me contrariait vivement ; j'avais cru résoudre la question de l'avenir de cette fille en lui faisant apprendre ce qu'il fallait pour qu'elle trouvât plus tard à se placer et à vivre par elle-même ; j'étais dans la position d'un père de famille qui voit ses projets renversés par le mauvais vouloir ou la paresse de son enfant. D'un autre côté, peut-être mes droits n'étaient-ils pas aussi bien fondés que ceux d'un père. Je pris l'air le plus sévère que je pus, et j'eus avec l'esclave l'entretien suivant, favorisé par l'intermédiaire de la maîtresse :

— Et pourquoi ne veux-tu pas apprendre à coudre ?

— Parce que, dès qu'on me verrait travailler comme une servante, on ferait de moi une servante.

— Les femmes des chrétiens, qui sont libres, travaillent sans être des servantes.

— Eh bien, je n'épouserai pas un chrétien, dit l'esclave; chez nous, le mari doit donner une servante à sa femme.

J'allais lui répondre qu'étant esclave, elle était moins qu'une servante; mais je me rappelai la distinction qu'elle avait établie déjà entre sa position de cadine et celle des odaleuk, destinées aux travaux.

— Pourquoi, repris-je, ne veux-tu pas non plus apprendre à écrire? On te montrerait ensuite à chanter et à danser; ce n'est plus là le travail d'une servante.

— Non; mais c'est toute la science d'une almée, d'une baladine, et j'aime mieux rester ce que je suis.

On sait quelle est la force des préjugés sur l'esprit des femmes de l'Europe; mais il faut dire que l'ignorance et l'habitude de mœurs, appuyée sur une antique tradition, les rendent indestructibles chez les femmes de l'Orient. Elles consentent encore plus facilement à quitter leurs croyances qu'à abandonner des idées où leur amour-propre est intéressé. Aussi madame Carlès me dit-elle:

— Soyez tranquille; une fois qu'elle sera devenue chrétienne, elle verra bien que les femmes de notre religion peuvent travailler sans manquer à leur dignité, et, alors, elle apprendra ce que nous voudrons. Elle est venue plusieurs fois à la messe au couvent des Capucins, et le supérieur a été très-édifié de sa dévotion.

— Mais cela ne prouve rien, dis-je; j'ai vu au Caire des santons et des derviches entrer dans les églises, soit par curiosité, soit pour entendre la musique, et marquer beaucoup de respect et de recueillement.

Il y avait sur la table, auprès de nous, un Nouveau Testament en français; j'ouvris machinalement ce livre et je trouvai en tête un portrait de Jésus-Christ, et, plus loin, un portrait de Marie. Pendant que j'examinais ces gravures, l'esclave vint près de moi et me dit, en mettant le doigt sur la première

— *Aïssé!* (Jésus!)

Et sur la seconde :

— *Myriam!* (Marie!)

Je rapprochai, en souriant, le livre ouvert de ses lèvres ; mais elle recula avec effroi en s'écriant :

— *Mafisch!*

— Pourquoi recules-tu? lui dis-je; n'honorez-vous pas, dans votre religion, *Aïssé* comme un prophète, et *Myriam* comme l'une des trois femmes saintes?

— Oui, dit-elle; mais il a été écrit : « Tu n'adoreras pas les images. »

— Vous voyez, dis-je à madame Carlès, que la conversion n'est pas bien avancée.

— Attendez, attendez, me dit madame Carlès.

## III — L'AKKALÉ

Je me levai en proie à une grande irrésolution. Je me comparais tout à l'heure à un père, et il est vrai que j'éprouvais un sentiment d'une nature pour ainsi dire *familiale* à l'égard de cette pauvre fille, qui n'avait que moi pour appui. Voilà certainement le seul beau côté de l'esclavage tel qu'il est compris en Orient. L'idée de la possession, qui attache si fort aux objets matériels et aussi aux animaux, aurait-elle sur l'esprit une influence moins noble et moins vive en se portant sur des créatures pareilles à nous ? Je ne voudrais pas appliquer cette idée aux malheureux esclaves noirs des pays chrétiens, et je parle ici seulement des esclaves que possèdent les musulmans, et de qui la position est réglée par la religion et par les mœurs.

Je pris la main de la pauvre Zeynab, et je la regardai avec tant d'attendrissement, que madame Carlès se trompa sans doute à ce témoignage.

— Voilà, dit-elle, ce que je lui fais comprendre : vois-tu bien, ma fille, si tu veux devenir chrétienne, ton maître t'épousera peut-être et il t'emmènera dans son pays.

— Oh! madame Carlès! m'écriai-je, n'allez pas si vite dans votre système de conversion... Quelle idée vous avez là!

Je n'avais pas encore songé à cette solution... Oui, sans doute, il est triste, au moment de quitter l'Orient pour l'Europe, de ne savoir trop que faire d'une esclave qu'on a achetée; mais l'épouser! ce serait beaucoup trop chrétien. Madame Carlès, vous n'y songez pas! cette femme a dix-huit ans déjà, ce qui, pour l'Orient, est assez avancé, elle n'a plus que dix ans à être belle; après quoi, je serai, moi, jeune encore, l'époux d'une femme jaune, qui a des soleils tatoués sur le front et sur la poitrine, et dans la narine gauche la boutonnière d'un anneau qu'elle y a porté. Songez un peu qu'elle est fort bien en costume levantin, mais qu'elle est affreuse avec les modes de l'Europe. Me voyez-vous entrer dans un salon avec une beauté qu'on pourrait suspecter de goûts anthropophages! Cela serait fort ridicule et pour elle et pour moi.

Non, la conscience n'exige pas cela de moi, et l'affection ne m'en donne pas non plus le conseil. Cette esclave m'est chère sans doute, mais enfin elle a appartenu à d'autres maîtres. L'éducation lui manque, et elle n'a pas la volonté d'apprendre. Comment faire son égale d'une femme, non pas grossière ou sotte, mais certainement illettrée? Comprendra-t-elle plus tard la nécessité de l'étude et du travail? De plus, le dirai-je? j'ai peur qu'il ne soit impossible qu'une sympathie très-grande s'établisse entre deux êtres de races si différentes que les nôtres.

Et pourtant je quitterai cette femme avec peine...

Explique qui pourra ces sentiments irrésolus, ces idées contraires qui se mêlaient en ce moment-là dans mon cerveau. Je m'étais levé, comme pressé par l'heure, pour éviter de donner une réponse précise à madame Carlès, et nous passions de sa chambre dans la galerie, où les jeunes filles continuaient à étudier sous la surveillance de la plus grande. L'esclave alla se jeter au cou de cette dernière, et l'empêcha ainsi de se cacher la figure, comme elle l'avait fait à mon arrivée.

— *Ya makbouba* (c'est mon amie) ! s'écria-t-elle.

Et la jeune fille, se laissant voir enfin, me permit d'admirer des traits où la blancheur européenne s'alliait au dessin pur de ce type aquilin qui, en Asie comme chez nous, a quelque chose de royal. Un air de fierté, tempéré par la grâce, répandait sur son visage quelque chose d'intelligent, et son sérieux habituel donnait du prix au sourire qu'elle m'adressa lorsque je l'eus saluée. Madame Carlès me dit :

— C'est une pauvre fille bien intéressante, et dont le père est l'un des cheiks de la montagne. Malheureusement, il s'est laissé prendre dernièrement par les Turcs. Il a été assez imprudent pour se hasarder dans Beyrouth à l'époque des troubles, et on l'a mis en prison parce qu'il n'avait pas payé l'impôt depuis 1840. Il ne voulait pas reconnaître les pouvoirs actuels; c'est pourquoi le séquestre a été mis sur ses biens. Se voyant ainsi captif et abandonné de tous, il a fait venir sa fille, qui ne peut l'aller voir qu'une fois par jour; le reste du temps, elle demeure ici. Je lui apprends l'italien, et elle enseigne aux petites filles l'arabe littéral... car c'est une savante. Dans sa nation, les femmes d'une certaine naissance peuvent s'instruire et même s'occuper des arts; ce qui, chez les musulmanes, est regardé comme la marque d'une condition inférieure.

— Mais quelle est donc sa nation? dis-je.

— Elle appartient à la race des Druses, répondit madame Carlès.

Je la regardai dès lors avec plus d'attention. Elle vit bien que nous parlions d'elle, et cela parut l'embarrasser un peu. L'esclave s'était à demi couchée à ses côtés sur le divan et jouait avec les longues tresses de sa chevelure. Madame Carlès me dit :

— Elles sont bien ensemble; c'est comme le jour et la nuit. Cela les amuse de causer toutes deux, parce que les autres sont trop petites. Je dis quelquefois à la vôtre : « Si au moins tu prenais modèle sur ton amie, tu apprendrais quelque 'chose... » Mais elle n'est bonne que pour jouer et pour chanter des chansons toute la journée. Que voulez-vous ! quand on les prend si tard, on ne peut plus rien en faire.

Je donnais peu d'attention à ces plaintes de la bonne madame Carlès, accentuées toujours par sa prononciation provençale. Toute au soin de me montrer qu'elle ne devait pas être accusée du peu de progrès de l'esclave, elle ne voyait pas que j'eusse tenu surtout, dans ce moment-là, à être informé de ce qui concernait son autre pensionnaire. Néanmoins, je n'osais marquer trop clairement ma curiosité ; je sentais qu'il ne fallait pas abuser de la simplicité d'une bonne femme habituée à recevoir des pères de famille, des ecclésiastiques et autres personnes graves... et qui ne voyait en moi qu'un client également sérieux.

Appuyé sur la rampe de la galerie, l'air pensif et le front baissé, je profitais du temps que me donnait la faconde méridionale de l'excellente institutrice pour admirer le tableau charmant qui était devant mes yeux. L'esclave avait pris la main de l'autre jeune fille et en faisait la comparaison avec la sienne ; dans sa gaieté imprévoyante, elle continuait cette pantomime en rapprochant ses tresses foncées des cheveux blonds de sa voisine, qui souriait d'un tel enfantillage. Il est clair qu'elle ne croyait pas se nuire par ce parallèle, et ne cherchait qu'une occasion de jouer et de rire avec l'entraînement naïf des Orientaux ; pourtant ce spectacle avait un charme dangereux pour moi ; je ne tardai pas à l'éprouver.

— Mais, dis-je à madame Carlès avec l'air d'une simple curiosité, comment se fait-il que cette pauvre fille druse se trouve dans une école chrétienne ?

— Il n'existe pas à Beyrouth d'institutions selon son culte ; on n'y a jamais établi d'asiles publics pour les femmes ; elle ne pouvait donc séjourner honorablement que dans une maison comme la mienne. Vous savez, du reste, que les Druses ont beaucoup de croyances semblables aux nôtres : ils admettent la Bible et les Évangiles, et prient sur les tombeaux de nos saints.

Je ne voulus pas, pour cette fois, questionner plus longuement madame Carlès. Je sentais que les leçons étaient suspendues par ma visite, et les petites filles paraissaient causer
entre elles avec surprise. Il fallait rendre cet asile à sa tranquillité habituelle ; il fallait aussi prendre le temps de réfléchir
sur tout un monde d'idées nouvelles qui venait de surgir en
moi.

Je pris congé de madame Carlès et lui promis de revenir la
voir le lendemain.

En lisant les pages de ce journal, tu souris, n'est-ce pas ?
de mon enthousiasme pour une petite fille arabe rencontrée par
hasard sur les bancs d'une classe ; tu ne crois pas aux passions
subites, tu me sais même assez éprouvé sur ce point pour n'en
concevoir pas si légèrement de nouvelles ; tu fais la part sans
doute de l'entraînement, du climat, de la poésie des lieux, du
costume, de toute cette mise en scène des montagnes et de la
mer, de ces grandes impressions de souvenir et de localité qui
échauffent d'avance l'esprit pour une illusion passagère. Il te
semble, non pas que je suis épris, mais que je crois l'être...
comme si ce n'était pas la même chose en résultat !

J'ai entendu des gens graves plaisanter sur l'amour que l'on
conçoit pour des actrices, pour des reines, pour des femmes
poëtes, pour tout ce qui, selon eux, agite l'imagination plus
que le cœur, et pourtant, avec de si folles amours, on aboutit
au délire, à la mort, ou à des sacrifices inouïs de temps, de
fortune ou d'intelligence. Ah ! je crois être amoureux, ah ! je
crois être malade, n'est-ce pas ? Mais, si je crois l'être, je le
suis !

Je te fais grâce de mes émotions, lis toutes les histoires
d'amoureux possibles, depuis le recueil qu'en a fait Plutarque
jusqu'à *Werther*, et si, dans notre siècle, il se rencontre encore
de ceux-là, songe bien qu'ils n'en ont que plus de mérite pour
avoir triomphé de tous les moyens d'analyse que nous présentent l'expérience et l'observation. Et, maintenant, échappons
aux généralités.

En quittant la maison de madame Carlès, j'ai emporté mon amour comme une proie dans la solitude. Oh ! que j'étais heureux de me voir une idée, un but, une volonté, quelque chose à rêver, à tâcher d'atteindre ! Ce pays qui a ranimé toutes les forces et les inspirations de ma jeunesse ne me devait pas moins sans doute ; j'avais bien senti déjà qu'en mettant le pied sur cette terre maternelle, en me replongeant aux sources vénérées de notre histoire et de nos croyances, j'allais arrêter le cours de mes ans, que je me refaisais enfant à ce berceau du monde, jeune encore au sein de cette jeunesse éternelle.

Préoccupé de ces pensées, j'ai traversé la ville sans prendre garde au mouvement habituel de la foule. Je cherchais la montagne et l'ombrage, je sentais que l'aiguille de ma destinée avait changé de place tout à coup ; il fallait longuement réfléchir et chercher des moyens de la fixer. Au sortir des portes fortifiées, par le côté opposé à la mer, on trouve des chemins profonds, ombragés de halliers et bordés par les jardins touffus des maisons de campagne ; plus haut, c'est le bois de pins-parasols plantés, il y a deux siècles, pour empêcher l'invasion des sables qui menacent le promontoire de Beyrouth. Les troncs rougeâtres de cette plantation régulière, qui s'étend en quinconce sur un espace de plusieurs lieues, semblent les colonnes d'un temple élevé à l'universelle nature, et qui domine d'un côté la mer, et de l'autre le désert, ces deux faces mornes du monde. J'étais déjà venu rêver dans ce lieu sans but défini, sans autre pensée que ces vagues problèmes philosophiques qui s'agitent toujours dans les cerveaux inoccupés en présence de tels spectacles. Désormais j'y apportais une idée féconde ; je n'étais plus seul ; mon avenir se dessinait sur le fond lumineux de ce tableau : la femme idéale que chacun poursuit dans ses songes s'était réalisée pour moi ; tout le reste était oublié.

Je n'ose te dire quel vulgaire incident vint me tirer de ces hautes réflexions pendant que je foulais d'un pied superbe le sable rouge du sentier. Un énorme insecte le traversait, en

poussant devant lui une boule plus grosse que lui-même :
c'était une sorte d'escarbot qui me rappela les scarabées égyptiens, qui portent le monde au-dessus de leur tête. Tu me
connais pour superstitieux, et tu penses bien que je tirai un
augure quelconque de cette intervention symbolique tracée à
travers mon chemin. Je revins sur mes pas avec la pensée d'un
obstacle contre lequel il me faudrait lutter.

Je me suis hâté, dès le lendemain, de retourner chez madame Carlès. Pour donner un prétexte à cette visite rapprochée,
j'étais allé acheter au bazar des ajustements de femme, une
*mandille* de Brousse, quelques pics de soie ouvragée en torsades et en festons pour garnir une robe et des guirlandes
de petites fleurs artificielles que les Levantines mêlent à leur
coiffure.

Lorsque j'apportai tout cela à l'esclave, que madame Carlès,
en me voyant arriver, avait fait entrer chez elle, celle-ci se
leva en poussant des cris de joie et s'en alla dans la galerie
faire voir ces richesses à son amie. Je l'avais suivie pour la
ramener, en m'excusant près de madame Carlès d'être cause
de cette folie; mais toute la classe s'unissait déjà dans le
même sentiment d'admiration, et la jeune fille druse avait jeté
sur moi un regard attentif et souriant qui m'allait jusqu'à l'âme.

— Que pense-t-elle? me disais-je ; elle croira sans doute que
je suis épris de mon esclave, et que ces ajustements sont des
marques d'affection. Peut-être aussi tout cela est-il un peu
brillant pour être porté dans une école ; j'aurais dû choisir des
choses plus utiles, par exemple des babouches ; celle de la
pauvre Zeynab ne sont plus d'une entière fraîcheur.

Je remarquai même qu'il eût mieux valu lui acheter une
robe neuve que des broderies à coudre aux siennes. Ce fut
aussi l'observation que fit madame Carlès, qui s'était unie
avec bonhomie au mouvement que cet épisode avait produit
dans sa classe.

— Il faudrait une bien belle robe pour des garnitures si
brillantes !

— Vois-tu, dit-elle à l'esclave, si tu voulais apprendre à coudre, le *sidi* (seigneur) irait acheter au bazar sept à huit pics de taffetas, et tu pourrais te faire une robe de grande dame.

Mais certainement l'esclave eût préféré la robe toute faite.

Il me sembla que la jeune fille druse jetait un regard assez triste sur ces ornements, qui n'étaient plus faits pour sa fortune, et qui ne l'étaient guère davantage pour celle que l'esclave pouvait tenir de moi ; je les avais achetés au hasard, sans trop m'inquiéter des convenances et des possibilités. Il est clair qu'une garniture de dentelle appelle une robe de velours ou de satin ; tel était à peu près l'embarras où je m'étais jeté imprudemment. De plus, je semblais jouer le rôle difficile d'un riche particulier, tout prêt à déployer ce que nous appelons un luxe asiatique, et qui, en Asie, donne l'idée plutôt d'un luxe européen.

Je crus m'apercevoir que cette supposition ne m'était pas, en général, défavorable. Les femmes sont, hélas ! un peu les mêmes dans tous les pays. Madame Carlès eut peut-être aussi plus de considération pour moi dès lors, et voulut bien ne voir qu'une simple curiosité de voyageur dans les questions que je lui fis sur la jeune fille druse. Je n'eus pas de peine non plus à lui faire comprendre que le peu qu'elle m'en avait dit le premier jour avait excité mon intérêt pour l'infortune du père.

— Il ne serait pas impossible, dis-je à l'institutrice, que je fusse de quelque utilité à ces personnes ; je connais un des employés du pacha ; de plus, vous savez qu'un Européen un peu connu a de l'influence sur les consuls.

— Oh ! oui, faites cela si vous pouvez ! me dit madame Carlès avec sa vivacité provençale ; elle le mérite bien, et son père aussi sans doute. C'est ce qu'ils appellent un *akkal*, un homme saint, un savant ; et sa fille, qu'il a instruite, a déjà le même titre parmi les siens : *akkalé siti* (dame spirituelle).

— Mais ce n'est que son surnom, dis-je ; elle a un autre nom encore ?

— Elle s'appelle Salèma ; l'autre nom lui est commun avec toutes les autres femmes qui appartiennent à l'ordre religieux. La pauvre enfant, ajouta madame Carlès, j'ai fait ce que j'ai pu pour l'amener à devenir chrétienne, mais elle dit que sa religion, c'est la même chose ; elle croit tout ce que nous croyons, et elle vient à l'église comme les autres... Eh bien, que voulez-vous que je vous dise ? ces gens-là sont de même avec les Turcs ; votre esclave, qui est musulmane, me dit qu'elle respecte aussi leurs croyances, de sorte que je finis par ne plus lui en parler. Et pourtant quand on croit à tout, on ne croit à rien ! Voilà ce que je dis.

## IV — LE CHEIK DRUSE

Je me hâtai, en quittant la maison, d'aller au palais du pacha, pressé que j'étais de me rendre utile à la jeune akkalé siti. Je trouvai mon ami l'Arménien à sa place ordinaire, dans la salle d'attente, et je lui demandai ce qu'il savait sur la détention d'un chef druse emprisonné pour n'avoir pas payé l'impôt.

— Oh ! s'il n'y avait que cela, me dit-il, je doute que l'affaire fût grave, car aucun des cheiks druses n'a payé le miri depuis trois ans. Il faut qu'il s'y joigne quelque méfait particulier.

Il alla prendre quelques informations près des autres employés, et revint bientôt m'apprendre qu'on accusait le cheik Seïd-Eschérazy d'avoir fait parmi les siens des prédications séditieuses. C'est un homme dangereux dans les temps de troubles, ajouta l'Arménien. Du reste, le pacha de Beyrouth ne peut pas le mettre en liberté ; cela dépend du pacha d'Acre.

— Du pacha d'Acre ! m'écriai-je ; mais c'est le même pour lequel j'ai une lettre, et que j'ai connu personnellement à Paris !

Et je montrai une telle joie de cette circonstance, que l'Arménien me crut fou. Il était loin, certes, d'en soupçonner le motif.

Rien n'ajoute de force à un amour commençant comme ces circonstances inattendues qui, si peu importantes qu'elles soient, semblent indiquer l'action de la destinée. Fatalité ou providence, il semble que l'on voie paraître sous la trame uniforme de la vie certaine ligne tracée sur un patron invisible, et qui indique une route à suivre sous peine de s'égarer. Aussitôt je m'imagine qu'il était écrit de tout temps que je devais me marier en Syrie ; que le sort avait tellement prévu ce fait immense, que, pour l'accomplir, il n'avait pas fallu moins de mille circonstances enchaînées bizarrement dans mon existence, et dont, sans doute, je m'exagérais les rapports.

Par les soins de l'Arménien, j'obtins facilement une permission pour aller visiter la prison d'État, située dans un groupe de tours qui fait partie de l'enceinte orientale de la ville. Je m'y rendis avec lui, et, moyennant le bakchis donné aux gens de la maison, je pus faire demander au cheik druse s'il lui convenait de me recevoir. La curiosité des Européens est tellement connue et acceptée des gens de ce pays, que cela ne fit aucune difficulté. Je m'attendais à trouver un réduit lugubre, des murailles suintantes, des cachots ; mais il n'y avait rien de semblable dans la partie des prisons qu'on me fit voir. Cette demeure ressemblait parfaitement aux autres maisons de Beyrouth, ce qui n'est pas faire absolument leur éloge ; il n'y avait de plus que des surveillants et des soldats.

Le cheik, maître d'un appartement complet, avait la faculté de se promener sur les terrasses. Il nous reçut dans une salle servant de parloir, et fit apporter du café et des pipes par un esclave qui lui appartenait. Quant à lui-même, il s'abstenait de fumer, selon l'usage des akkals. Lorsque nous eûmes pris place et que je pus le considérer avec attention, je m'étonnai de le trouver si jeune ; il me paraissait à peine plus âgé que moi. Des traits nobles et mâles traduisaient dans un autre sexe la physionomie de sa fille ; le timbre pénétrant de sa voix me frappa fortement par la même raison.

J'avais, sans trop de réflexion, désiré cette entrevue, et

déjà je me sentais ému et embarrassé plus qu'il ne convenait à
un visiteur simplement curieux ; l'accueil simple et confiant du
cheik me rassura. J'étais au moment de lui dire à fond ma pensée; mais les expressions que je cherchais pour cela ne faisaient que m'avertir de la singularité de ma démarche. Je me
bornai donc, pour cette fois, à une conversation de touriste. Il
avait vu déjà dans sa prison plusieurs Anglais, et était fait aux
interrogations sur sa race et sur lui-même.

Sa position, du reste, le rendait fort patient et assez désireux
de conversation et de compagnie. La connaissance de l'histoire
de son pays me servait surtout à lui prouver que je n'étais
guidé que par un motif de science. Sachant combien on avait
de peine à faire donner aux Druses des détails sur leur religion,
j'employais simplement la formule semi-interrogative : « Est-il
vrai que...? » et je développais toutes les assertions de Niebuhr,
de Volney et de Sacy. Le Druse secouait la tête avec la réserve
prudente des Orientaux, et me disait simplement : « Comment! cela est-il ainsi? Les chrétiens sont-ils aussi savants?...
De quelle manière a-t-on pu apprendre cela ? » et autres
phrases évasives.

Je vis bien qu'il n'y avait pas grand'chose de plus à en tirer
pour cette fois. Notre conversation s'était faite en italien, qu'il
parlait assez purement. Je lui demandai la permission de le
revenir voir pour lui soumettre quelques fragments d'une histoire du grand émir Fakardin, dont je lui dis que je m'occupais. Je supposais que l'amour-propre national le conduirait à
rectifier les faits peu favorables à son peuple. Je ne me trompais pas. Il comprit peut-être que, dans une époque où l'Europe a tant d'influence sur la situation des peuples orientaux,
il convenait d'abandonner un peu cette prétention à une
doctrine secrète qui n'a pu résister à la pénétration de nos
savants.

— Songez donc, lui dis-je, que nous possédons dans nos
bibliothèques une centaine de vos livres religieux, qui tous ont
été lus, traduits, commentés.

19.

— Notre Seigneur est grand ! dit-il en soupirant.

Je crois bien qu'il me prit cette fois pour un missionnaire
mais il n'en marqua rien extérieurement, et m'engagea vive
ment à le revenir voir, puisque j'y trouvais quelque plaisir.

Je ne puis te donner qu'un résumé des entretiens que j'eu
avec le cheik druse, et dans lesquels il voulut bien rectifier le
idées que je m'étais formées de sa religion d'après des frag
ments de livres arabes, traduits au hasard et commentés pa
les savants de l'Europe. Autrefois, ces choses étaient secrète
pour les étrangers, et les Druses cachaient leurs livres ave
soin dans les lieux les plus retirés de leurs maisons et de leur
temples.

C'est pendant les guerres qu'ils eurent à soutenir, soi
contre les Turcs, soit contre les Maronites, qu'on parvint
réunir un grand nombre de ces manuscrits et à se faire un
idée de l'ensemble du dogme ; mais il était impossible qu'un
religion établie depuis huit siècles n'eût pas produit un fatra
de dissertations contradictoires, œuvre des sectes diverses e
des phases successives amenées par le temps. Certains écrivains y ont donc vu un monument des plus compliqués de l'ex-
travagance humaine ; d'autres ont exalté le rapport qui existe
entre la religion druse et la doctrine des initiations antiques
Les Druses ont été comparés successivement aux pythagori-
ciens, aux esséniens, aux gnostiques, et il semble aussi que les
templiers, les rose-croix et les francs-maçons modernes leur
aient emprunté beaucoup d'idées. On ne peut douter que les
écrivains des croisades ne les aient confondus souvent avec les
ismaéliens, dont une secte a été cette fameuse association des
assassins qui fut un instant la terreur de tous les souverains
du monde ; mais ces derniers occupaient le Kurdistan, et leur
*cheik-el-djebel*, ou Vieux de la Montagne, n'a aucun rapport
avec le *prince de la montagne* du Liban.

La religion des Druses a cela de particulier, qu'elle prétend
être la dernière révélée au monde. En effet, son Messie apparut
vers l'an 1000, près de quatre cents ans après Mahomet.

Comme le nôtre, il s'incarna dans le corps d'un homme; mais il ne choisit pas mal son enveloppe et pouvait bien mener l'existence d'un dieu, même sur la terre, puisqu'il n'était pas moins que le commandeur des croyants, le calife d'Égypte et de Syrie, près duquel tous les autres princes de la terre faisaient une bien pauvre figure en ce glorieux an 1000. A l'époque de sa naissance, toutes les planètes se trouvaient réunies dans le signe du Cancer, et l'étincelant *Pharoüis* (Saturne) présidait à l'heure où il entra dans le monde. En outre, la nature lui avait tout donné pour soutenir un tel rôle : il avait la face d'un lion, la voix vibrante et pareille au tonnerre, et l'on ne pouvait supporter l'éclat de son œil d'un bleu sombre.

Il semblerait difficile qu'un souverain doué de tous ces avantages ne pût se faire croire sur parole en annonçant qu'il était dieu. Cependant Hakem ne trouva dans son propre peuple qu'un petit nombre de sectateurs. En vain fit-il fermer les mosquées, les églises et les synagogues ; en vain établit-il des maisons de conférences où des docteurs à ses gages démontraient sa divinité : la conscience populaire repoussait le dieu, tout en respectant le prince. L'héritier puissant des Fatimites obtint moins de pouvoir sur les âmes que n'en eut à Jérusalem le fils du charpentier, et à Médine le chamelier Mahomet. L'avenir seulement lui gardait un peuple de croyants fidèles, qui, si peu nombreux qu'il soit, se regarde, ainsi qu'autrefois le peuple hébreu, comme dépositaire de la vraie loi, de la règle éternelle, des arcanes de l'avenir. Dans un temps rapproché, Hakem doit reparaître sous une forme nouvelle et établir partout la supériorité de son peuple, qui succédera en gloire et en puissance aux musulmans et aux chrétiens. L'époque fixée par les livres druses est celle où les chrétiens auront triomphé des musulmans dans tout l'Orient.

Lady Stanhope, qui vivait dans le pays des Druses, et qui s'était infatuée de leurs idées, avait, comme l'on sait, dans sa cour un cheval tout préparé pour le *Mahdi*, qui est ce même personnage apocalyptique, et qu'elle espérait accompagner dans son triomphe. On sait que ce vœu a été déçu. Cependant le cheval futur du Mahdi, qui porte sur le dos une selle naturelle formée par des replis de la peau, existe encore et a été racheté par un des cheiks druses.

Avons-nous le droit de voir dans tout cela des folies? Au fond, il n'y a pas une religion moderne qui ne présente des conceptions semblables. Disons plus, la croyance des Druses n'est qu'un syncrétisme de toutes les religions et de toutes les philosophies antérieures.

Les Druses ne reconnaissent qu'un seul dieu, qui est Hakem; seulement, ce dieu, comme le Bouddha des Indous, s'est manifesté au monde sous plusieurs formes différentes. Il s'est incarné dix fois en différents lieux de la terre : dans l'Inde d'abord, en Perse plus tard, dans l'Yémen, à Tunis et ailleurs encore. C'est ce qu'on appelle les *stations*.

Hakem se nomme au ciel *Albar*.

Après lui viennent cinq ministres, émanations directes de la Divinité, dont les noms d'anges sont Gabriel, Michel, Israfil, Azariel et Métatron; on les appelle symboliquement l'Intelligence, l'Ame, la Parole, le Précédant et le Suivant. Trois autres ministres d'un degré inférieur s'appellent, au figuré, l'Application, l'Ouverture et le Fantôme; ils ont, en outre, des noms d'homme qui s'appliquent à leurs incarnations diverses, car eux aussi interviennent de temps en temps dans le grand drame de la vie humaine.

Ainsi, dans le catéchisme druse, le principal ministre, nommé Hamza, qui est le même que Gabriel, est regardé comme ayant paru sept fois; il se nommait Schatnil à l'époque d'Adam, plus tard Pythagore, David, Schoaïb; du temps de Jésus, il était le vrai Messie et se nommait Éléazar; du temps de Mahomet, on l'appelait Salman-el-Farési, et enfin, sous le nom d'Hamza, il fut le prophète de Hakem, calife et dieu, et fondateur réel de la religion druse.

Voilà, certes, une croyance où le ciel se préoccupe constamment de l'humanité. Les époques où ces puissances inter-

viennent s'appellent *révolutions*. Chaque fois que la race
humaine se fourvoie et tombe trop profondément dans l'oubli
de ses devoirs, l'Être suprême et ses anges se font hommes,
et, par les seuls moyens humains, rétablissent l'ordre dans les
choses.

C'est toujours, au fond, l'idée chrétienne avec une intervention plus fréquente de la Divinité, mais l'idée chrétienne
sans Jésus, car les Druses supposent que les apôtres ont livré
aux Juifs un faux Messie, qui s'est dévoué pour cacher l'autre;
le véritable (Hamza) se trouvait au nombre des disciples, sous
le nom d'Éléazar, et ne faisait que souffler sa pensée à Jésus,
fils de Joseph. Quant aux évangélistes, ils les appellent *les
pieds de la sagesse*, et ne font à leurs récits que cette seule
variante. Il est vrai qu'elle supprime l'adoration de la croix et
la pensée d'un Dieu immolé par les hommes.

Maintenant, par ce système de révélations religieuses qui se
succèdent d'époque en époque, les Druses admettent aussi l'idée
musulmane, mais sans Mahomet. C'est encore Hamza qui, sous
le nom de Salman-el-Farési, a semé cette parole nouvelle. Plus
tard, la dernière incarnation de Hakem et d'Hamza est venue
coordonner les dogmes divers révélés au monde sept fois depuis
Adam, et qui se rapportent aux époques d'Hénoch, de Noé,
d'Abraham, de Moïse, de Pythagore, du Christ et de Mahomet.

On voit que toute cette doctrine repose au fond sur une
interprétation particulière de la Bible, car il n'est question
dans cette chronologie d'aucune divinité des idolâtres, et
Pythagore en est le seul personnage qui s'éloigne de la tradition mosaïque. On peut s'expliquer aussi comment cette série de
croyances a pu faire passer les Druses tantôt pour Turcs, tantôt
pour chrétiens.

Nous avons compté huit personnages célestes qui interviennent dans la foule des hommes, les uns luttant comme
le Christ par la parole, les autres par l'épée comme les dieux
d'Homère. Il existe nécessairement aussi des anges de ténèbres
qui remplissent un rôle tout opposé. Aussi, dans l'histoire du

monde qu'écrivent les Druses, voit-on chacune des sept pé-
riodes offrir l'intérêt d'une action grandiose, où ces éternels
ennemis se cherchent sous ce masque humain, et se reconnaissent à leur supériorité ou à leur haine.

Ainsi l'esprit du mal sera tour à tour Éblis ou le serpent;
Méthouzel, le roi de la ville des géants, à l'époque du déluge;
Nemrod, du temps d'Abraham; Pharaon, du temps de Moïse;
plus tard, Antiochus, Hérode, et autres monstrueux tyrans,
secondés d'acolytes sinistres, qui renaissent aux mêmes époques
pour contrarier le règne du Seigneur. Selon quelques sectes,
ce retour est soumis à un cycle millénaire que ramène l'influence
de certains astres; dans ce cas, on ne compte pas l'époque de
Mahomet comme grande révolution périodique; le drame
mystique qui renouvelle à chaque fois la face du monde est
tantôt le paradis perdu, tantôt le déluge, tantôt la fuite
d'Égypte, tantôt le règne de Salomon; la mission du Christ et
le règne de Hakem en forment les deux derniers tableaux. A
ce point de vue, le Mahdi ne pourrait maintenant reparaître
qu'en l'an 2000.

Dans toute cette doctrine, on ne trouve point trace du péché
originel; il n'y a non plus ni paradis pour les justes, ni enfer
pour les méchants. La récompense et l'expiation ont lieu sur la
terre par le retour des âmes dans d'autres corps. La beauté,
la richesse, la puissance sont données aux élus; les infidèles
sont les esclaves, les malades, les souffrants. Une vie pure peut
cependant les replacer encore au rang dont ils sont déchus,
et faire tomber à leur place l'élu trop fier de sa prospérité.

Quant à la transmigration, elle s'opère d'une manière fort
simple. Le nombre des hommes est constamment le même sur
la terre. A chaque seconde, il en meurt un et il en naît un
autre; l'âme qui fuit est appelée magnétiquement dans le rayon
du corps qui se forme, et l'influence des astres règle providen-
tiellement cet échange de destinées; mais les hommes n'ont
pas, comme les esprits célestes, la conscience de leurs migra-
tions. Les fidèles peuvent cependant, en s'élevant par les

neuf degrés de l'initiation, arriver peu à peu à la connaissance de toutes choses et d'eux-mêmes. C'est là le bonheur réservé aux akkals (spirituels), et tous les Druses peuvent s'élever à ce rang par l'étude et par la vertu. Ceux, au contraire, qui ne font que suivre la loi sans prétendre à la sagesse s'appellent *djahels*, c'est-à-dire ignorants. Ils conservent toujours la chance de s'élever dans une autre vie et d'épurer leurs âmes trop attachées à la matière.

Quant aux chrétiens, juifs, mahométans et idolâtres, on comprend bien que leur position est fort inférieure. Cependant il faut dire, à la louange de la religion druse, que c'est la seule peut-être qui ne dévoue pas ses ennemis aux peines éternelles. Lorsque le Messie aura reparu, les Druses seront établis dans toutes les royautés, gouvernements et propriétés de la terre en raison de leurs mérites, et les autres peuples passeront à l'état de valets, d'esclaves et d'ouvriers; enfin ce sera la plèbe vulgaire. Le cheik m'assurait à ce propos que les chrétiens ne seraient pas les plus maltraités. Espérons donc que les Druses seront bons maîtres.

Ces détails m'intéressaient tellement, que je voulus connaître enfin la vie de cet illustre Hakem, que les historiens ont peint comme un fou furieux, mi-parti de Néron et d'Héliogabale. Je comprenais bien qu'au point de vue des Druses, sa conduite devait s'expliquer d'une tout autre manière.

Le bon cheik ne se plaignait pas trop de mes visites fréquentes; de plus, il savait que je pouvais lui être utile auprès du pacha d'Acre. Il a donc bien voulu me raconter, avec toute la pompe romanesque du génie arabe, cette histoire de Hakem, que je transcris telle à peu près qu'il me l'a dite. En Orient, tout devient conte. Il ne faut pas croire cependant que ceci fasse suite aux *Mille et une Nuits*. Les faits principaux de cette histoire sont fondés sur des traditions authentiques; et je n'ai pas été fâché, après avoir observé et étudié le Caire moderne, de retrouver les souvenirs du Caire ancien, conservés en Syrie dans les familles exilées d'Égypte depuis huit cents ans.

# III

# HISTOIRE DU CALIFE HAKEM

———

## I — LE HACHICH

Sur la rive droite du Nil, à quelque distance du port de Fostat, où se trouvent les ruines du vieux Caire, non loin de la montagne du Mokattam, qui domine la ville nouvelle, il y avait, quelque temps après l'an 1000 des chrétiens, qui se rapporte au ivᵉ siècle de l'hégire musulmane, un petit village habité en grande partie par des gens de la secte des sabéens.

Des dernières maisons qui bordent le fleuve, on jouit d'une vue charmante; le Nil enveloppe de ses flots caressants l'île de Roddah, qu'il a l'air de soutenir comme une corbeille de fleurs qu'un esclave porterait dans ses bras. Sur l'autre rive, on aperçoit Gizèh, et, le soir, lorsque le soleil vient de disparaître, les pyramides déchirent de leurs triangles gigantesques la bande de brume violette du couchant. Les têtes des palmiers-doums, des sycomores et des figuiers de pharaon se détachent en noir sur ce fond clair. Des troupeaux de buffles que semble garder de loin le sphinx, allongé dans la plaine comme un chien en arrêt, descendent par longues files à l'abreuvoir, et les lumières des pêcheurs piquent d'étoiles d'or l'ombre opaque des berges.

Au village des sabéens, l'endroit où l'on jouissait le mieux de cette perspective était un okel aux blanches murailles, entouré de caroubiers, dont la terrasse avait le pied dans l'eau, et où, toutes les nuits, les bateliers qui descendaient ou remontaient le Nil pouvaient voir trembloter les veilleuses nageant dans des flaques d'huile.

A travers les baies des arcades, un curieux placé dans une cange au milieu du fleuve aurait aisément discerné dans l'intérieur de l'okel les voyageurs et les habitués assis devant de petites tables sur des cages de bois de palmier ou des divans recouverts de nattes, et se fût assurément étonné de leur aspect étrange. Leurs gestes extravagants suivis d'une immobilité stupide, les rires insensés, les cris inarticulés qui s'échappaient par instants de leur poitrine, lui eussent fait deviner une de ces maisons où, bravant les défenses, les infidèles vont s'enivrer de vin, de *bouza* (bière) ou de hachich.

Un soir, une barque dirigée avec la certitude que donne la connaissance des lieux, vint aborder dans l'ombre de la terrasse, au pied d'un escalier dont l'eau baisait les premières marches, et il s'en élança un jeune homme de bonne mine, qui semblait un pêcheur, et qui, montant les degrés d'un pas ferme et rapide, s'assit dans l'angle de la salle à une place qui paraissait la sienne. Personne ne fit attention à sa venue ; c'était évidemment un habitué.

Au même moment, par la porte opposée, c'est-à-dire du côté de terre, entrait un homme vêtu d'une tunique de laine noire, portant, contre la coutume, de longs cheveux sous un *takieh* (bonnet blanc).

Son apparition inopinée causa quelque surprise. Il s'assit dans un coin à l'ombre, et, l'ivresse générale reprenant le dessus, personne bientôt ne fit attention à lui. Quoique ses vêtements fussent misérables, le nouveau venu ne portait pas sur sa figure l'humilité inquiète de la misère. Ses traits, fermement dessinés, rappelaient les lignes sévères du masque léonin. Ses yeux, d'un bleu sombre comme celui du saphir, avaient une puissance indéfinissable ; ils effrayaient et charmaient à la fois.

Yousouf — c'était le nom du jeune homme amené par la cange — se sentit tout de suite au cœur une sympathie secrète pour l'inconnu dont il avait remarqué la présence inaccoutumée. N'ayant pas encore pris part à l'orgie, il se rapprocha du divan sur lequel s'était accroupi l'étranger.

— Frère, dit Yousouf, tu parais fatigué ; sans doute tu viens de loin. Veux-tu prendre quelque rafraîchissement ?

— En effet, ma route a été longue, répondit l'étranger. Je suis entré dans cet okel pour me reposer ; mais que pourrais-je boire ici, où l'on ne sert que des breuvages défendus ?

— Vous autres musulmans, vous n'osez mouiller vos lèvres que d'eau pure ; mais, nous qui sommes de la secte des sabéens, nous pouvons, sans offenser notre loi, nous désaltérer du généreux sang de la vigne ou de la blonde liqueur de l'orge.

— Je ne vois pourtant devant toi aucune boisson fermentée ?

— Oh ! il y a longtemps que j'ai dédaigné leur ivresse grossière, dit Yousouf en faisant signe à un noir, qui posa sur la table deux petites tasses de verre entourées de filigrane d'argent et une boîte remplie d'une pâte verdâtre où trempait une spatule d'ivoire. Cette boîte contient le paradis promis par ton prophète à ses croyants, et, si tu n'étais pas si scrupuleux, je te mettrais dans une heure aux bras des houris sans te faire passer sur le pont d'Alsirat, continua en riant Yousouf.

— Mais cette pâte est du hachich, si je ne me trompe, répondit l'étranger en repoussant la tasse dans laquelle Yousouf avait déposé une portion de la fantastique mixture, et le hachich est prohibé.

— Tout ce qui est agréable est défendu, dit Yousouf en avalant une première cuillerée.

L'étranger fixa sur lui ses prunelles d'un azur sombre ; la peau de son front se contracta avec des plis si violents, que sa chevelure en suivait les ondulations ; un moment on eût dit qu'il voulait s'élancer sur l'insouciant jeune homme et le mettre en pièces ; mais il se contint, ses traits se détentirent, et, changeant subitement d'avis, il allongea la main, prit la tasse, et se mit à déguster lentement la pâte verte.

Au bout de quelques minutes, les effets du hachich commen-

çaient à se faire sentir sur Yousouf et sur l'étranger ; une douce
langueur se répandait dans tous leurs membres, un vague sourire voltigeait sur leurs lèvres. Quoiqu'ils eussent à peine passé
une demi-heure l'un près de l'autre, il leur semblait se connaître depuis mille ans. La drogue agissant avec plus de force
sur eux, ils commencèrent à rire, à s'agiter et à parler avec
une volubilité extrême, l'étranger surtout, qui, strict obser-
vateur des défenses, n'avait jamais goûté de cette préparation
et en ressentait vivement les effets. Il paraissait en proie à une
exaltation extraordinaire; des essaims de pensées nouvelles,
inouïes, inconcevables, traversaient son âme en tourbillons de
feu ; ses yeux étincelaient comme éclairés intérieurement par
le reflet d'un monde inconnu, une dignité surhumaine relevait
son maintien; puis la vision s'éteignait, et il se laissait aller mollement sur les carreaux à toutes les béatitudes du kief.

— Eh bien, compagnon, dit Yousouf saisissant cette inter-
mittence dans l'ivresse de l'inconnu, que te semble de cette
honnête confiture aux pistaches? Anathématiseras-tu toujours
les braves gens qui se réunissent tranquillement dans une salle
basse pour être heureux à leur manière ?

— Le hachich rend pareil à Dieu, répondit l'étranger d'une
voix lente et profonde.

— Oui, répliqua Yousouf avec enthousiasme ; les buveurs
d'eau ne connaissent que l'apparence grossière et matérielle des
choses. L'ivresse, en troublant les yeux du corps, éclaircit ceux
de l'âme ; l'esprit, dégagé du corps, son pesant geôlier, s'enfuit
comme un prisonnier dont le gardien s'est endormi, laissant
la clef à la porte du cachot. Il erre joyeux et libre dans l'espace
et la lumière, causant familièrement avec les génies qu'il rencontre et qui l'éblouissent de révélations soudaines et charmantes. Il traverse d'un coup d'aile facile des atmosphères de
bonheur indicible, et cela, dans l'espace d'une minute qui semble éternelle, tant ces sensations s'y succèdent avec rapidité.
Moi, j'ai un rêve qui reparaît sans cesse, toujours le même et
toujours varié : lorsque je me retire dans ma cange, chancelant

sous la splendeur de mes visions, fermant la paupière à ce ruis-
sellement perpétuel d'hyacinthes, d'escarboucles, d'émeraudes,
de rubis, qui forment le fond sur lequel le hachich dessine des
fantaisies merveilleuses…, comme au sein de l'infini, j'aperçois
une figure céleste, plus belle que toutes les créations des poëtes,
qui me sourit avec une pénétrante douceur, et qui descend
des cieux pour venir jusqu'à moi. Est-ce un ange, une péri?
Je ne sais. Elle s'assied à mes côtés dans la barque, dont le
bois grossier se change aussitôt en nacre de perle et flotte sur
une rivière d'argent, poussée par une brise chargée de parfums.

— Heureuse et singulière vision! murmura l'étranger en balançant la tête.

— Ce n'est pas là tout, continua Yousouf. Une nuit, j'avais
pris une dose moins forte; je me réveillai de mon ivresse,
lorsque ma cange passait à la pointe de l'île de Roddah. Une
femme semblable à celle de mon rêve penchait sur moi des yeux
qui, pour être humains, n'en avaient pas moins un éclat céleste; son voile entr'ouvert laissait flamboyer, aux rayons de
la lune une veste roide de pierreries. Ma main rencontra la
sienne; sa peau douce, onctueuse et fraîche comme un pétale
de fleur, ses bagues, dont les ciselures m'effleurèrent, me con-
vainquirent de la réalité.

— Près de l'île de Roddah? se dit l'étranger d'un air mé-
ditatif.

— Je n'avais pas rêvé, poursuivit Yousouf sans prendre
garde à la remarque de son confident improvisé; le hachich
n'avait fait que développer un souvenir enfoui au plus profond
de mon âme, car ce visage divin m'était connu. Par exemple,
où l'avais-je vu déjà, dans quel monde nous étions nous rencontrés, quelle existence antérieure nous avait mis en rapport,
c'est ce que je ne saurais dire; mais ce rapprochement si
étrange, cette aventure si bizarre ne me causaient aucune surprise: il me paraissait tout naturel que cette femme, qui réalisait si complétement mon idéal, se trouvât là dans ma cange,

lu milieu du Nil, comme si elle se fût élancée du calice d'une
le ces larges fleurs qui montent à la surface des eaux. Sans lui
lemander aucune explication, je me jetai à ses pieds, et, comme
à la péri de mon rêve, je lui adressai tout ce que l'amour dans
son exaltation peut imaginer de plus brûlant et de plus sublime ;
il me venait des paroles d'une signification immense, des expressions qui renfermaient des univers de pensées, des phrases
mystérieuses où vibrait l'écho des mondes disparus. Mon âme
se grandissait dans le passé et dans l'avenir ; l'amour que j'ex-
primais, j'avais la conviction de l'avoir ressenti de toute éternité.
A mesure que je parlais, je voyais ses grands yeux s'allumer et
lancer des effluves ; ses mains transparentes s'étendaient vers
moi, s'effilant en rayons de lumière. Je me sentais enveloppé
d'un réseau de flamme et je retombais malgré moi de la veille
dans le rêve. Quand je pus secouer l'invincible et délicieuse
torpeur qui liait mes membres, j'étais sur la rive opposée à
Gizèh, adossé à un palmier, et mon noir dormait tranquillement
à côté de la cange qu'il avait tirée sur le sable. Une lueur rose
frangeait l'horizon ; le jour allait paraître.

— Voilà un amour qui ne ressemble guère aux amours terrestres, dit l'étranger sans faire la moindre objection aux im-
possibilités du récit d'Yousouf, car le hachich rend facilement
crédule aux prodiges.

— Cette histoire incroyable, je ne l'ai jamais dite à personne ;
pourquoi te l'ai-je confiée, à toi que je n'ai jamais vu ? Il me
paraît difficile de l'expliquer. Un attrait mystérieux m'entraîne
vers toi. Quand tu as pénétré dans cette salle, une voix a crié
dans mon âme : « Le voilà donc enfin ! » Ta venue a calmé une
inquiétude secrète qui ne me laissait aucun repos. Tu es celui
que j'attendais sans le savoir. Mes pensées s'élancent au-devant
de toi, et j'ai dû te raconter tous les mystères de mon cœur.

— Ce que tu éprouves, répondit l'étranger, je le sens aussi, et
je vais te dire ce que je n'ai pas même osé m'avouer jusqu'ici. Tu
as une passion impossible ; moi, j'ai une passion monstrueuse !
tu aimes une péri ; moi, j'aime... tu vas frémir... ma sœur ! et

cependant, chose étrange, je ne puis éprouver aucun remords
de ce penchant illégitime; j'ai beau me condamner, je suis
absous par un pouvoir mystérieux que je sens en moi. Mon
amour n'a rien des impuretés terrestres. Ce n'est pas la volupté
qui me pousse vers ma sœur, bien qu'elle égale en beauté le
fantôme de mes visions; c'est un attrait indéfinissable, une affection profonde comme la mer, vaste comme le ciel, et telle que
pourrait l'éprouver un dieu. L'idée que ma sœur pourrait s'u-
nir à un homme m'inspire le dégoût et l'horreur comme un
sacrilége; il y a chez elle quelque chose de céleste que je devine
à travers les voiles de la chair. Malgré le nom dont la terre la
nomme, c'est l'épouse de mon âme divine, la vierge qui me fut
destinée dès les premiers jours de la création; par instants, je
crois ressaisir, à travers les âges et les ténèbres, des apparences
de notre filiation secrète. Des scènes qui se passaient avant
l'apparition des hommes sur la terre me reviennent en mémoire,
et je me vois sous les rameaux d'or de l'Éden, assis auprès
d'elle et servi par les esprits obéissants. En m'unissant à une
autre femme, je craindrais de prostituer et de dissiper l'âme du
monde qui palpite en moi. Par la concentration de nos sangs
divins, je voudrais obtenir une race immortelle, un dieu défi-
nitif, plus puissant que tous ceux qui se sont manifestés jusqu'à
présent sous divers noms et sous diverses apparences !

Pendant que Yousouf et l'étranger échangeaient ces longues
confidences, les habitués de l'okel, agités par l'ivresse, se
livraient à des contorsions extravagantes, à des rires insensés,
à des pâmoisons extatiques, à des danses convulsives; mais peu
à peu, la force du chanvre s'étant dissipée, le calme leur était
revenu, et ils gisaient le long des divans dans l'état de prostra-
tion qui suit ordinairement ces excès.

Un homme à mine patriarcale, dont la barbe inondait la
robe traînante, entra dans l'okel et s'avança jusqu'au milieu
de la salle.

— Mes frères, levez-vous, dit-il d'une voix sonore; je viens
d'observer le ciel; l'heure est favorable pour sacrifier devant le

phinx un coq blanc en l'honneur d'Hermès et d'Agatho-
læmon.

Les sabéens se dressèrent sur leurs pieds et parurent se disposer à suivre leur prêtre ; mais l'étranger, en entendant cette
proposition, changea deux ou trois fois de couleur : le bleu de
ses yeux devint noir, des plis terribles sillonnèrent sa face, et
il s'échappa de sa poitrine un rugissement sourd qui fit tres-
saillir l'assemblée d'effroi, comme si un lion véritable fût tombé
au milieu de l'okel.

— Impies ! blasphémateurs ! brutes immondes ! adorateurs
d'idoles ! s'écria-t-il d'une voix retentissante comme un tonnerre.

A cette explosion de colère succéda dans la foule un mouvement de stupeur. L'inconnu avait un tel air d'autorité et soulevait les plis de son sayon par des gestes si fiers, que nul n'osa
répondre à ses injures.

Le vieillard s'approcha de lui et lui dit :

— Quel mal trouves-tu, frère, à sacrifier un coq, suivant
les rites, aux bons génies Hermès et Agathodæmon ?

L'étranger grinça des dents rien qu'à entendre ces deux
noms.

— Si tu ne partages pas la croyance des sabéens, qu'es-tu
venu faire ici ? es-tu sectateur de Jésus ou de Mahomet ?

— Mahomet et Jésus sont des imposteurs, s'écria l'inconnu
avec une puissance de blasphème incroyable.

— Sans doute tu suis la religion des Parsis, tu vénères le
feu...

— Fantômes, dérisions, mensonges que tout cela ! inter-
rompit l'homme au sayon noir avec un redoublement d'indignation.

— Alors, qui adores-tu ?

— Il me demande qui j'adore !... Je n'adore personne, puisque je suis Dieu moi-même ! le seul, le vrai, l'unique Dieu,
dont les autres ne sont que les ombres.

A cette assertion inconcevable, inouïe, folle, les sabéens se jetèrent sur le blasphémateur, à qui ils eussent fait un mauvais parti, si Yousouf, le couvrant de son corps, ne l'eût entraîné à reculons jusqu'à la terrasse que baignait le Nil, quoiqu'il se débattît et criât comme un forcené. Ensuite, d'un coup de pied vigoureux donné au rivage, Yousouf lança la barque au milieu du fleuve.

Quand ils eurent pris le courant :

— Où faudra-t-il que je te conduise? dit Yousouf à son ami.

— Là-bas, dans l'île de Roddah, où tu vois briller ces lumières, répondit l'étranger, dont l'air de la nuit avait calmé l'exaltation.

En quelques coups de rames, ils atteignirent la rive, et l'homme au sayon noir, avant de sauter à terre, dit à son sauveur en lui offrant un anneau d'un travail ancien qu'il tira de son doigt :

— En quelque lieu que tu me rencontres, tu n'as qu'à me présenter cette bague, et je ferai ce que tu voudras.

Puis il s'éloigna et disparut sous les arbres qui bordent le fleuve. Pour rattraper le temps perdu, Yousouf, qui voulait assister au sacrifice du coq, se mit à couper l'eau du Nil avec un redoublement d'énergie.

## II — LA DISETTE

Quelques jours après, le calife sortit comme à l'ordinaire de son palais pour se rendre à l'observatoire du Mokattam. Tout le monde était accoutumé à le voir sortir ainsi, de temps en temps, monté sur un âne et accompagné d'un seul esclave qui était muet. On supposait qu'il passait la nuit à contempler les astres, car on le voyait revenir au point du jour dans le même équipage, et cela étonnait d'autant moins ses serviteurs, que son père, Aziz-Billah, et son grand-père, Moëzzeldin, le fondateur du Caire, avaient fait ainsi, étant fort versés tous deux dans les sciences cabalistiques ; mais le calife Hakem, après avoir observé la disposition des astres et compris qu'aucun danger ne le menaçait immédiatement, quittait ses habits ordinaires, prenait ceux de l'esclave, qui restait à l'attendre dans la tour, et, s'étant un peu noirci la figure de manière à déguiser ses traits, il descendait dans la ville pour se mêler au peuple et apprendre des secrets dont plus tard il faisait son profit comme souverain. C'est sous un pareil déguisement qu'il s'était introduit naguère dans l'okel des sabéens.

Cette fois-là, Hakem descendit vers la place de Roumélieh, le lieu du Caire où la population forme les groupes les plus animés : on se rassemblait dans les boutiques et sous les arbres pour écouter ou réciter des contes et des poëmes, en consommant des boissons sucrées, des limonades et des fruits confits. Les jongleurs, les almées et les montreurs d'animaux attiraient ordinairement autour d'eux une foule empressée de se distraire après les travaux de la journée; mais, ce soir-là, tout était changé, le peuple présentait l'aspect d'une mer orageuse avec ses houles et ses brisants. Des voix sinistres couvraient çà et là le tumulte, et des discours pleins d'amertume retentissaient de toutes parts. Le calife écouta, et entendit partout cette exclamation :

— Les greniers publics sont vides !

En effet, depuis quelque temps, une disette très-forte inquiétait la population; l'espérance de voir arriver bientôt les blés de la haute Égypte avait calmé momentanément les craintes : chacun ménageait ses ressources de son mieux; pourtant, ce jour-là, la caravane de Syrie étant arrivée très-nombreuse, il était devenu presque impossible de se nourrir, et une grande foule excitée par les étrangers s'était portée aux greniers publics du vieux Caire, ressource suprême des plus grandes famines. Le dixième de chaque récolte est entassé là dans d'immenses enclos formés de hauts murs et construits jadis par Amrou. Sur l'ordre du conquérant de l'Égypte, ces greniers furent laissés sans toitures, afin que les oiseaux pussent y prélever leur part. On avait respecté depuis cette disposition pieuse, qui ne laissait perdre d'ordinaire qu'une faible partie

de la réserve, et semblait porter bonheur à la ville; mais,
jour-là, quand le peuple en fureur demanda qu'il lui f
livré des grains, les employés répondirent qu'il était venu d
bandes d'oiseaux qui avaient tout dévoré. A cette réponse,
peuple s'était cru menacé des plus grands maux, et, depuis
moment, la consternation régnait partout.

— Comment, se disait Hakem, n'ai-je rien su de ces chose
Est-il possible qu'un prodige pareil se soit accompli? J'en aura
vu l'annonce dans les astres; rien n'est dérangé non plus da
le *pentacle* que j'ai tracé.

Il se livrait à cette méditation, quand un vieillard, qui po
tait le costume des Syriens, s'approcha de lui et dit:

— Pourquoi ne leur donnes-tu pas du pain, seigneur?

Hakem leva la tête avec étonnement, fixa son œil de lic
sur l'étranger et crut que cet homme l'avait reconnu sous sc
déguisement.

Cet homme était aveugle.

— Es-tu fou, dit Hakem, de t'adresser avec ces paroles
quelqu'un que tu ne vois pas et dont tu n'as entendu que l
pas dans la poussière!

— Tous les hommes, dit le vieillard, sont aveugles vis-à-v
de Dieu.

— C'est donc à Dieu que tu t'adresses?

— C'est à toi, seigneur.

Hakem réfléchit un instant, et sa pensée tourbillonna d
nouveau comme dans l'ivresse du hachich.

— Sauve-les, dit le vieillard; car toi seul es la puissance, t
seul es la vie, toi seul es la volonté!

— Crois-tu donc que je puisse créer du blé ici, sur l'heure
répondit Hakem en proie à une pensée indéfinie.

— Le soleil ne peut luire à travers le nuage, il le dissip
lentement. Le nuage qui te voile en ce moment, c'est le corp
où tu as daigné descendre, et qui ne peut agir qu'avec le
forces de l'homme. Chaque être subit la loi des choses ordon
nées par Dieu, Dieu seul n'obéit qu'à la loi qu'il s'est faite lui

même. Le monde, qu'il a formé par un art cabalistique, se dissoudrait à l'instant, s'il manquait à sa propre volonté.

— Je vois bien, dit le calife avec un effort de raison, que tu n'es qu'un mendiant; tu as reconnu qui je suis sous ce déguisement, mais ta flatterie est grossière. Voici une bourse de sequins; laisse-moi.

— J'ignore quelle est ta condition, seigneur, car je ne vois qu'avec les yeux de l'âme. Quant à de l'or, je suis versé dans l'alchimie et je sais en faire quand j'en ai besoin; je donne cette bourse à ton peuple. Le pain est cher; mais, dans cette bonne ville du Caire, avec de l'or, on a de tout.

— C'est quelque nécromant, se dit Hakem.

Cependant la foule ramassait les pièces semées à terre par le vieillard syrien et se précipitait au four du boulanger le plus voisin. On ne donnait, ce jour-là, qu'une ocque (deux livres) de pain pour chaque sequin d'or.

— Ah ! c'est comme cela? dit Hakem. Je comprends ! Ce vieillard, qui vient du pays de la sagesse, m'a reconnu et m'a parlé par allégories. Le calife est l'image de Dieu; ainsi que Dieu, je dois punir.

Il se dirigea vers la citadelle, où il trouva le chef du guet, Abou-Arous, qui était dans la confidence de ses déguisements. Il se fit suivre de cet officier et de son bourreau, comme il avait déjà fait en plusieurs circonstances, aimant assez, comme la plupart des princes orientaux, cette sorte de justice expéditive; puis il les ramena vers la maison du boulanger qui avait vendu le pain au poids de l'or.

— Voici un voleur, dit-il au chef du guet.

— Il faut donc, dit celui-ci, lui clouer l'oreille au volet de sa boutique?

— Oui, dit le calife, après avoir coupé la tête toutefois.

Le peuple, qui ne s'attendait pas à pareille fête, fit cercle avec joie dans la rue, tandis que le boulanger protestait en vain de son innocence. Le calife, enveloppé dans un *abbah* noir

qu'il avait pris à la citadelle, semblait remplir les fonction
d'un simple cadi.

Le boulanger était à genoux et tendait le cou en recom
mandant son âme aux anges Monkir et Nekir. A cet instant
un jeune homme fendit la foule et s'élança vers Hakem e
lui montrant un anneau d'argent constellé. C'était Yousouf l
sabéen.

— Accordez-moi, s'écria-t-il, la grâce de cet homme.

Hakem se rappela sa promesse et reconnut son ami des bord
du Nil. Il fit un signe ; le bourreau s'éloigna du boulanger, qu
se releva joyeusement. Hakem, entendant les murmures d
peuple désappointé, dit quelques mots à l'oreille du chef d
guet, qui s'écria à haute voix :

— Le glaive est suspendu jusqu'à demain à pareille heure
Alors, il faudra que chaque boulanger fournisse le pain à raiso
de dix ocques pour un sequin.

— Je comprenais bien l'autre jour, dit le sabéen à Hakem
que vous étiez un homme de justice, en voyant votre colèr
contre les boissons défendues ; aussi cette bague me donne u
droit dont j'userai de temps en temps.

— Mon frère, vous avez dit vrai, répondit le calife en l'em
brassant. Maintenant, ma soirée est terminée ; allons faire un
petite débauche de hachich à l'okel des sabéens.

### III — LA DAME DU ROYAUME

A son entrée dans la maison, Yousouf prit à part le chef d
l'okel et le pria d'excuser son ami de la conduite qu'il avai
tenue quelques jours auparavant.

— Chacun, dit-il, a son idée fixe dans l'ivresse ; la sienn
alors est d'être dieu !

Cette explication fut transmise aux habitués, qui s'en mon
trèrent satisfaits.

Les deux amis s'assirent au même endroit que la veille ; l
négrillon leur apporta la boîte qui contenait la pâte enivranté

et ils en prirent chacun une dose qui ne tarda pas à produire son effet; mais le calife, au lieu de s'abandonner aux fantaisies de l'hallucination et de se répandre en conversations extravagantes, se leva, comme poussé par le bras de fer d'une idée fixe ; une résolution immuable était sur ses grands traits fermement sculptés, et, d'un ton de voix d'une autorité irrésistible, il dit à Yousouf :

— Frère, il faut prendre la cange et me conduire à l'endroit où tu m'as déposé hier à l'île de Roddah, près des terrasses du jardin.

A cet ordre inopiné, Yousouf sentit errer sur ses lèvres quelques représentations qu'il lui fut impossible de formuler, bien qu'il lui parût bizarre de quitter l'okel précisément lorsque les béatitudes du hachich réclamaient le repos et les divans pour se développer à leur aise; mais une telle puissance de volonté éclatait dans les yeux du calife, que le jeune homme descendit silencieusement à sa cange. Hakem s'assit à l'extrémité, près de la proue, et Yousouf se courba sur les rames. Le calife, qui, pendant ce court trajet, avait donné des signes de la plus violente exaltation, sauta à terre sans attendre que la barque se fût rangée au bord, et congédia son ami d'un geste royal et majestueux. Yousouf retourna à l'okel, et le prince prit le chemin du palais.

Il rentra par une poterne dont il toucha le ressort secret, et se trouva bientôt, après avoir franchi quelques corridors obscurs, au milieu de ses appartements, où son apparition surprit ses gens, habitués à ne le voir revenir qu'aux premières lueurs du jour. Sa physionomie illuminée de rayons, sa démarche à la fois incertaine et roide, ses gestes étranges, inspirèrent une vague terreur aux eunuques; ils imaginaient qu'il allait se passer au palais quelque chose d'extraordinaire, et, se tenant debout contre les murailles, la tête basse et les bras croisés, ils attendirent l'événement dans une respectueuse anxiété. On savait les justices d'Hakem promptes, terribles et sans motif apparent. Chacun tremblait, car nul ne se sentait pur.

20.

Hakem cependant ne fit tomber aucune tète. Une pensée plus grave l'occupait tout entier; négligeant ces petits détails de police, il se dirigea vers l'appartement de sa sœur, la princesse Sétalmulc, action contraire à toutes les idées musulmanes, et, soulevant la portière, il pénétra dans la première salle, au grand effroi des eunuques et des femmes de la princesse, qui se voilèrent précipitamment le visage.

Sétalmulc (ce nom veut dire la dame du royaume, *sitt' al mulk*) était assise au fond d'une pièce retirée, sur une pile de carreaux qui garnissaient une alcôve pratiquée dans l'épaisseur de la muraille; l'intérieur de cette salle éblouissait par sa magnificence. La voûte, travaillée en petits dômes, offrait l'apparence d'un gâteau de miel ou d'une grotte à stalactites par la complication ingénieuse et savante de ses ornements, où le rouge, le vert, l'azur et l'or mêlaient leurs teintes éclatantes. Des mosaïques de verre revêtaient les murs à hauteur d'homme de leurs plaques splendides; des arcades évidées en cœur retombaient avec grâce sur les chapiteaux évasés en forme de turban que supportaient des colonnettes de marbre. Le long des corniches, sur les jambages des portes, sur les cadres des fenêtres couraient des inscriptions en écriture karmatique dont les caractères élégants se mêlaient à des fleurs, à des feuillages et à des enroulements d'arabesques. Au milieu de la salle, une fontaine d'albâtre recevait dans sa vasque sculptée un jet d'eau dont la fusée de cristal montait jusqu'à la voûte et retombait en pluie fine avec un grésillement argentin.

A la rumeur causée par l'entrée de Hakem, Sétalmulc, inquiète, se leva et fit quelques pas vers la porte. Sa taille majestueuse parut ainsi avec tous ses avantages, car la sœur du calife était la plus belle princesse du monde : des sourcils d'un noir velouté surmontaient, de leurs arcs d'une régularité parfaite, des yeux qui faisaient baisser le regard comme si l'on eût contemplé le soleil; son nez fin et d'une courbe légèrement aquiline indiquait la royauté de sa race, et, dans sa pâleur dorée, relevée aux joues de deux petits nuages de fard, sa bouche d'une pourpre éblouissante éclatait comme une grenade pleine de perles.

Le costume de Sétalmulc était d'une richesse inouïe : une corne de métal, recouverte de diamants, soutenait son voile de gaze mouchetée de paillons; sa robe, mi-partie de velours vert et de velours incarnadin, disparaissait presque sous les inextricables ramages des broderies. Il se formait aux manches, aux coudes, à la poitrine, des foyers de lumière d'un éclat prodigieux, où l'or et l'argent croisaient leurs étincelles; la ceinture, formée de plaques d'or travaillé à jour et constellée d'énormes boutons de rubis, glissait par son poids autour d'une taille souple et majestueuse, et s'arrêtait retenue par l'opulent contour des hanches. Ainsi vêtue, Sétalmulc faisait l'effet d'une de ces reines des empires disparus, qui avaient des dieux pour ancêtres.

La portière s'ouvrit violemment, et Hakem parut sur le seuil. A la vue de son frère, Sétalmulc ne put retenir un cri de surprise qui ne s'adressait pas tant à l'action insolite qu'à l'aspect étrange du calife. En effet, Hakem semblait n'être pas animé par la vie terrestre. Son teint pâle reflétait la lumière d'un autre monde. C'était bien la forme du calife, mais éclairée d'un autre esprit et d'une autre âme. Ses gestes étaient des gestes de fantôme, et il avait l'air de son propre spectre. Il s'élança vers Sétalmulc plutôt porté par la volonté que par des mouvements humains, et, quand il fut près d'elle, il l'enveloppa d'un regard si profond, si pénétrant, si intense, si chargé de pensées, que la princesse frissonna et croisa ses bras sur son sein, comme si une main invisible eût déchiré ses vêtements.

— Stélamulc, dit Hakem, j'ai pensé longtemps à te donner un mari; mais aucun homme n'est digne de toi. Ton sang divin ne doit pas souffrir de mélange. Il faut transmettre intact à l'avenir le trésor que nous avons reçu du passé. C'est moi, Hakem, le calife, le seigneur du ciel et de la terre, qui serai ton époux : les noces se feront dans trois jours. Telle est ma volonté sacrée.

La princesse éprouva, à cette déclaration imprévue, un tel saisissement, que sa réponse s'arrêta à ses lèvres; Hakem avait parlé avec une telle autorité, une domination si fascinatrice, que Sétalmulc sentit que toute objection était impossible. Sans attendre la réponse de sa sœur, Hakem rétrograda jusqu'à la porte; puis il regagna sa chambre, et, vaincu par le hachich, dont l'effet était arrivé à son plus haut degré, il se laissa tomber sur les coussins comme une masse et s'endormit.

Aussitôt après le départ de son frère, Sétalmulc manda près d'elle le grand vizir Argévan, et lui raconta tout ce qui venait de se passer. Argévan avait été le régent de l'empire pendant la première jeunesse de Hakem, proclamé calife à onze ans; un pouvoir sans contrôle était resté dans ses mains, et la puissance de l'habitude le maintenait dans les attributions du véritable souverain, dont Hakem avait seulement les honneurs.

Ce qui se passa dans l'esprit d'Argévan, après le récit que lui fit Sétalmulc de la visite nocturne du calife, ne peut humainement se décrire; mais qui aurait pu sonder les secrets de cette âme profonde? Est-ce l'étude et la méditation qui avaient amaigri ses joues et assombri son regard austère? Est-ce la résolution et la volonté qui avaient tracé sur les lignes de son front la forme sinistre du *tau*, signe des destinées fatales? La pâleur d'un masque immobile, qui ne se plissait par moments qu'entre les deux sourcils, annonçait-elle seulement qu'il était issu des plaines brûlées du Maghreb? Le respect qu'il inspirait à la population du Caire, l'influence qu'il avait prise sur les riches et les puissants, étaient-ils la reconnaissance de la sagesse et de la justice apportées à l'administration de l'État?

Toujours est-il que Sétalmulc, élevée par lui, le respectait à l'égal de son père, le précédent calife. Argévan partagea l'indignation de la sultane et dit seulement :

— Hélas! quel malheur pour l'empire! Le prince des croyants a vu sa raison obscurcie... Après la famine, c'est un autre fléau dont le ciel nous frappe. Il faut ordonner des prières publiques; notre seigneur est devenu fou!

— Dieu nous en préserve! s'écria Sétalmulc.

— Au réveil du prince des croyants, ajouta le vizir, j'espère que cet égarement se sera dissipé, et qu'il pourra, comme à l'ordinaire, présider le grand conseil.

Argévan attendait au point du jour le réveil du calife. Celui-ci n'appela ses esclaves que très-tard, et on lui annonça que déjà la salle du divan était remplie de docteurs, de gens de loi et de cadis. Lorsque Hakem entra dans la salle, tout le monde se prosterna selon la coutume, et le vizir, en se relevant, interrogea d'un regard curieux le visage pensif du maître.

Ce mouvement n'échappa point au calife. Une sorte d'ironie glaciale lui sembla empreinte dans les traits de son ministre. Depuis quelque temps déjà, le prince regrettait l'autorité trop grande qu'il avait laissé prendre à des inférieurs, et, en voulant agir par lui-même, il s'étonnait de rencontrer toujours des résistances parmi les ulémas, cachefs et moudhirs, tous dévoués à Argévan. C'était pour échapper à cette tutelle, et afin de juger les choses par lui-même, qu'il s'était précédemment résolu à des déguisements et à des promenades nocturnes.

Le calife, voyant qu'on ne s'occupait que des affaires courantes, arrêta la discussion, et dit d'une voix éclatante :

— Parlons un peu de la famine; je me suis promis aujourd'hui de faire trancher la tête à tous les boulangers.

Un vieillard se leva du banc des ulémas, et dit :

— Prince des croyants, n'as-tu pas fait grâce à l'un d'eux hier dans la nuit?

Le son de cette voix n'était pas inconnu au calife, qui répondit :

— Cela est vrai; mais j'ai fait grâce à condition que le pain serait vendu à raison de dix ocques pour un sequin.

— Songe, dit le vieillard, que ces malheureux payent la farine dix sequins l'ardeb. Punis plutôt ceux qui la leur vendent à ce prix.

— Quels sont ceux-là ?

— Les moultezims, les cachefs, les moudhirs et les ulémas eux-mêmes, qui en possèdent des amas dans leurs maisons.

Un frémissement courut parmi les membres du conseil et les assistants, qui étaient les principaux habitants du Caire.

Le calife pencha la tête dans ses mains et réfléchit quelques instants. Argévan, irrité, voulut répondre à ce que venait de dire le vieil uléma, mais la voix tonnante de Hakem retentit dans l'assemblée.

— Ce soir, dit-il, au moment de la prière, je sortirai de mon palais de Roddah, je traverserai le bras du Nil dans ma cange, et, sur le rivage, le chef du guet m'attendra avec son bourreau ; je suivrai la rive gauche du *calisch* (canal), j'entrerai au Caire par la porte Bab-el-Tahla, pour me rendre à la mosquée de Raschida. A chaque maison de moultezim, de cachef ou d'uléma que je rencontrerai, je demanderai s'il y a du blé, et, dans toute maison où il n'y en aura pas, je ferai pendre ou décapiter le propriétaire.

Le vizir Argévan n'osa pas élever la voix dans le conseil après ces paroles du calife ; mais, le voyant rentrer dans ses appartements, il se précipita sur ses pas, et lui dit :

— Vous ne ferez pas cela, seigneur !

— Retire-toi, lui dit Hakem avec colère. Te souviens-tu que, lorsque j'étais enfant, tu m'appelais par plaisanterie *le Lézard ?...* Eh bien, maintenant le lézard est devenu le dragon.

## IV — LE MORISTAN

Le soir même de ce jour, quand vint l'heure de la prière, Hakem entra dans la ville par le quartier des soldats, suivi seulement du chef du guet et de son exécuteur : il s'aperçut que toutes les rues étaient illuminées sur son passage. Les gens du peuple tenaient des bougies à la main pour éclairer la marche du prince, et s'étaient groupés principalement devant chaque maison de docteur, de cachef, de notaire ou autres personnages éminents qu'indiquait l'ordonnance. Partout le calife entrait et trouvait un grand amas de blé; aussitôt il ordonnait qu'il fût distribué à la foule et prenait le nom du propriétaire.

— Par ma promesse, leur disait-il, votre tête est sauve, mais apprenez désormais à ne pas faire chez vous d'amas de blé, soi pour vivre dans l'abondance au milieu de la misère générale, soit pour le revendre au poids de l'or et tirer à vous en peu de jours toute la fortune publique.

Après avoir visité ainsi quelques maisons, il envoya des officiers dans les autres et se rendit à la mosquée de Raschida pour faire lui-même la prière, car c'était un vendredi; mais, en entrant, son étonnement fut grand de trouver la tribune occupée et d'être salué de ces paroles :

— Que le nom de Hakem soit glorifié sur la terre comme dans les cieux! Louange éternelle au Dieu vivant!

Si enthousiasmé que fût le peuple de ce que venait de faire le calife, cette prière inattendue devait indigner les fidèles croyants; aussi plusieurs montèrent-ils à la chaire pour jeter en bas le blasphémateur; mais ce dernier se leva et descendit avec majesté, faisant reculer à chaque pas les assaillants et traversant la foule étonnée, qui s'écriait en le voyant de plus près :

— C'est un aveugle! la main de Dieu est sur lui.

Hakem avait reconnu le vieillard de la place Roumelieh, et, comme, dans l'état de veille, un rapport inattendu unit parfois quelque fait matériel aux circonstances d'un rêve oublié jusque-là, il vit, comme par un coup de foudre, se mêler la double existence de sa vie et de ses extases. Cependant son esprit luttait encore contre cette impression nouvelle, de sorte que, sans s'arrêter plus longtemps dans la mosquée, il remonta à cheval et prit le chemin de son palais.

Il fit mander le visir Argévan, mais ce dernier ne put être trouvé. Comme l'heure était venue d'aller au Mokattam consulter les astres, le calife se dirigea vers la tour de l'observatoire et monta à l'étage supérieur, dont la coupole, percée à jour, indiquait les douze maisons des astres. Saturne, la planète de Hakem, était pâle et plombé, et Mars, qui a donné son nom à la ville du Caire, flambloyait de cet éclat sanglant qui annonce guerre et danger. Hakem descendit au premier étage de la tour, où se trouvait une table cabalistique établie par son grand-père Moëzzeldin. Au milieu d'un cercle autour duquel étaient écrits en chaldéen les noms de tous les pays de la terre, se trouvait la statue de bronze d'un cavalier armé d'une lance qu'il tenait droite ordinairement ; mais, quand un peuple ennemi marchait contre l'Égypte, le cavalier baissait sa lance en arrêt, et se tournait vers le pays d'où venait l'attaque. Hakem vit le cavalier tourné vers l'Arabie.

— Encore cette race des Abassides! s'écria-t-il, ces fils dégénérés d'Omar, que nous avions écrasés dans leur capitale de Bagdad! Mais que m'importent ces infidèles maintenant, j'ai en main la foudre!

En y songeant davantage, pourtant, il sentait bien qu'il était homme comme par le passé; l'hallucination n'ajoutait plus à sa certitude d'être un dieu la confiance d'une force surhumaine.

— Allons, se dit-il, prendre les conseils de l'extase.

Et il alla s'enivrer de nouveau de cette pâte merveilleuse, qui peut-être est la même que l'ambroisie, nourriture des immortels.

Le fidèle Yousouf était arrivé déjà, regardant d'un œil rêveur l'eau du Nil, morne et plate, diminuée à un point qui annonçait toujours la sécheresse et la famine.

— Frère, lui dit Hakem, est-ce à tes amours que tu rêves ? Dis-moi alors quelle est ta maîtresse, et, sur mon serment, tu l'auras.

— Le sais-je, hélas! dit Yousouf. Depuis que le souffle du khamsin rend les nuits étouffantes, je ne rencontre plus sa cange dorée sur le Nil. Lui demander ce qu'elle est, l'oserais-je, même si je la revoyais ? J'arrive à croire parfois que tout cela n'était qu'une illusion de cette herbe perfide, qui attaque ma raison peut-être,... si bien que je ne sais plus déjà même distinguer ce qui est rêve de ce qui est réalité.

— Le crois-tu? dit Hakem avec inquiétude.

Puis, après un instant d'hésitation, il dit à son compagnon :

— Qu'importe? Oublions la vie encore aujourd'hui.

Une fois plongé dans l'ivresse du hachich, il arrivait, chose étrange, que les deux amis entraient dans une certaine communauté d'idées et d'impressions. Yousouf s'imaginait souvent que son compagnon, s'élançant vers les cieux et frappant du pied le sol indigne de sa gloire, lui tendait la main et l'entraînait dans les espaces à travers les astres tourbillonnants et les atmosphères blanchies d'une semence d'étoiles; bientôt Saturne, pâle, mais couronné d'un anneau lumineux, grandissait et se rapprochait, entouré des sept lunes qu'emporte son mouvement rapide, et dès lors qui pourrait dire ce qui se passait à leur arrivée dans cette divine patrie de leurs songes? La langue humaine ne peut exprimer que des sensations conformes à notre nature; seulement, quand les deux amis conversaient dans ce rêve divin, les noms qu'ils se donnaient n'étaient plus des noms de la terre.

Au milieu de cette extase, arrivée au point de donner à leurs corps l'apparence de masses inertes, Hakem se tordit tout à coup en s'écriant :

— Éblis! Éblis!

Au même instant, des *zebecks* enfonçaient la porte de l'okel, et, à leur tête, Argévan, le vizir, faisait cerner la salle et ordonnait qu'on s'emparât de tous ces infidèles, violateurs de l'ordonnance du calife, qui défendait l'usage du hachich et des boissons fermentées.

— Démon! s'écria le calife reprenant ses sens et rendu à lui-même, je te faisais chercher pour avoir ta tête! Je sais que c'est toi qui as organisé la famine et distribué à tes créatures la réserve des greniers de l'État! A genoux devant le prince des croyants! Commence par répondre, et tu finiras par mourir.

Argévan fronça le sourcil, et son œil sombre s'éclaira d'un froid sourire.

— Au Moristan, ce fou qui se croit le calife! dit-il dédaigneusement aux gardes.

Quant à Yousouf, il avait déjà sauté dans sa cange, prévoyant bien qu'il ne pourrait défendre son ami.

Le Moristan, qui aujourd'hui est attenant à la mosquée de Kalaoum, était alors une vaste prison dont une partie seulement était consacrée aux fous furieux. Le respect des Orientaux pour les fous ne va pas jusqu'à laisser en liberté ceux qui pourraient être nuisibles. Hakem, en s'éveillant le lendemain dans une obscure cellule, comprit bien vite qu'il n'avait rien à gagner à se mettre en fureur ni à se dire le calife sous des vêtements de fellah. D'ailleurs, il y avait déjà cinq califes dans l'établissement et un certain nombre de dieux. Ce dernier titre n'était donc pas plus avantageux à prendre que l'autre. Hakem était trop convaincu, du reste, par mille efforts faits dans la nuit pour briser sa chaîne, que sa divinité, emprisonnée dans un faible corps, le laissait, comme la plupart des Bouddhas de l'Inde et autres incarnations de l'Être suprême, abandonné à toute la malice humaine et aux lois matérielles de la force. Il se souvint même que la situation où il s'était mis ne lui était pas nouvelle.

— Tâchons surtout, dit-il, d'éviter la flagellation.

Cela n'était pas facile, car c'était le moyen employé généralement alors contre l'incontinence de l'imagination. Quand arriva la visite du *hekim* (médecin), celui-ci était accompagné d'un autre docteur qui paraissait étranger. La prudence de Hakem était telle, qu'il ne marqua aucune surprise de cette visite, et se borna à répondre qu'une débauche de hachich avait été chez lui la cause d'un égarement passager, que maintenant il se sentait comme à l'ordinaire. Le médecin consultait son compagnon et lui parlait avec une grande déférence. Ce dernier secoua la tête et dit que souvent les insensés avaient des moments lucides et se faisaient mettre en liberté avec d'a-

droites suppositions. Cependant il ne voyait pas de difficulté à
ce qu'on donnât à celui-ci la liberté de se promener dans les
cours.

— Est-ce que vous êtes aussi médecin? dit le calife au docteur étranger.

— C'est le prince de la science, s'écria le médecin des fous;
c'est le grand Ebn-Sina (Avicenne), qui, arrivé nouvellement
de Syrie, daigne visiter le Moristan.

Cet illustre nom d'Avicenne, le savant docteur, le maître
vénéré de la santé et de la vie des hommes, — et qui passait
aussi près du vulgaire pour un magicien capable des plus
grands prodiges, — fit une vive impression sur l'esprit du calife. Sa prudence l'abandonna; il s'écria :

— O toi qui me vois ici, tel qu'autrefois Aïssé (Jésus),
abandonné sous cette forme et dans mon impuissance humaine
aux entreprises de l'enfer, doublement méconnu comme calife
et comme dieu, songe qu'il convient que je sorte au plus tôt de
cette indigne situation. Si tu es pour moi, fais-le connaître;
si tu ne crois pas à mes paroles, sois maudit!

Avicenne ne répondit pas; mais il se tourna vers le médecin
en secouant la tête, et lui dit :

— Vous voyez!... déjà sa raison l'abandonne.

Et il ajouta :

— Heureusement, ce sont là des visions qui ne font de mal à
qui que ce soit. J'ai toujours dit que le chanvre avec lequel on
fait la pâte de hachich était cette herbe même qui, au dire
d'Hippocrate, communiquait aux animaux une sorte de rage
et les portait à se précipiter dans la mer. Le hachich était
connu déjà du temps de Salomon : vous pouvez lire le mot
*hachichot* dans le *Cantique des Cantiques*, où les qualités enivrantes de cette préparation...

La suite de ces paroles se perdit pour Hakem en raison de
l'éloignement des deux médecins, qui passaient dans une autre
cour. Il resta seul, abandonné aux impressions les plus contraires, doutant qu'il fût dieu, doutant même parfois qu'il fût

calife, ayant peine à réunir les fragments épars de ses pensées. Profitant de la liberté relative qui lui était laissée, il s'approcha des malheureux répandus çà et là dans de bizarres attitudes, et, prêtant l'oreille à leurs chants et à leurs discours, il y surprit quelques idées qui attirèrent son attention.

Un de ces insensés était parvenu, en ramassant divers débris, à se composer une sorte de tiare étoilée de morceaux de verre, et drapait sur ses épaules des haillons couverts de broderies éclatantes qu'il avait figurées avec des bribes de clinquant.

— Je suis, disait-il, le *kaïmalzeman* (le chef du siècle), et je vous dis que les temps sont arrivés.

— Tu mens, lui disait un autre. Ce n'est pas toi qui es le véritable ; mais tu appartiens à la race des *dives* et tu cherches à nous tromper.

— Qui suis-je donc, à ton avis? disait le premier.

— Tu n'es autre que Thamurath, le dernier roi des génies rebelles ! Ne te souviens-tu pas de celui qui te vainquit dans l'île de Sérendib, et qui n'était autre qu'Adam, c'est-à-dire moi-même? Ta lance et ton bouclier sont encore suspendus comme trophées sur mon tombeau [1].

— Son tombeau ! dit l'autre en éclatant de rire, jamais on n'a pu en trouver la place. Je lui conseille d'en parler.

— J'ai le droit de parler de tombeau, ayant vécu déjà six fois parmi les hommes et étant mort six fois aussi comme je le devais ; on m'en a construit de magnifiques ; mais c'est le tien qu'il serait difficile de découvrir, attendu que, vous autres dives, vous ne vivez que dans des corps morts!

La huée générale qui succéda à ces paroles s'adressait au malheureux empereur des dives, qui se leva furieux, et dont le prétendu Adam fit tomber la couronne d'un revers de main. L'autre fou s'élança sur lui, et la lutte des deux ennemis allait

1. Les traditions des Arabes et des Persans supposent que, pendant de longues séries d'années, la terre fut peuplée par des races dites *préadamites*, dont le dernier empereur fut vaincu par Adam.

se renouveler après cinq milliers d'années (d'après leur compte),
si l'un des surveillants ne les eût séparés à coups de nerf de
bœuf, distribués d'ailleurs avec impartialité.

On se demandera quel était l'intérêt que prenait Hakem à
ces conversations d'insensés qu'il écoutait avec une attention
marquée, ou qu'il provoquait même par quelques mots. Seul
maître de sa raison au milieu de ces intelligences égarées, il se
replongeait silencieusement dans tout un monde de souvenirs.
Par un effet singulier qui résultait peut-être de son attitude
austère, les fous semblaient le respecter, et nul d'entre eux
n'osait lever les yeux sur sa figure; cependant quelque chose
les portait à se grouper autour de lui, comme ces plantes qui,
dans les dernières heures de la nuit, se tournent déjà vers la
lumière encore absente.

Si les mortels ne peuvent concevoir par eux-mêmes ce qui
se passe dans l'âme d'un homme qui tout à coup se sent prophète, ou d'un mortel qui se sent dieu, la Fable et l'histoire du
moins leur ont permis de supposer quels doutes, quelles an-
goisses doivent se produire dans ces divines natures à l'époque
indécise où leur intelligence se dégage des liens passagers de
l'incarnation. Hakem arrivait par instants à douter de lui-
même, comme le Fils de l'homme au mont des Oliviers, et ce
qui surtout frappait sa pensée d'étourdissement, c'était l'idée
que sa divinité lui avait été d'abord révélée dans les extases du
hachich.

— Il existe donc, se disait-il, quelque chose de plus fort que
celui qui est tout, et ce serait une herbe des champs qui pourrait créer de tels prestiges? Il est vrai qu'un simple ver prouva
qu'il était plus fort que Salomon, lorsqu'il perça et fit se rompre
par le milieu le bâton sur lequel s'était appuyé ce prince des
génies; mais qu'était-ce que Salomon auprès de moi, si je suis
véritablement Albar (l'Éternel)?

## V — L'INCENDIE DU CAIRE

Par une étrange raillerie dont l'esprit du mal pouvait seul concevoir l'idée, il arriva qu'un jour le Moristan reçut la visite de la sultane Sétalmulc, qui venait, selon l'usage des personnes royales, apporter des secours et des consolations aux prisonniers. Après avoir visité la partie de la maison consacrée aux criminels, elle voulut aussi voir l'asile de la démence. La sultane était voilée; mais Hakem la reconnut à sa voix, et ne put retenir sa fureur en voyant près d'elle le ministre Argévan, qui, souriant et calme, lui faisait les honneurs du lieu.

— Voici, disait-il, des malheureux abandonnés à mille extravagances. L'un se dit prince des génies, un autre prétend qu'il est le même qu'Adam; mais le plus ambitieux, c'est celui que vous voyez là, dont la ressemblance avec le calife votre frère est frappante.

— Cela est extraordinaire en effet, dit Sétalmulc.

— Eh bien, reprit Argévan, cette ressemblance seule a été cause de son malheur. A force de s'entendre dire qu'il était l'image même du calife, il s'est figuré être le calife, et, non content de cette idée, il a prétendu qu'il était dieu. C'est simplement un misérable fellah qui s'est gâté l'esprit comme tant d'autres par l'abus des substances enivrantes... Mais il serait curieux de voir ce qu'il dirait en présence du calife lui-même...

— Misérable! s'écria Hakem, tu as donc créé un fantôme qui me ressemble et qui tient ma place?

Il s'arrêta, songeant tout à coup que sa prudence l'abandonnait et que peut-être il allait livrer sa vie à de nouveaux dangers; heureusement, le bruit que faisaient les fous empêcha que l'on n'entendit ses paroles. Tous ces malheureux accablaient Argévan d'imprécations, et le roi des dives surtout lui portait des défis terribles.

— Sois tranquille! lui criait-il. Attends que je sois mort seulement; nous nous retrouverons ailleurs.

Argévan haussa les épaules et sortit avec la sultane.

Hakem n'avait pas même essayé d'invoquer les souvenirs de cette dernière. En y réfléchissant, il voyait la trame trop bien tissée pour espérer de la rompre d'un seul effort. Ou il était réellement méconnu au profit de quelque imposteur, ou sa sœur et son ministre s'étaient entendus pour lui donner une leçon de sagesse en lui faisant passer quelques jours au Moristan. Peut-être voulaient-ils profiter plus tard de la notoriété qui résulterait de cette situation pour s'emparer du pouvoir et le maintenir lui-même en tutelle. Il y avait bien sans doute quelque chose de cela : ce qui pouvait encore le donner à penser, c'est que la sultane, en quittant le Moristan, promit à l'iman de la mosquée de consacrer une somme considérable à faire agrandir et magnifiquement réédifier le local destiné aux fous, — au point, disait-elle, que leur habitation paraîtra digne d'un calife [1].

Hakem, après le départ de sa sœur et de son ministre, dit seulement :

— Il fallait qu'il en fût ainsi !

Et il reprit sa manière de vivre, ne démentant pas la douceur et la patience dont il avait fait preuve jusque-là. Seulement, il s'entretenait longuement avec ceux de ses compagnons d'infortune qui avaient des instants lucides, et aussi avec des habitants de l'autre partie du Moristan qui venaient souvent aux grilles formant la séparation des cours, pour s'amuser des extravagances de leurs voisins. Hakem les accueillait alors avec des paroles telles, que ces malheureux se pressaient là des heures entières, le regardant comme un inspiré (*melbous*). N'est-ce pas une chose étrange que la parole divine trouve toujours ses premiers fidèles parmi les misérables ? Ainsi, mille ans auparavant, le Messie voyait son auditoire composé surtout de gens de mauvaise vie, de péagers et de publicains.

---

1. C'est depuis, en effet, qu'a été construit le bâtiment actuel, l'un des plus magnifiques du Caire.

Le calife, une fois établi dans leur confiance, les appelait les uns après les autres, leur faisait raconter leur vie, les circonstances de leurs fautes ou de leurs crimes, et recherchait profondément les premiers motifs de ces désordres: ignorance et misère, voilà ce qu'il trouvait au fond de tout. Ces hommes lui racontaient aussi les mystères de la vie sociale, les manœuvres des usuriers, des monopoleurs, des gens de loi, des chefs de corporation, des collecteurs et des plus hauts négociants du Caire, se soutenant tous, se tolérant les uns les autres, multipliant leur pouvoir et leur influence par des alliances de famille, corrupteurs, corrompus, augmentant ou baissant à volonté les tarifs du commerce, maîtres de la famine ou de l'abondance, de l'émeute ou de la guerre, opprimant sans contrôle un peuple en proie aux premières nécessités de la vie. Tel avait été le résultat de l'administration d'Argévan le vizir, pendant la longue minorité de Hakem.

De plus, des bruits sinistres couraient dans la prison; les gardiens eux-mêmes ne craignaient pas de les répandre: on disait qu'une armée étrangère s'approchait de la ville et campait déjà dans la plaine de Gizèh, que la trahison lui soumettrait le Caire sans résistance, et que les seigneurs, les ulémas et les marchands, craignant pour leurs richesses le résultat d'un siége, se préparaient à livrer les portes et avaient séduit les chefs militaires de la citadelle. On s'attendait à voir le lendemain même le général ennemi faire son entrée dans la ville par la porte de Bab-el-Hadyd. De ce moment, la race des Fatimites était dépossédée du trône; les califes Abassides régnaient désormais au Caire comme à Bagdad, et les prières publiques allaient se faire en leur nom.

— Voilà ce qu'Argévan m'avait préparé! se dit le calife; voilà ce que m'annonçait le talisman disposé par mon père, et ce qui faisait pâlir dans le ciel l'étincelant Pharoüis (Saturne)! Mais le moment est venu de voir ce que peut ma parole, et si je me laisserai vaincre comme autrefois le Nazaréen.

Le soir approchait; les prisonniers étaient réunis dans les

cours pour la prière accoutumée. Hakem prit la parole, s'adressant à la fois à cette double population d'insensés et de malfai-
teurs que séparait une porte grillée ; il leur dit ce qu'il était et
ce qu'il voulait d'eux avec une telle autorité et de telles preuves, que personne n'osa douter. En un instant, l'effort de cent
bras avait rompu les barrières intérieures, et les gardiens,
frappés de crainte, livraient les portes donnant sur la mosquée.
Le calife y entra bientôt, porté dans les bras de ce peuple de
malheureux que sa voix enivrait d'enthousiasme et de confiance.

   — C'est le calife ! le véritable prince des croyants ! s'écriaient
les condamnés judiciaires.

   — C'est Allah qui vient juger le monde ! hurlait la troupe
des insensés.

Deux d'entre ces derniers avaient pris place à la droite et à
la gauche de Hakem, criant :

   — Venez tous aux assises que tient notre seigneur Hakem.

Les croyants réunis dans la mosquée ne pouvaient comprendre
que la prière fût ainsi troublée ; mais l'inquiétude répandue
par l'approche des ennemis disposait tout le monde aux événements extraordinaires. Quelques-uns fuyaient, semant l'alarme
dans les rues ; d'autres criaient :

   — C'est aujourd'hui le jour du dernier jugement !

Et cette pensée réjouissait les plus pauvres et les plus souffrants, qui disaient :

   — Enfin, Seigneur ! enfin voici ton jour !

Quand Hakem se montra sur les marches de la mosquée, un
éclat surhumain environnait sa face, et sa chevelure, qu'il portait toujours longue et flottante contre l'usage des musulmans,
répandait ses longs anneaux sur un manteau de pourpre dont
ses compagnons lui avaient couvert les épaules. Les juifs et les
chrétiens, toujours nombreux dans cette rue Soukarieh qui
traverse les bazars, se prosternaient eux-mêmes, disant :

   — C'est le véritable Messie, ou bien c'est l'Antechrist annoncé
par les Écritures pour paraître mille ans après Jésus !

21.

Quelques personnes aussi avaient reconnu le souverain ; mais on ne pouvait s'expliquer comment il se trouvait au milieu de la ville, tandis que le bruit général était qu'à cette heure-là même, il marchait à la tète des troupes contre les ennemis campés dans la plaine qui entoure les pyramides.

— O vous, mon peuple ! dit Hakem aux malheureux qui l'entouraient, vous, mes fils véritables, ce n'est pas mon jour, c'est le vôtre qui est venu. Nous sommes arrivés à cette époque qui se renouvelle chaque fois que la parole du ciel perd de son pouvoir sur les âmes, moment où la vertu devient crime, où la sagesse devient folie, où la gloire devient honte, tout ainsi marchant au rebours de la justice et de la vérité. Jamais alors la voix d'en haut n'a manqué d'illuminer les esprits, ainsi que l'éclair avant la foudre ; c'est pourquoi il a été dit tour à tour : « Malheur à Énochia, ville des enfants de Caïn, ville d'impuretés et de tyrannie ! malheur à toi, Gomorrhe ! malheur à vous, Ninive et Babylone ! et malheur à toi, Jérusalem ! » Cette voix, qui ne se lasse pas, retentit ainsi d'âge en âge, et toujours, entre la menace et la peine, il y a eu du temps pour le repentir. Cependant le délai se raccourcit de jour en jour ; quand l'orage se rapproche, le feu suit de plus près l'éclair ! Montrons que désormais la parole est armée, et que sur la terre va s'établir enfin le règne annoncé par les prophètes ! A vous, enfants, cette ville enrichie par la fraude, par l'usure, par les injustices et la rapine ; à vous ces trésors pillés, ces richesses volées. Faites justice de ce luxe qui trompe, de ces vertus fausses, de ces mérites acquis à prix d'or, de ces trahisons parées qui, sous prétexte de paix, vous ont vendus à l'ennemi. Le feu, le feu partout à cette ville que mon aïeul Moëzzeldin avait fondée sous les auspices de la victoire (*kahira*), et qui deviendrait le monument de votre lâcheté !

Était-ce comme souverain, était-ce comme dieu que le calife s'adressait ainsi à la foule? Certainement il avait en lui cette raison suprême qui est au-dessus de la justice ordinaire ; autrement, sa colère eût frappé au hasard comme celle des bandits qu'il avait déchaînés. En peu d'instants, la flamme avait dévoré les bazars au toit de cèdre et les palais aux terrasses sculptées, aux colonnettes frêles ; les plus riches habitations du Caire livraient au peuple leurs intérieurs dévastés. Nuit terrible, où la puissance souveraine prenait les allures de la révolte, où la vengeance du ciel usait des armes de l'enfer !

L'incendie et le sac de la ville durèrent trois jours ; les habitants des plus riches quartiers avaient pris les armes pour se défendre, et une partie des soldats grecs et des *kétamis*, troupes barbaresques dirigées par Argévan, luttaient contre les prisonniers et la populace qui exécutaient les ordres de Hakem. Argévan répandait le bruit que Hakem était un imposteur, que le véritable calife était avec l'armée dans les plaines de Gizèh, de sorte qu'un combat terrible aux lueurs des incendies avait lieu sur les grandes places et dans les jardins. Hakem s'était retiré sur les hauteurs de Karafah, et tenait en plein air ce tribunal sanglant où, selon les traditions, il apparut comme assisté des anges, ayant près de lui Adam et Salomon, l'un témoin pour les hommes, l'autre pour les génies. On amenait là tous les gens signalés par la haine publique, et leur jugement avait lieu en peu de mots ; les têtes tombaient aux acclamations de la foule ; il en périt plusieurs milliers dans ces trois jours. La mêlée au centre de la ville n'était pas moins meurtrière ; Argévan fut enfin frappé d'un coup de lance entre les épaules par un nommé Reïdan, qui apporta sa tête aux pieds du calife ; de ce moment, la résistance cessa. On dit qu'à l'instant même où ce vizir tomba en poussant un cri épouvantable, les hôtes du Moristan, doués de cette seconde vue particulière aux insensés, s'écrièrent qu'ils voyaient dans l'air Éblis (Satan), qui, sorti de la dépouille mortelle d'Argévan, appelait à lui et ralliait dans l'air les démons incarnés jusque-là dans les corps de ses partisans. Le combat commencé sur terre se continuait dans l'espace ; les phalanges de ces éternels ennemis se reformaient et luttaient encore avec les forces des éléments. C'est à ce propos qu'un poëte arabe a dit :

« Égypte ! Égypte ! tu les connais, ces luttes sombres des bons et des mauvais génies, quand Typhon à l'haleine étouffante absorbe l'air et la lumière ; quand la peste décime tes populations laborieuses ; quand le Nil diminue ses inondations annuelles ; quand les sauterelles en épais nuages dévorent dans un jour toute la verdure des champs.

» Ce n'est donc pas assez que l'enfer agisse par ces redoutables fléaux, il peut aussi peupler la terre d'âmes cruelles et cupides, qui, sous la forme humaine, cachent la nature perverse des chacals et des serpents ! »

Cependant, quand arriva le quatrième jour, la ville étant à moitié brûlée, les chérifs se rassemblèrent dans les mosquées, levant en l'air les Alcorans et s'écriant :

— O Hakem ! ô Allah !

Mais leur cœur ne s'unissait pas à leur prière. Le vieillard qui avait déjà salué dans Hakem la divinité, se présenta devant ce prince et lui dit :

— Seigneur, c'est assez ; arrête la destruction au nom de ton aïeul Moëzzeldin.

Hakem voulut questionner cet étrange personnage qui n'apparaissait qu'à des heures sinistres ; mais le vieillard avait disparu déjà dans la mêlée des assistants.

Hakem prit sa monture ordinaire, un âne gris, et se mit à parcourir la ville, semant des paroles de réconciliation et de clémence. C'est à dater de ce moment qu'il réforma les édits sévères prononcés contre les chrétiens et les juifs, et dispensa les premiers de porter sur les épaules une lourde croix de bois, les autres de porter au col un billot. Par une tolérance égale envers tous les cultes, il voulait amener les esprits à accepter peu à peu une doctrine nouvelle. Des lieux de conférences furent établis, notamment dans un édifice qu'on appela *maison de sagesse*, et plusieurs docteurs commencèrent à soutenir publiquement la divinité de Hakem. Toutefois, l'esprit humain est tellement rebelle aux croyances que le temps n'a pas consacrées, qu'on ne put inscrire au nombre des fidèles qu'environ trente mille habitants du Caire. Il y eut un nommé Almoschadjar qui dit aux sectateurs de Hakem :

— Celui que vous invoquez à la place de Dieu ne pourrait créer une mouche, ni empêcher une mouche de l'inquiéter.

Le calife, instruit de ces paroles, lui fit donner cent pièces d'or, pour preuve qu'il ne voulait pas forcer les consciences. D'autres disaient :

— Ils ont été plusieurs dans la famille des Fatimites atteints de cette illusion. C'est ainsi que le grand-père de Hakem, Moëzzeldin, se cachait pendant plusieurs jours et disait avoir été enlevé au ciel ; plus tard, il s'est retiré dans un souterrain, et on a dit qu'il avait disparu de la terre sans mourir comme les autres hommes.

Hakem recueillait ces paroles, qui le jetaient dans de longues méditations.

### VI — LES DEUX CALIFES

La calife était rentré dans son palais des bords du Nil et avait repris sa vie habituelle, reconnu désormais de tous et débarrassé d'ennemis. Depuis quelque temps déjà, les choses avaient repris leur cours accoutumé. Un jour, il entra chez sa sœur Sétalmulc et lui dit de préparer tout pour leur mariage, qu'il désirait faire secrètement, de peur de soulever l'indignation publique, le peuple n'étant pas encore assez convaincu de la divinité de Hakem pour ne pas se choquer d'une telle violation des lois établies. Les cérémonies devaient avoir pour témoins seulement les eunuques et les esclaves, et s'accomplir dans la mosquée du palais ; quant aux fêtes, suite obligatoire de cette union, les habitants du Caire, accoutumés à voir les ombrages du sérail s'étoiler de lanternes et à entendre des bruits de musique emportés par la brise nocturne de l'autre côté du fleuve, ne les remarqueraient pas ou ne s'en étonneraient en aucune façon. Plus tard, Hakem, lorsque les temps seraient venus et les esprits favorablement disposés, se réservait de proclamer hautement ce mariage mystique et religieux.

Quand le soir vint, le calife, s'étant déguisé suivant sa coutume, sortit et se dirigea vers son observatoire du Mokattam, afin de consulter les astres. Le ciel n'avait rien de rassurant pour Hakem : des conjonctions sinistres de planètes, des nœuds d'étoiles embrouillés lui présageaient un péril de mort prochaine. Ayant comme Dieu la conscience de son éternité, il s'alarmait peu de ces menaces célestes, qui ne regardaient que son enveloppe périssable. Cependant il se sentit le cœur serré par une tristesse poignante, et, renonçant à sa tournée habituelle, il revint au palais dans les premières heures de la nuit.

En traversant le fleuve dans sa cange, il vit avec surprise les jardins du palais illuminés comme pour une fête : il entra. Des lanternes pendaient à tous les arbres comme des fruits de rubis, de saphir et d'émeraude ; des jets de senteur lançaient sous les feuillages leurs fusées d'argent ; l'eau courait dans les rigoles de marbre, et du pavé d'albâtre découpé à jour des kiosques s'exhalait, en légères spirales, la fumée bleuâtre des parfums les plus précieux, qui mêlaient leurs aromes à celui des fleurs. Des murmures harmonieux de musiques cachées alternaient avec les chants des oiseaux, qui, trompés par ces lueurs, croyaient saluer l'aube nouvelle, et, dans le fond flamboyant, au milieu d'un embrasement de lumière, la façade du palais, dont les lignes architecturales se dessinaient en cordons de feu.

L'étonnement de Hakem était extrême ; il se demandait :

— Qui donc ose donner une fête chez moi lorsque je suis absent ? De quel hôte inconnu célèbre-t-on l'arrivée à cette heure ? Ces jardins devraient être déserts et silencieux. Je n'ai cependant point pris de hachich cette fois, et je ne suis pas le jouet d'une hallucination.

Il pénétra plus loin. Des danseuses, revêtues de costumes éblouissants, ondulaient comme des serpents, au milieu de tapis de Perse entourés de lampes, pour qu'on ne perdît rien de leurs mouvements et de leurs poses. Elles ne parurent pas apercevoir le calife. Sous la porte du palais, il rencontra tout un monde d'esclaves et de pages portant des fruits glacés et des confitures

dans des bassins d'or, des aiguières d'argent pleines de sorbets.
Quoiqu'il marchât à côté d'eux, les coudoyât et en fût coudoyé,
personne ne fit à lui la moindre attention. Cette singularité
commença à le pénétrer d'une inquiétude secrète. Il se sentait
passer à l'état d'ombre, d'esprit invisible, et il continua d'avancer
de chambre en chambre, traversant les groupes comme s'il eût
eu au doigt l'anneau magique possédé par Gygès.

Lorsqu'il fut arrivé au seuil de la dernière salle, il fut ébloui
par un torrent de lumière : des milliers de cierges, posés sur
des candélabres d'argent, scintillaient comme des bouquets de
feu, croisant leurs auréoles ardentes. Les instruments des musiciens cachés dans les tribunes tonnaient avec une énergie
triomphale. Le calife s'approcha chancelant et s'abrita derrière
les plis étoffés d'une énorme portière de brocart. Il vit alors
au fond de la salle, assis sur le divan à côté de Sétalmulc, un
homme ruisselant de pierreries, constellé de diamants qui étincelaient au milieu d'un fourmillement de bluettes et de rayons
prismatiques. On eût dit que, pour revêtir ce nouveau calife,
les trésors d'Haroun-al-Raschid avaient été épuisés.

On conçoit la stupeur de Hakem à ce spectacle inouï : il
chercha son poignard à sa ceinture pour s'élancer sur cet
usurpateur ; mais une force irrésistible le paralysait. Cette vision lui semblait un avertissement céleste, et son trouble
augmenta encore lorsqu'il reconnut ou crut reconnaître ses
propres traits dans ceux de l'homme assis près de sa sœur. Il
crut que c'était son *ferouer* ou son double, et, pour les Orientaux, voir son propre spectre est un signe du plus mauvais
augure. L'ombre force le corps à la suivre dans le délai d'un
jour.

Ici l'apparition était d'autant plus menaçante, que le *ferouer*
accomplissait d'avance un dessein conçu par Hakem. L'action
de ce calife fantastique, épousant Sétalmulc, que le vrai calife
avait résolu d'épouser lui-même, ne cachait-elle pas un sens
énigmatique, un symbole mystérieux et terrible ? N'était-ce
pas quelque divinité jalouse, cherchant à usurper le ciel en

enlevant Sétalmulc à son frère, en séparant le couple cosmogonique et providentiel ? La race des dives tâchait-elle, par ce
moyen, d'interrompre la filiation des esprits supérieurs et d'y
substituer son engeance impie ? Ces pensées traversèrent à la
fois la tête de Hakem : dans son courroux, il eût voulu produire un tremblement de terre, un déluge, une pluie de feu ou
un cataclysme quelconque ; mais il se ressouvint que, lié à une
statue d'argile terrestre, il ne pouvait employer que des me-
sures humaines.

Ne pouvant se manifester d'une manière si victorieuse,
Hakem se retira lentement et regagna la porte qui donnait sur
le Nil ; un banc de pierre se trouvait là, il s'y assit et resta
quelque temps abîmé dans ses réflexions à chercher un sens
aux scènes bizarres qui venaient de se passer devant lui. Au
bout de quelques minutes, la poterne se rouvrit, et, à travers
l'obscurité, Hakem vit sortir vaguement deux ombres dont
l'une faisait sur la nuit une tache plus sombre que l'autre. A
l'aide de ces vagues reflets de la terre, du ciel et des eaux qui,
en Orient, ne permettent jamais aux ténèbres d'être complète-
ment opaques, il discerna que le premier était un jeune homme
de race arabe, et le second un Éthiopien gigantesque.

Arrivé sur un point de la berge qui s'avançait dans le
fleuve, le jeune homme se mit à genoux, le noir se plaça près
de lui, et l'éclair d'un damas étincela dans l'ombre comme un
filon de foudre. Cependant, à la grande surprise du calife, la
tête ne tomba pas, et le noir, s'étant incliné vers l'oreille du
patient, parut murmurer quelques mots après lesquels celui-
ci se releva, calme, tranquille, sans empressement joyeux,
comme s'il se fût agi de tout autre que lui-même. L'Éthiopien remit son damas dans le fourreau, et le jeune homme se
dirigea vers le bord du fleuve, précisément du côté de Hakem,
sans doute pour aller reprendre la barque qui l'avait amené.
Là, il se trouva face à face avec le calife, qui fit mine de se
réveiller, et lui dit :

— La paix soit avec toi, Yousouf ! Que fais-tu par ici ?

— A toi aussi la paix! répondit Yousouf, qui ne voyait toujours dans son ami qu'un compagnon d'aventures et ne s'étonnait pas de l'avoir rencontré endormi sur la berge, comme font les enfants du Nil dans les nuits brûlantes de l'été.

Yousouf le fit monter dans la cange, et ils se laissèrent aller au courant du fleuve, le long du bord oriental. L'aube teignait déjà d'une bande rougeâtre la plaine voisine, et dessinait le profil des ruines encore existantes d'Héliopolis, au bord du désert. Hakem paraissait rêveur, et, examinant avec attention les traits de son compagnon que le jour accusait davantage, il lui trouvait avec lui-même une certaine ressemblance qu'il n'avait jamais remarquée jusque-là, car il l'avait toujours rencontré dans la nuit ou vu à travers les enivrements de l'orgie. Il ne pouvait plus douter que ce ne fût là le *ferouer*, le double, l'apparition de la veille, celui peut-être à qui l'on avait fait jouer le rôle de calife pendant son séjour au Moristan. Cette explication naturelle lui laissait encore un sujet d'étonnement.

— Nous nous ressemblons comme des frères, dit-il à Yousouf; quelquefois, il suffit, pour justifier un semblable hasard, d'être issu des mêmes contrées. Quel est le lieu de ta naissance, ami?

— Je suis né au pied de l'Atlas, à Kétama, dans le Maghreb, parmi les Berbères et les Kabyles. Je n'ai pas connu mon père, qui s'appelait Dawas, et qui fut tué dans un combat peu de temps après ma naissance; mon aïeul, très-avancé en âge, était l'un des cheiks de ce pays perdu dans les sables.

— Mes aïeux sont aussi de ce pays, dit Hakem; peut-être sommes-nous issus de la même tribu... Mais qu'importe? notre amitié n'a pas besoin des liens du sang pour être durable et sincère. Raconte-moi pourquoi je ne t'ai pas vu depuis plusieurs jours.

— Que me demandes-tu! dit Yousouf; ces jours, ou plutôt ces nuits, car, les jours, je les consacrais au sommeil, ont passé comme des rêves délicieux et pleins de merveilles. Depuis que

la justice nous a surpris dans l'okel et séparés, j'ai de nouveau
rencontré sur le Nil la vision charmante dont je ne puis plus
révoquer en doute la réalité. Souvent, me mettant la main sur
les yeux, pour m'empêcher de reconnaître la porte, elle m'a
fait pénétrer dans des jardins magnifiques, dans des salles d'une
splendeur éblouissante, où le génie de l'architecte avait dépassé les constructions fantastiques qu'élève dans les nuages la
fantaisie du hachich. Étrange destinée que la mienne ! ma veille
est encore plus remplie de rêves que mon sommeil. Dans ce
palais, personne ne semblait s'étonner de ma présence, et,
quand je passais, tous les fronts s'inclinaient respectueusement
devant moi. Puis cette femme étrange, me faisant asseoir à ses
pieds, m'enivrait de sa parole et de son regard. Chaque fois
qu'elle soulevait sa paupière frangée de longs cils, il me semblait voir s'ouvrir un nouveau paradis. Les inflexions de sa
voix harmonieuse me plongeaient dans d'ineffables extases.
Mon âme, caressée par cette mélodie enchanteresse, se fondait
en délices. Des esclaves apportaient des collations exquises,
des conserves de roses, des sorbets à la neige qu'elle touchait
à peine du bout des lèvres ; car une créature si céleste et si
parfaite ne doit vivre que de parfums, de rosée, de rayons.
Une fois, déplaçant par des paroles magiques une dalle du
pavé couverte de sceaux mystérieux, elle m'a fait descendre
dans les caveaux où sont renfermés ses trésors et m'en a détaillé
les richesses en me disant qu'ils seraient à moi si j'avais de
l'amour et du courage. J'ai vu là plus de merveilles que n'en
renferme la montagne de Kaf, où sont cachés les trésors des
génies : des éléphants de cristal de roche, des arbres d'or sur
lesquels chantaient, en battant des ailes, des oiseaux de pierreries, des paons ouvrant en forme de roue leur queue étoilée de
soleils en diamants, des masses de camphre taillées en melon
et entourées d'une résille de filigrane, des tentes de velours et
de brocart avec leurs mâts d'argent massif; puis, dans des
citernes, jetés comme du grain dans un silo, des monceaux de
pièces d'or et d'argent, des tas de perles et d'escarboucles.

Hakem, qui avait écouté attentivement cette description, dit à son ami Yousouf :

— Sais-tu, frère, que ce que tu as vu là, ce sont les trésors d'Haroun-al-Raschid enlevés par les Fatimites, et qui ne peuvent se trouver que dans le palais du calife?

— Je l'ignorais; mais déjà, à la beauté et à la richesse de mon inconnue, j'avais deviné qu'elle devait être du plus haut rang : que sais-je? peut-être une parente du grand vizir, la femme ou la fille d'un puissant seigneur. Mais qu'avais-je besoin d'apprendre son nom? Elle m'aimait; n'était-ce pas assez? Hier, lorsque j'arrivai au lieu ordinaire du rendez-vous, je trouvai des esclaves qui me baignèrent, me parfumèrent et me revêtirent d'habits magnifiques et tels que le calife Hakem lui-même ne pourrait en porter de plus splendides. Le jardin était illuminé, et tout avait un air de fête comme si une noce s'apprêtait. Celle que j'aime me permit de prendre place à ses côtés sur le divan, et laissa tomber sa main dans la mienne en me lançant un regard chargé de langueur et de volupté. Tout à coup elle pâlit comme si une apparition funeste, une vision sombre, perceptible pour elle seule, fût venue faire tache dans la fête. Elle congédia les esclaves d'un geste, et me dit d'une voix haletante : « Je suis perdue! Derrière le rideau de la porte, j'ai vu briller les prunelles d'azur qui ne pardonnent pas. M'aimes-tu assez pour mourir? » Je l'assurai de mon dévouement sans bornes. « Il faut, continua-t-elle, que tu n'aies jamais existé, que ton passage sur la terre ne laisse aucune trace, que tu sois anéanti, que ton corps soit divisé en parcelles impalpables, et qu'on ne puisse retrouver un atome de toi; autrement, celui dont je dépends saurait inventer pour moi des supplices à épouvanter la méchanceté des dives, à faire frissonner d'épouvante les damnés au fond de l'enfer. Suis ce nègre; il disposera de ta vie comme il convient. » En dehors de la poterne, le nègre me fit mettre à genoux comme pour me trancher la tête; il balança deux ou trois fois sa lame; puis, voyant ma fermeté, il me dit que tout cela n'était qu'un jeu, une épreuve, et que la princesse avait voulu savoir si j'étais réellement aussi brave et aussi dévoué que je le prétendais. « Aie soin de te trouver demain au Caire vers le soir, à la fontaine des Amants, et un nouveau rendez-vous te sera assigné, » ajouta-t-il avant de rentrer dans le jardin.

Après tous ces éclaircissements, Hakem ne pouvait plus douter des circonstances qui avaient renversé ses projets. Il s'étonnait seulement de n'éprouver aucune colère soit de la trahison de sa sœur, soit de l'amour inspiré par un jeune homme de basse extraction à la sœur du calife. Était-ce qu'après tant d'exécutions sanglantes, il se trouvait las de punir, ou bien la conscience de sa divinité lui inspirait-elle cette immense affection paternelle qu'un dieu doit ressentir à l'égard des créatures? Impitoyable pour le mal, il se sentait vaincu par les grâces toutes-puissantes de la jeunesse et de l'amour. Sétalmulc était-elle coupable d'avoir repoussé une alliance où ses préjugés voyaient un crime? Yousouf l'était-il davantage d'avoir aimé une femme dont il ignorait la condition? Aussi le calife se promettait d'apparaître, le soir même, au nouveau rendez-vous qui était donné à Yousouf, mais pour pardonner et pour bénir ce mariage. Il ne provoquait plus que dans cette pensée les confidences de Yousouf. Quelque chose de sombre traversait encore son esprit; mais c'était sa propre destinée qui l'inquiétait désormais.

— Les événements tournent contre moi, se dit-il, et ma volonté elle-même ne me défend plus.

Il dit à Yousouf en le quittant :

— Je regrette nos bonnes soirées de l'okel. Nous y retournerons, car le calife vient de retirer les ordonnances contre le hachich et les liqueurs fermentées. Nous nous reverrons bientôt, ami.

Hakem, rentré dans son palais, fit venir le chef de sa garde, Abou-Arous, qui faisait le service de nuit avec un corps de mille hommes, et rétablit la consigne interrompue pendant les jours de trouble, voulant que toutes les portes du Caire fussent fermées à l'heure où il se rendait à son observatoire, et qu'une seule se rouvrît à un signal convenu quand il lui plairait de rentrer lui-même. Il se fit accompagner, ce soir-là, jusqu'au bout de la rue nommée Derb-al-Siba, monta sur l'âne que ses gens tenaient prêt chez l'eunuque Nésim, huissier de la porte, et sortit dans la campagne, suivi seulement d'un valet de pied et du jeune esclave qui l'accompagnait d'ordinaire. Quand il eut gravi la montagne, sans même être encore monté dans la tour de l'observatoire, il regarda les astres, frappa ses mains l'une contre l'autre, et s'écria :

— Tu as donc paru, funeste signe !

Ensuite il rencontra des cavaliers arabes qui le reconnurent et lui demandèrent quelques secours ; il envoya son valet avec eux chez l'eunuque Nésim pour qu'on leur donnât une gratification ; puis, au lieu de se rendre à la tour, il prit le chemin de la nécropole située à gauche du Mokattam, et s'avança jusqu'au tombeau de Fokkaï, près de l'endroit nommé *Maksaba* à cause des joncs qui y croissaient. Là, trois hommes tombèrent sur lui à coups de poignard ; mais à peine était-il frappé, que l'un d'eux, reconnaissant ses traits à la clarté de la lune, se retourna contre les deux autres et les combattit jusqu'à ce qu'il fût tombé lui-même auprès du calife en s'écriant :

— O mon frère !

Tel fut du moins le récit de l'esclave échappé à cette boucherie, qui s'enfuit vers le Caire et alla avertir Abou-Arous ; mais, quand les gardes arrivèrent au lieu du meurtre, ils ne trouvèrent plus que des vêtements ensanglantés et l'âne gris du calife, nommé *Kamar*, qui avait les jarrets coupés.

## VII — LE DÉPART

L'histoire du calife Hakem était terminée.

Le cheik s'arrêta et se mit à réfléchir profondément. J'étais ému moi-même au récit de cette *passion*, moins douloureuse sans doute que celle du Golgotha, mais dont j'avais vu récemment le théâtre, ayant gravi souvent, pendant mon séjour au Caire, ce Mokattam, qui a conservé les ruines de l'observatoire de Hakem. Je me disais que, dieu ou homme, ce calife Hakem, tant calomnié par les historiens cophtes et musulmans, avait voulu sans doute amener le règne de la raison et de la justice; je voyais sous un nouveau jour tous les événements rapportés par El-Macin, par Makrisi, par Novaïri et autres auteurs que j'avais lus au Caire, et je déplorais ce destin qui condamne les prophètes, les réformateurs, les messies, quels qu'ils soient, à la mort violente, et, plus tard, à l'ingratitude humaine.

— Mais vous ne m'avez pas dit, fis-je observer au cheik, par quels ennemis le meurtre de Hakem avait été ordonné?

— Vous avez lu les historiens, me dit-il; ne savez-vous pas que Yousouf, fils de Dawas; se trouvant au rendez-vous fixé à la fontaine des Amants, y rencontra des esclaves qui le conduisirent dans une maison où l'attendait la sultane Sétalmulc, qui s'y était rendue déguisée; qu'elle le fit consentir à tuer Hakem, lui disant que ce dernier voulait la faire mourir, et lui promit de l'épouser ensuite? Elle prononça en finissant ces paroles conservées par l'histoire : « Rendez-vous sur la montagne, il y viendra sans faute et y restera seul, ne gardant avec lui que l'homme qui lui sert de valet. Il entrera dans la vallée; courez alors sur lui et tuez-le; tuez aussi le valet et le jeune esclave, s'il est avec lui. » Elle lui donna un de ces poignards dont la pointe a forme de lance, et que l'on nomme *yafours*, et arma aussi les deux esclaves, qui avaient ordre de le seconder, et de le tuer s'il manquait à son serment. Ce fut seulement après avoir porté le premier coup au calife, que Yousouf le reconnut pour le compagnon de ses courses nocturnes, et se tourna contre les deux esclaves, ayant dès lors horreur de son action; mais il tomba à son tour frappé par eux.

— Et que devinrent les deux cadavres, qui, selon l'histoire, ont disparu, puisqu'on ne retrouva que l'âne et les sept tuniques de Hakem, dont les boutons n'avaient point été défaits?

— Vous ai-je dit qu'il y eût des cadavres? Telle n'est pas notre tradition. Les astres promettaient au calife quatre-vingts ans de vie, s'il échappait au danger de cette nuit du 27 schawal 411 de l'hégire. Ne savez-vous pas que, pendant seize ans après sa disparition, le peuple du Caire ne cessa de dire qu'il était vivant [1]?

— On m'a raconté, en effet, bien des choses semblables, dis-je; mais on attribuait les fréquentes apparitions de Hakem à des imposteurs, tels que Schérout, Sikkin et d'autres, qui avaient avec lui quelque ressemblance et jouaient ce rôle. C'est ce qui arrive pour tous ces souverains merveilleux dont la vie devient le sujet des légendes populaires. Les Cophtes pré-tendent que Jésus-Christ apparut à Hakem, qui demanda pardon de ses impiétés et fit pénitence pendant de longues années dans le désert.

— Voici la vérité selon nos livres, dit le cheik. Après la scène sanglante qui eut lieu près des tombeaux, les deux esclaves chargés des ordres de Sétalmulc s'enfuirent et gagnè-rent la ville. Un vieillard passa suivi d'une troupe armée, fit examiner par l'un des siens les blessures du calife et de Yousouf, fils de Dawas, et y fit verser une liqueur précieuse. Ensuite on transporta ces corps dans le tombeau des Fatimites, nécropole immense construite par Moëzzeldin, le fondateur du Caire. Les deux amis, l'un calife, l'autre pêcheur, furent placés dans des tombeaux pareils; ils étaient tous deux princes, tous deux petits-fils de Moëzzeldin. Ce dernier vivait encore.

— Pardon, dis-je au cheik, j'ai eu déjà peine à distinguer dans votre récit ce qui est merveilleux de ce qui est réel, c'est le défaut pour nous de toutes vos histoires arabes...

1. Tous ces détails, ainsi que les données générales de la légende, sont ra-contés par les historiens cités plus haut, et reproduits la plupart dans l'ouvrage de Silvestre de Sacy sur la religion des Druses. Il est probable que, dans ce récit, fait au point de vue particulier des Druses, on assiste à une de ces luttes millénaires entre les bons et les mauvais esprits incarnés dans une forme hu-maine, dont nous avons donné un aperçu pages 370-372.

— Rien de ce que je vous ai raconté, dit le cheik, ne s'éloigne des probabilités humaines. Je n'ai pas dit que Hakem eût fait des prodiges ; je n'ai analysé que les sensations de son âme, dont son prophète Hamza nous a transmis les mystères. Pour nous, Hakem est dieu ; vous avez le droit, vous autres chrétiens, de ne voir en lui qu'un insensé.

— Et son grand-père, était-il aussi un dieu ?

— Non ; mais il était, comme vous savez, grand cabaliste, et sa piété singulière le mettait en communication d'esprit avec Albar (nom céleste de Hakem). Albar lui dit un jour : « Le temps approche où je descendrai sur la terre ; alors, je paraîtrai sous forme d'homme et je participerai à toutes les misères de l'existence. Je naîtrai comme ton petit-fils et comme toi-même ; tu ne me connaîtras pas. » Or, Moëzzeldin eut deux petits-fils dont le premier naquit héritier du trône ; l'autre fut élevé comme un simple fellah dans le pays de Ketama (près de la province de Constantine). Moëzzeldin, fatigué du trône, parvint, grâce aux soins d'Avicenne, son médecin, à se faire passer pour mort. Il ignorait dans lequel de ses deux petits-fils était la divinité, et voulut les éprouver dans ces conditions diverses. Retiré dans un monastère de derviches, il assistait inconnu à toutes les actions du règne de Hakem, et, n'en comprenant pas les motifs (ô aveuglement des hommes !), il préparait en secret l'autre à le remplacer sur le trône. Ce fut, dit-on, lui-même qui arrangea le guet-apens du Mokattam. Les deux frères n'avaient été qu'étourdis par des coups de masse ; ils reprirent leurs sens dans le tombeau de leur famille, où l'aïeul apparut comme un fantôme et leur demanda compte de leur vie passée. Dans ce sépulcre, voisin des hypogées et des pyramides, Hakem semblait un pharaon jugé par des rois ses ancêtres. Il parla, il expliqua ses actions et ses doctrines. Son aïeul et son frère tombèrent à ses pieds et le reconnurent pour dieu. Mais Hakem ne voulut plus retourner au Caire. Il se rendit avec Moëzzeldin dans le désert d'Ammon et constitua sa doctrine, que son frère répandit plus tard sous le nom d'Hamza. Depuis, il se montra sur divers points de la terre et se retira en dernier lieu sur le Liban, où le peuple crut en lui.

Une autre version moins détaillée dit seulement que Hakem n'était pas mort des coups qui lui avaient été portés. Recueilli par un vieillard inconnu, il survécut à la nuit fatale où sa sœur l'avait fait assassiner ; mais, fatigué du trône, il se retira dans le désert d'Ammon, et formula sa doctrine, qui fut publiée depuis par son disciple Hamza. Ses sectateurs, chassés du Caire après sa mort, se retirèrent sur le Liban, où ils ont formé la nation des Druses.

Toute cette légende me tourbillonnait dans la tête, et je me promettais bien de venir demander au chef druse de nouveaux détails sur la religion de Hakem ; mais la tempête qui me retenait à Beyrouth s'était apaisée, et je dus partir pour Saint-Jean-d'Acre, où j'espérais intéresser le pacha en faveur du prisonnier. Je ne revis donc le cheik que pour lui faire mes adieux sans oser lui parler de sa fille, et sans lui apprendre que je l'avais vue déjà chez madame Carlès.

# IV

# LES AKKALS — L'ANTILIBAN

## I — LE PAQUEBOT

Il faut s'attendre, sur les navires arabes et grecs, à ces traversées capricieuses qui renouvellent les destins errants d'Ulysse et de Télémaque ; le moindre coup de vent les emporte à tous les coins de la Méditerranée ; aussi l'Européen qui veut aller d'un point à l'autre des côtes de Syrie est-il forcé d'attendre le passage du paquebot anglais qui fait seul le service des échelles de la Palestine. Tous les mois, un simple brick, qui n'est pas même un vapeur, remonte et descend ces échelons de cités illustres qui s'appelaient Béryte, Sidon, Tyr, Ptolémaïs et Césarée, et qui n'ont conservé ni leurs noms ni même leurs ruines. A ces reines des mers et du commerce dont elle est l'unique héritière, l'Angleterre ne fait pas seulement l'honneur d'un *steamboat*. Cependant les divisions sociales si chères à cette nation libre sont strictement observées sur le pont, comme s'il s'agissait d'un vaisseau de premier ordre. Les *first places* sont interdites aux passagers inférieurs, c'est-à-dire à ceux dont la bourse est la moins garnie, et cette disposition étonne parfois les Orientaux quand ils voient des marchands aux places d'honneur, tandis que des cheiks, des chérifs ou même des émirs se trouvent confondus avec les soldats et les valets. En général, la chaleur est trop grande pour que l'on couche dans les cabines, et chaque voyageur, apportant son lit sur son dos comme le paralytique de l'Évangile, choisit une place sur le pont pour le sommeil et pour la sieste ; le reste du temps, il se tient accroupi sur son matelas ou sur sa natte, le dos appuyé contre le bordage et fumant sa pipe ou son narghilé. Les Francs seuls passent la journée à se promener sur le pont, à la grande surprise des Levantins, qui ne comprennent rien à cette agitation d'écureuil. Il est difficile d'arpenter ainsi le plancher sans accrocher les jambes de quelque Turc ou Bédouin, qui fait un soubresaut farouche, porte la main à son poignard et lâche des imprécations, se promettant de vous retrouver ailleurs. Les musulmans qui voyagent avec leur sérail, et qui n'ont pas assez payé pour obtenir un cabinet séparé, sont obligés de laisser leurs femmes dans une sorte de parc formé à l'arrière par des balustrades, et où elles se pressent comme des agneaux. Quelquefois, le mal de mer les gagne, et il faut alors que chaque époux s'occupe d'aller chercher ses femmes, de les faire descendre et de les ramener ensuite au bercail. Rien n'égale la patience d'un Turc pour ces mille soins de famille qu'il faut accomplir sous l'œil railleur des infidèles. C'est lui-même qui, matin et soir, s'en va remplir à la tonne commune les vases de cuivre destinés aux ablutions religieuses, qui renouvelle l'eau des narghilés, soigne les enfants incommodés du roulis, toujours pour soustraire le plus possible ses femmes ou ses esclaves au contact dangereux des Francs. Ces précautions n'ont pas lieu sur les vaisseaux où il ne se trouve que des passagers levantins. Ces derniers, bien qu'ils soient de religions diverses, observent entre eux une sorte d'étiquette, surtout en ce qui se rapporte aux femmes.

L'heure du déjeuner sonna pendant que le missionnaire anglais, embarqué avec moi pour Acre, me faisait remarquer un point de la côte qu'on suppose être le lieu même où Jonas s'élança du ventre de la baleine. Une petite mosquée indique la piété des musulmans pour cette tradition biblique, et, à ce propos, j'avais entamé avec le révérend une de ces discussions religieuses qui ne sont plus de mode en Europe, mais qui naissent si naturellement entre voyageurs dans ces pays où l'on sent que la religion est tout.

— Au fond, lui disais-je, le Coran n'est qu'un résumé de l'Ancien et du Nouveau Testament rédigé en d'autres termes et augmenté de quelques prescriptions particulières au climat. Les musulmans honorent le Christ comme prophète, sinon comme dieu ; ils révèrent la *Kadra Myriam* (la Vierge Marie), et aussi nos anges, nos prophètes et nos saints ; d'où vient donc l'immense préjugé qui les sépare encore des chrétiens et qui rend toujours entre eux les relations mal assurées ?

— Je n'accepte pas cela pour ma croyance, disait le révérend, et je pense que les protestants et les Turcs finiront un jour par s'entendre. Il se formera quelque secte intermédiaire, une sorte de christianisme oriental...

— Ou d'islamisme anglican, lui dis-je. Mais pourquoi le catholicisme n'opérerait-il pas cette fusion ?

— C'est qu'aux yeux des Orientaux, les catholiques sont idolâtres. Vous avez beau leur expliquer que vous ne rendez pas un culte à la figure peinte ou sculptée, mais à la personne divine qu'elle représente ; que vous *honorez*, mais que vous n'adorez pas les anges et les saints : ils ne comprennent pas cette distinction. Et, d'ailleurs, quel peuple idolâtre a jamais adoré le bois ou le métal lui-même ? Vous êtes donc pour eux à la fois des idolâtres et des polythéistes, tandis que les diverses communions protestantes...

Notre discussion, que je résume ici, continuait encore après le déjeuner, et ces dernières paroles avaient frappé l'oreille d'un petit homme à l'œil vif, à la barbe noire, vêtu d'un caban grec dont le capuchon, relevé sur sa tête, dissimulait la coiffure, seul indice en Orient des conditions et des nationalités.

Nous ne restâmes pas longtemps dans l'indécision.

— Eh ! sainte Vierge ! s'écria-t-il, les protestants n'y feront pas plus que les autres. Les *Turcs* seront toujours les *Turcs !*

Il prononçait *Turs.*

L'interruption indiscrète et l'accent provençal de ce personnage ne me rendirent pas insensible au plaisir de rencontrer un compatriote. Je me tournai donc de son côté, et je lui répondis quelques paroles auxquelles il répliqua avec volubilité.

— Non, monsieur, il n'y a rien à faire avec le *Tur* (Turc); c'est un peuple qui s'en va!... Monsieur, je fus ces temps derniers à Constantinople; je me disais : « Où sont les *Turs?*... » Il n'y en a plus!

Le paradoxe se réunissait à la prononciation pour signaler de plus en plus un enfant de la Cannebière. Seulement, ce mot *Tur*, qui revenait à tout moment, m'agaçait un peu.

— Vous allez loin! lui répliquai-je; j'ai moi-même vu déjà un assez bon nombre de Turcs...

J'affectais de dire ce mot en appuyant sur la désinence; le Provençal n'acceptait pas cette leçon.

— Vous croyez que ce sont des *Turs* que vous avez vus? disait-il en prononçant la syllabe d'une voix encore plus flûtée; ce ne sont pas de vrais *Turs :* j'entends le *Tur* Osmanli... tous les musulmans ne sont pas des *Turs!*

Après tout, un Méridional trouve sa prononciation excellente et celle d'un Parisien fort ridicule; je m'habituais à celle de mon voisin mieux qu'à son paradoxe.

— Êtes-vous bien sûr, lui dis-je, que cela soit ainsi?

— Eh! monsieur, j'arrive de Constantinople; ce sont tous là des Grecs, des Arméniens, des Italiens, des gens de Marseille. Tous les *Turs* que l'on peut trouver, on en fait des cadis, des ulémas, des pachas; ou bien on les envoie en Europe pour les faire voir. Que voulez-vous! tous leurs enfants meurent; c'est une race qui s'en va!

— Mais, lui dis-je, ils savent encore assez bien garder leurs provinces, cependant.

— Eh! monsieur, qu'est-ce qui les maintient? C'est l'Europe, ce sont les gouvernements qui ne veulent rien changer à ce qui existe, qui craignent les révolutions, les guerres, et dont chacun veut empêcher que l'autre prenne la part la plus forte; c'est pourquoi ils restent en échec à se regarder le

22.

blanc des yeux, et, pendant ce temps, ce sont les populations qui en souffrent! On vous parle des armées du sultan; qu'y voyez-vous? Des Albanais, des Bosniaques, des Circassiens, des Kurdes; les marins, ce sont des Grecs; les officiers seuls sont de la race turque. On les met en campagne; tout cela se sauve au premier coup de canon, ainsi que nous avons vu maintes fois..., à moins que les Anglais ne soient là pour leur tenir la baïonnette au dos, comme dans les affaires de Syrie.

Je me tournai du côté du missionnaire anglais; mais il s'était éloigné de nous et se promenait sur l'arrière.

— Monsieur, me dit le Marseillais en me prenant le bras, qu'est-ce que vous croyez que les diplomates feront quand les rayas viendront leur dire : « Voilà le malheur qui nous arrive; il n'y a plus un seul *Tur* dans tout l'empire... Nous ne savons que faire, nous vous apportons les clefs de tout! »

L'audace de cette supposition me fit rire de tout mon cœur. Le Marseillais continua imperturbablement :

— L'Europe dira : « Il doit y en avoir encore quelque part, cherchons bien!... Est-ce possible? Plus de pachas, plus de vizirs, plus de muchirs, plus de nazirs?... Cela va déranger toutes les relations diplomatiques. A qui s'adresser? Comment ferons-nous pour continuer à payer les drogmans? »

— Ce sera embarrassant en effet.

— Le pape, de son côté, dira : « Eh! mon Dieu! comment faire? Qu'est-ce qui va donc garder le saint sépulcre à présent? Voilà qu'il n'y a plus de *Turs*[1] !...

Un Marseillais développant un paradoxe ne vous en tient pas quitte facilement. Celui-là semblait heureux d'avoir pris le contre-pied du mot naïf d'un de ses concitoyens : « Vous allez à Constantinople?... Vous y verrez bien des *Turs!* »

1. On ne doit certainement pas prendre au sérieux cette plaisanterie méridionale, qui se rapporte aux circonstances d'une autre époque. Si jadis la force de l'empire turc reposait sur l'énergie de milices étrangères d'origine à la race d'Othman, la Porte a su se débarrasser enfin de cet élément dangereux, et reconquérir une puissance dont l'exécution sincère des idées de la Réforme lui assurera la durée.

Ce tableau, plein d'exagération sans doute, me frappait par quelques traits de vérité. Que le nombre des Turcs ait diminué beaucoup, cela n'est pas douteux ; les races d'hommes s'altèrent et se perdent sous certaines influences, comme celles des animaux. Déjà depuis longtemps, la principale force de l'empire turc reposait dans l'énergie de milices étrangères d'origine à la race d'Othman, telles que les mamelouks et les janissaires. Aujourd'hui, c'est à l'aide de quelques légions d'Albanais que la Porte maintient sous la loi du croissant vingt millions de Grecs, de catholiques et d'Arméniens. Le pourrait-elle encore sans l'appui moral de la diplomatie européenne et sans les secours armés de l'Angleterre ? Quand on songe que cette Syrie, dont les canons anglais ont bombardé tous les ports en 1840, et cela, au profit des Turcs, est la même terre où toute l'Europe féodale s'est ruée pendant six siècles, et que nos religions d'État tiennent pour sacrée, on peut croire que le sentiment religieux est tombé bien bas en Europe. Les Anglais n'ont pas même eu l'idée de réserver aux chrétiens l'héritage envahi de Richard Cœur-de-lion.

Je voulais communiquer ces réflexions au révérend ; mais, quand je revins près de lui, il m'accueillit d'un air très-froid. Je compris qu'étant aux premières places, il trouvait inconvenant que je me fusse entretenu avec quelqu'un des secondes. Désormais je n'avais plus droit à faire partie de sa société ; il regrettait sans doute amèrement d'avoir entamé quelques relations avec un homme qui ne se conduisait pas en *gentleman*. Peut-être m'avait-il pardonné, à cause de mon costume levantin, de ne point porter de gants jaunes et de bottes vernies ; mais se prêter à la conversation du premier venu, c'était décidément *improper !* Il ne me reparla plus.

## II — LE POPE ET SA FEMME

N'ayant désormais rien à ménager, je voulus jouir entièrement de la compagnie du Marseillais, qui, vu les occasions rares d'amusement qu'on peut rencontrer sur un paquebot anglais, devenait un compagnon précieux. Cet homme avait beaucoup voyagé, beaucoup vu; son commerce le forçait à s'arrêter d'échelle en échelle, et le conduisait naturellement à entamer des relations avec tout le monde.

— L'Anglais ne veut plus causer? me dit-il. C'est peut-être qu'il a le mal de mer (il prononçait *merre*). Ah! oui, le voilà qui fait un plongeon dans la cajute. Il aura trop déjeuné sans doute...

Il s'arrêta et reprit après un éclat de rire :

— C'est comme un député de chez nous, qui aimait fort les grosses pièces. Un jour, dans un plat de grives, on te lui campe une chouette (il prononçait *souette*). « Ah! dit-il, en voilà une qu'elle est grosse ! » Quand il eut fini; nous lui apprîmes ce que c'était qu'il avait mangé... Monsieur, cela lui fit un effet comme le roulis !... C'est très-indigeste, la chouette !

Décidément, mon Provençal n'appartenait pas à la meilleure compagnie, mais j'avais franchi le Rubicon. La limite qui sépare les *first places* des *second places* était dépassée, je n'appartenais plus au monde *comme il faut;* il fallait se résigner à ce destin. Peut-être, hélas! le révérend qui m'avait si imprudemment admis dans son intimité me comparait-il en luimême aux anges déchus de Milton. J'avouerai que je n'en conçus pas de longs regrets; l'avant du paquebot était infiniment plus amusant que l'arrière. Les haillons les plus pittoresques, les types de races les plus variés se pressaient sur des nattes, sur des matelas, sur des tapis troués, rayonnants de l'éclat de ce soleil splendide qui les couvrait d'un manteau d'or. L'œil étincelant, les dents blanches, le rire insouciant des montagnards, l'attitude patriarcale des pauvres familles kurdes, çà et là groupées à l'ombre des voiles, comme sous les tentes du désert, l'imposante gravité de certains émirs ou chérifs plus riches d'ancêtres que de piastres, et qui, comme don Quichotte, semblaient se dire : « Partout où je m'assieds, je suis à la place d'honneur, » tout cela sans doute valait bien la compagnie de quelques touristes taciturnes et d'un certain nombre d'Orientaux cérémonieux.

Le Marseillais m'avait conduit en causant jusqu'à une place où il avait étendu son matelas auprès d'un autre occupé par un prêtre grec et sa femme qui faisaient le pèlerinage de Jérusalem. C'étaient deux vieillards de fort bonne humeur, qui avaient lié déjà une étroite amitié avec le Marseillais. Ces gens possédaient un corbeau qui sautelait sur leurs genoux et sur leurs pieds et partageait leur maigre déjeuner. Le Marseillais me fit asseoir près de lui et tira d'une caisse un énorme saucisson et une bouteille de forme européenne.

— Si vous n'aviez pas déjeuné tout à l'heure, me dit-il, je vous offrirais de ceci ; mais vous pouvez bien en goûter : c'est du saucisson d'Arles, monsieur! cela rendrait l'appétit à un mort!... Voyez ce qu'ils vous ont donné à manger aux premières, toutes leurs conserves de rosbif et de légumes qu'ils tiennent dans des boîtes de fer-blanc... si cela vaut une bonne rondelle de saucisson, que la larme en coule sur le couteau!... Vous pouvez traverser le désert avec cela dans votre poche, et vous ferez encore bien des politesses aux Arabes, qui vous diront qu'ils n'ont jamais rien mangé de meilleur!

Le Marseillais, pour prouver son assertion, découpa deux tranches et les offrit au pope grec et à sa femme, qui ne manquèrent pas de faire honneur à ce régal.

— Par exemple, cela pousse toujours à boire, reprit-il. Voilà du vin de la Camargue qui vaut mieux que le vin de Chypre, s'entend comme ordinaire... Mais il faudrait une tasse ; moi, quand je suis seul, je bois à même la bouteille.

Le pope tira de dessous ses habits une sorte de coupe en argent couverte d'ornements repoussés d'un travail ancien, et qui portait à l'intérieur des traces de dorure; peut-être était-ce un calice d'église. Le sang de la grappe perlait joyeusement dans le vermeil. Il y avait si longtemps que je n'avais bu de vin rouge, et j'ajouterai même de vin français, que je vidai la tasse sans faire de façons. Le pope et sa femme n'en étaient pas à faire connaissance avec le vin du Marseillais.

— Voyez-vous ces braves gens-là, me dit celui-ci, ils ont peut-être à eux deux un siècle et demi, et ils ont voulu voir la terre sainte avant de mourir. Ils vont célébrer la cinquantaine de leur mariage à Jérusalem ; ils avaient des enfants, qui sont morts, ils n'ont plus à présent que ce corbeau ! eh bien, c'est égal, ils s'en vont remercier le bon Dieu !

Le pope, qui comprenait que nous parlions de lui, souriait d'un air bienveillant sous son toquet noir ; la bonne vieille, dans ses longues draperies bleues de laine, me faisait songer au type austère de Rébecca.

La marche du paquebot s'était ralentie, et quelques passagers debout se montraient un point blanchâtre sur le rivage ; nous étions arrivés devant le port de Saïda, l'ancienne Sidon. La montagne d'Élie (*Mar-Elias*), sainte pour les Turcs comme pour les chrétiens et les Druses, se dessinait à gauche de la ville, et la masse imposante du khan français ne tarda pas à attirer nos yeux. Les murs et les tours portent les traces du bombardement anglais de 1840, qui a démantelé toutes les villes maritimes du Liban. De plus, tous leurs ports, depuis Tripoli jusqu'à Saint-Jean-d'Acre, avaient été, comme on sait, comblés jadis d'après les ordres de Fakardin, prince des Druses, afin d'empêcher la descente des troupes turques, de sorte que ces villes illustres ne sont que ruine et désolation. La nature pourtant ne s'associe pas à ces effets si longtemps renouvelés des malédictions bibliques. Elle se plaît toujours à encadrer ces débris d'une verdure délicieuse. Les jardins de Sidon fleurissent encore comme au temps du culte d'Astarté. La ville moderne est bâtie à un mille de l'ancienne, dont les ruines entourent un mamelon surmonté d'une tour carrée du moyen âge, autre ruine elle-même.

Beaucoup de passagers descendaient à Saïda, et, comme le paquebot s'y arrêtait pour quelques heures, je me fis mettre à terre en même temps que le Marseillais. Le pope et sa femme débarquèrent aussi, ne pouvant plus supporter la mer et ayant résolu de continuer par terre leur pèlerinage.

Nous longeons dans un caïque les arches du pont maritime qui joint à la ville le fort bâti sur un îlot ; nous passons au milieu des frêles tartanes qui seules trouvent assez de fond pour s'abriter dans le port, et nous abordons à une ancienne jetée dont les pierres énormes sont en partie semées dans les flots. La vague écume sur ces débris, et l'on ne peut débarquer à pied sec qu'en se faisant porter par des *hamals* presque nus. Nous rions un peu de l'embarras des deux Anglaises, compagnes du missionnaire, qui se tordent dans les bras de ces tritons cuivrés, aussi blondes, mais plus vêtues que les néréides du *Triomphe de Galatée*. Le corbeau commensal du pauvre ménage grec, bat des ailes et pousse des cris ; une tourbe de jeunes drôles, qui se sont fait des machlahs rayés avec des sacs en poil de chameau, se précipitent sur les bagages ; quelques-uns se proposent comme cicerones en hurlant deux ou trois mots français. L'œil se repose avec plaisir sur des bateaux chargés d'oranges, de figues et d'énormes raisins de la terre promise ; plus loin, une odeur pénétrante d'épiceries, de salaisons et de fritures signale le voisinage des boutiques. En effet, on passe entre les bâtiments de la marine et ceux de la douane, et l'on se trouve dans une rue bordée d'étalages qui aboutit à la porte du khan français. Nous voilà sur nos terres. Le drapeau tricolore flotte sur l'édifice, qui est le plus considérable de Saïda. La vaste cour carrée, ombragée d'acacias avec un bassin au centre, est entourée de deux rangées de galeries qui correspondent en bas à des magasins, en haut à des chambres occupées par des négociants. On m'indique le logement consulaire situé dans l'angle gauche, et, pendant que j'y monte, le Marseillais se rend avec le pope au couvent des franciscains, qui occupe le bâtiment du fond. C'est une ville que ce khan français, nous n'en avons pas de plus important dans toute la Syrie. Malheureusement, notre commerce n'est plus en rapport avec les proportions de son comptoir.

Je causais tranquillement avec M. Conti, notre vice-consul, lorsque le Marseillais nous arriva tout animé, se plaignant des franciscains et les accablant d'épithètes voltairiennes. Ils avaient refusé de recevoir le pope et sa femme.

— C'est, dit M. Conti, qu'ils ne logent personne qui ne leur ait été adressé avec une lettre de recommandation.

— Eh bien, c'est fort commode, dit le Marseillais; mais je les connais tous, les moines, ce sont là leurs manières; quand ils voient de pauvres diables, ils ont toujours la même chose à dire. Les gens à leur aise donnent huit piastres (deux francs) par jour dans chaque couvent; on ne les taxe pas, mais c'est le prix, et avec cela ils sont sûrs d'être bien accueillis partout.

— Mais on recommande aussi de pauvres pèlerins, dit M. Conti, et les pères les accueillent gratuitement.

— Sans doute, et puis, au bout de trois jours, on les met à la porte, dit le Marseillais. Et combien en reçoivent-ils, de ces pauvres-là, par année? Vous savez bien qu'en France on n'accorde de passe-port pour l'Orient qu'aux gens qui prouvent qu'ils ont de quoi faire le voyage.

— Ceci est très-exact, dis-je à M. Conti, et rentre dans les maximes d'égalité applicables à tous les Français... quand ils ont de l'argent dans leur poche.

— Vous savez sans doute, répondit-il, que, d'après les capitulations avec la Porte, les consuls sont forcés de rapatrier ceux de leurs nationaux qui manqueraient de ressources pour retourner en Europe. C'est une grosse dépense pour l'État.

— Ainsi, dis-je, plus de croisades volontaires, plus de pèlerinages possibles, et nous avons une religion d'État!

— Tout cela, s'écria le Marseillais, ne nous donne pas un logement pour ces braves gens.

— Je les recommanderais bien, dit M. Conti; mais vous comprenez que, dans tous les cas, un couvent catholique ne peut pas recevoir un prêtre grec avec sa femme. Il y a ici un couvent grec où ils peuvent aller.

— Eh! que voulez-vous! dit le Marseillais, c'est encore une

affaire pire. Ces pauvres diables sont des Grecs schismatiques ;
dans toutes les religions, plus les croyances se rapprochent,
plus les croyants se détestent ; arrangez cela... Ma foi, je vais
frapper à la porte d'un Turc. Ils ont cela de bon, au moins,
qu'ils donnent l'hospitalité à tout le monde.

M. Conti eut beaucoup de peine à retenir le Marseillais ; il
voulut bien se charger lui-même d'héberger le pope, sa femme
et le corbeau, qui s'unissait à l'inquiétude de ses maîtres en
poussant des croacs plaintifs.

C'est un homme excellent que notre consul, et aussi un savant orientaliste ; il m'a fait voir deux ouvrages traduits de manuscrits qui lui avaient été prêtés par un Druse. On comprend
ainsi que la doctrine n'est plus tenue aussi secrète qu'autrefois.
Sachant que ce sujet m'intéressait, M. Conti voulut bien en
causer longuement avec moi pendant le dîner. Nous allâmes
ensuite voir les ruines, auxquelles on arrive à travers des jardins délicieux, qui sont les plus beaux de toute la côte de Syrie. Quant aux ruines situées au nord, elles ne sont plus que
fragments et poussière : les seuls fondements d'une muraille
paraissent remonter à l'époque phénicienne ; le reste est du
moyen âge : on sait que saint Louis fit reconstruire la ville et
réparer un château carré, anciennement construit par les
Ptolémées. La citerne d'Élie, le sépulcre de Zabulon et quelques grottes sépulcrales avec des restes de pilastres et de peintures complètent le tableau de tout ce que Saïda doit au passé.

M. Conti nous a fait voir, en revenant, une maison située
au bord de la mer, qui fut habitée par Bonaparte à l'époque de
la campagne de Syrie. La tenture en papier peint, ornée d'attributs guerriers, a été posée à son intention, et deux bibliothèques, surmontées de vases chinois, renfermaient les livres
et les plans que consultait assidûment le héros. On sait qu'il
s'était avancé jusqu'à Saïda pour établir des relations avec des
émirs du Liban. Un traité secret mettait à sa solde six mille
Maronites et six mille Druses destinés à arrêter l'armée du
pacha de Damas, marchant sur Acre. Malheureusement, les in-

trigues des souverains de l'Europe et d'une partie des couvents, hostiles aux idées de la Révolution, arrêtèrent l'élan des populations ; les princes du Liban, toujours politiques, subordonnaient leur concours officiel au résultat du siége de Saint-Jean-d'Acre. Au reste, des milliers de combattants indigènes s'étaient réunis déjà à l'armée française en haine des Turcs ; mais le nombre ne pouvait rien faire en cette circonstance. Les équipages de siége que l'on attendait furent saisis par la flotte anglaise, qui parvint à jeter dans Acre ses ingénieurs et ses canonniers. Ce fut un Français, nommé Phélippeaux, ancien condisciple de Napoléon, qui, comme on sait, dirigea la défense. Une vieille haine d'écolier a peut-être décidé du sort d'un monde !

### III — UN DÉJEUNER A SAINT-JEAN-D'ACRE

Le paquebot avait remis à la voile ; la chaîne du Liban s'abaissait et reculait de plus en plus, à mesure que nous approchions d'Acre ; la plage devenait sablonneuse et se dépouillait de verdure. Cependant nous ne tardâmes pas à apercevoir le port de Sour, l'ancienne Tyr, où l'on ne s'arrêta que pour prendre quelques passagers. La ville est beaucoup moins importante encore que Saïda. Elle est bâtie sur le rivage, et l'îlot où s'élevait Tyr à l'époque du siége qu'en fit Alexandre n'est plus couvert que de jardins et de pâturages. La jetée que fit construire le conquérant, tout empâtée par les sables, ne montre plus les traces du travail humain ; c'est un isthme d'un quart de lieue simplement. Mais, si l'antiquité ne se révèle plus sur ces bords que par des débris de colonnes rouges et grises, l'âge chrétien a laissé des vestiges plus imposants. On distingue encore les fondations de l'ancienne cathédrale, bâtie dans le goût syrien, qui se divisait en trois nefs semi-circulaires, séparées par des pilastres, et où fut le tombeau de Frédéric Barberousse, noyé près de Tyr, dans le Kasamy. Les fameux puits d'eau vive de Ras-el-Aïn, célébrés dans la Bible, et qui sont de véritables *puits artésiens*, dont on attribue la création à Salomon, existent encore à uue lieue de la ville, et l'aqueduc qui en amenait les eaux à Tyr découpe toujours sur le ciel plusieurs de ses arches immenses. Voilà tout ce que Tyr a conservé : ses vases transparents, sa pourpre éclatante, ses bois précieux étaient jadis renommés par toute la terre. Ces riches exportations ont fait place à un petit commerce de grains récoltés par les Métualis, et vendus par les Grecs, très-nombreux dans la ville.

La nuit tombait lorsque nous entrâmes dans le port de Saint-Jean-d'Acre. Il était trop tard pour débarquer; mais, à la clarté si nette des étoiles, tous les détails du golfe, gracieusement arrondi entre Acre et Kaïffa, se dessinait à l'aide du contraste de la terre et des eaux. Au delà d'un horizon de quelques lieues se découpent les cimes de l'Antiliban qui s'abaissent à gauche, tandis qu'à droite s'élève et s'étage en croupes hardies la chaîne du Carmel, qui s'étend vers la Galilée. La ville endormie ne se révélait encore que par ses murs à créneaux, ses tours carrées et les dômes d'étain de sa mosquée, indiquée de de loin par un seul minaret. A part ce détail musulman, on peut rêver encore la cité féodale des templiers, le dernier rempart des croisades.

Le jour vint dissiper cette illusion en trahissant l'amas de ruines informes qui résultent de tant de siéges et de bombardements accomplis jusqu'à ces dernières années. Au point du jour, le Marseillais m'avait réveillé pour me montrer l'étoile du matin levée sur le village de Nazareth, distant seulement de huit lieues. On ne peut échapper à l'émotion d'un tel souvenir. Je proposai au Marseillais de faire ce petit voyage.

— C'est dommage, dit-il, qu'il ne s'y trouve plus la maison de la Vierge; mais vous savez que les anges l'ont transportée en une nuit à Lorette, près de Venise. Ici, on en montre la place, voilà tout. Ce n'est pas la peine d'y aller pour voir qu'il n'y a plus rien !

Au reste, je songeais surtout pour le moment à faire ma visite au pacha. Le Marseillais, par son expérience des mœurs

turques, pouvait me donner des conseils quant à la manière de
me présenter, et je lui appris comment j'avais fait à Paris
la connaissance de ce personnage.

— Pensez-vous qu'il me reconnaîtra? lui dis-je.

— Eh! sans doute, répondit-il; seulement, il faut reprendre
le costume européen; sans cela, vous seriez obligé d'attendre
votre tour d'audience, et il ne serait peut-être pas pour aujourd'hui.

Je suivis ce conseil, gardant toutefois le tarbouch, à cause
de mes cheveux rasés à l'orientale.

— Je connais bien votre pacha, disait le Marseillais pendant
que je changeais de costume. On l'appelle à Constantinople
*Guezluk*, ce qui veut dire l'homme aux lunettes.

— C'est juste, lui dis-je, il portait des lunettes quand je l'ai
connu.

— Eh bien, voyez ce que c'est chez les *Turs* : ce sobriquet
est devenu son nom, et cela restera dans sa famille; on
appellera son fils *Guezluk-Oglou*, ainsi de tous ses descendants.
La plupart des noms propres ont des origines semblables...
Cela indique, d'ordinaire, que, l'homme s'étant élevé par son
mérite, ses enfants acceptent l'héritage d'un surnom souvent
ironique, car il rappelle ou un ridicule, ou un défaut corporel,
ou l'idée d'un métier que le personnage exerçait avant son
élévation.

— C'est encore, dis-je, un des principes de l'égalité musulmane. On s'honore par l'humilité. N'est-ce pas aussi un
principe chrétien?

— Écoutez, dit le Marseillais, puisque le pacha est votre
ami, il faut que vous fassiez quelque chose pour moi. Dites-lui
que j'ai à lui vendre une pendule à musique qui exécute tous
les opéras italiens. Il y a dessus des oiseaux qui battent des
ailes et qui chantent. C'est une petite merveille... Ils aiment
cela, les *Turs!*

Nous ne tardâmes pas à être mis à terre, et j'en eus bientôt
assez de parcourir des rues étroites et poudreuses en attendant

l'heure convenable pour me présenter au pacha. A part le bazar voûté en ogive et la mosquée de Djezzar-Pacha, fraîchement restaurée, il reste peu de chose à voir dans la ville ; il faudrait une vocation d'architecte pour relever les plans des églises et des couvents de l'époque des croisades. L'emplacement est encore marqué par les fondations ; une galerie qui longe le port est seule restée debout, comme débris du palais des grands maîtres de Saint-Jean-de-Jérusalem.

Le pacha demeurait hors de la ville, dans un kiosque d'été situé près des jardins d'Abdallah, au bout d'un aqueduc qui traverse la plaine. En voyant dans la cour les chevaux et les esclaves des visiteurs, je reconnus que le Marseillais avait eu raison de me faire changer de costume. Avec l'habit levantin, je devais paraître un mince personnage ; avec l'habit noir, tous les regards se fixaient sur moi.

Sous le péristyle, au bas de l'escalier, était un amas immense de babouches, laissées à mesure par les entrants. Le *serdarbachi* qui me reçut voulut me faire ôter mes bottes ; mais je m'y refusai, ce qui donna une haute opinion de mon importance. Aussi ne restai-je qu'un instant dans la salle d'attente. On avait, du reste, remis au pacha la lettre dont j'étais chargé, et il donna ordre de me faire entrer, bien que ce ne fût pas mon tour.

Ici l'accueil devint plus cérémonieux. Je m'attendais déjà à une réception européenne ; mais le pacha se borna à me faire asseoir près de lui sur un divan qui entourait une partie de la salle. Il affecta de ne parler qu'italien, bien que je l'eusse entendu parler français à Paris, et, m'ayant adressé la phrase obligée : « Ton *kief* est-il bon ? » c'est-à-dire : « Te trouves-tu bien ? » il me fit apporter la chibouk et le café. Notre conversation s'alimenta encore de lieux communs. Puis le pacha me répéta : « Ton kief est-il bon ? » et fit servir une autre tasse de café. J'avais couru les rues d'Acre toute la matinée et traversé la plaine sans rencontrer la moindre *trattoria* ; j'avais refusé même un morceau de pain et de saucisson d'Arles offerts par le

Marseillais, comptant un peu sur l'hospitalité musulmane;
mais le moyen de faire fond sur l'amitié des grands! La conversation se prolongeait sans que le pacha m'offrît autre chose
que du café sans sucre et de la fumée de tabac. Il répéta une
troisième fois : « Ton kief est-il bon? » Je me levai pour
prendre congé. En ce moment-là, midi sonna à une pendule
placée au-dessus de ma tête, elle commença un air; une seconde
sonna presque aussitôt et commença un air différent; une
troisième et une quatrième débutèrent à leur tour, et il en
résulta le charivari que l'on peut penser. Si habitué que je
fusse aux singularités des Turcs, je ne pouvais comprendre
que l'on réunît tant de pendules dans la même salle. Le pacha
paraissait enchanté de cette harmonie et fier sans doute de
montrer à un Européen son amour du progrès. Je songeais
en moi-même à la commission dont le Marseillais m'avait
chargé. La négociation me paraissait d'autant plus difficile,
que les quatre pendules occupaient chacune symétriquement
une des faces de la salle. Où placer la cinquième? Je n'en
parlai pas.

Ce n'était pas le moment non plus de parler de l'affaire du
cheik druse prisonnier à Beyrouth. Je gardai ce point délicat
pour une autre visite, où le pacha m'accueillerait peut-être
moins froidement. Je me retirai en prétextant des affaires à la
ville. Lorsque je fus dans la cour, un officier vint me prévenir
que le pacha avait ordonné à deux cavas de m'accompagner
partout où je voudrais aller. Je ne m'exagérai pas la portée de
cette attention, qui se résout d'ordinaire en un fort bakchis à
donner auxdits estafiers.

Lorsque nous fûmes entrés dans la ville, je demandai à l'un
d'eux où l'on pouvait aller déjeuner. Ils se regardèrent avec
des yeux très-étonnés en se disant que ce n'était pas l'heure.
Comme j'insistais, ils me demandèrent une *colonnate* (piastre
d'Espagne) pour acheter des poules et du riz... Où auraient-ils
fait cuire cela? Dans un corps de garde. Cela me parut une
œuvre chère et compliquée. Enfin ils eurent l'idée de me mener

au consulat français ; mais j'appris là que notre agent résidait de l'autre côté du golfe, sur le revers du mont Carmel. A Saint-Jean-d'Acre, comme dans les villes du Liban, les Européens ont des habitations dans les montagnes, à des hauteurs où cessent l'impression des grandes chaleurs et l'effet des vents brûlants de la plaine. Je ne me sentis pas le courage d'aller demander à déjeuner si au-dessus du niveau de la mer. Quant à me présenter au couvent, je savais qu'on ne m'y aurait pas reçu sans lettres de recommandation. Je ne comptais donc plus que sur la rencontre du Marseillais, lequel probablement devait se trouver au bazar.

En effet, il était en train de vendre à un marchand grec un assortiment de ces anciennes montres de nos pères, en forme d'oignons, que les Turcs préfèrent aux montres plates. Les plus grosses sont les plus chères ; les œufs de Nuremberg sont hors de prix. Nos vieux fusils d'Europe trouvent aussi leur placement dans tout l'Orient, car on n'y veut que des fusils à pierre.

— Voilà mon commerce, me dit le Marseillais ; j'achète en France toutes ces anciennes choses à bon marché, et je les revends ici le plus cher possible. Les vieilles parures de pierres fines, les vieux cachemires, voilà ce qui se vend aussi fort bien. Cela est venu de l'Orient, et cela y retourne. En France, on ne sait pas le prix des belles choses ; tout dépend de la mode. Tenez, la meilleure spéculation, c'est d'acheter en France les armes turques, les chibouks, les bouquins d'ambre et toutes les curiosités orientales rapportées en divers temps par les voyageurs, et puis de venir les revendre dans ces pays-ci. Quand je vois des Européens acheter ici des étoffes, des costumes, des armes, je dis en moi-même : « Pauvre dupe ! cela te coûterait moins cher à Paris, chez un marchand de bric-à-brac. »

— Mon cher, lui dis-je, il ne s'agit pas de tout cela ; avez-vous encore un morceau de votre saucisson d'Arles ?

— Eh ! je crois bien ! cela dure longtemps. Je comprends

votre affaire : vous n'avez pas déjeuné... C'est bon. Nous allons entrer chez un cafedji ; on ira vous chercher du pain.

Le plus triste, c'est qu'il n'y avait dans la ville que de ce pain sans levain, cuit sur des plaques de tôle, qui ressemble à de la galette ou à des crêpes de carnaval. Je n'ai jamais supporté cette indigeste nourriture qu'à condition d'en manger fort peu et de me rattraper sur les autres comestibles. Avec le saucisson, cela était plus difficile ; je fis donc un pauvre déjeuner.

Nous offrîmes du saucisson aux cavas ; mais ces derniers le refusèrent par un scrupule de religion.

— Les malheureux ! dit le Marseillais, ils s'imaginent que c'est du porc !... ils ne savent pas que le saucisson d'Arles se fait avec de la viande de mulet...

## IV — AVENTURE D'UN MARSEILLAIS

L'heure de la sieste était arrivée depuis longtemps ; tout le monde dormait, et les deux cavas, pensant que nous allions en faire autant, s'étaient étendus sur les bancs du café. J'avais bien envie de laisser là ce cortége incommode et d'aller faire mon kief hors de la ville sous des ombrages ; mais le Marseillais me dit que ce ne serait pas convenable, et que nous ne rencontrerions pas plus d'ombre et de fraîcheur au dehors qu'entre les gros murs du bazar où nous nous trouvions. Nous nous mîmes donc à causer pour passer le temps. Je lui racontai ma position, mes projets ; l'idée que j'avais conçue de me fixer en Syrie, d'y épouser une femme du pays, et, ne pouvant pas choisir une musulmane, à moins de changer de religion, comment j'avais été conduit à me préoccuper d'une jeune fille druse qui me convenait sous tous les rapports. Il y a des moments où l'on sent le besoin, comme le barbier du roi Midas, de déposer ses secrets n'importe où. Le Marseillais, homme léger, ne méritait peut-être pas tant de confiance ; mais, au fond, c'était un bon diable, et il m'en donna la preuve par l'intérêt que ma situation lui inspira.

— Je vous avouerai, lui dis-je, qu'ayant connu le pacha à l'époque de son séjour à Paris, j'avais espéré de sa part une réception moins cérémonieuse; je fondais même quelque espérance sur des services que cette circonstance m'aurait permis de rendre au cheik druse, père de la jolie fille dont je vous ai parlé... Et maintenant, je ne sais trop ce que j'en puis attendre.

— Plaisantez-vous? me dit le Marseillais; vous allez vous donner tant de peine pour une petite fille des montagnes? Eh! quelle idée vous faites-vous de ces Druses? Un cheik druse, eh bien, qu'est-ce que c'est près d'un Européen, d'un Français qui est du beau monde? Voilà dernièrement le fils d'un consul anglais, M. Parker, qui a épousé une de ces femmes-là, une *Ansarienne* du pays de Tripoli; personne de sa famille ne veut plus le voir! C'était aussi la fille d'un cheik pourtant.

— Oh! les Ansariens ne sont pas les Druses.

— .Voyez-vous, ce sont là des caprices de jeune homme. Moi, je suis resté longtemps à Tripoli; je faisais des affaires avec un de mes compatriotes qui avait établi une filature de soie dans la montagne; il connaissait bien tous ces gens-là; ce sont des peuples où les hommes, les femmes mènent une vie bien singulière.

Je me mis à rire, sachant bien qu'il ne s'agissait là que de sectes qui n'ont qu'un rapport d'origine avec les Druses, et je priai le Marseillais de me conter ce qu'il savait.

— Ce sont *des drôles!*... me dit-il à l'oreille avec cette expression comique des Méridionaux, qui entendent par ce terme quelque chose de particulièrement égrillard.

— C'est possible, dis-je; mais la jeune fille dont je vous parle n'appartient pas à des sectes pareilles, où peuvent exister quelques pratiques dégénérées du culte primitif des Druses. C'est ce qu'on appelle une savante, une akkalé.

— Eh! oui, c'est bien cela; ceux que j'ai vus nomment leurs

prêtresses *akkals ;* c'est le même mot varié par la prononciation locale. Eh bien, ces prêtresses, savez-vous à quoi elles
s'emploient? On les fait monter sur la sainte table pour représenter la *Kadra* (la Vierge). Bien entendu qu'elles sont là dans
la tenue la plus simple, sans robe ni rien sur elles, et le
prêtre fait la prière en disant qu'il faut adorer l'image de la
maternité. C'est comme une messe ; seulement, il y a sur l'autel
un grand vase de vin dont il boit, et qu'il fait passer ensuite à
tous les assistants.

— Croyez-vous, dis-je, à ces bourdes inventées par les gens
des autres cultes ?

— Si j'y crois? J'y crois si bien, que j'ai vu, moi, dans le
district de Kadmous, le jour de la fête de la Nativité, tous les
hommes qui rencontraient des femmes sur les chemins se pros-
terner devant elles et embrasser leurs genoux.

— Eh bien, ce sont des restes de l'ancienne idolâtrie d'Astarté, qui se sont mélangés avec les idées chrétiennes.

— Et que dites-vous de leur manière de célébrer l'Épi-
phanie ?

— La fête des Rois ?

— Oui... Mais, pour eux, cette fête est aussi le commencement de l'année. Ce jour-là, les *akkals* (initiés), hommes et
femmes, se réunissent dans leurs *khaloués,* ce qu'ils appellent
leurs temples : il y a un moment de l'office où l'on éteint toutes
les lumières, et je vous laisse à penser ce qu'il peut arriver de
beau.

— Je ne crois à rien de tout cela ; on en a dit autant d'ailleurs des agapes des premiers chrétiens. Et quel est l'Européen
qui a pu voir de pareilles cérémonies, puisque les initiés seuls
peuvent entrer dans ces temples ?

— Qui? Eh! tenez, simplement mon compatriote de Tripoli,
le filateur de soie, qui faisait des affaires avec un de ces akkals.
Celui-ci lui devait de l'argent, mon ami lui dit : « Je te tiens
quitte, si tu veux t'arranger pour me conduire à une de vos
assemblées. » L'autre fit bien des difficultés, disant que, s'ils

étaient découverts, on les poignarderait tous les deux. N'importe, quand un Marseillais a mis une chose dans sa tête, il faut qu'elle aboutisse. Ils prennent rendez-vous le jour de la fête ; l'akkal avait expliqué d'avance à mon ami toutes les momeries qu'il fallait faire, et, avec le costume, sachant bien la langue, il ne risquait pas grand'chose. Les voilà qui arrivent devant un de ces khaloués ; c'est comme un tombeau de santon, une chapelle carrée avec un petit dôme, entourée d'arbres et adossée aux rochers. Vous en avez pu voir dans la montagne.

— J'en ai vu.

— Mais il y a toujours aux environs des gens armés pour empêcher les curieux d'approcher aux heures des prières.

— Et ensuite ?

— Ensuite, ils ont attendu le lever d'une étoile qu'ils appellent *Sockra* ; c'est l'étoile de Vénus. Ils lui font une prière.

— C'est encore un reste, sans doute, de l'adoration d'Astarté.

— Attendez. Ils se sont mis ensuite à compter les étoiles filantes. Quand cela est arrivé à un certain nombre, ils en ont tiré des augures, et puis, les trouvant favorables, ils sont entrés tous dans le temple et ont commencé la cérémonie. Pendant les prières, les femmes entraient une à une, et, au moment du sacrifice, les lumières se sont éteintes.

— Et qu'est devenu le Marseillais ?

— On lui avait dit ce qu'il fallait faire, parce qu'il n'y a pas là à choisir ; c'est comme un mariage qui se ferait les yeux fermés...

— Eh bien, c'est leur manière de se marier, voilà tout ; et, du moment qu'il y a consécration, l'énormité du fait me semble beaucoup diminuée ; c'est même une coutume très-favorable aux femmes laides.

— Vous ne comprenez pas ! Ils sont mariés en outre, et chacun est tenu d'emmener sa femme. Le grand cheik lui-même, qu'ils appellent le *mekkadam*, ne peut se refuser à cette pratique égalitaire.

— Je commence à être inquiet du sort de votre ami.

— Mon ami se trouvait dans le ravissement du lot qui lui était échu. Il se dit : « Quel dommage de ne pas savoir qui l'on a aimé un instant ! » Les idées de ces gens-là sont absurdes...

— Ils veulent sans doute que personne ne sache au juste quel est son père ; c'est pousser un peu loin la doctrine de l'égalité. L'Orient est plus avancé que nous dans le communisme.

— Mon ami, reprit le Marseillais, eut une idée bien ingénieuse ; il coupa un morceau de la robe de la femme qui était près de lui, se disant : « Demain matin, au grand jour, je saurai à qui j'ai eu affaire. »

— Oh ! oh !

— Monsieur, continua le Marseillais, quand ce fut au point du jour, chacun sortit sans rien dire, après que les officiants eurent appelé la bénédiction du bon Dieu... ou, qui sait ? peut-être du diable, sur la postérité de tous ces mariages. Voilà mon ami qui se met à guetter les femmes, dont chacune avait repris son voile. Il reconnaît bientôt celle à qui il manquait un morceau de sa robe. Il la suit jusqu'à sa maison sans avoir l'air de rien, et puis il entre un peu plus tard chez elle comme quelqu'un qui passe. Il demande à boire : cela ne se refuse jamais dans la montagne, et voilà qu'il se trouve entouré d'enfants et de petits-enfants... Cette femme était une vieille !

— Une vieille ?

— Oui, monsieur ! et vous jugez si mon ami fut content de son expédition.

— Pourquoi vouloir tout approfondir ? Ne valait-il pas mieux conserver l'illusion ? Les mystères antiques ont eu une légende plus gracieuse, celle de Psyché.

— Vous croyez que c'est une fable que je vous conte ; mais tout le monde sait cette histoire à Tripoli. Maintenant, que dites-vous de ces paroissiens-là et de leurs cérémonies ?

— Votre imagination va trop loin, dis-je au Marseillais ; la coutume dont vous parlez n'a lieu que dans une secte repoussée de toutes les autres. Il serait aussi injuste d'attribuer de pareilles mœurs aux Ansariens et aux Druses que de faire rentrer dans le christianisme certaines folies analogues attribuées aux anabaptistes ou aux vaudois [1].

Notre discussion continua quelque temps ainsi. L'erreur de mon compagnon me contrariait dans les sympathies que je m'étais formées à l'égard des populations du Liban, et je ne négligeai rien pour le détromper, tout en accueillant les renseignements précieux que m'apportaient ses propres observations.

La plupart des voyageurs ne saisissent que les détails bizarres de la vie et des coutumes de certains peuples. Le sens général leur échappe et ne peut s'acquérir en effet que par des études profondes. Combien je m'applaudissais d'avoir pris d'avance une connaissance exacte de l'histoire et des doctrines religieuses de tant de populations du Liban, dont le caractère m'inspirait de l'estime ! Dans le désir que j'avais de me fixer au milieu d'elles, de pareilles données ne m'étaient pas indifférentes, et j'en avais besoin pour résister à la plupart des préjugés européens.

En général, nous ne nous intéressons en Syrie qu'aux Maronites, catholiques comme nous, et tout au plus encore aux Grecs, aux Arméniens et aux juifs, dont les idées s'éloignent moins des nôtres que celles des musulmans ; nous ne songeons pas qu'il existe une série de croyances intermédiaires capables de se rattacher aux principes de civilisation du Nord, et d'y amener peu à peu les Arabes.

La Syrie est certainement le seul point de l'Orient où l'Europe puisse poser solidement le pied pour établir des relations commerciales, ainsi que le fit l'ancienne Grèce. Partout ailleurs, il faudrait refouler les populations arabes ou craindre constamment leur rébellion, comme il arrive en Algérie. Une moitié au

---

1. On sait que récemment des pratiques semblables ont été attribuées, en France, à la secte des béguins; mais il est probable que les sectaires d'Orient sont les seuls qui poussent si loin la frénésie religieuse.

moins des populations syriennes se compose soit de chrétiens, soit de races disposées aux idées de réforme que font aujourd'hui prévaloir les musulmans éclairés. Il faudrait même ajouter à ce nombre une grande partie des Arabes du désert, qui, comme les Persans, appartiennent à la secte d'Ali.

### V — LE DÎNER DU PACHA

La journée était avancée, et la fraîcheur amenée par la brise maritime mettait fin au sommeil des gens de la ville. Nous sortîmes du café et je commençais à m'inquiéter du dîner; mais les cavas, dont je ne comprenais qu'imparfaitement le baragouin plus turc qu'arabe, me répétaient toujours : *Ti sabir ?* comme des Levantins de Molière.

— Demandez-leur donc ce que je dois savoir, dis-je enfin au Marseillais.

— Ils disent qu'il est temps de retourner chez le pacha.

— Pour quoi faire?

— Pour dîner avec lui.

— Ma foi, dis-je, je n'y comptais plus; le pacha ne m'avait pas invité.

— Du moment qu'il vous faisait accompagner, cela allait de soi-même.

— Mais, dans ces pays-ci, le dîner a lieu ordinairement vers midi.

— Non pas chez les Turcs, dont le repas principal se fait au coucher du soleil, après la prière.

Je pris congé du Marseillais et je retournai au kiosque du pacha. En traversant la plaine couverte d'herbes sauvages brûlées par le soleil, j'admirais l'emplacement de l'ancienne ville, si puissante et si magnifique, aujourd'hui réduite à cette langue de terre informe qui s'avance dans les flots et où se sont accumulés les débris de trois bombardements terribles depuis cinquante ans. On heurte à tout moment du pied dans la plaine des débris de bombes et des boulets dont le sol est criblé.

En rentrant au pavillon où j'avais été reçu le matin, je ne vis plus d'amas de chaussures au bas de l'escalier, plus de visiteurs encombrant le *mabahim* (pièce d'entrée) ; on me fit seulement traverser la salle aux pendules, et je trouvai dans la pièce suivante le pacha, qui fumait assis sur l'appui de la fenêtre, et qui, se levant sans façon, me donna une poignée de main à la française.

— Comment cela va-t-il? Vous êtes-vous bien promené dans notre belle ville? me dit-il en français ; avez-vous tout vu?

Son accueil était si différent de celui du matin, que je ne pus m'empêcher d'en faire paraître quelque surprise.

— Ah! pardon, me dit-il, si je vous ai reçu ce matin *en pacha*. Ces braves gens qui se trouvaient dans la salle d'audience ne m'auraient point pardonné de manquer à l'étiquette en faveur d'un *Frangui*. A Constantinople, tout le monde comprendrait cela ; mais, ici, nous sommes *en province*.

Après avoir appuyé sur ce dernier mot, le pacha voulut bien m'apprendre qu'il avait habité longtemps Metz en Lorraine, comme élève de l'École préparatoire d'artillerie. Ce détail me mit tout à fait à mon aise en me fournissant l'occasion de lui parler de quelques-uns de mes amis qui avaient été ses camarades. Pendant cet entretien, le coup de canon du port, saluant le coucher du soleil, retentit du côté de la ville. Un grand bruit de tambours et de fifres annonça l'heure de la prière aux Albanais répandus dans les cours. Le pacha me quitta un instant, sans doute pour aller remplir ses devoirs religieux ; ensuite il revint et me dit :

— Nous allons dîner à l'européenne.

En effet, on apporta des chaises et une table haute, au lieu de retourner un tabouret et de poser dessus un plateau de métal et des coussins à l'entour, comme cela se fait d'ordinaire. Je sentis tout ce qu'il y avait d'obligeant dans le procédé du pacha, et toutefois, je l'avouerai, je n'aime pas ces coutumes de l'Europe envahissant peu à peu l'Orient ; je me plaignis au pacha d'être traité par lui en touriste vulgaire.

— Vous venez bien me voir en habit noir !... me dit-il.

La réplique était juste; pourtant je sentais bien que j'avais eu raison. Quoi que l'on fasse, et si loin que l'on puisse aller dans la bienveillance d'un Turc, il ne faut pas croire qu'il puisse y avoir tout de suite fusion entre notre façon de vivre et la sienne. Les coutumes européennes qu'il adopte dans certains cas deviennent une sorte de terrain neutre où il nous accueille sans se livrer lui-même ; il consent à imiter nos mœurs comme il use de notre langue, mais à l'égard de nous seulement. Il ressemble à ce personnage de ballet qui est moitié paysan et moitié seigneur ; il montre à l'Europe le côté *gentleman*, il est toujours un pur *Osmanli* pour l'Asie.

Les préjugés des populations font, d'ailleurs, de cette politique une nécessité.

Au demeurant, je retrouvai dans le pacha d'Acre un très-excellent homme, plein de politesse et d'affabilité, attristé vivement de la situation que les puissances font à la Turquie. Il me racontait qu'il venait de quitter la haute position de pacha de Tophana à Constantinople, par ennui des tracasseries consulaires.

— Imaginez, me disait-il, une grande ville où cent mille individus échappent à l'action de la justice locale : il n'y a pas là un voleur, un assassin, un débauché qui ne parvienne à se mettre sous la protection d'un consulat quelconque. Ce sont vingt polices qui s'annulent les unes par les autres, et c'est le pacha qui est responsable pourtant!... Ici, nous ne sommes guère plus heureux, au milieu de sept ou huit peuples différents, qui ont leurs cheiks, leurs cadis et leurs émirs. Nous consentons à les laisser tranquilles dans leurs montagnes, pourvu qu'ils payent le tribut... Eh bien, il y a trois ans que nous n'en avons reçu un para.

Je vis que ce n'était pas encore l'instant de parler en faveur du cheik druse prisonnier à Beyrouth, et je portai la conversation sur un autre sujet. Après le dîner, j'espérais que le pacha suivrait au moins l'ancienne coutume en me régalant d'une danse d'almées, car je savais bien qu'il ne pousserait pas la courtoisie française jusqu'à me présenter à ses femmes; mais je devais subir l'Europe jusqu'au bout. Nous descendîmes à une salle de billard où il fallut faire des carambolages jusqu'à une heure du matin. Je me laissai gagner tant que je pus, aux grands éclats de rire du pacha, qui se rappelait avec joie ses amusements de l'école de Metz.

— Un Français, un Français qui se laisse battre! s'écriait-il.

— Je conviens, disais-je, que Saint-Jean-d'Acre n'est pas favorable à nos armes; mais, ici, vous combattez seul, et l'ancien pacha d'Acre avait les canons de l'Angleterre.

Nous nous séparâmes enfin. On me conduisit dans une salle très-grande, éclairée par un cierge, placé à terre au milieu, dans un chandelier énorme. Ceci rentrait dans les coutumes locales. Les esclaves me firent un lit avec des coussins disposés à terre, sur lesquels on étendit des draps cousus d'un seul côté avec les couvertures; je fus, en outre, gratifié d'un grand bonnet de nuit en soie jaune matelassée, qui avait des côtes comme un melon.

## VI — CORRESPONDANCE (FRAGMENTS)

J'interromps ici mon itinéraire, je veux dire ce relevé, jour par jour, heure par heure, d'impressions locales, qui n'ont de mérite qu'une minutieuse réalité. Il y a des moments où la vie multiplie ses pulsations en dépit des lois du temps, comme une horloge folle dont la chaîne est brisée; d'autres où tout se traîne en sensations inappréciables ou peu dignes d'être notées. Te parlerai-je de mes pérégrinations dans la montagne, parmi des lieux qui n'offriraient qu'une topographie aride, au milieu d'hommes dont la physionomie ne peut être saisie qu'à la longue, et dont l'attitude grave, la vie uniforme, prêtent beaucoup moins au pittoresque que les populations bruyantes et contrastées des villes? Il me semble, depuis quelque temps, que je vis dans un siècle d'autrefois ressuscité par magie; l'âge féodal m'entoure avec ses institutions immobiles comme la pierre du donjon qui les a gardées.

Apres montagnes, noirs abîmes, où les feux de midi découpent des cercles de brume; fleuves et torrents, illustres comme des ruines, qui roulez encore les colonnes des temples et les idoles brisées des dieux; neiges éternelles qui couronnez des monts dont le pied s'allonge dans les champs de braise du désert; horizons lointains des vallées que la mer emplit à moitié de ses flots bleus; forêts odorantes de cèdre et de cinnamome; rochers sublimes où retentit la cloche des ermitages; fontaines célébrées par la muse biblique, où les jeunes filles se pressent le soir, portant sur le front leurs urnes élancées; oui, vous êtes pour l'Européen la terre paternelle et sainte, vous êtes encore la patrie! Laissons Damas, la ville arabe, s'épanouir au bord du désert et saluer le soleil levant du haut de ses minarets; mais le Liban et le Carmel sont l'héritage des croisades : il faut qu'ils appartiennent, sinon à la croix seule, du moins à ce que la croix symbolise, à la liberté.

───────

Je résume pour toi les changements qui se sont accumulés depuis quelques mois dans mes destinées errantes. Tu sais avec quelle bonté le pacha d'Acre m'avait accueilli à mon passage. Je lui ai fait enfin là la confidence entière du projet que j'avais formé d'épouser la fille du cheik Eschérazy, et de l'aide que j'attendais de lui en cette occasion. Il se mit à rire d'abord avec l'entraînement naïf des Orientaux en me disant :

— Ah çà! vous y tenez décidément?

— Absolument, répondis-je. Voyez-vous, on peut bien dire cela à un musulman; il y a dans cette affaire un enchaînement de fatalités. C'est en Égypte qu'on m'a donné l'idée du mariage : la chose y paraît si simple, si douce, si facile, si dégagée de toutes les entraves qui nuisent en Europe à cette institution, que j'en ai accepté et couvé amoureusement l'idée; mais je suis difficile, je l'avoue, et puis, sans doute, beaucoup d'Européens ne se font là-dessus aucun scrupule;... cependant cet achat de filles à leurs parents m'a toujours semblé quelque chose de révoltant. Les Cophtes, les Grecs qui font de tels marchés avec les Européens, savent bien que ces mariages n'ont rien de sérieux, malgré une prétendue consécration religieuse... J'ai hésité, j'ai réfléchi, j'ai fini par acheter une esclave avec le prix que j'aurais mis à une épouse. Mais on ne touche guère impunément aux mœurs d'un monde dont on n'est pas; cette femme, je ne puis ni la renvoyer, ni la vendre, ni l'abandonner sans scrupule, ni même l'épouser sans folie. Pourtant c'est une chaîne à mon pied, c'est moi qui suis l'esclave; c'est la fatalité qui me retient ici, vous le voyez bien!

— N'est-ce que cela? dit le pacha, donnez-la-moi... pour un cheval, pour ce que vous voudrez, sinon pour de l'argent; nous n'avons pas les mêmes idées que vous, nous autres.

— Pour la liberté du cheik Eschérazy, lui dis-je: au moins, ce serait un noble prix.

— Non, dit-il, une grâce ne se vend pas.

— Eh bien, vous voyez, je retombe dans mes incertitudes. Je ne suis pas le premier Franc qui ait acheté une esclave; ordinairement, on laisse la pauvre fille dans un couvent; elle fait une conversion éclatante dont l'honneur rejaillit sur son maître et sur les pères qui l'ont instruite; puis elle se fait religieuse ou devient ce qu'elle peut, c'est-à-dire souvent malheureuse. Ce serait pour moi un remords épouvantable.

— Et que voulez-vous faire?

— Épouser la jeune fille dont je vous ai parlé, et à qui je donnerai l'esclave comme présent de noces, comme douaire; elles sont amies, elles vivront ensemble. Je vous dirai de plus que c'est elle-même qui m'a donné cette idée. La réalisation dépend de vous.

———

Je t'expose sans ordre les raisonnements que je fis pour exciter et mettre à profit la bienveillance du pacha.

— Je ne puis presque rien, me dit-il enfin; le pachalik

d'Acre n'est plus ce qu'il était jadis; on l'a partagé en trois gouvernements, et je n'ai sur celui de Beyrouth qu'une autorité nominale. Supposons de plus que je parvienne à faire mettre en liberté le cheik, il acceptera ce bienfait sans reconnaissance... Vous ne connaissez pas ces gens-là! J'avouerai que ce cheik mérite quelques égards. A l'époque des derniers troubles, sa femme a été tuée par les Albanais. Le ressentiment l'a conduit à des imprudences et le rend dangereux encore. S'il veut promettre de rester tranquille à l'avenir, on verra.

J'appuyai de tout mon pouvoir sur cette bonne disposition, et j'obtins une lettre pour le gouverneur de Beyrouth, Essad-Pacha. Ce dernier, auprès duquel l'Arménien, mon ancien compagnon de route, m'a été de quelque utilité, a consenti à envoyer son prisonnier au kaïmakam druse, en réduisant son affaire, compliquée précédemment de rébellion, à un simple refus d'impôts pour lequel il deviendra facile de prendre des arrangements.

Tu vois que les pachas eux-mêmes ne peuvent pas tout dans ce pays; sans quoi, l'extrême bonté de Méhmet pour moi eût aplani tous les obstacles. Peut-être aussi a-t-il voulu m'obliger plus délicatement en déguisant son intervention auprès des fonctionnaires inférieurs. Le fait est que je n'ai eu qu'à me présenter de sa part au kaïmakam pour en être admirablement accueilli; le cheik avait été déjà transféré à Deïr-Khamar, résidence actuelle de ce personnage, héritier pour une part de l'ancienne autorité de l'émir Béchir. Il y a, comme tu sais, aujourd'hui un kaïmakam (gouverneur) pour les Druses et un autre pour les Maronites; c'est un pouvoir mixte qui dépend au fond de l'autorité turque, mais dont l'institution ménage l'amour-propre national de ces peuples et leur prétention à se gouverner par eux-mêmes.

———

Tout le monde a décrit Deïr-Khamar et son amas de maisons à toits plats sur un mont abrupt comme l'escalier d'une

Babel ruinée. Beit-Eddin, l'antique résidence des émirs de la montagne, occupe un autre pic qui semble toucher celui-là, mais qu'une vallée profonde en sépare. Si, de Deïr-Khamar, vous regardez Beit-Eddin, vous croyez voir un château de fée; ses arcades ogivales, ses terrasses hardies, ses colonnades, ses pavillons et ses tourelles offrent un mélange de tous les styles plus éblouissant comme masse que satisfaisant dans les détails. Ce palais est bien le symbole de la politique des émirs qui l'habitaient. Il est païen par ses colonnes et ses peintures, chrétien par ses tours et ses ogives, musulman par ses dômes et ses kiosques; il contient le temple, l'église et la mosquée, enchevêtrés dans ses constructions. A la fois palais, donjon et sérail, il ne lui reste plus aujourd'hui qu'une portion habitée : la prison.

C'est là qu'on avait provisoirement logé le cheik Eschérazy, heureux du moins de n'être plus sous la main d'une justice étrangère. Dormir sous les voûtes du vieux palais de ses princes, c'était un adoucissement sans doute; on lui avait permis de garder près de lui sa fille, autre faveur qu'il n'avait pu obtenir à Beyrouth. Toutefois le kaïmakam, étant responsable du prisonnier ou de la dette, le faisait garder étroitement.

---

J'obtins la permission de visiter le cheik, comme je l'avais fait à Beyrouth; ayant pris un logement à Deïr-Khamar, je n'avais à traverser que la vallée intermédiaire pour gagner l'immense terrasse du palais, d'où, parmi les cimes des montagnes, on voit au loin resplendir un pan bleu de mer. Les galeries sonores, les salles désertes, naguère pleines de pages, d'esclaves et de soldats, me faisaient penser à ces châteaux de Walter Scott que la chute des Stuarts a dépouillés de leurs splendeurs royales. La majesté des scènes de la nature ne parlait pas moins hautement à mon esprit... Je sentis qu'il fallait franchement m'expliquer avec le cheik et ne pas lui dissimuler les raisons que j'avais eues de chercher à lui être utile. Rien n'est pire que l'effusion d'une reconnaissance qui n'est pas méritée.

Aux premières ouvertures que j'en fis avec grand embarras, il se frappa le front du doigt.

— *Enté medjnoun* (es-tu fou)? me dit-il.

— *Medjnoun*, dis-je, c'est le surnom d'un amoureux célèbre, et je suis loin de le repousser.

— Aurais-tu vu ma fille? s'écria-t-il.

L'expression de son regard était telle dans ce moment, que je songeai involontairement à une histoire que le pacha d'Acre m'avait contée en me parlant des Druses. Le souvenir n'en était pas gracieux assurément. Un kyaya lui avait raconté ceci :

— J'étais endormi, lorsqu'à minuit j'entends heurter à la porte; je vois entrer un Druse portant un sac sur ses épaules.

» — Qu'apportez-vous là? lui dis-je.

» — Ma sœur avait une intrigue, et je l'ai tuée. Ce sac renferme son tantour.

» — Mais il y a deux tantours!

» — C'est que j'ai tué aussi la mère, qui avait connaissance du fait. Il n'y a de force et de puissance qu'en Dieu très-haut.

» Le Druse avait apporté ces bijoux de ses victimes pour apaiser la justice turque.

» Le kyaya le fit arrêter et lui dit :

» — Va dormir, je te parlerai demain.

» Le lendemain, il lui dit :

» — Je suppose que tu n'as pas dormi?

» — Au contraire, lui dit l'autre. Depuis un an que je soupçonnais ce déshonneur, j'avais perdu le sommeil; je l'ai retrouvé cette nuit.

Ce souvenir me revint comme un éclair; il n'y avait pas à balancer. Je n'avais rien à craindre pour moi sans doute; mais ce prisonnier avait sa fille près de lui : ne pouvait-il pas la soupçonner d'autre chose encore que d'avoir été vue sans voile? Je lui expliquai mes visites chez madame Carlès, bien justifiées, certes, par le séjour qu'y faisait mon esclave, l'amitié que cette

dernière avait pour sa fille, le hasard qui me l'avait fait rencontrer; je glissai sur la question du voile qui pouvait s'être
dérangé par hasard... Je pense, dans tous les cas, qu'il ne put
douter de ma sincérité.

— Chez tous les peuples du monde, ajoutai-je, on demande
une fille en mariage à son père, et je ne vois pas la raison de
votre surprise. Vous pouvez penser, par les relations que j'ai
dans ce pays, que ma position n'est pas inférieure à la vôtre.
Pour ce qui est de la religion, je n'accepterais pas d'en changer
pour le plus beau mariage de la terre ; mais je connais la vôtre,
je sais qu'elle est très-tolérante et qu'elle admet toutes les
formes possibles de cultes et toutes les révélations connues
comme des manifestations diverses, mais également saintes de
la Divinité. Je partage pleinement ces idées, et, sans cesser
d'être chrétien, je crois pouvoir...

— Eh ! malheureux ! s'écria le cheik, c'est impossible :
*la plume est brisée, l'encre est sèche, le livre est fermé !*

— Que voulez-vous dire ?

— Ce sont les paroles mêmes de notre loi. Personne ne peut
plus entrer dans notre communion.

— Je pensais que l'initiation était ouverte à tous.

— Aux *djahels* (ignorants) qui sont de notre peuple, et qui
s'élèvent par l'étude et par la vertu, mais non pas aux étrangers, car notre peuple est seul élu de Dieu.

— Cependant vous ne condamnez pas les autres.

— Pas plus que l'oiseau ne condamne l'animal qui se traîne
à terre. La parole vous a été prêchée et vous ne l'avez pas
écoutée.

— En quel temps ?

— Du temps de Hamza, le prophète de notre seigneur
Hakem.

— Mais avons-nous pu l'entendre ?

— Sans doute, car il a envoyé des missionnaires (*days*) dans
toutes les *îles* (régions).

— Et quelle est notre faute ? Nous n'étions pas nés !

— Vous existiez dans d'autres corps, mais vous aviez le même esprit. Cet esprit, immortel comme le nôtre, est resté fermé à la parole divine. Il a montré par là sa nature inférieure. Tout est dit pour l'éternité.

On n'étonne pas facilement un garçon qui a fait sa philosophie en Allemagne, et qui a lu dans le texte original la *Symbolique* de Kreutzer. Je concédai volontiers au digne akkal sa doctrine de transmigration, et je lui dis, partant de ce point :

— Lorsque les days ont semé la parole dans le monde, vers l'an 1000 de l'ère chrétienne, ils ont fait des prosélytes, n'est-ce pas, ailleurs que dans ces montagnes? Qui te prouve que je ne descends pas de ceux-là? Veux-tu que je te dise où croît la plante nommée *alliedj* (plante symbolique)?

— L'a-t-on semée dans ton pays?

— Elle ne croît que dans le cœur des fidèles unitaires pour qui Hakem est le vrai Dieu.

— C'est bien la phrase sacramentelle; mais tu peux avoir appris ces paroles de quelque renégat.

— Veux-tu que je te récite le catéchisme druse tout entier?

— Les Francs nous ont volé beaucoup de livres, et la science acquise par les infidèles ne peut provenir que des mauvais esprits. Si tu es l'un des Druses des autres *îles*, tu dois avoir ta pierre noire (*horse*). Montre-la, nous te reconnaîtrons.

— Tu la verras plus tard, lui dis-je.

Mais au fond je ne savais de quoi il voulait parler. Je rompis l'entretien pour cette-fois là, et, lui promettant de le revenir voir, je retournai à Deïr-Khamar.

⁂

Je demandai le soir même au kaïmakam, comme par une simple curiosité d'étranger, ce que c'était que le *horse*; il ne fit pas de difficulté de me dire que c'était une pierre taillée en forme d'animal que tous les Druses portent sur eux comme signe de reconnaissance, et qui, trouvée sur quelques morts, avait donné l'opinion qu'ils adoraient un veau, chose aussi absurde que de croire les chrétiens adorateurs de l'agneau ou du pigeon symbolique. Ces pierres, qu'à l'époque de la propagande primitive, on distribuait à tous les fidèles, se transmettaient de père en fils.

Il me suffisait donc d'en trouver une pour convaincre l'akkal que je descendais de quelque ancien fidèle; mais ce mensonge me répugnait. Le kaïmakam, plus éclairé par sa position et plus ouvert aux idées de l'Europe que ses compatriotes, me donna des détails qui m'éclairèrent tout à coup. Mon ami, j'ai tout compris, tout deviné en un instant; mon rêve absurde devient ma vie, l'impossible s'est réalisé!

———

Cherche bien, accumule les suppositions les plus baroques, ou plutôt jette ta langue aux chiens, comme dit madame de Sévigné. Apprends maintenant une chose dont je n'avais moi-même jusqu'ici qu'une vague idée : les akkals druses sont les francs-maçons de l'Orient.

Il ne faut pas d'autres raisons pour expliquer l'ancienne prétention des Druses à descendre de certains chevaliers des croisades. Ce que leur grand émir Fakardin déclarait à la cour des Médicis en invoquant l'appui de l'Europe contre les Turcs, ce qui se trouve si souvent rappelé dans les lettres patentes de Henri IV et de Louis XIV en faveur des peuples du Liban, est véritable, au moins en partie. Pendant les deux siècles qu'a duré l'occupation du Liban par les chevaliers du Temple, ces derniers y avaient jeté les bases d'une institution profonde. Dans leur besoin de dominer des nations de races et de religions différentes, il est évident que ce sont eux qui ont établi ce système d'affiliations maçonniques, tout empreint, au reste, des coutumes locales. Les idées orientales qui, par suite, pénétrèrent dans leur ordre ont été cause en partie des accusations d'hérésie qu'ils subirent en Europe. La franc-maçonnerie a, comme tu sais, hérité de la doctrine des templiers;

voilà le rapport établi, voilà pourquoi les Druses parlent de leurs coreligionnaires d'Europe, dispersés dans divers pays, et principalement dans les montagnes de l'Écosse (*djebel-el-Scouzia*). Ils entendent par là les compagnons et maîtres *écossais*, ainsi que les rose-croix, dont le grade correspond à celui d'ancien templier[1].

Mais tu sais que je suis moi-même l'un des *enfants de la veuve*, un *louveteau* (fils de maître), que j'ai été nourri dans l'horreur du meurtre d'Adoniram et dans l'admiration du saint Temple, dont les colonnes ont été des cèdres du mont Liban. Sérieusement, la maçonnerie est bien dégénérée parmi nous;... tu vois pourtant que cela peut servir en voyage. Bref, je ne suis plus pour les Druses un infidèle, je suis un *muta-darassin*, un étudiant. Dans la maçonnerie, cela correspondrait au grade d'apprenti ; il faut ensuite devenir compagnon (*réfik*), puis maître (*day*) ; l'akkal serait pour nous le rose-croix ou ce qu'on appelle chevalier (*kaddosch*). Tout le reste a des rapports intimes avec nos loges, je t'en abrége les détails.

Tu vois maintenant ce qui a dû arriver. J'ai produit mes titres, ayant heureusement dans mes papiers un de ces beaux diplômes maçonniques pleins de signes cabalistiques familiers aux Orientaux. Quand le cheik m'a demandé de nouveau ma pierre noire, je lui ai dit que les templiers français, ayant été brûlés, n'avaient pu transmettre leurs pierres aux francs-maçons, qui sont devenus leurs successeurs spirituels. Il faudrait s'assurer de ce fait, qui n'est que probable ; cette pierre doit être le *bohomet* (petite idole) dont il est question dans le procès des templiers.

1. Les missionnaires anglais appuient beaucoup sur cette circonstance pour établir parmi les Druses l'influence de leur pays. Ils leur font croire que le *rite écossais* est particulier à l'Angleterre. On peut s'assurer que la maçonnerie française a la première compris ces rapports, puisqu'elle fonda à l'époque de la Révolution les loges des *Druses réunis*, des *Commandeurs du Liban*, etc.

A ce point de vue, mon mariage devient de la haute politique. Il s'agit peut-être de renouer les liens qui attachaient autrefois les Druses à la France. Ces braves gens se plaignent de voir notre protection ne s'étendre que sur les catholiques, tandis qu'autrefois les rois de France les comprenaient dans leurs sympathies comme descendants des croisés et *pour ainsi dire* chrétiens[1]. Les agents anglais profitent de cette situation pour faire valoir leur appui, et de là les luttes des deux peuples rivaux, druse et maronite, autrefois unis sous les mêmes princes.

Le kaïmakam a permis enfin au cheik Eschérazy de retourner dans son pays et ne lui a pas caché que c'était à mes sollicitations près du pacha d'Acre qu'il devait ce résultat. Le cheik m'a dit :

— Si tu as voulu te rendre utile, tu n'as fait que le devoir de chacun ; si tu y avais ton intérêt, pourquoi te remercierais-je ?

---

Sa doctrine m'étonne sur quelques points, cependant elle est noble et pure, quand on sait bien se l'expliquer. Les akkals ne reconnaissent ni vertus ni crimes. L'homme honnête n'a pas de mérite ; seulement, il s'élève dans l'échelle des êtres comme le vicieux s'abaisse. La transmigration amène le châtiment ou la récompense.

On ne dit pas d'un Druse qu'il est mort, on dit qu'il s'est transmigré.

Les Druses ne font pas l'aumône, parce que l'aumône, selon eux, dégrade celui qui l'accepte. Ils exercent seulement l'hospitalité, à titre d'échange dans cette vie ou dans une autre.

Ils se font une loi de la vengeance ; toute injustice doit être punie ; le pardon dégrade celui qui le subit.

On s'élève chez eux non par l'humilité, mais par la science ; il faut se rendre le plus possible semblable à Dieu.

1. Si frivoles que soient ces pages, elles contiennent une donnée vraie. On peut se rappeler la pétition collective que les Druses et les Maronites ont adressée récemment à la chambre des députés.

La prière n'est pas obligatoire ; elle n'est d'aucun secours pour racheter une faute.

C'est à l'homme de réparer le mal qu'il a fait, non qu'il ait mal agi peut-être, mais parce que le mal, par la force des choses, retomberait un jour sur lui.

L'institution des akkals a quelque chose de celle des lettrés de la Chine. Les nobles (*chérifs*) sont obligés de subir les épreuves de l'initiation ; les paysans (*salems*) deviennent leurs égaux ou leurs supérieurs, s'ils les atteignent ou les surpassent dans cette voie.

Le cheik Eschérazy était un de ces derniers.

Je lui ai présenté l'esclave en lui disant :

— Voici la servante de ta fille.

Il l'a regardée avec intérêt, l'a trouvée douce et pieuse. Depuis ce temps-là, les deux femmes restent ensemble.

———

Nous sommes partis de Beit-Eddin tous quatre sur des mulets ; nous avons traversé la plaine de Bekàa, l'ancienne Syrie creuse, et, après avoir gagné Zaklé, nous sommes arrivés à Balbek, dans l'Antiliban. J'ai rêvé quelques heures au milieu de ces magnifiques ruines, qu'on ne peut plus dépeindre après Volney et Lamartine. Nous avons gagné bientôt la chaîne montueuse qui avoisine le Hauran. C'est là que nous nous sommes arrêtés dans un village où se cultivent la vigne et le mûrier, à une journée de Damas. Le cheik m'a conduit à son humble maison, dont le toit plat est traversé et soutenu par un acacia (l'arbre d'Hiram). A de certaines heures, cette maison s'emplit d'enfants : c'est une école. Tel est le plus beau titre de la demeure d'un akkal.

Tu comprends que je n'ai pas à te décrire les rares entrevues que j'ai avec ma fiancée. En Orient, les femmes vivent ensemble et les hommes ensemble, à moins de cas particuliers. Seulement, cette aimable personne m'a donné une tulipe rouge et a planté dans le jardin un petit acacia qui doit croître avec nos amours. C'est un usage du pays.

Et maintenant j'étudie pour arriver à la dignité de *réfik* (compagnon), où j'espère atteindre dans peu. Le mariage est fixé pour cette époque.

———

Je fais de temps en temps une excursion à Balbek. J'y ai rencontré, chez l'évêque maronite, le père Planchet, qui se trouvait en tournée. Il n'a pas trop blâmé ma résolution, mais il m'a dit que mon mariage... n'en serait pas un. Élevé dans des idées philosophiques, je me préoccupe fort peu de cette opinion d'un jésuite. Pourtant n'y aurait-il pas moyen d'amener dans le Liban la mode des *mariages mixtes?* — J'y réfléchirai.

# V

# ÉPILOGUE

---

## I

Constantinople.

Mon ami, l'homme s'agite et Dieu le mène. Il était sans doute établi de toute éternité que je ne pourrais me marier ni en Égypte, ni en Syrie, pays où les unions sont pourtant d'une facilité qui touche à l'absurde. Au moment où je commençais à me rendre digne d'épouser la fille du cheik, je me suis trouvé pris tout à coup d'une de ces fièvres de Syrie qui, si elles ne vous enlèvent pas, durent des mois ou des années. Le seul remède est de quitter le pays. Je me suis hâté de fuir ces vallées du Hauran à la fois humides et poudreuses, où s'extravasent les rivières qui arrosent la plaine de Damas. J'espérais retrouver la santé à Beyrouth ; mais je n'ai pu y reprendre que la force nécessaire pour m'embarquer sur le paquebot autrichien venu de Trieste, et qui m'a transporté à Smyrne, puis à Constantinople. J'ai pris pied enfin sur la terre d'Europe. — C'est à peu près ici le climat de nos villes du Midi.

La santé qui revient donne plus de force à mes regrets... Mais que résoudre ? Si je retourne en Syrie plus tard, je verrai renaître cette fièvre que j'ai eu le malheur d'y prendre ; c'est l'opinion des médecins. Quant à faire venir ici la femme que j'avais choisie, ne serait-ce pas l'exposer elle-même à ces terribles maladies qui emportent, dans les pays du Nord, les trois quarts des femmes d'Orient qu'on y transplante ?

Après avoir longtemps réfléchi sur tout cela avec la sérénité

d'esprit que donne la convalescence, je me suis décidé à écrire
au cheik druse pour dégager ma parole et lui rendre la sienne.

## II

Galata.

Du pied de la tour de Galata, — ayant devant moi tout le
panorama de Constantinople, de son Bosphore et de ses mers,
— je tourne encore une fois mes regards vers l'Égypte, depuis
longtemps disparue !

Au delà de l'horizon paisible qui m'entoure, sur cette terre
d'Europe, musulmane, il est vrai, mais rappelant déjà la patrie,
je sens toujours l'éblouissement de ce mirage lointain qui
flamboie et poudroie dans mon souvenir... comme l'image du
soleil qu'on a regardé fixement poursuit longtemps l'œil fatigué
qui s'est replongé dans l'ombre.

Ce qui m'entoure ajoute à cette impression : un cimetière
turc, à l'ombre des murs de Galata la Génoise. Derrière moi,
une boutique de barbier arménien qui sert en même temps de
café ; d'énormes chiens jaunes et rouges couchés au soleil dans
l'herbe, couverts de plaies et de cicatrices résultant de leurs
combats nocturnes. A ma gauche, un vénérable santon, coiffé
de son bonnet de feutre, dormant de ce sommeil bienheureux
qui est pour lui l'anticipation du paradis. En bas, c'est Tophana
avec sa mosquée, sa fontaine et ses batteries de canon commandant l'entrée du détroit. De temps en temps, j'entends des
psaumes de la liturgie grecque chantés sur un ton nasillard,
et je vois passer sur la chaussée qui mène à Péra de longs cor-
téges funèbres conduits par des popes, qui portent au front des
couronnes de forme impériale. Avec leur longue barbe, leur
robe de soie semée de clinquant et leurs ornements de fausse orfévrerie, ils semblent les fantômes des souverains du Bas-Empire.

Tout cela n'a rien de bien gai pour le moment. Rentrons
dans le passé. Ce que je regrette aujourd'hui de l'Égypte, ce ne
sont pas les oignons monstrueux dont les Hébreux pleuraient
l'absence sur la terre de Chanaan. C'est un ami, c'est une

femme, — l'un séparé de moi seulement par la tombe, l'autre à jamais perdue.

Mais pourquoi réunirais-je ici deux noms qui ne peuvent se rencontrer que dans mon souvenir, et pour des impressions toutes personnelles! C'est en arrivant à Constantinople que j'ai reçu la nouvelle de la mort du consul général de France, dont je t'ai parlé déjà et qui m'avait si bien accueilli au Caire. C'était un homme connu de toute l'Europe savante, un diplomate et un érudit, ce qui se voit rarement ensemble. Il avait cru devoir prendre au sérieux un de ces postes consulaires qui, généralement, n'obligent personne à acquérir des connaissances spéciales.

En effet, selon les lois ordinaires de l'avancement diplomatique, un consul d'Alexandrie se trouve promu d'un jour à l'autre à la position de ministre plénipotentiaire au Brésil; un chargé d'affaires de Canton devient consul général à Hambourg. Où est la nécessité d'apprendre la langue, d'étudier les mœurs d'un pays, d'y nouer des relations, de s'informer des débouchés qu'y pourrait trouver notre commerce? Tout au plus pense-t-on à se préoccuper de la situation, du climat et des agréments de la résidence qu'on sollicite comme supérieure à celle qu'on occupe déjà.

Le consul, au moment où je l'ai rencontré au Caire, ne songeait qu'à des recherches d'antiquités égyptiennes. Un jour qu'il me parlait d'hypogées et de pyramides, je lui dis :

— Il ne faut pas tant s'occuper des tombeaux?... Est-ce que vous sollicitez un consulat dans l'autre monde?

Je ne croyais guère, en ce moment-là, dire quelque chose de cruel.

— Ne vous apercevez-vous pas, me répondit-il, de l'état où je suis?... Je respire à peine. Cependant je voudrais bien voir les pyramides. C'est pour cela que je suis venu au Caire. Ma résidence à Alexandrie, au bord de la mer, était moins dangereuse...; mais l'air qui nous entoure ici, imprégné de cendre et de poussière, me sera mortel.

En effet, le Caire, dans ce moment-là, n'offrait pas une atmosphère très-saine et me faisait l'effet d'un étouffoir fermé sur des charbons incandescents. Le *khamsin* soufflait dans les rues toutes les ardeurs de la Nubie. La nuit seule réparait nos forces, et nous permettait de subir encore le lendemain.

C'est la triste contre-partie des splendeurs de l'Égypte; c'est toujours comme autrefois le souffle funeste de Typhon qui triomphe de l'œuvre des dieux bienfaisants!

Le vent du midi, le khamsin, qui dure environ cinquante jours, a cependant des intervalles de calme. Un soir, après une journée plus belle qu'à l'ordinaire, le consul m'invita à l'accompagner le lendemain aux pyramides de Gizèh. Nous partâmes au point du jour dans sa voiture, et nous nous arrêtâmes pour déjeuner à l'île de Roddah, verte comme une île de la Baltique, cultivée à l'anglaise par les soins d'Ibrahim-Pacha, plantée en partie de peupliers, de saules et d'acacias, avec des étangs, des rivières factices, peuplés de cygnes et des ponts chinois sur des allées de gazon.

Le déjeuner fut servi dans un kiosque situé au nord de l'île et construit en rocailles, qui avait été longtemps le harem d'été d'Ibrahim. Ce dernier, séjournant presque toujours à Alexandrie, ne l'occupait plus depuis quelques années.

— Le palais où nous sommes, me dit le consul, a été mis à ma disposition par Ibrahim, et je l'habite lorsque le séjour du Caire me devient trop pénible.

Nous allâmes ensuite visiter toutes les parties de l'île, délicieuse retraite où les califes fatimites avaient jadis établi leur palais; — le consul me fit voir, à l'extrémité du bras du Nil qui correspond au vieux Caire, l'endroit où l'on suppose que Moïse fut recueilli, dans son berceau flottant, par la fille du pharaon. Ce point est situé près du *Mekkias*, qui, comme on sait, est destiné à constater la hauteur des inondations. Un pilier de marbre, hexagone, consacré autrefois à Sérapis, est placé au milieu d'un puits, et a marqué déjà, durant trente siècles, l'étiage du fleuve sacré.

Le milieu du jour arriva, et mon pauvre compagnon de route ne parlait pas d'aller plus loin... Mais je t'ai déjà parlé de cela.

Est-ce l'atteinte des fièvres que j'ai moi-même éprouvée en Syrie, qui me fait revenir à la pensée de cette mort avec un sentiment si triste?...

Et c'est au milieu du cimetière de Galata, devant l'éblouissant tableau de Constantinople et de Scutari, qui bordent sous mes yeux la côte d'Europe et la côte d'Asie, que je pense tristement à cette fin si prématurée, à cet homme dont les derniers entretiens m'avaient révélé tant de science modeste et tant d'affabilité, précieuse en voyage sur cette terre arabe... où l'on n'a qu'à choisir entre des tombes et des ruines.

Tout m'accable à la fois. J'ai écrit au consul de Beyrouth en le priant de s'informer du sort des personnes qui m'étaient devenues chères... Il n'a pu me donner que des renseignements vagues. Une révolte nouvelle avait éclaté dans le Hauran... Qui sait ce que seront devenus le bon cheik druse, et sa fille, et l'esclave que j'avais laissée dans leur famille? Un prochain courrier me l'apprendra peut-être.

## III

Péra.

Mon itinéraire de Beyrouth à Constantinople est nécessairement fort succinct. Je m'étais embarqué sur le paquebot autrichien, et, le lendemain de mon départ, nous relâchions à Larnaca, un port de Chypre. Malheureusement, là comme ailleurs, il nous était interdit de descendre, à moins de faire quarantaine. Les côtes sont arides comme dans tout l'archipel; c'est, dit-on, dans l'intérieur de cette île que l'on retrouve seulement les vastes prairies, les bois touffus et les forêts ombreuses consacrées jadis à la déesse de Paphos. Les ruines du temple existent encore, et le village qui les entoure est la résidence d'un évêque.

Le lendemain, nous avons vu se dessiner les sombres montagnes des côtes d'Anatolie. Nous nous sommes encore arrêtés dans le port de Rhodes. J'ai vu les deux rochers où avaient dû autrefois se poser les pieds de la statue colossale d'Apollon. Ce bronze aurait dû être, quant aux proportions humaines, deux fois plus haut que les tours de Notre-Dame. Deux forts, bâtis par les anciens chevaliers, défendent cette entrée.

Le lendemain, nous traversâmes la partie orientale de l'archipel, et nous ne perdions pas un seul instant la terre de vue. Pendant plusieurs heures, nous avons eu à notre gauche l'île de Cos, illustrée par le souvenir d'Hippocrate. On distinguait çà et là de charmantes lignes de verdure et des villes aux blanches maisons, dont il semble que le séjour doit être heureux. Le père de la médecine n'avait pas mal choisi son séjour.

Je ne puis assez m'étonner des teintes roses qui revêtent le soir et le matin les hautes roches et les montagnes. — C'est ainsi qu'hier j'avais vu Pathmos, l'île de saint Jean, inondée de ces doux rayons. Voilà pourquoi, peut-être, l'Apocalypse a parfois des descriptions si attrayantes... Le jour et la nuit, l'apôtre rêvait de monstres, de destructions et de guerres; — le soir et le matin, il annonçait sous des couleurs riantes les merveilles du règne futur du Christ et de la nouvelle Jérusalem, étincelante de clartés.

On nous a fait faire à Smyrne une quarantaine de dix jours. Il est vrai que c'était dans un jardin délicieux, avec toute la vue de ce golfe immense, qui ressemble à la rade de Toulon. Nous demeurions sous des tentes qu'on nous avait louées.

Le onzième jour, qui était celui de notre liberté, nous avons eu toute une journée pour parcourir les rues de Smyrne, et j'ai regretté de ne pouvoir aller visiter Bournabat, où sont les maisons de campagne des négociants, et qui est éloigné d'environ deux lieues. C'est, dit-on, un séjour ravissant.

Smyrne est presque européenne. Quand on a vu le bazar, pareil à tous ceux de l'Orient, la citadelle et le pont des caravanes jeté sur l'ancien Mélès, qui a fourni un surnom à Homère, le mieux est encore de visiter la rue des Roses, où l'on entrevoit, aux fenêtres et sur les portes, les traits furtifs des jeunes Grecques, — qui ne fuient jamais qu'après s'être laissé voir, comme la nymphe de Virgile.

Nous avons regagné le paquebot après avoir entendu un opéra de Donizetti au théâtre italien.

Il a fallu tout un jour pour arriver aux Dardanelles, en laissant à gauche les rivages où fut Troie — et Ténédos, et tant d'autres lieux célèbres qui ne tracent qu'une ligne brumeuse à l'horizon.

Après le détroit, qui semble un large fleuve, on s'engage pour tout un jour dans la mer de Marmara, et, le lendemain, à l'aube, on jouit de l'éblouissant spectacle du port de Constantinople, le plus beau du monde assurément.

----

NOTE DE L'ÉPILOGUE.

Tous les détails de ce voyage sont exacts; sur certains points toutefois, il a fallu grouper les événements pour éviter les longueurs.

L'auteur a appris, depuis, que l'esclave javanaise s'était enfuie de la maison où il l'avait placée. Le fanatisme religieux n'y a pas été étranger sans doute.

Quant à son sort actuel, auquel s'est intéressé notre consul, il semble fixé heureusement, d'après ce post-scriptum trop laconique d'une lettre adressée à l'auteur par Camille Rogier, le peintre, qui parcourt la Syrie : « La *femme jaune* est à Damas, mariée à un Turc, elle a deux enfants. »

FIN DU TOME PREMIER.

# TABLE

## INTRODUCTION

## LES FEMMES DU CAIRE

### I — LES MARIAGES COPHTES

FIN DE LA TABLE.

Imprimerie générale de Ch. Lahure, rue de Fleurus, 9, à Paris.

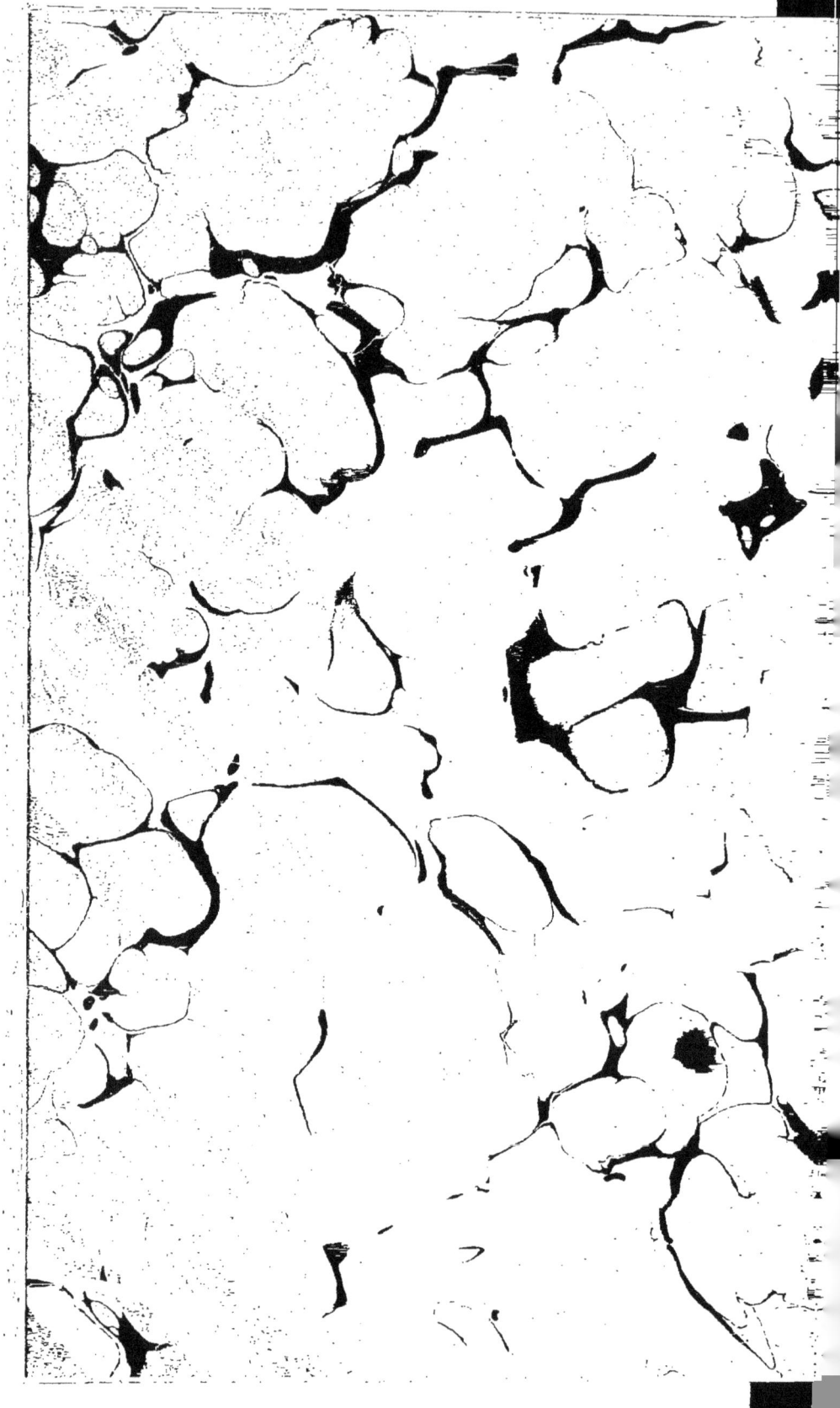